Виктория Токарева

Виктория Токарева

Из жизни миллионеров

ИЗДАТЕЛЬСТВО

МОСКВА

2003

УДК 821.161.1
ББК 84 (2Рос=Рус)6-4
        Т51

Серийное оформление А.А. Кудрявцева

Подписано в печать 18.02.2003. Формат 84×108$^1/_{32}$.
Усл. печ. л. 32,76. Тираж 10 000 экз. Заказ № 421.

Токарева В.С.

Т51   Из жизни миллионеров: Сб. повестей и рассказов / В.С. Токарева. — М.: ООО «Издательство АСТ», 2003. — 622, [2] с.

    ISBN 5-17-016043-7

Если в сердце нет любви, человек мертв. Живым он только при-
творяется. Такова своеобразная точка отсчета для всего творчества
Виктории Токаревой, лучшей, тончайшей исследовательницы этого прекрасного чувства.

УДК 821.161.1
ББК 84 (2Рос=Рус)6-4

ПОВЕСТИ

СВОЯ ПРАВДА

МАРИНА

е жизнь была проста и сложна одновременно. Впрочем, как у каждого человека.

Марина Ивановна Гусько родилась в простой русской семье, в городе Баку. Баку — в те далекие советские времена — интернациональный город, объединивший все народы, живущие в мире и братстве.

Жизнь протекала во дворах.

Маленькая Марина играла с соседскими детьми — Хачиком, Соломончиком, Поладом и Давидом. Приходило время обеда, из окон высовывались мамы и бабушки и звали детей, каждая со своим акцентом. И все было привычно. Иначе и быть не могло.

Марина любила бегать к морю и залезать с мальчишками на нефтяную вышку, на самый верх. Это было опасно. Дети могли легко сорваться, разбиться, соскользнуть в смерть. Они не осознавали этой опасности. Дети.

Родителям было не до Марины. Она сама формировала и сама заполняла свой день. Набегавшись, возвращалась домой, спала без задних ног. При этом задние ноги были грязные и в цыпках. Однако — детство, начало жизни, ее нежное сияние. Марина любила постоянно орущую мать, постоянно дерущегося брата. Любят ведь не за что-то. Просто любят, и все.

Марина училась на три и четыре. По пению — пять. Она хорошо пела — сильно и чисто. Ее всегда ставили запевалой. Она становилась впереди хора, исполняла запев. А хор подхватывал — припев. Какое это счастье — стоять впереди всех и петь индивидуально...

Марина окончила школу и поступила в педагогический институт. Учитель — это всегда хорошо. Почетно и сытно.

Марина видела своими глазами, как азербайджанские родители таскали учителям корзины с продуктами: домашние куры, фрукты, зелень. Учителя в ответ ставили нужные отметки. Зачем глубинные знания восточным девочкам? После школы выйдут замуж, будут рожать детей. Математика понадобится только для того, чтобы считать деньги на базаре. А русский может не понадобиться вообще.

Марина помнила заискивающие лица родителей и учеников. Ей это было по душе: держать в страхе и повиновении. Как Сталин всю страну, но в более мелком масштабе.

Марина хотела властвовать. Так она побеждала комплексы униженного детства.

В студенческие годы у нее было одно платье. Вечером стирала, утром гладила. Но даже в этом одном платье в нее влюбился Володька Сидоров из политехнического института. Они познакомились на танцплощадке.

Прежде чем пригласить Марину, Володька заслал к ней своего друга Бориса — спросить: пойдет ли она с ним танцевать.

Борис — высокий красавец, подошел к Марине, у нее сердце всколыхнулось. Она готова была упасть в его руки. А оказывается, Борис просто спросил: пойдет ли она танцевать с его другом?

— А где он? — разочарованно спросила Марина.

Володька приблизился — коротенький, широкоплечий, как краб. Не Борис, конечно. Но и не урод. Почему бы не потанцевать? Мог бы и сам подойти.

На другой день они отправились в кино. Володька в темноте взял ее руку. Марина хотела в туалет по малой нужде, но выйти среди сеанса было неудобно. Она терпела, мучилась, и Володькина нежность не производила должного впечатления.

После сеанса отправились в парк. Володька прислонил Марину к дереву и, нажимая на ее тонкий девичий стан, стал впечатывать свои губы в ее губы.

Современная девушка сказала бы запросто: отойди на пять шагов и отвернись. И через десять секунд жизнь приобрела бы совсем другие краски. Но девушки пятидесятых годов — это другое дело. Мальчик не должен знать, что в девушке скапливается моча, — это стыдно. Они вообще дюймовочки, рожденные в цветке.

Короче говоря, Марина описалась в тот самый момент, когда Володька ее целовал. Было темно, ничего не видно, только слышен шум падающей струи.

Володька повертел головой на короткой шее и спросил:

— Что это?

Марина тоже повертела головой, как бы прислушиваясь, и спросила:

— А где это?

Потом она быстро увела Володьку от этого дерева к другому и целовалась с другим настроением, полностью участвуя в поцелуе, изнывая от томления. Единственное — тормозила его руки, когда они соскальзывали ниже талии.

Вечером опять пришлось стирать платье. Володька ничего не заметил в тот раз. А если бы даже и заметил — легко простил. Его ничто не могло свернуть с пути познания Марины, ее тепла, ее запаха и тайных тропинок. Он хотел познавать — дальше и глубже, и долго. Всегда.

Они поженились.

Мать рассказывала соседям: как ни придешь, всегда лежат. И это правда.

Через девять месяцев у них родился ребенок. Мальчик. Хорошенький, со светлыми кудряшками, как Ленин в детстве.

У Марины — сессия, ребенок — в яслях. Придешь забирать — он мокрый по горло, простуженный, недокормленный. Голова идет кругом: не знаешь, за что хвататься — за пеленки или за конспекты? В зеркале Марина натыкалась на свое серое лицо с синяками под глазами. Хотелось лечь и ни о чем не думать, заснуть летаргическим сном. Володька не помогал, у него одно на уме. Марина подчинялась с обреченностью овцы, но, даже занимаясь любовью, думала о том, где взять денег, что сварить назавтра, как сдать экзамен.

Принято считать, что материнство — счастье. Счастье — когда есть деньги, есть помощники. Когда есть все, и ребенок — ко всему.

А когда нет ничего, сплошные нагрузки, то ты уже не человек, а лошадь под дождем.

Прошло десять лет.

Володька после института работал на заводе маленьким начальником. Шум, грохот, пьяные работяги. Трезвыми они бывали до обеда, то есть до двенадцати часов. А после двенадцати — святое дело. И Володька с ними. Но меру знал. Его уважали.

На работе Володьке нравилось. Он вообще любил работать. Ему было интересно в процессе. Конечная цель определена, и каждый день — продвижение к цели.

А дома — скучно. Марина вечно чем-то недовольна, вечно ей мало денег. Сын постоянно что-то требует: то катай его на спине, то учи уроки, то играй в прятки. А Володька устал. Какие прятки... Он предпочитал лечь на диван и уснуть.

Он так и поступал. Газету на лицо — и на погружение.

Появлялась Марина и начинала дергать вопросами, как рыбу за крючок. Володька всплывал из своего погружения, разлеплял глаза. Ну не может он приносить больше, чем ему платит государство. Не может он идти в гости, ему там скучно. Он может работать и спать. Да. Такой у него организм.

Противоречия со временем не рассасываются, а усугубляются. Марина в знак протеста игнорировала супружеские обязанности, отказывала в жизненно необходимом. И все кончилось тем, что у Володьки появилась любовница — армянка. Марине передали: с волосатыми ногами. Раньше он приходил домой, ел и спал. А теперь — приходил, ел и уходил. Спал у армянки.

Начались скандалы на новую тему. Раньше было две темы, теперь стало три.

Марина решила гнать неверного мужа из дома, но мать сказала:

— Ты что, сошла с ума? Кто же отдает родного мужа в чужие руки?

Марина задумалась. Ей стало обидно, что Володька — ее, и только ее, — вдруг нашел другие ноги, глаза, не говоря об остальном.

Марина работала в школе, в младших классах. Проверка тетрадей съедала все свободное время.

В учительской активно обсуждали ее семейную ситуацию. Марина поделилась с подругой, географичкой, а то, что знают двое, — знает свинья. В песне поется: «Мне не жаль, что я тобой покинута, жаль, что люди много говорят...»

У Марины было чувство, что она голая стоит посреди учительской, а все ходят вокруг нее кругами и рассматривают с пристрастием. Было стыдно, холодно и одиноко.

Большинство коллектива держало сторону Марины: самостоятельная, в порочащих связях не замечена, прекрасный специалист. Дисциплина в классах — как в армии, учебный процесс обеспечен. И закон на ее стороне: штамп в паспорте, ребенок. Семья. А армянка — кто такая?

Но были и сторонники армянки. Говорили, что, как всякая восточная женщина, армянка беспрекословно подчиняется мужчине, не задает лишних вопросов, не критикует, упаси Бог. Только вкусно готовит и подчиняется. Ну и отдается с большим энтузиазмом. Всю душу вкладывает. И опять же — южный темперамент. Ну и глаза — большие и бархатные. У всех южных людей большие и красивые глаза. Вырисовывался привлекательный образ: красивая, кроткая, покорная, темпераментная... Володьку можно понять.

Марина пригорюнилась. Что делать?

Укреплять семью, дружно посоветовали в учительской. Родить второго ребенка. Ребенок привяжет. И опять же алименты. На двоих детей — тридцать три процента. Зачем армянке алиментщик? Армяне умеют считать деньги. А если родится девочка, Володька вообще никуда не денется. Отцы любят девочек как ненормальные.

Сказано — сделано. Марина изловчилась и зачала ребенка. А через девять месяцев родилась девочка. Назвали Снежана. Имя — нежное, нерусское. Марина предпочитала все нерусское, это называлось «преклонение перед Западом». Хотя скоро выяснилось, что Снежана — болгарское имя. Курица — не птица, Болгария — не заграница. Лучше бы назвали Мария, международный стандарт. Но Снежана осталась Снежаной, сокращенно — Снежка. Это имя ей очень шло.

Володька ходил задумчивый, но образа жизни не поменял. После работы приходил домой, ел и уходил. А основная его жизнь протекала у армянки.

— Хочешь, я его изобью? — спросил Павел, старший брат Марины.

— Не знаю, — задумчиво ответила Марина.

Она действительно не знала, что делать. С одной стороны, ей хотелось избить и даже убить Володьку, чтобы не достался никому. А с другой стороны, он был ей дорог именно сейчас, когда ускользал из рук. Марина вдруг увидела в нем массу достоинств: немногословный, честный, трудяга, а главное — мужик. Мужская сила — в глазах, в развороте плеч и в верности, как это ни странно. Он больше десяти лет был верен Марине, теперь до конца дней — той. Видимо, одной женщины маловато для мужского века.

Павел избил Володьку без разрешения. По собственной инициативе. Так он защищал честь сестры. Не один, а с товарищем. Они метелили Володьку, пока он не упал. А когда упал — дали пару раз ботинком в морду. От души. Володька вернулся домой, выплюнул зубы, собрал вещи. И уехал из города. Вместе с армянкой. Боялся, что и ее побьют.

Марина отчитала Павла. Он сорвал всю схему. Девочка бы росла, Володька бы привыкал и, возможно, оторвался от армянки. А если не оторвался, жил бы на два дома. Все лучше, чем ничего. А что теперь? Тридцать два года, двое детей. Кому нужна? Кому нужны чужие дети...

Надо было выживать. Но как?

Марина отдала девочку в ясли, и сама в ясли — работать. Пришлось уйти из школы. В яслях обе сыты, дочка присмотрена. И еще домой прихватывала из столовой: кастрюльку супа, сверху — кастрюльку котлет с лапшой, в банку — компот из сухофруктов. Получалось полноценное питание для сына Саши — белки, витамины. Жить можно, с голоду не помрешь. И на одежду хватало: зарплата плюс Володькины алименты. Были сыты, одеты и даже принаряжены. На праздниках Снежана смотрелась лучше всех, в бархатном зеленом платьице и лаковых туфельках.

Но не хлебом единым жив человек. Особенно в молодые годы.

Директор детского сада подкатывался к Марине, но у него изо рта воняло горохом. Говорят, нелюбимые плохо пахнут. А любимые — благоухают. Взаимное тяготение скрыто в запахах. Как у собак. Просто люди об этом не догадываются.

Марина не могла целоваться с директором. Ее мутило.

Потом возник вдовец. Познакомились в очереди за картошкой. Вдовец с ребенком — мальчик, Сашин ровесник. Не старый, лет сорока пяти. Приличный. Марина стала присматриваться: жилплощадь, зарплата... Но однажды вдовец произнес такую фразу:

— Ты своего сына отдай матери. А Снежана пусть останется с нами. У нас будет двое детей — твоя девочка и мой сын. Поровну.

Когда смысл сказанного дошел до Марины, а дошел он быстро, в течение минуты, вдовец перестал существовать. То есть физически он еще стоял посреди комнаты, но для того, чтобы дойти до порога, одеться и выйти за дверь, ему понадобилось три минуты. После чего он исчез из ее жизни и из ее памяти.

Саше к тому времени было двенадцать лет. Длинненький, с крупными коленками на тонких ногах, как олененок. Он везде ходил следом за матерью, носил тяжелые сумки, помогал, как настоящий мужчина. Марина советовалась с Сашей по части прически и макияжа. И он давал совет типа: «Не крась губы фиолетовой помадой, ты в ней как утопленница...» Марина стирала с губ модный в те времена фиолетовый цвет, заменяла на нежно-розовый. И действительно становилась моложе и естественнее.

Марина любила сына до судорог, хотя видела его недостатки: ленивый, безынициативный... Но при чем здесь достоинства и недостатки, когда речь идет о собственных детях. Недостатки Марина тут же превращала в достоинства. Ленивый, но зато не нахальный. Скромный. А эти «не ленивые» прут, как носороги, попирая все человеческие ценности.

Когда за вдовцом хлопнула дверь, Марина заплакала. Но слезы были светлые и крепкие. Она поняла, что ей ничего не светит по части любви и надо жить ради детей и ставить их на крыло.

Снежана пошла в первый класс, и Марина вернулась в школу. Снежана училась хорошо, хватала на лету. Было ясно, что девочка не ординарная. И другие замечали.

Марина уже ничего не ждала для себя лично, и в этот момент судьба сделала ей царский подарок. Этот подарок назывался Рустам.

Сначала Марина услышала его голос.

Она сидела дома, проверяла тетради, когда зазвонил телефон. Марина сняла трубку и отозвалась:

— Алё!..

— Попросите, пожалуйста, Джамала, — попросил приятный мужской голос.

— Вы не туда попали, — вежливо ответила Марина и положила трубку.

Сосредоточилась на проверке тетрадей, но снова зазвонил звонок и тот же голос попросил:

— Позовите, пожалуйста, Джамала...

— Я вам уже сказала: вы не туда попали. — Марина положила трубку.

Прошло пять секунд. Звонок.

— Нет тут никаких Джамалов, — с легким раздражением отчитала Марина. — Вы какой номер набираете?

Приятный мужской голос проговорил нужный ему номер.

— Ну вот так и набирайте, — велела Марина.

— Извините, — отозвался приятный баритон.

Марина положила трубку, но уже не могла сосредоточиться на работе. Ей казалось, он снова позвонит. И он позвонил.

— Алё! — гавкнула Марина.

В трубке молчали. Несчастный обладатель баритона уже не
решался позвать Джамала.

— Это вы? — проверила Марина.

— Это я, — честно отозвался баритон.

— На телефонной станции неправильно соединяют, — предположила Марина.

— А что же делать?

— Дайте мне телефон вашего Джамала, я его наберу и скажу, чтобы он вам позвонил. Как вас зовут?

— Рустам.

— Он вас знает?

— Ну да. Я его родной брат.

— Хорошо. Я скажу, чтобы Джамал вам позвонил. Какой
телефон?

— Мой?

— Да нет. Зачем мне ваш? Джамала телефон.

Рустам продиктовал. Марина записала и положила трубку.

Далее она набрала нужные цифры. Подошел голос, как
две капли воды похожий на предыдущий. Значит, Рустам и
Джамал — действительно братья.

— Позвоните, пожалуйста, своему брату Рустаму, — официально проговорила Марина. — Он не может до вас дозвониться.

— А вы кто? — спросил Джамал.

— Телефонистка.

Марина положила трубку. Сосредоточилась на работе. Она
проверила четыре тетради, когда снова раздался звонок.

— Большое спасибо, — сказал Рустам. — Все в порядке.

— Ну хорошо...

— А как вас зовут? — спросил вдруг Рустам.

— А зачем вам? — не поняла Марина.

— Ну... Я к вам привык. У вас такой красивый голос.

Марина усмехнулась.

— А давайте увидимся, в кино сходим, — предложил Рустам.

— А как вы меня узнаете?

— А вы возьмите в руки газету.

Баритон был не опасный и очень нежный. А в самом деле, почему бы и не сходить в кино...

— А сколько вам лет? — спросила Марина.

— Двадцать шесть. Много.

Марина огорчилась. Ей было тридцать два. На шесть лет старше.

Но в конце концов не замуж же выходить. А в кино можно сбегать и с разницей в шесть лет.

— Значит, так, — распорядилась Марина. — На мне будет белый шарфик в черный горох. Если я вам не понравлюсь, пройдите мимо.

— Вы мне уже нравитесь, — простодушно сознался Рустам.

Молодой наивный мальчик. Это тебе не вдовец с копотью жизненного опыта.

Марина оставила Снежку на Сашу. Показала, чем кормить и во сколько. А сама нарядилась, надушилась духами «Белая сирень» и отправилась к кинотеатру.

Марина стояла полчаса и поняла, что Рустам не придет. Вернее, он был, но прошел мимо. Зачем ему нужна русская тетка с двумя детьми... Про детей он, конечно, не знал, но узнал бы. Марина вздохнула и пошла к автобусной остановке, чтобы вернуться домой. Она уже сделала десять шагов, когда перед ней внезапно, как из-под земли возник Омар Шариф в натуральную величину. Белые зубы, белая рубаха, русая голова. Русый азербайджанец. Такое тоже бывает. Он схватил Марину за руку и сказал, задыхаясь:

— Меня Джамал задержал. Приехал в последнюю минуту.

— А вы бы сказали, что спешите...

— Не могу. Старший брат.

Значит, брата нельзя напрягать, а Марину можно. Мусульманская семейная клановость имела свои достоинства и недостатки, как два конца одной палки.

Марине стало ясно, что эта встреча ничего не даст. Рустам — законченный красавец. Зачем она ему? Даже смешно. Жаль? Ничуть. Она ничего не приобретала, но и не теряла. Еще не вечер, и жизнь впереди. Не этот, так другой. А можно — ни того, ни другого. Мужчина нужен для продолжения рода. А дети — уже есть. Программа выполнена.

— На журнал опоздали, — сказал Рустам. — Но ничего...

Он взял Марину за руку, будто знал давно, и они побежали. И белый шарфик в черный горох развевался на ветру.

Журнал уже шел, но их пустили. Они прошли на свои места и сели рядом.

Зерно сыпалось в закрома страны, узбеки собирали хлопок, и он тоже сыпался, как вата. Марина преувеличенно напряженно смотрела на экран, а Рустам — она это видела боковым зрением — смотрел на нее. Присматривался. Примеривался.

Рустам был хороший мальчик из хорошей азербайджанской семьи. Его мать — актриса ведущего бакинского театра — хотела для него хорошую девочку из хорошей азербайджанской семьи, не актрису, не дай Бог... Такая девочка все не находилась. Непростое это дело — правильно выбрать подругу жизни, мать будущих детей.

Рустам в темном зале обсматривал русскую молодую женщину, и она нравилась ему все больше. Во всем мягкость: в овале лица, в льняных волосах, во взгляде голубых глаз. У азербайджанских девушек не бывает такой голубизны и такой льняной мягкости.

Когда фильм кончился, Рустам был влюблен окончательно и готов к любой авантюре.

Авантюра затянулась на долгие годы.

«Какое счастье, что Володька меня бросил, — думала Марина. — Иначе я не узнала бы, что бывает такое...»

Рустам работал в правоохранительных органах, в чине капитана. Его отец и брат тоже трудились на этой ниве. Отец — генерал, Джамал — полковник. Может быть, они сами себе давали звания...

Рустам приходил на работу, окидывал взором стены кабинета и звонил Марине в школу. Она уже ждала его звонка и сдергивала трубку.

— Позовите, пожалуйста, Джамала... — произносил Рустам.

Марина радостно хохотала, звенела как колокольчик. Рустам слушал ее счастливый звон, в нем все резонировало и отзывалось. Рустам шептал Марине в ухо такие вещи, о которых принято молчать. Марина в ужасе шила глазами по сторонам — не слышит ли кто? Нет. Никто не слышал и даже не догадывался.

Марина обмирала от слов. Пульс начинал стучать в самых неожиданных местах — в горле, например, в губах и много ниже.

— Спасибо. Вы очень любезны, — сухо проговаривала Марина, чтобы ввести учительскую в заблуждение. Пусть думают, что она разговаривает по делу. Но любовь — разве это не дело? Это самое главное изо всех дел, какие существуют в жизни человека.

Звенел звонок. Марина брала журнал и шла на урок. Она двигалась как лунатик, глядя в никуда и туманно улыбаясь.

Рустам хватал плащ, выбегал на улицу, запрыгивал в троллейбус. Через двадцать минут он оказывался возле школы. Садился на скамейку и поднимал лицо, наводил взгляд на уровень второго этажа.

Марина подходила к окну. Видела Рустама и наводила свой взгляд на уровень его глаз. Их взгляды пересекались, и по ним текло электричество большой мощности. И если в это электрическое поле попадал комар или жук — падал замертво.

Марина не могла вести урок. А выйти из класса она тоже не могла. Директору бы это не понравилось. Марина давала невинным детям самостоятельную работу, например: нарисовать птицу. Или — написать сочинение: как я провел лето. И снова возвращалась к окну. И замирала. И жуки падали замертво, попадая в силовое поле их любви.

Вечерами Рустам учил со Снежаной уроки, играл с Сашей в шахматы. Он был практически мужем и отцом. Дети его любили, особенно Снежка. Она не помнила родного отца. Это место в ее душе занял Рустам. Многие говорили, что они похожи: Снежка и Рустам. И действительно, что-то было.

Иногда ходили в гости. Но это был круг Марины. В свой круг Рустам ее не вводил. Марина имела статус любовницы, а в Азербайджане этот статус не престижен, мягко говоря. Но что они понимают? Ни у кого и никогда не было такой близости.

Марина и Рустам вместе ели, вместе спали, вместе думали. И не было такой силы, которая могла бы их растащить по разным пространствам.

Умер Павел — старший брат Марины. Тот самый, который избил Володьку. Болезнь называлась длинно и мудрено: лимфогранулематоз. Заболевание крови. И от чего это бывает?

Марина пошла в больницу брать справку, удостоверяющую смерть. Ей выдали его вещички: пиджак, брючата и часы. Часы еще шли. Марина заплакала. Рустам стоял рядом и страдал. Павла он не знал, но горе любимой видел впервые, и его сердце рвалось на части.

Потом они шли по больничному парку. Рустам вдруг остановился посреди дорожки и стал страстно целовать ее лицо, глаза, рот. Это противоречило мусульманской морали: целоваться среди бела дня при всем честном народе. Это не Франция. Но Рустам игнорировал мораль. Марина отвечала ему так же истово. Казалось бы, горе должно отодвинуть неуместную страсть. Но ничего подобного. Марина топила свое горе в любви, от этого любовь становилась выше, полноводнее, как уровень воды в водоеме, если туда погрузить что-то объемное.

А может быть, горе выбрасывает в кровь адреналин, а счастье — расщепляет и выводит из организма. И человек лечится любовью интуитивно.

Но скорее всего: счастье и горе — два конца одной палки. И составляют единое целое.

У любви есть одно неприятное осложнение: аборты. Предотвратить их было невозможно. Марина не хотела и не могла думать о последствиях, когда попадала в объятия столь желанные. Все остальное меркло в лучах нежности и страсти. Природа мстила за разгильдяйство. У природы свои законы.

К абортам Марина относилась легко, гораздо легче Рустама. Провожая любимую женщину в абортарий, он мотал головой, как ужаленный конь.

— Оставишь ты меня без потомства, — упрекал Рустам. Он хотел ребенка, но предложения не делал. Он хотел оставить все так, как есть, плюс еще один ребенок, сын. Фархадик, например.

Однажды Марина задумалась: а почему нет? Пусть будет Фархадик, где два ребенка, там и три.

Марина тянула с очередным абортом. Жалко было убивать плод любви. Она поехала к матери — посоветоваться. Мать жила в поселке под Баку. Марина ехала на электричке и все больше приближалась к решению оставить ребенка. Укреплялась в этой мысли и уже любила маленького.

— И не думай, — жестко отбрила мать. — Зачем плодить безотцовщину? Мало тебе двоих?

— Я его люблю, — тихо сказала Марина.

— И что с того? Азербайджанцы женятся только на своих. У них вера. А с русскими они просто гуляют. С азербайджанками не погуляешь. Там надо сразу жениться. А русские для них — джуляб...

Что такое «джуляб», Марина хорошо знала.

Мать была груба, как всегда. Наверное, она страдала за свою дочь, и это страдание вылезало наружу такой вот бурой пеной.

— Я пойду, — сказала Марина, поднимаясь. — У тебя капустой воняет. Меня тошнит.

Ее действительно тошнило от всего. И от родной матери в том числе.

Марина возвращалась домой и думала о том, что ее мать, к сожалению, не познала женского счастья и не имеет о нем представления. Для нее любовь — это штамп в паспорте и совместное проживание. А что там за проживание? Бездуховный труд, взаимное раздражение и водка как выход из постоянного негатива. Расслабление. Или, как сейчас говорят, — релаксация. Народ самоизлечивается водкой и от нее же вырождается.

Женщины крепче и выносливее мужчин. Мать не пьет, терпит эту жизнь. Но она даже не знает, бедная, как пахнет любимый мужчина.

У Рустама несколько запахов: его дыхание — земляника, подмышки — смородиновый лист, живот — сухое вино. Рустам пахнет всеми ароматами земли, чисто и трогательно, как грудной ребенок. И она готова его вдыхать, облизывать горячим языком, как волчица, и так же защищать.

Володька был эгоистичен в любви. Думал только о себе, как солист. Один и главный, и все должны под него подстраиваться. Рустам — совсем другое дело. Он приглашал в дуэт. Он и Она. Оба старались не взять, а дать счастье. И были счастливы счастьем другого.

О! Как она любила этого человека. Ей нравилось, как он ест: жует и глотает. Как он спит — мирно дышит, и живот ходит под ее рукой. Ей нравилось слушать его речь, хотя это была речь непродвинутого человека. Книжек он не читал. А зачем? Зачем нужны чужие мысли? И зачем разбираться в музыке, когда можно просто петь? А картины существуют только для того, чтобы вешать их на стену. Смотреть — не обязательно.

Его главная реализация — любовь. Вот тут он был великим человеком. Исторгать большое чувство и принять большое чувство — это тоже талант.

Для Марины существовали три ценности: дети, хозяйство и Рустам. Она хорошо готовила, умела и любила колдовать над кастрюлями. Женщина. Ее мать готовила плохо. Детей полулюбила. То есть любила, но ничего для них не делала. Любовь к мужчине для нее — грязь. Спрашивается, зачем живет человек?

И все же после разговора с матерью Марина пошла и сделала аборт. Одним больше, одним меньше.

Рустам тряс головой, вопрошал:

— Как ты можешь убивать в себе человека?

Марина не отвечала. Она могла бы сказать: «Женись, тогда и требуй». Но это — грубо. Если бы Рустам хотел на ней жениться, так она бы знала. А если не делает предложения — значит не хочет. И разговаривать на эту тему опасно. Можно договориться до разрыва. Остаться с правдой, но без Рустама. Лучше жить в неведенье счастливом.

Единственное, что позволяла себе Марина, — это вопрос:

— Ты меня не бросишь?

Он прижимал к сердцу обе руки и таращил глаза.

— Я тебя никогда не брошу... Мы всегда будем вместе. До смерти.

И она успокаивалась. До смерти далеко. И в каждом дне — Рустам.

* * *

Дни действительно бежали один за другим.

Саше исполнилось восемнадцать лет. Его забрали в армию, увезли куда-то. Поселили в казарме.

Через полгода Саша сбежал. Сел на поезд и добрался до Баку. Появился на пороге. Марина все поняла и обомлела. Ноги стали ватные. Побег из армии — это статья. Это тюрьма. А что делает тюрьма с восемнадцатилетним мальчиком — можно догадаться.

Марина кинулась к Рустаму. Рустам — к отцу-генералу. Генерал позвонил куда надо. Саша вернулся обратно. В части сделали вид, что не заметили его отсутствия. Вроде болел, а теперь выздоровел.

Через три месяца потребовался еще один звонок, и Сашу перевели служить под Баку. Он околачивался в военном санатории, подметал дорожки, таскал трубы и кирпичи. Батрачил. На выходные уходил домой. А потом постепенно стал ночевать дома. Все были спокойны. Благодаря кому? Рустаму.

Денег в семейный бюджет Рустам не вносил. Его зарплаты едва хватало на карманные расходы. Но у него в районе жили близкие родственники, и раз в месяц Рустам привозил полную машину небывалых по качеству и количеству продуктов: домашнее вино, битые индюки и поросята, фрукты, зевающие, еще живые, осетры.

Рустам сваливал это все на стол, получался натюрморт такой красоты, что даже жалко есть. Рустам в такие минуты чувствовал себя не нахлебником, а настоящим мужчиной — добытчиком и кормильцем.

Снежана задумчиво смотрела на усопшие мордочки свинячьих детей, на бледную шею индюка — поверженной жар-птицы, и в ее неокрепшей голове всплывали мысли о жестокости. Видимо, жестокость заложена в схему жизни как ее составляющая.

На выходные уезжали к морю: Марина, Рустам и Снежана. Каспийское море в те времена было чистым, целебным. Рустам заплывал далеко, даже страшно. Снежана в купальничке строила крепость из мокрого песка. Марина и тут хлопотала: чистила овощи, раскладывала на салфеточках. Горячее в термосе, у нее специальный термос с широким горлом, для первого и второго.

Рустам возвращался — холодный, голодный и соскучившийся. Прижимался волосатой грудью к ее горячему телу, нагретому солнцем. Целовал лицо в крупинках песка. Счастье — вот оно! Вот как выглядит счастье: он и она на пустынном берегу...

А мама Рустама все искала хорошую девочку из хорошей азербайджанской семьи. И нашла. Девочке было двадцать лет. Ее звали Ирада.

Рустаму имя понравилось. И девочка тоже понравилась: скромная, даже немножко запуганная. Ему было ее жалко. Рустам вообще был добрым человеком. Формы Ирады созрели и налились, у нее была большая грудь и роскошные округлые бедра, но женственность еще не проснулась в ней. Она смотрела на Рустама, как на диковинную рыбу в аквариуме, — с интересом, но отчужденно.

Ираде — двадцать, Рустаму — тридцать шесть, Марине — сорок два. В сорок два уже не рожают. А в двадцать рожают — и не один раз, а сколько угодно. Это обстоятельство решило дело. Рустам хотел детей. Он уже созрел для отцовства, а Марина упустила все сроки. Марина не захотела рисковать. А кто не рискует, тот не выигрывает.

Мать Рустама страстно хотела внуков, и Рустам должен был учитывать ее желание. Желание матери в мусульманском мире — закон.

Все кончилось загсом. И скромной свадьбой. И после свадьбы — постелью. Близость с Ирадой, конечно же, получилась. Но не дуэт. Не Моцарт. Так... собачий вальс.

Рустам заснул и плакал во сне. Утром мать спросила:

— Ты ей сказал? — Она сделала ударение на слове «ей». Она никогда не называла Марину по имени.

— Нет, — хмуро ответил Рустам.

— Пойди и скажи, — твердо приказала мать. — Она все равно узнает. Пусть она узнает от тебя.

Рустам сел на троллейбус и поехал к школе. Он хотел приготовить слова, но слова не подбирались. Рустам решил, что сориентируется на месте. Какие-то слова придут сами. Она может сказать: «С русскими вы гуляете, а женитесь на своих». И это будет правда, но не вся правда. А значит, ложь. Он скажет Марине, что это ложь. А она ответит: «Ты женился на девушке, которую знал десять дней. А меня ты знал десять лет. И ты обещал, что не бросишь до смерти...»

Рустам подошел к школе, но не решился войти в помещение. Это была территория Марины, и он не рисковал. Ему казалось, что здесь ему поддадут ногой под зад и он вылетит головой вперед.

Вышел учитель физкультуры Гейдар. Они были знакомы.

— Привет! — поздоровался Рустам.

— Салям, — отозвался Гейдар. — Тебе Марину? У нее дополнительные занятия.

— Позови, а? — попросил Рустам.

Гейдар скрылся за дверью и скоро появился.

— Идет, — сказал он и побежал на спортивную площадку. Там уже носились старшеклассники, как молодые звери.

Если бы Рустам читал стихи, ему бы вспомнились строчки одной замечательной поэтессы: «О, сколько молодятины кругом...» Но Рустам не думал о стихах. Он принес Марине плохую весть. В старину такие люди назывались горевестники и им рубили головы, хотя горевестники ни в чем не виноваты. Они — только переносчики информации. А Рустам — виноват, значит, ему надо два раза рубить голову: и как виновнику, и как горевестнику.

Марина появилась на широком школьном крыльце, кутаясь в серый оренбургский платок. Было начало марта, ветер задувал сердито. Рустам увидел ее женственность и беззащитность. Она куталась в платок, как девочка и как старуха — одновременно.

Он вдруг понял, увидел воочию, что бросил ее на произвол судьбы. И зарыдал.

— Что с тобой? — Марина подняла и без того высокие брови.

Рустам рыдал и не мог вымолвить ни одного слова.

Марина знала эту его готовность к слезам. Он часто плакал после любви, не мог вынести груза счастья. Плакал по телефону, когда скучал. Рустам был сентиментальный и слезливый, любил давить на чувства. И сейчас, после десятидневной командировки, он стоял и давил на чувства. Дурачок.

Марина снисходительно улыбалась. Обнять на пороге школы на виду у старшеклассников она не могла. Поэтому спросила:

— Вечером придешь?

— Приду, — отозвался Рустам.

— Я побегу, — сказала Марина. — У меня там внеклассные занятия.

Она повернулась и пошла. Не догадалась. Ничего не почувствовала. И это странно. Марина была очень интуитивна. Она слышала все, что происходит в любимом человеке. А здесь — тишина. Видимо, в самом Рустаме ничего не изменилось. В его паспорте появился штамп. Но это в паспорте, а не в душе.

Марина ушла. Рустам остался стоять. Слезы высыхали на ветру. «А в самом деле, — думал он, — почему бы не прийти вечером?» Что случится? Ничего не случится. Он ведь не может так резко порвать все корни своей прошлой жизни. Тридцать шесть лет — зрелый возраст: свои ценности, свои привязанности. Вот именно...

Вечером Рустам появился у Марины — с натюрмортом из сезонных овощей и фруктов, с куклой для Снежаны и с любовью для Марины, которая буквально хлестала из глаз и стекала с кончиков пальцев. Но в двенадцать часов ночи он засобирался домой, что странно. Рустам всегда ночевал у Марины. За ночь тела напитывались друг другом, возникала особая близость на новом, на божественном, уровне. Для Марины эта близость была важнее, чем оргазмы.

— Не могу остаться, — сказал Рустам. — Мама заболела. Мама — это святое. Марина поверила.

Мама болела долго. Год. Потом другой. Что же делать? Возраст...

Марина постепенно привыкла к тому, что он уходит. Ничего страшного. Ведь он возвращается...

Рустам приходил два раза в неделю: понедельник и четверг. Два присутственных дня. Остальное — с мамой. Этот режим устоялся. В нем даже были свои преимущества. Оставалось больше времени для детей.

Саша постоянно пропадал где-то, как мартовский кот. Приходил домой только поесть. Марина вначале волновалась, потом смирилась. Мальчики вырастают и вылетают, как птицы из гнезда.

Снежане — тринадцать лет, переходный возраст. Школа. Володька, законный отец, не интересовался детьми. Жил где-то в Иркутске со своей армянкой. Там тоже было двое детей.

Марина не понимала, как можно быть равнодушным к своей крови, к родной дочери, тем более она такая красивая и качественная. Чужие восхищаются, а своему все равно. Мусульмане так не поступают. Южные народы чадолюбивы. Лучше бы Рустаму родила. Но это если бы да кабы...

Снежана сидела в углу и учила к школьному празднику стихотворение Есенина. «Гой, ты, Русь моя святая...»

— Что такое «гой»? — спросила Снежана.

— Значит — эй, — объяснила Марина.

— Тогда почему «гой»?

Марина задумалась. Если бы они жили в России, такого вопроса бы не возникло. Она вздохнула, но не горько. Марина родилась в Баку, впитала в себя тюркские обороты, культуру, еду. Она любила этот доверчивый красивый народ. Она пропиталась азербайджанскими токами и сама говорила с легким акцентом. И не избавлялась от акцента, а культивировала его. И русское тоже любила — блины, песни, лица...

Марина была настоящей интернационалисткой. Для нее существовали хорошие люди и плохие. А национальность — какая разница...

Однажды Рустам уехал в Москву, в командировку. Сказал: на повышение квалификации. Он рос по службе и уже ходил в чине полковника.

Позвонил из Москвы и сообщил, что вернется через три дня, во вторник.

— Что приготовить: голубцы или шурпу? — радостно прокричала Марина.

— То и другое, — не задумавшись ответил Рустам.

Марина поняла, что он голодный и хочет есть. Где-то шатается, бедный, среди чужих и равнодушных людей. А он привык к любви и обожанию. Его обожает мать, Марина, ее дети, брат Джамал. Он просто купается в любви, а без нее мерзнет и коченеет. Кровь останавливается без любви.

— Как ты там? — крикнула Марина.

— Повышение квалификации, — крикнул Рустам.

Телефон щелкнул и разъединился.

Вечером позвонил встревоженный Джамал. Они были с Мариной знакомы и почти дружны. С женой Джамала Марина не общалась. Она видела, что та воспринимает ее вторым сортом. Не то чтобы джуляб, но не далеко.

— Рустам звонил? — спросил Джамал.

— Да. Он приедет во вторник, — услужливо сообщила Марина.

— А ребенок?

— Какой ребенок? — не поняла Марина.

— Его оставляют на операцию или нет? Что сказал профессор? — допытывался Джамал.

— Какой профессор? — Марина ничего не понимала.

Джамал замолчал. Трубку взяла его жена.

— Ребенка оставляют на операцию или отказались? — четко спросила жена.

— Какого ребенка?.. — повторила Марина.

— А ты ничего не знаешь?

— Что я должна знать?

Жена брата помолчала, потом сказала:

— Ладно. Разбирайтесь сами. — Бросила трубку.

Марина осела возле телефона... Во рту стало сухо. Она постаралась сосредоточиться. Итак: Рустам с каким-то ребенком поехал в Москву. Не на повышение квалификации, а показать профессору. Нужна операция. Значит, ребенок болен. Чей ребенок? Джамала? Но тогда Джамал сам бы и поехал. Значит, это ребенок Рустама. Он женился, и у него родился больной ребенок.

Марина вспомнила, как он рыдал на школьном крыльце. Вот тогда и женился. И с тех пор стал уходить домой ночевать.

Все выстроилось в стройную цепь. Обман вылез, как шило из мешка.

Рустам вернулся. Появился во вторник, как обещал. Его ждали голубцы и шурпа.

Он ел, и губы его лоснились от жира, капли стекали по подбородку.

Марина не хотела портить ему аппетит, но когда он отодвинул тарелку и отвалился, спросила:

— Что сказал профессор? Он берется делать операцию или нет?

Рустам навел на Марину свои голубые глаза и смотрел незамутненным взором.

— Ты женат, и у тебя ребенок, — сказала Марина в его голубые честные глаза.

— Кто сказал?

— Джамал.

— А ты слушаешь?

— Еще как...

— Врет он все. Он мне завидует. Он не любит жену, просто боится. Не слушай никого.

У Рустама было спокойное, чистое лицо, какого не бывает у лгунов. Ложь видна, она прячется искоркой в глубине глаз, растекается по губам. Марина усомнилась: кто же врет — Рустам или Джамал? Можно спросить, устроить очную ставку. Можно в конце концов приехать к нему домой. Предположим, она увидит жену и сына. И что? Она скажет: ты меня обманул. Но разве он обманывал? Разве он обещал жениться? Он только любил. И сейчас любит. Оставил больного ребенка — и к ней. Любовь к женщине сильнее, чем сострадание. Рустам был любовником и остался им. И все же мать Марины оказалась права: они женятся на своих.

— Слушай только меня и больше никого! — приказал Рустам и вылез из-за стола. — Все завидуют. Ни у кого нет такой любви...

Он икнул и пошел в душ.

Марина стелила кровать, но движения ее рук были приторможены. Руки уже не верили. И это плохой знак.

Потом они легли. От Рустама пахло не земляникой, как прежде, а тем, что он съел. Мясом и луком. Он дышал ей в лицо. Марина не выдержала и сказала:

— Пойди сполосни рот.

Рустам тяжело слез и пошел голый, как неандерталец. Было стыдно на него смотреть. И это тоже плохой знак.

Саша уехал первым. Он отправился в Москву с азербайджанскими перекупщиками овощей. В Москве торговал на базаре. Азербайджанцы держали его за своего. Акцент въелся как родной.

Там же на базаре познакомился с блондинкой, и Марина скоро получила свадебные фотографии. На фотографии Саша надевал обручальное кольцо на палец молодой невесте.

Невеста — никакая, мелкие глазки, носик как у воробья. Не такую жену хотела она своему Саше. Ну да ему жить...

Марина поплакала и устремила все свои чаяния на Снежану. Дочь ближе к матери.

Снежана заканчивала школу. В нее был влюблен одноклассник Максуд Гусейнов. Отец Максуда — министр.

Марина замерла в сладостном предчувствии. Ее дочь войдет в богатый престижный дом. И тогда статус Марины резко поднимется. Она уже не учительница младших классов, разведенка, русский джуляб. Она — сватья самого Гусейнова, у них общие внуки. Денег у Гусейновых хватит на детей, внуков и еще на четыре поколения в глубину. Можно будет бросить дополнительные занятия, и даже школу можно бросить. Она будет появляться в тех же кругах, что и родители Рустама — актриса и генерал, и сдержанно здороваться.

Но произошло ужасное. Снежана влюбилась в мальчика с соседнего двора, татарина по имени Олег. Олег — старший в

семье, у него десять братьев и сестер. Десять голодных голоза-
дых татарчат ползают по всему двору и жрут гусениц.

Как это случилось? Как Марина просмотрела? Узнала от
соседей. Оказывается, тот Олег каждый день ее провожает и они
каждый день отираются в парадном. Мать — джуляб, и дочь в
нее...

Марина поняла, что времени на отчаяние у нее нет. Надо
немедленно вырвать Снежану из среды обитания и отправить
подальше от Олега. В Москву. В Сашину семью. Саша нашел
медицинский техникум. Не врач, но медсестра. Тоже хорошо.

Отправили документы. Снежана получила допуск.

Надо было лететь в Москву.

Марина поехала проводить дочь. Самолет задерживался.
Зашли в буфет. Марина купила Снежане пирожное — побало-
вать девочку. Как она там будет на чужих руках? Сердце стыло
от боли. Снежана жевала сомкнутым ртом. Ротик у нее был маленький и трогательный, как у кошки. Глаза большие, круглые,
тревожные. Как любила Марина это личико, эти детские руки.
Но любовь к дочери была спрятана глубоко в сердце, а наружу
вырывалась грубость, как ядовитый дым. Точно как у матери.
С возрастом Марина все больше походила на мать — и лицом, и
характером. Умела напролом идти к цели, как бизон.

— Максуд знает, что ты едешь в Москву? — спросила Марина.

— Да ну его... — ответила Снежана.

Так. Все ясно. Статус останется прежним и даже упадет.
Деньги Гусейновых будут служить другим.

— А этот... — Марина даже не захотела выговорить имя
«Олег». — Этот знает?

— Я буду ему писать, — отозвалась Снежана. Не хотела рас-
пространяться.

— Скажи, пожалуйста, — вежливо начала Марина, — почему тебя тянет в самую помойку?

— Я его люблю. А твоего Максуда терпеть не могу. У него
пальцы как свиные сардельки.

— При чем тут пальцы?

— А что при чем?

— Перспективы, — раздельно произнесла Марина. — Какая перспектива у твоего аульного татарина? Метла? И что у вас будут за дети?

Снежана сморгнула, и две слезы упали в чашку с чаем.

— Не могу... — Марина расстегнула кофту. Ей не хватало воздуха.

Подошла официантка Джамиля, бывшая ученица Марины. В городе было полно ее учеников. Девочки, как правило, не тяготели к высшему образованию.

— Здрасьте, Марина Ивановна, — поздоровалась Джамиля. — Передали, рейс опять задерживается. Вы слышали?

— Ты иди, — участливо предложила Снежана. — Я сама улечу.

Марина растерянно посмотрела на Джамилю.

— Идите, идите... Я за ней присмотрю.

— Что за мной смотреть? — пожала плечом Снежана. — Что я, ребенок?

Марина поняла, что серьезного разговора с дочерью не получится. Слишком тесно стоят их души. Снежане эта теснота невыносима. Ей будет спокойнее, если Марина уйдет и перестанет мучить.

Марина ушла. Она ехала на автобусе и тихо плакала. Снимала слезы со щеки. Как медленно тянулся каждый день. И как мгновенно промчались семнадцать лет. И теперь вот Снежана уезжает. И хорошо, что уезжает. Первая любовь — нестойкая. С глаз долой, из сердца вон.

Марина вошла в свою квартиру через полтора часа, и тут же зазвенел звонок. Звонила Джамиля. Она сообщила, что Снежана не дождалась самолета. За ней приехал высокий черный парень, и они вместе куда-то испарились. И на посадке Снежаны не было.

— А билет? — растерянно спросила Марина.

— Ну вот... — ответила Джамиля. Что она могла добавить.

Билет пропал. Снежана сбежала с Олегом.

У Марины горело лицо, как будто наотмашь ударили дверью по лицу. «Ну вот...» — повторяла она.

Мать не знала любви и не понимала Марину. Но ведь Марина знает, что такое любовь-страсть, а тоже не понимает дочь. Что это? Конфликт поколений? Нет. Если бы Снежана выбрала Максуда — воспитанного и начитанного мальчика, золотого медалиста, — никакого конфликта поколений не было бы.

И дело не в деньгах. Дело в общении. В атмосфере семьи. Но с другой стороны, Рустам — тоже не философ. А она была с ним счастлива. И даже сейчас, после вранья, — тоже счастлива.

Марина металась по квартире, хотела бежать, но не знала куда. Она не знала, где живет этот Олег, будь он трижды проклят. Марина металась и билась о собственные стены, как случайно залетевшая птица.

Пришел Рустам — ясный и простодушный, как всегда. Марина ударилась о Рустама. Он ее поймал, прижал, пригрел. Она утихла в его руках.

— Как будет, так и будет, — философски изрек Рустам. — Что такое семнадцать лет? Это только начало. Рассвет. Даже раньше, чем рассвет. Первый солнечный луч. Пусть будет Олег. Потом другой. Зачем отдирать по живому? Само отвалится. Только бы не было последствий в виде ребенка.

Последствия не заставили себя ждать. Снежана ходила беременная. Марина узнала об этом через чужих людей. Снежана не звонила и не появлялась. Видимо, боялась.

Марина закрывала глаза и молилась, чтобы ребенок не появился на свет. Умер во чреве. Грех, грех просить такое у Бога. Но ребенок — крепкая нить, которая привяжет Снежану к Олегу. А Марина хотела получить дочь обратно, отмыть, нарядить и пустить в другую жизнь, где чисто и светло. Как у Хемингуэя.

Снежана появилась через полтора года с восьмимесячной девочкой на руках. Значит, тогда в аэропорту она была уже беременна.

Снежана размотала нищенские тряпки, и оттуда — узенькая, как червячок, — возникла девочка. У нее было русское имя — Александра, Аля. Она посмотрела на Марину и улыбнулась ей, как будто узнала. И улыбка эта беззубая резанула по сердцу. Марина тоже ее узнала. Родная душа прилетела из космоса.

Марина взяла девочку на руки и больше не отдала. А Снежана и не требовала обратно. Она собралась в Москву, учиться в медицинском техникуме.

Мать оказалась права. Теперь Снежана соглашалась с доводами Марины. Олег — это дно. Там жить невозможно. Даже собаки живут лучше.

«В Москву, в Москву...» — как чеховские три сестры.

Снежана — в Москву. А Марина — с маленьким ребенком на руках и с Рустамом два раза в неделю.

Сказать, что Марина любила Алю, значит, не сказать ничего. Она ее обожествляла. Девочка — вылитый отец, смуглая, с большими черными глазами, вырезанными прямо. Уголки глаз — не вниз и не вверх, а именно прямо, как на иконах. Носик ровный, а рот — как у котенка. Снежанин рот. Должно быть, Олег был красивым. Марина, ослепленная ненавистью, даже не рассмотрела его. А он был красивый и, наверное, нежный.

Теперь, когда Снежана его бросила, Марина была мягче к Олегу, но видеть не хотела. А зачем? И ребенка не хотела показывать. Она не хотела Алечку с кем-то делить. Даже с родным отцом. Надо сказать, что Олег и не настаивал. Он боялся Марины, как мелкий травоядный зверь боится крупного. Бизона, например. Не сожрет, так затопчет.

Когда Марина вспоминала свои непотребные молитвы, касающиеся беременной Снежаны, ее охватывал жгучий стыд, смешанный с ужасом. А если бы Бог послушал? Но слава Богу, он не прислушивается к глупостям. Он их игнорирует. Простил глупую бабу.

Алечка росла, развивалась и каждый месяц умела делать что-то новое: сказать «баба», «дай», хлопать в ладошки.

Настала осень, школьная пора. Алечку пришлось отдать в ясли. Потом в детский сад. Все сначала, как тридцать лет назад. И та же бедность, как в начале жизни.

Рустам не помогал. Откуда? Натюрморты от родственников перекочевали в семью. Он не мог разрываться на два дома. На Восьмое марта подарил вигоневый шарф в клетку: зеленую, черную и красную. Мрачный такой, красивый шарф. Вот и весь навар от Рустама. Но Марина не думала ни о каком наваре. Рустам пришел, чтобы украсить и осмыслить ее жизнь. Вот его роль и функция. Единственный человек, с которым Марина не была бизоном, — это Рустам. С ним она была — голубка. И его два присутственных дня уравновешивали и освещали всю неделю.

Правда, бывают мужчины, которые и осмысливают, и зарабатывают, и женятся. Но это у других.

От Саши пришло письмо. У него родился сын. Назвали Максим. Сейчас все мальчики — Денисы и Максимы. И ни одного Ермолая. Только у Солженицына.

Снежана вышла замуж за хорошего парня, зовут Олегом. Опять Олег. Русский, золотые руки, работает автомехаником.

Марина подняла глаза от письма. Автомеханик — тоже не профессор. Рабочий класс. Саша продает на базаре овощи. Ее дети не подняли жизненную планку.

Но самое интересное — Снежана не спрашивала: как Аля, как ее здоровье, на что они живут? Снежана отрезала от себя прошлую жизнь вместе с Алей, поскольку Аля — тоже часть ее прошлой жизни. Ничего себе...

Марине стало жгуче жаль свою маленькую внучку, которая никому не нужна, кроме своей бабки. Но ничего... Бабка еще в силе. Ее надолго хватит...

Вставали рано. Марине — в школу. Алечке — в сад.

Марина поднималась первая. Внучка сладко спала, подложив руки под щечку. Жалко было будить. Марина зажигала свет. Алечкины веки вздрагивали. Световой сигнал выдергивал ее из глубокого сна.

Потом Марина начинала ходить по комнате, пол скрипел, посуда в серванте отзывалась легким звоном. Эти слуховые сигналы тащили Алечку из глубокого сна на поверхность. И наконец она открывала глазки. Хныкала. Хотелось спать. Как хочется спать растущему организму. Но надо вставать. Это проклятое слово — надо. Не хочешь, а надо. Кому надо, спрашивается...

Рустам тоже любил Алечку, качал на ноге, пел песни по-турецки. Марина обмирала: вдруг уронит? Стояла рядом и следила.

Рустам смешно пел непонятные слова. Аля радостно дрожала личиком. Марина расслабленно улыбалась. Святое семейство.

Казалось, что так будет всегда. Но ничего не бывает всегда. Как говорила старуха соседка: «Чисто не находисси, сладко не напьесси...»

Настала перестройка. И грянул Сумгаит.

Чушки — так называли азербайджанцев из района — потекли, как мутные реки в город. Резали армян. Чушки шли в домоуправление, брали списки жильцов, вычленяли армян и шли по адресам. Смерть приходила на дом.

Такого не было с 1915 года, когда турки резали армян с нечеловеческой жестокостью. Все повторилось через семьдесят лет. Чушки гонялись за армянами, которые были повинны только в том, что они армяне. Армяне защищались, как могли. Карабах, Карабах — вся страна была взбудоражена этим круглым словом, катящимся, как камень с горы.

Азербайджанцы считали Карабах своей землей, поскольку она географически находилась на территории Азербайджана. Армяне считали Карабах своим, поскольку из глубины веков заселяли и возделывали эту землю.

Можно было бы все так и оставить, пусть каждый считает своей. Какая разница? Живут в дружбе, и все... Но дружбу сменила ненависть.

Ненависть — фатальное чувство, такое же, как любовь, но со знаком минус. Ненависть — как эпидемия. Охватывает все пространство и не знает границ. С армян перекинулась на русских. Неверные должны освободить мусульманскую землю. Азербайджан — для азербайджанцев. Все, кто другие, — езжайте к себе. И даже в школу занесло эту националистическую заразу. Директор-азербайджанец много молчал, сжав рот курьей гузкой. Дети дрались без причин.

Марина чувствовала себя виноватой непонятно в чем. Она боялась ездить в автобусе, боялась заходить в магазин. На нее смотрели с брезгливым пренебрежением. Хамили. Русский джуляб — это самое мягкое, на что можно было рассчитывать. Однажды двое молодых и вонючих затащили в подворотню и дали обломком кирпича по голове. Удар был не прямой, а скользящий. Содрало кожу. Кровь полилась, как из подрезанной овцы. Марина заорала во всю силу легких. Чушки вырвали у нее сумку и убежали.

В сумке было всего пять рублей и губная помада. И удар — она это чувствовала — неопасный для жизни. Так что, можно сказать, легко отделалась. Но Марина не замолкала. Стояла и кричала, плакала — и было в этом крике все: и предательство города, и предательство Рустама. И четкое понимание, что ничего уже нельзя изменить.

Марина решила уехать.

В Москву. К детям. Ее место — возле детей. Что ей сидеть возле женатого Рустама...

В Россию. В Москву, в Москву...

Настала минута прощания.

Рустам помогал собрать вещи, принес пустые коробки из-под марокканских апельсинов и моток бельевой веревки. Все-таки какая-то польза от него была.

Молча паковали книги, посуду. Рустам был деловит, но подавлен. Потом поднял голову и спросил:

— А как же я?

— Ты будешь жить с женой и воспитывать сына, — ответила Марина.

Он понял, что она все знает. Наивный человек, он до сих пор полагал, что Марина ему верит безоглядно.

Рустам опустил голову. Врать дальше он не хотел. Вернее, хотел, но в этом вранье уже не было никакого смысла.

— Что с твоим сыном? — спросила Марина.

— Врожденный порок сердца.

— Это опасно?

— До пятнадцати лет живут, — ответил Рустам.

— А сейчас ему сколько?

— Пять.

Значит, осталось еще десять. Одно дело — растить свое продолжение, а другое дело... Марине страшно было даже думать об этом. Она не хотела ставить себя на место Рустама даже в воображении. Бедный Рустам...

— Когда ты женился? — спросила Марина. — Когда к школе пришел? Когда плакал?

— Да...

— А почему не сказал?

— Я не мог. Ты прости...

Рустам заплакал, но иначе, чем всегда. Обычно он плакал, как ребенок, чтобы видели и сочувствовали, и утешали. Это был плач-давление. А сейчас он плакал, как мужчина. Прятал лицо.

— Я тебя прощаю, — сказала Марина. Он заплатил судьбе сполна. Что уж теперь считаться...

Она обняла его за голову. От его волос пахло чем-то родным и благодатным. От них ушло общее будущее, но прошлое осталось и въелось в каждую клетку. Все-таки любовь, если она настоящая, остается в человеке навсегда. Как хроническая болезнь.

Марина собралась в Москву не с пустыми руками. Она сосредоточилась и выгодно продала квартиру соседям — за шесть тысяч долларов. Деньги по тем временам немереные. Если перевести на рубли — миллионы. Считай, миллионерша.

Марина все узнала: можно прописаться в квартире сына или дочери. Не временно, а постоянно. Имея постоянную прописку, можно устроиться работать по специальности. Учителей не хватает, поскольку никто не хочет работать за маленькие деньги. Но маленькие — тоже деньги. Марина умела виртуозно экономить. Она могла бы даже написать диссертацию на тему «Выживание индивида в современных условиях».

Предстоящая жизнь рисовалась так: Саша с женой, двое детей — Максим и Аля. И она — глава рода, на хозяйстве и воспитании детей. Молодые работают. Марина — держит дом. Все логично. Впереди — счастливая старость, ибо нет большего счастья, чем служить своим детям.

Поезд отходил через сорок минут. Пришлось взять целое купе, иначе не уместились бы узлы и коробки. Провожал Рустам. А кто же еще...

Марина позвонила в Москву с вокзала. Набрала код Москвы и номер Сашиного телефона.

— Алё, — раздался молодой плоский голос. Марина догадалась, что это жена Людка.

— Сашу можно? — закричала Марина.

Она не доверяла технике, а ей необходимо быть услышанной.

— Его нет. А кто это?

— Марина Ивановна. Его мама.

— Ну... — скучно отреагировала Людка. — И чего?

— Передайте Саше, что я еду. Пусть он меня встретит послезавтра в семь утра, поезд Баку — Москва, вагон четыре, место шестнадцать...

Марина ждала, что Людка возьмет карандаш и все запишет: время прибытия, номер вагона. Но Людка недовольно спросила:

— В гости, что ли?

— Почему в гости? Жить.

— К нам?

— А куда же еще? — удивилась Марина.

Людка оказалась тупая. Мать едет к сыну. Что тут долго разговаривать? Но Людка, видимо, считала по-другому: сначала надо спросить разрешения, а не ставить перед фактом.

Марина бросила трубку. Вернулась к вагону. Рустам держал Алечку за руку, поглядывал на часы.

— Иди, — сказала ему Марина. Забрала Алечкину руку в свою.

Марина не хотела дожидаться той минуты, когда поезд тронется и Рустам побежит рядом, задыхаясь, чтобы хоть на секунды отодвинуть расставание. Ей было его жаль.

Жалеть надо было себя — сорвалась с места, как осенний лист, ни кола ни двора, и как там ее встретят, да и встретят ли... Жалеть надо себя, но она жалела Рустама — своего третьего ребенка. Как он будет справляться с жизнью, бедный мальчик, у которого еще один бедный мальчик...

Слезы жгли глаза, но Марина стиснула зубы.

— Иди, Рустам... — приказала она. — Иди и не оборачивайся.

Рустам послушался, он привык ей подчиняться, и пошел не оборачиваясь. Он уходил в свою жизнь, где больше не было счастья, а только долг и страдания.

Марина не спала всю ночь. Жалость и упреки скребли душу, как наждачная бумага. И непонятно, встретит ее Саша или нет.

Саша подошел к вагону и привел друзей. И они ловко погрузили в машину «рафик» все ее узлы и коробки.

Алечка стояла возле машины, тепло закутанная. Марина боялась перемены климата.

— Мне снились лошадки, — сказала Алечка.

— Да? — отреагировал Саша. Ему не хотелось вникать. Марина поняла: поезд ночью вздрагивал, покачивался, и Алечке казалось, что она едет на лошадках.

Марина наклонилась и поцеловала свою дочку-внучку. Ей было жалко ее, стоящую в толпе среди чужих, равнодушных людей.

Начиналась московская жизнь.

МОСКВА

Саша подавил яростное сопротивление жены, и Марина с Алей поселились в их двухкомнатной квартире, в районе Братеево. Братеево — название бывшей деревни. Марине казалось, что она попала не в Москву, а в город Шевченко с тоскливо одинаковыми блочными строениями.

Какой смысл жить в Москве, если обитаешь в Братеево? С таким же успехом можно жить в Тамбове или в Туле.

Снежана с мужем снимали комнату в Химках. Но даже туда Марина не попала, потому что ее не звали. Снежана с мужем сами приехали в гости, привезли торт и бутылку шампанского. Алечке — ничего.

Марина даже онемела от возмущения. Не видеть дочь четыре года и приехать с пустыми руками. Это что-то уж совсем непостижимое.

Отправляясь в Москву, Марина побаивалась, что Снежана заберет Алю. Но Снежане это и в голову не приходило. Она вся была в своем новом Олеге.

Новый Олег — с бородой и глазами как у Че Гевары. Но без беретки. Держался скромно.

Марина с места в карьер поинтересовалась квартирным вопросом и выяснила, что Олег со Снежаной снимают комнату в коммуналке.

— А где вы раньше жили? — спросила Марина у Олега.

— С родителями, — ответил Олег.

— Тоже в коммуналке?

— Нет. У нас трехкомнатная квартира.

— Вы там прописаны? — допрашивала Марина.

— Ну да...

— А почему вы не можете жить в одной из трех комнат? Разве лучше снимать? Выбрасывать деньги на ветер?

Снежана сжалась. Она видела, что мать ступила на тропу бизона и теперь будет переть, затаптывая всех и вся на своем пути.

— Я предпочитаю жить отдельно, — сдержанно ответил Олег. Он видел, что не нравится теще, и это его сковывало.

Марина догадалась, что родители Олега недовольны его браком на женщине с ребенком. Если прописать Снежану, то автоматом надо прописывать и Алю. Они не хотели чужого ребенка. Кому нужны чужие дети...

— Вы можете разменять жилплощадь, — подсказала Марина.

— Родители меняться не хотят. Они там привыкли. А судиться с ними я не буду.

— Почему? — Марина не видела другого выхода, кроме суда.

— Потому что это противоречит моим принципам. — Олег твердо посмотрел на тещу. — Родители уже старые, а я молодой. У меня профессия. Я все себе заработаю.

— Правильно, — одобрила Людка. — Поведение настоящего мужчины...

Для Людки было главным закончить дебаты и поднять рюмку. И залить глаза, тем более что на столе стояла классная закуска, приготовленная Мариной: паштет из печенки, три вида салатов, селедочка под шубой, а на горячее — утка в духовке, обмазанная медом. Запах по всему дому.

— За воссоединение семьи! — произнес Саша и метнул рюмку в рот.

Марина заметила, что он не пьет, а именно мечет — одну за другой. Научился. Еще Марина видела, что он заматерел, расширился в плечах, стал похож фигурой на Володьку, но выше ростом.

Семья накинулась на закуски. Максим ел не вилкой, как положено, а столовой ложкой, чтобы больше влезало.

Марина подвинула ему вилку и шлепнула по руке. Она не любила Максима за то, что он был похож на Людку. Копия. Те же мелкие глазки и воробьиный носик. Ей было стыдно сознаться даже себе самой, что она недолюбливает своего внука. Алю любила до самозабвения, а к Максиму — никакого чувства. Как к чужому. Людка это видела и обижалась: мало того что приперлась с ребенком, и теперь в двух комнатах живут пять человек. Общежитие. И плюс к общежитию она не любит Максима и позволяет себе это не скрывать. Устанавливает свои порядки на чужой территории. И Людка, хозяйка дома, должна все это терпеть...

Но сейчас ей было весело, впереди предстояла реальная выпивка, закуска и десерт — торт с розами.

Марина не любила шампанское, у нее начиналась отрыжка. И тяжелые масляные торты, бьющие по печени, она тоже не ела.

Марина поднялась из-за стола и пошла на кухню. На кухне всегда есть дела: шкварчала в духовке утка. Марина отворила дверцу духовки. Жар пахнул в лицо.

«Заработает... — думала Марина. — Когда это он заработает? Десять лет уйдет. Вся молодость будет пущена на заработки. Копить... Во всем себе отказывать... А жить когда?»

В кухню вошла Снежана. Остановилась молча.

— Он тебе не нравится? — тихо спросила Снежана.

— При чем тут я? — удивилась притворно Марина. — Тебе жить.

— Вот именно, — твердо сказала Снежана. — Я тебя очень прошу, не вмешивайся. Хорошо? Если он тебе не нравится, мы не будем сюда приходить.

Значит, Снежана готова была обменять мать и дочь на чужого нищего мужика. Она пришла договариваться, чтобы бизон не вытаптывал ее пшеницу.

Марина выпрямилась, смотрела на Снежану. Тот же черный костюмчик, в котором она пять лет назад сидела в аэропорту. Другого так и не купили. Тот же кошачий ротик, встревоженные полудетские глаза. Все это уже было... Этот урок уже проходили.

Марина обняла дочь, ощутила ее цыплячьи плечики.

— От тебя уткой пахнет, — сказала Снежана, отстраняясь. И это тоже было — у Марины с ее матерью. Только тогда пахло капустой...

Ну почему самые близкие, самые необходимые друг другу люди не могут договориться? Потому что Россия — не Азербайджан. Там уважают старших. Старший — муаллим, учитель. А здесь — старая дура...

У Людки было два настроения: хорошее и плохое. Людка работала в парфюмерном отделе большого универмага. За день уставала от людей. Приходила домой в плохом настроении: хотела есть и ревновала Сашу. Ей казалось, он всем нужен. Стоит на базаре, как на витрине, и любая баба — а их там тысячи — может подойти и пощупать ее мужа, как овощ. Саша казался Людке шикарным, ни у кого из ее подруг и близко не было такого мужа. И когда кто-то говорил о Саше плохо, она радовалась. Значит, кому-то он может не нравиться. Меньше шансов, что уведут.

Людка возвращалась домой никакая, садилась за стол. Обед уже стоял, накрытый чистой салфеточкой. Так Марина ждала когда-то Рустама. А под салфеточкой — фасоль, зелень, паштет. На сковороде — люля-кебаб из баранины. У Марины была азербайджанская школа — много зелени и специй. Бедная Людка никогда так не питалась. Ее повседневная еда была — яичница с колбасой и магазинные пельмени.

Людка молча поглощала еду в плохом настроении, потом шла в туалет и возвращалась в хорошем — легкая, лукавая, оживленная.

— Мам... — обращалась она к Марине.

Марину коробила простонародная манера называть свекровь мамой. Ну да ладно.

— У нас на первом этаже есть сосед — алкаш Димка Прозоров.

Марина отметила, что Прозоров — аристократическая фамилия. Может быть, Димка — опустившийся аристократ.

— Так вот, у него трехкомнатная квартира, он ее может обменять на двушку с доплатой.

— Какую двушку? — не поняла Марина.

— Ну, на нашу. У нас же две комнаты. А будет три. У каждого по комнате. Вам с Алей — одна. Нам с Сашей — спальня. Максиму — третья.

— А телевизор где? — спросила Марина.

— У вас. Не в спальне же.

— Значит, мы будем ждать, когда вы отсмотрите свои сериалы? У ребенка режим.

— Да ладно, мам, — миролюбиво сказала Людка. — Разберемся, ей-богу. В трех же лучше, чем в двух.

Людка поднялась и опять пошла в туалет. Оттуда вышла разрумянившаяся, раскованная, как будто сняла себя с тормоза.

Марина представила себе квартиру алкоголика. Туда просто не войдешь.

— А какая доплата? — спросила Марина.

— Пять тысяч. — Людка вытащила из сумочки дорогие сигареты.

— Чего?

— Чего-чего... Ну не рублей же.

— Долларов? — уточнила Марина.

— Ну... — Людка закурила. Это был непорядок, в доме дети, но Марина смолчала.

— А он что, один в трех комнатах? — удивилась Марина.

— У него семья, но они сбежали. — Людка красиво курила, заложив ногу на ногу. Ноги в капроне поблескивали.

— Сбежали, но ведь прописаны, — резонно заметила Марина.

— Пропишутся в нашей. Мы же их не на улицу выселяем. Мы им двухкомнатную квартиру даем. В том же подъезде. Привычка тоже много значит...

«Пять тысяч доплата, — размышляла Марина. — Тысяча — на ремонт. Итого шесть». Значит, она с ребенком остаются без единой копейки. Заболеть — и то нельзя. А впереди — одинокая больная старость. Старость — всегда одинокая и больная, даже в окружении детей.

— Нет у меня денег, — отрезала Марина.

— Да ладно, мам... Вы квартиру продали. У вас больше есть. Откуда она знает? Наверное, Алечка проговорилась. Алечка, как старушка, везде сует свой нос. А что знают двое, знает свинья. То есть Людка.

— Не дам! — отрезала Марина. — Мне пятьдесят лет. И оставаться с голым задом я не хочу.

— Мам... Ну вы ж приехали... Вы ж живете. Я ведь вас не гоню. Почему не вложиться? Внести свою долю в семью.

Марина вырастила сына, Людкиного мужа. Это и есть ее доля.

— Слово «нет» знаешь? — спросила Марина.

— Ну ладно... На нет и суда нет, — философски заметила Людка и удалилась в туалет.

Оттуда она не вышла, а выпала. Головой вперед.

Марина стояла над ней, не понимая, что же делать. Людка была громоздкая, как лошадь. Марина затащила ее на половик и на половике, как на санях, отвезла в спальню. Дети бежали рядом, им было весело. Думали, что это игра.

Потом они втроем громоздили Людку на кровать. Максим снимал с нее обувь. Алечка накрывала одеялом.

Дети по-своему любили Людку и не боялись ее.

*   *   *

Марина решила проверить туалет и нашла в сливном бачке бутылку водки. Ей стало все ясно: вот откуда Людка черпает хорошее настроение.

Вечером, дождавшись Сашу, Марина спросила:

— Ты знаешь, что Людка пьет?

— А как ты думаешь? — отозвался Саша. — Ты знаешь, а я нет?

Он устал и был голоден. Марина с любовью смотрела, как он ест. Нет большего наслаждения, чем кормить голодного ребенка. Марина старалась не отвлекать его вопросами, но не выдержала:

— А что, не было нормальных порядочных девушек? Обязательно пьянь и рвань?

— Поздно было, — спокойно ответил Саша. — Максим родился.

— А почему ты мне не писал?

— О чем? — не понял Саша. — Я написал, когда Максим родился.

— О том, что твоя жена алкоголичка.

— Я не хотел, чтобы ты знала. Теперь знаешь.

— А что же делать? — спросила Марина.

— Понятия не имею. Я не могу бросить ребенка на пьющую мать. И Людку я тоже бросить не могу.

— Почему?

— Мне ее жалко. Что с ней будет, посуди сама...

— Надо жалеть себя. Во что превратится твоя жизнь...

— Значит, такая судьба...

У Саши было спокойное, бесстрастное лицо. Как у Володьки. Но эту черту — жалеть другого вместо себя — он перенял у матери. Однако Марина совмещала в себе бизоний напор и сострадание. А у Саши — никакого напора и честолюбия. Одно только сострадание и покорность судьбе.

Марина стала вить гнездо. Она всегда гнездилась, даже если оказывалась в купе поезда — раскладывала чашечки, салфеточки, наводила уют. Прирожденная женщина. Недаром Рустам околачивался возле нее столько лет...

Первым делом Марина выбросила старый холодильник «Минск». Ему было лет сорок. Резина уже не держала дверцу, пропускала теплый воздух. Еда портилась. Марина отдала «Минск» Диме Прозорову, а в дом купила холодильник немецкой фирмы «Бош». Марина влезла в святая святых, в свои доллары, вытащила громадную сумму, шестьсот долларов, и завезла в дом холодильник — белый, сверкающий, с тремя морозильными камерами, саморазмораживающийся. Лучше не бывает.

Людка увидела и аж села. Не устояла на ногах.

— У-я... — протянула она. — Сколько же стоит этот лебедь-птица?

— Не важно, — сдержанно и великодушно ответила Марина. Это было ее вложение. Ее доля.

Людка отправилась в туалет. Марина решила, что сейчас — подходящее время для генерального разговора.

— Я пропишусь, — объявила Марина, когда Людка вернулась и села закурить. Закрепить состояние. — Я пропишусь, — повторила Марина. Это была ее манера: не спрашивать разрешения, а ставить перед фактом.

— Где? — насторожилась Людка и даже протрезвела. Взгляд ее стал осмысленным.

— Где, где... — передразнила Марина. — У своего сына, где же еще...

— Значит, так, — трезво отрубила Людка. — Ваш сын к этой квартире не имеет никакого отношения. Эту квартиру купил мне мой папа. Они с матерью копили себе на старость, а отдали мне на кооператив. Потому что я вышла замуж за иногороднего. Это раз.

— Но ведь Саша здесь прописан... — вставила Марина.

— Второе, — продолжала Людка, — если вы пропишетесь, то будете иметь право на площадь, и при размене мне достанется одна третья часть. Разменяетесь и засунете меня в коммуналку.

Стало ясно: Людка не доверяла Марине и ждала от нее любого подвоха.

— Если бы вы хотели, чтобы мы с Сашей нормально жили, вы бы вложили свои деньги. А вы не хотите...

Марина отметила, что Людка не такая уж дура, как может показаться.

— Люда... — мягко вклинилась Марина.

Она хотела сказать, что человек без прописки — вне общества. Бомж. Она не сможет устроиться на работу и даже встать на учет в районную поликлинику... Но Людка ничего не хотела слушать.

— Нет! — крикнула Людка. — Слово «нет» знаете?

Вся конструкция жизни, выстроенная Мариной, рушилась на глазах, как взорванный дом.

Она могла бы сказать: «На нет и суда нет» — но суд есть. И этот суд — Саша.

Саша торговал на базаре, но не выдерживал конкуренции. Азеры — так называли азербайджанцев — имеют особый талант в овощном деле, в выращивании и в продаже. Они ловко зазывали покупателей, умели всучить товар, как фокусники. Молодым блондинкам делали скидку. Пожилых теток вытягивали на дополнительные деньги, манипулируя с весами. Килограмм произносили «чилограмм». И сколько бы их ни поправляли, не хотели переучиваться, и несчастный килограмм оставался с буквой «ч».

А Саша стоял себе и стоял. Покупатели обходили его стороной, от Саши не исходила энергия заинтересованности.

Покупатели спрашивали: «Виноград импортный?» Конкуренты рядом таращили глаза и били себя в грудь: виноград краснодарский... Хотя откуда в апреле виноград?

А Саша соглашался: да, импортный. А значит, выращенный на гидропонике, и витамины там не ночевали. Так... декорация. Вода и есть вода. И пахнет водой.

Дорогой товар портился. Хозяин штрафовал. Саша постоянно оказывался в минусе. Он не любил зависеть, а приходилось зависеть дважды — от покупателя и от хозяина.

Саша возвращался домой усталый, опустошенный.

Марина кормила его, вникала душой, ласкала глазами. Спрашивала:

— А раньше ты приходить не можешь?

— Если бы у меня была своя палатка, я поставил бы туда Ахмеда, а сам сидел дома, с тобой и с ребенком.

— Ахмед — это кто? — не поняла Марина.

— Наемный работник. Таджик.

— Ты его знаешь?

— Да нет. Они все Ахмеды. Таджики скромнее, чем азеры. Меньше воруют.

— Так поставь.

— Нужен начальный капитал. Знаешь, сколько стоит палатка? Три тысячи долларов.

Марина сидела, придавленная суммой. Три тысячи — половина ее квартиры.

— Я бы поставил палатку возле метро, зарегистрировался, заплатил за место — и вперед. Десять процентов Ахмеду, остальное — мое. Чистая прибыль. Маленький капитализм.

— А палатки подешевле есть? — поинтересовалась Марина.

— Стоит не палатка, а место. Надо платить тем, кто ставит подписи.

— А можно не платить?

— Можно. Но тогда тебе не дадут торговать.

— Мафия? — догадалась Марина.

— У каждого свое корыто. Если хочешь зарабатывать, надо тратить.

Саша ел, широко кусая хлеб, как в детстве, и его было жалко.

Марина поднялась и вышла из кухни. Через несколько минут вернулась и положила перед Сашей тридцать стодолларовых купюр.

Саша взял их двумя руками, поднес к лицу и поцеловал. Наверное, ему казалось, что это сон. И он проверял: сон или реальность?

— Ты что? — удивилась Марина. — Грязные же...

— Твои деньги не грязные. Они святые. Через полгода я тебе все верну...

— Да ладно, — снисходительно заметила Марина. — Когда вернешь, тогда и вернешь.

Она гордилась своей ролью дающего. В ней все пело и светилось.

— Не жалко? — проверил Саша.

— Нет... — Марина покачала головой. И это была чистая правда.

Людка за стеной говорила с кем-то по телефону. Бубнила басом. И не знала, какие эпохальные события свершаются без ее ведома и за ее спиной.

Также за спиной и без ведома Людки Марина отнесла остальные деньги в банк МММ. Об этом банке она узнала из телевизора. Все программы были забиты Леней Голубковым. Леня стал народным героем, как Чапаев. Он осуществлял народную мечту — разбогатеть на халяву.

Люди наивно верили, что деньги можно вложить в банк и они вырастут сами, как дерево. Эту народную наивность и доверчивость плюс экономическую безграмотность использовали ловкие Мавроди. Создали пирамиду, которая должна была неизбежно рухнуть. И рухнула. И что интересно, целая толпа обманутых вкладчиков отказывалась верить в коварство Мавроди и защищала его, собираясь на митинги.

Марина на митинг не пошла. Она поняла все сразу. В Марине сочетались доверчивость и тертость. Поэтому она понимала и народ, и Мавроди. И еще она поняла, что деньги сказали «до свидания» — и это с концами. Концов не найдешь.

У Марины высох рот — произошел выброс адреналина в кровь. Так организм реагирует на стресс. Она стала мелко-мелко креститься и прочитала «Отче наш» от начала до конца. А что еще? Не в милицию же бежать.

Прошло полгода. Саша деньги не вернул по очень простой причине. Ее можно было предвидеть. Явились конкуренты и подожгли палатку. Утром Саша вышел из метро и сразу увидел перекореженный огнем остов палатки. Три тысячи унеслись в небо, превратившись в дым.

Саша пришел домой, внутренне обугленный и обожженный, как его палатка. Марина вдруг поняла, что Сашу могли сжечь вместе с палаткой или отстрелить в подъезде. Но ограничились поджогом. И слава Богу... Марина стала мелко-мелко креститься, приговаривать: «Господи, спаси и сохрани...»

Кроме Господа, ей не к кому было обратиться...

Неудовлетворенности накапливались, собирались в критическую массу. И однажды случился взрыв.

Причина — пустяковая, как всегда в таких случаях.

Дети разодрались из-за игрушки. Марина взяла сторону Али, а Людка, естественно, — сторону Максима. С детей перешли на личности, в прямом смысле этого слова: начали бить друг другу морды.

Саша вбежал в комнату, стал отдирать Людку от матери. Но Людка дралась истово, как бультерьер. Саша облил ее водой из графина. Людка отделилась на мгновение. Саша обхватил ее руками и, не зная куда деть, поволок на балкон.

Людка заорала: «Он меня выкинет!» Дети взвыли. У Саши было звериное лицо. Марина вдруг испугалась, что он ее действительно выкинет с седьмого этажа. И сядет в тюрьму.

Марина кинулась между ними и стала отдирать Сашу от Людки. И в конце концов ей это удалось.

Людка рыдала. Саша трясся, его бил нервный колотун. У Марины высох рот, язык стал шерстяной. Однако все обошлось без уголовки.

Разошлись спать. Было одиннадцать часов вечера.

Ночью Марина не спала. Она понимала: неудовлетворенности никуда не денутся, а, наоборот, накопятся. Противоречия со временем не исчезают, а обостряются. Марина никогда не согласится с пьянством Людки. А Людка не смирится со злобной бабой, которая ходит по квартире, как шаровая молния. Того и гляди шарахнет и все сожжет.

У Людки была своя правда: тяга к спиртному ей передалась от отца. Наследственное заболевание. Такое же, как любое другое. Например, как диабет. Почему диабетиком быть не стыдно, а алкоголиком стыдно? Ее любимый поэт Высоцкий тоже был алкоголик. И ничего. Правда, рано умер, но много успел.

Можно, конечно, подлечиться, но, говорят, женский алкоголизм злой, лечению не поддается. Можно себя закодировать, но тогда ты — это уже не ты, а кто-то другой. Можно зашиться, но если не выдержишь и выпьешь, умрешь в одночасье. Зачем такой риск? Пусть все идет как идет.

Марина ей мешала, как шкаф, который поставили посреди комнаты. Свекровь явилась как снег на голову и, вместо того чтобы сидеть тихо, как мышь, — командует, устанавливает свои порядки на чужой территории. Ни один зверь это не выдержит: перегрызет горло, забьет рогами...

Марина не спала в эту ночь. Она боялась за Сашу. Поставленный в безвыходное положение, он действительно выкинет Людку с балкона или утопит в унитазе. И сядет на большой срок.

Лучше она уйдет сама. Самоустранится. Но куда? К Снежане — невозможно, да и не хочется. Остается государство. Существуют миграционные службы, которые занимаются беженцами из горячих точек.

Беженцев где-то сортируют и селят. Надо узнать — где. В каком-нибудь отстойнике.

К утру Марина приняла решение: Алю — к матери. Сама — в отстойник. Хуже не будет. Да она и не волновалась за себя. Марина могла бы жить в пещере, есть корку хлеба в день, только бы знать, что у детей все в порядке.

Марина встала в шесть часов утра. Написала записку. И ушла. В сумке у нее лежало пятьдесят рублей.

Русские бежали из Узбекистана, из Баку, из Чечни...
Чиновники, которые занимались переселенцами из горячих точек, буквально сходили с ума. На них наваливалась лавина людей, враз потерявших все. Когда одни люди теряют все, а вокруг ходят другие, кто ничего не потерял, живут в своих домах, едят из своих тарелок, — создается перепад справедливости. И обиженные — точнее, несправедливо обиженные — становятся полузверьми, как собаки: они и ненавидят, и гавкают, и

стелются. И готовы укусить за лучший кусок, и высоко подскочить, чтобы выхватить кусок первому.

Марине не пришлось ни стелиться, ни подскакивать. Она спокойно доехала до Белого дома, там находился регистрационный пункт. Ее зарегистрировали вместе с остальными, такими же как она. Среди беженцев многие были из Баку, и это радовало. Все равно что встретить на войне земляков.

После регистрации подогнали автобус и отвезли в пустующий санаторий на станцию Болшево.

Некоторых разместили в санатории, а Марине повезло: ее поселили в новом доме из красного кирпича, который недавно выстроили для обслуги санатория. Обслуга подождет, у них есть площадь. А у беженцев нет ничего.

Марине досталась отдельная комната в двухкомнатной квартире.

В соседнюю комнату подселили русскую беженку из Чечни Верку с десятилетней дочерью Аллой. Верка была подстарковатая для такого маленького ребенка. Выглядела на пятьдесят. Может, поздно родила.

Девочка была похожа на кореянку, ничего с Веркой общего. Может, украла. А может, муж был кореец.

Верка рассказывала ужасы: пришли боевики, пытали, вырывали зубы. Марина слушала и холодела. Ей еще повезло: один раз дали по башке, и то не сильно.

— А за что? — спросила Марина.

— Как за что? За то, что русская.

Мир сошел с ума. Армян убивали за то, что они армяне. Евреев — за то, что евреи. А русских — за то, что русские.

— А чем они драли зубы? — спросила Марина.

— Плоскогубцами... — Верка раскрыла рот и показала младенчески голые десны в глубине рта...

Марина удивилась. Передние зубы у Верки целы, не хватает коренных. Если бы боевики орудовали плоскогубцами, то выдирали бы те зубы, к которым легче доступ, — то есть передние.

Марина подозревала, что Верка — аферистка и фармазонка. Всякий люд встречался среди беженцев. Одни прибеднялись, ходили в лохмотьях, чтобы вызвать жалость. Другие, наоборот, наряжались в золото и приписывали себе научные звания.

Был и настоящий профессор марксистско-ленинской философии. Он хорошо готовил и переквалифицировался в повара. Работал на кухне санатория.

Беженцев кормили три раза в день. Кормили неплохо, так что ни о какой пещере и корке хлеба вопрос не стоял.

Верка раз в месяц ездила в Москву, в Армянский переулок. Там Красный Крест выдавал пособие на детей. Деньги копеечные.

Марина быстро сориентировалась и стала подрабатывать на соседних дачах.

Вокруг санатория стояли кирпичные коттеджи новых русских. Марина мыла окна, убирала, готовила. Ей платили два доллара в час. Это тебе не Армянский переулок.

Верка говорила, что у нее высшее образование и самолюбие не позволяет ей убирать за богатыми. Как она выражалась, жопы подтирать... Марина так не считала. Можно и жопы подтирать. Работать не стыдно. Стыдно воровать.

Новые русские и их жены с Мариной не общались. Они говорили, что надо сделать, принимали работу и платили. Марина как личность была им совершенно не нужна и не интересна.

Вторая категория хозяев — богатые пенсионерки. Из бывших. Бывшие жены, бывшие красавицы. Они знакомились с Мариной, вникали, выслушивали, сочувствовали. Марина охотно шла на контакт и быстро соображала: что можно срубить с этой дружбы? Но срубить ничего не удавалось. Самое большое — старые шмотки. Дружба дружбой, а деньги врозь.

Марина была счастлива, что освободилась от ненавистной Людки. В разлуке ненависть обострилась. При воспоминаниях о невестке Марину буквально трясло. По Алечке — скучала и терзалась мыслью, что пятилетняя девочка спит в одной комнате со взрослыми.

Жизнь без Али немножко потеряла смысл. Одно только выживание не может стать смыслом жизни. Вокруг Марины были такие же пораженцы, как она. Это уравнивало и успокаивало. Марина никому не завидовала, кроме семьи профессораповара. Он уехал из Баку вместе с женой, и они ходили рядышком, как Гога с Магогой, руки калачиком.

Марина тоже хотела бы вот так же, руки калачиком, а не путаться под ногами у своих детей.

Отсутствие счастья вредно для здоровья. Мозг вырабатывает гормон неудовольствия, и человек расстраивается, как отсыревший рояль. И фальшивит. Должна быть пара. Комплект. Марина скрывала свою неукомплектованность, но затравленность стояла в глубине глаз.

Где ты, Рустам? Хотя понятно где. Со своей женой Ирадой. Нужен другой. Хоть кто-нибудь...

Сорокалетняя бухгалтерша Галина с нижнего этажа нашла себе жениха. Но никому не показывала. Наверное, стеснялась. Завидущая Верка предположила, что Галина выходит замуж по расчету. Но ведь настоящая любовь — тоже расчет. Человек берет сильное чувство и дает сильное чувство. Равноценный обмен.

Однажды Галина явилась с таинственным видом. У жениха есть родственник. Не старый, 55 лет. Желает познакомиться для создания семьи. Есть площадь в Москве и загородный дом с дровяным отоплением и без удобств. По объявлениям он знакомиться боится, мало ли на кого нарвешься. Лучше по рекомендации. Галина рекомендовала Марину.

— Так я же старая, — напомнила Марина.

— А он что, молодой?

— Эти пергюнты в шестьдесят ищут тридцатилетних, — заметила Верка.

— Ему нельзя тридцатилетнюю. У него сердце, — объяснила Галина.

— Так он помрет... — заподозрила Марина.

— Помрет — квартиру тебе оставит...

Галина оставила телефон и ушла. Марина выждала два дня для приличия и позвонила.

Голос был непродвинутый. Офицерский. Ну и что? Рустам тоже был военный. А кого ей предоставят? Нобелевского лауреата?

Марина стала договариваться о встрече.

— Меня зовут Владимир Константинович, — представился претендент. — Я буду ждать вас возле метро «Сокол».

— Лучше на «Белорусской», — предложила Марина.

— Почему?

— Мне ближе.

Марина не знала Москвы и боялась запутаться.

— А как я вас узнаю? — спросила она.

— У меня будет в руках газета. Моя фамилия Миколайчук.

— Зачем мне ваша фамилия? Я же не милиционер...

Установили день, время и место.

Марина отправилась на место встречи, как когда-то к Рустаму. Но без шарфика в горох, а в беретке на голове, поскольку волосы наполовину седые и непрокрашенные.

Марина вышла с вокзала, дошагала до метро и тут же увидела Владимира Константиновича. Он стоял в сером плаще, высокий и прямоугольный, как пенал. Серые волосы зализаны назад, серое лицо с высоким носом. Как у покойника. В руках газета, как и договаривались.

Марина не остановилась. Прошла мимо, не сбавляя ходу. Таким же целеустремленным шагом дошагала до платформы и вошла в электричку. Поезд тронулся в ту же секунду. Марина обрадовалась, как будто убегала от преследования.

Всю дорогу смотрела в окно. Ее история повторилась с точностью до наоборот. Знакомство по телефону. Газета в руке, надежда на перемену участи. Но тогда это было легко, бегом, взявшись за руки. А сейчас Владимир Константинович стоял, как гроб, поставленный вертикально. И лицо — гробовое. Где ты, Омар Шариф? Где ты, моя молодость, мой город?

Марина тихо плакала, снимая слезы мизинцем. А когда вошла в свою комнату — упала, не раздеваясь, на кровать и зарыдала во всю силу, как тогда в подворотне. И чувство было то же самое: полная обреченность и невозможность изменить что-либо. Так, наверное, чувствует себя шахтер под завалом.

Марина выла, будто прощалась с жизнью. А девочка стояла и испуганно смотрела черными корейскими глазами.

Верка нашла работу в фирме: распространять пищевые добавки. За каждую проданную партию она получала процент. Ее заработок зависел от ее настойчивости. Верка впивалась в людей, как энцефалитный клещ. Было легче купить, чем спорить.

Марина проявила железную твердость. Она не верила ни в какие добавки и подозревала, что очередной Мавроди делает бизнес на здоровье людей. Верка клялась, стучала кулаком в грудь, как цыганка. Но Марина устояла. У нее была цель: накопить денег и вывезти Алечку на лето. Алечка будет три месяца жить на природе, не хуже новых русских. Хуже, конечно. Но в конце концов, небо у всех одно, и воздух тоже один для всех.

В отстойнике начались волнения. Руководство санатория требовало освободить дом для законных владельцев.

У каждой стороны была своя правда. Беженцы заявляли, что они жертвы государства. И они — люди, а не стая бездомных собак.

Правда очередников состояла в том, что они пахали на санаторий десять лет почти бесплатно. За жилье. Они ждали эти квартиры, как манну небесную, и даже больше. Манной можно только утолить голод, а в доме — жить до конца дней. И законные очередники не намерены расплачиваться за ошибки государства. Пусть беженцы отправляются в Нечерноземье. На пустующие земли, которые никому не принадлежат. Пусть строят себе дома, создают фермерские хозяйства, а не занимают чужую площадь.

У профессора был знакомый в Государственной Думе. Он сказал: не отдавайте жилье, закон на вашей стороне.

И началось противостояние, как в Палестине, в секторе Газа.

Беженцы забаррикадировались в своих квартирах, а очередники собирались внизу в бурлящие толпы, выкрикивали угрозы и даже кидали камни.

В квартиру к Марине поднялись законные владельцы — молодая пара, муж и жена. Спокойно объяснили, что, если Марина не выкатится в течение трех дней, они наедут на ее семью.

Марина не знала, что такое «наедут», и поняла буквально: задавят машиной. Хорошо, если Людку. А если Алечку...

Марина побежала по поселку. Сняла возле станции комнату с верандой. Без удобств, как у Владимира Константиновича. Зато недорого. Она сложила узлы и в течение дня переволокла один за другим в новое жилище.

— Ты молодец против овец, — откомментировала Верка. — А против молодца — сама овца.

— А ты кто? — спросила Марина.

— Я никого не боюсь, — заявила Верка. — Я через все прошла...

Верка осталась. У нее действительно был большой опыт борьбы и противостояния. Она была бесстрашная и бессовестная — два качества, необходимые для выживания.

Профессора с женой оставили при санатории. Он был повар по призванию. В этой профессии любители превосходят профессионалов.

Оставили бухгалтера Галину. Она умела правильно составлять все документы, с ней не страшна никакая налоговая инспекция.

Хорошие специалисты оказались востребованы. Бесстрашные и рисковые остались сами. Остальные уехали в Кимры, создавать фермерское хозяйство. Где эти Кимры — никто толком не знал, но само слово «Кимры» не внушало доверия. Что-то среднее между кикиморой и мымрой.

Марина получила на лето Алечку. Каждое утро они просыпались в доме, пахнущем деревом, и видели в раскрытое окно цветущие яблони. Марине казалось, что ребенок наголодался за зиму. Она поила ее козьим молоком, откармливала витаминами. Алечка действительно расцвела, стала смугло-розовая, как абрикос. На нее оглядывались и заглядывались.

В середине лета заехали Снежана с Олегом. Марина отдала им комнату, а сама с Алечкой переселилась на веранду. Марина была рада, что семья в сборе. Все — как у людей. И готова была обслуживать и обихаживать эту семью, даже Олега.

Олег не ходил на работу. Снежана говорила, что он в отпуске. Но однажды после обеда к их даче подъехала машина, оттуда вышли двое бритых и черных, как чушки, и перемахнули через забор.

— Куда? — грубо остановила их Марина. — Ребенок спит.

Алечка действительно спала после обеда.

Чушки остановились. Появился Олег — он увидел их в окно. Втроем вышли за забор. Синхронно сели в машину и укатили. Все — молча. Как в кино.

Снежана стояла посреди участка. Смотрела вслед.

— Куда они его? — спросила Марина.

— Работать, — хмуро ответила Снежана.

Марина заподозрила неладное и стала вытягивать из дочери правду. И оказалось: год назад Олег взял деньги в долг, большую сумму, и не смог отдать вовремя. Его поставили на счетчик. Марина догадалась, что деньги он взял у бандитов. Порядочные люди на счетчик не ставят.

— А где он взял бандитов? — удивилась Марина. — Где он их нашел?

— Сейчас полстраны бандитов, — объяснила Снежана. — Сейчас проблема — где найти порядочных людей...

Олег — механик милостью Божьей. Он слышал машину, как хороший врач. Мгновенно ставил диагноз. Такие специалисты быстро раскручиваются, открывают свои мастерские, и деньги текут рекой. Но бандиты взяли Олега под колпак и заставили работать на себя: перебивать номера на ворованных машинах. Они сделали его соучастником, и если их шайку раскроют, Олег автоматом пойдет в тюрьму. При этом они ничего ему не платили. Денежный ручей полностью стекал в бандитский карман.

Олег решил скрыться. Сбежать. И сбежал в Болшево. К теще под крыло. Наивно полагал, что его не найдут. Но бандиты быстро вычислили. Как? Непонятно.

— А на что он брал деньги? — спросила Марина.

— На гараж.

— А сколько стоит гараж?

— Шесть тысяч, — ответила Снежана.

Те самые шесть тысяч, которые сгорели. Лучше бы им отдала.

Олег мог лежать весь день под машиной, а потом вернуться домой и, минуя душ, сразу к Снежане под бочок. Ему не мешал запах машинного масла, и Снежане, похоже, не мешал. Может быть, этот запах казался ей преувеличенно мужским и возбуждающим.

Брезгливая Марина не могла этого вынести.

— Скажи, чтобы он мылся! — приказала она. — Иначе я скажу.

— Куда он полезет под холодную воду в потемках? — заступалась Снежана.

Дело в том, что дача была без удобств. Душ стоял во дворе. Это была просто бочка, поднятая на трехметровую высоту.

— Можно нагреть в ведре, — находила выход Марина.

— Он устал, — не соглашалась Снежана. — И вообще... Какое твое дело? Он же не к тебе ложится, а ко мне.

Марина решила действовать самостоятельно. Она дожидалась Олега и просто не пускала его в дом. Перекрывала вход своим широким телом.

— Сначала под душ, потом пущу, — ставила она свои условия.

Олег усмехался снисходительно, не драться же ему с тещей... Он шел под душ. Марина выносила ему старую простыню и стиральный порошок. Ей казалось, что мыла — недостаточно.

Через полчаса продрогший Олег пробирался к Снежане.

Луна светила в окно. Олег дрожал как цуцик. У него зуб на зуб не попадал. Снежана обнимала его руками, ногами, губами, каждым сантиметром своей кожи. Она его жалела. Она ему верила. Она знала, что когда-нибудь бандитская паутина разорвется и все кончится и забудется, как дурной сон.

Как разорвется паутина? Что может случиться? Но в жизни бандитов случается ВСЕ. Они так и живут. Или все — или ничего. Однажды настанет ничего. На это Снежана и рассчитывала. И ее уверенность передавалась Олегу. Он засыпал с надеждой. И жил — с надеждой.

Они были счастливы. Несмотря ни на что.

У Марины были свои резоны.

— Ты должна его бросить, — втолковывала она. — Пусть он уезжает, а ты и Аля оставайтесь здесь. Я буду вас содержать.

— Я не хочу его бросать и не хочу оставаться здесь. Я хочу быть с Олегом, — спокойно реагировала Снежана.

— И носить передачу в тюрьму...

— Если понадобится, буду носить.

— Декабристка... — комментировала Марина.

— А что лучше? Всю жизнь — в любовницах?

Снежана ударила по самому больному: под дых.

— Я любила, — отозвалась Марина.

— И я люблю. И не лезь в мою жизнь. Чего ты добиваешься? Чтобы я разошлась и сидела у тебя под юбкой?

Марина заплакала. Алечка решила оказать моральную поддержку. Она взяла синий фломастер и написала на березе печатными буквами: «Я люблю бабушку». Буква Я стояла наоборот.

Марина ворочалась всю ночь без сна.

Накануне она позвонила Людкиной соседке. Соседка доложила: Людка с Сашей помирились, живут душа в душу. Саша работает, ребенок растет, Людка пьет. Все хорошо.

Снежана и слушать не хочет о перемене участи. Значит, все так и будет продолжаться. Невестка — пьянь. Зять — соучастник. Родственнички.

Почему все живут как люди, а у нее — все не как у людей. Что она сделала не так? В чем ее вина? Классический вопрос русской интеллигенции: кто виноват и что делать? Ей не приходило в голову, что никто не виноват и ничего не надо делать. Каждый живет свою жизнь. И чужой опыт никогда и никем не учитывается.

К утру вдруг пришло озарение. Марина с трудом дождалась, когда все встанут. За завтраком она торжественно объявила:

— Олег! Я знаю, что ты должен сделать. Ты должен пойти в милицию и заявить на твоих бандитов. Их арестуют, и ты станешь свободным, как птица.

— Какая птица, мамаша... — весело отозвался Олег. У него было хорошее настроение. — Фильтруйте базар.

— Что? — не поняла Марина.

— Думай, что говоришь, — перевела Снежана на русский язык.

— А почему базар?

— Базар — это противоречия.

— А на каком языке?

— На блатном, — объяснила Аля.

— Боже... — испугалась Марина. Шестилетняя Аля разбирается в блатном жаргоне. Что из нее вырастет?

— Если я их сдам, — объяснил Олег, — то они придут и завалят всю мою семью.

— Завалят? — переспросила Марина. — Это что, изнасилуют?

— Убьют, — уточнила Снежана.

— Кого? — похолодела Марина.

— Всех, — весело заключил Олег. — Придут и замочат.

Что такое «замочат», Марина поняла без объяснений. Ясно, что замочат в крови.

Марина перестала есть. Она просто не могла проглотить то, что было у нее во рту. И выплюнуть не могла. Она сидела с набитым захлопнутым ртом и в этот момент была похожа на лягушку, поймавшую комара.

Олег посмотрел на тещу и сказал серьезно:

— Марина Ивановна, вы законопослушный человек. Вы думаете: моя милиция меня бережет. Да? А сейчас другое время. И милиция другая. Сейчас менты. Я сдам бандитов, а менты сдадут меня. Понятно?

Марина сглотнула наконец. Повернулась к дочери. Раздельно произнесла:

— Или я. Или он.

— Он, — ответила Снежана.

— Ты меняешь родную мать на чужого мужика? — задохнулась Марина.

— Мы же говорили... — спокойно напомнила Снежана.

Вот и весь разговор. Коротко и ясно.

***

Последние полгода Марина работала в коттедже у банкира. У банкира — целый штат челяди: шофер, няня к ребенку и домашняя работница. Сокращенно: домраба. Именно этой рабой была Марина. Ей платили двести долларов в месяц, в то время как учителя в школе получали в десять раз меньше. Марина могла на свою зарплату снимать жилье, питаться и еще откладывать на черный день.

Марина совмещала в себе горничную и кухарку. Продукты питания были в ее распоряжении.

От многого немножко — не кража, а дележка. Марина откладывала кое-что для Алечки, так, по мелочи. Она называла это «сухой паек» и прятала паек в хозяйственную сумку. Сумку ставила в уголочек прихожей, чтобы не бросалась в глаза. Потом принималась за уборку.

Дом — большой, пятьсот метров. Марина вначале уставала, потом привыкла. Моющий пылесос, современные моющие средства и даже тряпки для мытья пола — все было заграничное, удобное. Дом сверкал чистотой.

В ванной комнате стояли тренажеры. В подвальном помещении — бассейн с подогревом. Все здесь было приспособлено для здоровья и долголетия. Обслуга в бассейн не допускалась. Для обслуги полагался душ.

Самого банкира Марина не видела. Он постоянно отсутствовал, зарабатывал деньги. Как Олег. Но банкир работал на себя, а Олег — на бандитов.

В спальне стояла фотография банкира: молодой и квадратный, как шкаф. Но ничего. С такими мозгами и с такими деньгами можно быть и шкафом.

Домом распоряжалась жена банкира Света. Света, с точки зрения Марины, походила на куклу Барби, сделанную в обществе слепых. Лицо — длиннее, чем надо, а тело — короче. При этом — белые прямые волосы и глубокое декольте — зимой и летом.

Марина догадывалась, что этот банкир слаще морковки ничего не ел. Барби обнаруживала его комплексы. Вот такую он хотел: блондинку с сиськами, но купил не в том магазине.

Марина тяжело вздыхала: разве Снежана хуже Светы? Лучше. Нежная, хрупкая, большеглазая девочка. Вот бы Снежана вышла за банкира, тогда Марина жила бы в этом доме хозяйкой, делала зарядку на тренажерах, плавала в бассейне, растила бы Алечку. А теперь вместо Алечки — Ниночка.

Ниночка, дочь Светы от первого брака, мордастая, со вздутыми щеками, росла как принцесса — вся в любви и витаминах. Ей полагалась нянька в отдельное пользование и индивидуальный уход. Она спала сколько хотела, потом ее кормили и водили гулять в песочницу, где Ниночка общалась с себе подобными.

Марина вспоминала, как она будила Алечку в детский сад, как Алечка не могла проснуться, и несправедливость стучала в груди, как пепел Клааса в сердце Тиля Уленшпигеля. Марина поджимала губы, чтобы справиться с разъедающим чувством. Она понимала, почему в семнадцатом году большевики подбили народ на революцию. «Грабь награбленное». Если бы сейчас появился новый Ленин и кликнул клич, Марина оказалась бы в первых рядах.

Приезжала мать Светы — ровесница Марины. За рулем, с мобильным телефоном. Она звонила, ей звонили. Чувствовалось, что ей все нужны и она, в свою очередь, нужна всем.

Марина смотрела на тещу и грезила наяву. Если бы она была банкировской тещей, тоже завела бы свое дело. У нее столько нераскрытых способностей. Марина бы выучилась водить машину, ездила в Москву, посещала модные тусовки, и ее показывали бы по телевизору. А может быть, завела бы себе поклонников и вертела бы ими. Вела молодую жизнь с маникюрами и мелированными волосами. А что? Пятьдесят лет — разве это старость? Старят не года, а бедность и неблагодарность.

Неблагодарность относилась не только к детям, но и к обществу. Где ты, Советский Союз, так любимый ею? Кто ты, сегодняшняя страна, которая превратила ее в бомжиху и обслугу?

Марина вздыхала, поджимала губы, смотрела по сторонам на чужое великолепие. Хорошо бы проснуться — и все как раньше. Все равны. Политбюро — как апостолы при Христе. Никто про них ничего не знает.

А сейчас — гласность. Все знают все. Как тонет подводная лодка с молодыми мужчинами. Как голодают шахтеры. Как воруют власти предержащие, и это называется «нецелевое использование». Как каждый день в Чечне убивают друг друга. И при этом кто-то плавает в бассейне и пользуется чужим трудом...

У одних — все. У других — ничего. Кто ТАМ, наверху, этим занимается? Наверное, в небесной канцелярии сломался компьютер и сигналы не поступают.

Бывают дни, когда воедино стекается все хорошее. А бывает — наоборот: удары судьбы подкрадываются, как волки с разных сторон, и нападают одновременно.

Марина уходила, как обычно, отработав свои пять часов. На террасе ее остановила Света и сказала:

— Дайте, пожалуйста, вашу сумку.

— Зачем? — спокойно спросила Марина, хотя это спокойствие далось с трудом.

— На досмотр, — объяснила Света и потянула к себе сумку.

Марина уступила. Не будет же она драться.

Света перевернула сумку вверх дном. На веранду посыпалась мелитопольская черешня — сухая и крупная, три лимона и три яблока. Плюс рыбка в фольге. Собака сеттер подбежала и тут же съела то, что ей понравилось. Фрукты она только обнюхала.

— Вы уволены, — сказала Светлана.

Марину обдало жаром. Лицо горело. Она поняла, что ее заложила нянька. Сволочь.

— Вам что, жалко? — спросила Марина. — Это же мелочь...

— Мелочь, — согласилась Света. — Но я не знаю, что вы захотите украсть в следующий раз.

— Я не воровка, — обиделась Марина. — Я интеллигентный человек. У меня высшее образование.

— Интеллигентные люди не берут без спроса. А высшее образование может получить любой жлоб. Сколько угодно жлобов с высшим образованием.

Света протянула Марине расчет. В конверте. Марина поняла, что спорить бесполезно.

— Я больше не буду, — пообещала Марина.

— Я не хочу об этом думать, будете вы или нет.

Рынок рабочей силы был огромный. Спрос превышал предложения. Таких, как Марина, было гораздо больше, чем таких, как Света. Свете гораздо проще было взять незатейливую хохлушку лет сорока, которая не вздыхает, губы не поджимает и по сторонам не глядит.

— До свидания, — проговорила Света и протянула Марине пустую сумку.

Марина молча взяла сумку и пошла, глядя под ноги, стараясь не наступить на черешню.

Сеттер бежал следом, провожая до калитки. Он любил Марину и всегда норовил поцеловать ее, допрыгнуть до лица.

Марина подошла к даче и не увидела машины Олега. Ступила на порог — шкафы пусты, все раскидано, как будто обокрали. Было заметно, что собирались второпях.

Марина заглянула на половину хозяев.

— Ты моих не видела?

— Они уехали, — ответила хозяйка.

— А что-нибудь сказали?

— Сказали: до свидания.

Марина вернулась на свою половину и легла на кровать.

Судьба подвела черту. У нее ничего не осталось: ни семьи, ни работы, ни жилья. Видимо, кому-то ТАМ она очень не нравилась.

Марина лежала и ни о чем не думала. Просто лежала, и все. Ничего не хотелось: ни есть, ни думать.

Начиналась глубокая депрессия.

Марина пролежала три дня. А потом решила покончить с этим прогоревшим мероприятием, именуемым ЖИЗНЬ. Как говорила Марина Цветаева: вернуть Создателю его билет. Попутешествовала на этом свете, и хватит. Она никого не обвиняла. Просто сама себе была не нужна, не говоря о других.

Марина вышла из дома и пошла в лес. Как она поставит точку, еще не решила. Можно повеситься на шарфе, который подарил ей Рустам. Однако висеть на виду у всех — не очень приятно. Можно прыгнуть с обрыва в реку, но река мелкая. Переломаешься и останешься жить в инвалидном кресле. Ни туда ни сюда. Не живешь и не умираешь.

Марина увидела сваленное дерево и присела отдохнуть.

Пели птицы. Солнышко мягко сеяло свет сквозь листву. В муравейнике шуровали муравьи. У каждого куча дел. Марина задумалась, глядя на живой дышащий холм. И в этот момент из-за деревьев появилась женщина — не первой молодости, но ухоженная. С хорошей стрижкой.

Женщина подошла к дереву и спросила:

— Можно?

— Пожалуйста, — отозвалась Марина и подвинулась.

Марина не подозревала, что ТАМ послали ей ангела-хранителя. Ангел был не первой молодости и с хорошей стрижкой.

АННА

Ее звали Анна. А его — Ферапонт.

Ферапонт — это Андрей Ферапонтов, ее муж, с которым прожила 24 года. На следующий год — серебряная свадьба.

Жили по-разному: и хорошо, и плохо, и совсем никуда. С возрастом противоречия не сглаживаются, а, наоборот, усугубляются. Они усугубились до того, что Ферапонт перестал спокойно разговаривать. Все время визжал, как подрезанная свинья, точнее — кабан. Видимо, Анна его раздражала.

Анна послушала этот визг и смылась на дачу. Сначала на день, потом на неделю, а потом осела и просто стала жить в доме на земле. Тишина, покой, время движется по-другому, чем в городе. До работы — на полчаса ближе, чем из городской квартиры. Машина — в теплом гараже. Собака Найда любит до самоотречения, смотрит с нечеловеческой, космической преданностью. Чего еще желать?

Дом остался от деда — врача. Сталин собрался расстрелять его в пятьдесят третьем году как отравителя. Но умер сам. А дед остался. И жил еще двадцать лет.

Отец деда тоже был земский врач, знал Чехова. А прабабка — сестра милосердия — знала великих княжон. Осталась фотография: прабабушка в госпитале вместе с великими княжнами Ольгой и Татьяной. Нежные лица, белые крахмальные косынки с красным крестом, доверчивые глаза.

Знакомый художник написал картину с этой фотографии. Серо-бежевый блеклый фон. Глаза сияют сквозь времена.

Анна повесила эту картину у себя в спальне. И когда просыпалась, смотрела на девочек начала века, а они — на нее.

После деда, кроме дачи, осталась восьмикомнатная квартира в доме на набережной. Квартиру сдавали иностранцам, на это и жили. Хватало на все и еще оставалось на отдых и путешествия.

Путешествовать Анна не любила. Ездить с Ферапонтом, постоянно преодолевать его плохое настроение — себе дороже. А отправиться одной — тоска.

В привычной трудовой жизни для тоски не оставалось времени. Она вела четыре палаты. Научилась быстро ходить и быстро разговаривать. Как диктор телевидения. Если пациент попадался бестолковый и не понимал с первого раза, у нее закипали мозги. Но Анна терпела, поскольку принадлежала к потомственным земским врачам. «Надо быть милосердным, дядя...»

Дача — деревянная, но крепкая. В доме имелся свой домовой, он шуршал по ночам. Иногда раздавался звук как выстрел. Может быть, это приходил дед.

Анна просыпалась и замирала, как труп в морге. По одеялу пробегал любопытный мышонок, думал, что никого нет.

Анна ждала рассвета. Зрело решение: завести кошку. Живое существо — смотрит, мурлыкает.

День выдался теплый и нежный, как в раю.

Анна побрела в лес. Вышла на поляну.

На сваленном дереве сидела женщина средних лет. О таких говорят: простая, русская. А кто не простой? Королева Елизавета? Не простая, английская...

Анна подошла и спросила:

— Можно посидеть?

Женщина подвинулась, хотя место было — целое бревно.

Анна села. Стала смотреть перед собой.

Если разобраться, то в ее жизни все не так плохо. Муж хоть и орет, но существует на отдельно взятой территории.

Сын — способный компьютерщик, живет в Америке, под Сан-Франциско. Имеет свой дом в Силиконовой долине. Женат на ирландке.

Дочь — студентка медицинского института. Живет у мальчика. Но сейчас все так живут. Раньше такое считалось позором, сейчас — норма.

Получается, что у Анны есть все: муж, двое детей, работа, деньги. Чего еще желать? Но по существу у нее — только больные, которые смотрят, как собака Найда. Анна спит в холодной пустой постели, и по ней бегает мышь. Вот итог ее двадцатичетырехлетней жизни: пустой дом и домовой в подвале. А что дальше? То же самое.

Женщина на бревне сидела тихо, не лезла с разговорами. И это было очень хорошо. Анна застыла без мыслей, как в анабиозе. Потом встала и пошла. Не сидеть же весь день.

Прошла несколько шагов и обернулась. Женщина поднялась с бревна и смотрела ей вслед.

— Вы ко мне? — спросила Анна.

Женщина молчала. Собаки ведь не разговаривают.

— Проходите, — пригласила Анна.

Анна и Марина стали жить вместе.

Анне казалось, что она провалилась в детство: то же состояние заботы и защиты.

Домовой притих, вел себя прилично. Мыши не показывались, возможно, убежали в поле.

Анна просыпалась от того, что в окно светило солнце. Ее комната выходила на солнечную сторону. Девушки с фотографии смотрели ясно и дружественно, как будто спрашивали: «Хорошо, правда?»

Внизу на первом этаже слышались мягкие шаги и мурлыканье. Это Марина напевала себе под нос.

Анна спускалась вниз.

На столе, под салфеткой, стоял завтрак, да не просто завтрак, а как в мексиканском сериале: свежевыжатый апельсиновый сок в хрустальном стакане. Пареная тыква. Это вместо папайи. В нашем климате папайя не растет. Свежайший, только что откинутый творог. Никаких яиц каждый день. Никаких бутербродов.

Анна принимала душ. Завтракала. И уезжала на работу.

Марина оставалась одна. Врубала телевизор. Включала пылесос и под совместный рев техники подсчитывала свои доходы.

Анна платила ей двести пятьдесят долларов в месяц плюс питание и проживание. Хорошо, что банкирша Света ее выгнала. Там полный дом народа, постоянные гости, некогда присесть. А здесь — большой пустой дом, его ничего не стоит убрать. Народу — никого. Сама себе хозяйка.

Марина почувствовала себя как в партийном санатории. Казалось, что она открыла новую дверь и вошла в новый мир. Когда Бог хочет открыть перед тобой новую дверь, он закрывает предыдущую.

Предыдущие двери захлопнулись, и слава Богу. Единственный гвоздь стоял в сердце: Аля. Когда Марина ела на обед малосольную норвежскую семгу, невольно думала о том, что ест сейчас Аля... Когда ложилась спать на широкую удобную кровать в комнате с раскрытым окном, невольно думалось: на чем спит Аля? И главное — где? Должно быть, на раскладушке в коридоре. Не положат же они шестилетнюю девочку в одну комнату с собой... А вдруг положат? Что тогда Аля видит и слышит? И какие последствия ведет за собой такой нездоровый опыт...

Марина тяжело вздыхала, смотрела по сторонам. Мысленно прикидывала: где Алечка будет спать? Можно с собой, можно в отдельную комнату. Места — навалом.

Марина собиралась переговорить на эту тему с Анной, ждала удобной минуты. Но найти такую минуту оказалось непросто. По будням Анна рано уезжала на работу и возвращалась усталая, отрешенная. Сидела как ватная кукла, с глазами в никуда. Не до разговоров. Марина чувствовала Анну и с беседами не лезла. Анна ценила это превыше всего. Самое главное в общении, когда удобно вместе молчать.

По выходным телефон звонил без перерыва. Звонили пациенты, задавали короткий вопрос, типа какое лучше лекарство — то или другое? И когда его лучше принимать — до или после еды? Казалось бы, какая мелочь. Разговор занимает две минуты. Но таких минут набиралось на целый рабочий день. Анна стояла возле телефона, терпеливо объясняла. А когда опускала трубку, из-под руки тут же брызгал новый звонок.

Марина хотела их всех отшить, но Анна не позволяла. Земские врачи прошлого, а теперь уже позапрошлого века тоже вставали среди ночи и ехали на лошадях по бездорожью. Сейчас хоть есть телефон.

И все-таки Марина нашла момент и произнесла легко, между прочим:

— Я привезу на месяц мою внучку...

Анна отметила: Марина не спрашивала разрешения, можно или нельзя. Она ставила перед фактом. Но Анна не любила, когда решали за нее. Она промолчала.

Анна уставала как собака, и присутствие в доме активного детского начала было ей не по силам и не по нервам.

Главный врач Карнаухов грузил на нее столько, сколько она могла везти. И сверх того. А сам принимал блатных больных. Можно понять. Зарплата врача не соответствовала труду и ответственности. Анна взятки не брала. Как можно наживаться на несчастье? А больное сердце — это самое настоящее несчастье. Во-вторых: деньги у нее были. Карнаухов страстно любил деньги, а они его — нет. Деньги никогда не задерживались у Карнаухова, быстро исчезали, пропадали. У Анны — наоборот. Она была равнодушна к деньгам, а они к ней липли в виде ежемесячной аренды за квартиру.

Подарки Анна принимала исключительно в виде конфет и цветов — легкое жертвоприношение, движение души. Анна складывала красивые коробки в бар. Это называлось «подарочный фонд».

Каждый день к вечеру Марина выходила встречать Анну на дорогу. Анна сворачивала на свою улицу и видела в конце дороги уютную фигуру Марины, и сердце вздрагивало от тихой благодарности. Спрашивается, зачем в ее возрасте нужен муж? Только затем, чтобы на него дополнительно пахать? Лучше иметь такую вот помощницу, которая облегчит и украсит жизнь... Марина и Анна, как две баржи, потерпевшие крушение в жизненных волнах, притиснулись друг к другу и потому не тонут. Поддерживают друг друга на плаву...

Вечером смотрели телевизор.

Анна включала НТВ, а Марина ненавидела этот канал за критику правительства. Марина была законопослушным человеком, и ее коробило, когда поднимали руку на власть. Нельзя жить в стране, где власть не имеет авторитета.

— При Сталине было лучше, — делала вывод Марина.

— При Сталине был концлагерь, — напоминала Анна.

— Не знаю. У меня никто не сидел.

Человек познает мир через себя. У Марины никто не сидел, а что у других — так это у других.

Иногда по выходным приезжали родственники: Ферапонт на машине и дочка с женихом — тоже на машине.

Анна носилась, как заполошная курица, готовила угощение — руками Марины, разумеется.

Усаживались за стол. Какое-то время было тихо, все жевали, наслаждаясь вкусом. Дочь ела мало, буквально ковырялась и отодвигала. Она постоянно худела, организм претерпевал стресс. От внутреннего стресса она была неразговорчива и высокомерна.

Анна лезла с вопросами, нервничала, говорила неоправданно много, заискивала всем своим видом и голосом. Хотела им нравиться, хотела подольше задержать. Журчала, как весенний ручей.

— Помолчи, а? — просил Ферапонт и мучительно морщился. — Метешь пургу.

— А что я говорю? Я ничего не говорю... — оправдывалась Анна.

Слово брал жених. Марина не вникала.

Потом спрашивала:

— Горячее подавать?

На нее смотрели с возмущением, как будто Марина перебила речь нобелевского лауреата.

Марина не могла свести концы с концами. Анна — глава семьи. Все они живут за ее счет, точнее, за счет ее дедушки. Вся недвижимость — квартира, дача, мебель, картины, все богатство — это наследство Анны. Почему они все относятся к ней как к бедной родственнице? И почему Анна не может поставить их на место? Вместо того чтобы выгнать Ферапонта в шею, отдала ему квартиру, купила машину...

Марине было обидно за свою хозяйку. Так и хотелось что-нибудь сказать этой дочке, типа: «А кто тебя такой сделал? Ты должна матери ноги мыть и воду пить...» Но Марина сдерживалась, соблюдала табель о рангах.

Потом родственники уходили довольно быстро.

Дочь тихо говорила в дверях, кивая на Марину:

— Какая-то она у тебя косорылая. Найди другую.

— А эту куда? — пугалась Анна.

— А где ты ее взяла?

— Бог послал.

— С доставкой на дом, — добавлял Ферапонт.

Анна видела: с одной стороны, они ее ревновали, с другой стороны, им было плевать на ее жизнь. Жива, и ладно. У них — своя бурная городская жизнь. Дочь была влюблена в жениха. Ферапонт — в свободу и одиночество, что тоже является крайней формой свободы.

Марина отмечала: родственники вели себя как посторонние люди. Даже хуже, чем посторонние. С чужими можно найти больше точек соприкосновения. Так что — богатые тоже плачут. Этими же слезами.

Анна выходила провожать. Отодвигала миг разлуки.

Родственники садились в машины и были уже не здесь. Взгляд Анны их цеплял, и царапал, и тормозил.

Стук машинной дверцы, выхлоп заведенного мотора — и аля-улю... Нету. Только резкий запах бензина долго держится на свежем воздухе. Навоняли и уехали.

Марина испытывала облегчение. Она уставала вдвойне: собственной усталостью и напряжением Анны.

Анна тоже была рада освобождению. Доставала чистые рюмки.

— Все-таки все они сволочи, — разрешала себе Марина. — И мои, и твои.

— Знаешь, в чем состоит родительская любовь? Не лезть в чужую жизнь, если тебя не просят... Ты лезешь и получаешь по морде. А я не лезу...

— И тоже получаешь по морде.

— Вот за это и выпьем...

Они выпивали и закусывали. Иногда уговаривали целую бутылку. Принимались за песню. Пели хорошо и слаженно, как простые русские бабы. Они и были таковыми.

> За это можно все отдать.
> И до того я в это верю,
> Что трудно мне тебя не ждать,
> Весь день не отходя от двери... —

выводили Марина и Анна.

— И что, дождалась? — спросила Марина, прерывая песню.

— Кто? — не поняла Анна.

— Ну эта... которая стояла в прихожей.

— Не дождалась, — вздохнула Анна. — Это поэтесса... Она умерла молодой. И он тоже скоро умер.

— Кто?

— Тот, которого она ждала, весь день не отходя от двери.

— Они вместе умерли?

— Нет. В разных местах. Он был женат.

— И нечего было ей стоять под дверью. Стояла как дура...

— Ну почему же... Песня осталась, — возразила Анна.

— Другим, — жестко не согласилась Марина. — Все вранье. Она вспомнила Рустама, который врал ей из года в год.

— Все врут и мрут, — жестко сказала Марина. Она ненавидела Рустама за то, что врал. И себя — за то, что верила. Идиотка.

— Но ведь песня осталась, — упиралась Анна.

И это правда. Ничто не пропадает без следа.

Дети не звонили Марине. Может быть, не знали куда. Марина исчезла из их жизни, хоть в розыск подавай. Но и розыск не поможет. Как найти человека, который вынут из обращения: ни паспорта, ни прописки...

Марина тоже им не звонила. Она поставила себе задачу: позвонить, когда купит квартиру. Она знала, что существует фонд вторичного жилья. Люди улучшают условия, старое жилье бросают, а сами переходят в новое. Эти брошенные квартиры легче сжечь, чем ремонтировать. Но существует категория неимущих, для которых и это жилье — спасение. Администрация города продавала вторичное жилье по сниженным ценам, в пять раз дешевле, чем новостройка.

Марина подсчитала: если она будет откладывать все деньги до копейки, то за два года сможет купить себе квартиру.

Анна весь день проводила на работе, и Марина по секрету подрабатывала на соседних дачах. И эти дополнительные деньги тоже складывала в кубышку. Кубышкой служила старая вязаная шапка.

Иногда, оставшись одна, Марина перебирала деньги в пальцах, как скупой рыцарь. Она просила Анну расплачиваться купюрами с большими рожами. Она боялась, что деньги с маленькими рожами устарели и их могут не принять.

Марина подолгу всматривалась в щекастого мужика с длинными волосами и поджатыми губами. Франклин. Вот единственный мужчина, которому она доверяла полностью. Только Франклин вел ее к жилью, прописке и независимости. Сейчас Марина жила как нелегальный эмигрант. Она даже боялась поехать в Москву. Вдруг ее остановят, спросят документы, и препроводят в ментовку, и запрут вместе с проститутками.

Володька и Рустам бросили ее в жизненные волны, карабкайся, как хочешь, или тони. А Франклин протянет ей руку и вытащит на берег.

74

Однажды днем зашла соседка, старуха Кузнецова, и попросила в долг сто рублей, заплатить молочнице.

Попросить у Марины деньги, даже в долг, значило грубо вторгнуться в сам смысл ее жизни.

— Нет! — крикнула Марина. — Нету у меня! — И заплакала.

«Сумасшедшая», — испугалась Кузнецова и отступила назад.

Собака Найда, чувствуя настроение хозяйки, залаяла, будто заругалась. Остальные собаки в соседних дворах подхватили, выкрикивая друг другу что-то оскорбительное на собачьем языке.

В середине лета Анна засобиралась в Баку.

В Баку проводилась всемирная конференция кардиологов под названием «Евразия». Съезжались светила со всего мира.

Карнаухов предложил Анне поехать, проветриться. Это была его благодарность за качественную и верную службу.

Узнав о поездке, Марина занервничала, заметалась по квартире.

Открыла бар, цапнула из подарочного фонда самую большую и дорогую коробку конфет «Моцарт». Положила перед Анной.

— Передашь Рустаму, — велела она.

— А ты не хочешь спросить разрешения? — легко поинтересовалась Анна.

— А тебе что, жалко? — искренне удивилась Марина. — У тебя этих коробок хоть жопой ешь.

Сие было правдой, коробок много. Но спрашивать полагается. В доме должна быть одна хозяйка, а не две.

Анна посмотрела на Марину. Она стояла встрепанная, раскрасневшаяся, как девчонка. Видимо, Марине было очень важно представить живого Рустама, как свидетеля и участника ее прошлой жизни. Не всегда Марина жила в услужении без возраста и прописки, нелегальная эмигрантка. Она была любимой и любящей. Первой дамой королевства, ну, второй... А еще она хотела показать Рустаму свою принадлежность к медицинской элите.

— Только ты не говори, что я у вас на хозяйстве, — попросила Марина. — Скажи, что ты — моя родственница. Жена двоюродного племянника.

— Если спросит, скажу... — согласилась Анна.

В конце концов, она вполне могла быть женой чьего-то двоюродного племянника. Все люди — братья...

Баку — красивый, вальяжный город на берегу моря. Жара стояла такая, что трудно соображать. А соображать приходилось. Доклады были очень интересные. Все собирались в конференц-зале, никто не манкировал, слушали сосредоточенно. Сидели полуголые, обмахивались.

Анна не пользовалась косметикой. Какая косметика в такую жару? В конференции участвовали в основном мужчины, девяносто процентов собравшихся — качественные мужчины, интеллектуальные и обеспеченные. Было даже несколько красивых, хотя умный мужчина — красив всегда. Но Анна не смотрела по сторонам. Эта сторона жизни: «он — она» — не интересовала ее совершенно. Была интересна только тема доклада: «Борьба с атеросклерозом».

Атеросклероз — это ржавчина, которая возникает от времени, от износа. Сосуды ржавеют, как водопроводные трубы. Их научились заменять, но чистить их не умеют. Для этого надо повернуть время вспять. Человек должен начать жить в обратную сторону, как в сказке. Однако Моисей, который водил свой народ по пустыне, имел точный возраст: 400 лет. И это может быть. Если атеросклероз будет побежден, человеческий век удвоится и утроится. По Библии, Сарра родила Иакова в девяносто лет. Вряд ли они что-то напутали в Библии.

Атеросклероз — это и есть старость. Потому что душа у человека не стареет. Вечная девушка или юноша. А у некоторых — вечный мальчик или девочка. Борис Пастернак определял свой возраст: 14 лет. Он даже в шестьдесят был четырнадцатилетним.

А сколько лет ей, Анне? От шестнадцати до девяноста. Иногда она была мудра, как черепаха, а иногда не понимала простых вещей. Ее было так легко обмануть... Потому что она сама этого хотела. «Я так обманываться рад...»

Скучно жить скептиком, всему знать свою цену. Никаких неожиданностей, никакого театра с переодеваниями. Все плоско и одномерно: счастье — временно, смерть — неизбежна. Все врут и мрут.

А вдруг не мрут? Просто переходят в другое время.

А вдруг не врут? Ложь — это не отсутствие правды. Ложь — это другая правда.

С Рустамом удалось встретиться в восемь часов утра. Другого времени у Анны просто не было. Конференция — это особое состояние. День забит, мозги — на определенной программе. И договариваться о встрече с незнакомым Рустамом — дополнительное усилие. Анна могла выделить на него пятнадцать минут: с восьми до восьми пятнадцати.

Рустам вошел в номер. «Уцененный Омар Шариф», — подумала Анна. Что-то в нем было и чего-то явно не хватало.

Анна не стала анализировать, что в нем было, а чего не хватало. У нее в распоряжении только пятнадцать минут.

Анна передала конфеты. На этом ее миссия заканчивалась. Рустам мог уходить, но ему было неудобно уйти вот так, сразу.

— Может, нужна машина, поехать туда-сюда? Может, покушать шашлык, зелень-мелень? — спросил он.

— Спасибо. Конференция имеет свой транспорт.

— Как? — Рустам напряг лоб.

— У нас проходит конференция кардиологов, — объяснила Анна.

При слове «кардиологов» Рустам напрягся. Этот термин он, к сожалению, знал очень хорошо.

— А можно моего сына показать? — спросил Рустам, и его лицо мгновенно осунулось. Глаза стали голодными. Сын — вот его непреходящий душевный голод. Перед Анной стоял совершенно другой человек.

— У вас есть на руках история болезни? — спросила Анна.

— Все есть, — ответил Рустам.

— Приводите его сегодня к двенадцати, — велела Анна. — До обеда можно будет организовать консилиум. Это будет частью конференции.

Рустам достал из кармана ручку и записал адрес на коробке конфет «Моцарт». Ему было не до конфет, не до Марины. Прошлое не имело никакого значения. Он стоял на стыке судьбы. Из этой точки судьба могла пойти вправо и влево.

Анна все понимала и не задавала лишних вопросов.

Рустам явился вовремя, как аристократ. Рядом с ним стоял его сын, серьезный, красивый мальчик. Его красота была не южной, рвущейся в глаза, а более спокойной. Глаза — серые, волосы — темно-русые, синюшные губы выдавали тяжелую сердечную недостаточность.

Его осмотрели детские кардиологи, профессор из Манилы и Карнаухов из Москвы. Состоялся консилиум. Каждый высказал свою точку зрения.

Мнения совпали: необходима операция. Время работает против ребенка. От постоянной кислородной недостаточности начинают страдать другие органы.

Еще пять лет назад такие дети считались обреченными. Но сейчас этот порок умеют устранять.

— Мы поставим вас на очередь, — сказал Карнаухов. — И вы приедете в Москву.

— А длинная очередь? — спросил Рустам.

— Примерно полгода.

— А почему так долго?

— Потому что больных много, а больница одна, — объяснила Анна.

— А где лучше, в Америке или у нас? — поинтересовался Рустам.

— В Америке дороже.

— Сколько? — уточнил Рустам.

Анна перевела вопрос на английский. Участники консилиума понимающе закивали. Назвали цену.

Анна перевела.

Брови Рустама приподнялись. Выражение лица стало дураковатое. Было очевидно, что для него названная сумма — понятие астрономическое.

— А что ты удивляешься? — вмешался мальчик. — Операция — высококвалифицированный, эксклюзивный труд, повышенная ответственность.

Анна перевела на английский. Участники консилиума заулыбались, закачали головами. Им нравился этот странный мальчик, и хотелось сделать для него все, что возможно.

— Ты любишь читать? — спросил Карнаухов.

— Естественно, — удивленно ответил мальчик.

— А что ты сейчас читаешь?

— Ленина и Сталина.

— У нас в доме собрание сочинений. От отца осталось, — объяснил Рустам. Видимо, отец был партийный.

Анна догадалась: мальчик не мог играть в детские игры, вести жизнь полноценного подвижного подростка. Много времени проводил дома, поэтому много читал.

— Интересно? — спросил Карнаухов.

— Сталин — не интересно. А Ленин — много лишнего текста.

— А у кого нет лишнего текста?

— У Пушкина. Только те слова, которые выражают мысль.

Анна вспомнила слова Высоцкого: «Растет больное все быстрей...» Природа чувствует короткую программу жизни и торопится выявить как можно быстрее все, что заложено в личность. Поэтому часто тяжело больные дети умственно продвинуты, почти гениальны.

Прием был окончен.

Анна вышла проводить и попрощаться.

— Что передать Марине Ивановне? — спросила Анна.

— Спасибо... За вас...

Рустам заплакал с открытым лицом. Его брови тряслись. Губы дрожали.

В жизни Рустама обозначилась надежда, как огонек в ночи. И эту надежду организовала Анна, которую он еще вчера не знал.

Рустам стоял и плакал. Анна не выдержала. Ее глаза увлажнились.

Мальчик смотрел в сторону. Не желал участвовать в мелодраме. Ему нравилось чувствовать себя сверхчеловеком — презрительным и сильным. Вне и над. Над схваткой.

Должно быть, начитался Ницше.

Анна вернулась в Москву.

Марина, как всегда, ждала ее на дороге.

Анна вышла из такси. Вытащила чемодан, коробки с подарками. Азербайджанцы надарили национальные сувениры.

— Ну как? — спросила Марина вместо «здравствуй».

Этот вопрос вмещал в себя многое: «Видела ли Рустама? Передала ли конфеты? Как он тебе показался? Что он сказал?»

— Симпатичный, — одним словом ответила Анна. Это значило: видела, передала и посмотрела и скромно оценила — симпатичный.

— И ребенок замечательный, — добавила Анна.

— Какой ребенок? — не поняла Марина.

Этот вопрос она уже задавала однажды Джамалу. И у нее было то же выражение лица.

— Сын Рустама. У него врожденный порок сердца. Они приедут в Москву на операцию.

— С женой? — сумрачно спросила Марина.

— Не знаю. Наверное...

Вошли в дом. На столе стояли пироги: с мясом, капустой и черникой. На плите изнемогал сложный суп с самодельной лапшой.

Когда хочешь есть и тебе дают — это счастье.

Уселись за стол.

— А кто их позвал? — спросила Марина.

— Что значит «позвал»? Их же не в гости позвали. По медицинским показаниям.

— А ты при чем?

— Я — врач. Рустам попросил, я помогла. А что? Не надо было?

Марина поджала губы. Анна — это ЕЕ человек. ЕЕ территория. И Рустам позволил себе тащить ТУ, предательскую, жизнь на территорию Марины.

Анна отправила в рот ложку супа. Закрыла глаза от наслаждения. В этом изысканном ужине пряталась вся любовь и забота. И легкое тщеславие: «Вот как я могу».

— Это не суп, — подтвердила Анна. — Это песня.

— А что он сказал? — спросила Марина.

— Кто?

Ничего себе вопрос.

— Рустам, — напомнила Марина.

— Ничего. Спросил, сколько стоит операция в Америке.

— А мне что-нибудь передал?

— Передал: спасибо... — «За вас» Анна опустила. Это могло быть обидно. Хотя и просто «спасибо» — тоже обидно после всего, что было.

Марина опустила глаза.

— Если вы любили друг друга, то почему не поженились? — простодушно спросила Анна.

— У него другая вера, — кратко ответила Марина.

Не скажет же она, что он ее бросил. Стряхнул, как рукавицу.

— Ну и что? У нас почти все врачи другой веры. И у всех русские жены.

— Евреи, что ли? — уточнила Марина. — Так евреи — вечные беженцы. Они выживают.

— Интересная мысль... — Анна улыбнулась.

Ее друзья и коллеги меньше всего похожи на беженцев. Скорее, на хозяев жизни. А татарин Акчурин — вообще Первый кардиолог.

— А какой у него сын? — осторожно спросила Марина.

— Потрясающий. Я бы его украла.

«Мог бы быть моим, — подумала Марина. — Только здоровым. От смешения разных кровей дети получаются лучше. Как котлеты из разных сортов мяса».

— Мальчик похож на Рустама? — спросила Марина.

— Гораздо умнее...

Так. Значит, Рустам показался ей недалеким.

Анна почувствовала себя виноватой, хотя не знала, в чем ее вина.

Они сидели на кухне, пили чай с черникой, и над их головами метались многие чувства.

Хлопнула входная дверь. В доме раздались легкие шаги.

— Кто это? — испугалась Анна.

— Алечка, — хмуро ответила Марина.

— Кто? — не поняла Анна.

— Моя внучка, кто же еще...

Марина по привычке устанавливала свои порядки на чужой территории. А почему ей в ее возрасте надо менять свои привычки? И что особенного, если ребенок подышит воздухом и поест хорошую еду? Здесь всего навалом. Половина выкидывается собаке. И взрослым полезно: не замыкаться друг на друге, а отдавать тепло — третьему, маленькому и растущему. Поливать цветок.

Анна замерла с куском пирога. Стало ясно: она — за порог, Аля — тут же появилась в доме. Марина — самостоятельна и независима. А независимость часто граничит со жлобством. Грань тонка.

Алечка тем временем привычно метнулась к холодильнику, взяла йогурт. Села в кресло с ногами. Включила телевизор.

Передавали какую-то тупую игру. Тупой текст наполнял комнату. Алечка смеялась.

— Выключи телевизор, — потребовала Анна.

— А вы пойдите на второй этаж. Там не слышно, — посоветовала Аля.

— Иди сама на второй этаж! — прикрикнула Марина. — Там тоже есть телевизор.

— Там маленький... — заупрямилась Аля. Но все-таки встала и ушла.

Анна сидела, парализованная открытием. Ее (Анну) не любят. Ее просто качают, как нефтяную скважину. Качают все: и Ферапонт, и Карнаухов, и целая армия больных. Думала, Марина — простая русская душа — жалеет и заботится. Но... Мечтанья с глаз долой, и спала пелена. Как у Чацкого.

Анна отодвинула тарелку и поднялась на второй этаж, в свою спальню.

Телевизор грохотал на втором этаже.

— Иди вниз, — приказала она Але.

— Ну вот... — пробурчала девочка. — То вниз, то вверх...

Однако телевизор выключила.

Алечкой можно было управлять, хоть и через сопротивление.

Марина осталась сидеть внизу с невозмутимым видом. Когда она нервничала, то надевала на лицо невозмутимость. Защитный рефлекс. Марина рисковала и понимала это. Если Анна взорвется и попросит их обеих убраться восвояси, ей просто некуда будет пойти. Алечку она отвезет к матери, а сама — хоть на вокзал. Сиди и встречай поезда.

Алечка спокойно спустилась. Кажется, пронесло. А может, и не пронесло. Завтра выгонят. Но завтра будет завтра. А сейчас надо покормить ребенка.

Марина усадила внучку за стол и стала подкладывать лучшие кусочки. Алечка вдохновенно ела, а Марина сидела напротив и благословляла каждый ее глоток.

Ночью Анна долго не могла заснуть.

Вспомнился рассказ деда, как во время войны он привел в дом беспризорника. Они с бабушкой его накормили, отмыли и одели. А он на другой день вернулся с друганами и обокрал дом. Доброту он воспринял как слабость.

Так и Марина. Выживает любой ценой. Карабкается из ямы вверх и тянет за собой внучку. Тут уж не до политеса. У таких людей, которые карабкаются из ямы вверх, не бывает ни совести, ни чести. Только желание вылезти.

Анна понимала всех. Только вот ее никто не хотел понять. Все только пользуются, как нефтяной скважиной. Но с другой стороны, если скважина существует, то почему бы ею не пользоваться... Нет зрелища печальнее, чем пустая заброшенная скважина.

Это был вторник. Анна запомнила, потому что вторник — операционный день. Анна вернулась уставшая.

Аля сидела перед телевизором и смотрела мультик.

Анна поужинала и поднялась в спальню. Хотелось пораньше лечь, побыть одной, почитать.

В спальне все было как всегда. Кроме одного: на фотографии «сестры» к лицам великих княжон пририсованы усы. Это значило одно: Аля пробралась в спальню и хозяйничала здесь как хотела.

Анна спустилась вниз и попросила Марину подняться.

Марина поднялась, увидела, но не нашла в этом ничего особенного. Дети любопытны и любознательны. Так они познают мир.

У Анны горела голова. Поднялось давление. Затошнило. Она села на кровать и попросила лекарство.

— Ты чего? — удивилась Марина. — Из-за этого? Я сотру.

— Марина... — слабым голосом произнесла Анна. — Собери, пожалуйста, свою внучку и отвези ее домой. Чтобы ее здесь не было. Поняла?

Марина вышла из комнаты.

Алечка сидела перед включенным телевизором, как нашкодивший котенок.

— Говна такая... — напустилась Марина. — Чего ты лазишь? Чего ты все лазишь?

Алечка задергала губами, готовясь к плачу. Ее личико стало страдальческим. Марина не могла долго сердиться на внучку. А на Анну могла.

«Подумаешь, барыня сраная...» — думала Марина, собирая Алечкины вещички.

Если бы Марина могла, если бы было куда — она ушла бы сейчас вместе с Алечкой навсегда.

Марина собрала спортивную сумку и вышла из дома, держа Алечку за руку.

Путь был долог. Сначала пешком до шоссе. Потом на автобусе, всегда переполненном. Далее — на метро.

В метро Алечка заснула, прикорнув теплой головкой к бабушкиному плечу. Марина смотрела сверху на макушку. Волосы были настолько черными, что макушка казалась голубой. К горлу Марины подступала любовь. Она не понимала, как может Алечка кому-то не нравиться.

Сейчас приедет к Снежане и уложит ребенка спать. А утром поищет работу возле дома — все равно кем, хоть сторожихой. Хоть за копейки, но рядом с семьей.

* * *

Снежана открыла дверь.

В Марину вцепился едкий запах кошачьей мочи.

— Какая вонь, — хмуро сказала Марина вместо «здравствуйте».

Кошка по имени Сара проследовала из комнаты в кухню.

У кошки ото лба к подбородку шла белая полоса, деля мордочку на две неравные части, от этого кошачье лицо казалось асимметричным.

— Какая уродина, — отреагировала Марина.

— Почему уродина? — возразила Алечка. — Очень красивая... — Она кинулась к кошке и подняла ее за лапы, поцеловала в морду.

Было видно, что Алечка соскучилась по дому и с удовольствием вернулась. Маленьким людям везде хорошо. Они не видят большой разницы между бедностью и богатством. Они видят разницу между «весело» и «скучно».

На кухне ужинал Олег. Видимо, только что вернулся с работы. «Много работает», — отметила про себя Марина.

Олег не вышел поздороваться. Он задумчиво ел, делал вид, что все происходящее за дверью кухни не имеет к нему никакого отношения.

— Ты разденешься? — спросила Снежана.

Она не спросила: ты останешься? Об этом не могло быть и речи. Вопрос стоял так: ты разденешься или сразу уйдешь?..

— Я пойду домой, — ответила Марина. — Уже поздно.

Марина сначала произнесла, а потом уже поразилась слову «домой». Она привыкла к дому Анны и ощущала его своим. Она его прибирала, знала каждый уголок и закуток. Это был чистый, экологический, благородный дом, запах старого дерева и живые цветы на широких подоконниках.

Анна лежала и смотрела в потолок. Она рассчитывала на Марину, хотела прислониться к чужой, приблудшей душе. Но чужие — это чужие. Только свои могут подставить руки, потому что свои — это свои.

85

Может быть, вернуться в Москву? Жить с Ферапонтом? Заботиться о нем? Плохая семья лучше, чем никакой. Это установлено психологами.

Анна встала и набрала московскую квартиру. Услышала спокойный, интеллигентный голос Ферапонта:

— Да... Я слушаю.

— Это я, — произнесла Анна. — Как ты там?

— Ничего... — немножко удивленно проговорил Ферапонт.

— Что ты ешь?

— Сардельки.

— А первое?

— Кубики.

— Хочешь, я приеду, сготовлю что-нибудь, — предложила Анна.

— Да ну... Зачем? — грустно спросил Ферапонт.

Анна почувствовала в груди взмыв любви.

— Может, мне переехать в Москву? — проговорила Анна.

— Ну, не знаю... Как хочешь...

В глубине квартиры затрещал энергичный женский голос.

— Ну ладно, я сплю, — сказал Ферапонт и положил трубку.

Анна смотрела перед собой бессмысленным взором. Что за голос? У него в доме баба? Или работает телевизор?

Анна прошла в кабинет, включила телевизор. Фигуристая молодуха с большим ртом энергично рассказывала о погоде. О циклоне и антициклоне.

Анна стояла с опущенными руками. А вдруг все-таки баба? Тогда возвращаться некуда. Остается вот этот пустой дом, затерянный в снегах.

«Хотя бы Марина скорее вернулась», — мысленно взмолилась Анна.

Она легла, попыталась заснуть. Но в мозгах испортилась электропроводка. Мысли коротили, рвались, прокручивались. И казалось, что этому замыканию не будет конца.

Где-то около двух часов ночи грюкнула дверь.

«Марина», — поняла Анна, и в ней толкнулась радость. Стало спокойно. Анна закрыла глаза, и ее потянуло в сон, как в омут.

Какое это счастье — после тревожной, рваной бессонницы погрузиться в благодатный сон.

Наступила весна. Солнце подсушило землю.

Марина сгребала серые прошлогодние листья и жгла их. Плотный дым шел вертикально, как из трубы.

В доме раздался телефонный звонок. Марина решила не подходить. Все равно звонят не ей. А сказать: «Нет дома» — это то же самое, что не подойти. Там потрезвонят и поймут: нет дома. И положат трубку. Марина продолжала сгребать листья. Звонок звучал настырно и как-то радостно. Настаивал.

Марина прислонила грабли к дереву и пошла в дом.

— Слушаю! — недовольно отозвалась Марина.

— Позовите, пожалуйста, Джамала! — прокричал голос. Этот голос она узнала бы из тысячи.

— Какого еще Джамала? — задохнулась Марина. — Ты где?

— Я в Москве! Мне вызов пришел. Слушай, мне не хватает на операцию. Мне больше не к кому позвонить.

— Сколько? — крикнула Марина.

— Две штуки?

— Рублей?

— Каких рублей? Долларов.

— А ты что, без денег приехал? — удивилась Марина.

— Они сказали, в Америке дорого, а у нас бесплатно. Я привык, что у нас медицина бесплатная...

— А когда надо?

— Сегодня... До пяти часов надо внести в кассу.

— Ну, приезжай...

Марина не раздумывала. Слова шли впереди ее сознания. Как будто эти слова и действия спускались ей свыше.

— Приезжай! — повторила Марина.

— Куда поеду, слушай... Я тут ничего не знаю. Привези к метро. Я буду ждать.

— Ладно! — крикнула Марина. — Стой возле метро «Белорусская». Я буду с часу до двух.

— А как я тебя узнаю? — крикнул Рустам.

— На мне будет шарфик в горошек. Если я тебе не понравлюсь, пройди мимо.

Рустам странно замолчал. Марина догадалась, что он плачет. Плачет от стыда за то, что просит. От благодарности — за то, что не отказала. Сохранила верность прошлому. Ему действительно больше не к кому было обратиться.

Марина бежала до автобуса, потом ехала в автобусе. Ее жали, мяли, стискивали. Какие-то цыгане толкали локтем в бок.

Наконец Марина вывалилась из автобуса. Направилась к метро. И вдруг увидела, что ее сумка разрезана. Марина дрожащими пальцами расстегнула молнию. Распялила сумку. Кошелька нет. Две тысячи долларов — все, что она заработала за восемь месяцев, перешли в чей-то чужой карман. Сказали: «До свидания, Марина Ивановна». Двадцать щекастых франклинов помахали ей ручкой: «Гуд бай, май лаф, гуд бай...» В глазах помутилось в прямом смысле слова. Пошли зеленоватые пятна. Чувство, которое она испытала, было похоже на коктейль из многих чувств: обида, злоба, ненависть, отчаяние и поверх всего — растерянность. Что же делать? Ехать на «Белорусскую» и сообщить, что денег нет. Деньги украли. Тогда зачем ехать? Рустам ждет деньги, от которых зависит ВСЕ. В данном случае деньги — больше чем деньги.

Марина остановила машину.

— Куда? — спросил шофер, мужик в возрасте.

— Туда и обратно, — сообщила Марина.

Мужик хотел уточнить, но посмотрел в ее лицо и сказал:

— Садитесь.

Марина вбежала в дом. Кинулась к письменному столу. В верхнем ящичке лежала груда янтарных бус, под бусами конверт, а в конверте — пачка долларов. Наивная Анна таким образом прятала от воров деньги. Думала, что не найдут. Если воры заявятся и сунутся в ящик — увидят бусы, а конверт не заметят.

Марина давно уже нашла этот конверт и даже пересчитала. Там лежали шесть тысяч долларов. Или, как сейчас говорят, шесть штук.

Она отсчитала две штуки, остальные сложила, как раньше. Сверху тяжелые бусы.

Марина не отдавала себе отчета в том, что делает. Главное, чтобы сегодня деньги попали к Рустаму. А там хоть трава не расти.

Марина себя не узнавала. А может быть, она себя не знала. Ей казалось, что она не простила Рустама. Она мысленно проговаривала ему жесткие, беспощадные слова. Она избивала его словами, как розгами. А оказывается, что все эти упреки, восходящие к ненависти, — не что иное, как любовь. Любовь с перекошенной рожей. Вот и поди разбери...

Машина ждала Марину за воротами. Шофер подвез к самому метро «Белорусская». Запросил пятьсот рублей. Еще вчера эта трата показалась бы Марине космической. А сегодня — все равно.

Рустам растолстел. Живот нависал над ремнем. Кожаная курточка была ему мала.

Марина помнила эту курточку. По самым грубым подсчетам, курточке — лет пятнадцать. Значит, не на что купить новую.

Она знала, что милиция разошлась по частным охранным структурам. Рустам — стар для охранника. Значит, сидит на старом месте. За гроши.

Рустам смотрел на Марину. Из нее что-то ушло. Ушло сверкание молодости. Но что-то осталось: мягкие славянские формы, синева глаз.

Рустам стоял и привыкал к ней. Жизнь помяла их, потискала, обокрала, как цыганка в автобусе. Но все-таки они оба живые и целые, и внутри каждого, как в матрешке, был спрятан прежний.

— Знаешь, я стал забывать имена, — сознался Рустам. — Не помню, как кого зовут. А то, что ты сказала мне в пятницу десять лет назад, — помню до последнего слова. Ты моя главная и единственная любовь.

Марина помолчала. Потом сказала:

— И что с того?

— Ничего. Вернее, все.

Ничего. И все. Это прошлое нельзя взять в настоящее. Марина не может позвать его в свою жизнь, потому что у нее нет своей жизни. И он тоже не может позвать ее с собой — таковы обстоятельства.

У них нет настоящего и будущего. Но прошлое, где звенела страсть и падали жуки, принадлежит им без остатка. А прошлое — это тоже ты.

Марина протянула деньги.

Рустам взял пачку, сложил пополам, как обыкновенные рубли, и спрятал во внутренний карман своей многострадальной курточки.

— Я не знаю, когда отдам, — сознался он.

Вторичное жилье сделало шаг назад и в сторону. Это па называется «пусть повезет другому». Но было что-то гораздо важнее, чем жилье, прописка и пенсия.

— Ты ничего не меняй, ладно? — вдруг попросил Рустам. — Я к тебе вернусь.

— Когда?

— Не знаю. Не хочу врать.

— И то дело... — усмехнулась Марина. Раньше он врал всегда.

Марина возвращалась на метро. На автобусе. Потом шла пешком. Свернула в лес к знакомому муравейнику. Села на сваленное бревно.

Какая-то сволочь воткнула в муравейник палку, и муравьи суетились с утроенной силой. Восстанавливали разрушенное жилище.

Марина вгляделась: каждый муравей тащил в меру сил и сверх меры. Цепочку замыкал муравей с огромным яйцом на спине. Муравей проседал под тяжестью, но волок, тащил, спотыкаясь и останавливаясь. И должно быть, вытирал пот.

Марина вдруг подумала, что Земля с людьми — тоже муравейник. И она среди всех тащит непосильную ношу. А кто-то сверху сидит на бревне и смотрит...

СВИНЯЧЬЯ ПОБЕДА

 нее было красивое торжественное имя: Виктория. И фамилия, которой она стеснялась: Поросенкова. Получалось: Виктория Поросенкова — идиотское сочетание. Свинячья победа. Но ничего не поделаешь. Фамилию человек получает от родителей, так же как и внешность. Какая есть — такая есть. И надо сказать «спасибо». Могло бы и не быть никакой.

Внешность у Виктории тоже слегка свинячья: рыжие ресницы, рыжие волосы, голубые глаза и десять килограммов лишнего веса. Тонкая талия, пышный зад, нежная кожа — копия Саскии Рембрандта. Великий художник Рембрандт тут же посадил бы Викторию на колени. А современные мужчины не торопились. Исключение составляли азербайджанские перекупщики. Когда Виктория приходила на базар, они с большим одобрением смотрели ей вслед и предлагали фрукты бесплатно. Но Виктории они не нравились. Лучше никого, чем эти вязкие турки.

У Вики никого и не было. Она работала на птицефабрике и поэтому никогда не ела кур. Она досконально знала, что стоит за красиво зажаренной курицей. Она знала всю подноготную их жизни, любви, страданий и смерти. Есть кур для нее было то же самое, что питаться родственниками.

Из родственников у нее был только дед. Мать с отцом тоже были, но у каждого своя семья, новые дети. Вика существовала как напоминание об ошибках молодости, и родители старались о них забыть.

Дед когда-то где-то работал и кем-то был. А теперь пенсионер. Его звали «ты бы»... «Ты бы пошел в магазин и купил муки...» Или: «Ты бы пропылесосил квартиру...» И так далее...

Дед по утрам, до завтрака, ходил гулять, ему сказали, что это полезно. Он вставал и сразу занимал ванную, как раз в то время, когда Вика собиралась на работу. Их интересы сталкивались, но справедливость была на стороне Вики. Дед мог опоздать на свою прогулку, а Вика — нет. Ее рабочий день начинался в определенное время, и за этим жестко следили. У Вики с дедом происходили разборки, и в отместку Вика прятала его зубы. Дед целый день не мог найти свои зубы и ел только жидкую пищу.

У деда был свой резон: ему был необходим жесткий распорядок, как грудному ребенку. Этот распорядок, как каркас, держал его форму и содержание. Пусть человек стар, но он жив. А внутри жизни все должно быть полноценно.

Вика не понимала: что изменится от того, что дед сдвинет свою прогулку на сорок минут? Они ругались, но не каждый день, примерно два раза в неделю. В остальное время Вика заботилась о деде, по вечерам готовила ему вкусненькое и покупала фрукты у азербайджанцев.

Помимо деда, у Вики был любимый человек — диктор телевидения Влад Петров. Полное имя — Владимир. У него были пальцы с овальными ногтями, бесстрастное лицо, немножко японские глаза и тихий юмор, спрятанный в глубину. Неброский, чеховский юмор. Но умный — услышит и почувствует. Виктория слышала и чувствовала. О! Как не хватало ей таких собеседников, которые бы все понимали. Ее собеседниками были цыплята из электронной несушки. И сотрудницы, которые разговаривали только о материальном.

Вика позвонила на телевидение, выяснила номер телефона. И позвонила. Трубку сняла мама. Вика представилась как восхищенная телезрительница, что правда, и рассказала маме, какой у нее качественный сын — умный и красивый, что тоже правда. Вике приятно было это говорить, а маме слушать.

Мама не была любопытной и не спросила Вику, как ее зовут, где она работает и сколько ей лет. Но Вике казалось тем не менее, что связь налажена и теперь она любит не в воздух, а непосредственно в его дом. Весь дом Владимира будет наполнен ее любовью.

В завершение разговора мама сказала странную фразу: «В каждой избушке свои погремушки». Вика не поняла, что она имела в виду. В доме есть маленький ребенок, и он играет в погремушки? Либо в каждом доме свои неприятности? Но Вика не представляла себе, какие неприятности могут быть у таких умных, обеспеченных, полноценных людей. Неприятности — только от глупости, бедности и ущербности.

Вика звонила время от времени. Раздавался голос Владимира по автоответчику и советовал говорить после короткого гудка. Вика дожидалась гудка и торопилась сказать важные вещи. А иногда просто пела.

Надо сказать, что голос у нее был как у ангела — высокий и чистый. Она не пошла учиться только потому, что стеснялась своей внешности. Эстрадная певица должна сочетать в себе секс-символ с вокальными данными. Мужчины должны слушать и желать. А женщины — слушать и подражать. А кому придет в голову желать или подражать Виктории Поросенковой?

Вика пела только курам и подругам. И еще Владимиру Петрову по автоответчику.

Подруг было две — Варя и Вера. Обе работали осеменаторами. Осеменяли кур петушиной спермой. Привычным бесцеремонным движением брали кур и вводили шприц куда надо. Куры охотно подчинялись этой процедуре, потому что в своем курином освенциме они не знали другой любви. Были рады и шприцу. Однако петух — гаремное животное, один на всю куриную стаю. И любовь на свободе мало чем отличалась от короткой процедуры со шприцем.

Вика не могла заходить к подругам в куриный барак. Не переносила густой стойкой вони. В каких бы нечеловеческих условиях ни находилась курица, она все равно ест и какает. А значит — источает вонь. Вера и Варя принюхались и привыкли. Однако кур не ели. Брезговали.

Виктория работала в электронесушке, курином родильном доме. Там были чистота и дисциплина, как на атомной станции. Сотрудники переодевали обувь и натягивали на себя белые халаты.

Яйца медленно грелись в специальном режиме, потом из них проклевывались желтые головки и смотрели на мир глазами-бусинками.

Нет ничего прекраснее цыпленка, котенка, поросенка, ребенка. Маленькие и слабые имеют только одну защиту — свою
прелесть. Никому не придет в голову обидеть цыпленка. Всем
хочется его защитить.

На ферме существовал и мозговой центр, где трудились
ученые-селекционеры. Создавали наиболее качественную поро-
ду. Кажется, Гитлер хотел создать наиболее качественную по-
роду людей...

Куры, конечно, не люди, но тоже требуют качественного
начала. Их оплодотворяли живым петухом. Потом отбирали
самые крупные яйца и складывали в специальный контейнер.
Выводили цыплят и продавали в Канаду за твердую валюту.
Канадцы платили сказочно. Этих денег хватало на зарплату
всему коллективу.

Питались в столовой. Виктория, Вера и Варя садились за
один столик, обсуждали свои новости.

Новости были скудными, поскольку жизнь устоялась. Основные события происходят до двадцати пяти лет: поступают в
вуз, женятся, рожают. А Вике, Вере и Варе было после тридцати. В этом возрасте уже все есть или ничего нет. И это надолго,
если не навсегда.

Варя была замужем за Геной. Гена ничего не зарабатывал,
но зато пил и в пьяном виде звонил каким-то женщинам.

— Как ты с ним живешь? — удивлялась Вика.

— Он меня любит, — отвечала Варя.

— Тогда зачем он звонит другим бабам?

— Так это спьяну.

— А почему ты это терпишь?

— Я его люблю, — просто объясняла Варя.

Вика не понимала: как можно любить бездельника и пьяни-
цу? Любить можно только Владимира Петрова — красивого и
умного.

Вторая подруга, Вера, родила детей без мужа. Вообще-то она
хотела одного, но получилась двойня. Две девочки. Эти девочки появились на свет недоношенными и теперь лежали, обло-
женные ватой, как нездоровые помидоры. При этом постоянно
орали и какали, как куры.

Вера была бешено влюблена в своих девочек и каждый их пук встречала с восторгом. И разговаривать могла только на эту тему. Вика слушала из вежливости, не перебивала. Но участь ее подруг вызывала в ней брезгливое сочувствие: как можно жить ТАК?

А подруги, в свою очередь, сочувствовали Вике и давали советы: роди без мужа. Все же какой-то смысл...

Вика тем не менее считала себя богатым человеком, хранительницей Большой Любви. И даже если эта любовь не имеет конкретного выражения — она существует, наполняет смыслом и помогает Владу Петрову, как помогает человеку молитва.

Время от времени на птицефабрику приходил бомж с красивой фамилией Хмельницкий. Приходил — не точно. Просачивался. Через проходную его не пропускали. Он пролезал в дыру, которую кто-то проломил в бетонном заборе. Хмельницкий просачивался и поджидал Вику.

Вика — толстая, в белом халате — казалась ему менее агрессивной, чем тощие и злые тетки. Они накидывались и лаяли, как собаки, и гнали вон. А Вика останавливалась, смотрела в его запущенное лицо и спрашивала:

— Чего тебе?

— Куриного мяса, — отвечал Хмельницкий.

— Поди и купи. В магазине куриный фарш дешевый.

— Нет у меня денег.

— Но я же не могу воровать, — объясняла Вика.

— Тогда головы дай и лапы. Я сварю.

Вика стояла и размышляла.

— Если тебе жалко голов, дай чего-нибудь, хоть куриного корма.

Вика вздыхала и выносила ему пакет куриных потрохов. Это было царское подношение.

— Спасибо, — скупо благодарил бомж Хмельницкий и быстро исчезал. Боялся, что Вика передумает и отберет. В его жизни бывало всякое.

В следующий раз бомж появился через три месяца. Тактичный был человек. И не просил, а просто стоял и наблюдал.

Во дворе жгли мусор, горел костер. Подружки Вера и Варя сидели на старых ящиках, а Вика пела. Но как... Как будто ангелы слетали с неба и пели в унисон.

— Твой пришел, — сказала Варя.

Вера оглянулась и засмеялась. А Вика не засмеялась. Только подумала: «Смеется тот, кто смеется последний»...

«А-ах, нет сил снести разлуку... Ласк, ласк твоих, жгучих ласк ожида-аю, от счастья замираю...»

Это было про нее и про Владимира Петрова. Она пела ему и себе. А остальные слушайте, если хотите...

По птицеферме разлетелся слух, что телеведущий Владимир Петров женится на молодой актрисе Саше Коноваловой. Эта актриса снялась в телесериале, и в нее влюбилась вся страна, включая телеведущего Влада Петрова.

Их фотографии напечатали в журнале «7 дней». Журнал притащила на работу Варя, и все девчонки смотрели с жадным любопытством. И даже куры косились круглым глазом в сторону ярких картинок. И Вика тоже смотрела с никаким выражением, дескать, ей-то что...

В убойном отделе куры стреляли пометом, перед тем как покинуть этот мир. Мозгов с наперсток, а ведь тоже что-то чувствуют.

Вика чувствовала себя примерно так же, но виду не показывала. Однако запомнила, что свадьба состоится седьмого сентября в семь часов вечера в ресторане «Золотой дракон». Они специально выбрали цифру семь, потому что Господь создал мир за неделю. А они тоже собираются создать свой мир.

— Счастливые!.. — вздохнула Варя. — Представляешь, какая у них жизнь... Зимой на Красное море, летом на Черное...

— Он напьется и будет бабам звонить, — прокомментировала Вика.

— Ну и что? Зато он в час зарабатывает столько, сколько ты за год.

— Богатые тоже плачут, — философски заметила Вера.

Вика промолчала. Владимир женится. Но он же не умирает. Он остается жить, и, значит, его можно любить на расстоянии. В конце концов, Вика может считать, что Влад уехал в далекую командировку. Куда-нибудь в Африку или на космическую станцию «Мир».

Настало седьмое сентября. Это была суббота. Вика оделась красиво и поехала к ресторану «Дракон». Не на свадьбу, конечно. Ее никто не звал. Просто посмотреть со стороны.

Ресторан стоял на пересечении двух улиц, вылезая вперед этаким китайским фонарем.

Машин понаехало не меньше пятидесяти, в основном иномарки: джипы и «БМВ».

Подкатил «линкольн» — длинная черная машина. Из «линкольна» вышли невеста и жених. Невеста — полная противоположность Виктории: черная, худая, высокая, как рельса. Жених был одет в черное и белое. Волосы зачесаны назад, блестят от геля. Лицо бледное, глаза горят, и кажется, что глаза — впереди лица. Боже, как он был грозно прекрасен... Выражение лица как у Джордано Бруно, идущего на костер. На костер счастья? Мучений?

Вика смотрела во все глаза. Если бы ей было разрешено, кинулась вперед, ухватилась, затолкала бы в машину и увезла. Куда? Не все ли равно! Хоть к деду. Она села бы перед ним на пол и стала слушать. Он бы говорил, а она слушала и плакала. А потом отдала бы ему свою девичью честь, все настоящее и будущее...

«Ласк, ласк твоих, жгучих ласк ожидаю... От счастья замираю...»

Жених и невеста подошли к ресторану. Их встречал маленький молодой китаец — владелец ресторана по имени Петя.

Петя препроводил звездную пару в помещение ресторана. Они скрылись из виду. ВСЕ. Сидеть было бессмысленно.

Вика поднялась со скамейки. Вошла в будку телефона-автомата. И набрала «02».

Заслышав голос дежурного, четко проговорила:

— В ресторане «Золотой дракон» заложена бомба.

— Кто говорит? — торопливо спросил дежурный.

— Говорит тот, кто знает, — четко ответила Вика. Положила трубку. Вернулась на свою лавочку. Ей было интересно посмотреть, как развернутся события.

Чего она хотела? Чего добивалась? Она хотела сорвать свадьбу. А если не сорвать, то хотя бы испортить. Почему? Потому что у нее отбирали мечту и смысл жизни. Она ничего не могла изменить, только стрельнуть пометом, как курица в убойном цеху.

Подъехала ментовка с собаками. Все задвигались, как в ускоренной съемке.

Менты с собаками быстро распространились по всему пространству. Выскочил Петя, махал руками. Ему что-то вежливо, но твердо втолковали.

Виктория почувствовала голод. Зашла в ближайшую булочную, купила булку-слойку и вернулась на свой наблюдательный пункт. Ела и ждала.

Из ресторана энергично вышли жених и невеста, ругаясь на ходу. Остановились в трех шагах от Вики.

— Ты что, боишься? — спросил Владимир.

— Естественно, — ответила Саша Коновалова. — Страх за жизнь — нормальная реакция здорового человека.

— А как же свадьба? — не понял Влад.

— В другой раз.

— И столы накрывать в другой раз?

— Если выбирать между уткой по-пекински и жизнью, я выбираю второе.

— Потому что тебе плевать. На мои деньги и на мои усилия.

— Попроси официантов сложить еду в коробки и можешь взять их домой. Отвези своей полоумной мамаше и полоумной дочке.

Владимир молчал какое-то время, потом сказал спокойно:

— Я ждал, когда ты начнешь... и дождался. Ненавидеть больных и старых только за то, что они больные и старые, — знаешь, как это называется?

— Естественный отбор...

— Это называется фашизм, — уточнил Влад. — В Японии отводили старых на гору Нарайяма, чтобы их расклевывали птицы. А в Спарте сбрасывали больных детей со скалы, чтобы они не занимали место на земле. Фашисты хотели очистить планету от людей второго сорта. По-вашему, жить должны только молодые, сильные и красивые. А остальных — скидывать в пропасть и отводить на Нарайяму. Тебе наплевать на всех, кроме себя. А знаешь почему? Потому что ты мало читала книг. Или вообще не читала. Фашизм — это прежде всего серость и бескультурье плюс душевная бездарность.

— А что же ты на мне женишься? — спросила Саша.

— Уже не женюсь. Капитан! — Влад торопливо подошел к капитану. — Если вы найдете террориста, который подложил бомбу, передайте: пусть мне позвонит. Я дам ему вознаграждение.

Саша Коновалова повернулась и пошла прочь. Села в чью-то машину. Машина попятилась, выруливая. И ушла. Скрылась за поворотом.

Владимир сел на скамейку рядом с Викой. Смотрел перед собой. Потом обернулся и посмотрел на Вику. Она сконфуженно улыбнулась набитым ртом.

— Хотите есть? — вдруг спросил Влад.

Вика промолчала.

— Пойдемте...

Владимир встал со скамейки, ожидая, что Вика тоже поднимется.

Виктория, конечно, хотела подпортить веселье, но не в такой же степени. События развивались так стремительно, как при землетрясении. Только что стояло — и уже руины.

— Ну, пойдемте, пойдемте, — поторопил Владимир.

Вика поднялась, и они вместе двинулись к ресторану «Золотой дракон». Дорогу им преградил капитан.

— Капитан Рогожкин, — представился он и отдал честь. — В ресторан нельзя. Бомба.

— Мы поедим быстро и уйдем, — пообещал Владимир.

— Придется подождать. Бомба, — повторил капитан.

— Да нет там никакой бомбы, — сказала Вика.

— Это надо проверить. Наши собаки специально натасканы на тротил.

— Да нет там никакого тротила, — повторила Виктория.

— Откуда вы знаете?

— Это я позвонила.

Владимир Петров развернулся к Вике и уставился на нее.

— Тогда придется вас задержать, — строго сказал капитан.

— Пожалуйста, — согласилась Вика. — Я никуда не денусь.

Рогожкин что-то сообщил по рации. Подошел старший лейтенант.

— А зачем вы это сделали? — очнулся Владимир, глядя на Вику.

— Это долгая история, — уклонилась Вика.

— А вы покороче. В двух словах.

— В трех. Я вас люблю.

— Фанка? — догадался Владимир.

Виктория не знала, что это значит. Может быть, от слова «фанат». Фанатизм, в чем бы он ни выражался, — это всегда ограниченность. Вика догадалась, что быть фанкой — не очень почетно. Эти фанки как дуры гоняются за кумиром, визжа от восторга и отдирая кусок рубахи или штанов, как повезет. А потом целуют этот обрывок и молятся на него.

Вика любила тихо, тайно и священно. «Раскрылася душа, как цветок на заре, под дыханием зефира...»

Капитан Рогожкин и старший лейтенант тихо переговаривались.

— Старлей, капитан, я приглашаю вас на праздничный ужин, — торжественно произнес Владимир Петров. — Берите солдат — и за стол. Все равно пропадет. Правда, Петя?

Хозяин ресторана Петя мелко закивал. Торопливо проговорил:

— Очень хороший меню. Очень хороший повар. Из Китая. Настоящая китайская кухня.

— А что, товарищ капитан? — спросил старлей. — Перекусим по-быстрому и по домам. Ложный вызов.

Капитан молчал. По его горлу прокатился кадык.

Весь милицейский наряд сидел за столом. Молча и вдохновенно поглощали еду — настоящую китайскую кухню.

Вика и Владимир сидели рядом. Владимир глядел в пространство, а Вика увлеклась трепангами. Еда была ни на что не похожа, и даже трудно сказать — вкусно это или нет. Как будто ее доставили на НЛО из соседней галактики.

Милиционер-грузин обратился к капитану:

— Товарищ капитан, нельзя без тамады. Неорганизованное застолье получается. Едим, как млекопитающиеся.

— А мы какие? — спросил капитан.

— Мы — люди. Это другое.

— Ну ладно. Назначаю тебя тамадой.

Грузин встал и постучал вилкой по тарелке.

— Первый тост: за нашего Всевышнего... — провозгласил тамада.

— За Путина, что ли?

— Кто такой Путин? Раб Божий. За Господа Бога, нашего Создателя...

Милицейский наряд дружно выпил и закусил. Владимир Петров налил водку в фужер из-под шампанского и выпил до дна.

Наступило молчание. В молчании был слышен перестук вилок.

— Следующий тост — за Георгия-победителя! — провозгласил тамада.

— А это кто? — поинтересовался старший лейтенант Демин.

— Это наш святой, — объяснил грузин.

— А наш?

— Ваш — не знаю. Это вы должны знать.

— Выпьем за всех, — распорядился капитан Рогожкин. — Сначала за вашего, потом за нашего, а потом за ихнего. — Рогожкин обернулся к китайцу Пете. — У вас кто? Будда?

Петя не понял, о чем речь, и торопливо заверил:

— Настоящий китайский повар. Мы ему две тысячи в месяц платим. Хороший специалист. Надо хорошо платить. Конкуренция.

Официанты поставили на стол утку по-пекински. Она выглядела превосходно: золотисто зажаренная в темном кислосладком соусе.

— Это действительно вы звонили? — тихо спросил Владимир.

— Да... Действительно. — Вика мелко закивала, как китаец.

— А зачем?

Вика задумалась: как сказать одним словом? И нашла это слово:

— Ревность...

— А при чем тут ревность? — не понял Владимир.

— Я вас давно люблю. С восьмого класса...

— Ну, молодец... — Влад покачал головой. — Вообще-то надо было у меня спросить. А потом звонить в милицию. Если любишь человека, надо жить его интересами.

— Она вам не подходит, — твердо сказала Вика.

— Я знаю, — согласился Влад. — Но мы любим не тех, кто нам нравится. Ты мне нравишься. Ты смешная. Но я тебя не люблю. Понимаешь?

— Не совсем. — Вика действительно не понимала: как можно любить человека, который тебе не нравится?

— Очень жаль, — произнес Влад. — А впрочем, все равно.

— Выпьем за молодых! — провозгласил тамада. И повел бокалом в сторону Влада и Вики.

— А где здесь молодые? — остановил Рогожкин.

Тамада понял, что ошибся, но тут же выкрутился:

— Здесь все молодые! И у всех когда-нибудь будут семьи и дети! Молодые, встать!

Весь милицейский наряд поднялся, держа в руках рюмки с водкой и бокалы с вином. Веселье набирало обороты.

Хозяин ресторана Петя о чем-то договаривался с капитаном. Менял крышу. Милицейская крыша нравилась ему больше, чем просто бандитская. От бандитов непонятно, чего ждать. А милиция — адекватна и адаптирована к условиям. Они учитывают интересы предпринимателя. А бандиты не учитывают ничего. Только деньги.

Владимир Петров играл на рояле. Играл неожиданно хорошо. А Вика пела. Без слов. Просто мелодию. Ее голос струился как будто с неба. И она была красива в этот момент: нежная кожа, сверкающие глаза. Молодые менты слушали и мечтали. Водка подняла порог чувствительности. У некоторых в глазах стояли чистые слезы.

Старлей Демин подошел к капитану и спросил:

— Не будем ее забирать? Напишем ложный вызов, да и все.

— А зачем она звонила? — спросил капитан.

— Свадьбу остановить, — догадался старлей.

— А ей-то что?

— Значит, была причина...

Капитан смотрел на поющую Вику. Видимо, сравнивал с невестой.

— Красивых много, — изрек капитан. — А такая — одна.

Влад доиграл до конца. Снял руки с клавиш.

— Как вас зовут? — спросил он Вику.

— Виктория.

— А фамилия?

— Поросенкова, — созналась Вика.

— Это не пойдет. Нужна нейтральная фамилия, какое-нибудь явление природы.

— Огонь. Огнева, — подсказал молоденький старшина.

— Такой есть. Литературный критик, — заметил тамада. Он оказался образованным, что случается среди интеллигентных грузин.

— Лужок. Лужкова, — подсказал другой солдат.

— Такой тоже есть.

— Камень. Каменева, — включился старлей.

— Такой был, — отмахнулся Влад.

— Ветрова, — предложил капитан.

— Может быть, Ветер? Или Ручей... Голос звенит, как весенний ручей. Сочетается с именем: буквы «р» перекликаются — Виктория Ручей. Замечательно! — одобрил Влад.

Хозяин ресторана услужливо включил музыку. Она оказалась китайская. Влад встал из-за рояля и пригласил Вику на танец.

— Танцуем все! — скомандовал тамада.

Милицейский наряд в мгновение образовал хоровод. Положив руки друг другу на плечи, трясли ногами, как в греческом танце «Сиртаки». Для них было едино — что Греция, что Китай.

Влад остановился передохнуть. Они стояли в центре хоровода и смотрели друг на друга.

— Вы где работаете? — спросил Влад.

— На птицеферме.

— Кому же вы там поете? Курам?

— Цыплятам.

— На самом деле? — не поверил Влад.

— Ну конечно. А что тут особенного?

— Безголосые поют на всю страну, а Монтсеррат Кабалье поет курам.

— Цыплятам, — поправила Вика.

— Ну да... Сумасшедший мир. Сумасшедшая страна. И я тоже сумасшедший.

Влад возобновил свой танец, задвигался под китайскую пентатонику. Протянул руки к Вике. И Вика вплыла в эти руки — каждой клеточкой. Вот оно — счастье. Слышать его энергию, его запах. Видеть, слышать, чувствовать, вдыхать... После этого можно и умереть.

Милицейский наряд плясал слаженно, будто они до этого долго репетировали.

Работники кухни высыпали в зал. Смотрели как завороженные. Потом не выдержали и образовали свой круг. А в центре нового круга — китайский повар в черных брюках, белом переднике и белом колпаке.

Два круга вращались один подле другого, потом один в другом. Просто ансамбль Моисеева...

Повар и Влад сложили руки скамеечкой. Вика села на переплетенные руки, обняв обоих за шеи. Они ее раскачивали, и рыжие волосы летели вслед.

В дверях появилась Саша Коновалова.

Ее взору предстал разоренный свадебный стол в объедках и окурках. И ее жених, держащий на своих руках молодой пышный зад.

Недавняя невеста стояла, раздувала ноздри. Музыка смолкла.

Владимир Петров убрал руки. Вика едва успела подставить под себя ноги. Иначе грохнулась бы с метровой высоты.

Нависла зловещая пауза. Невеста хотела что-то сказать, но передумала и пошла прочь.

Владимир Петров хотел остаться на месте, но не вышло, и он побежал за ней следом, бормоча:

— Я тебе все объясню...

Саша села в машину и рванула вперед, возмущенно фыркнув выхлопной трубой.

Владимир остался стоять.

Вика подошла с сочувственным лицом.

— Вова... — Она не знала, что сказать дальше, и замолчала.

Владимир повернул к ней голову. Его уже давно никто не звал Вова. Только мама в далеком детстве.

— Хотите, я с ней поговорю? — предложила Вика. — Я скажу, что это я виновата. Вы ни при чем...

Владимир вытащил мобильник, торопливо набрал номер Саши. Передал свой мобильник Вике.

— Да?! — зло и отрывисто отозвалась Саша.

— Здравствуйте... Это я, Вика... — растерянно сообщила Виктория. — Нам надо поговорить.

— Какая еще Вика? О чем говорить?

— О вашем женихе.

Саша настороженно молчала, и Вика не была уверена, слышат ее или нет. Но это не имело значения. Она заговорила в пустоту:

— Вы красивая. У вас этих женихов — навалом. Какая вам разница, тот или этот? А мне — только он. Понимаете? Я его люблю с восьмого класса. Он для меня первый и последний. И единственный.

Саша Коновалова нажала отбой. В телефоне забились короткие гудки.

Владимир Петров ошеломленно смотрел на Вику.

— Вы сумасшедшая? — спросил он.

— Нет. Я нормальная. Просто у меня рушится судьба. Сейчас. В эту минуту. Не кричите на меня, если можете.

— Да я не кричу. Но у меня тоже рушится судьба. Почему вы считаете, что можете распоряжаться моей жизнью?..

Он повернулся и пошел.

— Вова! — отчаянно окликнула Виктория.

— Два условия... — Владимир Петров остановился на мгновение и выбросил перед собой два пальца. — Первое — чтобы я вас больше не видел, второе — чтобы я вас больше не слышал. А сумасшедшая вы или нет — мне все равно.

Владимир ушел. Вика заплакала.

Подошел капитан Рогожкин и приложил руку к козырьку.

— Разрешите вас препроводить домой на нашей машине. А товарищ жених не прав. Но задержать его мы не можем.

Вика лежала на диване. Дед смотрел мексиканский сериал. Эта мизансцена продолжалась пятый день. На работу Вика не ходила. Депрессия не пускала. Дед беспрепятственно залезал по утрам в ванну и совершал свои утренние прогулки.

Дед видел: с внучкой что-то творится. Вика не ела и не разговаривала. Но он ей не мешал. Ждал, когда само отпустит.

В дверь позвонили.

— Поди открой, — велел дед.

Вика не отозвалась, как будто не слышала.

Дед кряхтя поднялся с кресла. Болели все кости, должно быть, заржавели от времени.

Дед открыл дверь. Вошли Вера и Варя. Разгрузили сумки. Достали вино и копченых кур.

Вика не реагировала. Дед увеличил в телевизоре звук, чтобы лучше слышать.

— Нанду! Это ты, любовь моя? — загрохотало из телевизора.

— Николай Фомич! — заорала Вера. — Сделайте потише!

Дед не слышал Веру. Вика никак не реагировала.

— Прямо как в курятнике, — откомментировала Варя.

— Да ладно... — простила Вера.

Подруги расставили еду на журнальном столике. Принесли тарелки и стаканы. Разлили вино.

Дед охотно принял подношение, а Вика не поднялась. Для нее все потеряло смысл.

Подруги стали вдвоем пить и закусывать. Невнимательно косились в телевизор.

— Ты должна понять, — сказала Варя. — Есть мечты, иллюзии. А есть жизнь...

Вика сморгнула.

— Мечты — это любовь и богатство. А жизнь — это труд каждый день, экономия денег, страдания, старость и смерть.

— Тогда лучше сразу умереть, — отозвалась Вика.

— Нет. Не лучше. Ты полюби то, что есть. Кур, бомжа Хмельницкого, солнце по утрам...

— Кстати, Хмельницкий приходил, — перебила Вера. — Спрашивал адрес. Мы ему дали.

— Зачем? — спросил дед. Значит, прислушивался к беседе.

— Чтобы больше не спрашивал. А то он не отстанет...

Вечером Вика решила отравиться и стала соскребать серу со спичек. С одного коробка получилась половина рюмки. Вика налила в рюмку вина, чтобы легче было выпить. Выдохнула. В этот момент раздался звонок в дверь.

Вика не хотела помирать второпях, отставила рюмку и открыла дверь. В дверях стоял Хмельницкий.

— Чего тебе? — спросила Вика. Ей было некогда.

Хмельницкий молчал. Серые волосы слиплись клоками.

— Ты давно мылся? — поинтересовалась Вика.

— Не помню.

— Заходи, — пригласила Вика. Рюмка с серным вином могла подождать.

Вика набрала полную ванну воды и насыпала туда стирального порошка. Бомж Хмельницкий стоял рядом и смотрел.

— Тебе ясно, что надо делать? — спросила Вика.

— В общих чертах.

— Ну, давай...

Вика закрыла дверь в ванную. Ждала.

Дед храпел за дверью, шумно, с треском вдыхал. По телевизору шел тот же самый сериал, следующая серия. Нанду выглядел как законченный козел. Неужели такие могут нравиться?.. Никого на свете нет лучше Владимира Петрова. И если не он, то никто. А если никто — зачем такая жизнь, в отсутствие любви и смерти? Любовь от тебя не зависит. А смерть зависит только от тебя — и больше ни от кого.

Бомж Хмельницкий появился из ванной неожиданно похорошевший. Если бы его одеть в хорошую одежду, был бы не хуже президента Латвии.

Вика провела гостя на кухню. Положила ему на тарелку кусок копченой курицы.

Хмельницкий ел красиво, не жадно. Артистично обсасывал косточки.

— Ты вообще-то кто? — спросила Вика.

— Бомж Хмельницкий.

— А почему ты так живешь?

— Мне так нравится. Я никому — и мне никто.

— Ну почему же? — возразила Вика. — Я тебе курицу. А ты мне — что?

— Очищение души. Когда человек делает добро, он чистит душу.

— А-а... — сказала Вика.

Хмельницкий доел курицу. Допил вино из бутылки.

— Ты меня спасла, — серьезно сказал он.

— А ты меня.

Помолчали.

— Может, я у тебя спать лягу? Я же чистый...

Вика подняла два пальца. Сказала:

— Чтобы я тебя не видела и не слышала. Понял?

— Еще бы... — легко согласился бомж Хмельницкий. Ему такие условия были не в новинку.

Хмельницкий ушел. После него остался запах стирального порошка.

Вика выплеснула серное вино в раковину. Передумала помирать. На свете счастья нет, но есть покой и воля. Пушкин оказался прав даже через сто пятьдесят лет. На то и гений...

Дед дышал без треска, просто сосал из пространства воздух. Тоже хотел жить, старое дитя...

На птицеферме пропали селекционные яйца, девяносто штук. Результат годового труда всей лаборатории во главе с профессором Бибиревым. В буквальном смысле — золотые яйца. Ущерб составлял пятнадцать тысяч долларов.

Подозрение сначала пало на бомжа Хмельницкого. Но потом выяснилось, что виноват электрик Андрей. Он довольно легко сознался в краже. Он не знал, что яйца особенные. Андрею понравилось, что яйца крупные, смуглые, красивые, и он отнес их в семью.

Завели судебное дело, но было ясно, что дело это гиблое. Откуда пьющий электрик возьмет пятнадцать тысяч долларов? Электрика уволили для начала, но потом взяли обратно, потому что у Андрея — золотые руки. А это не меньше, чем золотые яйца.

Вика получила строгий выговор за то, что прикармливала бомжа Хмельницкого. Ее лишили премии и тринадцатой зарплаты.

Директор Доценко собрал собрание и долго говорил строгим голосом. Пафос его речи заключался в том, что воровать нехорошо.

Птичницы слушали и думали о том, что у директора большой коттедж и дочка учится в Испании. И он вполне мог бы внести за Андрея недостающую сумму.

Приехала милиция, непонятно зачем. Скорее всего для острастки.

Вика узнала капитана Рогожкина. А капитан узнал Вику.

— Ты зачем его пускала? — спросил капитан, имея в виду Хмельницкого.

— Мы собак кормим. А это все же человек.

— Эх, Поросенкова... Все у тебя не как у всех.

— Меня посадят? — испугалась Вика.

— За что?

— Ну, не знаю...

— Ты добрая... За это не сажают. А надо бы...

Директор Доценко сидел в кабинете, принимал телефонные звонки из Астрахани и Краснодара. Все заказывали фирменных селекционных цыплят, но никто не хотел платить деньгами. Астрахань предлагала рыбу, Краснодар — вино. Однако зарплату платить было нечем. Придется выдавать птичницам рыбу и вино. Закуска и выпивка. Этого мало, но все же лучше, чем ничего. Страна пребывала в экономическом упадке. Приходилось выкручиваться и изворачиваться.

Доценко — русский человек, не немец какой-нибудь. Он виртуозно выкручивался и изворачивался. В данную минуту времени — орал в телефонную трубку, преодолевая голосом пространство и прижимистость партнера.

— Подкинь коньячный спирт! — орал Доценко. — Ну что такое марочный кагор? Церковный сироп...

Заглянула секретарша и сказала:

— Юрий Васильевич, к вам товарищ Владимир Петров.

— А кто это такой?

— С телевидения. Он сказал: пять минут. У него больше нет времени.

— У него нет времени, а у меня его навалом...

Директор не хотел никакой огласки. Но и ссориться с телевидением он тоже не хотел.

— Зови, — разрешил директор.

Вошел Владимир Петров. На нем было длинное пальто с длинным шарфом. Длинные волосы вдоль лица. От него пахло нездешней жизнью.

«Сейчас спросит про коттедж», — подумал директор. Но Владимир спросил:

— Простите, у вас работает Виктория Поросенкова?

— А что? — насторожился директор.

— Ничего. Просто мне надо с ней поговорить.

— Зоя! — гаркнул директор.

Вошла секретарша с официальным лицом.

— Проводи товарища в наш роддом.

Вика стояла в белом халате и белой шапочке. Смачивала яйца водой — так надо было по технологии. В электронесушках создавались условия, близкие к естественным.

Вика стояла и думала о Владимире, и в этот момент он вошел в белом халате и белой шапочке. Вике показалось, что она сошла с ума по-настоящему. Начались зрительные галлюцинации. Но галлюцинация подошла и поздоровалась голосом Владимира Петрова. Потом спросила:

— Сколько вы здесь получаете?

Вопрос был не американский. В Америке неприлично задавать такие вопросы. Однако мы не в Америке, а на куриной фабрике.

— Нисколько, — ответила Вика.

— Это как? — не понял Владимир.

— Нам шесть месяцев не платили. Обещают заплатить.

— А как же вы живете?

— Нам выдают кур. Яйца. Растительное масло по бартеру.

— И это все?

— А у других еще хуже. На мебельной фабрике фанерой расплачиваются. А куда ее, фанеру?

Помолчали.

Было похоже, что Владимир спустился со своих высот на землю. Их телевизионный канал принадлежал частному лицу. Это лицо было хоть и неприятное, но не бедное. Расплачивалось твердой валютой.

— Да... — проговорил Владимир. — У меня к вам предложение. Вика напряглась.

— Я ищу человека для моей дочери.

— Няньку? — догадалась Вика.

— Человека, — уточнил Владимир. — Нянек сколько угодно. Я буду платить вам пятьсот долларов. Пятнадцать тысяч рублей.

— В год? — не поняла Вика.

— В месяц.

— А почему так много?

— Это не много. Дело в том, что моя дочь Лиза больна. У нее тяжелое психическое заболевание.

До Вики дошел смысл слов «в каждой избушке свои погремушки». В доме — трагедия. Больной ребенок. У Владимира — тяжкий крест. Бедный Владимир... Бедная Лиза...

— А сколько ей лет? — спросила Вика.

— Девять.

Вика догадалась, что Лиза — ребенок от первого брака. Брак распался. Ребенок достался отцу. Ребенок жил там, где его лучше содержали.

— Саша сказала, чтобы я сдал Лизу государству, — поделился Влад. — Есть такие заведения. Саша сказала, что Лизе все равно. Может быть. Но мне не все равно.

Вика подумала: если бы у нее был больной ребенок, она тоже не сдала бы его государству ни при каких обстоятельствах. Больного еще жальче, чем здорового. Вика не видела Лизы, но уже любила ее и защищала от эгоистичной, жестокой Саши.

— У меня нет времени на Лизу, но я ее люблю. И я разделю с ней ее участь, какая бы она ни была. И мне очень важно, чтобы рядом был человек, которому я верю. Больного ребенка так легко обидеть, оставить голодным. Она ведь не может даже пожаловаться...

У Владимира задрожали щеки.

Вика опустила глаза. Она не могла смотреть на страдания любимого человека. От нее зависело: метнуться и подхватить крест, который оттягивал шею. Облегчить ношу.

— А почему вы решили, что этот человек — я?

— Чувствую, — объяснил Владимир. — Вы мне нравитесь.

«Но я вас не люблю», — мысленно продолжила Вика. Но вслух не озвучила. Промолчала. Не о ней речь.

Вечером Вика смотрела с дедом мексиканский сериал. В этой серии злые люди подложили Нанду наркотики, и бедный Нанду загремел в тюрьму. Злые силы так же сильны, как добрые. Бог и Дьявол — равновеликие соперники.

Вика сидела перед телевизором, но ее глаза были повернуты внутрь себя. Из чего состоит ее жизнь? Она взращивает цыплят, которые вырастают в кур. И прямиком идут в убойный цех. И там погибают, послав миру последнее «прости». Выклевываются новые цыплята. И все идет по новой. Это похоже на переливание из пустого в порожнее. А все для чего? Чтобы накормить людей курятиной сомнительного качества, ибо в человека попадают их искусственное осеменение, искусственный корм, тюремная жизнь без движения и солнца и их предсмертный ужас.

А у Владимира она поможет Владимиру. И в этом будет большой смысл очищения, как говорил бомж Хмельницкий. При этом деньги, на которые она сможет расширить свою квартиру, у деда будет отдельная комната. Плюс два моря — Черное осенью и Красное зимой. Плюс — девочка Лиза. Хоть и больная, но почти своя.

Раздался телефонный звонок. Это звонила Вера, сообщить про первый зуб.

— Я переезжаю к Владимиру Петрову, — перебила Вика.

Вера долго молчала. Потом сказала:

— Он будет об тебя ноги вытирать. Хочешь, чтобы об тебя вытирали ноги?

Вика подумала и ответила:

— Смотря чьи ноги...

Прошел год.

В один прекрасный день Вика приехала на птицефабрику с девочкой Лизой. Их привез водитель Алеша.

Алеша остался сидеть в большом черном джипе, а Вика и Лиза отправились к пятому корпусу, где работали Варя и Вера.

Лиза смотрела в землю и крепко держала Вику за руку.

— Посмотри, — говорила Вика. — Вот курочки. А вот девочки...

Но ни курочки, ни девочки Лизу не интересовали. Она жила в своем мире, ее зрение и слух были направлены исключительно внутрь себя. Эта редкая болезнь называлась «аутизм». От слова «аут». В футболе этот термин означает «вне поля». Когда мяч вылетает из игры и находится вне.

Так и человек. Он — вне игры. Вне поля жизни. Лиза смотрела только вниз, ни во что не вникала, ничего не замечала, не отзывалась на ласку.

Вика делала вид, что не замечает болезни Лизы. Она говорила с ней как с равной. Задавала вопросы. Сама на них отвечала. Читала ей книжки. Пела. Гуляла. А сегодня отправилась на экскурсию — на птицефабрику.

Подруги — Вера и Варя — смотрели на Вику во все глаза. Вика была гладко причесана, все волосы назад, как у балерины. На плечах — дорогая шуба из невиданного зверя.

— Это кто? — спросила Варя.

— Щипаный бобер, — ответила Вика.

— На кролика похож, — заключила Вера. — Бобер под кролика.

Вика нейтрально пожала плечами, дескать, не важно, на кого похож. Важно — кем являешься на самом деле: бобер или кролик?..

— А как ты живешь? — спросила Варя.

— Хорошо, — просто сказала Вика. — Как на птицефабрике. Труд и забота.

— А вонь? — уточнила Варя.

— И вони хватает...

— А Владимир Петров?

— Я его вижу только по телевизору. Как раньше.

— А он тебя?

— И он меня — как раньше.

— А это как?

— Не видит. Его и дома не бывает.

— Но дочку-то навещает?

— Навещает. Придет, сядет и смотрит.

— Ты его любишь? — тихо спросила Варя.

— Ужасно... — выдохнула Вика.

— А он тебя?

— И он меня.

— Ужасно?

— Нет. Нормально. Он испытывает ко мне благодарность. А благодарность — это тоже чувство. Разве нет?

Подруги молчали. Что тут можно сказать? Благодарность — тоже чувство. Но оно отличается от любви, как шиповник от розы. Как кошка от тигра. Как собака от волка. То, да не то...

— Я чего пришла... — спохватилась Вика. — У меня в пятницу день рождения.

— Завтра?

— Через две недели, — уточнила Вика. — Кто же приглашает впритык? Надо предупреждать заранее.

— А Влад Петров будет? — спросила Вера.

— Нет. Он уезжает на Красное море. Там сейчас тепло...

— Понятно... — Вера подняла брови.

Ей было понятно, что если бы Влад присутствовал в доме никаких торжеств и никаких подруг с птицефабрики...

— Все-таки бобер, хоть и щипаный, — все равно бобер. А кролик, хоть и косит под бобра, — все равно кролик.

Вика протянула бумажку, на которой были написаны число и адрес. Время и место.

Вера спрятала бумажку в карман халата.

— А как дед? — вспомнила Варя.

— Подругу себе нашел, — сообщила Вика. — Вместе телевизор смотрят. Он ей ноги моет.

— А сама себе она не может ноги помыть?

— Не может. Живот мешает.

Вера и Варя разглядывали Лизу, но от комментария удерживались. Лиза хмуро смотрела в землю. На ее личике застыло высокомерное равнодушие.

— Как тебя зовут? — спросила Вера.

Лиза не ответила. Повернулась и пошла прочь.

— Нам пора идти, — сказала Вика. — У нас сиеста.

— А сиеста — это что?

— Послеобеденный сон.

Подруги проводили Вику до проходной. Смотрели, как она влезает в джип, будто в другую жизнь, где все не так, где сон — сиеста, бобра щиплют под кролика и даже гладкий представительный шофер выглядит как депутат Государственной думы.

Дед действительно нашел себе подругу — шестидесятилетнюю Анну Тимофеевну из города Ессентуки. Она приехала в Москву на заработки, жить ей было негде, и дед предложил свою жилплощадь, а в придачу нежность и любовь. Анна Тимофеевна с благодарностью приняла то, другое и третье. В ответ она готовила деду полный обед: борщ, жаркое и компот. Все очень вкусно, из продуктов деда, разумеется. Но ведь продукты — это не все. Главное — совместное застолье.

Дед воспрял и помолодел. Вика была за него рада, но единственное — ей стало немножко некуда приходить. Анна Тимофеевна распространилась по всей квартире, и Вика не могла найти свободного угла. В конце концов она решила оставаться с Лизой на выходные.

Вика не обижалась на деда. Она понимала, что в данном историческом отрезке времени деду лучше с Анной Тимофеевной, которая участвует в его жизни, а Вика просто присутствует как свидетель.

* * *

Каждое воскресенье Вика брала Лизу и они шли в зоопарк. Лиза подолгу задерживалась возле волчицы. Видимо, Лиза была ближе к зверю, чем к человеку. И волчица тоже подходила к Лизе и внимательно смотрела, как на свою.

У Лизы была феноменальная память. Она запоминала целую страницу с одного взгляда. Посмотрела — и запомнила. Вика догадывалась, что у аутов как-то особенно устроены мозги. Ауты — другие. Но они есть, люди дождя. А раз есть, значит — должны быть.

Значит, зачем-то нужны.

По выходным приходила мамаша Владимира — носатая породистая старуха с красивыми глазами и старинными кольцами на пальцах.

Старуха излагала Владимиру накопленные за неделю мысли. Владимир смотрел в пространство и одинаковым голосом произносил: «Угу...» Под «угу» он прятал полное равнодушие к текстам мамаши.

Мамаша всегда говорила на одну тему: что будет с Лизой, когда она умрет?..

Вика скрывала свое заочное знакомство с матерью Володи. Ее новый статус — наемный работник — не позволял вольностей, даже в прошлом.

В отличие от Владимира Вика внимательно выслушивала старуху, сочувственно кивала головой, соглашалась или возражала, в зависимости от текста.

Вика не притворялась. Она действительно жалела Володину маму. Знала по себе: жизнь давит даже на молодых. Она сама чуть не отравилась спичками... А что говорить о пожилом человеке, у которого никакого здоровья и никакой любви.

Счастливым можно быть в любом возрасте. Как дед, например. Шелестит себе, как лист на дереве. Дед шелестит весело, а Володина мама — сквозь слезы. Это никуда не годится. Это несправедливо, в конце концов.

Вика утешала старуху, как исплаканную девочку. Гладила ее словами, легкими касаниями, всем сердцем. А иногда принималась петь а капелла, и голос звучал как у ангела.

Постепенно Володина мама успокаивалась и говорила:

— Ну почему Владимир не женится на такой, как ты?

Вика отмечала: она не говорила «на тебе». А на такой, как ты. Вике хотелось сказать: «Таких больше нет. Пусть женится на мне».

Но человек не может себя предлагать, как таблетку от головной боли. Надо ждать, когда боль станет невыносимой, и тогда он сам протянет руку.

В назначенный день Вера и Варя подъехали к Вике.

Они смотрели во все глаза и не верили своим глазам. Красивый дом с красивой подсветкой стоял в самом центре, как театральная декорация. В дом вели мраморные ступени, а на них — красная ковровая дорожка. Эта дорожка стекала по ступеням на самый тротуар и тянулась до проезжей части. В метре от дорожки творилась зимняя, слякотная, сумеречная жизнь, а тут тебе ковровая дорожка, как в партийном санатории. Дверь — тяжелая и заковыристая. Звонок тоже не простой.

Варя нажала на звонок, он тут же отозвался мужским генеральским голосом. Стал выспрашивать: кто да к кому? Потом голос связался с квартирой Влада Петрова и спросил: ждут ли, пускать ли?

Вика спустилась на лифте и встретила своих подруг. Провела в вестибюль. Охранник оглядывал их, как верный Руслан.

Вестибюль был выложен желтым мрамором. Стояли напольные вазы с живыми цветами, наподобие подсолнухов. А может, и подсолнухи.

— Буржуазия... — выдохнула Вера.

В вестибюле красовались три двери. Одна дверь вела в финскую баню, другая — в турецкую, а третья — в бассейн.

Дверь в бассейн была распахнута, виднелась гладь воды в мраморных берегах. На берегу телевизор необъятных размеров и барная стойка. Можно плавать, не отрываясь от привычек: посмотреть по телевизору «Новости» и принять внутрь.

— Это кому такое? — выдохнула Вера.

— Жильцам. И гостям, — объяснила Вика.

— А можно искупаться?

— Само собой... — беспечно ответила Вика. — Бассейн входит в стоимость квартиры.

Подруги метнулись к бассейну, все с себя стащили и во мгновение рухнули в воду. Вода была подогрета и даже подсолена.

— Как на Лазурном берегу! — выкрикнула Варя.

— А где этот берег? — крикнула Вера. Она лежала на спине и мелко двигала ступнями.

— Не знаю, — отозвалась Варя. — Просто красивое слово.

— Вот это жизнь...

Зазвонил мобильный телефон.

Вика шустро выскочила из бассейна, достала из сумки трубку. Послушала. Сказала: «Хорошо».

Ее лицо стало бледным. Веснушки выступили явственно.

— Он едет домой, — прошептала Вика. — Он возле Белорусского вокзала. Через пять минут будет здесь. Вас не должно быть.

Вера и Варя замерли.

— Чего застыли? Быстрее! — На Викином лице стоял неподдельный ужас.

Вера и Варя поддались панике. Они торопливо вылезли, стали натягивать одежду на мокрые тела, поскольку вытираться было нечем. Вика им помогала. Было впечатление, что они спасаются от неминуемой гибели. Голые ноги — в сапоги. Шапки — на мокрые волосы. И — на холод. Из теплых лазурных вод — в слякотную зиму. Из блаженства — в мучение.

Вера и Варя стояли на ковровой дорожке, раскрыв рот от резкой перемены участи. У Веры свалилась шапка, она ее подняла. Нахлобучила на место. И в этот момент подъехал «сааб» и из него вышел Владимир, а следом Саша Коновалова.

«Помирились», — поняла Вика. Сегодня помирились, а завтра вместе уедут на Красное море. Поменяют билет. Или купят новый.

Владимир прошел мимо Веры и Вари, не заметив их. Он не смотрел по сторонам. То, что по сторонам, — его не интересовало. Это тоже был своеобразный аутизм, который образуется в человеке от большого успеха и больших денег. О Саше Коноваловой нечего и говорить. Шла, задрав голову, как будто делала человечеству большое одолжение. Могла пойти по трупам и по живым людям. Норковая шуба полоскалась у пят.

Владимир и Саша поднялись на свой этаж.

Квартира сверкала чистотой, стол был накрыт как для приема. Хорошая жизнь настала с появлением этой рыжей девушки. Владимир не ел с утра и с наслаждением погрузился в процесс.

— Ты не уходи, — попросил он Вику. — Поработаешь сегодня официанткой. Хорошо?

Вика не поняла: можно ей сесть за стол или нет? Официантки вообще-то не садятся. Она осталась стоять. На нее не обращали внимания.

Саша была напряжена. Видимо, у нее остались невыясненные вопросы. Владимир, наоборот, размягчен и счастлив.

«Трахались», — поняла Вика.

Владимир подвинул к себе тарелку и положил по краям закуски, всего понемножку: селедочка, свекла с орехами, баклажаны под зеленью с чесночком, домашняя ветчина, белые грибы...

Вика готовила стол два дня, старалась для своих девочек, за свои деньги, между прочим. Она была щепетильна в денежных делах. Из хозяйского дома взяла только свеклу. Все остальное купила на базаре по существующей цене. И для кого? Для Саши Коноваловой.

Вика хотела есть. Ее даже подташнивало от голода и от обиды. Перед глазами стояли ее подруги на ковровой дорожке, с раскрытыми ртами. А ведь они ехали, везли подарки...

— Лиза ужинала? — спросил Владимир.

— Нет. Она ужинает в восемь тридцать, но я могу ее привести.

— Не надо, — торопливо сказала Саша. — Я ее боюсь.

Владимир не обиделся. Ему сегодня все нравилось.

— Может быть, посидишь с нами? — спросил Владимир у Вики.

— Не надо! — одернула Саша.

Владимир чуть приподнял брови.

— Я пойду, — сказала Вика.

Повернулась и пошла. Вот тебе и день рождения.

— Чем она тебе помешала? — спросил Владимир у Саши.

— А зачем нам посторонняя? — ответила Саша.

Это последнее, что слышала Вика. «Посторонние»... Ну правильно. Так оно и есть. А чего бы она хотела?..

Вика достала свою спортивную сумку, с которой пришла. Стала собираться.

Лиза складывала кубики и была поглощена этим занятием. Она была вне поля, и все, что на поле, ее не касалось.

Подруги Вера и Варя продолжали стоять перед глазами с мокрыми головами. Она заплатила ими... за что? За свою глупость, переходящую в грех. «Не возведи себе кумира, ни подобия его». А она возвела кумира в виде Владимира Петрова. Тоже мне кумир... Подкаблучник. А впрочем, это не ее дело. Она здесь посторонняя.

Вика шла по улице, тащила свою тяжелую сумку.

Она не получила деньги за последний месяц. Но ведь она сбежала. Нарушила контракт. Подвела людей. Так что ей ничего не надо. Ушла и с концами.

Лизу жаль. Но ведь Лизе все равно. А вдруг не все равно? Вдруг Лиза будет плакать? Ей только стресса не хватает.

Вика остановилась. И в это время возле нее притормозила милицейская машина с мигалками. Вика на секунду испугалась, что это Владимир послал за ней погоню. Но высунулся капитан Рогожкин.

— Узнала? — спросил он.

— Узнала, — хмуро ответила Вика.

— Садись, подвезу... Чего надрываешься?

Вика влезла в машину. Уселась на заднее сиденье.

Капитан тронулся молча.

У капитана была красивая спина. Затылок хорошо переходил в шею, а шея — в плечи. Он был весь такой ладный, простой и гармоничный, как лист подорожника.

Вика заплакала по непонятным причинам. Ей было жаль Лизу, Вовину маму, себя, свою любовь — все то, что Варя называла «иллюзия».

Впереди открывалась просто жизнь — с трудностями и без украшений.

Капитан заглянул в зеркало и увидел Викину склоненную голову.

— Опять? — спросил он. — Ну что мне с тобой делать, Поросенкова?..

Через месяц Вика переехала к капитану.

Капитана звали Володя, и это оказалось очень удобно. Вика закрывала глаза и нежно пропевала: «Володя...» И капитан не видел подмены. Вика любила нового Володю, как говорят, по-своему. Не всей душой, а частью души и частью тела. Эта любовь похожа на букет цветов: радует, украшает, но когда-то завянет. А любовь к Владимиру Петрову — с корнями. Как куст. И если зимой уснет, то весной опять воспрянет.

Известный драматург сказал по телевизору: настоящая любовь никогда не кончается браком. Значит, у Вики — как у всех. Любишь одного, живешь с другим. И хорошо хоть так. Может вообще никого не быть, как у Веры.

Капитан обожал свою Поросенкову. Она полностью совпадала с его идеалом красоты. Худые и черные, как Саша Коновалова, ему не нравились. Они казались ему неженственными, как будто переделанными из мужиков. Капитан слышал краем уха, что все модельеры — голубые. Поэтому фотомодели похожи на юношей: с плоской грудью, узким тазом, худыми ногами. То ли дело Поросенкова с пышным золотистым телом. Всего навалом. И пахнет свежим хлебом. Нет лучшего запаха.

Вика чувствовала свою власть. Могла об капитана ноги вытирать. Только зачем?

На работу Вика не вернулась. Денег она заработала. На первое время хватит. А там будет видно. Капитан оказался предприимчивым. За ним не пропадешь...

Жили в Люберцах. Район хуже, чем у Петрова. И жилплощадь меньше. У Петровых один холл, как вся однокомнатная квартира капитана. И красной дорожки нет. Но ведь дорожку можно положить при большом желании. Купить и протянуть.

Жизнь как-то складывалась. Единственное, что сидело гвоздем в сердце, — Лиза. Как она? Что с ней? Никому до нее нет дела, кроме истеричной бабки. А что она может, бабка? Только хвататься за голову и кудахтать, как дурная курица.

В одно прекрасное утро Вика шила штору возле окна — и вдруг отложила шитье в сторону. Встала. И поехала к Лизе. Она торопилась, как будто боялась опоздать.

Дверь отворила Володина мама.

— А! — вскрикнула мама, будто в нее воткнули вилку. — Боже мой!

Лиза вышла в холл и вдруг кинулась к Вике, прижалась всем телом и даже лицом и коленками.

Вика боялась шелохнуться. Она знала, что ауты ни с кем не хотят общаться, избегают контакта. И этот Лизин рывок — это рывок из болезни.

Мать зарыдала в голос, обхватив голову руками, как будто удерживала эту голову на месте.

— Ты останешься с Лизой? — спросила Лиза и подняла голову.

— Нет. Я уйду, — честно сказала Вика.

— А я?

— Идем со мной. Хочешь?

— Хочу, — сказала Лиза.

Из недр квартиры появился Владимир в пижаме.

— Папа, можно я уйду жить к Вике? — попросила Лиза.

Мать и Владимир переглянулись.

— Куда она пойдет? Что за глупости? — пробормотал Владимир. — Оставайтесь вы здесь. Почему вы сбежали? Мы вам мало платили? — Он в упор смотрел на Вику.

— Дело не в деньгах.

— Мы с вами плохо обращались? Вы обиделись?

— Просто у меня своя жизнь. Я выхожу замуж. У меня жених...

— Какой еще жених? — отказалась верить старуха.

— Обыкновенный. Чуваш. — Вика не хотела называть его должность. Милиция — это не престижно. А чуваши сидят и в Думе.

— Чуваш — это татарин? — спросила старуха.

— Православный татарин, — уточнил Владимир. — Когда стали силой насаждать христианство, чуваши покорились, а татары нет.

— Вот видишь! — заорала мать. — Чуваш сразу понял, какой он нашел клад! А ты куда смотрел? На своих метелок? Они умеют только выкачивать из тебя деньги. Им нужно только удовольствие, а твой больной ребенок им не нужен. А ведь она тебя любила! Она нюхала твои подушки. Я видела. Ты ей платил, но она работала бы и без денег, потому что она любила тебя и любила Лизу.

— Мама! Неудобно при человеке говорить «она». Это невоспитанно.

— В твоей жизни было ВСЕ. Но не было ДОБРА. А это самое главное! Это и есть любовь!

Старуха зарыдала, но иначе, чем всегда. Глубже и безнадежнее.

— Не надо плакать, — попросила Вика.

— Что с ними будет, когда я умру? Ему уже сорок. У него язва. И Лиза...

— Мама, перестань! — расстроился Владимир. — Ну хочешь, я женюсь на Вике.

— Хочу! — вскрикнула старуха.

— Пожалуйста... Я все равно ни на ком не собираюсь жениться. Пусть паспорт окажется занят. Будут меньше приставать.

— Вот видите! Он делает вам предложение! — вскрикнула бабка.

— Это не считается, — не зачла Вика.

— Почему не считается? — удивился Владимир. — Я делаю вам предложение.

— Но вы в пижаме...

— Сейчас же надень костюм! — взволнованно приказала мать. Владимир удалился.

— А почему мы стоим в прихожей? — спохватилась Володина мама.

Вика привычно сняла шубу, сапоги и вдруг увидела, что она босиком. Так торопилась, что надела сапоги на босу ногу. Как будто спасалась от пожара. Но ничего... В доме были нежные шелковые китайские ковры. Вика любила ходить босиком. Она прошла в комнату и остановилась у окна. Ей хотелось стоять.

Лиза убралась к себе. Устала от эмоций.

— Только не тяните с ребенком, — торопливо посоветовала Володина мама. — Ты молодая, крепкая. У вас будут здоровые дети. Лиза не будет одна. Так тяжело не иметь брата или сестру. Вот у меня — никого.

— А сын? — напомнила Вика.

— Дети — это другое поколение. Мы, старики, им не интересны.

Появился Владимир, весь в черно-белом, как пингвин.

Виктория стояла в солнечном луче — босая, с высокой грудью и тонкой талией, рыжая и золотая, с промытыми голубыми глазами... Владимир вдруг УВИДЕЛ ее. Знал давно, а УВИДЕЛ впервые. Казалось, сейчас она поднимется на цыпочки, оторвется от пола и взлетит, обвеваемая легкими одеждами, как роспись под куполом Сикстинской капеллы. Эта девушка — оттуда, из времен Рафаэля и Рембрандта, случайно залетела в двадцать первый век и застряла на птицефабрике.

— В самом деле, выходи за меня, — серьезно предложил Владимир и кашлянул.

Он волновался. Боялся, что она скажет: «нет», и вернется к своему чувашу. Эта девушка не знает себе цены, и в этом незнании — основное зерно ее сущности: драгоценный бриллиант, который считает себя стекляшкой.

— Обними ее, — поруководила мать.

Владимир сделал шаг и остановился. Оробел.

Вика сама шагнула и сама обняла. От его лица пахло розами и дождем. Так пахнут любимые — лучшими ароматами земли.

Вика закрыла глаза. Прислушалась к себе. Она верила и не верила.

Не верила потому, что ТАК не бывает. А верила потому, что бывает именно ТАК: настоящая любовь может окончиться браком и продолжаться всю жизнь.

СТРЕЛЕЦ

I

остя — бывший инженер, а ныне неизвестно кто — родился в декабре под созвездием Стрельца. Люди под этим знаком любят срывать цветы удовольствия и не превращать жизнь в вечную борьбу, как Николай Островский. Стрелец — это не скорпион, который сам себя жалит.

Костя легко двигался, всегда скользил, если была зима. Разбежится и заскользит. Прыгал, если было лето: подскочит и достанет до высокой ветки, если в лесу.

И по жизни он тоже вальсировал, если ему это удавалось. Жена досталась красивая, многие хотели, а Костя получил. Сын появился быстро — продолжатель рода, наследник. Правда, наследовать было нечего. Инженер при коммунистах получал позорные копейки. Гримаса социализма...

Но вот пришла демократия, и Костя оказался на улице. Вообще никаких денег: ни больших, ни маленьких. Ничего. Институт закрылся. Помещение сдали в аренду под мебельный магазин. Понаехали армяне, открыли салон итальянской мебели. Предприимчивая нация.

Инженеры-конструкторы разбрелись кто куда. Костин друг Валерка Бехтерев сколотил бригаду, стали обивать двери. Закупили дерматин, поролон, гвозди с фигурными шляпками. Ходили по подъездам.

Косте такая работа была не по душе. Он не любил стоять на месте и тюкать молотком. Ему хотелось движения, смены впечатлений. Костя стал заниматься частным извозом, или, как говорила жена, — выехал на панель.

Машина у него была всегда, еще со студенчества. И красивая жена ему досталась благодаря машине. И благодаря гитаре. Когда Костя пел, слегка склонив голову, то казался значительнее. Что-то появлялось в нем трагически непонятое, щемящее.

Голос у него был теплый, мужской — баритональный тенор. Руки — длинные, пальцы — сильные, смуглые, шея — высокая. Как будто создан для гитары, в обнимку с гитарой, в обнимку с рулем машины, с изысканным красным шарфиком, благоухающий тонким парфюмом. Хотелось закрыть глаза и обнять. Вернее, наоборот: обнять и закрыть глаза.

Однако теща была постоянно недовольна: то поздно пришел, то мало денег. А чаще — и то и другое.

Костя мысленно звал тещу «бегемотиха Грета», хотя у нее было другое имя — Анна Александровна.

Если бы Костя знал, что в нагрузку к жене придется брать эту бегемотиху Грету, никогда бы не женился. Но теща возникла, когда уже было поздно: уже родился ребенок, надо было жить, вести хозяйство.

Жена — учительница. Учителям тоже не платили, но она все равно шла и работала. Ей нравился процесс даже в отсутствие денежного результата. Она вставала перед классом, на нее были устремлены 30 пар глаз, и она ведала юными душами. Рассказывала про Онегина, какой он был лишний человек в том смысле, что эгоист и бездельник. Такие люди лишние всегда, поскольку ничего не оставляют после себя. А общество здесь ни при чем, лишние люди были, есть и будут во все времена.

Получалось, что Костя — тоже лишний человек, никуда не стремится, ни за что не хочет отвечать.

Теща была во многом права — по содержанию, но не по форме. То, что она говорила, — правда. Но КАК она говорила — Косте не нравилось: грубо и громко. Все то же самое можно было бы спеть, а он бы подыграл на гитаре. Было бы весело и поучительно. У тещи плохо с юмором и с умом, поскольку ум и юмор — вещи взаимосвязанные и взаимопроникающие.

Если бы у Кости спросили, кем он хочет стать, он бы ответил:

— Наследником престола.

Не королем, потому что у короля тысяча дел и обязанностей. А именно наследником, как принц Чарльз. Ничего особенно не делать, скакать на лошадях, иметь охотничий домик и встречаться там со взрослой любовницей.

Однако Костя принцем не был. Его отец — далеко не король, хотя и не последний человек. Когда-то работал торговым представителем в далекой экзотической стране, но проворовался и потерял место. Отца сгубила жадность. Костя не унаследовал этой черты, вернее, этого порока. Он не был жадным, более того — он был очень широким человеком, но ему нечего было дать. И за это его упрекала теща, а уж потом и жена. Жена со временем подпала под влияние своей мамы, и Костя уже не видел разницы между ними. Разговор только про деньги, вернее, про их отсутствие, когда в жизни так много прекрасного: музыка, песни, гитара, люди на заднем сиденье его машины, да мало ли чего... А теща — про комбинезон для ребенка, жена — про зубы: у нее зубы испортились после родов, кальция не хватает. А кальций в кураге, в хурме, в икре, и все опять упирается в деньги.

Костя мечтал найти мешок с деньгами и решить все проблемы. Навсегда. Тогда он купил бы себе охотничий домик, как принц Чарльз, и жил один, без давления. Завел бы себе любовницу — молодую или зрелую, все равно. Лучше молодую. А теще принес бы деньги в коробке из-под обуви... Лучше из-под телевизора. Интересно, о чем бы она тогда разговаривала...

Еще он мечтал быть спонсором телевизионной программы «Что? Где? Когда?»... Сидели бы интеллектуалы и угадывали. А Костя — скромно, в черной бабочке за их спиной. А рядом жена с голой спиной и сыночек, расчесанный на пробор, и тоже в бабочке. А все бы видели — какой Костя скромный и положительный, жертвует безвозмездно на золотые мозги. Интеллект — это достояние нации.

«Хотеть — не вредно» — так говорила жена. Сама она тоже не могла заработать, но почему-то себе в вину это не ставила. Она считала, что зарабатывать должен мужчина, как будто женщины — не люди.

Третья мечта Кости — свобода и одиночество, что, в сущности, одно и то же.

Свободу и одиночество Костя обретал в машине. Он ездил по городу, подвозил людей. Никогда не торговался. Когда его спрашивали: «Сколько?» — он отвечал: «Не знаю. На ваше усмотрение». Усмотрение у всех было разное, но на редкость скромное.

Костя даже брать стеснялся. Ему ли, гордому Стрельцу, протягивать руку за деньгами.

Иногда в машину заваливалась веселая компания с гитарой. Костя пел с ними, но не вслух, а внутренне, как Штирлиц. Петь громко и принимать равноценное участие он стеснялся, поскольку шофер — это обслуга. И короткое «шеф» только подчеркивало, что он никакой не «шеф», а наоборот.

Однажды Костя подъехал к вокзалу, но его тут же погнали, что называется, в шею. У вокзала орудовала своя шоферская мафия, и посторонних не пускали. У шоферов свои пастухи, как сутенеры у проституток. Если бы Костя имел деловые качества, он сам бы мог стать пастухом, иметь серьезные сборы. Но Стрелец — он и есть Стрелец. Быть и иметь. Косте легче было не иметь, чем перекрутить свою сущность.

Хорошо бы, конечно, иметь и быть. Как Билл Гейтс, который зарабатывал любимым делом. Если бы ему ничего не платили, он все равно занимался бы компьютерами.

Костя всегда спрашивал адрес и очень не любил, когда отвечали: «Я покажу». Он чувствовал себя марионеткой, которую дергают за нитку: направо, налево... Ему еще не нравилось, когда садились рядом. Казалось, что чужое биополе царапает его кожу. Костя открывал заднюю дверь и сажал на заднее сиденье, которое, кстати, самое безопасное.

А еще он не любил выслушивать чужие исповеди. Иногда пассажир, чаще женщина, начинал выгружать свою душу и складывать в Костю, как в мусорный пакет. Ему хватало тещи.

Больше всего Косте нравилось ездить по городу в дождь. Включить музыку — и вперед. Ничего не видно и кажется, что ты — один. Только музыка и движение. Дворники работают, отодвигая воду с ветрового стекла. И этот ритм тоже успокаивает.

Однажды из дождя выскочил парень, резко открыл дверцу, запрыгнул почти на ходу, сильно хлопнул дверцей и скомандовал:

— Вперед!

— Куда? — не понял Костя.

— Вперед, и очень быстро!

«Козел», — подумал Костя, хотя парень был похож не на козла, а на филина. Круглое лицо, неподвижные глаза и нос крючком.

Имели место сразу три нарушения: сел рядом, адреса не назвал и хлопнул дверцей так, будто это броневик, а не жидкая «пятерка».

— Куда все-таки? — с раздражением спросил Костя, выводя свою «пятерку» с маленькой дорожки на широкую трассу.

Костя поглядел на парня, но увидел только его затылок. Затылок был широкий и плоский, будто он его отлежал на подушке.

Филин смотрел на дорогу. Костя заметил, что с ними поравнялся черный джип, опустилось боковое стекло, обозначилось длинное лицо с ржавой растительностью.

— Уходи, — напряженно скомандовал Филин.

Его напряжение передалось Косте. Костя рванул машину вперед и помчался, виляя между другими машинами. Джип исчез, потом снова появился, но не справа, а слева. Со стороны Кости.

Костя вильнул в переулок, нарушая все правила.

— Ушли, — выдохнул Филин.

— А теперь куда? — спросил Костя и в это время услышал сухой щелчок. И увидел джип, который не преследовал, а уходил. Это мог быть другой джип. Мало ли сейчас иномарок на московских дорогах.

Костя хотел выяснить, куда же все-таки ехать. Но Филин заснул, опустив голову на грудь. Закемарил. Костя остановил машину. Его смутила какая-то особенная тишина. Полное отсутствие чужого биополя. Он обошел машину, открыл дверь. Филин сидел в прежней позе. В виске у него темнела круглая бескровная дырка. По лицу ото лба спускалась зеленоватая бледность, какой никогда не бывает у живых.

— Эй! — позвал Костя. — Ты чего?

Если бы Филин мог реагировать, он бы сказал: «Меня убили, не видишь, что ли...»

Костя оторопел. Он видел по телевизору криминальные разборки, но это было на экране, так далеко от его жизни. Где-то в другом мире, как среди рыб. А тут он вдруг сам попал в разборку, в ее эпицентр.

Что же делать? Естественно, обращаться в милицию. Они знают, что в этих случаях делать.

Костя поехал со своим страшным грузом, как «черный тюльпан». Он смотрел на дорогу, высматривая милиционера или милицейский пост. Поста не попадалось. У Кости в голове рвались и путались мысли. Сейчас милиция завязана с криминалом, в милиции служит кто угодно. Это тебе не Америка.

Спросят:

— Кто убил?

— Не знаю, — скажет Костя.

— А как он оказался в твоей машине?

— Заскочил.

— Знакомый, значит?

— Да нет, я его в первый раз вижу.

— А может, ты сам его убил?

— Зачем мне его убивать?

— Вот это мы и проверим...

Костю задержат. Хорошо, если не побьют. Могут и побить. А могут просто намотать срок. Не захотят искать исполнителей и посадят. Теща будет рада. А жена удивится — каким это образом вальсирующий Костя попал в криминалитет. Туда таких не берут. Там тоже нужны люди с инициативой и криминальным талантом. А гитара, шарфик и парфюм там не проходят.

Костя свернул и въехал во двор. Остановил машину против жилого подъезда под номером 2. Вытащил Филина и посадил на землю, прислонив спиной к кирпичной стене. Люди найдут, вызовут милицию — все своим путем, только без него. Без Кости.

Костя вернулся в машину. Перед тем как уехать, бросил последний взгляд на Филина. Он был молодой, немножко полноватый, с лицом спящей турчанки, видимо, походил на мать. У него было спокойное, мирное выражение. Он не страдал перед смертью, скорее всего он ничего не успел почувствовать. Он убегал и продолжал бежать по ту сторону времени.

У Кости мелькнула мысль: может, его не бросать? А что с ним делать? Привезти домой? То-то теща обрадуется...

После этого случая Костя долго не мог сесть в машину. Ему казалось: там кто-то есть... Может, душа этого парня плавает бесхозно.

Дома Костя ничего не сказал. Ему было неприятно об этом помнить, а тем более говорить.

Однако время шло. Костя постепенно убедил себя в том, что снаряд не падает дважды в одно место. Значит, смерть больше не сядет в его машину...

Он снова начал ездить. И в один прекрасный день, а если быть точным, то в дождливый октябрьский вечер, в его машину села ЛЮБОВЬ. Потом он совместил эти два обстоятельства в одно, поскольку любовь и смерть являют собой два конца одной палки. Но тогда, в тот вечер, Костя ничего не заподозрил. Просто стройный женский силуэт в коротком черном пальто, просто откинутая легкая рука. Она голосовала.

Костя мог бы появиться минутой раньше или минутой позже — и он проехал бы мимо своей любви. Но они совпали во времени и пространстве. Костя затормозил машину, ничего не подозревая. Она села грамотно — назад, дверь прихлопнула аккуратно, назвала улицу: Кирочная.

Костя никак не мог найти эту чертову улицу. Они крутились, возвращались, смотрели в карту, и в конце концов выяснилось, что такой улицы нет вообще. То есть она есть, но в Ленинграде. Она назвала «Кирочная», а надо было улицу Кирова. Они сообразили совместными усилиями.

Позже она расскажет, что занимается антиквариатом. Скупает старину, реставрирует и продает. Такой вот бизнес. Накануне ездила в Петербург, купила чиппендейл — что это такое, Костя не знал, а переспрашивать постеснялся. Однако догадался, что чиппендейл — на Кирочной. А сейчас нужна была улица Кирова.

Костя нашел улицу и дом. Она полезла в сумочку, чтобы расплатиться. Косте вдруг стало жаль, что она уйдет. Он предложил подождать.

Она подумала и спросила:

— Вы будете сидеть в машине?

— Естественно.

— Это может быть долго. Давайте поднимемся вместе.

Они поднялись вместе. Дверь открыла старуха, похожая на овечку, — кудряшки, очки, вытянутое лицо.

— Это вы? — спросила Овечка.

— Да. Это я, Катя...

Костя услышал ее имя. Оно ей не соответствовало. Катя — это румянец и русская коса. А в ее внешности было что-то от филиппинки: маленькое смуглое личико, прямые черные волосы, кошачьи скулы, невозмутимость, скромность. В ней не было ничего от «деловой женщины», или, как они называются, бизнес-вумен. Отсутствие хватки, агрессии — скорее наоборот. Ее хотелось позвать в дом, покормить, дать подарочек...

— Это вы? — еще раз переспросила Овечка.

— Да, да... — кивнула Катя. — Это я вам звонила.

— А он кто? — Овечка указала глазами на Костю.

— Я никто, — отозвался Костя, догадавшись, что старуха боится.

Овечка вгляделась в Костю и поняла, что бояться его не следует. Она предложила раздеться, потом провела в комнату, показала лампу и стол. Лампа была с фарфоровыми фигурками, а стол-бюро — обшарпанный до невозможности.

Катя и старуха удалились в другую комнату, у них были секреты от Кости. Костя огляделся по сторонам. Вся комната в старине, начиная от люстры, кончая туркменским ковром на полу. На стенах фотографии и гравюры в рамках конца века. Костя как будто окунулся в другое время и понял, что ему там нравится. Там — неторопливость, добротность, красота. Там — все для человека, все во имя человека.

Костя стал рассматривать фотографии. Мужчины со стрельчатыми усами, женщины — в высоких прическах и белых одеждах. Они тоже любили... Вот именно: они любили, страдали и умерли. Как все. Только страдали больше и умерли раньше.

Катя и старуха вернулись довольные друг другом. Костя предположил, что Овечка не в курсе цен. Катя ее, конечно, «умыла», но не сильно, а так... слегка. «Умывают» все, на то и бизнес. Но важно не зарываться. Иначе все быстро может кончиться. Быстро и плохо.

Костя смотрел на Катю — тихую, интеллигентную девочку. У нее все будет долго и хорошо, потому что с ней никто не станет торговаться. Сами все дадут и прибавят сверху.

Овечка предложила сверху фасолевый суп. Катя и Костя переглянулись, и Овечка поняла, что они голодны.

Суп оказался душистый, фиолетовый, густой. Костя накидал туда белого хлеба и ел как похлебку. Катя последовала его примеру.

Много ли человеку надо? Тепло, еда и доброжелательность.

— Вы муж и жена? — поинтересовалась Овечка.

— Нет, — ответила Катя. — Мы познакомились час назад.

— У вас будет роман, — пообещала старуха.

— Почему вы так решили?

— У вас столько радостного интереса друг к другу...

Катя перестала есть и внимательно посмотрела на Костю, как будто примерила. Костя покраснел, хотя делал это редко. Он, как правило, не смущался.

— Вы похожи на меня молодую, — заметила Овечка.

— Это хорошо или плохо? — спросила Катя.

— Это очень хорошо. Я многим испортила жизнь.

— А это хорошо или плохо? — не поняла Катя.

— Это нормально.

— А когда лучше жить — в молодости или теперь? — спросила Катя.

— И в молодости, и теперь. Дети выросли, никаких обязанностей, никакой зависимости от мужчин. Свобода...

— Но зависимость — это и есть жизнь, — возразил Костя.

— Вот и зависьте. От нее.

Костя снова покраснел. Старуха была молодая. Ей нравилось эпатировать. Ставить людей в неудобное положение.

— А вы больше ничего не хотите продать? — спросила Катя.

— У меня есть дача. Там никто не живет.

— А дети? — напомнил Костя.

— У них другая дача, в другом месте. Под Сан-Франциско.

— Но можно сдавать дачу, — предложила Катя.

— Я не люблю сдавать, — отказалась старуха.

— Почему?

— Потому что люди у себя дома никогда не вытирают обувь занавеской. А в гостиницах вытирают.

— Но там же все равно никто не живет, — напомнила Катя.

— Там живет моя память. Раньше эта дача была центром жизни: съезжалась большая семья, горел камин, пахло пирогом... Прошлое ушло под воду, как Атлантида...

— Грустно, — сказала Катя.

— Так должно быть, — возразила старуха. — Закон жизни. Прошлое уходит и дает дорогу будущему. Суп, который вы съели, через несколько часов превратится в отходы. И вы снова захотите есть.

Старуха прятала за грубостью жалость к себе, иначе эту жалость пришлось бы обнаружить. Старуха была гордой.

— А дача далеко? — спросила Катя.

— Полчаса в один конец. Близкое Подмосковье, — отозвалась старуха.

В Катином личике ничего не изменилось, но Костя понял, что ей это интересно. Интереснее всего остального.

— Я дам вам ключи, можете посмотреть...

Старуха принесла связку ключей и протянула их Косте.

— Почему мне? — удивился Костя.

— Но ведь вы же повезете...

— Он вам нравится? — прямо спросила Катя.

Старуха ответила не сразу. Она долгим, внимательным взглядом посмотрела на Костю, после этого глубоко кивнула:

— Да...

И все рассмеялись. Это почему-то было смешно.

Катя и Костя вышли на лестницу. Стали спускаться пешком. Костя забежал вперед и перегородил ей дорогу. Они смотрели друг на друга, она — сверху вниз. Он — снизу вверх. У Кати было серьезное личико. Углы губ — немножко вниз, как будто она с тревогой прислушивалась к будущему, а там — ничего хорошего. Все утонет, как Атлантида, — молодость, красота, ожидание счастья, само счастье — все, все...

Костя приблизил свое лицо и поцеловал ее в угол рта. Сердце замерло, а потом застучало, как будто испугалось. Костя осознал, что не захочет жить без нее. И не будет жить без нее. Как все это раскрутится, он понятия не имел. Это все потом, потом... А сейчас она стояла напротив и смотрела на него сверху вниз.

134

* * *

В эту ночь Костя бурно и безраздельно любил свою жену. Он понял, что главное в его жизни произошло. Он вытащил счастливый билет. Билет назывался Катя. Чувство не оценивается деньгами, и тем не менее Костя выиграл у жизни миллион. Он миллионер и поэтому был спокоен и щедр. Он любил жену, как будто делился с ней своим счастьем.

— Тише... — шептала жена. В соседней комнате спали мать и сын, и жена боялась, что они услышат.

Костя пытался вести себя тише, но от этого еще больше желал жену. И она тоже обнимала его руками и ногами, чтобы стать одним.

Мать за стеной злобно скрипнула диваном. Дочь любила ее врага, и мать воспринимала это как предательство.

Договорились, что Катя позвонит сама. Она его найдет. Последний разговор был таким:

— Вы женаты? — спросила Катя.

— Вовсю... — ответил Костя.

— А чем вы вообще занимаетесь?

— Ничем. Живу.

— Это хорошо, — похвалила Катя. — Я позвоню...

Костя ждал звонка постоянно. Он предупредил тещу, что ему должны звонить с выгодным предложением. Теща тоже стала ждать звонка. Они превратились в сообщников. Вернувшись с работы, Костя пересекался с тещей взглядом, и она медленно поводила головой. Дескать, нет, не звонили...

Это свидетельствовало по крайней мере о трех моментах. Первый — Катя замужем, второй — у нее куча дел, и все неотложные. Третий — основной — Костя ей не понравился. Не произвел впечатления.

«А в самом деле, — прозрел Костя. — Зачем я ей? Вовсю женатый, нищий. Какой с меня толк? Я могу быстро бегать и далеко прыгать, но эти качества хороши при охоте на мамонта. Сегодня мамонтов нет. Хотя ученые пообещали воссоздать. В вечной мерзлоте нашли хорошо сохранившиеся останки. Возьмут клеточку, склонируют и пересадят в слона, вернее, в

135

слониху. Родится мамонт. Он будет живой, но один. И поговорить не с кем».

Сегодняшние девушки — другие. Это раньше: спел под гитару — и покорил. А Катя — человек действия: поставила задачу — выполнила. В красивый хрупкий футляр заключен четкий, отлаженный инструмент. Не скрипка. Скорее, саперная лопата, выполненная Фаберже.

Костя не набрал козырей, поэтому она не позвонила. Он все понимал, но не мог отделаться от ее желудевых глаз, от опущенных уголков рта, как будто ее обидели. Когда взял ее руку в свою — тут же испугался, что повредит, сломает, — такая хрупкая, нежная была рука, будто птенец в ладони...

Костя перестал ждать звонка. И тогда она позвонила. Это случилось в десять часов вечера. Когда шел к телефону — знал, что это она. Он собрался задать вопрос, содержащий упрек, но не успел.

— Завтра едем смотреть дачу, — сказала Катя, — в десять часов утра.

— Здравствуй, — сказал Костя.

— Здравствуй, — ответила Катя. — Значит, в десять, возле моего подъезда.

— Ждать внизу? — уточнил Костя.

— Лучше поднимись. Квартира двадцать. Четвертый этаж.

Костя молчал. Он мгновенно все запомнил.

— Поездка возьмет у тебя два часа.

Костя принял к сведению.

— До свидания, — попрощалась Катя и положила трубку. Костя понял, что отношения она складывала деловые. Вызвала машину на два часа. Заплатит по таксе. А какая у нее такса? Скорее всего средняя: не большая и не маленькая.

Деловые — пожалуйста. Лучше, чем никаких. Костя готов был не показывать ей своих чувств. Он будет любить ее тихо, безмолвно и бескорыстно, только бы ощущать рядом. Только бы видеть, слышать и вдыхать. Как море. Море ведь не любит никого. Но возле него — такое счастье...

Раньше, в прежней жизни, Костю интересовал результат отношений, конечная стадия. А сейчас был важен только процесс. Он готов был отказаться от результата. Главное, чтобы Катя ничего не поняла. Не увидела, что он влюблен, а значит — зависит. Иначе растопчет. Или выгонит.

Дверь открыл муж.

«И она с ним спит?» — поразился Костя. Муж был никакой. Без лица. Сладкая какашка.

...Позже Катя расскажет, что он преподавал в институте, где она училась, вел курс изобразительного искусства. Он столько знает. И он так говорит... Золотой дождь, а не лекция. Катя им восхищалась. А сейчас он — директор аукциона. Все самое ценное, а значит — самое красивое проходит через его руки. Через его руки протекает связь времен: восемнадцатый век, девятнадцатый век, двадцатый.

— Он богатый? — спросит Костя.

— Какая разница? — не ответит Катя. — Я все равно не люблю жить на чужие деньги. У меня должны быть свои...

Муж открыл дверь и посмотрел на Костю, как на экспонат. И тут же отвернулся. Не оценил.

— Катя! — крикнул он. — Шофер приехал!

— Сейчас! — отозвалась Катя. — Пусть внизу подождет...

Костя успел зацепить взглядом богатую просторную прихожую со стариной и понял, что это — другой мир. Из таких квартир не уходят.

Костя спустился и захотел уехать. Он не любил чувствовать себя обслугой.

Включил зажигание, но машина закашляла и не двинулась с места. Пришлось поднять капот и посмотреть, в чем дело. Ни в чем. Просто машина нервничала вместе с Костей.

Катя спустилась вниз. На ней было голубое пальто-шинель с медными пуговицами.

Вырядилась, подумал Костя. И тут же себя поправил: почему вырядилась? Просто оделась. У нее хорошие вещи, в отличие от его жены. Это у бедных несколько видов одежды: домашняя, рабочая и выходная. А богатые всегда хорошо одеты.

Катя молча села. Она была не в курсе Костиных комплексов. Молча протянула ему листок, на котором старуха нарисовала схему. Все действительно оказалось очень просто: прямо и через полчаса направо.

Въехали в дачный поселок. Как в сказку. Позади серый город, серая дорога. А здесь — желтое и багряное. Дорогие заборы на фундаментах. Но вот — деревянный штакетник, а за ним барская усадьба из толстых бревен с большими террасами.

— Какая прелесть... — выдохнула Катя. — Дом с мезонином.

— А что такое мезонин? — спросил Костя.

— От французского слова «мэзон» — значит дом. А мезонин — маленький домик.

— Откуда вы знаете?

— Я закончила искусствоведческий. Но вообще — это знают все.

— Кроме меня, — уточнил Костя.

Он больше не хотел нравиться. Более того, он хотел не нравиться. Он — шофер. Работник по найму. Потратит время, возьмет деньги и купит теще новый фланелевый халат. Очень удобная вещь на каждый день.

Вошли в дом. Его давно не топили, пахло сыростью. Дом был похож на запущенного человека, которого не мыли, не кормили, не любили.

— Здесь надо сломать все перегородки и сделать одно большое пространство.

Катя смотрела вокруг себя, но видела не то, что есть, а то, что будет.

— Старуха не согласится, — сказал Костя.

— У старухи никто не будет спрашивать. Я куплю и возьму в собственность. А со своей собственностью я могу делать все, что захочу.

«Саперная лопата», — подумал Костя.

— Дом ничего не стоит, — размышляла Катя. — Здесь стоят земля и коммуникации.

— Старуху не надо обманывать, — напомнил Костя.

— Да что вы пристали с этой старухой?

Катя воткнула в него свои желудевые глаза. Они долго не отрываясь смотрели друг на друга.

— Для старухи пятьдесят тысяч долларов — это целое состояние, — продолжала Катя. — Ей этого хватит на десять лет. Не

138

надо будет к детям обращаться за деньгами. Я поняла: она не хочет у детей ничего просить. Для нее просить — нож к горлу. Она очень гордая.

— А как вы это поняли? — удивился Костя.

— Я умею видеть.

Костя понял, что она и его видит насквозь. Как под рентгеном. Вот перед ней стоит красивый Стрелец, который не умеет зарабатывать, но умеет любить. Хочет отдать свое трепетное сердце, бессмертную душу и ЧУВСТВО. ...Она войдет в море секса, под куполом любви, как под звездным небом. Это тебе не двадцать минут перед сном со «сладкой какашкой».

Однако Катя — человек действия. Поставила задачу — выполнила. Она купит дачу за пятьдесят тысяч долларов. Вложит еще пятьдесят и продаст за полмиллиона. Чувство — это дым. Протянулось белым облачком и растаяло. А деньги — это реальность. Это свобода и независимость.

— Я хочу подняться на второй этаж, — сказала Катя.

— Я пойду вперед, — предложил Костя. Он боялся, что лестница может обвалиться.

Лестница не обвалилась. Поднялись на второй этаж. Там были две спальни и кабинет. В одной из спален — полукруглое окно. В нем, как картина в раме, — крона желтого каштана. У стены стояла широкая кровать красного дерева. На ней, возможно, спал чеховский дядя Ваня, потом через полстолетия — молодая старуха, а месяц назад — пара бомжей. Ватное одеяло, простеганное из разных кусочков ситца. Плоская подушка в такой же крестьянской наволочке.

Костя старался не смотреть на это спальное место. Он оцепенел. Смотрел в пол. А Катя смотрела на Костю. Почему бы не войти в море, когда оно рядом? Чему это мешает? Только не долго. Войти и выйти. Сугубо мужской подход к любви.

Костя смотрел в пол. Он не любил, когда решали за него. Он Стрелец. Он должен пустить стрелу, ранить и завоевать.

— Сердишься? — спросила она, переходя на ты. Она все понимала и чувствовала. Вряд ли этому учат на искусствоведческом. С этим надо родиться. Все-таки не только саперная лопата, но и скрипка.

Она положила руки ему на плечи. Благоухающая, как жасминовая ветка. В голубом пальто из кашемира. Она не похожа ни на одну из трех чеховских сестер. А он на кого похож? Не ясно. Таких героев еще не стояло на этой сценической площадке, в этой старинной усадьбе.

— Перестань, — попросила Катя.

Что перестать? Сопротивляться? Полностью подчиниться ее воле. Пусть заглатывает, жует и переваривает. Пусть.

Костя хотел что-то сказать, но не мог пошевелить языком. Во рту пересохло. Язык стал шерстяной, как валенок.

Они легли не раздеваясь. Костя звенел от страсти, как серебряный колокол, в который ударили. И вдруг, в самый неподходящий или, наоборот, в самый подходящий момент, он услышал внизу шаги. Шаги и голоса.

Костя замер как соляной столб. А Катя легко поднялась с дивана, застегнула свои медные пуговицы и сбежала вниз по лестнице.

Вернулась довольно быстро.

— Это соседи, — сообщила она. — Увидели, что дверь открыта, пришли проверить. Они следят, чтобы не залезли бомжи.

— Заботятся, — похвалил Костя.

— О себе, — уточнила Катя. — Если дом подожгут, то и соседи сгорят. Огонь перекинется по деревьям.

Катя скинула пальто и легла. Замерла в ожидании блаженства. Но Костя уже ничего не мог. Как будто ударили палкой по нервам. Все, что звенело, — упало, и казалось — безвозвратно. Так будет всегда. Вот так становятся импотентами: удар по нервам в минуту наивысшего напряжения.

Он сошел с тахты. У него было растерянное лицо. Ему было не до Кати и вообще ни до чего.

Он стоял и застегивал пуговицы на рубашке, затягивал пояс.

Катя подошла, молча. Обняла. Ничего не говорила. Просто стояла и все. Косте хотелось, чтобы так было всегда. В любом контексте, но рядом с ней. Пусть опозоренным, испуганным — но рядом. Однако он знал, что надо отстраниться, отойти и валить в свою жизнь.

Костя отодвинулся и сбежал вниз по лестнице. Катя не побежала следом. Зачем? Она спокойно еще раз обошла весь второй этаж. Потом спустилась и обошла комнаты внизу, заглянула в кладовку.

— Помнишь, как говорила Васса Железнова: «Наше — это ничье. МОЕ».

— Когда это она так говорила? — спросил Костя, будто Васса Железнова была их общей знакомой.

— Когда корабль спускали на воду, — напомнила Катя.

Костя никогда не читал этот роман. Из Горького он знал только «Песню о Буревестнике».

Катя тщательно заперла входную дверь. Подергала для верности.

Сели в машину.

Катя забыла об их близости, думала только о даче.

— Если фундамент состоятельный, можно будет поставить сверху третий этаж. Это увеличит продажную стоимость.

— Зачем тебе столько денег? — удивился Костя.

— Денег много не бывает.

— Но ты хочешь больше, чем можешь потратить.

— Я хочу открыть издательство, — созналась Катя. — Выпускать альбомы современного искусства. Сейчас тоже есть свои Рембрандты. Но они все по частным коллекциям. Их надо собрать.

— Возьми деньги у мужа.

— Он не даст. Это очень дорогие альбомы. Там особенная мелованная бумага, ее в Финляндии надо заказывать. И полиграфия...

— Твой муж жадный?

— Мой муж умеет считать. Он говорит, что я на этих журналах прогорю. Очень большая себестоимость. Их никто не будет покупать, и кончится тем, что они будут штабелями лежать у нас в гараже.

— Он, наверное, прав...

Катя смотрела перед собой.

— Если считать результатом деньги, то он прав. Но деньги — это только деньги. Хочется, чтобы ОСТАЛОСЬ.

— Рожай детей. Они останутся.

— Это самое простое. Все рожают, и куры, и коровы. А вот издательство...

Машина выбежала из дачного поселка. Кончилось золотое и багряное. Впереди были серая дорога и серый город.

— Выходи за меня замуж, — вдруг сказал Костя. Он сначала сказал, а потом услышал себя. Но было уже поздно.

— Что? — переспросила Катя, хотя прекрасно расслышала.

— Замуж. За меня. Ты, — раздельно повторил Костя.

— Интересно... — проговорила Катя. — Я своего мужа дожимала пять лет. Он упирался. А ты сделал мне предложение на второй день.

— Я тебя люблю. Мне не надо проверять свои чувства. Я хочу, чтобы мы не расставались.

— У тебя есть где жить? — поинтересовалась Катя.

— Нет.

— А на что жить?

— Нет.

— Значит, ты рассчитываешь на мои деньги и на мою территорию. Так и скажи: женись на мне. Это будет точнее.

Катя издевалась. Она издевалась над ЧУВСТВОМ. Территория чувства — сердце. Значит, она издевалась и над сердцем, и над душой. И только потому, что у нее были деньги, которые она добывала, обманывая старух.

Костя понял, что он не захочет ее больше видеть. Цинизм — вот что течет по ее жилам и сосудам. Она вся пропитана цинизмом, как селедка солью. Сейчас он довезет ее до подъезда, возьмет деньги, заедет на базар, купит хурму, курагу и привезет домой. Он наполнит дом витаминами. А весь остальной мир с его грандиозными планами — его не касается. В своем доме — он МУЖ, опора и добытчик. И так будет всегда.

Машина выехала на набережную.

— Сердишься? — спросила Катя. Она играла с ним, как кошка с мышью: отдаляла, потом приближала.

Но в этот раз она заигралась. Костя отодвинулся слишком далеко, на недосягаемое расстояние. Он самоустранился.

Машина остановилась возле подъезда. Катя полезла в сумку.

— Не надо, — отказался Костя. Он понял, что не возьмет у нее денег. И она тоже поняла, что он не возьмет.

— Я позвоню, — коротко пообещала Катя. Она была уверена в себе.

Костя не ответил. Он тоже был уверен в себе. Он мог опуститься на колени перед женщиной, но лечь на землю, как подстилка, он не мог и не хотел.

Катя вышла из машины и пошагала на свою территорию со своим кошельком.

Костя рванул своего железного коня. Куда? В остаток дня. Катя права. Но и он — тоже прав. Жизнь прекрасна сама по себе, а деньги и комфорт — это декорация. Как бантик на собаке.

Ночью они с женой любили друг друга. Чтобы ни происходило в жизни Кости, перед сном он неизменно припадал к жене, как к реке. Но в этот раз он пил без жажды. И чем нежнее обнимала его жена, тем большую пустоту ощущал он в душе. Пустоту и отчаяние. «И это — все? — думал он. — Все и навсегда... Ужас...»

Она позвонила на другой день. Ночью.

— Приезжай немедленно. Поднимись.

— А который час, ты знаешь? — трезво спросил Костя.

Но в трубке уже пульсировал отбой. Катя раздавала приказы и не представляла себе, что ее можно ослушаться.

— Кто это? — сонно спросила жена.

— Валерка Бехтерев. Ногу сломал.

Жена знала Валерку.

— О Боже... — посочувствовала жена.

Через полчаса Костя стоял в Катиной спальне.

Позже Катя скажет, что эта спальня из Зимнего дворца, принадлежала вдовствующей императрице, матери Николая. Но это позже... А сейчас им обоим было не до истории...

Катины подушки источали тончайший запах ее волос.

— Он не вернется? — спросил Костя.

— Он уехал два часа назад. Сейчас взлетает его самолет.

— А вдруг не взлетит?

Костя чувствовал себя преступником, вломившимся в сердце семьи. Кате тоже было не по себе. Она никогда не приглашала любовников на супружеское ложе, и даже не могла себе представить, что способна на такое, но оказалось — способна.

Костя отметил, что у него стучало сердце, он задыхался, как от кислородной недостаточности. Так бывает высоко в горах, когда воздух разряжен.

Он ушел от Кати под утро и был рад, оказавшись вне ее дома. Все-таки он был скован невидимым присутствием ее мужа. И все время казалось, что он вернется.

Через неделю они с Катей уехали на Кипр. Костя одолжил деньги у Валерки Бехтерева. Пообещал вернуть через полгода. Как он будет возвращать, Костя не знал. Главное — одолжить. А там будет видно...

Хороший это остров или не особенно, он так и не понял, потому что они с Катей не выходили из номера. Они любили друг друга двадцать четыре часа в сутки, делая перерыв на сон и на еду. Катя пила сухое кипрское вино и ела фрукты, как Суламифь, которая изнемогала от любви... Но где-то к вечеру просыпался зверский аппетит, и они выходили в ресторан под открытым небом. Музыка, близость моря, стейк с кровью, а впереди ночь любви. Так не бывает...

Костя не выдержал и сознался, что любит.

— За что? — спросила Катя.

— Разве любят за что-то? — удивился Костя.

— Конечно.

Костя подумал и сказал:

— За то, что ты всякая-разная...

— У тебя есть слух к жизни, — сказала Катя. — Как музыкальный слух. Знаешь, как называются бесслухие? Гудки. Вот и в жизни бывают гудки. Все монотонно и одинаково.

— Но может быть, гудки умеют что-то другое?

— Возглавлять оценочную комиссию. Разбираться в живописи. Я хочу, чтобы во мне разбирались, в моей душе и в остальных местах...

Играла музыка. Танцевали пары. Одна пара очень хорошо танцевала, особенно парень. Он был в шляпе и в длинном шарфе. Катя застряла на нем глазами.

144

Костя встал и пошел танцевать. Один. Постепенно ему уступали площадку. Всем хотелось смотреть.

В студенчестве Костя участвовал в пародийном ансамбле, объездил с ним полстраны. Чтобы станцевать пародию, надо знать танец. Костя знал. Двигался, как Майкл Джексон. Когда музыка кончилась, ему хлопали, требовали еще. Но «еще» — было бы лишним. В искусстве главное — чувство меры.

Когда он вернулся к столику, Катя смотрела на него блестящими глазами.

— Может, ты еще петь можешь? — спросила Катя.

— Могу, — серьезно ответил Костя. — А что?

Он мог все: петь, танцевать, любить, готовить пельмени. У него был музыкальный слух и слух к жизни. Он не мог одного: зарабатывать деньги. Но этот недостаток перечеркивал все его достоинства.

Ранним утром Катя проснулась и решила выйти на балкон — позагорать. Но Костя спал, и она не хотела шуметь, тревожить его сон. Однако все-таки очень хотелось выйти голой под утреннее солнце. Она стала отодвигать жалюзи по миллиметру, стараясь не издавать ни единого звука. А Костя не спал. Смотрел из-под приспущенных век, как она стоит голая и совершенная, отодвигает жалюзи, как мышка. Именно в эту минуту он понял, что любит. Сказал давно, а понял сейчас. И именно сейчас осознал, что это не страсть, а любовь. Страсть проходит, как температура. А любовь — нет. Хроническое состояние. Он не сможет вернуться в прежнюю жизнь без Кати. Он всегда будет вальсировать с ней под музыку любви. И даже если она будет злая — он будет кружить ее злую, вырывающуюся и смеяться над ней. Когда любовь — это всегда весело, даже если грустно. Всегда хорошо, даже если плохо.

А когда нет любви — становится уныло, хочется выть. А под вой — это уже не вальс. Совсем другой танец.

Все тайное становится явным. Жена случайно встретила Валерку Бехтерева, узнала про деньги в долг. Связала долг с отсутствием мужа. Отсутствие связала с южным загаром. Остальное Костя рассказал сам. Жена собрала чемодан и выгнала. Последнее слово было, естественно, за тещей. Но он сказал ей: «Меня оправдывает чувство». После чего за ним была захлопнута дверь, а Костя стал спускаться с лестницы пешком.

Костя оказался на улице, в прямом и переносном смысле этого слова. Ему было негде ночевать.

Звонить Кате он не хотел. Это не по-мужски — складывать на женщину свои проблемы. Отправился к Валерке Бехтереву. Валерка был холост и жил один.

— Ты что, дурак? — спросил Валерка, доставая из холодильника водку.

— Почему? — не понял Костя.

— Знаешь, как трудно найти порядочную жену? А ты взял и сам бросил.

— Я полюбил, — объяснил Костя.

— Ну и что? И люби на здоровье. А жену зачем бросать?

Валерка нарезал сыр и колбасу. «Жлобская еда», — подумал Костя. На Кипре он привык к свежим дарам моря: устрицам, креветкам. Колбаса казалась ему несвежей, пахнущей кошачьей мочой. Костя стал есть хлеб.

— Ты чего как в тюрьме? — спросил Валерка. Он сидел за столом, высокий и сильный. Физический труд закалил его. Валерка разлил водку по стаканам.

— Разве ты пьешь? — удивился Костя.

— А у нас без этого нельзя, — объяснил Валерка. — Вся бригада пьет. Без этого за стол не садятся. А я что, в стороне? Они не будут меня уважать. А что за бригадир без уважения коллектива...

Валерка профессионально опрокинул стакан.

— Ты стал типичный пролетариат, — заметил Костя.

— А какая разница? Интеллигент, пролетарий... Одно и то же. Просто книжек больше прочитали.

— Значит, не одно и то же.

Костя поселился у Валерки.

На ночь Валерка вытаскивал для Кости раскладушку. Ночью, когда Костя вставал по нужде, Валерка поднимал голову и спрашивал:

— Ты куда?

Потом поднимался и шел за Костей следом, будто контролировал. Если Костя хотел пить и сворачивал на кухню, то Валерка шел следом на кухню. Костя не мог понять, в чем дело, а потом догадался: Валерка где-то прячет деньги. У него тайник, и он боится, что Костя обнаружит и, конечно же, украдет.

Утром Валерка, отправляясь на работу, собирал «тормозок» — так называлась еда, которую рабочие брали с собой. Костя подозревал, что название происходит от слова «термос», но «термосок» произносить неудобно и как-то непонятно. Поэтому — «тормозок». Удобно, хотя и бессмысленно. Валерка складывал в пакет вареную в мундире картошку, вареные яйца, неизменную колбасу, хлеб. Валерка тратил минимум на питание, экономил деньги и складывал их в тайник. До лучших времен. Как учили коммунисты, во имя светлого будущего. Но почему настоящее должно быть темнее будущего — непонятно.

Костя подъехал к Катиному дому на Бережковской набережной. Шел дождь. Люди горбились, как пингвины. А еще совсем недавно были море, солнце и любовь.

Костя остановил машину, поднялся на четвертый этаж, позвонил в квартиру двадцать.

Открыла Катя. Она была в синем атласном халате с японскими иероглифами.

— А я тебя потеряла, — сказала она. — Проходи.

— Ты одна? — проверил Костя.

— Одна. Но это не важно.

— Важно, — сказал Костя и обнял ее сразу в прихожей. Ладони скользили по шелку, как по Катиной коже. — Родная... — выдохнул он, хотя это было не его слово. Он никогда им не пользовался.

— А я тебе звоню, мне отвечают: он здесь больше не живет...

— Это правда, — подтвердил Костя. — Я ушел...

— Куда?

— Не знаю.

Катя отстранилась. Смотрела исподлобья.

— Из-за меня?

— Из-за нас, — поправил Костя.

Прошли на кухню. Костя заметил, что над плитой и мойкой — сине-белые изразцы. Должно быть, тоже из дворца.

Катя стала кормить кроликом, тушенным в сметане. На тарелке лежали две ноги.

— Кролик... — удивился Костя. — Я его двадцать лет не ел.

— Самое диетическое мясо.

— А зачем ты отдала все ноги?

— Почему все? Только две...

— А всего их сколько?

— Четыре, по-моему...

— Ну да... Это у кур две, — сообразил Костя.

Он стал есть, молча, умело отделяя мясо от кости. Было понятно, что они думали не о кролике, а о том, что делать дальше. Если Костя ушел, сделал ход, — значит ответный ход за Катей. Она тоже должна совершить поступок. Уйти от мужа. Но куда? Из таких квартир не уходят в шалаш, даже с милым.

— Эта квартира чья, твоя или мужа? — спросил Костя.

— Общая. А что?

— Так... Все-таки кролика жалко. Кур не жалко, они глупые.

Костя забрасывал проблему словами. Но Катя поняла ход его мысли.

— Я поговорю со старухой, — сказала она. — Поживешь на даче. Я скажу ей, что ты будешь сторожем. Платить не надо.

— Кому платить? — не понял Костя.

— Ты ничего не платишь за аренду, а она — за твою работу.

— За какую работу?

— Сторожа.

— Но я не буду сторожем.

— Если ты там живешь, то это происходит автоматически.

Костя смотрел на Катю.

— Понял? — проверила она.

Теперь Катя забрасывала словами проблему: при чем тут старуха, сторож, платить... Дело в том, что Катя не хочет делать ответный ход. Она хочет оставить все как есть. В ее жизни ничего не меняется. Просто появляется любовник, живущий на природе. Секс плюс свежий воздух.

Свободный любовник потребует время. Времени у Кати нет.

— Если хочешь, я возьму тебя на работу, — предложила она.

— Куда?

— Шофером. На фирму. Бензин наш. Зарплата — пятьсот долларов.

— Это много или мало? — спросил Костя.

— Столько получает президент.

— Президент фирмы?

— Президент страны.

— Что я буду возить?

— Меня.

Таким образом Катя совмещала время, работу, любовь и семью.

— Ты согласен? — Катя посмотрела ему в глаза.

Согласен ли он иметь статус обслуги?

— Я согласен. А сколько получает президент фирмы?

— Гораздо больше, — неопределенно ответила Катя.

— Больше, чем президент страны?

— Зачем тебе считать чужие деньги? Считай свои.

Костя уже посчитал, что при такой зарплате он легко отдаст долг Валерке Бехтереву и сможет помочь семье.

— Я согласен, — повторил Костя и принялся за кролика. Он согласился бы и на меньшее.

Катя села напротив, стала смотреть, как он ест. В этот момент она его любила. Она понимала, что он — ЕЕ, она может обрести его в собственность. МОЕ.

— Красота — это симметрия, — задумчиво проговорила Катя.

Это значило, что она находила Костю красивым.

— Что ты больше хочешь: любовь или богатство? — поинтересовался он.

— Все.

— Ну а все-таки... Если выбирать.

— А зачем выбирать? — удивилась Катя. — Любовь и богатство — это единственное, что никогда не надоедает.

Она сидела перед ним немножко бледная, молодая и хрупкая. Он подумал: в самом деле, зачем выбирать... Пусть у нее будет все, и я среди всего.

Фирма «Антиквар» располагалась в двухэтажном здании. Там были выставочные залы с картинами, бар с барменом, запасники типа кладовок. На втором этаже — просторные рабочие кабинеты и Катин риэлтерский отсек. Служащие — в основном женщины, сдержанные, по-западному улыбчивые.

«Сладкая какашка» мелькнул пару раз, куда-то торопился. Кстати, у него было имя: Александр. Не Саша и не Шура. А именно — Александр.

Костя явился для подписания договора. Им занималась некая Клара Георгиевна — ухоженная, почти красивая. Иначе и быть не могло. Среди произведений искусства люди должны выглядеть соответственно.

Клара Георгиевна куда-то уходила, приходила. Костя видел через окно, как во дворе разгружали грузовик. Рабочие стаскивали растения в бочках, маленькие декоративные деревья. Видимо, предстояла выставка-продажа зимнего сада.

Появились крепкие мужики, сели возле Кости.

— Сейчас... — сказала им Клара Георгиевна и снова ушла.

— А ты откуда? — спросил молодой мужик с круглой головой.

— Шофер, — ответил Костя. — А что?

— Ничего. Мы думали, что ты тоже из оборонки.

Позже Костя узнал, что оборонка — это оборонная промышленность и они делают сувениры на продажу: сочетание бронзы и полудрагоценных камней — яшмы, малахита. Оборонка выживала. «Сладкая какашка» скупал их продукцию за копейки и продавал недорого. Среди шкатулок девятнадцатого века — современные бронзовые петухи. Все довольны.

— Идите в восьмой кабинет, — сказала Клара Георгиевна.

Мужики поднялись с энтузиазмом. Видимо, в восьмом кабинете давали деньги. Там располагалась бухгалтерия.

Мужики ушли. Возле Кости сел художник, непохожий на художника. Лицо сырое, как непропеченный хлеб.

— Не покупают, — пожаловался он. — Говорят, дорого... Говорят, ставь другую цену или забирай...

— А где ваша картина? — спросил Костя.

Художник показал пальцем на противоположную стену. На черном фоне — голова старика. Золотая рама. Красиво. Однако кому охота смотреть на чужое старое лицо, если это не Рембрандт, конечно...

Художник вскочил и устремился к нужному человеку. Нужный человек — коммерческий директор, маленького роста, стройный, лысоватый. Он слушал с непроницаемым лицом. Умел держать удар. Его главная задача — вовремя сказать: нет. Отказывать надо решительно и сразу, иначе погибнешь под собственными обещаниями.

Клара Георгиевна задерживалась. Костя смотрел на старика в золотой раме и невольно вспомнил свою бабушку. Она всегда улыбалась, глядя на Костю. Он звал ее «веселая бабушка Вера». Однажды летом они куда-то шли. Костя устал, просился на руки. Бабушка не соглашалась, четырехлетний Костя весил 20 килограммов. Это много — тащить такую тяжесть по жаре. Он ныл, цеплялся. Бабушка его оттолкнула, он не устоял и шлепнулся в лужу. Это было первое столкновение с несправедливостью: любящий человек — и в лужу. Бабушке стало стыдно, и она из солидарности села рядом с ним в глубокую лужу. И неожиданно заплакала. Они сидели в луже обнявшись и плакали. Старый и малый. Сладость раскаяния, сладость прощения... Он запомнил эту лужу на всю жизнь.

А жена... Разве она не толкнула его в лужу, когда выгнала из дома? Да, у нее были причины. Но Костю оправдывало чувство. Жена должна была понять. Она должна была подняться над собой как над женщиной. Подняться над обидой.

Клара Георгиевна вернулась с печатью и договором. Костя поставил подпись в двух местах. Клара Георгиевна стукнула печатью, будто забила гвоздь.

Старуха оказалась дома.

Костя приехал за второй парой ключей, но явился без звонка и боялся не застать.

— Мне Катя звонила, — сказала старуха. — Я очень рада, что вы там поживете. Дом любит, когда в нем живут, смеются. Хотите чаю?

— С бутербродом, — подсказал Костя.

Он уселся за стол, и ему казалось, что он всегда здесь сидел.

Старуха налила чашку куриного бульона, поджарила хлеб в тостере.

Костя сделал глоток и замер от блаженства. Вспомнил, что весь день ничего не ел.

Раньше, как бы он ни уставал, — знал, что в конце дня теща нальет ему полную тарелку борща. А потом в отдельную тарелку положит большой кусок отварного мяса, розового от свеклы. А сейчас Костя — в вольном полете, как ястреб. Что склюет, то и хорошо. Да и какой из него ястреб?

Старуха села напротив и смотрела с пониманием.

— Что-то случилось? — спросила она.

— Я ушел из семьи, — ответил Костя.

— И каков ваш статус?

— Рыцарь при знатной даме, — ответил Костя.

— Какой же вы дурак... — легко сказала старуха.

— У меня страсть, — как бы оправдался Костя.

— Страсть проходит, — сказала старуха. — А дети остаются. У вас, кажется, есть дети?

— Кажется, сын.

— У меня это было, — сказала старуха.

— А потом?

— Потом прошло.

— А сейчас?

— Что «сейчас»? — не поняла старуха.

— Вы жалеете о том, что это было? Или вы жалеете о том, что прошло?

— Это сломало мою жизнь. И очень осложнило жизнь моего сына. Я слишком дорого заплатила за любовь. Она того не стоила.

— Любовь у всех разная, — заметил Костя.

— Любовь — ОДНА. Люди разные.

Старуха поставила на стол винегрет. Костя стал есть вареные овощи, не чувствуя вкуса.

— Зачем я буду загадывать на пятьдесят лет вперед? — спросил он. — Я люблю, и все. А дальше: как будет, так и будет.

— Старость надо готовить смолоду, — сказала старуха. — Она является быстрее, чем вы думаете.

Зазвонил телефон. Это звонила Катя. Скучала. Отслеживала каждый шаг.

Возможно, она лишала его будущего, но наполняла настоящее. До краев. А кто сказал, что будущее главнее настоящего?

152

* * *

Костя поселился в доме с мезонином.

Катя первым делом привезла туда двух уборщиц, молодых хохлушек, и они буквально перевернули весь дом, отскоблили затвердевшую пыль, протерли даже стены и потолок. Выстирали занавески, вытряхнули и вытащили на морозное солнце все матрасы и одеяла. Постельное белье и полотенца Катя привезла новые.

Хохлушки работали четыре дня не покладая рук, как в спортивном зале под нагрузкой. И когда уборка была наконец закончена, дом явился своей прежней прелестью, со старой уютной мебелью, примитивной живописью. Время и прошлая жизнь как будто застряли в пакле между бревнами.

Хохлушки уехали. В доме стоял запах дерева. Возле камина лежали красиво нарезанные березовые чурочки.

Костя и Катя разожгли камин. Молча сидели, глядя на огонь. Обоим было ясно, что жизнь приобрела новое качество.

— Какое счастье — дом на земле, — сказала Катя. — Чтобы за дверью лес, а не мусоропровод. А за окном березы, а не дома. Совсем другая картинка перед глазами.

— Я заработаю деньги и куплю тебе этот дом, — пообещал Костя.

— А где ты возьмешь деньги?

— С неба упадут.

— Тогда стой и смотри в небо.

Они обнялись.

— Знаешь, что мне в тебе нравится? — спросила Катя. — То, что ты рос, рос, но так и не вырос. Мальчишка...

— «Тебе твой мальчик на колени седую голову кладет», — вспомнил Костя.

Пролетел тихий ангел.

Смеркалось. Березы за окном казались особенно белыми, а ели особенно темными. Вот как выглядит счастье: картинка за окном, огонь в очаге. И тихий ангел...

Грянул кризис. Люди стали барахтаться, тонуть и выплывать. «Антиквар» тоже стал барахтаться, тонуть и всплывать ненадолго, чтобы опять опуститься на дно.

Цены на квартиры упали. Богатые уносили ноги в теплые края, а обнищавший средний класс уже не стремился купить квартиру или картину, как это было прежде.

Катя крутилась как белка в колесе. Наладила связь с русскоязычной диаспорой в Америке, Израиле, переправляла картины, матрешки, хохлому. Шереметьево, таможня, груз, справки, взятки. Костя старался не вникать, потому что вникать было противно. Деньги вымогали на всех уровнях. Задерживали груз, не торопились отвечать на вопросы. Равнодушно смотрели в сторону, иногда напрягали лоб и возводили глаза в потолок. Прямо не говорили, цену не называли, ждали, когда сам догадаешься. Косте всякий раз хотелось развернуться и уйти. Его вальсирующая натура не выносила явной наглости. Ему было легче оставаться в машине и ждать — что он и делал. Катя — наоборот. Она любила преодоления. Чем сложнее задача, тем радостнее победа. Она виртуозно и мастерски со всеми договаривалась, в ход шли улыбки и полуулыбки, и взгляды из-под тонких бровей, и долларовые купюры. Желание победить было почти материальное. Его можно было потрогать. И каждый человек, сталкиваясь с таким желанием, не мог от него увернуться.

Костя ловил себя на мысли: из Кати могла бы выйти промышленная шпионка. Она могла бы выведать любую суперсекретную информацию. Жаль, что ее способности уходили на такую мелочь. Она ловила рыбку в мутной жиже, а могла бы выйти на морские просторы.

Со временем Катя нравилась ему все больше. Его восхищало в ней все, даже то, как она говорит по телефону. Это всегда был маленький устный экспромт. Когда человек одарен природой, это проявляется во всем, и даже в том, как он носит головной убор. Катя носила маленькие шапочки над глазами. Ни тебе челочки, ни набекрень — прямо и на глаза. И в этом тоже был характер.

Костя — ведомый. Исполнитель. Он не умел проявлять инициативу. Он мог только выполнить поручение...

Поручений было невпроворот. Костя был ее извозчиком, курьером, носильщиком, секретарем, сопровождающим лицом, доверенным лицом, братом, отцом, любовником. Он был ВСЕМ.

154

Вокруг Кати кишели посредники, ворье — все хотели делать деньги из воздуха. Катя погружалась в стрессы. Костя лечил ее заботой и любовью. В такие минуты он говорил:

— Да брось ты все... Зачем тебе это надо?

— Не могу, — сознавалась Катя.

— Тебе адреналина не хватает. Ты уже как наркоманка...

Но Костя и сам уже не хотел для себя иного режима. Он уже втянулся в этот густой график, в насыщенный ритм. Как бегун на дистанции. Человеку, привыкшему бежать, скучно ходить пешком или стоять на месте.

Каждое утро Костя ждал Катю у подъезда, и не было лучшего дела, чем сидеть и ждать, когда она спустится.

Потом — целый день марафона. Обедали вместе, чаще всего на фирме. Александр держал повара, что очень грамотно. Если хочешь, чтобы люди работали, они должны быть сыты.

Ночевали врозь. Катя должна была из любой точки земного шара вернуться ночевать домой.

Костя отвозил ее и возвращался на дачу. Он спал один, в той самой комнате с полукруглым окном.

Дом по ночам разговаривал: скрипел, вздыхал, иногда ухал как филин. Костя просыпался и уже не мог заснуть.

Мышь гоняла пластмассовый шарик. Костя не понимал: где она его взяла. Потом вдруг догадался, что это легкий камешек керамзита. Под половыми досками был насыпан керамзит для утепления.

Костя брал ботинок, запускал в сторону шума. Мышь затихала, но ненадолго. Тогда Костя включал свет. Грызуны не любят освещения. Однако при свете Костя не мог заснуть. Он лежал и смотрел в потолок.

В голову лезли воспоминания, угрызали совесть. Костя вспоминал жену, как увидел ее в первый раз. Она сидела в библиотеке, в красной кофте, и подняла на него глаза. И в этот момент он уже знал, что женится на ней. Куда все делось?

Вспоминал, как в первый раз увидел сына. Он понимал умом, что это его сын, но ничего не чувствовал, кроме того, что все усложнилось. Его личная жизнь окончилась, теперь все будет подчинено этому существу. Так оно и оказалось.

На Костю свалилась тяжелая плита из пеленок, вторая тяжелая плита — тещин характер. Костя спал на кухне, теща над его головой кипятила пеленки, ребенка мучили газы — он орал, жена не высыпалась. А где-то шумела другая жизнь, свободная любовь, пространство и расстояния. И вот он ушел в другую жизнь. В этой другой жизни есть все, что он хотел, кроме сына.

Катя, возможно, могла бы родить ему сына, но ей было некогда. Она летала по жизни как ласточка. Ребенок вышибет ее из движения. Это уже будет не ласточка, другая птица, вроде курицы.

У Кати — другие приоритеты. Она владела интуицией бизнеса. Видела, где лежат денежные возможности. А это тоже талант. Тоже азарт.

Старуха сказала: «Какой же вы дурак...» Это звучало как диагноз.

«Какой же я дурак...» Под эти мысли Костя засыпал, и мышь его уже не тревожила. Возможно, уходила спать.

Раз в неделю Костя заезжал домой, проведать своих и завезти деньги. «Домой»... «своих»... Хоть он и бросил их на ржавый гвоздь, они все равно остались своими. И дом остался домом, поскольку другого у него не было.

Костя перестраивался в крайний ряд и ехал по улице, в конце которой размещался маленький бетонный заводик, а дальше шли дома — серые, бетонные, безрадостные.

«Свои» — это ядовитая теща, обожаемый сын и жена, которую он жалел. Жалость — сильное и богоугодное чувство, но оно ничего не решало и было бессильно перед другим чувством: любовь.

Теща все понимала, ничего не могла изменить и была набита злобой от макушки до пят, как адский мешок. Находиться возле нее было опасно, как возле шаровой молнии. Того и гляди шарахнет разрядом.

На этот раз теща открыла ему в пальто.

— Хорошо, что пришел. Поди погуляй с Вадиком. Мне надо уйти.

— Куда? — удивился Костя, как будто у тещи не могло быть своих дел.

— Погуляй два часа, — не ответила теща. — Потом дай ему поесть, еда на плите.

У Кости не было свободного времени, но его интересы не учитывались.

— А где Лариса? — спросил Костя.

— У Ларисы и спрашивай...

Теща намекала неизвестно на что. Давала понять: раз тебе можно, почему ей нельзя...

Но ведь он приехал «домой». К «своим». Они должны хранить огонь в очаге, даже в его отсутствие.

Вадик быстро оделся, они вышли на улицу.

Костя посмотрел на часы, было пять. Гулять надо до семи. Катя будет искать, звонить. Но ничего. Он имеет право уделить своему сыну два часа в неделю.

К Вадику приблизился худенький мальчик в джинсах и курточке, явно старше, лет двенадцати.

— Поиграем? — предложил он.

Вадик весь осветился. С ним хотел играть большой мальчик, а это очень престижно. Это все равно как к рядовому подошел полковник и предложил поиграть.

Они стали носиться друг за другом. Игра называлась «салки», а в детстве Кости она называлась «пятнашки», что, в сущности, одно и то же. Салки — от слова салить — значит коснуться и запятнать.

Когда дети остановились продышаться, Костя спросил:

— Мальчик, тебя как зовут?

— Я девочка. Саша.

Костя немножко удивился, но промолчал. Какая, в общем, разница... Девочка двигалась и общалась как мальчишка. Она была изобретательной, придумывала разные игры. Вадик с восторгом ей подчинялся. Девочка — явный лидер, Вадик — исполнитель.

— Сколько время? — неожиданно спросила девочка.

— Надо говорить: «который час», — поправил Костя. — Без двадцати семь...

Девочка посмотрела в сторону, что-то соображая. Потом подставила Вадику подножку и толкнула. Вадик рухнул. Девочка наклонилась, зачерпнула снег варежкой и натерла Вадик лицо.

— Малолетка... — с презрением проговорила она и выпря милась. В довершение поддела Вадика ногой и перекатила его как бревно.

Потом повернулась и пошла прочь.

Вадик поднялся, смотрел ей вслед. Его личико, вымыто снегом, было свежим и ошеломленным. Он не понимал, что про изошло. Только что играли, дружили, и вдруг, на пустом мес те... За что?

Девочка удалялась, уносила в сумрак свою непредсказуе мость.

Костя все понял. Она отомстила Вадику за то, что он был НЕ ТОТ. За неимением лучшего общества она вынуждена был опуститься до малолетки. Но она не простила и теперь уходил гордая, несмирившаяся. А Вадик ничего не понимал и смотрел ей вслед как дурак.

— Она что, с ума сошла? — проговорил Вадик, обратив н отца свои промытые удивленные глаза.

— Просто ей пора домой, — дипломатично ответил Костя. — нам тоже пора.

Вадик вложил свою руку в ладонь отца. Ему было важно з кого-то держаться. И не за «кого-то», а за сильного и своего.

Костя держал его руку в своей и знал: что бы ни случилось он всегда будет ему отцом. Всегда.

Костя любил сидеть в Катином офисе и смотреть, как она работает. Белые стены, компьютеры, картины, крутящееся крес ло — поворачивайся куда хочешь.

Но сегодня никуда поворачиваться не надо. Перед Катей стояла клиентка по фамилии Сморода, с ударением на послед ней гласной. Такая фамилия вполне могла служить и как имя Очень красиво.

Сморода была молодая, рыжая, очень прямая, в шубе до пят Не улыбалась, не хотела нравиться. Смотрела спокойно и прямо

Катя привыкла к тому, что клиенты нервничали, торгова лись до крови, боялись прогадать, покрывались нервными пят нами.

Сморода ничем не покрывалась, хотя дело касалось огромной суммы. Сморода выставила на продажу квартиру в центре, в доме архитектора Казакова. Квартира — лучше не придумаешь, ушла тут же, как блин со сковороды. Сморода явилась оформлять сделку.

— Дело в том, что я уезжаю, — сообщила она. — Я хочу, чтобы вы переправили мои деньги в Лос-Анджелес.

— У вас есть там счет? — спросила Катя.

— Нет. У меня там нет никого и ничего.

— Но может быть, друзья. На их счет.

— У меня нет друзей. — Сморода пожала плечами.

— А как же быть? — не поняла Катя.

— Я уеду. Открою там счет. Сообщу его вам, по факсу. И вы мне переведете.

— А вы не боитесь бросать свои деньги на незнакомых людей? — удивилась Катя. — Вы мне доверяете?

— У меня нет другого выхода. Я должна срочно уехать.

По-видимому, Сморода сама была исключительно порядочным человеком и мерила других на свой аршин. Если она не в состоянии обмануть, то почему она должна заподозрить в обмане Катю...

Катя все это понимала, но она давно в бизнесе и знала: бизнес по недвижимости — это стадо, бегущее к корыту. И вдруг среди стада — прямая, загадочная Сморода.

— А почему вы уезжаете? — не выдержала Катя. Любопытство было неуместным, но Катю интересовали причины, по которым можно бросить целое состояние.

— Причина более важная, чем деньги, — неопределенно ответила Сморода.

Что может быть важнее денег: любовь? смерть? Но лезть в душу было неудобно.

Катя протянула ей визитку с указанием факса и телефона, Сморода спокойно попрощалась и ушла.

Через неделю пришел факс от Смороды с реквизитами банка. Катя переправила все деньги минус комиссионные. Еще через неделю раздался звонок. Это звонила Сморода, чтобы сказать одно слово:

— Спасибо. — Она была немногословной.

— Как вы поживаете? — не выдержала Катя.

— Я поживаю на океане. Хожу каждое утро по десять километров.

Катя не поняла: хорошо это или плохо — десять километров каждый день.

— Вам там нравится? — проверила она.

— Теперь уже нравится...

Сморода молчала. Кате не хотелось с ней расставаться, но ничего другого не оставалось.

— До свидания, — попрощалась Катя. Положила трубку и пошла вниз.

Надо было влиться в стадо, бегущее к корыту. Внизу ждал Костя, чтобы облегчить и украсить этот бег, сделать его радостным, почти сверкающим. Подставлял руку, плечо и сердце. Пел под гитару — ретро и современную попсу.

Катя спускалась по лестнице и думала: как хорошо, что есть на свете музыка и Сморода — территория любви и благородства.

Костя отвез Катю домой.

Перед тем как выйти из машины, она долго сидела. Потом сказала:

— Не хочется уходить.

— Не уходи, — отозвался Костя.

Это была его мечта: приватизировать Катю в собственность.

— Не могу.

— Почему? — не понял Костя. — Разве это не от тебя зависит?

— Александр выкинет меня из дела. Он хозяин.

— Я буду твой хозяин.

— Хозяин без денег — это не хозяин.

— Тогда иди домой...

Катя имела манеру давать надежду, а потом ее забирать. И тогда Костя, взметнувшись душой, шлепался этой же душой в лужу, ударялся сердцем.

Катя сидела.

Костя открыл ей дверь. Катя медленно выгрузила ноги, потом остальное тело.

— Что для тебя важнее, деньги или чувства? — спросил Костя.

— Все! Я не могу жить без любви и не могу жить без дела. Катя скрылась в подъезде.

Костя предлагал ей выбор. А зачем? Когда можно иметь то и другое. Это было обидно для Кости. Он мог бы погрузиться в тягостные мысли, но его отвлекала малая нужда. Костя понял, что не доедет до дачи. Отлить было негде: набережная освещалась фонарями.

Костя въехал во двор. Двор был сквозной, напротив — широкая арка.

Костя вылез из машины, остановился возле багажника и принялся за дело. Струя лилась долго, дарила облегчение, почти счастье. Физическое счастье уравновешивало душевную травму.

Не отрываясь от основного дела, Костя успел заметить: в противоположной арке возник молодой человек. Он бежал, и не просто бежал — мчался с такой скоростью, будто собирался взлететь. Еще секунда — ноги перестанут толкать землю и он взлетит, как реактивный снаряд.

Снаряд за несколько секунд пересек двор, поравнялся с Костиной машиной и метнул в раскрытую дверь какую-то тяжесть типа рюкзака. Промчался дальше, нырнул в арку, которая была за Костиной спиной.

Костя обернулся — никого. Был и нет. Парень буквально побил мировой рекорд по бегу на короткую дистанцию. Правда, неизвестно, сколько он бежал до этого.

Костя закончил дело. Поднял молнию и увидел перед собой две зажженные фары. Во двор въезжала машина. Она проехала до середины и остановилась. Оттуда выскочили двое и беспокойно огляделись по сторонам. Двор был темен и пуст, если не считать Кости. Один из двоих приблизился к Косте и спросил:

— Здесь никто не пробегал?

— Я не видел, — соврал Костя. Он помнил разборку с Филином и не хотел повторений.

Было ясно, что первый убегал, а эти двое догоняли. По тому, КАК убегал первый, легко догадаться, что он уносил свою жизнь. Не меньше. Он сбросил рюкзак, как сбрасывают лишний груз с перегруженного вертолета.

Второй внимательно глядел на Костю и тем самым давал возможность рассмотреть себя. У него были большой нос, узкие и даже на вид жесткие губы, брови, стекающие к углам глаз. Он мучительно кого-то напоминал. Шарля Азнавура — вот кого, понял Костя.

Азнавур покрутил головой, досадливо сплюнул. Пошел к своей машине. Костя видел, как машина попятилась и выехала тем же путем, что и въехала.

Все произошло за три минуты, как будто прокрутили микрофильм с четкой раскадровкой:

1. Бегущий парень-снаряд.
2. Скинутый рюкзак.
3. Машина с фарами.
4. Общение с Азнавуром.
5. Отъезд машины.

Все. Микрофильм окончен. Действие тускло освещалось редкими фонарями. Никаких шумов, если не считать падающей струи в начале первой минуты.

Костя сел в машину. Рюкзак залетел на заднее сиденье, притулился в углу, как испуганная собака. Взрывчатка, испугался Костя. Но кто будет бегать со взрывчаткой...

Костя перегнулся, потрогал рюкзак. Под пальцами — бугристое, твердое. «Деньги», — промелькнуло в мозгу. Он сначала догадался, а потом уже увидел. Растянул веревку на рюкзаке, сунул руку и достал пачку. Перетянута резинкой. Зелень. Стодолларовые купюры.

Костя испытал двойное чувство: беспокойство и покой. С одной стороны, это очень странно и неожиданно — получить мешок с деньгами. А с другой стороны, ничего странного. Он их ждал. Правда, Костя полагал, что деньги упадут с неба, а они залетели сбоку. Подарок судьбы. Судьба любит Стрельцов и делает им подарки.

Однако за такие подарки могут и пристрелить. Костя вспомнил бегущего — убегающего, и второго, похожего на Азнавура. Оба бандиты скорее всего. Вор у вора дубинку украл.

Костя тронул машину с места, не дай Бог бандиты вернутся. Выехал в арку, переключил скорость — вперед, по набережной к Ленинским горам. Оттуда — на Ленинский проспект. Строй сменился, но все осталось Ленинским.

Костя смотрел перед собой, размышлял: может быть, выкинуть этот рюкзак, от греха подальше. Но тогда его найдет кто-то другой, Скорпион или Козерог.

Второй вариант: отвезти в госбанк. Однако сейчас государство тоже ворует, иначе откуда такое тотальное обнищание граждан? Отдать государству — значит бросить в дырявый мешок... Может быть, отвезти в милицию? То-то милиционер удивится. Заберет деньги, а потом пристрелит Костю как свидетеля.

Машина встала. Наступило время пик. Впереди тянулась километровая пробка. Машины трубили, как слоны. Казалось, что пробка никогда не рассосется.

Косте очень хотелось убрать себя с трассы, он свернул в первый попавшийся рукав и вдруг сообразил, что находится недалеко от своего дома. Свернул под светофор и оказался на своей улице. Здесь пробки не было. Костя свободно устремился по привычному когда-то маршруту. Как изменился Костин маршрут... Как это грустно и грубо и прекрасно. Но жизнь вообще груба и прекрасна, а главное — непредсказуема. Еще утром Костя был нищим, а сейчас он миллионер и держит жизнь в своих руках, если не считать рук Азнавура.

Костя резко затормозил машину, взял из бардачка отвертку. Вышел и, присев на корточки, открутил номера — сначала впереди машины, потом сзади. Открыл багажник и бросил туда номера. Азнавур мог запомнить номера, а это опасно. Теперь Костина машина была безликой. Просто светло-бежевая «пятерка». Мало ли таких на дороге. Если остановит милиционер, Костя что-нибудь наврет, откупится. Даст одну купюру из пачки. Костя оглянулся на рюкзак, прикинул, сколько там пачек. Не меньше ста. Каждая пачка по десять тысяч. Значит, миллион. Костя погладил рюкзак, как собаку по спине. Радость медленно, но полно заливала все его существо. Примешивалась уверенность: ТАК и должно было случиться. Компенсация судьбы.

Катя говорила: «Хозяин без денег — не хозяин». А теперь он хозяин с деньгами, с гитарой и красным шарфиком. Красавец. Плейбой, как молодой Кеннеди, хотя его больше нет. Как Майкл Джексон, хотя Майкл — не мужчина, а существо, совершенное двигательное устройство. Значит, как кто? Как Костя. Этого хватает.

Дверь отворила жена в ночной рубашке. Она болела, стояла бледная, лохматая, с закутанным горлом.

Обычно при появлении Кости она что-то демонстрировала: показное равнодушие, поруганную любовь, христианскую покорность судьбе. Сегодня жена была совершенно естественная, спокойная, немножко ушастая. Когда-то эти уши-лопухи вызывали в Косте нежность и восторг. Ему казалось, что он любит ее именно за уши. Милый недостаток оттенял достоинства. Жена была составлена из одних сплошных достоинств. Но как оказалось, мы любим не тех, кто нам нравится.

— Раздевайся, — спокойно предложила жена.

Костя снял дубленку и шапку. Остался в твидовом пиджаке и шарфике. Жена всегда издевалась над его манерой прихорашиваться, но это ей скорее нравилось. Костя обнял жену. Она спокойно переждала этот дружественный жест.

Рюкзак Костя оставил в машине, задвинул его под сиденье. Было бы странно явиться в дом с миллионом, а потом унести его обратно. Надо либо отдавать весь рюкзак, либо не показывать.

— А где Вадик? — спросил Костя.

— У соседей.

— Что он там делает?

— Дружит, — ответила жена. — Там мальчик ровесник.

— Хороший мальчик? Ты его знаешь? — проверил Костя.

— Ладно тебе. Амбулаторный папаша...

— Что значит «амбулаторный»? — не понял Костя.

— Есть лечение стационарное, а есть амбулаторное: пришел-ушел...

Костя промолчал. Подул на замерзшие руки. Он всегда терял перчатки. Жена это знала. Ей стало его жаль.

— Поешь? — спросила она.

— Спасибо... — уклонился Костя.

— Да или нет? — уточнила жена.

— Скорее, нет. Твоя мать меня отравит.

— Ее можно понять. — Жена налила себе чай из термоса. — Ты зачеркнул всю ее жизнь.

— При чем тут она?

— Ты бросил на ржавый гвоздь ее дочь и ее внука.

— Но я оставил вам квартиру.

Квартиру действительно достал Костин отец, когда еще был у корыта.

— Еще бы не хватало, чтобы ты выгнал нас на улицу...

— Я вас не бросил. Я делаю все, что могу.

— А что ты можешь? Прийти и сесть с виноватым лицом? Теща перестала греметь на кухне посудой. Прислушивалась.

— Меня оправдывают чувства...

— Плевала я на твои чувства. У меня ребенок.

— У нас ребенок, — поправил Костя.

— Он стоит больших денег. Лечение, обучение, спорт, не говоря о еде. Он растет, он должен хорошо питаться. А мы на что живем? На мамину пенсию и на твое пособие. Ты приносишь копейки в потном кулаке. Потом убегаешь, и мы не уверены — принесешь ли ты в следующий раз.

— Сколько тебе надо, чтобы чувствовать себя уверенной?

— Тысячу долларов в месяц. Я бы купила себе машину-автомат, научилась водить и стала независимой.

— Тысяча в месяц — это значит двенадцать тысяч в год? — посчитал Костя.

— Плюс отдых на море и лечение. Значит, пятнадцать тысяч в год, — уточнила жена.

— Дай мне наволочку, — попросил Костя.

— Зачем?

— Не задавай вопросов. Просто дай наволочку, и все.

— Чистую или грязную?

— Все равно.

— Дай ему грязную, — крикнула теща. — Ему стекла на машине протереть.

Жена ушла в ванную и вернулась с наволочкой едко-голубого цвета. Должно быть, достала из грязного белья.

Костя взял наволочку и вышел.

Машина стояла на месте, и рюкзак тоже лежал на месте, как спящая собака. Костя сел на заднее сиденье, поставил рюкзак рядом и отсчитал тридцать пачек. Получилась половина наволочки. Туда свободно влезло бы еще столько же. Костя кинул еще две пачки, на машину-автомат.

Мысленно Костя разделил миллион на три равные части: жене — триста тысяч. Кате — триста. И себе. И все. Миллион кончился. Это не так уж и много, оказывается.

Костя затянул веревки и задвинул рюкзак поглубже под сиденье. Запер машину и рысцой побежал в подъезд. Поднялся на лифте. Радость, как лифт, поднималась в нем от живота к горлу. Какое это счастье одаривать близких тебе людей и обиженных тобой.

Костя вошел в дом с наволочкой, громко потопал ногами, сбивая налипший на ботинки снег. Прошагал в комнату и высыпал на стол содержимое наволочки. Пачки денег шлепались друг на друга, образуя горку, некоторые съезжали сверху вниз.

Жена онемела, ее глаза слегка вытаращились, челюсть слегка отвисла. Она являла собой одно сплошное удивление. Теща стояла с невозмутимым видом. Ни один мускул на ее лице не дрогнул, только в глазу обозначился голубой кристалл.

— Здесь триста тысяч долларов, — объяснил Костя. — Это алименты за двадцать лет. И двадцать тысяч на машину.

Жена стояла бледная, ушастая, перепуганная. Казалось, она ничего не понимала.

— Ты сказала: пятнадцать тысяч в год, — растолковал Костя. — Десять лет — сто пятьдесят тысяч, двадцать лет — триста тысяч.

— А машина — отдельно? — спросила теща. — Или входит в триста тысяч?

— Отдельно. Здесь триста двадцать, — уточнил Костя.

Жена очнулась.

— А где ты это взял? — спросила она.

— Бог послал.

— На дом?

— В машину забросили.

— Ты шутишь?

— Нет. Это правда.

Теща удалилась на минуту, потом вернулась с чистой наволочкой и стала сгребать деньги со стола, как будто это была гречка. Ее ладонь была крупной, округлой, как у медведицы.

— А ты не боишься, что за деньгами придут? — спросила жена.

— Если придут, мы скажем, что ты с нами не живешь, ничего не знаем, — проговорила теща.

Она удалилась с наволочкой в другую комнату.

— Сейчас будет делать тайник, — предположила жена.

Для тещи ничего в мире не было дороже денег, потому что только с помощью денег она могла действенно проявить свою любовь к близким.

— Поешь, Костя... — предложила теща, обозначившись в дверях. — У меня сегодня твой любимый бефстроганов. Настоящий. С лучком и жареной картошечкой.

Костя сглотнул, и по его горлу прокатился кадык.

Теща метнулась на кухню, и уже через несколько минут перед Костей стоял полный обед: первое, второе и третье. Теща — талантливая кулинарка, и кулинарный талант — редкость, как всякий талант. К тому же теща готовила со счастьем в душе, потому что обслуживала родных людей: дочь и внука. У нее был талант преданности. Теща оказалась при многих талантах. Раньше Костя этого не замечал. Раньше ему казалось: какая разница — что ешь, лишь бы насытиться. Но сейчас, после года бездомности, когда не ешь, а перекусываешь, он понял, что еда определяет качество жизни. И это имеет отношение не только к здоровью, но и к достоинству.

Костя ел и мычал от наслаждения.

— У тебя зуб болит? — спросила жена.

— Нет. Просто вкусно.

Теща села напротив. С нежностью смотрела, как Костя ест.

— Не борщ, а песня, — отозвался Костя. — Спасибо.

— Это тебе спасибо. Ты хороший, Костя. Добрый. Что бы мы без тебя делали... Мы бы пропали без тебя. Спасибо тебе, — с чувством проговорила теща.

— Да не за что, — смутился Костя. — Я же их не заработал. Шальные деньги, неизвестного происхождения. Может, от наркобизнеса.

— Деньги не пахнут, — возразила теща. — Ты мог бы и не дать. Или дать одну пачку. Мы были бы рады и одной. Ты добрый, Костя. Дай Бог тебе здоровья.

Костя поднял глаза на тещу и увидел, что она симпатичная — женственная и голубоглазая. И ромашковая прелесть жены — от тещи.

— А вы раньше кем работали? — спросил Костя. — Какое у вас образование?

Оказывается, он даже не знал внутреннего мира тещи. Не знал и не интересовался.

— Я работала в гороно. Осуществляла учебный процесс.

Значит, жена — наследственная учительница.

— А где ваш муж? — спросил Костя.

— Муж объелся груш, — не ответила теща.

Значит, теща пораженка. И жена унаследовала ее участь. Жена не слушала их беседы. Она сидела, бледная, и смотрела в стену.

— Ты чем-то недовольна? — спросила теща.

— Откупился, — сказала жена.

— А что бы ты выбрала: я без денег или деньги без меня? — поинтересовался Костя.

— Ты с деньгами, — ответила жена.

«Все женщины одинаковы», — подумал Костя и взялся за бефстроганов. Зазвонил телефон. Жена взяла трубку, послушала и сказала:

— Он здесь больше не живет... Понятия не имею...

— Кто это? — насторожился Костя.

— Не сказали. Мужик какой-то...

— А голос с акцентом?

— Нет. Нормальный. Интеллигентный даже. По голосу — не бандит.

— А что, у бандитов особенные голоса? Они что, не люди? — спросила теща.

Костя отодвинул тарелку. У него пропал аппетит.

— Я пойду. — Он встал.

— Доешь, — попросила теща.

— Пусть идет, — сказала жена. — Я боюсь.

Жена боялась, что Костю ищут, и он сам этого боялся.

И только теща не боялась ничего. Она была как ловкий опытный зверь в лесу, который хорошо знал лес и чувствовал свою силу.

— Я сбегаю за Вадиком, — услужливо предложила теща.

— Не надо, — отрезала жена.

Костя оделся и вышел во двор с мутным чувством.

Кто его искал? Может быть, школьный друг Миша Ушаков? Они вместе учились в школе, потом в институте. Потом Миша ушел в науку.

А вдруг звонил Азнавур?

Костя вспомнил его лицо со стекающими вниз бровями. Казалось, сейчас откроет рот и запоет с характерным азнавуровским блеянием. Но у бандита были дела поважнее, чем петь. Убить — вот его дела.

Может быть, Азнавур ехал следом и выследил? Костя оглянулся по сторонам. Никаких следов преследования. Несколько машин стояли темные, со снежными шапками на крышах. Значит, ими не пользовались несколько дней по крайней мере.

А вдруг парень-снаряд запомнил номера, узнал в ГАИ — кто владелец. И теперь ищет.

Надо немедленно избавиться от машины. Отогнать в лес и поджечь. И заявить об угоне. Пусть эта машина числится в розыске. А если кто-то из бандитов явится, то можно сказать: угнали месяц назад. Ездит кто-то другой. Значит, и деньги у другого. Костя сел в машину. Нащупал рукой рюкзак. На месте.

Он вдруг почувствовал, что устал. Хотелось лечь и закрыть глаза. И ни о чем не думать. А уничтожить машину можно и завтра. На рассвете. Все главные события происходят чаще всего на рассвете: любовь, рождение, смерть... И смерть машины в том числе. Зачем же искать другое время, когда природа сама его нашла...

Костя подъехал к даче.

Сосед — молодой и пузатый, похожий на переросшего младенца, расчищал въезд перед гаражом. Орудовал широкой лопатой. Увидев Костю, он разогнулся. Верхняя линия века была прямая, как у Ленина. Вернее, как у башкирских народностей. «Эмбрион Винг», — подумал про него Костя.

Костя стал отворять широкие ворота. Ворота просели, стояли низко, выпавший мягкий снег тормозил движение.

— Расчистить тебе? — предложил Винг.

— Не надо, — отказался Костя. Для него было важнее, чтобы Винг исчез, испарился.

— Я тебе лопату оставлю, если что... Поставишь сюда.

Винг прислонил лопату к стенке гаража и удалился, довольный собой. Костя не стал загонять машину во двор. Он внутренне расстался со своей машиной, и ему было все равно, что с ней будет дальше: угонят или частично ограбят.

Костя вытащил рюкзак и пошел в дом.

Дом обдал его теплом, как родной. Они с домом подружились — это было очевидно. И даже семья мышей — пара взрослых и три мышонка сосуществовали с Костей вполне дружелюбно. Не появлялись при свете, только ночью. Не грызли хлеб — только подбирали крошки. Мышата не пищали, не нарушали покой. Иногда, очень редко, Костя видел их мордочки с глазками-бусинками — чудные, воспитанные дети.

Костя скинул дубленку, выворотил рюкзак на пол. Сел рядом и стал складывать кучки по десять пачек. Получилось пять полных и одна половина. Пятьсот пятьдесят тысяч. Триста двадцать он отдал, значит, изначально был не миллион, а восемьсот семьдесят тысяч. Тоже неплохо.

Костя решил не оставлять деньги в рюкзаке. На нем были следы бандитских рук. Он достал из кладовки свою спортивную сумку и покидал в нее пачки. От денег пахло лежалой бумагой плюс чем-то слегка химическим. «А вдруг фальшивые?» — мелькнуло в голове. Тогда теща его убьет.

Сумка была полна, но не доверху. Костя легко задвинул молнию. Теперь это надо куда-то спрятать. Куда?

Костя сообразил: если он спрячет, воры найдут. Воры — психологи и прекрасно понимают психологию обывателя. Значит, надо НЕ прятать. Положить на видное место. Например, на шкаф. Воры войдут и увидят на шкафу спортивную сумку. Они даже внимания не обратят. Начнут рыться внутри шкафа, выворачивать все на пол.

Костя подумал и сунул в сумку спортивный костюм, на тот случай, если воры все же сунутся. Костюма оказалось мало, пачки просвечивали по бокам. Костя добавил две пары носков. Закрыл молнию и взгромоздил сумку на шкаф. И почувствовал большое облегчение. Ему захотелось вернуться в привычную жизнь.

Костя включил телевизор, углубился в новости. Телевизор — это его малая наркомания. Костя любил просмотреть все новости и вести. Без этого его ломало.

Костя внимательно выслушал все, что произошло за сегодняшний день в стране. Впечатлительные люди на Западе, прослушав наши последние известия, схватились бы за головы, зарыдали и укрепились в мысли: в этой стране жить нельзя. А оказывается, можно.

После новостей шел боевик, где крутой мужик бил по морде ногами. Развернется, как балерина, и — раз по морде ногой, как рукой. Костя с наслаждением впитывал в себя телевизионную продукцию. Потом задумался и уже не смотрел, а телевизор все работал, и время шло. И обеспокоенные мышата выглядывали, как бы спрашивая: ну, когда ты потушишь свет?

Костя лег наконец. Вертелся в темноте. Что-то ему мешало. Какая-то неоформленная мысль... И вдруг она оформилась, эта мысль. Простая, как все гениальное. Он должен купить у старухи этот дом. Оформить и взять в собственность. Ему ведь негде жить... А теперь у него будет собственный загородный дом в ближнем Подмосковье. Он сделает супперемонт, купит мебель из светлой сосны в скандинавском стиле. Наймет приходящую тетку. В доме — всегда чистота и еда, пахнет свежей выпечкой с ванилью. Катя будет приходить в ухоженный красивый дом. Подъезд к дому — расчищен. У порога — две пары пластиковых лыж... Спорт, секс и бизнес — формула американцев. Они примут для себя эту формулу.

И вообще, хорошо бы поскорее истратить эти чертовы деньги. Избавиться от них. Тогда пусть приходит Азнавур и задает вопросы...

Костя проснулся в половине девятого. Сработали внутренние часы. Он открыл глаза и подумал: Катя... Даже не подумал, а вдохнул, как воздух.

В полукруглом окне — гениальный пейзаж: ель сквозь две березы. Заснеженные лапы елей и яркая белизна берез — на перламутре неба.

Природа видна только за городом. А природа — это замысел Создателя. Трудно себе представить, что береза возникла в результате эволюции. Она возникла в воображении Создателя, и он ее воплотил...

По утрам у Кости всегда было хорошее настроение — признак здоровья и знак Стрельца. Костя быстро собрался. Перекинул сумку через плечо. Она весила как пять килограмм картошки. Ощутимо. Вышел из дома.

Звонить Кате он не стал. Он просто подгонит к ее дому джип «поджеро», просто введет ее в свой загородный дом, покажет гениальный пейзаж в полукруглой раме.

Брошенная машина стояла за забором, как брошенная жена. Надо было как-то от нее избавляться.

Эмбрион Винг околачивался возле своего гаража, вел переговоры с работягой. Зимой рабочая сила стоила дешевле, и Винг предпочитал вести строительные работы в холода.

Забор между ними выглядел странно: до середины он шел прямо, а с середины — сворачивал, как пьяный, и шел по биссектрисе. У Кости было большое желание поставить забор на положенное место.

— Привет! — крикнул Винг, глядя нахально и одновременно трусливо. Он проверял глазами: заметил Костя или нет. Если Костя кулак по натуре, он не потерпит самозахвата. Если интеллектуал — не обратит внимания. Есть третий вариант — интеллигент. Заметит, но постесняется сказать.

— Послушай, — отозвался Костя, — а чего это забор стоит линзой?

Винг понял, что Костя заметил. Решил слегка наехать.

— Деревянный дом полезнее, чем кирпичный. Но непрактичный. Горит.

Костя не отозвался. Он не понял: Винг философствует или пугает. А если пугает, то что за этим стоит? Вернее, кто за этим стоит? Может быть, Винг — уголовник, что тоже вероятно. В стране незаметно и постепенно произошла легализация криминального отсека. Они уже живут рядом, заседают в правительстве, скоро сядут с тобой за один стол. С ними придется дружить, ходить в гости. Однако сосед — это навсегда. И устраивать себе под боком Чечню — недальновидно и неразумно. Лучше погасить скандал в зародыше.

— Давай так: ты распрямляешь забор, а я плачу деньги. Я покупаю у тебя этот треугольник. Называй цену, — предложил Костя.

Эмбрион Винг смотрел недоверчиво.

— Сколько ты хочешь?

— Машину, — не мигая произнес сосед.

— Какую? — не понял Костя.

— А вот эту. — Он ткнул пальцем на сиротливую Костину машину.

В Косте толкнулась радость: не надо возиться с машиной, жечь ее, — он никогда этого не делал, и неизвестно — сумеет ли поджечь. Может загореться лес, и Костя начнет метаться среди деревьев и сам сгорит, не дай Бог...

— А зачем она тебе? — простодушно спросил Костя.

— Жена хочет учиться. Надо такую машину, чтобы не жалко разбить. А твою не жалко.

Костя сделал вид, что задумался. Потом сделал вид, что решился.

— Идет, — согласился Костя. — Бери.

— Прямо сейчас? — не поверил сосед.

— А чего тянуть...

— А ты на чем будешь ездить? — позаботился Винг.

— У меня служебная есть, — соврал Костя.

Сосед обернулся к рабочему. Это был крепкий молодой украинец по имени Васек. В поселке работали молдаване, армяне, украинцы, или, как их называли, хохлы. Дети разных народов. Они приезжали в поисках работы, и по этой миграции становилось понятно, что экономика разрушилась. Люди летят, как осенние листья, гонимые ветром перестройки.

— Переставишь забор? — спросил эмбрион Винг.

— Когда? — уточнил Васек.

— Зараз, — по-хохлацки ответил Винг. Он хотел казаться своим, свойским — так легче торговаться, сбивать цену. — За чей счет?

Этот вопрос относился к Косте. Костя готов был оплатить всю стоимость, но боялся привлечь внимание неожиданной щедростью.

— Пополам, — сказал Костя.

Эмбрион уставился в пространство, и Костя видел: он подсчитывает возможность его обдурить. Такая возможность есть. Он возьмет с Кости всю сумму и скажет, что это — половина.

Лицо у соседа было круглое, пухлое, как волдырь. Косте было противно возле него стоять, хотя все складывалось на редкость удачно.

— А оформление? — спохватился сосед.

— Пожалуйста. Я дам тебе генеральную доверенность с правом продажи.

— Когда?

— Все равно. Хоть сегодня.

Винг посмотрел на часы.

— Успеем, — сказал он. — У них обед с половины первого. Сейчас я Гале позвоню.

— Какой Гале? — насторожился Костя.

— В нотариальной конторе. У меня там все схвачено.

Сосед достал из кармана сотовый телефон и стал договариваться с Галей, чтобы она ждала и не уходила.

Костя вспомнил, что оставил дома рюкзак. А это улика.

— Я сейчас, — предупредил он и пошел в дом.

Рюкзак валялся в прихожей. Костя взял его, чтобы выкинуть в любой мусорный бак.

Сосед продолжал разговаривать. После Гали он позвонил еще в несколько мест.

Костя раскрыл свой багажник и сбросил туда рюкзак. При утреннем свете рюкзак выглядел грязным, в подтеках. Косте показалось, что это замытые пятна крови.

Хохол вскинул лопату на плечо и пошел искать себе напарника. У него была сверхзадача: как можно больше набрать заказов и послать деньги домой, в маленький городок, который называется Золотоноша.

У Кости возникло желание догнать Васька и дать ему половину пачки. Но добро не бывает без последствий. Васек может решить, что это в долг, и убьет Костю, чтобы не отдавать долг. Либо молва разнесется по поселку, и Костей быстро заинтересуются.

Костя вздохнул. Ему было жаль этих людей. Их здесь эксплуатировали, как рабов, и кидали. И они сами тоже кидали. Рабское существование лишает человека нравственности.

Жизнь пестра и многослойна. Поэтому лучше всего в нее не вникать, не нырять в черные глубины, а вальсировать на поверхности.

Нотариальная контора находилась возле окружной дороги.

Костя включил печь. Ехали молча. От теплого воздуха стало душно. Костя расстегнулся.

— Хороший у тебя шарфик, — заметил сосед.

— Мне тоже нравится, — согласился Костя, отсекая тем самым все намеки.

— А откуда он у тебя?

— Жена подарила, — соврал Костя. Так было короче.

— А мне моя только теплые кальсоны покупает, хотя знает: я кальсоны не ношу.

— Заботится, — отозвался Костя.

— А ты кальсоны носишь? — спросил Винг.

— Нет.

— Сейчас, по-моему, никто не носит. Она их в военторге покупает.

— Ну вот, военные носят...

Тема была исчерпана. Замолчали.

— Тебя как зовут? — спросил Костя.

— Влад. А что?

— Да ничего. Просто узнал, как зовут. Мы же соседи.

— Ну да...

— А что значит Влад? Владислав?

— Владимир.

— Ну и был бы Володя.

— Меня все детство дразнили: «Вовка-морковка, спереди веревка, сзади барабан по всем городам»... Тебя дразнили в детстве?

— Не помню.

— Не помнишь, значит, не дразнили. Счастливый человек. В детстве бывает очень обидно. Потом на всю жизнь остается.

175

Костя молчал, думал о спортивной сумке, которая лежала за его спиной. Мысленно пересчитывал деньги, размышлял — сколько вложить в новую машину. Нет смысла покупать самую дорогую. Машины все равно принято менять раз в пять лет.

— Ты, наверное, думаешь, что я жлоб? — спросил Влад и сделал паузу, ожидая возражения. Но возражения не последовало. — Я не жлоб. Просто я в этом углу гараж хотел поставить. Поэтому и прихватил шесть метров.

— Но это же чужие метры. Попросил бы или купил.

— А ты бы сказал: нет. Не дам и не продам.

— Так бы и сказал, — подтвердил Костя.

— Ну вот. А мне без гаража невозможно. А поставить его больше некуда.

— Почему некуда? Поставь в противоположный угол.

— А там надо деревья рубить. Три березы снимать. Жалко.

— Но есть понятие: мое и чужое.

— А еще есть шанс. Единственный шанс в жизни. Если отобью — будет мое, а не отобью — уйдет навсегда. С концами. Ну, я и попробовал. Любого человека можно напугать или купить. Деньги и страх.

— Сталин так же считал, — заметил Костя.

— Вот и царствовал всю жизнь. Страной должен править диктатор. Это как отец с ремнем в доме. Всегда будет порядок.

— А ты чем занимаешься? — спросил Костя.

— Всем. Мороженым торговал. Пломбиры, эскимо.

— Выгодно?

— А зачем бы я стал этим заниматься?

— Тогда зачем тебе диктатор? Он бы тебя посадил на паек. На пайку.

— Я бы выкрутился. Я никогда не пропаду. Я — непотопляемый.

Влад нажал на кнопку приемника, оттуда выплеснулась песня, неизвестно в чьем исполнении. Влад подхватил с энтузиазмом и пел не хуже певца.

— Люблю эту группу, тащусь... Ты мне оставишь кассетник?

— Бери, — согласился Костя.

— По-моему, у тебя колодка стучит, — насторожился Влад.

— Починишь.

— Ремонт сейчас дорогой...

— Заплатишь. Машина ведь даром досталась.

— Ничего подобного, — запротестовал Влад. — В этом месте земля дорогая. Одна сотка — две штуки. А твоя машина — полторы от силы.

— Так ведь земля моя. Ты забыл... — напомнил Костя.

Остановились возле нотариальной конторы. Костя усомнился: оставлять деньги в машине или взять с собой. С собой — вернее. Он закинул сумку за плечо и пошел за Владом в нотариальную контору.

В коридоре сидела очередь — человек восемь. На полтора часа. Коридор был довольно узкий, стулья старые, стены крашены зеленой масляной краской. Картину дополняли сквозняки и тусклое освещение, поскольку коридор был без окон.

Костя подумал: если бы люди каким-то образом узнали, что у меня за спиной в сумке полмиллиона, что бы сделали? Навалились скопом. Но вид у людей был не агрессивный и слегка заторможенный. Когда приходишь в такие вот государственные коридоры, процессы в организме замедляются, как у медведя в спячке. Отсюда такие заторможенные лица.

Влад, ни на кого не глядя, прошел в кабинет.

— Куда? — подхватилась женщина.

— Мы занимали, — бросил Влад. — Он подтвердит.

«Он» — это Костя, появившийся полминуты назад.

Влад исчез за дверью, но тут же высунулся.

— Заходи, чего стал, — велел он Косте.

Наглость, как любое боевое действие, должна быть внезапной и краткой и действовать как электрошок. Влад хорошо это усвоил.

Нотариус Галя сидела за столом возле окна. На ней была мохеровая вязаная шапка, какие носили при социализме. Серый костюм не украшал Галю, а просто сохранял тепло. Похоже, Гале было все равно, как она выглядит. А может, у нее был другой вкус. Не плохой, а другой.

Влад коротко разъяснил Гале, что от нее требуется. Галя быстро достала анкеты, сама их заполнила, вписала все, что надо.

Костя протянул документы на машину, технический паспорт и свой паспорт.

— Потом зарегистрируете в ГАИ, — предупредила Галя.

— А зачем? — спросил Влад.

— Такой порядок. Все передвижки по машине должны быть зарегистрированы в ГАИ.

— Это хорошо, — заметил Влад.

Доверенность казалась ему ненадежным документом. Хозяин машины мог в любую минуту передумать. Сегодня дал доверенность, завтра отобрал. Влад сам не раз так поступал.

— До которого часа ГАИ? — спросил он у Гали.

Влад хотел все провернуть за один день, чтобы закрепить завоевание. Чтобы у Кости не было дороги назад. Он изо всех сил торопился на самолет, в который была заложена бомба.

Галя назвала сумму за нотариальные услуги и процент за срочность.

— У меня с собой нет денег, — заметил Влад. — Ты заплати. Я тебе потом отдам.

Костя знал, что Влад не отдаст. Но это не имело значения.

— Доллары берете? — спросил Костя.

— Только рубли, — ответила Галя.

— А что же делать? — растерялся Костя.

— У нас тут рядом сберкасса. Можете разменять.

— Да возьми доллары, — заговорщически посоветовал Влад.

— Не имею права, — грустно ответила Галя.

Если бы деньги предназначались лично ей, Галя, конечно, взяла бы доллары. Но она была на государственной службе и должна была соблюдать финансовую дисциплину.

Костя и Влад вышли из кабинета. Женщина из очереди с брезгливым упреком посмотрела на Костю.

— А еще в шарфике...

— Что? — не понял Костя.

— Шарфик надели, а ведете себя как нахал, — объяснила женщина.

— А-а... — Костя постоял в раздумье. Потом наклонился к женщине и тихо спросил: — А где здесь туалет?

— Ну, вы вообще... — Женщина покачала головой. Может быть, ей казалось, что нахалы не должны посещать туалет. Либо она считала, что нахалы не имеют права общаться с приличными людьми.

— В конце коридора, направо, — сказал старик, сидящий вторым.

— Спасибо, — поблагодарил Костя и пошел направо.

Этот туалет каким-то образом снял агрессию с очереди. Он как бы примирил всех со всеми. Получалось, что все люди — люди. Каждый человек — человек.

Костя зашел в туалет. Снял сумку и поставил ее на сливной бачок — повыше и почище. Достал одну пачку, вытащил из нее десять сотенных бумажек — пусть будут. И сунул в карман дубленки. Начатую пачку положил во внутренний карман пиджака. Потом застегнул сумку, закинул за плечо. Перед тем как выйти, с отвращением помочился. Больше всего он любил мочиться на даче, на землю. Ему казалось, что через струю он общается с космосом. Приобщается к круговороту. И процесс мочеиспускания из функции организма превращается в нечто подобное медитации. А общественные туалеты повергали в депрессию, как будто он обнимался с трупом.

Все, что касалось тела, чистоты, физических проявлений, было для Кости важно. Может быть, это особенность Стрельцов.

Костя и Влад вышли из нотариальной конторы и стали искать сберкассу.

Возле Костиного сердца лежала пачка с деньгами, и не какими-нибудь, а благородными долларами. В кармане тоже лежали деньги, грели бедро. На спине — куча денег, но она воспринималась как тяжесть. Когда так много — деньги становятся абстракцией. Нечто подобное происходит во время землетрясения. Когда погибает один человек — это трагедия. Когда много — это статистика.

Девушка в окошке сберкассы приняла купюры и долго их разглядывала, проверяла на каком-то аппарате, только что не нюхала.

Костя стоял замерев и напрягшись. Очень может быть, что ему достались фальшивые деньги. В бандитской среде это так естественно.

Если теща узнает, что деньги фальшивые — она его прост... убьет. Или скорее всего сама умрет. А Костя этого не хотел. О... уже успел ее полюбить. Он желал ей здоровья и долголетия.

Девушка закончила проверку и выдала ему пачку русски... денег. Значит, доллары оказались настоящими. Значит, у жен... все в порядке. Он ее обеспечил и теперь освобожден от гнету... щего чувства вины. А она свободна от унизительного состояни... бедности. Деньги не сделают жену счастливой. Но они сделаю... ее свободной. А это тоже большое дело.

У Кости была мечта — летать. Люди в двадцать первом век... изобретут крылья на моторчике. Маленький, портативный ле... тательный аппарат... Величиной со спортивную сумку. Он бу... дет за спиной, на лямках. Нажал на кнопку — крылья плавн... выдвинулись и распростерлись. Нажал вторую кнопку — и взле... тел. Как во сне. Можно задавать любую высоту, любую скорость...

Костя вспомнил об аппарате, потому что за его спиной, ... сумке, — крылья. Они уже тянут его вверх. Сообщают радост... и высоту.

Костя отсчитал рубли для Гали, отдал Владу. Влад тоже пере... считал, шевеля губами. Потом он перестал считать, но продолжа... шевелить губами. Не мог остановиться. Видимо, деньги действо... вали на него гипнотически. Это была его медитация.

Костя и Влад вернулись в нотариальную контору, получи... ли необходимые документы.

— Теперь в ГАИ, — сказал Влад. — Там как раз обед кончился...

Влад боялся, что Костя одумается и порвет доверенности... Поэтому он немножко нервничал и немножко наезжал. Костя... в свою очередь, мечтал освободиться от машины и от Влада... который ему надоел своей деловитостью, а главное — голосом... У него был жлобский голос, не наполненный знаниями. Толь... ко голос, а под ним — пустота.

Влад сел за руль. Тронулись.

— Хорошая машина, — похвалил Влад. — Мягкая. Даж... жалко разбивать. Я себе ее возьму, на каждый день.

— У тебя же есть машина, — вспомнил Костя.

— У меня две. «Поджеро» и «феррари». Но они дорогие. И... жалко, а эту не жалко. Будет каждодневная, а те выходные.

180

— Машина нужна, чтобы ездить, — заметил Костя. — А не в гараже держать, как туфли в шкафу.

— Моя жена так же говорит... Я на мебель чехлы надеваю, а жена стаскивает. Говорит: хочется жить в красоте...

— Будешь беречь, а жить когда? — спросил Костя.

— Моя жена так же говорит. Я скупой, бережливый, экономный... А знаешь почему?

— Не знаю.

— Потому, что я очень долго жил очень плохо. И мои родители очень долго жили очень плохо. Я устал. Я больше так не хочу. Я теперь очень долго буду жить очень хорошо. Ни одного дня не отдавать черту. Понял?

«Неплохо, — подумал Костя. — Ни одного дня не отдавать черту...»

Подъехали к ГАИ.

— Подожди, — предупредил Влад.

Он выскочил из машины. Скрылся в дверях ГАИ.

Костя ждал, безучастно глядя перед собой. Было как-то тревожно сидеть возле милиции с мешком денег. Хоть ГАИ и не милиция, но все равно.

Влад появился быстро — энергичный и озабоченный.

— Если хочешь быстрей, надо башлять...

— Чего надо? — не понял Костя.

— Башли. Ты как будто вчера родился. Давай...

Костя сунул руку в карман дубленки и вытащил стодолларовую банкноту.

— Много, — сказал Влад.

— Других у меня нет.

— Ну давай...

Влад взял деньги и скрылся.

Костя испугался, что сейчас выйдет страж порядка и спросит: «Откуда у вас валюта? Откройте сумку... Пройдемте...» И то будет дорога в один конец.

Через пять минут Влад вышел вместе с начальником — этаий капитан Катани, красивый, не подумаешь, что взяточник. Косте все напряглось. Зачем он вышел?

— Где номера? — громко крикнул Влад.

— В багажнике, — ответил Костя. — А что?

Влад что-то сказал Катани. Катани покивал головой. Они расстались, явно довольные друг другом.

Влад сел в машину.

— Номера те же останутся, — пояснил Влад. — Меньше волокиты.

Выехали на проспект.

«Неужели все позади?» — подумал Костя.

— Деньги все делают, — философски ответил Влад. — Надо только уметь дать.

— А чего там уметь? Протянул и дал.

— Ничего подобного. Надо уметь быть своим.

— В Америке этого нет, — заметил Костя.

— Знаешь, какая зарплата у полицейских? А у наших ментов — знаешь какая?

Выехали на широкий проспект. По правой стороне стояли узкие высокие дома, как воздетые к небу пальцы. В одном из таких домов жил Миша Ушаков.

— Останови, — попросил Костя. — Я сойду.

— А чего? Поедем на дачу. У меня коньяк есть бочковой. Целая канистра.

Костя догадался: Влад не отказывает себе в предметах роскоши, к коим относится коньяк. Но старается совместить роскошь и жесткую экономию. И тогда получается бочковой коньяк.

— Ты кто по гороскопу? — спросил Костя.

— Дева.

Костя знал, что мужчины-Девы — жадные, аккуратные и красивые. Жадность — совпадала с Владом. А красота — нет. Хотя что-то симпатичное в нем все-таки было. Недвусмысленность. Влад не хотел казаться лучше, чем он был.

— Притормози, — попросил Костя.

Влад остановил машину. Выпустил Костю. Теперь машина была его, и только его. Он рванул ее с места, будто это был «пожеро» или «феррари». Но это была «пятерка» «Жигули», замешанная в историю. Тот же бочковой коньяк в канистре.

Миша Ушаков был дома, как обычно.

Последние три года он сидел возле парализованной мамы. Попеременно с женой. Денег на сиделку у них не было.

Мама требовала ухода, как грудной ребенок, с той разницей, то ребенок растет и впереди у него большое будущее. Труд во мя жизни. А здесь — тупиковая ветка.

Миша обрадовался Косте. Он радовался любому человеку, оторый размыкал его пространство. Дом как бы проветривал- я жизнью.

Миша заметил, что человек имеет несколько кругов. Первый руг — это круг кровообращения, биология, то, что внутри че- овека.

Второй круг — это связь с родными: мужем, женой, детьми, одителями — кровный круг.

Третий круг — связь с друзьями, сотрудниками по работе — олее дальний круг, наполняющий человека информацией.

И четвертый круг — расширенная информация: путеше- твия, впечатления.

Особенно полноценным четвертый круг бывает у людей, меющих славу и власть. Слава — тоже власть. А власть — тоже лава.

Этот четвертый круг наиболее полно питает человека. По- тому так многие устремляются к власти и жаждут славы.

Когда человек заболевает, круги постепенно сужаются: с етвертого — на третий, с третьего — на второй и в конце кон- ов — на первый, когда уже ничего не интересно, кроме своего рганизма.

Мишина мама сохраняла два круга: первый и второй. Себя Мишу. Больше ничего и никого.

Первое время она бунтовала: почему это несчастье случи- ось именно с ней. А теперь уже не бунтовала: случилось и слу- илось.

Единственное, она очень жалела Мишу. Качество его жиз- и ухудшилось. Она тащила сына за собой в два круга, отсекая ретий и четвертый. Ей хотелось, чтобы Миша жил полноцен- ой жизнью. Она была даже согласна умереть, но как человек ерующий — не могла наложить на себя руки. А если честно, то не хотела. Все шло как шло.

А Миша хотел только одного: чтобы его мама жила и смот- ела на него любящими глазами.

Жена была старше Миши, безумно его ревновала, боялась потерять, и такая ситуация в доме ее, как ни странно, устраивала. Она делала жену необходимой. Человеком, без которого не обойтись.

Жена тоже обрадовалась Косте. Она вообще не разрешала себе плохих настроений. Организованная, сделанная женщина.

Костя разделся в прихожей. Вместе с Мишей прошел в его кабинет. Полированный чешский гарнитур, модерн шестидесятых годов. Кресло — просто помоечное, прикрытое пестрой тряпкой. Стулья расшатались, однако служили. Вещи живут дольше человека. Было очевидно, что Мише и его жене плевать, что вокруг.

Равнодушие к комфорту — наследие «совковых» времен. Но и бескорыстное служение науке — тоже оттуда. Из «совка».

— Как у тебя дела? — спросил Костя.

Они с Мишей виделись редко, но от разлуки дружба не портилась, не засыхала. Каждый раз при встрече Косте казалось, что они расстались только вчера.

— Мама лежит, наука стоит, — сообщил Миша. — Финансирование нулевое. Половина лаборатории в Америке. Живут под Сан-Франциско. Чуваев уехал на прошлой неделе. А туберкулез вернулся.

— Кто? — не понял Костя.

— Не кто, а что. Туберкулез. В девятнадцатом веке назывался чахоткой.

— Но ведь изобрели пенициллин... — вспомнил Костя.

— Пятьдесят лет назад. Туберкулез приспособился. Мутировал. И вернулся. Грядет чахотка двадцатого века.

— Что же делать?

— Мы посылали письмо президенту. Я разговаривал с Харитоновым...

Миша замолчал. Потом очнулся.

— Выпить хочешь? — спросил он.

Костя заметил, что женщины всегда предлагают поесть, а мужчины — выпить. Костя вспомнил, что он без машины, а значит, может выпить.

Вышли на кухню. Жена — ее звали Сильва — сварила сосиски. Разогрела заранее приготовленную вермишель.

Сосиски были пересолены.

Изначально плохое мясо, и в него добавлена соль.

Крупный ученый жил в бедности, ел дешевые сосиски. А мог бы уехать под Сан-Франциско, иметь дом с бассейном. А его мама сидела бы в шезлонге, на лужайке перед домом. И ее руку лизал бы черный дог. Но для Миши самым главным был мутирующий туберкулез.

Миша разлил водку по стаканам. Выпили.

— Так что Харитонов? — напомнил Костя.

— Харитонов сказал, что сейчас страна летит в пропасть и надо подождать... Они могут лететь еще семьдесят лет. У нас ведь все по семьдесят лет.

— А ты не хочешь уехать? — спросил Костя. — Какая разница, где бороться против туберкулеза?

— Разница, — отозвался Миша.

— Почему?

— Я там ничего не придумаю. Я только здесь могу работать. В этой комнате. У меня здесь мозги вертятся. А ТАМ стоят.

— Но ты же не пробовал...

— А зачем пробовать? Я и так знаю. Рыбы живут в воде, птицы в небе, а русские — в России.

— А сколько тебе надо денег? — спросил Костя.

— Много.

— Что такое «много»?

— А почему ты спрашиваешь?

— У меня спонсор есть. Он может дать.

— Спонсор — не идиот. Деньги вернутся не скоро. А может, и никогда. Просто люди перестанут умирать от туберкулеза. Харитонов тоже спросил: «Когда вернутся деньги?» Если бы я ему сказал: «Завтра», — был бы другой разговор. Никого не интересует здоровье нации. Всех интересуют только деньги.

— А сколько стоит твоя программа?

— Да я не о всей программе. Мне бы только достать биологический продукт антибиотиков.

— Что? — не понял Костя.

— Бактерии, грибы — природный антибиотик. Они вырабатывают вещество, которое защищает от окружающих бактерий...

— Это дорого? — поинтересовался Костя.

— Если учитывать приборы, химическую посуду, труд лаборантов, то в сто тысяч можно уложиться.

— Сто тысяч чего?

— Ну не рублей же... Я обращался в банки, мне говорят: кризис.

Костя принес из прихожей сумку и стал выкладывать на стол пачки. Миша смотрел с ужасом, как будто увидел привидение.

— Откуда это у тебя? — шепотом спросил Миша.

— Я получил наследство.

— Откуда?

— У меня дедушка в Израиле. У него там нефтяная скважина.

— А разве в Израиле есть нефть? — удивился Миша. — По-моему, ты врешь.

— Какая тебе разница? Дело ведь не в нефти, а в деньгах.

Костя отодвинул в сторону десять пачек. Миша смотрел задумчиво.

— Я думал, что ты русский...

— Я русский.

— А дедушка в Израиле откуда?

— А там тоже много русских. Все живут везде.

В кухню вошла Сильва. Застыла при виде денег. Но ненадолго. И ни одного вопроса. Вышколенная, как гувернантка в богатом доме. Собрала посуду со стола и сложила в раковину.

— Я завтра же закажу Шульцу штаммы, — объявил Миша.

— Шульц — это кто? — спросил Костя.

— Немец.

— Хорошо, — одобрил Костя. — Шульц не украдет.

Миша разлил остатки водки. Сильва поставила на стол магазинное печенье. Вышла.

— Мистика какая-то... — проговорил Миша. — Я всегда знал, что мы выкрутимся. Случится чудо... И вот оно — чудо.

— У меня к тебе просьба: не говори никому, где ты взял деньги.

— Не скажу, — пообещал Миша.

— Поклянись.

— Клянусь.

— Чем?

— Честным словом.

Мишиного честного слова было вполне достаточно.

— Я пошел. — Костя поднялся.

Миша не хотел расставаться сразу, резко. Это все равно что резко затормозить, и тогда можно удариться головой о стекло.

Миша продлевал расставание, как бы плавно тормозил.

Вместе вышли во двор. Зимой смеркается рано. Сумеречное освещение было очень красивым. Все четко, как через темное стекло.

— Чудо только маскируется под чудо. А на самом деле — это проявление справедливости, — сказал Миша.

— А ты считаешь, справедливость есть? — серьезно спросил Костя.

Чужие деньги попали к Косте. Он их раздает широкой рукой. Разве это справедливо?

А может быть, как раз справедливо. Скорее всего это деньги, полученные от фальшивой водки или от наркотиков. Иначе откуда такие бешеные суммы у таких молодых людей? Пусть лучше они попадут в руки теще, которая всю жизнь работала на эту страну и не получила от нее ничего, кроме нищенской пенсии. Бедную тещу использовали и кинули, как теперь говорят. И науку кинули. Значит, Костя частично восстановил справедливость.

— Конечно, есть, — сказал Миша. — Ведь свалили памятник Дзержинскому.

— Через семьдесят лет...

— Это лучше, чем никогда, — возразил Миша.

Фон неба темнел и постепенно растворял в себе дома и деревья.

«Как время, — подумал Костя. — Все в себе растворяет. Целые поколения...»

Вдруг зажглись фонари, и стало как-то театрально.

— Я хотел тебе кое-что сказать... — начал Миша.

«Сейчас скажет, что у него есть другая женщина», — испугался Костя.

— Никто, кроме мамы, не знает, какой я был маленький. В ней я весь, как в компьютерной памяти, — проговорил Миша. —

Если она уйдет, она все унесет с собой и останется только то, что Я СЕЙЧАС. Без корней и без прошлого...

Костя задумался. Он заметил: когда у человека нет детей, то всю свою любовь он складывает на родителей. Миша любил маму удвоенной любовью, как больного ребенка.

— И еще... — проговорил Миша.

Костя напрягся.

— Спасибо тебе...

— И все? — проверил Костя.

— Все.

— Тогда я пошел, — с облегчением сказал Костя. Поправил на плече сумку.

— А ты не боишься, что тебя ограбят? — спросил Миша.

— А откуда кто знает?

И в самом деле. Откуда кто знает, что лежит у человека в спортивной сумке? Может, книги, может, теннисная ракетка...

Они разошлись. Костя испытывал чувство, похожее на вдохновение.

Что его вдохновило? Мишино «спасибо», или то, что немец вышлет штаммы, или просто Миша, который любит свою маму, а жена любит Мишу, а Миша науку — и везде любовь кружит над головами.

Костя взял машину и поехал к старухе. Он решил отдать ей деньги прямо сейчас. Ему подсознательно и сознательно хотелось освободиться от дурных денег. Поменять деньги на результат.

За рулем сидела молодая женщина, видимо, тоже занималась частным извозом.

Костя опустился на заднее сиденье, осторожно прикрыл дверцу, назвал адрес старухи «улица Кирова, семнадцать» и замолчал. Углубился в подсчеты.

Сколько было денег? Сколько осталось? На что их потратить? Только скорее. И тогда пусть приходит Азнавур и задает вопросы.

— Как поедем? — Женщина обернулась и посмотрела на Костю. На ней была круглая шапочка, отороченная белым мехом. Как у Снегурочки. — Через центр или по кольцу?

— Самая короткая дорога та, которую знаешь, — сформулировал Костя.

— Тогда по кольцу...

— Простите... дурацкий вопрос. Если бы вы нашли много денег, что бы вы сделали?

— Много — это сколько? — уточнила Снегурочка.

— Чемодан.

— Я бы зарыла их в землю. И сама бы уехала.

— Зачем?

— Боялась бы...

— А потом?

— Потом, через год, откопала бы.

— А дальше?

— Дала бы батюшке на храм. У нас очень хороший батюшка. У него семь человек детей. Он так тяжело живет.

— А зачем так много детей?

— Сколько Бог даст.

— Пусть государство поможет. Церковь ведь не отделена от государства.

— А что с того? — Снегурочка обернулась. У нее были густо, по-новогоднему, накрашены глаза. — Мы все оказались брошены государством. Каждый выживает как может.

— А муж у вас есть? — спросил Костя.

— Немножко... — неопределенно ответила Снегурочка, и Костя понял, что она больше рассчитывает на Бога, чем на мужа.

— Здесь под светофор направо, — руководил Костя.

— А вы крещеный? — спросила Снегурочка.

— Нет.

— Это плохо.

— Почему?

— Ангела-хранителя нет. Вы предоставлены самому себе. Вас никто не охраняет.

Костя вдруг подумал: это правда. Его никто не охраняет.

— А в моем возрасте можно креститься? — спросил он.

— В любом можно. Хотите, наш батюшка вас окрестит? — Снегурочка обернулась и посмотрела на Костю новогодними глазами.

— Хочу, — серьезно ответил Костя.

189

Снегурочка достала из сумки маленькую книжечку величиной с карманный блокнот. Протянула Косте.

— Это молитвенник, — объяснила она. — Тут на последней странице наш адрес и телефон.

— Телефон храма?

— Нет. Телефон нашего православного издательства. Меня Рита зовут. Скажете: позовите Риту.

Костя взял молитвенник. Положил в карман.

— А для себя лично вы что-нибудь хотите? — спросил Костя.

— У меня все есть.

— Ну... У английской королевы тоже все есть, и даже больше, чем у вас. И то ей что-то надо...

— А чего у нее больше? Король? Так он мне и даром не нужен. Королевство? Я без него обойдусь. А остальное у нас одинаково: земля, хлеб, вера...

— Стоп! — скомандовал Костя.

Машина встала. Костя вышел. В кармане лежала начатая пачка. Он отсчитал семь сотенных банкнот и протянул. Почему семь, он не знал. Так получилось. Семь — мистическая цифра. Семь дней — это неделя.

Снегурочка включила свет. Долго смотрела на деньги. Потом спросила:

— Что это?

— Жертвоприношение, — ответил Костя.

— Спаси вас Бог, — просто сказала Снегурочка. — Приходите, если что...

— Можно вопрос? — спросил Костя.

Рита выжидательно смотрела на него.

— Если вы веруете, зачем краситесь?

— Так красивее. Господь не против. Он на такие мелочи внимания не обращает...

Машина весело фыркнула и ушла.

Костя сделал маленькое открытие: «милостыня» — от слова «милость». Сделайте милость... Явите божескую милость... Значит, милость угодна Богу, как творчество, как любовь. Костя посожалел, что у него мало денег. Оказывается, миллион — не так уж много. Это даже мало на самом деле...

— А вы мне снились, — обрадовалась старуха. — И еще знаете что? Битые яйца.

Костя прошел и разделся. Старуха журчала, как весенний ручей:

— Раньше битые яйца снились мне к деньгам. А сейчас — просто к битым яйцам. Я пожарю вам омлет с сыром.

Старуха ушла на кухню.

Костя достал из сумки десять пачек и положил их на середину стола.

Стал ждать.

Старуха вошла с тарелкой. Остановилась. Строго спросила:

— Что это?

— Сто тысяч, — смущенно отозвался Костя. — За дачу. Я покупаю у вас дачу. Вы не против?

— Я против того, чтобы грязные деньги лежали на обеденном столе.

— Почему грязные?

— Вы представляете, через сколько рук они прошли? И что это были за руки... Уберите их куда-нибудь.

Костя перенес деньги на подоконник.

— Подите вымойте руки, — попросила старуха.

— Я же вилкой буду есть, — возразил Костя.

— А хлеб?

Костя послушно отправился в ванную комнату. В ванной была стерильная чистота, как в операционной. Костя понял, что у старухи — мания чистоты. Деньги для нее — источник грязи. Но не только. Деньги — это потеря загородного дома, который помнит ее маленькой и молодой. А вместо этого куча денег, как битая скорлупа.

Костя вернулся в комнату. Старуха сидела, глядя в стол.

— Они сказали, что никогда не вернутся в Россию, — проговорила старуха.

Костя понял, что речь идет о сыне и о его семье.

— Они сказали, что в Америке лучше их детям. Дети — уже американцы.

— А им самим? — спросил Костя.

— Им самим трудно. Эмиграция — это всегда стресс.

— Значит, свою жизнь под ноги детям? — спросил Костя.

— И мою тоже. Но зато теперь у меня есть много денег. Я буду менять их на рубли и докладывать к пенсии. Как вы думаете, сколько надо докладывать?

— Если скромно, то долларов двести, — предположил Костя.

— Значит, сто тысяч разделить на двести — будет пятьсот месяцев. В году двенадцать месяцев. Пятьсот делим на двенадцать — сорок. Мне хватит на сорок лет... Я буду покупать куриные сосиски в супермаркете.

— А в Америку вы не хотите переехать?

— Не хочу. Зачем я буду путаться у них под ногами? Там вместе не живут. Не принято. Это в Индии живут вместе. Чем ниже уровень жизни, тем крепче связь поколений.

Костя слушал, но ему казалось, что его никогда не коснутся старость, ненужность. У него все — здесь и сейчас.

Он подошел к телефону и набрал номер Кати. Мобильный был отключен, а домашний занят. Катя не прекращала работу дома, вела деловые переговоры по телефону.

Костя вернулся к столу. Старуха разливала чай.

— Это деньги ваши или ее? — Старуха кивнула на телефон.

— Мои.

— У вас такие деньги?

— А что?

— Ничего. Вы не производите впечатления делового человека.

— А деловые — они какие?

— Они сначала едут в нотариальную контору, оформляют сделку, а уж потом расплачиваются.

— А мы — наоборот, — сказал Костя. — Сегодня деньги, завтра стулья. Какая разница?

— Деловые люди держат деньги в западном банке, а не носят с собой. Деньги должны работать.

— А вы откуда знаете?

— От своего сына. Он знает.

— У меня нет счетов в западных банках, — сказал Костя.

— Я могу вам помочь. Вернее, мой сын. Хотите?

— Не знаю. Я подумаю...

— Подумайте. И звоните. Мне кажется, мы будем дружить

— Мы будем крутые и деловые, — улыбнулся Костя.

— Мы никогда не будем крутые, но голыми руками нас не возьмешь...

Костя снова набрал Катю. Телефон был занят вглухую. Проще доехать и кинуть камнем в окно.

Костя доехал и поднялся на лифте.

Дверь мог открыть Александр, но это не имело значения. Костя только увидит Катю и отметится: вот он я. Вот она — ты. Он не мог уехать на дачу, чтобы не повидаться и не отметиться.

Открыла Надя, собачья нянька. Они держали специального человека для собаки, и это было логично. Хозяев целыми днями не было дома, а собака, молодая овчарка, должна есть, и гулять, и общаться.

Овчарка рвалась с поводка и буквально вытащила Надю за дверь. Они удалились на вечернюю прогулку.

Катя сидела в кресле, положив ноги на журнальный столик. Смотрела в телевизор.

— Где ты был? — спросила она.

— У Миши, — ответил Костя. Он не любил врать и старался делать это как можно реже, в случае крайней необходимости.

— Зачем? — спросила Катя.

Костя хотел все рассказать, но споткнулся о Катино лицо. Она была явно не в духе, ее лицо было злобно целеустремленным. Нацеленным в негатив.

— Так... — неопределенно сказал Костя. — Зашел по делам.

— Какие у тебя с Мишей дела?

— Привезти — увезти, — соврал Костя.

— Ну да... — согласилась Катя. — Какие у тебя еще могут быть дела...

Костя услышал интонации тещи. Неужели все возвращается на круги своя?

— А где Александр? — спросил он.

— В санатории. Здоровье поправляет.

Может быть, Катю злило то обстоятельство, что Александр поправляет здоровье, а она — расходует.

— Под Москвой? — спросил Костя. Его интересовала вероятность его появления.

— В Монтрё, — сказала Катя.

— А это где?

— В Швейцарии.

Без хозяина и без собаки Костя чувствовал себя свободнее. Он прошел на кухню и включил электрический чайник. Стал ждать и, пока ждал, — соскучился. Без Кати ему было неинтересно. Он налил себе чай и пошел в комнату, чувствуя себя виноватым непонятно в чем. Видимо, Катя была более сильный зверь и подавляла травоядного Костю.

— Ты чего злая? — спросил Костя.

— Налоговая полиция наехала.

— И что теперь?

— Надо платить. Или закрываться.

— Во всех странах платят налоги, — заметил Костя.

— В цивилизованных странах, — поправила Катя. — А здесь куда пойдут мои деньги? В чей карман?

— Сколько они хотят? — поинтересовался Костя.

— Налоги плюс штраф. Ужас. Бухгалтерша дура. Или сволочь. Одно из двух. Я ей говорила: составь документацию грамотно... Нет. Они все обнаружили.

— Что обнаружили?

— Двойную бухгалтерию, что еще...

— А зачем ты ведешь двойную бухгалтерию?

— Костя! Ты как будто вчера родился. Все так делают. Они обманывают нас, мы — их.

— Сколько ты должна заплатить?

— Какая разница...

— Ну все-таки...

— Шестьдесят тысяч. Ты так спрашиваешь, как будто можешь положить деньги на стол. Ты можешь только спрашивать.

По телевизору шла криминальная хроника. Показали молодого мужчину, лежащего вниз лицом. Диктор сказал, что убитый — житель Азербайджана и его смерть — следствие передела московских рынков.

— Очень хорошо, — отозвалась Катя. — Пусть сами себя перестреляют. Перегрызут друг друга, как крысы.

— У него тоже мама есть, — сказал Костя.

— Ты странный, — отозвалась Катя. — Защищаешь налоговую полицию, сочувствуешь мамочке бандита. А почему бы тебе не посочувствовать мне? Заплатить налоги, например... Отвезти меня на горнолыжный курорт?

— Поезжай в Монтрё, к Александру. Ты ведь этого хочешь? Ты злишься, что Александр уехал, а ты осталась.

Катя помолчала, потом сказала:

— Мне хорошо с тобой в постели. Но жизнь — это не только постель, Костя. Мы бы могли вместе тащить воз этой жизни. Но я тащу, а ты вальсируешь рядом, делаешь па. Я не могу тебя уважать. А любовь без уважения — это просто секс. В таком случае лучше уважение без любви.

— А Александра ты уважаешь?

— Его все уважают.

— Все ясно, — сказал Костя и поставил чашку на подоконник.

— Отнеси на кухню, — велела Катя. — Ухаживай за собой сам.

Костя отнес чашку на кухню. Вытащил из сумки десять пачек и вернулся в комнату. Аккуратно выложил на журнальный столик.

— Что это? — растерялась Катя.

— Здесь налоги, машина и Монтрё.

— Откуда у тебя деньги? — торопливо спросила Катя и сняла ноги со столика.

— Я ограбил банк.

— Ты не можешь ограбить банк. Для этого ты трусливый и неповоротливый.

— Выиграл в карты.

— Ты не можешь выиграть в карты. Для этого нужны особые способности.

— Они у меня были давно, — нашелся Костя.

— Ты их прятал?

— Да. Я хитрый и жадный.

— Это нормально. Я тоже жадная, знаешь почему?

— Знаю, — сказал Костя.

— Ну почему?

— Просто жадная, и все. Тебе всего мало.

— Потому что я трудно зарабатываю. Поэтому.

Костя вышел в прихожую, стал одеваться. Катя вышла следом. Наблюдала молча.

— Ты куда? — спросила она. — К жене?

— Нам надо расстаться на какое-то время. А там решим...

— Странно, — задумчиво проговорила Катя. — Зачем же ты отдал мне деньги, если не собираешься со мной жить...

— Это ты не собираешься со мной жить, — уточнил Костя.

— Тем более, зачем вкладывать деньги в прогоревшее мероприятие?

— Странно, правда? — отозвался Костя. Он был спокоен. Он оказался равным зверем в схватке.

Костя забросил сумку за плечо. Она сильно полегчала, практически ничего не весила.

— Костя! — окликнула Катя.

Он обернулся в дверях.

— Я заплачу старухе за дачу. Ты не против?

— Против.

— Почему?

— Я уже все заплатил.

Катя смотрела на Костю.

Он вышел. Хлопнула дверь. И какое-то время Катя смотрела в закрытую дверь.

Во дворе Костя встретил Надю с овчаркой. Собака смотрела ему вслед, повернув голову, как бы спрашивая: уходишь?

Костя долго шел пешком, потом спустился в метро. Ему хотелось быть на людях.

Вокруг него клубились и застывали на эскалаторах потоки людей, и никому не было до Кости никакого дела. И это очень хорошо. Он — безликая часть целого. Атом.

Катя права. Есть много правд: правда любовной вспышки, когда человек слепнет, и правда прозревшего. Катя прозрела. Значит, не любит больше. Придется жить без Кати. Он, конечно, не кинется под поезд, как Анна Каренина. Он будет жить, хотя что это за жизнь без любви? Тусклая череда дней. Работать без вдохновения, любить скучных женщин... Работать Костя не особенно любил. Он любил вальсировать, но сейчас у него подломан позвоночник. А какие танцы без позвоночника...

Костя вошел в вагон. Люди смотрели перед собой с обреченными лицами. Когда человек заключен в капсулу вагона или самолета, от него ничего не зависит. Он только ждет, отсюда такое остановившееся выражение...

Напротив сидела девушка. В ней было все, кроме основного. Нулевая энергетика. Катя сделала его дальтоником. Теперь он перестанет разбирать цвета. Все будет одинаково серым, бесцветным.

Костя думал обо всем понемногу, как Анна Каренина по дороге на станцию «Обираловка». Он недавно перечитал этот роман и понял, что у Анны Карениной была элементарная депрессия. Ей все и всё казалось отвратительным. Сегодня ей выписали бы транквилизатор. Она ходила бы вялая какое-то время. А потом бы прошло. Иммунная система бы справилась. Анна вышла бы замуж за Вронского. Он и не отказывался. Просто Вронский не мог любить страстно каждую минуту и каждую минуту это демонстрировать. Любовь — это фон, на котором протекает жизнь. А Анна хотела, чтобы любовь была всем: и фоном, и содержанием.

И Косте хотелось того же самого. В отношениях с Катей он был Анной, а она — Вронским. Анна ревновала Вронского к княжне Сорокиной. А Костя — к Александру. Значит, в Александре было нечто, что привлекало надолго. Золотые мозги. Это тебе не красный шарфик. И не вальсок в обнимку с гитарой. Песни и пляски нужны в праздники. А золотые мозги — всегда.

Ну что ж... Пусть остается с мужем. А он будет жить на свежем воздухе, на пособие азербайджанского перекупщика.

Костя вышел из метро. Залез в маршрутное такси. Такси было совершенно пустым. За рулем сидел парень, похожий на красивую гориллу. Как актер Шварценеггер, что в переводе означает «черный негр», как будто негр может быть белым.

Шофер слушал по приемнику последние известия. Ждал, когда наберутся пассажиры. Ему было невыгодно ехать пустым.

Костя подумал, что теперь ему придется искать работу. Невозможно ведь нигде не работать и ничего не делать, даже при наличии денег. Что он умеет? Жить и радоваться жизни. Но таких должностей нет, разве только массовик-затейник в санатории. Но радоваться жизни профессионально — это все равно что насильно улыбаться перед фотоаппаратом. Долго застывшая улыбка — это уже оскал.

На руководящие посты Костю не возьмут, да он и не хочет. Он хочет быть свободным и ни от кого не зависеть.

Может быть, есть смысл водить маршрутное такси... Он любил ездить, наматывать дорогу на колеса. За рулем он отдыхает, если, конечно, не по десять часов подряд. Можно купить собственный маленький автобус, взять у государства лицензию — и вперед. Работа непрестижная, но понятие престижа давно изменилось. Престижно быть богатым, как на Западе. А Костя богат, по крайней мере на сегодняшний день. Он может работать когда хочет и сколько хочет.

Костя сел поближе к водителю и спросил:

— Устаешь?

Шофер удивился нетипичности вопроса. Обычно его спрашивали, сколько платить и сколько ехать. Деньги и время.

— Вот я фрукты из Молдавии возил, — отозвался шофер, — по восемнадцать часов за рулем. Я один не ездил. Боялся заснуть. Надо чтобы рядом кто-то сидел и отвлекал. А это что... семечки.

— А если бы у тебя вдруг случайно оказалась куча денег... Что бы ты сделал?

Шофер задумался, но ненадолго.

— Поехал бы путешествовать по всему миру с друзьями... Прогулял бы.

— А если бы остались?

— Поехал бы в Монте-Карло, в казино. Рискнул бы... Потрясающее чувство, когда рулетка крутится, а ты ждешь.

— А ты играл?

— Нет. Но мечтаю.

— А если проиграешь?

— Ничего. Зато будет что вспомнить.

В микроавтобус ввалилась шумная компания молодых людей. Расселись. Все места оказались заняты и даже не хватило. Одна девушка села на колени рослому парню.

«Взяли бы меня с собой, — подумал Костя. — Я бы им попел».

На него никто не обратил внимания.

Машина тронулась. Костя сдвинулся к самому окну, смотрел в стекло и думал, что между находкой денег и потерей Кати есть какая-то связь. Если судьба дает, то она и забирает. Судьба расчетлива. А может, это не расчет, а справедливость. Не должно быть — одним все, другим — ничего.

Костя сошел на своей остановке.

За ним увязалась крупная собака. Ей надоело быть бездомной и бродячей. Собака хотела хозяина. Костя шел безучастный, и было непонятно: согласен он на хозяина или нет.

Прогулял... Проиграл...

Шофер согласен жить одним днем. Предпочитает не заглядывать далеко вперед. Если заглянуть ОЧЕНЬ далеко, то можно увидеть хвост кобылы, везущей за собой чей-то гроб... Где-то Костя это читал.

Теща — наоборот, просчитывает на десять лет вперед. На пятьдесят лет вперед, как будто собирается жить вечно. Как ворона. Но у нее — потомство. В этом дело. Срабатывает закон сохранения потомства.

А Катя — просчитывает все: настоящее и будущее — и позволяет себе зигзаг в сторону. Но ненадолго. В кино это называется «отвлечение от сюжета внутри сюжета». «Меня оправдывают чувства, — вспомнил Костя. — А мозги для чего?»

Собака отстала, как бы махнула рукой. Она была готова к хорошему и плохому в равной степени.

Подходя к дому, Костя увидел, что возле забора кто-то ковыряется.

Влад стоял с лопатой и долбил мерзлую землю. Подрывал столб, чтобы поставить забор на место. Он решил сам выполнить работу и взять себе деньги.

Костя остановился. Ему было совершенно безразлично, как будет стоять забор. Он спросил:

— У тебя выпить есть?

— Пошли, — коротко отреагировал Влад.

В доме у Влада было тепло. Вот главное, подумал Костя, тепло. Физическое и душевное.

Разделись, прошли на кухню.

Влад поставил на пол пластмассовую канистру и стал переливать коньяк в трехлитровую банку.

— А его можно пить? — усомнился Костя.

— Я сам не пью, но работяги хвалят. Пока все живы, никто не отравился.

Влад достал из холодильника картошку в мундире и квашеную капусту.

— Кто это коньяк капустой закусывает? — осудил Костя.

— В капусте витамины. Я всю зиму капусту ем.

Влад ловко почистил картошку, полил капусту подсолнечным маслом. Запахло подсолнухом.

Влад налил Косте в стакан, как работяге.

— А жена где? — поинтересовался Костя.

— В санатории.

— Болеет?

— Почему болеет? Здоровая как лошадь.

— А в санаторий зачем?

— Для профилактики. Чтобы не заболела. За женой тоже надо следить, как за лошадью. Даже больше.

— А ты лошадей любишь? — догадался Костя.

— Я все детство в Туркмении провел. У бабки жил. Меня бабка любила. Хорошее было время.

— Да, — согласился Костя. — Меня тоже бабушка любила.

— Давай выпьем. — Влад налил и себе.

— Ты же не пьешь...

— А что со мной случится?

Костя выпил. В груди разлился целебный жар.

— А твоя бабка была туркменка? — спросил Костя.

— Почему туркменка? Русская. Просто там жила. Во время войны эвакуировались и остались.

Влад достал из холодильника копченое сало.

— Хохлы любят сало, а евреи не едят. И мусульмане не едят, — заметил Костя. — Свинья грязная.

— Свинья умная, — поправил Влад. — И евреи умные. Евреи правильно относятся к женам. Делают что хотят, а о женах заботятся.

— У каждой нации свои приоритеты, — сказал Костя. — Айсоры — лучшие чистильщики ботинок.

— Айсоры — это кто? — не понял Влад.

— Ассирийцы. Помнишь, был такой ассирийский царь?

— Вот за него и выпьем!

Костя выпил полстакана. Он хотел растворить в коньячном спирте свою тоску по Кате и смутный страх, связанный с Азнавуром. Любовь и Смерть — два конца одной палки. А Костя — посредине.

— Если бы у тебя были деньги, что бы ты с ними сделал? — спросил Костя.

— Я бы отдал долги, — мрачно ответил Влад.

— А остальные?

— И остальные отдал.

— У тебя большие долги?

— Я взял под процент. Думал, быстро раскручусь. И не раскрутился. А они включили счетчик. Теперь каждый день накручивается...

— И что делать?

— Откуда я знаю...

— А ты с ними поговори. Объясни.

— Наивный ты человек... Я каждый день живу за свой счет.

— Это как?

— Каждый день — подарок. Ну ладно... — Влад тряхнул головой. — А твоя баба где?

— А что? — насторожился Костя.

— Да ничего... Я видел однажды, как она расчесывает волосы на крыльце...

«Может, дать ему в долг? — подумал Костя. — Влад, конечно, возьмет. И кинет. Не потому, что бандит. А потому, что не сможет вернуть. Это ясно».

— Когда она приезжает, я смотрю в ваше окно. Там свет горит, тени двигаются... — мечтательно проговорил Влад.

Костя выпил еще и прислушался к себе. Бочковой коньяк не только не растворил образ Кати, а, наоборот, сделал его отчетливым. Стереоскопичным. Он увидел Катю — босую на снегу. Она стояла на крыльце и расчесывала волосы.

«Я схожу с ума», — подумал Костя.

* * *

Катя стояла перед дачей босая. Она исповедовала учение Порфирия Иванова, обливалась водой и ходила босиком по земле в любую погоду.

Костя не понял, как он оказался перед старухиной дачей? Видимо, он ушел от Влада. А Влад где? Должно быть, остался в своем доме.

— Проходи, — велела Катя.

Костя вошел в дом и включил свет.

— Не надо... — Катя повернула выключатель. — Так лучше...

В окно проникал свет от луны. Катя стояла босая, как колдунья, лесная девушка.

— Ты правда здесь? — проверил Костя.

— Правда.

— А зачем ты приехала?

— К тебе.

— Из-за денег?

— Да...

Косте было все равно, из-за чего она приехала. Если пароход тонет, а человек спасается, то какая разница — что его спасло. Главное — жив.

— Я позвонила Валерке, сказала: приезжай, харчи есть. Он деньги «харчами» называет.

— А Валерка кто?

— Исполнительный директор. Приехал, скинул деньги в целлофановый пакет, как мандарины. Я вдруг так испугалась... Я поняла, что деньги для меня ничего не значат. Вернее, значат гораздо меньше, чем я думала. Любовь главнее бизнеса, главнее любой деятельности вообще. Я так испугалась... Я сказала Валерке: отвези меня на дачу. Он отвез.

— А твоя машина где?

— Она сломалась. Старая. Ей уже пять лет.

— Завтра я куплю тебе новую. Какую ты хочешь...

— Откуда у тебя деньги?

— Потом расскажу.

— Ты дрожишь, — заметила Катя. — Пойдем...

Они вошли в спальню. Костя стоял стеклянный от коньяка. Катя стала раздевать его, снимала по очереди одежду и бросала тут же, на пол.

202

— Знаешь, в чем разница между твоими деньгами и моими? — спросил Костя. — Мои деньги не работают. Я их никогда не повторю. Это разовый эффект, как фейерверк.

— Какой ты милый, когда пьяный...

Они легли в кровать. Катины ноги были холодными. Костя стал их греть своими ногами.

— У тебя еще остались деньги? — спросила Катя.

— Двести пятьдесят тысяч, — отчитался Костя. — Я хочу достроить дом и купить машины.

— Никакого дома, — категорически запретила Катя. — Вложишь в издательство. Мы будем издавать иллюстрированные журналы. Современная живопись. И художественная фотография. Если бы ты знал, какие сейчас мастера фотографии... Просто документальная живопись. Их надо продвигать и раскручивать.

— А кому это нужнее — им или нам?

— Ты уже говоришь как бизнесмен. Молодец. Если хочешь, мы внесем твое имя в название издательства...

Костя тихо и медленно ее целовал.

— Твоя фамилия Чернов, моя — Тимохина. Вместе получается «Черти». Хочешь «Черти»? Очень мило...

— Никаких чертей. Пусть будет «Стрелец».

Катя промолчала. Она заводилась от его ласк, ей не хватало дыхания. Она билась в его руках, как большая рыба. Он был благодарен ей за то, что она так сильно чувствует.

— Трещит... — вдруг проговорила Катя, открыв глаза.

Костя не мог остановиться. В такие моменты остановиться невозможно. Но Катя выскользнула из его рук, подошла к окну. Косте ничего не оставалось, как подойти и встать рядом.

Дом Влада стоял темный в темноте, оттуда доносился редкий треск, как будто стреляли. И вдруг, прямо на глазах, — дом вспыхнул весь и огонь устремился в небо. Ветра не было. Через десять примерно минут дом рухнул, превратившись в светящийся муравейник.

— Обошлось, — выдохнула Катя. Она боялась, что пожар перекинется на их дом. Но обошлось.

— А соседа тебе не жалко? — спросил Костя.

— Он бы нас не пожалел, — ответила Катя и вернулась в кровать. — Иди сюда... — позвала она.

Костя лег рядом. Катя ждала продолжения, но Костя не хотел уже ничего. Он чувствовал себя парализованным, как тогда, при первом их посещении. Но тогда он просто испугался. А сейчас было другое. Случилось то, чего нельзя поправить.

Все имеет свой золотой запас. Деньги оплачиваются трудом. Большие деньги — большим трудом. На это уходит жизнь. Костя получил быстро и даром и подложил чужую жизнь. Он рассчитался с Владом, который, по сути, Вовка-морковка, спереди веревка...

Катя тянулась к нему с ласками. Косте казалось, что между ними лежит мертвый Влад, и так будет каждую ночь. И вальсировать теперь тоже придется в обнимку с обгорелым трупом...

Костя торопливо спустился на первый этаж, вытащил из кармана молитвенник. Осветил фонариком.

— «Отче наш... — прочитал Костя. — Иже еси на небесех».

— Как торжественно... На небесех...

В окно постучали.

«За мной», — понял Костя. Накинул дубленку на голое тело, вышел босиком. Холод обжег ноги, но все познается в сравнении. Страх обжигает сильнее.

Светила полная луна. Под луной стоял Влад в спортивном костюме.

Костя онемел. Он почему-то соединил молитву и Влада. Он помолился, и вот — Влад.

— Видал? — спросил Влад, кивая на светящийся муравейник.

— А кто это? — спросил Костя. Хотел добавить — твои или мои? Но сдержался.

— Не буду я тут больше жить, — мрачно сказал Влад. — Купи у меня землю. Я по дешевке отдам.

Костя сунул руку в карман дубленки и достал начатую пачку.

— Сколько тут? — спросил Влад.

— Восемь.

— Ладно. На первое время хватит. Тридцать за тобой... Отдашь, когда будут. — Влад перетряхнул плечами. — У меня там все сгорело. Я деньги под полом держал. Никогда не держи деньги под полом.

— Хорошо, — сказал Костя. В этот момент он почти любил Влада, но скрывал свои чувства. Влад снял с него тяжесть, равную колесу от вагона: колесо на груди не расплющит, но и дышать не даст. Влад снял колесо. Чистый воздух хлестал в грудь.

— Дай мне твой тулуп, до города доехать, — попросил Влад.

Костя снял с себя дубленку, но холода не почувствовал.

— А как ты уцелел? — спросил Костя.

— Что я, дурак? У меня веревочная лестница была. Тоже сгорела. С-суки...

Влад плюнул и пошел своей вьющейся походкой, как будто хотел по малой нужде.

Костя стоял голый, как Адам в первый день творения. Он поднял лицо к небу и проговорил:

— Господи, Отче наш, иже еси на небесех...

На небесах Бога нет. А на небесех — есть.

II

Прошел год.

Издательство «Стрелец» набирало обороты. Катя сказала: «Никто не будет обслуживать твои деньги. Крутись сам». И Костя крутился, но это был уже другой вальс.

Жили врозь, как и раньше. Катя говорила, что это сохраняет и усиливает любовь. Но Костя понимал, что Катя не хочет менять основной сюжет.

Его часто мучил один и тот же сон: как будто он убегает, а за ним гонятся. Сердце обмирало от апокалипсического ужаса. Костя просыпался от сердцебиения. Обнаружив себя в собственной постели, радовался спасению. Понимал: это подсознание выдавливает страх.

Креститься Костя так и не собрался. Жил без ангела-хранителя. И очень зря. Однажды в полночь, когда Костя просматривал ночные новости, раздался стук в дверь. Стук был осторожный, но какой-то подлый, вкрадчивый.

Костя открыл дверь. Перед ним стоял незнакомый тип в норковой шапке и спортивной куртке.

— Узнаешь? — поинтересовался он.

Костя вгляделся и вдруг узнал: это был тот самый парень, который летел, как снаряд, вбросил рюкзак и просвистел мимо. Было невозможно себе представить, что он смог увидеть, а тем более запомнить Костю на такой скорости.

— Привет, — спокойно сказал Костя. Он не испугался. Более того, он обрадовался, что все наконец кончилось. Он устал бояться.

— Деньги, — коротко сказал Снаряд.

— Денег нет, — так же коротко ответил Костя. — Ты бы еще через десять лет пришел...

Они молча, изучающе смотрели друг на друга. Косте захотелось спросить: как ты меня нашел? Но это был бы праздный вопрос. Какая разница — как? Нашел, и все.

— Даю три дня. Чтобы деньги были, — сообщил Снаряд.

— А иначе ты меня убьешь? — спросил Костя.

— Какая польза от трупа... Если не заплатишь, отработаешь.

— Как?

— Это мы тебе скажем.

Снаряд повернулся и пошел. Костя увидел, как он перемахнул через забор. И стало тихо.

Он сказал «мы». Значит, входит в криминальное сообщество. Придется противостоять целому сообществу, что совершенно бессмысленно.

Косте хотелось бы проснуться, но это была явь. Он стоял и ничего не чувствовал, как после удара. Он знал, что боль наступит позже.

Рано утром Костя звонил в дверь жены. За его спиной висела пустая спортивная сумка.

Открыла теща. Ее круглые голубые глаза стали еще круглее. У тещи и жены были одинаковые глаза, и эти же глаза перекочевали на лицо сына и делали его похожим на пастушка.

Костя понимал, что предает эти общие глаза, и не мог выговорить ни одного слова. Только пошевелил губами. От бессонной ночи у него горел затылок, слегка подташнивало.

— Заходи, — велела теща.

Костя прошел в комнату и сел не раздеваясь.

— Щас, — сказала теща и скрылась.

Она появилась с целлофановым пакетом, на котором было написано «Мальборо». Положила пакет на стол и стала вытаскивать из него старые шерстяные носки. Пыль от носок бешено клубилась в солнечном луче.

В какой-то момент теща перестала вытаскивать и подвинула пакет Косте.

— Здесь триста тысяч, — сказала она. — Двадцать мы потратили.

Костя смотрел на тещу. Она все понимала без слов.

— Никогда хорошо не жили, нечего и начинать, — философски заключила теща.

Костя опустил голову. Никогда он не чувствовал себя таким раздавленным. Если бы теща упрекала, уязвляла, скандалила, ему было бы легче.

Из ванной комнаты вышла жена. На ее голове был тюрбан из полотенца. Жена тут же поняла, ее глаза испуганно вздрогнули.

— Приходили? — торопливо спросила жена.

Костя кивнул.

— Хорошо, что Вадика не украли.

— А где Вадик? — испугался Костя.

— Спит, где же еще... Отдай эти деньги. Ну их к черту... Сын важнее денег.

— И отец важнее денег, — добавила теща.

— Какой отец? — не понял Костя.

— Ты... Какой еще отец у Вадика? Лучше бедный, но живой, чем богатый и мертвый.

— Перестаньте! — Жена подошла и обняла Костю.

Костя заплакал. Ему казалось, что со слезами из него выходит вся горечь.

На улице пахло весной и снегом. Утренний воздух был чистым даже в городе. Косте казалось, что все люди в домах и вокруг — тоже чистые, уставшие дети. А теща — уставшая девочка, которая много плакала. Все ее недостатки — это реакция на жизнь и приспособления, чтобы выжить. Как веревочная лестница при горящем доме. По ней и лезть неудобно, а приходится.

Людские недостатки — как пена на пиве. А сдуешь — и откроется настоящая утоляющая влага, светящаяся, как янтарь.

Миша Ушаков оказался на работе. Открыла его жена Сильва, с ведром и тряпкой.

— Хорошая примета — полное ведро, — отметил Костя.

— Это если из колодца, — уточнила Сильва.

Народная примета подразумевала чистую колодезную воду, а не ту, что в ведре — с хлоркой и стиральным порошком.

— Миша велел тебя найти, — сообщила Сильва. — А откуда я знаю, где тебя искать. Жена сказала, что тебя нет и не будет. Я Мише говорю: сам объявится...

— А зачем он меня искал?

— Он тебе деньги оставил.

— А ему что, не понадобились? — бесстрастно спросил Костя, хотя в нем все вздрогнуло от радости. Не надо просить, объяснять, унижаться. Нет ничего тошнотворнее, чем клянчить. Даже свое.

— Харитонов открыл финансирование, — объяснила Сильва.

— Что это с ним?

— Смена правительства, смена курса, — объяснила Сильва. — Зайдешь?

— Спасибо, я спешу.

Сильва принесла деньги, завернутые в газету.

— Харитонов сам позвонил, — добавила она. — Представляешь?

— Не очень.

— Хочется верить, что все изменится. Мы так устали от пренебрежения...

Сильва любила отслеживать униженных и оскорбленных, к коим относила и себя. Ее унижение происходило не на государственном уровне, а на сугубо личном. Она была на пятнадцать лет старше Миши и тем самым без вины виновата. Они поженились, когда Мише было двадцать пять лет, а ей сорок. Тогда это выглядело неплохо. Оба красивые, оба в цвету. Сейчас Мише сорок, а Сильве пятьдесят пять. Разница вылезла. Сильва замечала легкое пренебрежение Мишиных ровесников. Она чувствовала себя как собака, которая забежала на чужой двор. Все время ждала, что ее прогонят палками. Полностью зависела от Мишиного благородства. Сильва отрабатывала свою разницу, но сколько бы ни бегала с ведром и тряпкой, она не могла смыть этих пятнадцати лет.

Костя смотрел на ее фигуру, оплывшую, как мыльница, и думал: а зачем ей это надо? Бросила бы Мишу, вышла за ровесника и старела бы себе в удовольствие. Не напрягалась бы... Разве не лучше остаться одной, чем жить так? Наверное, не лучше. Но и такая жизнь — все равно что ходить в туфлях на два размера меньше. Каждый шаг — мучение.

— Как мама? — спросил Костя, в основном из вежливости.

— Хорошо. Смотрит телевизор. Ест семгу. Читает... — Сильва помолчала, потом добавила: — Мне иногда хочется выброситься из окна...

Косте не хотелось говорить пустых, дежурных слов. Но надо было что-то сказать.

— Ты хорошо выглядишь, — соврал Костя. — Почти совсем не изменилась.

— Да? — Сильва удивилась, но поверила. Ее лицо просветлело. Сильве на самом деле не хватало сочувствия. Она устала от пренебрежения, как вся страна.

— Мне бы скинуть десять лет и десять килограммов, — помечтала Сильва.

«Тогда почему не двадцать?» — подумал Костя, но вслух не озвучил. В его сумке лежала половина долга. Еще треть он возьмет у Кати. И можно спокойно ждать, когда появится Снаряд. Интересно, а с него можно сдуть пену? Или он весь — одна сплошная пена, до самого дна...

Костя подъехал к издательству «Стрелец».

В издательстве шел ремонт, однако работа не прекращалась. Все сотрудники сгрудились в одной комнате, друг у друга на голове. Секретарша Анечка натренированным голоском отвечала по телефону. Редакторша Зоя отвергала чьи-то фотографии с наслаждением садиста. Костя подумал: если она потеряет работу в издательстве, то может устроиться ресторанным вышибалой. Ей нравится вышибать.

Исполнительный директор говорил по телефону. За одну минуту текста он произнес тридцать пять раз «как бы» — слово-паразит интеллигенции девяностых годов.

В помещении воняло краской. У рабочих были спокойные, сосредоточенные лица в отличие от работников умственного труда. У рабочих не было компьютерной речи, они выражались просто и ясно. И когда употребляли безликий мат, было совершенно ясно, что они хотят сказать. Костя заметил, что в мате — очень сильная энергетика, поэтому им так широко пользуются. Как водкой. В водке тоже сильная энергетика.

У рабочих было точное представление: что надо сделать, к какому числу, сколько получить. Что, Когда и Сколько. И этой определенностью они выгодно отличались от интеллигенции, плавающей в сомнениях.

Катя сидела за столом возле окна и беседовала с двумя оптовиками. Один из них был бородатый, другой косой.

Оптовики скупают весь тираж, как азербайджанские перекупщики скупают овощи. А потом везут по городам и весям. У них это называется: по регионам. В ходу такие термины: крышка, наполнитель, как будто речь идет о маринованных огурцах. А оказывается, крышка — это обложка, а наполнитель — то, что в книге. Рембрандт, например.

Рядом с оптовиками стояли люди из типографии. Типография «Стрельца» располагалась в Туле.

Катя сидела, сложив руки на столе, как школьница-отличница. Она знала: сколько и почем, поэтому ее нельзя было надуть. Эта уверенность висела в воздухе. Здоровые мужчины ей подчинялись. И подчинение тоже висело в воздухе.

Костя не мог вникнуть в работу, поскольку его мозги были направлены в прямо противоположную сторону. Он нервничал.

Катя подошла к нему, спросила:

— Ты чего?

В том, что она не подозвала его к столу, а подошла сама, проглядывалось отдельное отношение.

— Мне нужны деньги, — тихо сказал Костя. — Четыреста тысяч. За ними придут завтра.

— Четыреста тысяч чего? — не поняла Катя.

— Долларов. Моя доля меньше. Но ты дай мне в долг.

— Это невероятно, — так же тихо сказала Катя. — Все деньги в деле.

— Но они меня убьют. Или заставят убивать.

— Деньги в деле, — повторила Катя. — И если вытащить их из дела, надо закрываться.

— Или дело, или я, — сказал Костя.

— Даже если я сегодня закроюсь, деньги придут через полгода. Ты странный...

Катя с раздражением смотрела на Костю. Издательство — это ее детище, духовный ребенок. А Костя — это ее мужчина. Ребенок главнее мужчины. Мужчину можно поменять в крайнем случае. А издательство, если его приостановить, — его тут же обойдут, сомнут, затопчут. Упасть легко, а вот подняться... Костя требовал невозможного.

— У тебя что, больше негде взять? — спросила Катя.

— Вас к телефону! — крикнула Анечка.

Катя с облегчением отошла. Взяла трубку. Голос ее был тихим. Когда Катя расстраивалась, у нее голос садился на связки.

Косой оптовик смотрел на Катю, чуть отвернув голову, — так, чтобы было удобно обоим глазам.

Катя отвернулась к окну, чтобы не видеть Костю, а заодно косого оптовика. Для нее они были равновелики. Тот и другой хотели денег, и вообще все мужчины мира хотели одного: денег, денег и опять денег, как будто в мире больше ничего не существует. И как будто их неоткуда выгрести, кроме как из Кати. Бухгалтерша Вера что-то тыркала в компьютере. Нужен был сильный бухгалтер — мужик. Но мужики больше воруют. И все в конечном счете снова упирается в деньги...

Костя смотрел в Катину спину. От спины шла радиация ненависти. Костя поднялся и вышел. Ему было жаль Катю. Ей была нужна поддержка, а какая из Кости поддержка...

О том, что она отдала его под пулю, Костя не думал. Ну отдала и отдала...

У каждого человека свои приоритеты. У жены — сын Вадик. У Сильвы — муж Миша. У Кати — издательство «Стрелец». А у Кости — собственная жизнь, никому не нужная, кроме него самого.

Костя взял такси и поехал на дачу.

Лес вдоль дороги был местами вырублен, торчали отдельные дома и целые поселки. Люди строились, как грачи. Вили гнезда. При советской власти это запрещалось. Живи где скажем и как разрешим. После падения социализма из человека вырвался основополагающий инстинкт, как песня из жаворонка. И эти дома — как застывшие трели.

Все дома напоминали партийные санатории из красного кирпича. Мечта коммуниста. Представление «совка» о прекрасном.

Костя поставил бы себе деревянный сруб из вековых архангельских сосен. Внутри он не стал бы обшивать вагонкой, а так и оставил бы полукруглые бока бревен, с паклей между ними. Это был бы натуральный дом, как у старообрядцев. Со ставнями.

Хотя какие ставни, какая пакля... Ему придется все срочно продавать, включая свою душу. Завтра явится Мефистофель в норковой шапке, и — здравствуй, нищета...

Вечером постучали.

«Он же завтра собирался», — подумал Костя и пошел отпирать. Открыл дверь без страха. Зачем Снаряду убивать его, не взяв деньги? Какая польза от трупа?

В дверях стоял Александр и держал в руках голубой пакет, на котором было написано: «Седьмой континент».

«Выпить, что ли, приехал...» — не понял Костя.

— Проходите, — пригласил Костя.

— Я ненадолго, — предупредил Александр, шагнув через порог. Снял шапку. Лысина была смуглой, Александр успел где-то загореть. Может быть, в Монтрё.

— Вот. — Александр протянул пакет. — Здесь ваша доля в издательстве. И сто тысяч, которые вы одолжили моей жене. Можете пересчитать.

Костя не принял пакета. Александр положил его на подоконник.

— Больше мы вам ничего не должны. И вы нам тоже ничего не должны. Ясно?

— В общих чертах, — сказал Костя. При этом он успел понять: Александр вовсе не какашка, и тем более не сладкая. И сегодняшнее время — это его время.

— Надеюсь, мы поняли друг друга... Честь имею.

Александр повернулся и пошел.

Костя стоял на месте как истукан. Ноги завязли, как во сне, огда хочешь бежать, но не можешь. Но это был не сон. Костя чнулся от оцепенения и рванул вперед. Догнал Александра воз- е калитки. Он хотел спросить: Александр сам приехал или его ослала Катя. Чья это идея?

За забором стояла машина. В ней сидела Катя. Увидев Кос- ю, она опустила стекло.

— Привет, — сказал Костя растерянно.

— Привет, — отозвалась Катя и включила зажигание.

Александр сел в машину и крепко хлопнул дверью. Этот лопок прозвучал как выстрел.

Машина фыркнула и ушла. Вот и все.

Костя вышел на дорогу. Снегу навалило столько, что ело- ые ветки гнулись под тяжестью. Красота — как в берендеевом есу. Серьга месяца, промытые хрустальные звезды. Природа о-пушкински равнодушна, и вообще равнодушна к человече- ким страстям. Вот и все. Красота и пустота.

Прошла кошка с черным пятном на носу. В конце улицы тояла затрапезная машина.

Костя вернулся в дом и ссыпал все деньги на стол: из паке- а «Мальборо» и из пакета «Седьмой континент». Все пачки ыли одинаково перетянуты желтыми и розовыми резинками. андиты и бизнесмены одинаково пакуют деньги. Значит, биз- есмены — тоже немножечко бандиты. И наоборот. Бандиты — оже в какой-то мере бизнесмены.

Значит, миром правят ловкие, оборотистые, рисковые. А акие, как Костя — нормальные обыватели, не хватающие звезд неба, не выходящие из ряда вон, — должны довольствоваться ем, что остается от пирога. А от пирога ничего не остается. Даже рошек.

А Костя, между прочим, тоже нужен для чего-то. Иначе его е было бы в природе. Что же получается? Костя — лишний еловек. Как Онегин в свое время. Но у Онегина было состоя- ие. Он его проедал и мучился дурью. Бездельник, в сущности. трелец. Итак, Костя — лишний человек постсоциализма на убеже веков.

Деньги валялись на столе. Говорят, деньги не пахнут. А он[и] пахли чем-то лежалым. Тошнотворный запах. Костя откры[л] окно. Сел за стол и задумался, бессмысленно глядя на раскида[н]ные пачки. Завтра он их отдаст. И с чем останется? Кати — не[т]. Любви — нет. Работы — нет. И себя — тоже нет.

Что же есть? Долг в размере ста семидесяти тысяч. Дач[у] придется продать. Этого не хватит. Снаряд включит счетчик [—] десять процентов каждый месяц. Вот тогда Костя покрутит[ся], как собака за собственным хвостом.

Но с какой стати? Эта мысль ударила как молния и все ос[ве]тила. А почему надо отдавать дачу и деньги? А потом е[ще] крутиться в бесючке страха. Разве не проще оставить все себ[е,] перевести деньги под Сан-Франциско, как это сделала незнако[мая] красавица Сморода? К Александру он обращаться не будет. [А] хотя почему бы и не обратиться. Александр будет только счас[т]лив отправить Костю за океан...

Перевести деньги на счет старухиного сына. Потом самом[у] уехать к деньгам. Взять в аренду дом — там принято жить в арен[ду], — вызвать жену, сына и тещу. Никогда хорошо не жил[и,] почему бы и не начать... В их распоряжении весь глобус. Не по[?] нравится в Америке, можно переехать в Европу. Или на Куб[у,] например. Там круглый год лето. Можно танцевать вальс [по] всей планете.

Костя крепко запер дачу на все замки. Неизвестно, когда о[н] в нее вернется. Но вернется обязательно.

За два года дача столько видела и слышала... Она слыша[ла] любовные стоны, треск березовых чурок в камине, бормотани[е] телевизора, дыхание во сне, шуршание воды, да мало ли чего. Она видела отсветы пожара, Катю — босую на снегу и даже мо[?]лодого бандита в норковой шапке. Хотя вряд ли она его запом[?]нила...

Через три часа Костя вышел от старухи. В кармане лежал[и] реквизиты, написанные по-английски. Все очень просто: адре[с] банка, код и номер счета. И фамилия Петров, написанная по-ан[?]глийски, на конце две буквы «ф». Петрофф.

Костя остановил такси. Шофер медленно тронулся: движе-
е было перегруженным.

Костя хотел было задать свой вопрос про деньги, но пере-
мал. Зачем? Он и так знал, что с ними делать.

Вдруг Костя обратил внимание на белую «Ниву», которая
дленно шла за ними. Машина была грязная, затрапезная, где-
он ее видел... Но мало ли белых «Нив»... Они сейчас подеше-
ли, население охотно их покупает. Однако внутри Кости все
пряглось и натянулось.

Такси свернуло на Бережковскую набережную. Здесь все
чалось и кончится тоже здесь.

Белая «Нива» обошла его справа. В ней сидели двое: Сна-
д и еще один. Значит, они его пасли. Они предусмотрели то
стоятельство, что Костя захочет удрать с деньгами.

Костя не испытал никакой паники. Неожиданная ясность
устилась на его голову.

«Бежать, — сказала ясность. — Уносить ноги».

Костя выскочил из машины и побежал. Всю имеющуюся в
м энергию он сосредоточил на движении и развил такую ско-
сть, будто им выстрелили. Случайные прохожие шарахались
сторону, боясь столкнуться с массой, помноженной на уско-
ние.

Что-то мешало движению... Сумка на боку. На такой скорости
ло должно быть обтекаемым, как ракета, которая идет через плот-
е слои атмосферы. А сумка тормозила, гасила скорость.

Надо ее скинуть, но по-умному. Не выкинуть, а скинуть.

Впереди темнела раскрытая машина. Согбенный мужик
чал колесо. Костя метнул сумку в машину и пролетел мимо.
ужик ничего не понял и не отвлекся. Продолжал качать косо. Мало ли кто бегает по молодости лет...

Это не было похоже на сон. Во сне Костю охватывал ужас,
гда все цепенеет и залипает. А здесь — включилась четкая
ограмма самосохранения. Она гнала вперед и отдавала моз-
приказы: вперед, вправо, снова вперед, прячься... Костя уви-
л перед собой темное парадное. Заскочил в него, взбежал на
орой этаж. На втором этаже он влез на подоконник и прыг-
л вниз. Суставы спружинили. Он оказался на параллельной
ице.

215

Время было выиграно. Снаряд и еще один стояли, должн быть, во дворе и растерянно крутили головами. Куда подевался

Костя влился в толпу пешеходов. Толпа приняла его, раств рила.

Костя шел — уникальный и неповторимый среди таких ж уникальных и неповторимых. Свой среди своих. Он испытыва легкость в теле, как космонавт после перегрузок. Он был одн временно — и корабль, и космонавт.

А под ним Земля кружилась вокруг своей оси, медленно ритмично, совершала свой вечный вальс. Очень может быть, чт Большой взрыв случился в декабре. И земля тоже родилась по созвездием Стрельца.

Навстречу свободной походкой шел Азнавур. «Спокойно», приказал себе Костя, не изменил ни лица, ни маршрута. Шел ка шел. Когда поравнялись, услышал французскую речь. Это на с мом деле был Азнавур. В России шли его гастроли.

СЕВЕРНЫЙ ПРИЮТ

ПОВЕСТЬ В ДИАЛОГАХ

нженер-строитель Алексей Коржиков все врем мерз и хотел есть. Жена предложила сходить врачу: может быть, такое состояние — результа психического расстройства. Или сбой в энд кринной системе.

Врачи ничего не находили, говорили: практически здоро Даже поразительно для своих сорока лет. Сердце как у двадц тилетнего, и все остальные системы — тоже.

Любовница Алексея Нинка посоветовала не пользовать блатными врачами, а обратиться в районную поликлинику, п скольку блатные врачи за больного не отвечают. Их интерес ют только деньги. А районная поликлиника отвечает.

Алексей пошел к своему участковому врачу Кире Владимировне. Она оказалась молодая и въедливая, исследовала Коржикова рентгеном и ультразвуком, взяла биохимический анализ крови и просидела над ним всю ночь.

В шесть утра она еще не ложилась. Вошла ее мама — низенькая и широкая, как кабинетное пианино, и сказала недовольно:

— Ну что ты возишься с этим Коржиковым, Коврижкиным, подумаешь, инженер, кроссворды на работе решает. Работал бы в фирме «Заря», так его можно было бы позвать полы отциклевать...

— Икс, игрек, зет, один к двум... — задумчиво сказала Кира Владимировна, глядя в биохимический анализ.

— А что это такое? — спросила мама.

— Ген обреченности.

— Как? — переспросила мама.

— Это болезнь реликтового происхождения. От нее вымерли мамонты.

— А от чего вымерли мамонты?

— От несоответствия индивида и окружающей среды, — ответила Кира Владимировна.

— Это опасно?

— Это очень опасно. Ты видела хоть одного живого мамонта? Они вымерли все до одного.

— Бедный инженер, — посочувствовала мама.

— Он будет темой моей диссертации, — сказала Кира Владимировна. — Мое научное открытие.

— Лучше бы ты замуж выходила, чем диссертации писать, — посоветовала мама.

— Одно другому не мешает...

Кира Владимировна гибко потянулась, не вставая со стула. Жизнь обретала ясность и перспективу.

Алексей Коржиков, не подозревая, что является носителем редкого гена, сидел в кабинете своего Шефа по фамилии Комиссаржевский.

Перед Шефом лежал строительный проект Коржикова.

— В самолетах — это понятно, — сказал Шеф. — Не будет же говно лететь людям на головы. В самолетах нужны химические туалеты, они все растворяют. А в квартирах зачем?

— Такие дома можно ставить на пустующих землях, — объяснил Алексей. — Вода из скважины, туалеты химические. Не надо тащить коммуникации.

— Пустующие земли потому и пустуют, что там нет дорог, — сказал Шеф. — Не с вертолетов же строить твои дома.

— А вы возьмите и постройте дороги. Люди придут и будут жить. И осваивать земли.

— А вы садитесь на мое место и руководите, — предложил Шеф. — Давайте, вы на мое место, а я на ваше. Хотите?

— Нет. Не хочу, ни на свое, ни на ваше.

Зазвонил телефон. Шеф поднял трубку:

— Да. Кого? А почему вы его здесь ищете? У него свой телефон.

Видимо, там извинились.

— Подождите. Раз уж вы позвонили... — Шеф протянул трубку Алеше: — Вас.

— Меня? — удивился Алеша и поднес трубку к уху. — Да...

— Привет! — сказала Нинка, как мяукнула. У нее был голос капризной кошки, которую случайно и не очень больно защемили дверью.

— А я тебя ищу-ищу все утро, — сообщила Нинка.

— Да.

— Что «да»? Знаешь, зачем я тебя ищу? Чтобы сказать, что ты мне надоел.

— Да.

— Ты сегодня придешь?

Алеша молчит.

— Даже говорить не можешь. Как крепостной при барине.

— Да. — Алеша положил трубку.

Шеф внимательно на него посмотрел.

— Вы на машине? — спросил Шеф.

— Да.

— Очень хорошо. Съездите на Басманную и возьмите документацию. У нас курьер заболел.

Алеша и Нинка лежали в Нинкиной кровати. У Алексея было мало времени, следовало поторопиться с основным заня-

218

тием. Но Алексей не торопился, смотрел в потолок, что совершенно не соответствовало моменту.

— Им ничего не надо, — сказал Алексей. — Знаешь почему?

— Какой ты красивый, Алеша! Как Мцыри.

Нинка не могла отвести глаз от любимого лица.

— Потому что временщики, — продолжал Алексей. — Придут, наворуют и уйдут.

— Знаешь, за что я тебя люблю? — спросила Нинка.

— Царь оставлял страну своему сыну, поэтому он заботился о том, что он оставляет. А этим плевать, после нас хоть потоп.

— А тебе-то что? — спросила Нинка.

— То, что мы — соучастники.

— Почему это? Мы — честные люди. Ты — инженер, я — актриса. Мы — интеллигенция.

— Раз молчим, значит, соучастники.

— Да ладно. — Нинка обняла всем телом, руками и ногами. — Не бери в голову.

— Жизни жалко. Еще десять лет, и жизнь прошла...

— Я всегда буду любить тебя.

— За что?

— Сказать?

— Ну конечно.

— Если бы ты был тогда там...

— Когда? Где?

— Под горой Машук во время дуэли Лермонтова с Мартыновым, дуэли бы не было. Ты бы предотвратил.

— Ненормальная.

— Жаль, что тебя не было на той дуэли.

— Ничего, я успею на другую.

Алексей смотрит в потолок.

— Плюну на все и уеду на Северный приют.

— А что это за Северный приют? Тоже твой проект?

— Высоко в горах стоит домик с островерхой крышей. Утром выйдешь, воздух звенит от чистоты. Снеговые вершины искрятся на солнце, как сколотый сахар. Небо густо-синее, как на японских открытках. И кладбище альпинистов есть.

— Поехали...

— В этом домике останавливаются туристы, которые пешком идут на Северный перевал. Раньше, в древности, это была дорога к морю. Они идут маршрутом древних.

— А откуда ты все это знаешь?

— Я там инструктором работал в студенческие годы. Деньги зарабатывал, горы изучал.

— А горы изучают?

— Привет. Горы — это знаешь что? Аккумулятор влаги. Они на климат влияют и на людей.

— А почему ты там не остался?

— Из-за женщины. Женщину полюбил.

— А где она сейчас?

— Дома. Жена.

Нинка притихла.

— У меня есть мечта, — сказал Алексей. — Я хочу купить гору.

— Какую? — отозвалась Нинка.

— Казбек. Или Машук. Все равно.

— А зачем?

— Подняться выше облаков и смотреть.

— Ну, посмотрел, а дальше что?

— Ничего. Это остается в тебе навсегда. Ты потом по-другому живешь.

Нинка молчит.

— Ты думаешь, я сумасшедший? — спросил Алексей.

— Нет. Я чувствую в тебе эту высоту. Поэтому я тебя люблю.

Тянутся друг к другу.

— Ай! — вскрикивает Алеша. — Ты меня за волосы тянешь.

— Это волосы на кольцо намотались...

— Не трогай меня. У тебя вечно что-то случается: то в глаз пальцем ткнешь, то оцарапаешь.

Алексей встает и начинает одеваться.

— Ты уходишь? — упавшим голосом спрашивает Нинка.

— Не могу же я на Басманной торчать пять часов...

— Скажи, что попал в аварию.

— Дура.

— Ну хорошо, скажи своему Шефу, что ты был у любовницы. Он тебе поверит.

— Нина...

— Ну что «Нина». Забегаешь на сорок минут, как на бензоколонку. Лучше вообще не приходи. Или приходи на неделю.

— О чем ты говоришь? Какая неделя? Ты же знаешь: днем я на работе. Вечером дома.

— А ты возьми бюллетень. На работе скажешь, что заболел, а дома скажешь, что едешь в командировку.

Алеша раздумчиво:

— Да?

— Ну конечно! Тебя никто не хватится. Поживем спокойно. Как на Северном приюте.

Алеша стоит в нерешительности. На одной чаше весов — риск. На другой — счастье.

— У тебя ничего не болит? — спросила Нинка.

— Абсолютно. Я только все время мерзну и хочу есть.

— Это потому, что ты худой. Дефицит веса. Скажи, что у тебя радикулит. Это проверить невозможно. Скажешь: ни согнуться, ни разогнуться. Они тебе назначат уколы, форез. А ты не ходи. Проверять никто не будет. Кому мы нужны, кроме самих себя.

Чаша весов со счастьем стала медленно идти вниз.

— А ты не будешь занята эту неделю? — спросил Алеша.

— Я в простое. Наверное, в твоем строительстве, когда простаивает какой-нибудь кран, — это ЧП. Чрезвычайное происшествие. А тут простаивает целый человек. Пропадает даром моя красота. — Нинка задумчиво варит кофе. Наливает в чашку.

Алеша обнимает свою красивую Нинку. Она обливает его горячим кофе.

— Ой! — смущается Нинка. — Куртка...

— А, черт с ней...

Они стояли, обнявшись, как один ствол, переплетаясь руками-ветками.

В кабинете Киры Владимировны сидел рентгенолог Николай Алексеевич, за глаза Колька. Он был молод, носат и прогрессивен.

— Подумай сама: когда жили мамонты? — спросил Колька.

— В эпоху раннего плейстоцена, — ответила Кира Владимировна и включила в розетку электрический чайник.

— Правильно. А сейчас какой год?

— 1984-й после Рождества Христова.

— Правильно. А почему вымерли мамонты?

— Изменился климат. Изменилась флора. Им стало нечего есть. Очень просто.

— При чем тут твой инженер?

— Несоответствие индивида и окружающей среды. Ген обреченности.

— Это гипотеза, — возразил Колька.

— Ничего подобного. Недавно в Якутии в вечной мерзлоте нашли мамонтенка. Подробно обследовали и обнаружили этот ген: икс, игрек, зет, один к двум.

— Неужели ты думаешь, что от эпохи плейстоцена что-то сохранилось в наши дни?

— Папоротники, клопы и муравьи. Выжили те, кто приспособился.

— Интересно... — Колька почесал нос. — Муравьи работали, а клопы присосались.

Кира Владимировна выключила закипевший электрический чайник. Разлила чай по стаканам.

— А как ты собираешься его лечить? — спросил Колька.

— Приспособить индивид к окружающей среде.

— А если не приспособится? — спросил Колька.

— Значит, надо приспособить среду к индивиду. Пусть эмигрирует, пока не вымер.

— Он еврей?

— Нет, по-моему.

— Диссидент?

— Биологический диссидент.

В дверь постучали. Заглянул Алексей.

— Можно? — спросил он.

— Заходите, — отозвалась Кира Владимировна. — Хотите горячего чаю?

— Очень хочу, — признался Алексей. — Спасибо. У меня есть сушки. Я их все время грызу.

Алексей положил на стол пакет с сушками и сухарями.

Колька с интересом рассматривал Алексея.

— Как вы себя чувствуете? — спросила Кира Владимировна.

— У меня радикулит, — соврал Алексей. — Ни согнуться, ни разогнуться.

— Вы с кем живете? — спросил Колька.

— С женой. А что? — насторожился Алексей.

— А дети у вас есть?

— Есть. Дочь.

— Ну вот видишь, размножается, — отметил Колька, глядя на Киру Владимировну.

— Садитесь, — пригласила Кира Владимировна.

Алексей присел к столу, начал пить чай, грея руки о стакан.

— Вы где работаете? — спросил Колька.

— Мы проектируем строительство.

— А вы конкретно чем занимаетесь?

— Я придумал автономные дома, без коммуникаций. Батареи от солнца. Можно построить Белые города.

— Я это где-то читала, кажется, у Алексея Толстого: голубые города.

— Алексей Толстой, между прочим, впервые выдумал лазерный луч. В повести «Гиперболоид инженера Гарина». Это был плод его фантазии. А сейчас этот луч незаменим в науке и медицине.

— Вас поддерживают? — спросил Колька.

— Нет. Мои Белые города никому не нужны. Только мне.

— А любовница у вас есть? — вдруг спросил Колька.

Алексей покраснел и приблизил лицо к стакану.

— Не смущайтесь, — сказала Кира Владимировна. — Это мы не запишем в историю болезни.

Алексей молчал, грыз сухарь.

— А она тянет вас из семьи? — спросил Колька.

— Нет, — ответил Алексей.

— Ее устраивает статус любовницы?

— Не думаю, — ответил Алексей.

— Сколько вы зарабатываете?

— Сто восемьдесят рублей.

— Вам хватает?

— Нет.

— А как вы выкручиваетесь?

— Жена работает.

— Все ясно, — сказал Колька.

— Я попрошу вас пригласить ко мне вашу жену, — сказала Кира Владимировна.

— Зачем? — испугался Алексей.

— Небольшая формальность, — успокоила Кира Владимировна и посмотрела на часы. — Если сможет, пусть подойдет в течение часа.

— А бюллетень дадите? — настороженно поинтересовался Алексей.

— Ну конечно.

— На неделю, — уточнил Алексей и показал на пальцах семь дней.

— Можно и больше.

— Больше не надо, — благородно отказался Коржиков. — У меня дела, которые за меня никто не сделает.

— Это наше с вами заблуждение, — вставил Колька. — Все сделают и без нас. Всех нас можно заменить и подменить другими.

— Другие — это уже другие. А мы — это мы, — не согласился Алексей и поднялся.

Он попрощался и вышел за дверь.

Кира Владимировна и Колька молчали какое-то время.

— Никакой обреченности в нем нет, — заключил Колька. — Для стовосьмидесятирублевого инженера он неплохо приспособился. Жена работает. Любовница терпит. Белые города — это комплекс непонятого гения.

— Материальная неудовлетворенность. Гиперсексуальность. Отсутствие творческой реализации. Не приспособится. Вымрет.

Кира Владимировна стала молча пить чай и так же, как Коржиков, грела руки о стакан.

Лена Коржикова, жена Алексея, обожала цветы, и ее квартира была похожа на зимний сад: цветы в горшках и горшочках, фикус в кадке и даже маленькая пальма с шерстяным стволом.

Сама Лена тоже походила на нежный цветок: бледная блондинка с тонкими руками и тихим голосом.

В данную минуту она сидела за машинкой и печатала одним пальцем. Диктовала себе:

— Условия квалификационного соответствия...

Дочь Наташа, пятнадцатилетняя девушка, слушала Челентано. Наташа любила мерить купальники и ходить в них под музыку. Может быть, она готовилась к конкурсу на фотомодель.

Наташа поет вместе с Челентано. У них вместе получается просто замечательно.

— Кайф, правда?

— Поди проверь жаркое, — предложила Лена.

— Щас. Представляешь, ко мне Ленка Харлампьева подходит и говорит: «Какое ты имеешь право любить Сорокина, если я уже его первая полюбила. Я его давно люблю». Я говорю: «Когда это ты успела его полюбить, если он в третьем классе уехал с родителями в Бельгию, а вернулся только в этом году?» А она мне: «Вот в третьем классе я его и полюбила». Представляешь? Идиотка.

— Все у тебя психи и идиоты, одна ты хорошая.

— Не знаю, хорошая я или нет, но все вокруг действительно психи ненормальные.

— По-моему, горит, — предположила Лена.

— А Сорокин мне сказал: «Исполнится восемнадцать лет — поженимся». Я с его родителями буду жить.

— У его мамаши шапочка из перьев. А папаша — вообще мордоворот, — прокомментировала Лена.

— Откуда ты знаешь?

— На классном собрании видела. Лысый. Нос, как клубника. Сорок лет, а выглядит на шестьдесят. Вон наш папочка — как мальчик.

— Ответственная работа делает ответственную внешность, — защищает Наташа своего будущего свекра.

Появляется Алексей:

— По-моему, чем-то пахнет.

— В духовке обед пропадает, — спокойно доложила Наташа.

Алексей отвешивает дочери подзатыльник. Она живо выходит на кухню. Он неодобрительно смотрит ей вслед.

— А я третью главу закончила печатать, — доложила Лена. — С семи утра сижу. Спина затекла.

— Напрасно ты эту главу перепечатала. Шеф сегодня все зарубил.

— Боже мой... Это не кончится никогда. Это какая-то прорва!

— Значит, так... Быстро одевайся и беги в поликлинику. Кабинет 24. На третьем этаже. Возьмешь мой бюллетень. На неделю.

— Ты болен?

— Да. Радикулит. Ни согнуться, ни разогнуться.

— По-моему, ты прекрасно сгибаешься и разгибаешься.

— Некогда. Беги быстрей. А то она уйдет.

— Ничего не понимаю: почему я должна идти к врачу, если ты болен?

— Так надо.

— Дом на мне. Студенты на мне. Твоя диссертация на мне. Так еще и твой радикулит на мне.

— Она сказала: в течение часа, а уже прошло сорок минут. Здесь еще ходу пятнадцать минут.

— Но у меня обед на огне.

— А эта корова на что?

— Это не корова, а девушка.

Лена набрасывает пальто. Уходит.

Появляется Наташа, в халате поверх купальника.

— Что ты получила по истории? — строго спросил Алексей.

— Ничего. Меня не спрашивали.

— А ну покажи дневник.

— Я его в школе забыла.

Алеша находит портфель. Достает оттуда дневник:

— Вот он.

Наташа опускает голову, нервно кусает губы. Рыдает. Входит Лена:

— Ну что, опять гражданская война?

— Заявляю официально: твоя дочь тупица и врунья!

Протягивает Лене дневник с двойкой.

— Что за манера унижать? — заступается Лена.

— Это не унижение, а объективная реальность. Чтобы выучить историю, не надо никаких специальных способностей. Надо только сесть и выучить. И больше ничего. А за вранье я не буду тебя бить. Я буду тебя убивать. Поняла?

Наташа рыдает во всю силу души и тела.

— Алексей... — пытается остановить Лена.

226

Коржиков всем корпусом оборачивается к жене, совершенно забыв о том, что ему ни согнуться, ни разогнуться.

— Вот к чему приводит твоя демократия! У них практика — ты освобождаешь ее от практики. Все должны таскать в библиотеке книги, а она не должна. Ей тяжело. Отдаешь ей свою дубленку, сама всю зиму ходишь в лыжной куртке. Все — пыль населения, а она звезда в тумане. Подожди, она начнет курить, а ты умиляться и говорить, что это патология одаренности.

— А ты держишь ее под плетью, как раба. Нарабатываешь в ней комплексы неполноценности.

Чувствуя поддержку одной из сторон, Наташа рыдает с упоением.

— Поди к себе в комнату, — распоряжается Лена. — Поди и подумай.

— «Поди и подумай», — передразнивает Алексей. — Английское воспитание. Англичанка. Взять бы сейчас ремень и высечь. Чтобы сесть не могла. Не хочет учиться из любви к знаниям, пусть учится из страха. Но учится! У нее же ни к чему нет никакого интереса. Никого не любит. Ничего не делает. И выражение лица, как у мизантропа.

— Алеша... — тихо, вкрадчиво окликает Лена.

— Ну что «Алеша»?

— Она же в тебя, — тихо, как по секрету говорит Лена. — Что ты от нее хочешь?

— Я не хочу, чтобы она была в меня. Я себе не нравлюсь. Я себя терпеть не могу. Поразительно. Она взяла все худшее от тебя и все худшее от меня.

— А получилось замечательно.

— Вот и говори с тобой... Зачем тебя врачиха вызывала?

— Да ну ее! И кого набирают? Кого выпускают? Врач, называется...

— А в чем дело?

— Да ну... Идиотка законченная. Представляешь, сказала, что у тебя синдром мамонта и ты должен вымереть. Не умереть, а вымереть.

— А бюллетень дала?

Лена достает и протягивает Алеше синенький листок. Тот разглядывает.

— На две недели! Здорово! Значит, сегодня вечером я выезжаю на объект!

— На какой объект? Куда? — Лена вытаращивает и без того большие глаза.

— Не могу сказать. Это секретно. Военное строительство.

— Ты же штатский.

— Но я строитель.

— Ты же болен. У тебя бюллетень.

— Это не имеет значения: болен, здоров. Приказ есть приказ.

— А почему ты мне ничего раньше не сказал?

— А я раньше и сам не знал.

— Я дам тебе с собой копченую колбасу и консервы.

Лена лезет на антресоли. Достает чемодан.

На пол падает пыльный Дед Мороз.

Алексей лежал на Нинкином диване и смотрел в потолок.

— Хочешь есть? — спросила Нинка.

— Хочу.

— А тебя что, дома не покормили?

— Покормили. Но я опять хочу.

— А что ты ел?

— Борщ, жаркое и компот.

— Вегетарианский? — уточнила Нинка.

— Компот — вегетарианский. А борщ — мясной.

— Почему же ты голодный?

— А тебе что, жалко?

— Мне не жалко, но странно... Ты ешь один раз в день: с утра до вечера. И все равно худой. Куда это все девается? Как в дырявый мешок.

— Странно, — проговорил Алексей. — Почему она так сказала?

— Кто? — не поняла Нинка.

— Врач. Она сказала, что я должен вымереть, как мамонт.

— Пошутила, наверное... А может, кадрила. Ты ей понравился.

Нинка принесла из кухни глубокую тарелку спагетти, заправленных сыром и томатным соусом.

Алексей начал есть.

— Вкусно? — спросила Нинка. — Я так люблю смотреть, как ты ешь. У тебя уши ходят. Какой ты милый...

— А жену мою зачем вызывала? Когда кадрят, жен не вызывают...

— Давай родим ребеночка. Мальчика. Я назову его Алеша и никому не отдам. Ты приходишь и уходишь, а он будет со мной всегда.

— И бюллетень дала на две недели. И какую-то бумажку с направлением. Чего она мне бюллетень на пятнадцать дней выписала?

— Перестань анализировать. Как сказала моя подруга Мара: «Судьба — она не глупее нас». Судьба хочет, чтобы мы с тобой две недели были вместе.

Алеша встал. Ходит из угла в угол.

Нинка включила телевизор.

— Орлова... — узнала Нинка. — Посмотри, какая современная красота. Ее тип и сейчас моден. Талантливые люди старыми не становятся. Это мое единственное утешение. Если я буду добрая и не озлоблюсь на жизнь, то с возрастом буду хорошеть.

— Нина, я сейчас вернусь. Я сбегаю в поликлинику. На пятнадцать минут. Пять минут туда, пять минут там и пять обратно.

— Иди. Я хотела сама тебе предложить. Ты же больше ни о чем думать не можешь.

— Ты не будешь скучать?

— Буду. Но это ничего. Я привыкла.

Алексей уходит.

Нинка вслед:

— Смотри! Чтобы тебя жена не засекла!

Поликлиника окончила работу. Алексей взял в регистратуре домашний адрес Киры Владимировны и поехал по адресу. Он спустился в метро, сел в вагон и все время боялся встретить кого-то из знакомых. Боялся, что его «засекут».

Алексей качался в вагоне и думал, чего бы он хотел на самом деле. Остаться у Нинки навсегда? Нет. Он любил свою жену, как это ни странно. У нее была масса достоинств, но одно труднопереносимое качество: когда плохо, она делала так, что становилось еще хуже. С ней хорошо тогда, когда все в порядке. Нинка — легкая и нежная. С ней можно обо всем забыть. Значит, ему нужны обе. Что же делать?

Белые города... Пусть их взорвут, и он готов умереть под развалинами, но пусть их сначала построят. Трехэтажные, аккуратные, как будто собранные из детского конструктора «Лего».

Коржиков ненавидел серые восемнадцатиэтажные сооружения Калининского проспекта. Это для самоубийц: выброситься с восемнадцатого этажа, долго лететь и подумать в дороге. А для жизни и счастья — максимум три этажа и широкие окна с отражающими стеклами. Автономный дом, ни от кого не зависишь и сам остаешься невидим. Автономная жизнь.

Городок из белых домов, как разрезанный на квадратики плоский торт.

В жизни, конечно, много радостей: аромат кофе, например, хорошая музыка, интеллектуальный труд, пусть даже невостребованный. Ночь с любимой женщиной, когда не надо унизительно торопиться, а переплестись руками, ногами, дыханием и всю ночь качаться в теплых волнах Мирового океана. Да мало ли чего еще есть в жизни... Однако ничего не радовало. Что-то подтаивало внутри, становилось меньше. Интересы сокращались, мерзли руки и ноги. Все время хотелось укрыться, закутаться и заснуть.

Алексей вылез на нужной станции. Заглядывая в бумажку, нашел адрес.

Из-за двери доносились оживленные голоса, сопутствующие застолью.

Алексей позвонил.

— Это Колька! — крикнула за дверью Кира Владимировна и распахнула дверь. И увидела Коржикова.

Алексей понял, что он пришел некстати. Но он уже пришел.

— Извините... — проговорил Алексей.

— Ничего, проходите, — пригласила Кира Владимировна.

В коридор вышла Кирина мама.

— Кира, кто это? — громко спросила она.

— Мама, это больной.

— Тот самый, про которого ты говорила?

— Мама, иди к себе.

— Почему ты сказала, что он хорошо выглядит? Он и выглядит ужасно.

Кира подходит к маме, нежно, но решительно задвигает ее за дверь.

— Пойдемте на кухню, — предлагает Кира. — Правда, там черт ногу сломит.

— Ничего. Я здесь постою. Я на одну минуту.

Стоят в смущении. Никто не решается начать разговор.

— Может, хотите посидеть с нами?

— Нет, нет... Я действительно на минуту. Только один вопрос.

— Да, да...

Молчат.

— Вы очень далеко живете... Вернее, далеко работаете. Я добирался до вас больше часа, — сообщил Алексей непонятно зачем.

— А она на такси ездит, — высунулась старуха. — Зарабатывает пять рублей в день, а тратит шесть.

— Я только в один конец такси беру. В обратный.

Кира снова задвигает мамашу за дверь, тем самым прекращая давний спор.

Оборачивается к Коржикову:

— Вам, видимо, жена сказала...

— Да... Она сказала, что я должен вымереть.

— Есть две точки зрения на неизлечимые болезни: говорить и не говорить. На Западе считают, что больному надо говорить. И я так считаю. Человек должен жить с открытыми глазами.

Коржиков стоит, привалившись спиной к двери.

— Но вы не отчаивайтесь. Это совсем не обязательно кончится катастрофой. Болезнь иногда принимает обратный ход. Происходит самоизлечение. Надо только мобилизовать волю. Надо себе помочь. И ни в коем случае не доверяйте шарлатанам. Сейчас столько развелось этих... которые, как навозные мухи, наживаются на чужих несчастьях. Выберите себе врача, которому вы верите, — и верьте! Это самое главное. Без веры невозможно. Без веры и здоровый может умереть.

В глубине квартиры раздается телефонный звонок.

— Одну минуточку! — Кира уходит к телефону.

Коржиков стоит, по-прежнему привалившись к двери, — не меняет ни позы, ни лица. Внешне кажется, что он совершенно спокоен.

Появляется Кирина мама, которой скучно и хочется поговорить.

— Я только вчера ковры пропылесосила, — сообщает она. — А Кира нагнала полный кагал, никто туфли не снял, прямо с грязными ногами на чистый ковер. Я ей говорила, давай на стену повесим — слушать не хочет. Говорит, не модно. Вчера посылку получила, из Грузии: так сама не может съесть. Одной, говорит, не интересно. Нагнала полный кагал. Сейчас съедят за один вечер. Она в Африке три года работала. Маски привезла из черного дерева. Рожи такие... Все раздала. Ни одной себе не оставила, даже на память... А люди, знаете, нахальные. Если дают — отчего же не брать. А ей, между прочим, никогда никто даже спичечного коробка не подарил. Даже одной спички...

Появляется Кира:

— Мама...

— А что «мама». Я правду говорю. Правду слушать не любишь. Я тебя собирала по капельке крови, а все растаскивают.

Уходит.

— Это наказание Господнее, — извиняется Кира.

— Цените это наказание, — сказал Алеша.

— Ну да... Конечно. Я понимаю. Простите, как вас зовут?

— Алексей Николаевич.

— Алексей Николаевич! Не думайте ни о чем плохом. Не погружайтесь в плохие мысли и не говорите их вслух. Потому что мысль, высказанная в слове, — это уже действие. Как говорят в народе: «Не накликайте беду». Вы меня поняли?

Алексей молчит.

— Вы должны зрительно представлять ваш совершенно здоровый образ. И старайтесь вызывать в памяти счастливые минуты вашей жизни. Скрупулезно воспроизводите каждую секунду. Надо помогать себе духом и разумом. И посмотрите: все будет хорошо. Я почему-то убеждена: все будет хорошо. У вас очень мощные защитные силы организма.

Звонок в дверь.

Алексей сторонится. Входит долгожданный Колька в прекрасном настроении.

Кира испытывает сложное чувство. Ее душа как бы мечется
между собственной радостью и чужой болью.

— Я пойду, — попрощался Алексей.

— Мы скоро увидимся, — обещает Кира.

— К сожалению... — Алексей попытался улыбнуться.

Вышла старуха.

— До свидания, — попрощался Алексей. — Извините...

— Скажите, а ваша мама жива? — поинтересовалась старуха.

— Нет.

— Ну, слава Богу...

Алексей понимающе кивнул.

— У вас днем было затруднено движение, — вмешалась
Кира. — А как сейчас?

— Сейчас не затруднено.

Алексей покидает дом Киры Владимировны.

Выходит во двор. Из раскрытого окна доносятся смех и
музыка.

Алексей стоит, не в силах двинуться с места. Мимо идут
люди. Но Алексею кажется, что и деревья, и люди отделены от
него как бы стеклянной перегородкой. Он — сам по себе. Они —
сами по себе. Он стоит, оцепеневший от одиночества, вырван-
ный из праздника жизни, как морковка из грядки. И как морковка, брошенный в осеннюю свалку.

Нинка сидела перед телевизором и смотрела «Вечер смеха».
Появляется Алексей. Раздевается молча.

— Ну, чего она сказала? — спросила Нинка.

— Ничего.

Алексей ложится на диван, лицом вверх. Нинка подошла,
легла рядом. Оплела руками.

— Говорил, через полчаса, а пришел через три. Только и делаешь, что обманываешь.

— Я домой к ней ездил. Она в Ясеневе живет.

— И чего она сказала?

— Чтобы я воспроизводил в памяти счастливые минуты
жизни.

— Зачем?

— Лечение такое.

— Ну что ж, давай полечимся. Помнишь, как мы познакомились?

Алексей лежит лицом вверх на самом дне океана одиночества. Над ним 300 километров катастрофы. Не всплыть.

— К тебе подошел милиционер и говорит: «Там девушка на снегу заснула. Пьяная. Вы ее не отвезете домой?» А ты ему: «Я пьяных женщин терпеть не могу». А он: «Не хочется ее в вытрезвитель отправлять. И бросать нельзя. Простудится. Вот ее паспорт. Тут адрес: Фестивальная улица, дом два». А ты говоришь: «Это по дороге. Я в соседнем доме живу. Фестивальная улица, дом четыре». Представляешь? Мы годами жили рядом и никогда не встречались.

Алексей молчит.

— Ты и повез. На спине втащил. Как раненого бойца. А на другой день пришел спросить, как я себя чувствую... А знаешь, почему я тогда напилась?

Алексей молчит.

— Пить не умела. А ты не верил. Думал, я алкоголичка. На путь истинный наставлял.

Пауза.

— А помнишь, как ты первый раз у меня остался? Помнишь?

Алексей молчит.

— ...Я смотрю на тебя и спрашиваю: «Не стыдно жене изменять?» А ты говоришь: «Стыдно».

— Да...

— А ты тогда удивился, что я девушка?

— Да...

— Еще бы. Двадцать пять лет. Актриса. Пьющая. И девушка. Вот уж действительно экспонат. В музей ставить можно.

Пауза.

— Ты мой первый и единственный... — Целует. — Мой Мцыри, мой Лермонтов. Мой таракан Абдулка.

Алексей лежит лицом вверх, безучастный и одинокий, как «труп на шумной тризне».

— Что с тобой, Алешка? Что происходит?

— Ничего.

— А что ты, как статуя Командора? Как Каменный гость? Треплет его. Трясет за плечи.

— Оставь меня.

Нинка поднимается:

— Интересное дело! Я весь день сижу, убираю, варю, парю, а он явился, даже цветка не принес, и «оставь меня». Чего ты пришел?

Алексей молчит.

— Хоть какая-то польза должна быть от мужика в доме. А то разлегся, как собака под деревом. А ну вставай!

— Какая тебе нужна от меня польза?

Нинка выходит из комнаты и возвращается с полным мусорным ведром:

— Вот ведро вынеси во двор! У нас мусоропровод не работает.

Алексей поднимается. Сует ноги в тапки. Берет ведро. Выходит в одном костюме.

Двор. Баки для мусора.

Алексей выходит слева. Опрокидывает над баком ведро. И идет направо. К соседнему корпусу.

Дом Коржиковых.

Длинный звонок в дверь.

Лена в ночной рубашке выходит к двери. Снимает цепочку. Поднимает на замке собачку.

На пороге Алексей — в тапках и с пустым мусорным ведром. И отрешенными глазами.

— Алеша... — пугается Лена.

Появляется Наташа, заспанная, в пижаме.

— Папа... Тебя что, обокрали?

Алексей смотрит, будто проснулся. Тот факт, что он по инерции вернулся в родной дом, для него такая же неожиданность, как и для его семьи.

— Отстаньте все от меня! — потребовал он. — Оставьте меня в покое.

И прошагал в свою комнату, сохраняя ведро и независимость.

Жена и дочь переглянулись в растерянности. За дверью раздался звон пустого ведра, как будто его метнули в угол.

В дверях возник Алексей, взбешенный и всклокоченный.

— Где моя папка? Где мои Белые города? Никогда ничего не лежит на месте. Это не дом, а караван-сарай...

— Папа, караван-сарай — это гостиница со скотом.

Алексей лезет на антресоли.

На пол падает пыльный Дед Мороз.

Кабинет Шефа.

Секретарша пытается задержать Коржикова в дверях.

— Он занят...

— Я тоже. — Алексей отодвинул секретаршу, прошел в кабинет.

Шеф занимался йогой. Стоял на голове.

— Я пришел сказать вам, что вы — законченное говно, — объявил Алексей.

— А бывает незаконченное? — спросил Шеф, стоя вверх ногами.

— Бывает незаконченное.

— А какая разница?

— Незаконченное — это когда человек знает, что он говно, и стесняется этого. А законченное — это когда он знает и не стесняется.

Шеф встал на ноги.

— Вы, наверное, принесли заявление об уходе? — поинтересовался Шеф.

— А как вы догадались?

— Раньше вы не были таким откровенным.

Алексей кладет заявление на стол.

— А куда вы уходите, если не секрет? — спросил Шеф.

— Поменяю себе Шефа.

— Вам дали другую зарплату?

— Нет. Я вообще ухожу. Отовсюду.

— Эмигрируете?

— В каком-то смысле.

— Ну что ж, вы человек молодой в отличие от меня. А тут так и просидишь...

236

Шеф вздыхает и подписывает заявление. Протягивает. Алексей стоит.

— Все? — спросил Шеф.

— Вообще-то я пришел прощаться, — сознался Алексей.

— А зачем прощаться с законченным говном? — удивился Шеф.

Самолет летел над облаками. Облака были похожи на вскипевшее море с голубыми проплешинами.

Алеша сидел возле иллюминатора и смотрел вниз.

Потом поднялся, пошел по проходу.

В самолете шла своя самолетная жизнь: молодая пара сидела голова к голове.

Иностранцы оживленно беседовали по-иностранному.

Солдаты играли в карты.

Восточный человек дремал.

Алексей видел преимущественно макушки: молодые, старые, густоволосые и лысые, крашеные и естественные.

Алексей остановился возле туалета. Закурил.

Появилась стюардесса. Испугалась:

— Курить строго запрещено. Вы что, не видите? — Она показала надпись.

— Почему? — спросил Алексей.

— Как почему? Это же самолет. Искра может попасть. Мы можем на воздух взлететь.

— А мы сейчас где, по-вашему?

— Выше. — Стюардесса подняла палец, показывая, куда именно они могут взлететь.

— Днем раньше, днем позже, — философски заметил Алексей.

— Лучше днем позже. — Она отняла у него сигарету.

«Самолет пошел на снижение, — объявил голос. — Просьба пристегнуть ремни».

Братья сидели за накрытым столом. Алексей почти не ел. Владимир ест и пьет с удовольствием, как и все, что он делает в этой жизни. Володя младше Алексея на десять лет — это уже другое поколение. Он — шире в плечах, выше ростом, красивее лицом. Хозяин жизни. Так же, как и брат, черен, усат и тоже похож на обаятельного таракана. Но это — совершенно разные тараканы. Владимир — таракан, который шустро выбежал из-под печки с радостно торчащими усами и как будто воскликнул: «Вот он, я!» А Алексей — таракан, которого стукнули туфлей, и он, пришибленный, полез обратно под печку.

— Ну, как Витя-борода? — спросил Алексей.

— Он теперь Витя-маникюр.

— Почему?

— Инженерию свою бросил. В бармены пошел. Их там маникюр делать заставляют.

— Доволен?

— Чуть не посадили. Я его выручил через отца. За четыре куска.

— Отец знает?

— Про что?

— Про то, что ты за его спиной взятки берешь?

— Да ты что? Ему это и в голову не приходит. Я в прошлом месяце еще четыре куска наварил. Одному квартиру сделал.

— Как отец?

— Все такой же. Спрашиваю: как дела? А он про посевную, про отчеты, как сводка в последних известиях. Вкалывает, как зверь. По шестнадцать часов в сутки. Как при Сталине, так и при Брежневе. Для него ничего не меняется. По-моему, он и не заметил, что тридцать лет прошло.

— Как муравей, — задумчиво сказал Алексей.

— Он не муравей. Он — хозяин края. Муравей — это ты.

— Я мамонт, — задумчиво сказал Алексей. — А ты — клоп. У нас реликтовая семья.

— Почему я клоп? — не понял Володя.

— Присосался к чужим деньгам.

— Я не беру у людей последние деньги. Я беру у них лишние деньги, которые они сами хотят мне дать.

— А вот мне никто не предлагает лишние деньги. Странно.

— У меня есть к тебе одно выгодное дело, — оживился Володя.

— Ага... Дело лет на восемь.

238

— Да нет. Твоя Ленка в университете преподает. Надо девочку одну принять. Золотая медаль. Ей только два экзамена сдать. Фамилию не помню. На «швили» окончание. Пять кусков дают. Ни за что, в общем. Делать почти ничего не надо.

— Не будет Ленка этим заниматься. И я не буду, — отказался Алексей.

Пауза. Братья глядят друг на друга.

— Знаешь, почему у тебя в спальне лампочки нет? — спросил Володя.

— Перегорела.

— А почему новую не вкрутите? Знаешь?

Алексей молчит.

— Потому что твоей Ленке смотреть на тебя неудобно. Ты уже давно ей не муж, а сыночек старшенький. Студентик. Со стипендией в пятьдесят рублей.

— Почему пятьдесят? Я сто восемьдесят зарабатываю.

— Из них треть ты тратишь на бензин, а другую треть на обеды и сигареты.

— Может быть... Не считал.

— А чего тебе считать? Ленка посчитает. И чего не хватит — у отца возьмет. Хорошо еще, есть у кого взять. А если нет? Где возьмешь?

— Манна с неба упадет.

— Ты всегда на манну с неба рассчитывал. И как ни странно, она всегда тебе падала.

— Я везучий... Везунчик.

— Ты думаешь, почему ты в семье все время орешь? Потому что у тебя авторитета не хватает. Ты его криком поднимаешь. А мужчина вообще не должен орать. Он должен только посмотреть.

Пауза.

Алексей подходит к роялю. Играет одним пальцем.

— Вова, я хочу тебя попросить: женись на Ленке.

— На какой Ленке?

— На моей жене.

— Но она мне не нравится.

— Мало ли что не нравится? Надо. Я хочу, чтобы у моей дочери вместо отца был не чужой дядя, а родной.

— А ты?

— Я уезжаю. Насовсем...

— Куда?

Алексей молчит.

— Куда ты уезжаешь?

— В Северный приют.

— Зачем?

— Там хорошо. Как в раю.

— Хорошо приехать и уехать. А жить там...

— Ну почему? Халид живет.

— Халид на кладбище альпинистов... Я ему чеканку на памятник сделал.

— Как?.. — поразился Алексей.

— Под лавину попал.

— У гор свои законы, — проговорил Алексей, как бы заступаясь за горы. — Их нельзя нарушать.

— Это не он нарушил. Туристы. А погиб он.

— Значит, Северного приюта нет?

— Твоего Северного приюта нет. Но для тех, кому двадцать, он, наверное, есть.

Володя выходит из комнаты. Возвращается с прекрасной чеканкой.

— Твоя? — не верит Алексей.

— А чья же?

— Потрясающе!

— Да. Мне тоже нравится. Жалко продавать.

— Оставь ее на мой памятник.

— Дурак... — не принял шутки Володя.

— Ты молодец! Здоровый, талантливый, удачливый. Живи вместо меня.

— Тарасу Шевченко кто-то сказал, не помню кто: «Який ты молодэць, Тарасю, яки ты вирши пышешь, як граешь, а малюешь як...» А он ответил: «Кохання не маю». Так и я. Кохання не маю. Любви нет у меня.

— У тебя? — не поверил Алексей.

— То, что ты думаешь, это не то. Я сам любить хочу. Дать счастье.

240

— Дай счастье моей жене. Я не смог это сделать. Выручи, как брат брата.

— Да не нравится она мне, — возмутился Володя. — Зануда она.

— Это я сделал ее такой. А она замечательная.

На экране идет заграничная жизнь.

Нинка в наушниках стоит посреди зала перед микрофоном, озвучивает западную звезду.

Здесь же в темноте режиссер дубляжа, звукооператор. Затаили дыхание. Идет запись.

— Я люблю тебя, — говорит герой героине.

— Но в данном случае это не имеет никакого значения, — отвечает звезда Нинкиным голосом.

Открывается дверь, входит Алексей.

Все встрепенулись, машут руками на постороннего. Но он подходит к Нинке, берет ее за руку и ведет из зала.

— Извините, пожалуйста, — говорит он режиссеру. — Мы ненадолго.

Выходят в маленький холл. Вокруг люди. Поэтому разговаривать, вернее, ругаться, приходится шепотом.

— Я прошу тебя, выслушай меня, — попросил Алексей.

— Не буду тебя слушать. О чем тут можно еще говорить? Удрал с ведром. И ведро, кстати, украл. Где мое ведро?

— При чем тут эти мелочи?

— Не мелочи. Мне мусор некуда класть. Я его в коробочку из-под торта собираю. Верни мне ведро.

— Нина, ну что за базар?

— Это не базар. Это принципиально. Я больше ничего общего иметь с тобой не хочу. Я думала, что есть все и есть ты. Я думала: у тебя нет денег, но есть душа — чистая, как воздух на Северном приюте. А оказывается, и ты как все. Потребитель. Пришел, отщипнул от пирога любви и удрал через клозет.

— Нина, замолчи!

— Ты думаешь, если я бесхозная, если у меня нет мужа, значит, на мне можно качучу танцевать? А вот фига!

— Замолчи!

— Я сама есть у себя! Я у себя есть! А ты... Тебя у тебя нет! Совместитель. Хочешь везде успеть и везде опаздываешь! Крутишься, как собака за собственным хвостом.

Алексей резко встряхивает ее за плечи. Нинка заткнулась. Оторопела. Она никогда прежде не видела Алешу в таком проявлении.

Стоят. Смотрят друг на друга.

— Сядь, — тихо приказал Алексей.

Нинка села, смирно сложив руки на коленях.

— Нина, я скажу тебе сейчас то, что не говорил никому. Даже самому себе. Выслушай меня...

— Хорошо. Я выслушаю. Но прежде ответь, почему ты убежал? Я что-нибудь не так сделала? Я тебе надоела? Я тебя раздражаю? Что?

— Нина... Я умираю...

— В каком смысле?

— В прямом. Я болен. И скоро умру.

— Поэтому ты убежал?

— Да.

— А у меня ты не можешь умереть? Я за тобой буду ухаживать. Провожу в последний путь.

— Вот это не надо, — испугался Алексей.

— Что не надо?

— На похороны не ходи.

— Почему?

— Перед женой неудобно. На родственников мне плевать. А перед женой неудобно. Она мне верила. Я не хочу ее разочаровывать. Пусть у нее останется светлая память. Ты уж одна, в одиночку поплачь.

— Ага... Значит, и любовь скрывать, и горе скрывать... А вот фига тебе! Приду на похороны и розы принесу — вот такой букет! И при всех буду рыдать, еще в обморок упаду! И ничего ты со мной не сделаешь!

Алексей растерянно моргает.

Из павильона выходит режиссер дубляжа, подходит к Нинке, берет ее за руку и без слов ведет в павильон.

Нинка вырывает руку.

— Не пойду, — говорит она режиссеру.

— Ну не ходи, — соглашается тот. — Мы вызовем другую.
Режиссер уходит.

— Зачем ты? — огорчился Алексей.

— Он может вызвать другую. А ты нет. Кто у тебя еще есть?

Деревья под снегом нарядные.

Притихшие Нинка и Алексей идут обнявшись.

— А хочешь, вместе умрем? — предложила Нинка. — Мне все равно здесь без тебя нечего делать.

— Ты выйдешь замуж. Родишь сына.

— Ты мой муж и сын. Останься со мной.

— Нет. Я хочу умереть один. Как собака.

— Почему как собака, а не как человек?

— Собаки умирают в одиночку. Никому не навязываются. Они деликатнее, чем люди.

— Жить или умереть ты все равно уходишь домой, — обижается Нинка. — Ну и иди. Иди, чего стоишь...

Алексей уходит. Нинка смотрит ему в спину. Он поворачивает обратно.

Дом Нинки. Они лежат на диване, обнявшись. Одетые и в обуви.

— Я знаю, почему выбор пал на меня, — сказал Алексей. — Это всегда не случайно. Потому что я не полезен в круговороте. Что я? Ты правду сказала: какая-то польза должна быть от мужика. А какая от меня польза? У меня даже нет кошелька, потому что у меня никогда нет денег.

— Обезьяна без кармана потеряла кошелек... — проговорила Нинка и заплакала.

— Ты чего?

— Мне тебя жалко.

— Ну правильно. Я жалкий человек. Совместитель. Интеллигент.

— Нет! — кричит Нинка. — Нет! Нет! Нет!!!

Она порывается к нему, падает на грудь со всей силой любви. Алешина хрупкая грудь не выдерживает этой силы. Он летит с дивана. Нинка падает сверху.

Алеша с трудом вылезает из-под Нинки, держится за ушибленный бок.

— Нина, я тебя серьезно прошу. Последняя воля: не приходи ко мне на похороны. Ты и там меня перевернешь.

— А тебе-то что? Ты же все равно не почувствуешь.

— Мне все равно. А вот другим...

— В этом ты весь. Даже на собственных похоронах думаешь о других. Только не обо мне.

— Я думаю о тебе, Нина... Но что я могу сделать? Если бы я мог выдать тебя замуж. Но за кого? Кузнецов пьет. Верченко женат. Никитин дурак. Сплошная пустовщина.

— Не надо меня пристраивать, — обиделась Нинка. — Я и сама себя пристрою.

— Это тебе кажется. Ты знаешь кто? Барахлоулавливатель. Найдешь такое же сокровище, как я, и будет он из тебя душу тянуть.

Звонит телефон.

— Кто это? — ревниво спрашивает Алексей.

— Не представляю. — Нинка поднимает трубку. — Да... А почему вы его здесь ищете? Ну хорошо... Раз уж вы звоните... Иди. — Она протягивает трубку Алеше. — Тебя твой Шеф.

Алексей берет трубку.

— Этот телефон мне дал Никитин, — сообщил Шеф.

Алексей молчит.

— Я весь день думал над вашим заявлением, — продолжал Шеф.

— Над каким заявлением? — не понял Алексей.

— Я — не незаконченное говно. Я вообще не говно. Я продукт своего времени. А ваши Белые города — это сольфеджио.

— В каком смысле?

— Есть такой анекдот: «Слесарь Иванов спрашивает, что такое сольфеджио? Отвечаем: товарищ Иванов, жрать нечего, а вы...» — дальше неприличное слово. Так вот. Людям жить негде, а вы — Белые города. Но я согласен: это моцартовское видение.

— Вам нравится мой проект? — удивился Алексей.

— Он прост, как все гениальное. В вас, несомненно, есть крупицы строительного гения. А во мне крупицы говна. Но только крупицы.

— А может, я вам оставлю свой проект? — предложил Алексей.

— Зачем? — не понял Шеф.

— Доживете до новых времен. Не всегда же будет так.

— Так будет всегда! И вы правильно делаете, что меняете себе Шефа.

— Может быть, увидимся? Прямо сейчас. Я к вам заеду.

— Знаете, я вдовец. У меня, кроме яиц и хлеба, ничего в доме нет.

— Вдовец... — Алексей раздумывает. — Давайте встретимся на нейтральной территории. В ресторане. У меня есть еще одна идея.

— Опять сольфеджио? — напрягается Шеф.

Алексей кладет трубку, оборачивается к Нинке:

— Кажется, я нашел тебе мужа. Хоть он и говно, но все-таки личность. На него можно положиться.

Нинка внимательно смотрит на Алексея.

— Алеша, мне никто не нужен, кроме тебя.

— Меня скоро не будет. А он — будет всегда, Нина! Дай мне спокойно умереть.

Ресторан.

Играет музыка. Перед оркестром танцуют — кто во что горазд: кто шейк, кто цыганочку.

Шеф и Алеша сидят принаряженные за столиком.

— Какая-то, простите, идиотская идея, — сказал Шеф.

— Почему идиотская? — не понял Алексей.

— Потому что мне пятьдесят два года.

— Ну и что. Ведь дальше будет еще больше.

Появляется Нинка — яркая и роскошная. Смотрит по сторонам.

— Вот она! — с гордостью показал Алексей.

— Эта? — ужаснулся Шеф. — Ни в коем случае. Берите обратно ваш проект. — Отодвигает папку.

— Но почему? — не понял Алексей.

— Потому что она молодая и красивая.

Алексей поднялся навстречу Нинке. Нинка села за столик.

Шеф сидел, насупившись, как мышь на крупу.

— Что примолкли? — весело спросила Нинка.

— Познакомься, Нина. Это мой Шеф.

— Комиссаржевский, — представился Шеф.

— Нина. — Нинка протянула свою руку. — А чего вы такой хмурый?

— Он сказал, что не хочет на тебе жениться, — заявил Алексей.

— Да? А почему вы не хотите, позвольте вас спросить?

— Говорит, что ты молодая и красивая, — ответил Алеша за Шефа.

— А вам нужна старая и страшная? — поинтересовалась Нинка.

— Нет... Ну в самом деле... — смутился Шеф. — Какой из меня жених? Я уже старый.

— Мужчина старым не бывает. — Нинка с возросшим интересом глядела на Шефа. — Если бы вы были слесарь-водопроводчик, то, возможно, требования к вам бы повысились. Но если вы Шеф, это меняет дело... А ну-ка... — Она приподняла Шефа за подбородок. Шеф с удовольствием подчинился. — Очень ничего. На Габена похожи. Вас, правда, надо немножко модернизировать.

Нинка достает расческу, причесывает Шефа на свой манер. Челкой вперед.

— Погляди. Совсем другое дело. — Нинка поворачивает лицо Шефа в сторону Алексея.

— Да. Так лучше, — подтверждает Алексей.

— Но учтите, детей я рожать не буду, — предупредила Нинка.

— Ты же хотела, — напоминает Алексей.

— А теперь не хочу.

— И не надо, — обрадовался Шеф. — У меня дочка, внучка, собака, зять скрипач, дома галдеж, сумасшедший дом.

— А сколько у вас комнат?

— Это не имеет значения. Даже если бы у меня было восемь комнат, моя внучка была бы одновременно во всех восьми.

— Значит, так: жить будем у меня. У меня уютно, правда, Алеша?

— А ну пойдем потанцуем!

Алеша взял Нинку под локоть и повел ее в веселую толчею. Танцуют друг перед другом.

— Тебе не стыдно? — спросил Алексей.

— А чего мне стыдно?

— Вот так сразу. На первого встречного.

— Это не первый встречный. Это Шеф. Твоя рекомендация. Я привыкла тебе верить.

— А может быть, я тебя испытывал.

— Испытывать хорошо самолеты. Они из железа.

Нинка резко поворачивается, возвращается к столику.

— Идем потанцуем, — позвала она Шефа. — Как тебя зовут?

— Алексей Николаевич. Алеша.

— Тоже Алеша? Я это имя слышать не могу. Я буду звать тебя Борисом.

— Но я не Борис.

Шеф с удовольствием уходит за Нинкой. Она припала к его широкой груди, как бы спасаясь, защищаясь. Он обнял ее своими крупными руками. Они медленно качаются обнявшись.

Алексей стоит неподвижно, и на фоне движущихся, скачущих людей его неподвижность еще очевиднее.

Северный приют.

Островерхий домик в горах глядит на мир тремя окнами. К одному из окон подходит старый осел. На его спине сидит очень старый ворон Яков. Яков стучит клювом в окно. Три раза с равными промежутками. Потом осел делает несколько шагов и перевозит Якова к следующему окну, тот снова стучит три раза. Так они зарабатывали себе на хлеб.

Из домика выскакивают Алеша, Игорь, Сенька и Тенгиз. Моются снегом.

Кадр застывает, как на фотографии.

Алексей у себя в комнате. Глядит в потолок.

Поднимается с постели, идет в другую комнату. К жене. Экликает ее:

— Лена, а как ты думаешь, осел и ворон еще там?

Лена поднимает голову. Ничего не понимает.

— Я говорю, Яков и Прошка еще не сдохли?

Лена отворачивается, накрывает голову одеялом.

— Лена... — Алексей хочет что-то сказать. Потом передумал. Ушел.

* * *

По коридору носились подростки, как стадо бизонов, и Алексей боялся, что его собьют с ног и затопчут.

Он нашел дверь с табличкой «Учительская». Вошел.

— Здравствуйте, — поздоровался Алексей. — Простите, а где Антонина Исидоровна?

— В кабинете домоводства.

— Спасибо.

— Вы отец Коржиковой?

— Да, — растерялся Алексей. — А как вы узнали? Я ведь никогда не был в школе.

— А вы похожи...

Алексей сидел за партой, а Антонина Исидоровна за своим столом.

— Она на истории списывает алгебру, на алгебре — физику и в результате не знает ни истории, ни алгебры, ни физики.

Алексей молчал, будто это он списывал на уроках.

— Мало того что она сама ничего не делает, она еще возвела это в принцип и презирает тех, кто хочет учиться. Может быть, есть смысл перевести ее в ШРМ?

— Куда? — испугался Алексей.

— В школу рабочей молодежи. Там меньше требования. У нее будет лучше аттестат.

— А зачем хороший аттестат при плохих знаниях? Это же неправда.

— Я забочусь не о себе, а о вашей дочери.

— Если вы действительно о ней заботитесь, если вам небезразлично ее будущее, то я хочу попросить вас об одном одолжении.

— Я слушаю вас...

— Поставьте ей в четверти двойки по истории, алгебре, физике.

— То есть как... три двойки? В четверти?

— Вы же только что сказали, что она не знает этих предметов.

— Да, но... она сразу потянет класс на последнее место. Наша школа имеет лучшие показатели в Гагаринском районе.

— Значит, вы поставите ей тройки?

248

— Тройка — это тоже, в общем, плохая отметка. Три — это посредственно.

— Отчего же, — возразил Алексей. — Три — это удовлетворительно. Все удовлетворены. Она и дальше будет жить по принципу: «сойдет». Я вас очень прошу, я требую, чтобы вы поставили ей двойки. В противном случае я буду жаловаться в роно.

Алексей поднимается, выходит из класса.

— Ты с ума сошел... — тихо, потрясенно проговорила Лена. — Как же Наташа теперь будет там учиться?

— А она не будет там учиться, — спокойно сказал Алексей.

— Ты хочешь, чтобы она ездила в школу рабочей молодежи вечерами и возвращалась ночью?

— Она будет учиться в Южногорске.

— Что?

— Собирайтесь. Обе. Берите самое необходимое. Остальное я вышлю контейнером.

— Ничего не понимаю, — растерялась Лена. — Ты что, с ума сошел? Куда собираться?

— Я же сказал: в Южногорск.

— Зачем?

— Вы будете там жить. У моего брата. Я договорился.

— Ура! — обрадовалась Наташа. — Я очень люблю дядю Вову. Папа, я возьму кассетный магнитофон.

Наташа выходит вприпрыжку.

— Ничего не понимаю. Что случилось?

— Я от вас ухожу.

— Ты нас бросаешь?

Алексей молчит. Ему трудно говорить.

— Алеша, я все понимаю. Мы живем уже семнадцать лет. Со временем сексуальные связи слабеют, а человеческие крепнут. И еще неизвестно — какие сильнее. Мы не просто муж и жена. Мы — глубокие родственники. А родственников не бросают. И не меняют на других.

— Я вас не бросаю. Вы будете жить у моего брата. Он о вас позаботится.

Лена подставляет табуретку. Влезает на нее. Открывает антресоли.

— Ты куда? — растерянно спросил Алексей.

— Как куда? За чемоданом. Не повезу же я свои платья в авоське.

— А почему ты так быстро согласилась? — растерялся Алексей. — У тебя же здесь работа. Студенты. Ты же кандидат.

— В Туркмении, между прочим, чем выше у невесты образование, тем меньше калым. А кандидатки вообще бесплатно. Еще сами приплачивают.

— Ты же не в Туркмении живешь.

— Все равно. Надоела европейская эмансипация. Кандидатская... потом докторская. Мне бы шальвары с бубенчиками и гарем...

— Но ты же потратила на свой девятнадцатый век столько лет.

— Я и на тебя потратила семнадцать лет. Так что теперь делать? Вешаться?

— Но учти, Южногорск — это не Москва. Это провинция.

— Где этот чертов клетчатый чемодан? Матрас зачем-то лежит, выкидывать жалко...

— А я?

— Что «я»? Это же твоя идея разъехаться. И учти. Обратного хода нет. Как сказал, так и будет.

— Я, откровенно говоря, не ожидал, что ты за это ухватишься.

— Жалко терять шанс.

— Какой шанс?

— Последний. А вдруг еще что-то будет... Японцы, между прочим, заключают брачный контракт на десять лет, а потом расторгают или продолжают. А мы тянем до упора. Боимся одиночества под старость лет, боимся, что стакан воды подать будет некому, и ради этого стакана воды...

— А помнишь, какая была любовь...

— Была, а теперь нет... Теперь наш брак — как вот этот матрас, который жалко выбросить. А вдруг для дачи пригодится, хотя никакой дачи у нас нет и не будет никогда. Надоела вся эта приблизительность. Где второй чемодан? Ах да... на секретном объекте. Теперь понятно, что это за секретный объект. Придется взять старый.

Лена дергает на себя старый, затрапезный чемодан. На пол падает пыльный Дед Мороз.

— Осторожно... — Алексей подходит к жене. Помогает сойти. Лена наотмашь бьет мужа чемоданом по голове.

Мастерская по изготовлению надгробных памятников. Выходной день. По территории разбросаны и расставлены полуготовые плиты, громадные куски гранита и мрамора — все это напоминает древний разрушенный город.

Алексей идет по разрушенному городу следом за сторожем дядей Васей. Оглядывает продукцию.

— Какие-то типовые плиты. Как типовые дома в нашем микрорайоне...

— Так можно заказать по индивидуальному проекту, — возразил дядя Вася.

— Сделают? — усомнился Алексей.

— А как же? У нас очень хороший скульптор есть. Черниченко. Он на выставке «Москва — Париж» выставлялся.

— С надгробными памятниками?

— Зачем? Со своими работами. А тут он просто деньги зарабатывает. Без денег скучно.

— Когда он будет?

— В среду. С одиннадцати до часу. Вот его навес.

Прошли под навес, где в глине стояли полуготовые работы.

— Можно бюст заказать, — предложил дядя Вася. — Можно деву плачущую. Можно розу. Можно лиру. Смотря кто помер. Тебе кому памятник?

— Себе.

— Так ты живой.

— Пока живой. Скоро помру.

— Да... дело житейское. Ты закажи бюст. Он тебе с натуры сделает. С натуры легче, чем с фотографии.

— А это дорого? — спросил Алексей.

— Зато навсегда. Памятник-то один раз себе справляешь.

— Это так.

— А чего ты сам-то хлопочешь? Тебя что, похоронить некому?

— Неудобно людей затруднять. Сейчас все — проблема. Любая мелочь. Будут мотаться туда-сюда по грязи. Если бы я мог, я бы сам себя похоронил.

— Ничего с ними не станется. Пусть побегают один раз. Т же не каждый день помираешь.

— Это да... Но все равно.

— А чего помирать-то собрался? Пожил бы еще... Какие тво годы?

— Надо.

— Ну, если надо...

— А как вы думаете... ТАМ что-нибудь есть?

— А как же!

— А почему вы так думаете?

— Так это по науке. Ломоносов вывел. Закон сохранени энергии. Помнишь?

— Забыл. Давно проходили.

— «Ничто не создается и не исчезает, а переходит из одно формы в другую». Даже лужа испаряется и переходит в облак А тут целый человек. Не может же он никуда не деваться. Об зательно перейдет в другую форму.

— В какую?

— Это каждый в свою. Думаешь, покойники все одинако вые? Нет, они все разные.

— А от чего эта форма зависит?

— Не знаю. Но думаю: как жил, такая и форма. У нас недав но индус памятник заказывал. Так он говорил: «Каждый несе с собой груз поступков».

— А почему индус у вас памятник заказывал?

— Родственника хоронил. Индусы тоже помирают, хоть йоги. Все помирают. Как есть. Так что никому не обидно.

— Все же обидно... Стыдно перед своими. Я ничего для ни не сделал.

— Ты хоть не сделал, а я делал, — покаялся дядя Вася. Однажды жена с сыном отдыхать уехали. На юг. А я остало один, да и запил. Когда они вернулись — ничего в доме не был Даже паркет продал. Содрал с пола — и пропил. Они вошли комнату, а там ни мебели, ни пола. Один потолок. Вот тебе все... А ты говоришь...

Алексей замечает, что сидит на плите с надписью. Читае

— «Незабвенному мужу, брату, сыну, дедушке...» А кто у ва тут надписи придумывает?

— Родственники.

— А что это они все одно и то же пишут: мужу, брату, дедушке...

— Так ведь так оно и есть. Каждый кому-нибудь муж, брат. И каждый незабвенный.

— Нет. Мне не нравится. Это как памятник в складчину получается.

— Ну придумай что-нибудь сам. Или поэту закажи. Тут есть у нас один.

Появляется женщина с волевым выражением.

— А почему, — спросила она, — мой мрамор совершенно без прожилок, сплошной, как уголь?

— Кусок, значит, такой.

— А рядом с прожилками, очень красивый.

— Кусок, значит, такой, — объяснил дядя Вася.

— А почему кому-то достался хороший кусок, а мне за эти же деньги плохой?

— Не знаю. Выходной у нас сегодня. Завтра приходите, с каменотесом поговорите. С Фроловым.

— Нам дали место на Кунцевском кладбище. Очень престижный квадрат. Там просто неудобно в таком мраморе появляться.

— Кому неудобно-то? — спросил дядя Вася.

Женщина посмотрела на него с недоумением, поражаясь идиотичности вопроса.

— Завтра, — мягко сказал Алексей. — К каменотесу Фролову. С одиннадцати до часу. Он вам поменяет. Кому-то будет плохой кусок, а вам хороший.

— А вы кто? — поинтересовалась женщина.

— Я? Никто. Мамонт.

Женщина слегка пожала плечами. Ушла.

— А любовь там есть? — спросил Алексей.

— А как же!

— А чем любить? — усомнился Алексей. — Все же здесь остается.

— Душой.

— Вы так думаете?

— А как же... Думаешь, она тогда себя пожалела?

— Кто?

— Моя жена. Она меня пожалела. Она не по себе заплакала, что я за месяц спустил то, что за жизнь нажили. Она по мне заплакала. Вот я с тех пор — ни грамма. Душа — это есть человек. И тут. И там...

— Тогда я так и напишу: Алексей Коржиков. И все.

— Так и напиши. Золотыми буквами.

Дом Алексея Коржикова. Засохшие цветы — как символ запустения. Телевизор включен, играет симфонический оркестр. Звучит траурная музыка.

Алексей возле плиты варит обед. Он — заросший, запущенный, как бомж.

Звонок в дверь.

— Открыто! — крикнул Алексей.

Вошла Кира Владимировна.

— Почему вы не ходите в поликлинику? — строго спросила она. — Я вас несколько раз вызывала.

— А зачем? — спросил Алексей.

— Надо сдать повторный анализ крови.

— А зачем?

— Как «зачем»? Вы должны наблюдаться.

— Хотите борщика? — предложил Алексей.

Кира Владимировна подумала и ответила:

— Хочу.

Алексей расставил тарелки. Достал начатую бутылку водки.

— Пить будете?

Кира Владимировна подумала и сказала:

— Буду. Я замерзла.

Алексей разлил. Выпили. Принялись за еду.

— Безумно вкусно, — похвалила Кира Владимировна. — Вы чем заправляете?

— Я кладу обязательно лимон, сахар и чеснок.

— Гениально... — Кира Владимировна смотрит на пациента. — А вы почему не бреетесь?

— Зачем? В гробу все равно отрастет. У покойников быстро волосы вырастают.

— А вы что, умирать собрались?

— Естественно. Вы же сами обещали... Вы сказали, что я вымру, как мамонт.

— Но не завтра же...

— А когда? — Алексей положил ложку.

— Мамонты вымирали между седьмым и вторым веком до нашей эры. Они окончательно исчезли в эпоху позднего плейстоцена.

— Между седьмым и вторым веком — пятьсот лет, — посчитал Алексей.

— Да... — согласилась Кира Владимировна. — А что?

— Значит, я буду жить пятьсот лет?

Раздался звонок в дверь.

— Открыто! — крикнула Кира Владимировна. Вошел Колька. Оглядел комнату: водку, застолье, Киру в домашних тапках, музыку, льющуюся из телевизора.

— Слушай, мамонт! — начал Колька. — Ты давай туда или сюда. А то я тебе помогу.

— Я и сам хочу понять: туда или сюда, — отозвался Алексей. — Она сказала, что я вымру, а теперь выясняется, что я буду жить пятьсот лет, как Вечный Жид.

— Вечный Жид тоже не вечный, — заметила Кира Владимировна. — Умер в конце концов.

— Значит, ты пятьсот лет будешь к нему ходить? — ревниво спросил Колька.

Отворилась дверь, и появился дядя Вася с памятником под мышкой.

— Ты умирать собираешься или нет? — громко спросил дядя Вася. — Я к тебе в третий раз захожу.

Дядя Вася ставит памятник на стол:

— Вот. В глине пока. Если одобришь, будем отливать.

— А это я? — спросил Алексей.

— А как же? Усы твои. Не видишь, что ли?

— Ну ладно. Пусть с нами посидит.

Алексей кладет к своему памятнику сухие цветы.

— Давайте его выбросим, — попросила Кира Владимировна.

— Пусть будет на память, — не согласился Алексей.

255

— Если бы человек получал при рождении место на кладбище, он бы по-другому жил, — сказал дядя Вася. — Ходил бы раз в неделю на свою могилу и думал о вечности. Меньше было бы зла.

— Глупости! — возразил Колька. — Если бы человек с рождения знал, что он умрет, ничего не стал бы создавать. Зачем? Если все равно все кончится могилой. А так человек бессмертен.

— Вот за это и выпьем, — предложил Алексей.

Все рассаживаются вокруг стола. Алексей принес гитару. Ударил по струнам.

— Тише! — потребовал Колька.

— Почему? — не поняла Кира Владимировна.

— Брежнев умер...

По телевизору показывают похороны Брежнева. Возле Кремлевской стены двое здоровых мужиков опускают гроб, довольно неуклюже. Гроб шумно грохается.

— У нас и то лучше работают, — сказал дядя Вася.

На Мавзолее выстроилось Политбюро. Первым стоит Андропов, за ним Черненко, третий — Горбачев. Горбачев смотрит перед собой выразительными глазами. Так смотрят в будущее.

Квартира Нинки: в ней ничего не изменилось, кроме телевизора. Телевизор новый, японский. Он включен, как всегда. На телевизионном экране подвыпивший Ельцин дирижирует духовым оркестром.

Нинка хлопочет у стола. Стол празднично сервирован. Цветы, салфеточки в кольцах.

Звонок в дверь. Нинка открывает. В дверях — Шеф с чемоданами.

— Ну? — нетерпеливо выдохнула Нинка. — Говори сразу.

— Подожди. Дай войти. Я в туалет хочу.

— Одно слово: да или нет?

— Ну подожди. Я сейчас описаюсь.

— От одного слова не описаешься. Да? Или нет?

— Да, да, да и еще раз да! — Шеф скрывается в туалете. Нинка ждет его за дверью.

— Сколько? — кричит Нинка.

— Ты даже не представляешь себе, что это за страна. Я сошел в аэропорту, в Шеноне. Весь под стеклом и сверкает огнями, как в волшебной сказке.

256

Шеф вышел из туалета, застегивает ширинку.

— Сколько? — спросила Нинка.

— Мужики там ходят смуглые, завернутые в простыни, лица красивые, никто никуда не торопится, какая-то другая цивилизация, как на Луне.

— Сколько заплатили?

— Да подожди ты с деньгами. Знаешь, я понял: религия — это большая дисциплина на самом деле... Семь нулей.

— Семь нулей? — переспросила Нинка. — А это сколько? Миллион?

— Миллион — шесть нулей. А это — семь. Десять миллионов.

— Чего?

— Ну не рублей же...

— Долларов? — оцепенела Нинка.

— Фунтов стерлингов. Это еще больше. Почти в два раза больше.

Пауза. Нинка пытается справиться с информацией.

— Ты знаешь, у мусульман другие лица. Я на глаз могу отличить христианина или мусульманина. Я вот думаю, что было вначале — лицо или вера?

— А почему они так много дали? — спросила Нинка.

— Это немного. Для них — копейки. Белые города в их пустынях — просто спасение. Другое качество жизни. Я вот думаю, какой-то замызганный худосочный Алешка Коржиков в русских снегах и туманах придумывает для арабских пустынь белые города...

— Мы должны половину денег отдать Коржикову.

— Это почему? — неприятно удивился Шеф.

— Потому что это его идея, его расчеты, его жизнь в конце концов.

— Но Арабские Эмираты нашел я. И продал — я. Его идея до сих пор валялась бы в папке. А я сделал ей ноги.

— Поэтому ты берешь половину. А половина — его. Иначе не честно.

— Нина, я уже думал, — признался Шеф. — Мы, конечно, должны поделиться. Но у нас столько дыр... Посчитай сама... Нам нужна другая квартира. Сейчас хорошая квартира стоит полмиллиона. Загородный дом — столько же. Хорошо бы купить виллу на Средиземноморье. Вот уже два миллиона.

— А зачем виллу на Средиземноморье? — не поняла Нинка.

— Затем, что в Москве восемь холодных месяцев. Разве плохо в ноябре поехать на море и погреться месяца три?

Нинка молчит.

— Детям надо дать, чтобы не подохли с голоду. Твоим родителям-пенсионерам хорошо бы создать человеческие условия под старость лет. А мы... Разве мы не хотим путешествовать?

— Хотим. Но не на чужие деньги. Половина — это тоже грабеж. Ты имеешь право на двадцать процентов. А восемьдесят процентов — Алешины.

— Так ведь он никогда не узнает. Откуда он узнает?

— Я скажу, — спокойно объяснила Нинка.

— Странно, — задумчиво проговорил Шеф. — А что ты о нем так хлопочешь? Что ты от него видела? Он даже не захотел на тебе жениться. Сдал тебя мне, как в ломбард. Разве он вел себя как мужчина?

— Он умирал, — сказала Нинка.

— А что же он тогда не умер? Жив и здоров. Работает на фирме шофером.

Нинка молчит.

— Может быть, ты и сейчас его любишь?

Нинка не отвечает.

— Давай, я отдам тебе деньги, можешь уходить к нему.

Нинка удивленно смотрит на Шефа:

— Ты действительно мог бы все отдать и отпустить?

Шеф садится за стол и начинает есть.

— Какое счастье пожрать, когда хочется. — Наливает себе водки. Пьет. — Сядь, — просит он.

Нинка садится.

— Давай выпьем! — Наливает. Поднимает рюмку. — Так вот, учти... Без тебя мне ничего не надо. Я до тебя никого не любил. То, что было, это так... А ты — живая, и теплая, и молодая. Молодые не ценят молодость. А старые ценят.

— Ты не старый, — возразила Нинка. — Ты очень хороший.

— Хороших не любят. Любят плохих. Но я что-то хотел и забыл. А... вспомнил.

Шеф поднимается, достает коробочку. Раскрывает. На черном бархате бриллиантовое колье.

— Это мне? — Нинка замирает. — Как в кино...

Шеф надевает ей украшение. Нинка смотрит на себя в зеркало.

— Никто не поверит, что настоящее. Подумают — подделка.

— Но ты будешь знать, что настоящее. И я. А на остальных нам плевать.

— Я не представляла себе, что у меня когда-нибудь... Я думала, это не для меня.

— Ты стоишь больше. Но это впереди.

Нинка обнимает Шефа. Стоят так долго. Целую минуту. А может, две. Потом Нинка отстраняется и снимает колье.

— Я не могу носить краденое, — протягивает Шефу.

— А откуда он узнает?

— Он не узнает. Но я буду знать. И ты.

— Нина, но столько дыр!.. — горестно воскликнул Шеф.

— Никогда хорошо не жили, нечего и начинать...

Алексей Коржиков выходит из своего старенького «жигуленка», запирает руль на секретный замок. Входит в свой подъезд. Подходит к своей двери и в это время видит сидящую на лестнице Нинку. На ее коленях — кожаный кейс с металлическими замками.

— Говорил, в шесть, а пришел в семь, — упрекает Нинка. — Я тут на лестнице, как кошка, жду.

— Японцев в Загорск возил, — объяснил Алексей. — Извини.

— Ты, наверное, голодный? — предположила Нинка.

— Ничего. У меня есть рисовая лапша с собой. Японцы подарили. Три минуты — и готово. Вместе поедим.

— Нет. Я на одну минуту. Борис будет нервничать.

— Но ведь он не Борис.

— Не имеет значения. Вот. — Протягивает кейс. — Это тебе.

— А что это?

— Гонорар за Белые города.

— Ты еще помнишь? — удивился Алексей.

— Борис продал в Арабские Эмираты. Это как раз то, что им надо.

— Кому им?

— Арабам. У них ведь пустыни.

Алексей пытается открыть кейс. У него не получается. Нинка помогает. Кейс открыт. Он доверху набит пачками. Алексей обмер. Наступила пауза.

— У него всегда были организаторские способности, — сказал Алексей. — А это тоже талант.

Снова повисла пауза.

— Ты не рад? — спросила Нинка.

— Я рад, — без энтузиазма ответил Алексей.

— А как ты живешь вообще?

— Что именно тебя интересует?

— Как твое здоровье? Ты больше не умираешь?

— Пока нет.

— А жена твоя где?

— Она замужем за моим братом.

— Значит, она тебе родственница? Как это называется? Сноха? Золовка?

— Не знаю. По-французски это звучит: «бель сор». Прекрасная сестра.

— А дочь — твоя племянница?

— Нет. Она моя дочь.

— Ага... А брат твой чем занимается? — спросила Нинка.

— Тем же самым. Он всегда был бизнесмен, но тогда это называлось «спекулянт». Он всегда был жулик. Но теперь это называется «новый русский».

— Ты сейчас тоже «новый русский».

— Сейчас — да, — согласился Алексей.

— Ты не рад? — спросила Нинка.

— Осуществилась моя мечта. А это всегда грустно.

— Почему?

— Потому что осуществленная мечта — уже не мечта.

Молчат.

— Обними меня, — вдруг сказала Нинка.

— А зачем?

— Просто так.

— Просто так — не могу.

260

— Тогда за деньги.

— И за деньги не могу.

— Значит, до свидания, — сказала Нинка.

— Значит, так.

Нинка стала спускаться.

— Нина, ты меня любишь? — отчаянно крикнул Алексей.

Нинка спускается, не оглядываясь.

— Нина, я думаю о тебе каждый день... Я думаю о тебе не переставая...

Нинка уходит.

Самолет летит над облаками.

По проходу идет знакомая стюардесса, разносит воду. Алексей Коржиков сидит в кресле, на коленях у него кейс.

— Здравствуйте, — здоровается стюардесса.

— Здравствуйте, — кивает Алексей.

Квартира брата.

Алексей и Володя обнимаются.

— Есть будешь? — спросил Володя.

— Нет. Я уже обедал. В мэрии. С мэром. Симпатичный.

— Кто? — не понял Володя.

— Мэр. Он мне понравился. Молодой. Моложе меня. Странно. Те, кто родился в пятидесятом, уже вышли на рубежи. Как время идет.

— Ты зачем приехал? — настороженно спросил Володя. — За семьей?

— Жена как хочет, а дочь я бы забрал.

— Дочь как хочет, а жену я не отдам.

— Я хочу предложить тебе работу, — сухо сказал Алексей.

— Ты? Мне? — удивился брат.

— Коммерческий директор Северного приюта.

— А кто будет платить?

— Я.

— Кто хозяин?

— Я хозяин. Я купил Северный приют вместе с горой.

Алексей достал из кармана документы.

Володя берет. Смотрит. Ничего не может понять.

— А кто тебе продал?

— Местные власти. Мэр.

— Разве они имеют право разбазаривать народное достояние?

— За деньги имеют право. Это называется приватизация.

— А откуда у тебя деньги?

— От верблюда.

— Да... Верблюды нынче хорошо платят.

Нависла пауза.

— На наркотиках? — допытывался Володя. — На нефти?

— Если я тебе расскажу, ты все равно не поверишь. Ты ведь в меня никогда не верил.

Володя достает калькулятор. Считает.

— Год уйдет на ремонт. Еще год — окупим затраты. Через два года пойдет чистая прибыль. Туристы, валюта...

Входит Наташа.

— Папочка! — бросается отцу на шею.

— Я буду жить на Северном приюте. Ты поедешь со мной?

— Поеду! — не раздумывая, соглашается Наташа.

— Тебе здесь не нравится? — ревниво спрашивает Володя.

— Нравится, но родной отец лучше, чем родной дядя.

— Будем жить-поживать и добра наживать. — Алексей обнимает дочь. На его глаза наворачиваются слезы.

Наташа отстраняется, спрашивает:

— Папа, а добран — это баран?

Алексей с удивлением смотрит на дочь, не понимая вопроса.

— Ну вот, жить-поживать и добрана жевать. Добран — это кто?

— Добра наживать — два слова. Первое добро.

— А добро — это деньги?

— Нет. Деньги кладут в кошелек, а добро в душу.

Володя приносит гитару.

— Жалко, мама не дожила до этого дня, — говорит он. — Мама гордилась отцом, считала его хозяином края. А он — не хозяин. Он — наемный работник. А настоящие хозяева — мы. Ты и я.

Алексей играет песню «Синенький скромный платочек».

262

— Это была любимая песня твоей бабушки, — говорит Алексей Наташе.

Поют хором: «Синенький скромный платочек падал с опущенных плеч...»

Хижина стоит высоко в горах. Красота такая, что не может быть. Не может быть. Есть. Вот он, Северный приют.

Алексей выходит из хижины, голый по пояс, среди голубых снегов. Смотрит на горные вершины. Потом начинает растираться снегом. Вопит от восторга.

Появляется молодой человек в круглой спортивной шапочке. Алексей с удивлением смотрит: откуда он тут взялся?

— Привет! — здоровается Спортивный человек.

— Вам кого? — интересуется Алексей.

— Вас.

— Вы уверены?

— Вы Алексей Николаевич Коржиков? — уточняет молодой человек.

— Да. Это я.

— Теперь уверен, — успокаивается Спортивный.

Алексей выжидательно смотрит на незнакомца.

— Мы хотим предложить вам свои услуги. Мы будем вас охранять, а вы нам платить.

— Охранять от кого? — не понял Алексей.

— От таких, как мы.

— Рэкет? — догадался Алексей.

— Крыша, — поправил молодой человек.

— А платить сколько?

— Двадцать процентов от дохода. Первый взнос можно сделать сегодня.

— А откуда вы узнали, что я это купил?

— От мэра. Мэр дал наводку, а мы выследили.

— Мэр с вами в связке? — удивился Алексей.

— А что такое один мэр без нашей поддержки? Просто человек. Знаете, человек — очень хрупкая конструкция. Голова трескается, как орех, от одной маленькой пули.

— Это называется демократия, — скептически заметил Алексей.

— Демократия — значит справедливость, — пояснил Спортивный. — А какая справедливость, когда один богат, как вы, а другой беден, как я.

— Прежде чем стать богатым, я сорок лет ел говно. А ты хочешь прийти на готовое.

— Если можно не есть говно, то лучше этого не делать. Мы недорогие. Всего двадцать процентов.

— Ничего ты не получишь. Иди домой.

— Значит, не договорились, — задумчиво заключил Спортивный. — А жаль... Вас жаль... Вы мне нравитесь.

Спортивный достает пистолет.

— Ты хочешь меня застрелить? — поразился Алексей.

— Это называется «отстрелить». Или «пристрелить». Застрелить — это другое. Это когда на равных. Дуэль, например.

— У тебя есть второй пистолет? — торопливо спросил Алексей.

— Зачем мне два...

— Подожди, подожди... У меня есть кое-что...

Алексей убегает в избу. Потом возвращается с охотничьим ружьем.

— Вот, от Брежнева осталось, — объясняет он. — Здесь Брежнев охотился на кабанов. Давай отсчитывай десять шагов.

— Да бросьте вы, — отмахивается Спортивный. — Я же все равно вас убью.

— Убьешь. Но не пристрелишь, как собаку. Я погибну в честном бою.

Алексей меряет шагами расстояние. Отмечает черту.

Становятся. Целятся.

— Кто первый? — спрашивает Алексей.

— Давайте вы, — разрешает Спортивный.

Алексей целится. Потом опускает руку.

— Не могу стрелять в человека.

Спортивный думает.

— Ладно, — решает он. — Я скажу, что я тебя убил и сбросил в пропасть. А ты уходи. И чтоб тебя не было видно и слышно. Нигде. Понял?

— Понял. Я уйду, а ты и твой мэр останетесь. Все будет видно и слышно, и вы будете вонять на всю округу. Я защищаю от вас мою гору и мой Северный приют.

— Ну как хочешь, — сказал Спортивный и прицелился.

Алексей увидел направленное на него черное отверстие. Стало страшно.

Грохнул выстрел. От сильного звука вздрогнул воздух.

Стронулась и пошла лавина. И накрыла обоих.

И все, как было. Небо синее, как на японских открытках. Снег сверкает, как сколотый сахар.

КЛАДБИЩЕ АЛЬПИНИСТОВ

Могила Алексея с его надгробным памятником.

Вокруг могилы стоят все, кого мы знаем: жена, дочь, Нинка, Шеф, Колька, Кира Владимировна, младший брат Володя, дядя Вася. Стоят в молчании. Наташа оглядывает всех и спрашивает с недоумением, и тянет руки:

— Ну почему? Почему?

— Ген обреченности, — тихо говорит Кира Владимировна. — Несоответствие индивида и окружающей среды...

Пауза.

— Ты меня обманул, потому что ты меня разлюбил, — сказала жена. — И я тоже обману тебя. Я тебя забуду.

Помолчали, думая о сказанном.

— Он не виноват, — сказала Нинка. — Это я виновата. Если бы я была с ним, он бы не погиб. Я никогда себе не прощу.

— Зачем нужна такая демократия, если из-за нее гибнут люди, — заметил дядя Вася. — Люди главнее политики. Потому что люди — от Бога, а политика — от людей.

— Он перевернул всю мою жизнь, — сказал Шеф. — Я был нищий и старый. А стал богатый и счастливый.

— Давайте как положено, — вмешался Колька. — Пусть кто-нибудь скажет слово.

Выходит Владимир:

— У меня нет матери, а теперь нет брата. Но мы похожи. Я буду жить вместо него. — Поет: — «Синенький скромный платочек падал с опущенных плеч. Ты говорила, что не забудешь ласковых радостных встреч...»

К могиле поднимается мэр с двумя телохранителями. Встают рядом с провожающими. Поют вместе со всеми:

— «Нет больше мочи, синий платочек, синий, желанный, родной...»

А вокруг красота и покой. Снежные вершины сверкают, как сколотый сахар. Небо густо-синее, как на японских открытках. И воздух звенит от чистоты, и все краски доведены до совершенства.

ЛАВИНА

ианист Месяцев Игорь Николаевич сидел в самолете и смотрел в окошко. Он возвращался с гастролей по Германии, которые заняли у него весь ноябрь.

Месяцев боялся летать. Каждый раз, когда слышал об авиакатастрофе или видел на телевизионном экране рухнувший самолет, он цепенел и неестественно сосредоточивался. Знакомый психоаналитик сказал, что это нормально. Инстинкт самосохранения. Только у больных людей этот инстинкт нарушен, и они стремятся к самоликвидации. Смерть их манит. Здоровый человек хочет жить и боится смерти.

Месяцев хотел жить. Хотел работать. Для него это — одно.

До восемьдесят пятого года, до перестройки, приходилось ездить с гастролями в медвежьи углы, по огородам, играть на расстроенных роялях в клубах, где сидели девки с солдатами, дремали пьяные бомжи. Сейчас Месяцев играл на лучших роялях мира. И в лучших залах. Но кому бы он ни играл — бомжам или немцам, — он неизменно играл для себя. И это спасало.

Немецкие города были аккуратные, маленькие, как декорации к «Сказкам братьев Гримм».

Принимали хорошо, кормили изысканно. Однажды на приеме у бургомистра Месяцев ел нечто и не мог понять, что именно. Спросил у переводчицы Петры:

— Чье это мясо?

— Это такой американский мужчина, который весной делает р-р-ру-у...

— Тетерев, — догадался Игорь.

— Вот-вот... — согласилась переводчица.

— Не мужчина, а птица, — поправил Месяцев.

— Но вы же поняли...

Петра мило улыбнулась. Она была маленькая и тощенькая, как рыбка килька. И такие же, как у рыбки, большие, чуть-чуть подвыпученные глаза. Игорь не влюбился. А она ждала. Он видел, что она ждет. Но не влюбился. Он вообще не влюблялся в женщин. Он любил свою семью.

Семья — жена. Он мог работать в ее присутствии. Не мешала. Не ощущалась, как не ощущается свежий воздух. Дышишь, и все.

Дочь. Он любил по утрам пить с ней кофе. Она сидела, закинув ногу на ногу, с сигаретой, красивая с самого утра. Сигарета длинная, ноги длинные, волосы длинные и нежная привязанность, идущая из глубины жизни. Зачем какие-то любовницы — чужие и случайные, когда так хорошо и прочно в доме?

Сын Алик — это особая тема. Главная болевая точка. Они яростно любили друг друга и яростно мучили. Все душевные силы, оставшиеся от музыки, уходили на сына.

Месяцев смотрел в окошко самолета. Внизу облака, а сквозь них просматривается бок земли. Говорят, если самолет раскалывается в воздухе, люди высыпаются в минус пятьдесят градусов и воздушные потоки срывают с них одежду, они летят голые, окоченевшие и мертвые скорее всего. Но зачем об этом думать?.. Знакомый психиатр советовал переключаться. Думать о чем-то приятном.

О жене, например. Они знали друг друга с тринадцати лет. С седьмого класса музыкальной школы. Первый раз поцеловались в четырнадцать. А в восемнадцать поженились и родили девочку Аню. Но настоящей его женой была музыка. Игорь Месяцев в ней растворялся, он ее совершенствовал, он ей ПРИНАДЛЕЖАЛ. А жена принадлежала семье.

После окончания консерватории жена пошла преподавать. Имела частные уроки, чтобы заработать. Чтобы Месяцев мог ни о чем не думать, а только растворяться и расти. Рос он долго, может быть, лет пятнадцать или даже восемнадцать. А есть надо было каждый день.

Жена не жаловалась. Наоборот. Она выражала себя через самоотречение. Любовь к близким — вот ее талант. После близких шли дальние — ученики. После учеников — все остальное. Она любила людей.

Внешне жена менялась мало. Она всегда была невысокая, плотненькая, он шутя называл ее «играющая табуретка». Она и сейчас была табуретка — с гладким, миловидным лицом, сохранившим наивное выражение детства. Этакий переросший ребенок.

Игорь Месяцев не задумывался о своем отношении к жене. Но когда уезжал надолго, начинал тосковать, почти болеть. И подарки покупал самые дорогие. В этот раз он купил ей шубу из норки.

В сорок восемь лет жена получила свою первую шубу. Поздно, конечно. Но лучше поздно, чем никогда.

Дочери он вез вечерний туалет. Ее так приятно было украшать. Сыну — все с головы до ног, на все четыре времени года.

Сын рос совершенно иначе, чем дочь. У дочери все складывалось нормально, как в учебнике. Сын — как в кошмарном сне. В детстве постоянно болел, то одним, то другим. Школу ненавидел. Может, виновата совковая школа. А может — сам Алик.

Наконец школа позади. Впереди армия. Армия и Алик — две вещи несовместимые. Армия — машина подчинения. Алик — человек-противостояние. Машина сильнее человека. Все кончится для Алика военным трибуналом. Его посадят в тюрьму. А в тюрьме изнасилуют всем бараком.

Значит, надо положить в больницу, купить диагноз «шизофрения» и получить «белый билет». Шизофреники от армии освобождаются. Психически неполноценные не должны иметь в руках оружие.

Жена куда-то ходила, договаривалась.

Дочь выросла практически бескровно. А на сына утекали реки денег, здоровья, километры нервов. А что в итоге? Ничего. Сам сын. Красивый и любимый до холодка под ложечкой. Это любовь, пропущенная через страдания и обогащенная страданием. Любовь-испытание, как будто тебя протаскивают сквозь колючую проволоку и едва не убивают. Но не убивают.

Вот такие разные: жена с ее возвышенным рабством, дочь — праздник, сын — инквизиторский костер, теща — объективная, как термометр, — все они — маленькие планеты — вращались вокруг него, как вокруг Солнца. Брали свет и тепло.

Он был нужен им. А они — ему. Потому что было кому ДАВАТЬ. Скучно жить только для себя одного. Трагедия одиночества — в невозможности отдачи.

Игорь уезжал с одним чемоданчиком, а возвращался с багажом из пяти мест. В эти чемоданы и коробки был заключен весь гонорар, заработанный за ноябрь, а если точнее — за всю прошлую жизнь. Труд пианиста — сладкая каторга, которая начинается в шесть лет и до бесконечности. Все детство, отрочество, юность и зрелость — это клавиши, пальцы и душа. Так что, если разобраться, на тележке, которую катил перед собой Месяцев, проходя таможенный досмотр, лежали его детство, молодость и зрелость.

Встречали дочь и ее жених Юра.

Дочь не бросилась на шею. Она была простужена, немножко бледна, шмыгала носиком и сказала в никуда:

— Ко мне папочка приехал...

А когда садились в машину — еще раз, громче, как бы не веря:

— Ко мне папочка приехал...

Месяцев понял, что жених женихом, а отца ей не хватает. Отец заботится и ничего не требует. А жених не заботится и весь в претензиях.

Юра сел за руль. Был мрачноват. Месяцев заметил, что из трехсот шестидесяти дней в году триста — у него плохое настроение. Характер пасмурный. И его красавица дочь постоянно существует в пасмурном климате. Как в Лондоне. Или в Воркуте.

Москва после немецких городов казалась необъятно большой, неуютной, неряшливой. Сплошные «не». Однако везде звучала русская речь, и это оказалось самым важным.

Языковая среда. Без языка человек теряет восемьдесят процентов своей индивидуальности. Казалось бы, зачем музыканту речь? У него своя речь — музыка. Но оказывается, глухим мог работать только Бетховен. Так что зря старалась Петра, лучилась своими золотыми глазками, зря надеялась. Домой-домой, к жене-табуретке, к Москве с ее безобразиями, к своему языку, которого не замечаешь, когда в нем живешь.

Месяцев ожидал, что сын обрадуется, начнет подскакивать на месте. Он именно так выражал свою радость: подскакивал. И жена всплеснет ручками. А потом все выстроятся вокруг чемоданов. Замрут, как столбики, и будут смотреть не отрываясь в одну точку. И каждый получит свой пакет. И начнутся примерки, гомон, весенний щебет и суета. А он будет стоять над всем этим, как царь зверей.

Однако жена открыла дверь со смущенным лицом. Сын тоже стоял тихонький. А в комнате сидел сосед по лестничной клетке Миша и смотрел растерянно. Месяцев понял: что-то случилось.

— Татьяна умерла, — проговорила жена.

— Я только что вошел к ней за сигаретами, а она сидит на стуле мертвая, — сказал Миша.

Татьяна — соседка по лестничной клетке. Они вместе въехали в этот дом двадцать лет назад. И все двадцать лет соседствовали. Месяцев сообразил: когда они с багажом загружались в лифт, в этот момент Миша вошел к Татьяне за сигаретами и увидел ее мертвой. И, ушибленный этим зрелищем, кинулся к ближайшим соседям сообщить. Радоваться и обниматься на этом фоне было некорректно. И надо же было появиться Мише именно в эту минуту...

— Да... — проговорил Месяцев.

— Как ужасно, — отозвалась дочь.

— А как это случилось? — удивился Юра.

— Пила, — сдержанно объяснил Миша. — У нее запой продолжался месяц.

— Сердце не выдержало, — вздохнула жена. — Я ей говорила...

Татьяне было сорок лет. Начала пить в двадцать. Казалось, она заложила в свой компьютер программу: самоликвидация. И выполнила эту программу. И сейчас сидела за стеной мертвая, с серым спокойным лицом.

— Надо ее матери позвонить, — сказал Миша, поднимаясь.

— Только не от нас, — испугался Алик.

— Ужас... — выдохнула жена.

Миша ушел. За ним закрыли дверь и почему-то открыли окна. Настроение было испорчено, но чемоданы высились посреди прихожей и звали к жизни. Не просто к жизни, а к ее празднику.

Все в молчании выстроились в прихожей. Месяцев стал открывать чемоданы и вытаскивать красивые пакеты.

Жена при виде шубы остолбенела, и было так мило видеть ее шок счастья. Месяцев накинул ей на плечи драгоценные меха. Широкая длинная шуба не соответствовала росту. Жена была похожа на генерала гражданской войны в бурке.

Дочь скинула джинсы, влезла в маленькое платьице с голой спиной и стала крутиться перед зеркалом. Для того чтобы увидеть со спины, она стала боком и изогнулась вокруг себя так ловко и грациозно, что Месяцев озадачился: как они с женой со своими скромными внешними возможностями запустили в мир такую красоту? Это не меньше, чем исполнительская деятельность.

Постепенно отвлеклись от соседки Татьяны. Переключились на свое. На радость встречи. Папочка приехал...

Жена накрыла на стол. Месяцев достал клубничный торт, купленный в аэропорту в последние минуты. Резали большими ломтями, чтобы каждому досталось много. Это входило в традиции семьи: когда вкусно, надо, чтобы было много.

Чужое горе, как это ни жестоко, оттеняло их благополучие.

И вдруг раздался вой. Значит, пришла мать Татьяны, которой позвонил Миша. Кухня размещалась далеко от лестничной клетки, но вой проникал через все стены. Он был похож на звериный, и становилось очевидно, что человек — тоже зверь.

Семья перестала жевать. У жены на глазах выступили слезы.

— Может быть, к ней зайти? — спросила дочь.

— Я боюсь, — отозвался Юра.

— А чем мы можем помочь? — спросил Алик.

Все остались на месте.

Чай остыл. Пришлось ставить новый.

Вой тем временем прекратился. Должно быть, мать увели.

— Ну, я пойду, — сказал Юра.

Его неприятно сковывала близость покойника.

— Я тоже пойду, — поднялся сын.

У него за стенами дома текла какая-то своя жизнь.

Дочь пошла проводить жениха до машины. И застряла.

Месяцев принял душ и прилег отдохнуть. И неожиданно заснул.

А когда открыл глаза — было пять утра. За окном серая мгла. В Германии это было бы три часа. Месяцев стал ждать, когда уснет снова, но не получалось.

Совсем некстати вспомнил, как однажды, двадцать лет назад, он вошел в лифт вместе с Татьяной. На ней была короткая юбка, открывающая ноги полностью: от стоп в туфельках до того места, где две ноги, как две реки, сливаются в устье. Жена никогда не носила таких юбок. У нее не было таких ног.

Месяцева окатило странное желание: ему захотелось положить руки Татьяне на горло и войти в ее устье. Ему хотелось насиловать и душить одновременно, и чтобы его оргазм совпал с ее смертной агонией. Они вместе содрогнулись бы в общем адском содрогании. Потом он разжал бы руки, и она упала бы замертво. А он бы вышел из лифта как ни в чем не бывало.

Они вышли из лифта вместе. Месяцев направился в одну сторону, Татьяна — в другую. Но недавнее наваждение заставило его остановиться и вытереть холодный пот со лба.

Месяцев испугался и в тот же день отправился к психиатру.

— Это ничего страшного, — сказал лысый психиатр. — Такое состояние называется «хульные мысли». От слова «хула». Они посещают каждого человека. Особенно сдержанного. Особенно тех, кто себя сексуально ограничивает. Держит в руках. Хульные мысли — своего рода разрядка. Человек в воображении прокручивает то, чего не может позволить себе в жизни...

Месяцев успокоился. И забыл. Татьяну он встречал время от времени — и в лифте, и во дворе. Она очень скоро стала спиваться, теряла товарный вид и уже в тридцать выглядела на пятьдесят. Организм злопамятен. Ничего не прощает.

Сейчас, проснувшись среди ночи, Месяцев вспомнил ее ноги и подумал: по каким тропам идет сейчас Татьяна и что она видит вокруг себя — какие видения и ландшафты? И может быть, то, что она видит, — гораздо существеннее и прекраснее того, что видит он вокруг себя...

Утром Месяцев тяжело молчал.

— Тебе надо подумать о новой программе, — подсказала жена.

Месяцев посмотрел на жену. Она не любила переодеваться по утрам и по полдня ходила в ночной рубашке.

— Еще одна программа. Потом еще одна. А жить?

— Это и есть жизнь, — удивилась жена. — Птица летает, рыба плавает, а ты играешь.

— Птица летает и ловит мошек. Рыба плавает и ищет корм. А я играю, как на вокзале, и мне кладут в шапку.

Было такое время в жизни Месяцева. Сорок лет назад. Отец-алкоголик брал его на вокзал, надевал лямки аккордеона и заставлял играть. Аккордеон был ему от подбородка до колен — перламутровый, вывезенный из Германии военный трофей. Восьмилетний Игорь играл. А в шапку бросали деньги...

— Ты просто устал, — догадалась жена. — Тебе надо отдохнуть. Сделать перерыв.

— Как отдохнуть? Сесть и ничего не делать?

— Поменяй обстановку. Поезжай на юг. Будешь плавать в любую погоду.

— Там война, — напомнил Месяцев.

— В Дом композиторов.

— Там композиторы.

— Ну, под Москву куда-нибудь. В санаторий.

Ему было все равно. Его как будто накрыло одеялом равнодушия. Видимо, соседка Татьяна второй раз включила его в нетрадиционное состояние. Первый раз — своим цветением, а второй раз — своей гибелью. Хотя при чем здесь Татьяна... Просто он бежит, бежит, как белка в колесе. Играет, играет, перебирает звуки. А колесо все вертится, вертится.

А зачем? Чтобы купить жене шубу, которая на ней как на корове седло.

* * *

Через неделю Месяцев жил в санатории.

Санаторный врач назначил бассейн, массаж и кислородны[е] коктейли.

Месяцев погружался в воду, пахнущую хлоркой, и говори[л] себе: «Я сильный и молодой. Я вас всех к ногтю!» Кого всех? Н[а] этот вопрос он бы не мог ответить. У Месяцева не было враг[ов]. Его единственные враги — лишний вес и возраст. Лишние деся[ть] лет и десять килограммов. Сейчас ему сорок восемь. А тридца[ть] восемь — лучше. Сын был маленький и говорил, куда уходи[шь]. Дочь была маленькая, и ее не обнимал чужой сумрачный Юр[а]. Он сам был бы молодой и меньше уставал. А жена... Месяцев [не] видел разницы. Жена как-то не менялась. Табуретка — устойч[и]вая конструкция.

Месяцев врезался в воду и плыл стилем, сильно выкидыв[ая] из воды гладкое круглое тело. Он делал три заплыва — туда [и] назад. Потом вставал под горячий душ, испытывая мышечну[ю] радость, которая не меньше, чем радость душевная, чем радос[ть] от прекрасных созвучий. Однако зачем сравнивать: что луч[ше,] что хуже? Должно быть то и другое. Гармония. Он загнал, з[а]пустил свое тело сидячим образом жизни, нагрузкой на позв[о]ночник, отсутствием спорта. И в сорок восемь лет — тюф[як] тюфяком. Вот Билл Клинтон — занят не меньше. А наход[ит] время для диет и для спорта.

Массажист нажимал на позвонки, они отзывались бол[ью,] как бы жаловались. Массажист — сильный мужик, свивал М[е]сяцева в узел, дергал, выкручивал голову. Было страшно и бо[ль]но. Зато потом тело наливалось легкостью и позвоночник тян[ул] вверх, в небо. Хорошо! «Какой же я был дурак!» — говорил с[ебе] Месяцев, имея в виду свое фанатичное пребывание за роял[ем,] будто его приговорили высшим судом.

Но прошли две недели, и Месяцев стал коситься в сторо[ну] черного рояля, стоящего в актовом зале. А когда однажды [он] дошел и поднял крышку, у него задрожали руки... Конечно, п[ти]ца летает, ищет корм. Но птица и поет. А без этого она не пти[ца,] а летучая мышь.

Телефон-автомат располагался под лестничным марш[ем.] Была поставлена специальная кабина со стеклянной двер[ью.]

чтобы изолировать звук. Обычно собиралась небольшая очередь, человека три-четыре. Но три-четыре человека — это почти час времени. Однако Месяцев запасался жетонами и запасался терпением. Ему необходимо было слышать голос жены. Этот голос как бы подтверждал сложившийся миропорядок, а именно: Земля крутится вокруг своей оси, на Солнце поддерживается нужная температура.

Трубку снял сын.

— Мама на работе, — торопливо сказал сын.

— Ты не один? — догадался Месяцев.

— Мы с Андреем.

Андрей — школьный друг. Из хорошей семьи. Все в порядке.

— Чем вы занимаетесь? — поинтересовался Месяцев.

— Смотрим видак. А что?

По торопливому «а что?» Месяцев догадался, что смотрят они не «Броненосец «Потемкин».

— Новости есть?

— Нет, — сразу ответил сын.

— Ты в больницу ложишься?

— Завтра.

— Что же ты молчал?

— А что тут такого? Лягу, выйду... Андрей лежал, и ничего. Даже интересно.

— Андрею все интересно...

Месяцев расстроился. Запереть мальчика в сумасшедший дом...

Помолчали. Алик ждал. Месяцев чувствовал, что он ему мешает.

— А я соскучился, — вдруг пожаловался отец.

— Ага, — сказал сын. — Пока.

Месяцев положил трубку. Разговаривать было бессмысленно.

Он вдруг вспомнил, как его сын Алик осквернял праздничные столы. Когда стол был накрыт и ждал гостей, Алик входил и поедал украшения, выковыривал цукаты из торта. Он заносил руку и, как журавль, вытаскивал то, что ему нравилось. Дочь, наоборот, подходила и добавляла что-то от себя, ставила цветы. Вот тебе двое детей в одной семье.

«Отдать бы его в армию, — подумал Месяцев, — там бы ему вставили мозги на место. Его мало били. Пусть государство откорректирует...»

Месяцев ощущал смешанное чувство ненависти, беспомощности и боли. И сквозь этот металлолом особенно незащищенно тянулся росток, вернее, ствол его любви. Как будто содрали кожу и ствол голый.

— Кто там? — спросил Андрей.

— Предок...

Алик вернулся к Андрею. Андрей уже приготовил все, что надо. Алик не умел сам себе вколоть. Не мог найти вену.

— Привыкнешь... — пообещал Андрей.

Андрей помог Алику. И себе тоже вколол. Сгиб его руки был весь в точках.

Они откинулись на диван и стали ждать.

— Ну как? — спросил Андрей.

— Потолок побежал, — сказал Алик.

Потолок бежал быстрее, мерцая белизной.

Приближалось нужное состояние.

Поговорив с сыном, Месяцев решил дозвониться жене на работу.

Номер был занят. Жена с кем-то разговаривала. Она любила трепаться по телефону и буквально купалась в своем голосовом журчанье. Как бывший президент Горбачев.

Месяцев хотел набрать еще раз, но возле телефона стояла женщина и ждала. Ее лицо буквально переливалось от нетерпения. Месяцев не любил заставлять ждать, причинять собой неудобства. Он вышел из кабины, уступая место, продолжая думать о Горбачеве.

Месяцев испытывал к бывшему президенту теплые чувства, однако, когда в последний раз слушал интервью с ним, его речевое кружение, понял, что время Горбачева ушло безвозвратно. На то, что можно сказать за четыре секунды, бывший президент тратил полчаса. Привычка коммуниста: говорить много и ничего не сказать.

276

Женщина, которую он пропустил, высунулась из кабины и спросила:

— Вы не дадите мне жетон? В долг? У меня прервалось...

У Месяцева был всего один жетон. Он растерянно посмотрел на женщину. Она ждала, шумно дышала, и казалось: сейчас заплачет. Видимо, прервавшийся разговор имел отношение ко всей ее будущей жизни.

Месяцев протянул жетон.

Оставаться было бессмысленно. Месяцев отошел от автомата. Направился в кинозал.

Перед кинозалом продавали билеты. Деньги принимал довольно интеллигентный мужчина инженерского вида. Видимо, не нашел себя в новых условиях и пошел продавать билеты.

— У вас нет жетонов для автомата? — спросил Месяцев.

— Все забрали, — виновато улыбнулся продавец. — Вот, посмотрите...

Это «посмотрите» и виноватая улыбка еще раз убедили Месяцева в несоответствии человека и места. Стало немножко грустно.

Он купил билет в кино.

Шел американский боевик. Гангстеры и полицейские вели разборки, убивали друг друга равнодушно и виртуозно. Стрельнул, убил и пошел себе по своим делам. Жизнь ничего не стоит.

«Неужели и русские к этому придут? — с ужасом думал Месяцев. — Неужели демократия и преступность — два конца одной палки? Если личность свободна, она свободна для всего...»

Фильм кончился благополучно для главного героя. Американский хэппи энд. В отличие от русского мазохизма. Русские обязательно должны уконтрапупить своего героя, а потом над ним рыдать. Очищение через слезы.

Месяцев вышел из кинозала и увидел женщину.

— Я забрала у вас последний жетон? — виновато спросила она.

— Ничего страшного, — великодушно отреагировал Месяцев.

— Нет-нет, — отказалась она от великодушия. — Я не успокоюсь. Может быть, в буфете есть жетоны?

Они спустились в буфет, но он оказался закрыт.

— Здесь рядом есть торговая палатка, — вспомнила женщина. — Они торгуют до часа ночи.

— Да ладно, — отмахнулся Месяцев. — Это не срочно.

— Нет. Зачем же? — Она независимо посмотрела на Месяцева.

У нее были большие накрашенные глаза и большой накрашенный рот.

«Интересно, — подумал Месяцев, — как она целуется? Вытирает губы или прямо...»

Женщина повернулась и пошла к гардеробу. Месяцев покорно двинулся следом. Они взяли в гардеробе верхнюю одежду. Месяцев с удивлением заметил, что на ней была черная норковая шуба — точно такая же, как у жены. Тот же мех. Та же модель. Может быть, даже куплена в одном магазине. Но на женщине шуба сидела иначе, чем на жене. Женщина и шуба были созданы друг для друга. Она была молодая, лет тридцати, высокая, тянула на «вамп». Вамп — не его тип. Ему нравились интеллигентные, тихие девочки из хороших семей. И если бы Месяцеву пришла охота влюбиться, он выбрал бы именно такую, без косметики, с чисто вымытым, даже шелушащимся лицом. Такие не лезут. Они покорно ждут. А «вампы» проявляют инициативу, напористы и агрессивны. Вот куда она его ведет? И зачем он за ней следует? Но впереди три пустых часа, такие же, как вчера и позавчера. Пусть будет что-то еще. В конце концов всегда можно остановиться, сказать себе: стоп!

Он легко шел за женщиной. Снег поскрипывал. Плыла луна. Она не надела шапки. Лучшее украшение — это летящие, промытые душистым шампунем, чистые волосы. Но на дворе — вечер, и декабрь, и ничего не видно.

Палатка оказалась открыта. В ней сидели двое: крашеная блондинка и чернявый парень, по виду азербайджанец. Девушка разместилась у него на коленях, и чувствовалось, что им обоим не до торговли.

— У вас есть жетоны? — спросила женщина.

— Сто рублей, — отозвалась продавщица.

— А в городе пятьдесят.

— Ну и езжайте в город.

— Бутылку «Адвоката» и на сдачу жетоны, — сказал Месяцев и протянул крупную купюру.

Ради выгодной покупки продавщица поднялась и произвела все нужные операции.

Месяцев взял горсть жетонов и положил себе в карман. А вторую горсть протянул своей спутнице.

— Интересное дело... — растерялась она.

Месяцев молча ссыпал пластмассовые жетоны ей в карман. Неужели она думала, что Месяцев, взрослый мужчина, пианист с мировым именем, как последний крохобор, шагает по снегу за своей пластмассовой монеткой?

— И это тоже вам. — Он протянул красивую бутылку.

Женщина стояла в нерешительности.

— А что я буду с ней делать? — спросила она.

— Выпейте.

— Где?

— Можно прямо здесь.

— Тогда вместе.

Месяцев отвинтил пробку. Они пригубили по глотку. Ликер был сладкий, как десерт. Стало весело. Как-то забыто, по-студенчески.

Медленно пошли по дорожке.

— Сделаем круг, — предложила женщина. Моцион перед сном — дело полезное, но смущала ее открытая голова. Он снял с себя шарф и повязал ей на голову. В лунном свете не было видно краски на ресницах и на губах. Она была попроще и получше.

Месяцев сунул бутылку в карман.

— Прольется, — сказала женщина. — Давайте я понесу.

Первая половина декабря. Зима — молодая, красивая. Белые деревья замерли и слушают. Ничего похожего нет ни на Кубе, ни в Израиле. Там только солнце или дожди. И больше ничего.

— Давайте познакомимся, — сказала женщина. — Я Люля.

— Игорь Николаевич.

— Тогда Елена Геннадьевна.

Выскочили две дворняжки и побежали рядом с одинаково поднятыми хвостами. Хвосты покачивались, как метрономы: раз-раз, раз-раз.

279

Елена Геннадьевна подняла бутылку и хлебнула. Протянула Месяцеву. Он тоже хлебнул.

Звезды мерцали, будто подмигивали. Воздух был холодный и чистый. Все вокруг то же самое, но под другим углом. Прежде размыто, а теперь явственно, наполнено смыслом и радостью, и если бы у Месяцева был хвост, он тоже качался бы, как метроном: раз-раз, раз-раз.

— Можно задать вам вопрос?

— Смотря какой.

— Нескромный.

— Можно.

— Вы когда целуетесь, вытираете помаду или прямо?

— А вы что, никогда не целовали женщину с крашеными губами?

— Никогда, — сознался Месяцев.

— Хотите попробовать? — спросила Елена Геннадьевна.

— Что попробовать? — не понял Месяцев.

Елена Геннадьевна не ответила. Взяла его лицо двумя руками и подвинула к своему. Решила провести практические занятия. Не рассказать, а показать. Его сердце сделало кульбит, как в цирке вокруг перекладины. Не удержалось, рухнуло, ухнуло и забилось внизу живота. Месяцев обнял ее, прижал, притиснул и погрузился в ее губы, ощущая солоноватый химический привкус, как кровь. И эта кровь заставляла его звереть.

— Не сейчас, — сказала Елена Геннадьевна.

Но Месяцев ничего не мог с собой поделать. Ее большие глаза были неразличимы.

— Люля, — сказал Месяцев хрипло, — ты меня извини. У меня так давно «этого» не было.

А если честно, то никогда. Ведь он никогда не целовал женщин с крашеными губами. Месяцев стоял несчастный и растерянный.

— Идем ко мне, — так же хрипло сказала Люля. — Я тебе верю.

— К тебе — это далеко. Далеко.

Она легла прямо на снег. А он — прямо на нее. Она видела его искаженное лицо над собой. Закрыла глаза, чтобы не видеть. Потом сказала:

— Не кричи. Подумают, что убивают.

...Он лежал неподвижно, как будто умер. Потом спросил:

— Что?

— Встань, — попросила Люля. — Холодно.

Месяцев поднялся. Привел себя в порядок. Зачерпнул горсть чистого снега и умыл лицо. В теле была непривычная легкость.

Он достал бутылку и сказал:

— Разлилось...

— На меня, — уточнила Люля. — На мою шубу.

— Плевать на шубу, — сказал Месяцев.

— Плевать на шубу, — повторила Люля.

Они обнялись и замерли.

«Боже мой! — подумал Месяцев. — А ведь есть люди, у которых это каждый день». Он жил без «этого». И ничего. Все уходило на другое. На исполнительскую деятельность. Но музыка — для всех. А ЭТО — для себя одного.

Собаки ждали. Месяцев пошел к корпусу. Люля — следом. Вошли как чужие. Люля несла бутылку с ликером.

— Тут еще немного осталось, — сказала Люля.

— Нет-нет, — сухо отказался Месяцев.

Шуба была залита липким ликером. И это все, что осталось от большой страсти.

Люля повернулась и пошла.

Весь следующий день Месяцев не искал Елену Геннадьевну. Даже избегал. Он побаивался, что она захочет продолжить отношения. А какое может быть продолжение? Сын поступает в институт, дочь — невеста, Гюнтер вызванивает, Шопен ждет. А он под старость лет будет пристраиваться под елками, как собака Бобик.

Но Елена Геннадьевна не преследовала его, не искала встречи, что даже странно.

По вечерам Месяцев смотрел «Новости». Но его телевизор сломался, как назло. Пришлось спуститься в холл, где стоял большой цветной телевизор. Елена Геннадьевна сидела в уголочке. На ней была просторная кофта цвета теплых сливок.

«Кто ей возит? — подумал Месяцев. — А кто возит моей жене?» Может быть, у Елены Геннадьевны тоже есть муж? А почему нет? Она молодая шикарная женщина. Она немножко сошла с ума и позволила себе на природе. Хотя, если быть справедливым, это ОН сошел с ума, а ей было легче уступить, чем урезонивать. А потом она выбросила воспоминания, как пустую бутылку. Вот и все. У Месяцева затосковало под ложечкой.

Диктор тем временем сообщал, что в штате Калифорния произошли беспорядки. Негры на что-то обиделись и побили белых. Довольно сильно обиделись и сильно побили. И получилось, что недостатки есть и в Америке, а не только у нас. Значит, никто никого не хуже.

Месяцев сидел за ее спиной. Волосы Люля подняла и закрепила большой нарядной заколкой. Была видна стройная шея, начало спины с просвечивающими позвонками. У ровесниц Месяцева, да и у него самого шея расширилась, осела и на стыке, на переходе в спину — холка, как у медведя. А тут — молодость, цветение и пофигизм — термин сына. Значит, все по фигу. Никаких проблем. Отдалась первому встречному — и забыла. Сидит себе, даже головы не повернет. Ей тридцать лет. Вся жизнь впереди. А Месяцеву почти пятьдесят. Двадцать лет до маразма. Зачем он ей?

Люля поднялась и ушла, как бы в подтверждение его мыслей.

Диктор тем временем сообщал курс доллара на последних торгах. Курс неизменно поднимался, но этот факт не имел никакого значения. Люля вышла. На том месте, где она сидела, образовалась пустота. Дыра. В эту дыру сквозило.

Месяцев вышел из холла. Делать было решительно нечего. Домой звонить не хотелось.

Месяцев спустился в зал. Сегодня кино не показывали. Зал был пуст.

Месяцев подвинул стул к роялю. Открыл крышку. Стал играть «Времена года» Чайковского.

«Ноябрь». Звуки, как вздохи. Месяцев чувствовал то же, что и Чайковский в минуты написания. А что? Очень может быть, Петру Ильичу было столько же лет.

Половина жизни. В сутках — это полдень. Еще живы краски утра, но уже слышен близкий вечер. Еще молод, но время утекает, и слышно, как оно шуршит. В мире существуют слова, числа, звуки. Но числа беспощадны. А звуки — обещают. Месяцев играл и все, все, все рассказывал про себя пустому залу Ничего не скрывал.

282

Открылась дверь, и вошла Елена Геннадьевна. Тихо села на последний ряд. Стала слушать.

Месяцев играл для нее. Даже когда зал бывал полон, Месяцев выбирал одно лицо и играл для него. А здесь этот один, вернее, одна уже сидела. И не важно, что зал пуст. Он все равно полон. Месяцев играл, как никогда, и сам это понимал. Интересно, понимала ли она?..

Месяцев окончил «Ноябрь». Поставил точку. Положил руки на колени. Елена Геннадьевна не пошевелилась. Не захлопала. Значит, понимала. Просто ждала... Это было грамотное консерваторское восприятие.

«Баркарола». Он играл ее бесстрастно, как переводчик наговаривает синхронный текст. Не расцвечивал интонацией, не сообщал собственных переживаний. Только точность. Только Чайковский. Мелодия настолько гениальна, что не требовала ничего больше. Только бы донести. Все остальное — лишнее, как третий глаз на лице.

Еще одна пьеса. «На святках». Очень техничная. Техника — это сильная сторона пианиста Месяцева. Техника, сила и наполненность удара. Месяцев знал, что мог поразить. Но никогда не поражал специально. Музыка была для него чем-то большим, над человеческими страстями. Как вера.

Он сыграл последнюю музыкальную фразу. Подождал, пока в воздухе рассеется последний звук. Потом тихо опустил крышку. Встал.

Елена Геннадьевна осталась сидеть. Месяцев подошел к ней. Сел рядом. В ее глазах стояли слезы.

— Хотите кофе? — спросил Месяцев. — Можем пойти в бар.

— Нет-нет... Спасибо... — торопливо отказалась она.

— Тогда погуляем?

Они опять, как вчера, вышли на дорогу. Но и только. Только на дорогу. Луна снова сопровождала их. И еще привязались вчерашние собаки. Видимо, они были бездомны, а им хотелось хозяина.

Шли молча.

— Расскажите о себе, — попросил Месяцев.

— А нечего рассказывать.

— То есть как?

— Вот так. Все, что вы видите перед собой. И это все.

— Я вижу перед собой женщину — молодую, красивую и умную.

— Больную, жалкую и одинокую, — добавила Елена Геннадьевна.

— Вы замужем?

— Была. Мы разошлись.

— Давно?

— Во вторник.

— А сегодня что?

— Сегодня тоже вторник. Две недели назад.

— А чья это была инициатива?

— Какая разница?

— Все-таки разница. Это ваше решение или оно вам навязано?

— Инициатива, решение... — передразнила Елена Геннадьевна. — Просто я его бросила.

— Почему?

— Надоело.

— А подробнее?

— Что может быть подробнее? Надоело, и все.

В стороне от дороги виднелась вчерашняя палатка. Они прошли мимо. Вчерашняя жизнь не имела к сегодняшней никакого отношения. Месяцеву было странно даже представить, что он и эта женщина были вчера близки. У Месяцева застучало сердце. Он взял ее ладонь и приложил к своему сердцу. Они стояли и смотрели друг на друга. Его сердце толкалось в ее ладонь — гулко и редко. Она была такая красивая, как не бывает.

— Я теперь как эта собака, — сказала Люля. — Любой может поманить. И пнуть. И еще шубу испортила.

Он подвинул ее к себе за плечи и поцеловал в щеку. Щека была соленая.

— Не плачь, — сказал он. — Мы поправим твою шубу.

— Как?

— Очень просто: мыло, расческа и горячая вода. А на ночь — на батарею.

— Не скукожится? — спросила она.

— Можно попробовать. А если скукожится, я привезу тебе другую. Такую же.

284

Они торопливо пошли в корпус, как сообщники. Зашли в ее номер.

Люля сняла шубу. Месяцев пустил в ванной горячую воду. Он не знал, чем это кончится, поскольку никогда не занимался ни стиркой, ни чисткой. Все это делала жена. Но в данную минуту Месяцев испытывал подъем сил, как во время удачного концерта. В его лице и руках была веселая уверенность. Интуиция подсказала, что не следует делать струю слишком горячей и не следует оставлять мех надолго в воде. Он намылил ворсинки туалетным мылом, потом взял расческу и причесал, снова опустил в воду, и так несколько раз, пока ворсинки не стали легкими и самостоятельными. Потом он закатал край шубы в полотенце, промокнул насухо.

— У тебя есть фен? — Вдруг осенило, что мех — это волосы. А волосы сушат феном.

Люля достала фен. Он заревел, как вертолет на взлете, посылая горячий воздух. Ворсинки заметались и полегли.

— Хватит, — сказала Люля. — Пусть остынет.

Выключили фен, повесили шубу на вешалку.

— Хотите чаю? — спросила Люля. — У меня есть кипятильник.

Она не стала дожидаться ответа. Налила воду в графин, сунула туда кипятильник. На ней были синие джинсы, точно повторяющие линии тела, все его углы и закоулки. Она легко садилась и вставала, и чувствовалось, что движение доставляет ей мышечную радость.

— А вы женаты? — спросила Люля.

— У меня есть знакомый грузин, — вспомнил Месяцев. — Когда его спрашивают: «Ты женат?» — он отвечает: «Немножко». Так вот я ОЧЕНЬ женат. Мы вместе тридцать лет.

— Это потому, что у вас есть дело. Когда у человека интересная работа, ему некогда заниматься глупостями: сходиться, расходиться...

— Может быть, — задумался Месяцев. — Но разве вы исключаете любовь в браке? Муж любит жену, а жена любит мужа.

— Если бы я исключала, я бы не развелась.

— А вам не страшно остаться одной, вне крепости?

— Страшно. Но кто не рискует, тот не выигрывает.

— А на что вы будете жить? У вас есть профессия?

— Я администратор.

— А где вы работаете?

— Работала. Сейчас ушла.

— Почему?

— Рыночная экономика требует новых законов. А их нет. Законы плавают. Работать невозможно. Надоело.

— Но у вас нет мужа, нет работы. Как вы собираетесь жить?

— Развлекать женатых мужчин на отдыхе.

— Вы сердитесь?

— Нет. Констатирую факт.

— Если хотите, я уйду.

— Уйдете, конечно. Только выпьете чай.

Она разлила кипяток по стаканам, опустила пакетики с земляничным чаем. Достала коробку с шоколадными конфетами. Конфеты были на морскую тему, имели форму раковин и рыб. Месяцев взял морского конька, надкусил, заглянул в середину.

Со дна стакана капали редкие капли. Люля развела колени, чтобы капало на пол, а не на ноги.

Месяцев поставил свой стакан на стол. Он, прочно женатый человек, развлекался во время отдыха с разведенной женщиной. Это имело разовый характер, как разовая посуда. Попользовался и выбросил. Но есть и другая правда. Он, не разрешавший себе ничего и никогда, вдруг оказался во власти бешеного желания, как взбесившийся бык, выпущенный весной из сарая на изумрудный луг. И вся прошлая сексуальная жизнь — серая и тусклая, как сарай под дождем.

Месяцев опустился на пол, уткнулся лицом в ее колени.

— Раздень меня, — сказала Люля.

Он осторожно расстегнул ее кофту. Увидел обнаженную грудь. Ничего похожего он не видел никогда в своей жизни. Ее тело было сплошным, как будто сделанным из единого куска. Прикоснулся губами. Услышал запах сухого земляничного листа. Что это? Духи? Или так пахнет молодая, цветущая кожа?

Месяцеву не хотелось быть грубым, как тогда на снегу. Хотелось нежности, которая бы затопила его с головой. Он тонул в собственной нежности.

Люля поставила стакан с чаем на стол, чтобы не пролить ему на голову. Но Месяцев толкнул стол, и кипяток вылился ему на спину. Он очнулся, поднял лицо и бессмысленно посмотрел на Люлю. Ей стало смешно, она засмеялась, и этот смех разрушил нежность. Разрушил все. Месяцеву показалось — она смеется над ним и он в самом деле смешон.

Поднялся. Пошел в ванную. Увидел в зеркале свое лицо. И подумал: обжегся, дурак... Душу обожгло. И тело. И кожу. Он снял рубашку, повесил ее на батарею. Рядом на вешалке висела шуба.

Люля вошла, высокая и обнаженная.

— Обиделся? — спросила она и стала расстегивать на нем «молнию».

— Что ты делаешь? — смутился Месяцев.

Это было чувство, обратное боли. Блаженная пытка, которую нет сил перетерпеть. В нем нарастал крик. Месяцев зарыл лицо в шубу. Прикусил мех.

Потом он стоял, зажмурясь. Не хотелось двигаться. Она обняла его ноги. Ей тоже не хотелось двигаться. Было так тихо в мире... Выключились все звуки. И все слова. Бог приложил палец к губам и сказал: тсс-с-с...

Потом была ночь. Они спали друг возле друга, обнявшись, как два зверька в яме. Или как два существа, придавленных лавиной, когда не двинуть ни рукой, ни ногой и непонятно: жив ты или нет.

Среди ночи проснулся от того, что жив. Так жив, как никогда. Он обладал ею спокойно и уверенно, как своей невестой, которая еще не жена, но и не посторонняя.

Она была сонная, но постепенно просыпалась, включалась, двигалась так, чтобы ему было удобнее. Она думала только о нем, забыв о себе. И от этого самоотречения становилась еще больше собой. Самоотречение во имя наивысшего самовыражения. Как в музыке. Пианист растворяется в композиторе. Как в любви. Значит, любой творческий процесс одинаков.

Концерт был сыгран. А дальше что?

За Месяцевым приехала дочь. На ней была теплая черная шапочка, которая ей не шла. Можно сказать — уродовала. Съедала всю красоту.

Люля вышла проводить Месяцева. Ее путевка кончалась через неделю.

— Это моя дочь Анна Игоревна, — познакомил Месяцев. — Она некрасивая, но хороший человек.

— Это главное, — спокойно сказала Люля, как бы согласившись, что Аня некрасива. Не поймала шутки.

Аня была всегда красива, даже в этой уродливой шапке. Всем стало неловко, в особенности Ане.

— Счастливо оставаться, — пожелал Месяцев.

— Да-да... — согласилась Люля. — И вам всего хорошего.

Месяцев с пристрастием посмотрел на шубу. Она не скукожилась. Все было в порядке.

Машина тронулась.

Обернувшись, он видел, как Люля уходит, и еще раз подумал о том, что шуба не пострадала. Все осталось без последствий.

Месяцев прошел в свой кабинет и включил автоответчик.

Звонили из студии звукозаписи. Просили позвонить. Труд нищенский. Платили копейки, так что работать приходилось практически бесплатно. Но Месяцев соглашался. Пусть все вокруг рушится и валится, а музыка должна устоять.

Звонили из Марселя. Предлагали турне по югу Франции.

На кухне сидела теща Лидия Георгиевна, перебирала гречку. Она жила в соседнем подъезде, была приходящая и уходящая. Близко, но не вместе, и это сохраняло отношения.

Готовила она плохо. Есть можно, и они ели. Но еда неизменно была невкусной. Должно быть, ее способности лежали где-то в другой плоскости. Теща — органически справедливый человек. Эта справедливость ощущалась людьми, и к ней приходили за советом. Она осталась без мужа в двадцать девять лет. Его затоптали во время похорон Сталина. Ушел и не вернулся. И ничего не осталось. Должно быть, затоптали и размазали по асфальту. Она старалась об этом не думать. Сейчас, в свои семьдесят лет, ей ничего не оставалось, как любить свою дочь, внуков, зятя. Игорь всегда ощущал ее молчаливую привязанность и сам тоже был привязан.

Месяцев стал делать необходимые звонки: своему помощнику Сергею, чтобы начинать оформление во Францию, дирижеру, чтобы согласовать время репетиций.

Привычная жизнь постепенно втягивала, и это было как возвращение на родину. Месяцев — человек действия. И отсутствие действия угнетало, как ностальгия. Ностальгия по себе.

Больница оказалась чистая. Полы вымыты с хлоркой, правда, линолеум кое-где оборван и мебель пора на помойку. Если присмотреться, бедность сквозила во всем, но это если присмотреться. Больные совершенно не походили на психов. Нормальные люди. Было вообще невозможно отделить больных от посетителей.

Месяцев успокоился. Он опасался, что попадет в заведение типа палаты номер шесть, где ходят Наполеоны и Навуходоносоры, а грубый санитар бьет их кулаком в ухо.

Алик вышел к ним в холл в спортивном костюме «Пума». Он был в замечательном настроении — легкий, расслабленный. Единственно — сильно расширены зрачки. От этого глаза казались черными.

— Ты устаешь? — спросил Месяцев.

— От чего? — весело удивился Алик.

— Тебя лечат? — догадался Месяцев.

— Чем-то лечат, — рассеянно сказал Алик, оборачиваясь на дверь. Он кого-то ждал.

— Зачем же лечить здорового человека? — забеспокоилась жена. — Надо поговорить с врачом.

В холл вошел Андрей, друг Алика.

Какое-то время все сидели молча, и Месяцев видел, что Алик тяготится присутствием родителей. С ровесниками ему интереснее.

— Ладно. — Месяцев поднялся. — Мы пойдем. Надо еще с врачом поговорить...

Врача не оказалось на месте. А медсестра сидела на посту и работала. Что-то писала.

— Можно вас спросить? — деликатно отвлек ее Месяцев.

Медсестра подняла голову, холодно посмотрела.

— Вы не знаете, почему Алика перевели в общую палату?

— Ему принесли недозволенное. Он нуждается в контроле.

— Что вы имеете в виду? — удивился Месяцев.

— Спиртное. Наркотики.

— Вы что, с ума сошли? — вмешалась жена.

— Я? Нет. — Медсестра снова склонилась над своей работой

Месяцев с женой вышли в коридор.

— Глупости, — возмутилась жена. — Они все выдумывают

— Неизвестно, — мрачно предположил Месяцев.

— Что ты такое говоришь? — строго упрекнула жена.

— То, что слышишь. Ты и твоя мамаша сделали из него мон
стра.

Спустились в гардероб. В гардеробе продавали жетоны. Пр
виде жетонов у Месяцева что-то защемило, затосковало в сере
дине.

Он вдруг сообразил, что не взял домашний телефон Елен
Геннадьевны. И свой не оставил. И значит, потерял ее навсе
да. Фамилии ее он не знает. Места работы у нее нет. Остаетс
надеяться, что она сама его найдет. Но это маловероятно.

— Надо терпеть, — сказала жена.

Надо терпеть разлуку с Люлей. Сына в сумасшедшем дом
Как терпеть? Куда спрятаться?

В музыку. Куда же еще...

Ночью жена лежала рядом и ждала. Они так любили об
единяться после разлук. Жена хотела прильнуть к его ненадо
дающему телу — гладкому и шелковому, как у тюленя. Но
посмела приблизиться. От мужа что-то исходило, как биото
против комаров. Жена преодолела отрицательные токи и в
таки прижалась к нему. Месяцев сжал челюсти. Его охват
мистический ужас, как будто родная мать прижалась к нем
ожидая физической близости. С одной стороны, родной чел
век, роднее не бывает. С другой — что-то биологически прот
воестественное.

— Что с тобой? — Жена подняла голову.

— Я забыл деньги, — сказал Месяцев первое, что пришл
голову.

— Где?

— В санатории.

— Много?

— Тысячу долларов.

— Много, — задумчиво сказала жена. — Может, позвони

290

— Вот этого и не надо делать. Если позвонить и сказать, где деньги, — придут и заберут. И скажут — ничего не было. Надо поехать, и все.

— Верно, — согласилась жена.

— Смена начинается в восемь утра. Значит, в восемь придут убираться. Значит, надо успеть до восьми.

Месяцев никогда не врал. Не было необходимости. И сейчас он поражался, как складно у него все выходило.

Жена поверила, потому что привыкла верить. И поверила, что тысяча долларов отвлекает его от любви. Она отодвинулась на свое место. Они разошлись под разные одеяла.

Дом затих. В отдалении вздыхал и всхлипывал холодильник.

Месяцев встал в шесть утра. Машина отсырела за ночь. Пришлось вывинчивать свечи и сушить их на электрической плитке. Спать не хотелось. Никогда он не был так спокоен и ловок. Пианист в нем куда-то отодвинулся, выступил кто-то другой. Отец был не только гармонист. В трезвые периоды он ходил по домам, крыл крыши, клал печи. Отец был мастеровой человек. Может быть, в Месяцеве проснулся отцовский ген. Хотя при чем тут ген... Он соскучился. Жаждал всем существом. Хотелось вобрать ее всю в свои глаза, смотреть, вдыхать, облизывать горячим языком, как собака облизывает щенка, и проживать минуты, в которых все, все имеет значение. Каждая мелочь — не мелочь, а событие.

Машина завелась. Какое удовольствие ехать на рассвете по пустой Москве! Он никогда не выезжал так рано. Подумал: хорошо, что Люля разошлась. Иначе приходилось бы прятаться обоим: ей и ему. А так только он. Он — прятаться, а она — приспосабливаться. А вдруг она не захочет приспосабливаться... А вдруг он сейчас заявится, а там муж... Приехал мириться.

Зажегся красный свет. Месяцев затормозил. Потом зажегся желтый, зеленый, а он стоял. Как будто раздумывал: ехать дальше или вернуться... Это так логично, что муж приехал мириться. И она помирится, особенно после того, как Месяцев уехал с дочерью, пожелав счастливо оставаться. Оставайся и будь счастлива без меня. А я домой, к семье, к жене под бочок.

Муж — это материальная поддержка, положение в обществе, статус, может быть — отец ребенка. А что может дать Месяцев?

То, что уже дал. А потом сел и уехал. И даже не спросил телефон.

«Если муж в номере, я сделаю вид, что перепутал, — решил Месяцев и тронул машину. — Скажу: «Можно Колю?» Он спросит: «Какого Колю?» Я скажу: «Ах, извините, я не туда попал...»

Месяцев подъехал к санаторию. Здание прорисовывалось в утренней мгле, как корабль.

Волнение ходило в нем волнами. Месяцев впервые подумал, что это слова одного корня. Волны поднимались к горлу, потом наступала знобкая пустота, значит, волны откатывались.

Месяцев подергал дверь в корпус. Дверь была заперта. Он позвонил. Стал ждать. Вышла заспанная дежурная, немолодая и хмурая.

Ей было под пятьдесят. Ровесница. Но женщина не играла больше в эти игры и осела, как весенний снег. А он — на винте. Того и гляди взлетит. Но и он осядет. К любому Дон Жуану приходит Командор по имени «старость».

Месяцев поздоровался и прошел. Дежурная ничего не спросила. Его невозможно было ни спросить, ни остановить.

Комната Елены Геннадьевны находилась на втором этаже. Невысоко. Но Месяцев стоял перед дверью и не мог справиться с дыханием. Осторожно повернул ручку, подергал. Дверь была заперта, что естественно. Месяцев стоял в нерешительности, не понимая — что делать дальше. Еще рано — нет и семи часов. Стучать — неудобно и опасно. Стоять перед дверью — тоже неудобно и нелепо. Остается ходить перед корпусом и ждать. Либо садиться в машину и возвращаться в семью, что самое правильное.

Дверь раскрылась — Елена Геннадьевна услышала, когда он поворачивал и дергал ручку. Она стояла сонная, в ночной пижаме и смотрела безо всякого выражения. Без краски она казалась моложе и проще, как старшеклассница. Люля не понимала, как Месяцев оказался перед ее дверью, если он вчера уехал. Она ни о чем не спрашивала. Ждала. Месяцев стоял молча, как перед расстрелом, когда уже ничего нельзя изменить.

Секунды протекали и капали в вечность. Месяцев успел заметить рисунок на ее пижаме: какие-то пляжные мотивы, пальмы. Может быть, человек перед расстрелом тоже успевает заметить птичку на ветке.

Люля сделала шаг в сторону, давая дорогу. Месяцев шагнул в номер. Люля закрыла за ним дверь и повернула ключ. Звук поворачиваемого затвора стал определяющим. Значит, они вместе. Они одни.

Говорить было необязательно, поскольку слова ничего не значили. Перед спуском лавины наступает особая тишина. Видимо, природа замирает перед тем, как совершить свою акцию. А может быть, задумывается. Сомневается: стоит ли? Потом решается: стоит. И вперед. И уже ничего не учитывается: люди, их жизни, их труд... Идет лавина. И обижаться не на кого. Никто не виноват...

...Потом они лежали и смотрели в потолок.

Через какое-то время напустили полную ванну воды и уселись друг против друга. Он вытащил из воды ее ступню и положил себе на лицо.

Сидели и отдыхали, наслаждаясь покоем, водной средой и присутствием друг друга.

— Я боюсь, — сказал вдруг Месяцев.

— Чего ты боишься?

— Себя. Тебя. Это все черт знает что! Это ненормально.

— Желать женщину и осуществлять свое желание — вполне нормально.

— Это не помешает моей музыке?

— Нет. Это помешает твоей жене.

— А как быть?

— Ты должен выбрать, что тебе важнее.

— Я уже ничего не могу...

Лавина не выбирает. Как пойдет, так и пойдет.

Вода постепенно остыла. Они тщательно вытерли друг друга. Перешли на кровать. И заснули. И спали до часу дня.

Потом проснулись и снова любили друг друга. Осторожно и нежно. Он боялся причинить ей вред и боль, он задыхался от нежности, нежность рвалась наружу, хотелось говорить слова. Но он боялся их произносить, потому что за слова надо потом отвечать. Он привык отвечать за свои слова. Но молчать не было сил. Повторял беспрестанно: Люля... Люля... Люля... Люля... Люля...

* * *

В три часа они оделись и пошли в столовую.

Обед был дорогой и невкусный, но они съели с аппетитом. Месяцеву нравилось, что они одеты. Одежда как бы устанавливала дистанцию, разводила на расстояние. А с расстояния лучше видно друг друга. Он знал все изгибы и тайны ее тела. Но ее души и разума он не знал совсем. Они как бы заново знакомились.

Логично узнать сначала душу, потом тело. Но ведь можно и наоборот. У тел — своя правда. Тела не врут.

Люля накрасила глаза и губы, по привычке. Косметика делала ее далекой, немножко высокомерной.

— У тебя есть дети?

— Дочь. Пятнадцати лет.

— А тебе сколько?

— Тридцать четыре.

Он посчитал, сколько ей было, когда она родила. Девятнадцать. Значит, забеременела в восемнадцать. А половую жизнь начала в шестнадцать. Если не в пятнадцать...

Ревность подступила к горлу, как тошнота.

— Это моя дочь от первого брака, — уточнила Люля.

— Сколько же у тебя было мужей?

— Два, — просто сказала Люля.

— Не много?

— Первый — студенческий. Дурацкий. А второй — сознательный.

— Что же ты ушла?

— Надоело. Мы ведь говорили.

— А любовники у тебя были?

— Естественно, — удивилась Люля.

— Почему «естественно»? Совсем не естественно. Вот у моей жены нет других интересов, кроме меня и детей.

— Если бы у меня был такой муж, как ты, я тоже не имела бы других интересов.

В груди Месяцева взмыла симфония «Ромео и Джульетта» Чайковского. Тема любви. Он был музыкант, и все лучшее в его жизни было связано со звуками.

Он не мог говорить. Сидел и слушал в себе симфонию. Она тоже молчала. Значит, слышала его. Понимала. Ловила его волны. Месяцев очнулся.

— А где твоя дочь сейчас?

— С матерью моего мужа.

— Ты не помиришься с мужем?

— Теперь нет.

Месяцев смотрел в стакан с компотом, чтобы не смотреть на Люлю. Логично было сказать: «Давай не будем расставаться». Но этого он не мог сказать. Ирина, Алик, Аня и теща. Да, и теща, и жених Ани — все они — планета. А Люля — другая планета. И эти планеты должны вращаться вокруг него, как вокруг Солнца. Не сталкиваясь. А если столкнутся — вселенская катастрофа. Конец мира. Апокалипсис.

— Я чего приехал... — пробормотал Месяцев. — Я не взял твой телефон.

— Я запишу своей рукой, — сказала Люля.

Она взяла его записную книжку, вынула из сумочки карандаш. Открыла на букву Л и записала крупными цифрами. Подчеркнула. Поставила восклицательный знак.

Шел пятый час. Месяцеву надо было уезжать. Ревность опять подняла голову, как змея.

— Нечего тебе здесь делать, — сказал он. — В номере воняет краской. Обед собачий. Ты одна, как сирота в интернате.

— А дома что? — спросила Люля. — Тут хоть готовить не надо.

— Я не могу без тебя, — сознался Месяцев.

— Ты делаешь мне предложение?

— Нет, — торопливо отрекся он.

— Тогда куда торопиться? Еще неделя, другая... Куда мы опаздываем?

— Я не могу без тебя, — повторил Месяцев.

— Я тебе позвоню, — пообещала Люля. — Дай мне твой телефон.

— Мне не надо звонить.

— Почему? — спросила Люля.

— Не принято.

— Понятно... — проговорила Люля. — Жена — священная корова.

— Похоже, — согласился Месяцев. — Я сам тебе позвоню. Давай договоримся.

— Договариваются о бизнесе. А здесь стихия. Ветер ведь не договаривается с поляной, когда он прилетит...

«Здесь не ветер с поляной. А лавина с горами», — подумал Месяцев, но ничего не сказал.

Люля стала какая-то чужая. Жесткая. И ему захотелось вынести себя за скобки. Пусть плавает по своей орбите. А он — по своей.

Месяцев возвращался в город. Он обманул по крайней мере троих: журналиста, помощника Сережу и старинного друга Льва Борисовича, к которому обещал зайти. Однако журналисты — люди привычные. Их в дверь — они в окно. Сережа получает у него зарплату. А старинный друг — на то и друг, чтобы понять и простить.

О том, что он обманывает жену, Месяцев как-то не подумал. Люля и Ирина — это две параллельные прямые, которые не пересекутся, сколько бы их ни продолжали. Два параллельных мира со своими законами.

Ветер, вспомнил Месяцев. Стихия. Врет все. Кому она звонила, когда просила жетон? И какое напряженное было у нее лицо... Что-то не получалось. С кем-то выясняла отношения. Конечно же, с мужчиной... Поэтому и плакала, когда сидела в зале и слушала музыку. Поэтому и отдалась на снегу. Мстила. И сейчас наверняка звонит и задает вопросы.

Месяцев развернул машину и поехал обратно. Зачем? Непонятно. Что он мог ей предложить? Часть себя. Значит, и он тоже должен рассчитывать на часть. Не на целое. Сознанием он все понимал, но бессознательное развернуло его и гнало по Кольцевой дороге.

Месяцев подъехал к корпусу. Вышел из машины.

Дежурная сменилась. Была другая.

— Вам кого? — спросила она.

— Елену Геннадьевну.

— Как фамилия?

— Я не знаю, — сказал Месяцев.

— А в каком номере?

— Не помню. — Месяцев зрительно знал расположение ее номера.

— Куда — не знаете, к кому — не знаете. Мы так не пропускаем, — строго сказала дежурная.

Он не стал препираться, отошел от корпуса, отодвинул себя от хамства. Стоял на дороге, наклонив голову, как одинокий конь. Люля шла по знакомой дороге — высокая, прямая, в длинной шубе и маленькой спортивной шапочке, надвинутой на глаза. Она увидела его и не побежала. Спокойно подошла. Так же спокойно сказала:

— Я знала, что увижу тебя.

— Откуда ты знала? Я же уехал.

Люля молчала. Что можно было ответить на то, что он уехал и снова оказался на прежнем месте? Она как будто определила радиус, за который он не мог выскочить.

— Я не имею права тебя расспрашивать, — мрачно сказал Месяцев.

— Не расспрашивай, — согласилась Люля.

— Не обманывай меня. Я прощаю все, кроме лжи. Ложь меня убивает. Убивает все чувства. Я тебя умоляю...

Месяцев замолчал. Он боялся, что заплачет.

— Если хочешь, оставайся на ночь, — предложила Люля. — Уже темно. Утром поедешь.

— Не хочу я на ночь. Не нужны мне эти разовые радости. Я хочу играть, и чтобы ты слушала. Хочу летать по миру, и чтобы ты сидела рядом со мной в самолете и мы читали бы журналы. А потом селились бы в дорогих гостиницах и начинали утро с апельсинового сока...

Он бормотал и пьянел от своих слов.

— Ты делаешь мне предложение?

— Нет. Я просто говорю, что это было бы хорошо. Поедем со мной во Францию?

Люля стояла и раздумывала: может быть, выбирала между Францией и тем, кому она звонила.

— А куда именно? В Париж? — спросила она.

— Юг Франции. Марсель, Канн, Ницца...

Люля никак не реагировала. Почему он решил, что она примет его приглашение? Почему он так самоуверен?

Марсель оказался типичным портовым городом — красивый и шумный, отдаленно напоминающий Одессу.

Месяцев дал в нем четыре концерта.

После концерта подходили эмигранты. Ни одного счастливого лица. Принаряженные, но несчастливые. Пораженцы.

Подходили бывшие диссиденты. Но какой смысл сегодня в диссиде? Говори что хочешь. Гласность отбила у них хлеб.

Из Марселя переехали в Канн. Опустевший курорт. Город старичков. Точнее, город богатых старичков. Они всю жизнь трудились, копили. А теперь живут в свое удовольствие.

Люля смотрела на старух в седых букольках и норковых накидках.

— Надо жить в молодости, — сказала Люля. — А в старости какая разница?

— Очень глупое замечание, — откомментировал Месяцев.

Люля не любила гулять. Ее совершенно не интересовала архитектура. Она смотрела только в витрины магазинов. Не пропускала ни одной. Продавщицы не отставали от Люли, целовали кончики своих пальцев, сложенных в щепотку, а потом распускали эти пальцы в воображаемый цветок. Люля и в самом деле выходила из примерочной сногсшибательной красоты и прелести. Казалось, костюм находил свою единственно возможную модель. Обидно было не купить. И они покупали. Месяцев покупал по кредитной карте и даже не понял, сколько потратил. Много.

Вся поездка по югу Франции превратилась в одно сплошное нескончаемое ожидание. Люля постоянно звонила в Москву и заходила в каждый автомат на улице. А он ждал. Говорила она недолго, и ждать — нетрудно, но он мучился, потому что за стеклянной дверью автомата протекала ее собственная жизнь, скрытая от него.

Однажды он воспользовался ее отсутствием и сам позвонил домой. Подошла дочь.

— Ты меня не встречай, — предупредил Месяцев. — За мной пришлют машину.

— Я все равно приеду.

— Но зачем?

— Я увижу тебя на два часа раньше.

— Но зачем тебе мотаться, уставать?

— Это решаю я.

Аня положила трубку. Зачем еще кто-то, когда дома все так прочно?

Месяцев вышел из автомата.

— Куда ты звонил? — спросила Люля.

— Своему агенту, — соврал Месяцев.

Он мог бы сказать и правду. Но у них с Люлей общие только десять дней. А потом они разойдутся по своим параллельным прямым. Это случится неизбежно. И пусть хотя бы эти десять дней — общие.

— Ты о чем думаешь? — Люля пытливо заглядывала, приближая свое лицо. От ее лица веяло теплом и земляничным листом.

— Так, вообще... — уклонялся он.

Он готов был тратить, врать, только бы видеть близко это лицо с высокими бровями.

Каждый вечер после концерта они возвращались в гостиницу, ложились вместе и обхватывали друг друга так, будто боялись, что их растащат. Обходились без излишеств, без криков и прочего звукового оформления. Это было не нужно. Все это было нужно в начале знакомства, как дополнительный свет в темном помещении. А здесь и так светло. Внутренний свет.

Последние три концерта — в Марселе. Равель, Чайковский. Месяцев был на винте. Даже налогоплательщики что-то почувствовали. Хлопали непривычно долго. Не отпускали со сцены.

После концерта их пригласила в гости внучка декабриста. Собралось русское дворянство. Люля и Игорь смотрели во все глаза: вот где сохранились осколки нации. Сидели за столом, общались. Месяцеву казалось, что он в салоне мадам Шерер из «Войны и мира».

Месяцев тихо любовался Люлей. Она умела есть, умела слушать, говорить по-английски, она умела любить, сорить его деньгами. Она умела все.

В последнюю ночь Люля была грустна. И ласки их были особенно глубокими и пронзительными. Никогда они не были так близки. Но их счастье — как стакан на голове у фокусника. Вода не шелохнется. Однако все так неустойчиво...

***

Дочь и Люля были знакомы. Сажать Люлю в их машину — значило все открыть и взять дочь в сообщницы. Об этом не могло быть и речи.

Пришлось проститься прямо в аэропорту. По ту сторону границы.

— Возьми деньги на такси. — Месяцев протянул Люле пятьдесят долларов.

— Не надо, — сухо отказалась Люля. — У меня есть.

Это был скандал. Это был разрыв.

— Пойми... — начал Месяцев.

— Я понимаю, — перебила Люля и протянула пограничнику паспорт.

Пограничник рассматривал паспорт преувеличенно долго, сверяя копию с оригиналом. Видимо, Люля ему нравилась и ему хотелось подольше на нее посмотреть.

Дочь встречала вместе с женихом Юрой. Месяцева это устроило. Не хотелось разговаривать.

— Что с тобой? — спросила Аня.

— Простудился, — ответил Месяцев.

Смеркалось. Егозили машины, сновали люди, таксисты предлагали услуги, сдирали три шкуры. К ним опасно было садиться. Над аэропортом веял какой-то особый валютно-алчный криминальный дух. И в этом сумеречном месиве он увидел Люлю. Она везла за собой чемодан на колесиках. Чемодан был неустойчив. Падал. Она поднимала его и снова везла.

На этот раз все подарки умещались в одной дорожной сумке. Месяцеву удалось во время очередного ожидания заскочить в обувной магазин и купить шесть пар домашних туфель и шесть пар кроссовок. Магазин был фирменный, дорогой, и обувь дорогая. Но это все. И тайком. Он выбросил коробки и ссыпал все в большую дорожную сумку, чтобы Люля не догадалась. Он скрывал от Люли свою заботу о домашних. Скрывал, а значит, врал. Он врал тут и там. И вдруг заметил, как легко и виртуозно у него это получается. Так, будто делал это всю жизнь.

Месяцев вытряхнул в прихожей обувь, получился невысокий холм.

300

Все с воодушевлением стали рыться в обувной куче, отыскивая свой размер. Месяцев ушел в спальню и набрал номер Люли.

— Да, — хрипло сказала она.

Месяцев молчал. Люля узнала молчание и положила трубку. Месяцев набрал еще раз. Трубку не снимали.

Можно было бы по-быстрому что-нибудь наврать, например — срочно отвезти кому-то документы... Приехать к Люле, заткнуть рот поцелуями, забросать словами. Но что это даст? Еще одну близость. Пусть даже еще десять близостей. Она все равно уйдет. Женщина тяготеет к порядку, а он навязывает ей хаос и погружает в грех. Он эксплуатирует ее молодость и терпение. Это не может длиться. Это должно кончиться. И кончилось.

Жена погасила свет и стала раздеваться. Она всегда раздевалась при потушенном свете. А Люля раздевалась при полной иллюминации, и все остальное тоже... Она говорила: но ведь ЭТО очень красиво. Разве можно этого стесняться? И не стеснялась. И это действительно было красиво.

Месяцев лежал — одинокий, как труп. От него веяло холодом.

— Что с тобой? — спросила жена.

— Тебе сказать правду или соврать?

— Правду, — не думая, сказала жена.

— А может быть, не стоит? — предупредил он.

Месяцев потом часто возвращался в эту точку своей жизни. Сказала бы «не стоит», и все бы обошлось. Но жена сказала:

— Я жду.

Месяцев молчал. Сомневался. Жена напряженно ждала и тем самым подталкивала.

— Я изменил тебе с другой женщиной.

— Зачем? — удивилась Ирина.

— Захотелось.

— Это ужасно! — сказала Ирина. — Как тебе не стыдно!

Месяцев молчал.

Ирина ждала, что муж покается, попросит прощения, но он лежал как истукан.

— Почему ты молчишь?

— А что я должен сказать?

— Что ты больше не будешь.

Это была первая измена в ее жизни и первая разборка, поэтому Ирина не знала, какие для этого полагаются слова.

— Скажи, что ты больше не будешь.

— Буду.

— А я?

— И ты.

— Нет. Кто-то один... одна. Ты должен ее бросить.

— Это невозможно. Я не могу.

— Почему?

— Не могу, и все.

— Значит, ты будешь лежать рядом со мной и думать о ней?

— Значит, так.

— Ты издеваешься... Ты шутишь, да?

В этом месте надо было сказать: «Я шучу. Я тебя разыграл». И все бы обошлось. Но он сказал:

— Я не шучу. Я влюблен. И я сам не знаю, что мне делать.

— Убирайся вон...

— Куда?

— Куда угодно. К ней... К той...

— А можно? — не поверил Месяцев.

— Убирайся, убирайся...

Ирина обняла себя руками крест-накрест и стала качаться. Горе качало ее из стороны в сторону. Месяцев не мог этого видеть. Он понимал, что должен что-то предпринять. Что-то сказать. Но имело смысл сказать только одно: «Я пошутил, давай спать». Или: «Я виноват, это не повторится». Она бы поверила или нет, но это дало бы ей возможность выбора. Месяцев молчал и тем самым лишал ее выбора.

— Убирайся, убирайся, — повторяла она, как будто в ней что-то сломалось, замкнуло.

Месяцев встал, начал торопливо одеваться. Чемодан стоял неразобранный. Его не надо было собирать. Можно просто взять и уйти.

— Ты успокоишься, и мы поговорим.

Жена перестала раскачиваться. Смотрела прямо.

302

— Нам не о чем говорить, — жестко сказала она. — Ты умер. Я скажу Алику, что ты разбился на машине. Нет. Что твоя машина упала с моста и утонула в реке. Нет. Что твой самолет потерпел катастрофу над океаном. Лучше бы так и было.

Месяцев оторопел;

— А сам по себе я разве не существую? Я только часть твоей жизни? И все?

— Если ты не существуешь в моей жизни, тебя не должно быть вообще. Нигде.

— Разве ты не любишь меня?

— Мы были как одно целое. Как яблоко. Но если у яблока загнивает один бок, его надо отрезать. Иначе сгниет целиком. Убирайся...

Ему в самом деле захотелось убраться от ее слов. В комнату как будто влетела шаровая молния, было невозможно оставаться в этом бесовском, нечеловеческом напряжении.

Месяцев выбрался в прихожую. Стал зашнуровывать ботинки, поставив ногу на галошницу. Правый ботинок. Потом левый. Потом надел пальто. Это были исторические минуты.

История есть у государства. Но есть и у каждой жизни. Месяцев взял чемодан и открыл дверь. Потом он ее закрыл и услышал, как щелкнул замок. Этот щелчок, как залп «Авроры», знаменовал новую эру.

Ирина осталась в обнимку с шаровой молнией, которая выжигала ей грудь. А Месяцев сел в машину и поехал по ночной Москве. Что он чувствовал? Все! Ужас, немоту, сострадание, страх. Но он ничего не мог поделать. Что можно поделать со стихийным бедствием?

Месяцев позвонил в ее дверь. Люля открыла, не зажигая света. Месяцев стоял перед ней с чемоданом.

— Все! — сказал он и поставил чемодан.

Она смотрела на него, не двигаясь. Большие глаза темнели, как кратеры на Луне.

Утром Алик лежал на своей койке и слушал через наушники тяжелый рок. Музыка плескалась в уши громко, молодо, нагло, напористо. Можно было не замечать того, что вокруг. Отец в роке ничего не понимает, говорит: китайская музыка. Алик считал, что китайская музыка — это Равель. Абсолютная пентатоника. В гамме пять звуков вместо семи.

В двенадцать часов пришел лечащий врач Тимофеев, рукава закатаны до локтей, руки поросли золотой шерстью. Но красивый вообще. Славянский тип. А рядом с ним заведующий отделением, азербайджанец со сложным мусульманским именем. Алик не мог запомнить, мысленно называл его Абдулла.

Абдулла задавал вопросы. Мелькали слова: ВПЭК, дезаптация, конфронтация. Алик уже знал: ВПЭК — это военно-психиатрическая экспертиза. Конфронтация — от слова «фронт». Значит, Алик находится в состоянии войны с окружением. Никому не верит. Ищет врагов.

А кому верить? Сначала дали отдельную палату. Приходил Андрей — они немножко курили, немножко пили, балдели. Слушали музыку, уплывали, закрыв глаза. Кому это мешало? Нет, перевели в общую палату. Рядом старик, все время чешется. Это называется старческий зуд. Попробуй поживи на расстоянии метра от человека, который все время себя скребет и смотрит под ногти. Алик в глубине души считал, что старики должны самоустраняться, как в Японии. Дожил до шестидесяти лет — и на гору Нарайяма. Птицы растащат.

Когда Алик смотрит на старых, он не верит, что они когда-то были молодые. Казалось, так и возникли, в таком вот виде. И себя не может представить стариком. Он всегда будет такой, как сейчас: с легким телом, бездной энергии и потребностью к абсолюту.

Напротив Алика — псих среднего возраста, объятый идеей спасения человечества. Для этого нужно, чтобы каждый отдельно взятый человек бегал по утрам и был влюблен. Движение и позитивное чувство — вот что спасет мир. В отсутствии любви время не движется, картинки вокруг бесцветны, дух угнетен. Душевная гиподинамия.

А вот если побежать... А вот если влюбиться...

Алику нравилось заниматься сексом в экстремальных ситуациях. Например, на перемене, когда все вышли из класса. Прижать девчонку к стенке — и на острие ножа: войдут — не войдут, застанут — не застанут, успеешь — не успеешь... Страх усиливает ощущение. А однажды на дне рождения вывел именинницу на балкон, перегнул через перила. Одиннадцатый этаж. Под ногами весь город. Перила железные, но черт его знает... Девчонка сначала окоченела от ужаса. Потом ничего... Не пожаловалась. Сидела за столом, поглядывала, как княжна Мэри. А что дальше? А ничего.

Однажды взял у бабки ключи от ее однокомнатной квартиры, и они с Андреем привели девчонку. Не из класса. Просто познакомились. Стали пробовать все позиции и комбинации, существующие в индийском самоучителе. И в это время пришла бабка. Приперлась. Алик не пустил. Не открыл дверь. Вечером дома начались разборки: как? Не пустил? Почему?

— Потому, что мы с Андреем трахали девочку, — сказал Алик. У матери глаза чуть не выпали на пол.

— Одну?

— А что? — Алик не понял, что ее так удивило.

— А нельзя привести каждому по девочке? — спросил отец.

Несчастные совки. Отец стучит, как дятел. Рад, что хватает на бананы. А жил бы в нормальной стране, имел бы несколько домов в горах и на побережье. А мать... слаще морковки ничего не ела. Ни взлетов, ни падений, ни засухи, ни дождя. Климат умеренно-континентальный.

В палату вошел Месяцев и сел на край кровати. Алик снял наушники.

— Я ушел из дома. — Месяцев как будто прыгнул в холодную воду. Это было плохое время для такого сообщения. Но другого времени не будет. Алик вернется домой и не увидит там отца. Он должен ВСЕ узнать ОТ НЕГО.

— Куда? — не понял Алик.

— К другой женщине.

Алик стал заинтересованно смотреть в окно. Месяцев проследил за его взглядом. За окном ничего не происходило.

— Я к бабке перееду. А она пусть к матери перебирается, — решил Алик.

Месяцев понял: Алик смотрел в окно и обдумывал свою ситуацию в новой сложившейся обстановке. И нашел в ней большие плюсы.

— А чего ты ушел? — как бы между прочим поинтересовался Алик.

— Полюбил.

— Так ты же старый.

Месяцев промолчал.

— А она хорошо готовит? — спросил Алик.

— Почему ты спрашиваешь?

— Я буду ходить к тебе обедать. Я буду жить у бабки, а ест у тебя.

— Мама может обидеться.

— Это ее трудности.

— Ты жестокий человек, — упрекнул Месяцев.

— А ты какой? Ты живешь как хочешь. И я буду жить ка хочу. Почему тебе можно, а мне нельзя? Или всем можно, ил всем нельзя. Разве не так?

Месяцев молчал.

Рядом на кровати сидела пара: старая женщина и ее сын больничной пижаме. Он сидел, поджав ноги, положив голову н материнское плечо. И они замерли в печальной отстраненности Они были друг у друга и вместе выживали. Сын собирался спа сать человечество от гиподинамии. Тупел от уколов. А она под ставила свое плечо: вместе спасать. Вместе тупеть.

А Месяцев сейчас встанет и уедет к молодой женщине, исполнительской деятельности...

Ирина купила ящик вина и утром выпивала стакан. И хо дила как под наркозом. На улице было скользко. Ноги разъез жались, как у коровы.

Лидия Георгиевна переехала жить к дочери, чтобы не остав лять ее одну. В доме стояло предательство, и они обе дышали ег тяжелыми испарениями. Никому ничего не говорили. Все держа лось в глубокой тайне. Единственный человек, которого поста вили в известность, — ближайший друг семьи Муза Савельева Муза — профессор консерватории, арфистка и сплетница. В не вполне совмещалось высокое и низменное. Так же, как орган любви территориально совпадают с органами выделения.

Муза — ровесница Ирины. Она жила на свете почти пять десят лет и на собственном опыте убедилась, что семья — не там где страсть. А там — где дети и где удобно работать. Потому чт страсть проходит. А дело и дети — нет.

— Он вернется, — пообещала Муза.

— Когда? — спросила Ирина и выпила стакан вина. Это имело значение: когда. Потому что каждый день, каждый час превратился в нескончаемый ад.

— В зависимости от объекта, — профессионально заметила Муза. — Кто такая?

— Понятия не имею, — созналась Ирина.

— Вот и плохо, — не одобрила Муза. — Чтобы решить проблему, ее надо знать.

Муза оперативно раскинула свои сплетнические сети и быстро выяснила: Месяцев ушел к Люле. Люля — известный человек, глубоководная акула: шуровала себе мужа на больших глубинах. Предпочитала знаменитостей и иностранцев. Знаменитости в условиях перестройки оказались бедные и жадные. А иностранцы — богатые и щедрые.

Поэтому она брала деньги у одних и тратила на других.

— Она красивая? — спросила Ирина.

— Четырнадцать килограмм краски.

— А это красиво? — удивилась Ирина.

— По-моему, нет.

— А почему она пользовалась успехом?

— Смотря каким успехом. Таким ты тоже могла бы пользоваться, если бы захотела.

— Но зачем Игорю такая женщина? — не поняла Ирина.

— Ты неправильно ставишь проблему. Зачем Люле такой, как Игорь?

— Игорь нужен всем, — убежденно сказала Ирина.

— Вот ты и ответила.

— Но почему изо всех — он? Есть ведь и богаче, и моложе.

— Никто не захотел. Переспать — пожалуйста. А жениться — это другое. Кто женится на бляди?

— Игорь.

— Потому что у него нет опыта измен. Нет иммунитета. Его не обманывали, и он принял фальшивый рубль за подлинный.

— А он знает, что она такая? — спросила Ирина.

— Узнает... — зловеще пообещала Муза. — Не в колбе живем.

— Что же мне делать?.. — потерянно спросила Ирина.

— Сиди и жди. Он вернется.

* * *

Ирина стала ждать. И Лидия Георгиевна стала ждать. Ирина при этом ходила на работу, ездила в больницу, уставала. Усталость и алкоголь притупляли горе.

А Лидия Георгиевна ждала в буквальном смысле слова: сидела, как на вокзале, и смотрела в одну точку. И ее лицо было суровым и напряженным. Что она видела в этой точке? Может быть, своего мужа Павла, который ушел от нее на зов любви. Через год его затоптали. Она так не хотела. Судьба так распорядилась. «Возмездие и аз воздам». А скорее всего никакое не возмездие. Тогда многие гибли. Сталин не мог остановиться и даже мертвым собирал свой адский урожай.

Лидия Георгиевна находила свое счастье в счастье дочери. Игорь был всегда занят, у него не оставалось времени для игрищ и забав. Казалось, Ирину никогда не коснется мужское предательство. С кем-то это случается, но не с ней. Как война в Боснии или эпидемия в Руанде. Где-то, у кого-то, не у них...

Не только через Ирину, но и сама по себе она чтила зятя. Все, чего он достиг в своей жизни, он достиг своими руками в прямом смысле этого слова. Из провинции, из низов — рванул вверх. И укрепился наверху. Но в нем навсегда остались тяжелые комплексы из детства: ударят, прогонят, унизят. Так часто поступали с его пьяным отцом на его глазах. Игорь был настороженно самолюбив, подозрителен. Он любил свою жену за то, что он ей верил.

Лидия Георгиевна собирала статьи о нем в отдельную папочку, а фотографии — в альбом. Работала его биографом. Ходила в консерваторию на все его концерты. У нее был выходной черный костюм с белой кофточкой и брошью. Это был ее единственный выход на люди. В консерваторию ходит примерно одна и та же публика. Одни и те же лица. С ней здоровались, кланялись уважительно. И она здоровалась. Старушка-подросток. Потом садилась на свое место в пятом ряду. Лучший ряд, лучшее место. Ждала, когда появится Игорь. Он появлялся. Легко кланялся и сразу садился за рояль. И забывал о зале. И лицо у него становилось необычное. А сейчас в пятом ряду на ее месте сидит другая женщина. Она вытеснила Лидию Георгиевну и Ирину. Всех вытеснила и села... Разорила гнездо.

Аня ушла — без загса, незаконно. Свободная любовь. Говорят, на Западе так принято. Но мы же не на Западе... Алика без отцовской руки не удержать. Ирина живет как в мешке, ничего не видит, не соображает. Сколько это будет длиться? И когда это кончится?

«Он нас любит. Он вернется», — внушала кому-то Лидия Георгиевна и прожигала взглядом свою точку. Как будто гипнотизировала: он вернется... вернется...

И он вернулся. Забрать рояль.

Рояль, как человек, имеет определенную информацию. Клавиши обладают своей податливостью. Рояль принимает тебя или нет. Твой или чужой.

Игорь мог играть только на своем старе́ньком классическом «Бехштейне».

Ирины не было дома. Дверь открыла Лидия Георгиевна.

У Игоря был свой ключ, но он позвонил, как чужой. За его спиной стояли два такелажника. Рояль грузят специальные люди. Просто грузчики здесь не подходят.

— Там, — показал Игорь.

Такелажники вошли в комнату и сразу принялись откручивать ножки от рояля.

— Поешь? — будничным голосом спросила Лидия Георгиевна, как будто ничего особенного не происходило.

Месяцев по привычке прошел на кухню. Сел за стол. Теща стала накладывать еду на тарелку. На этот раз было вкусно: картошка, селедка, лук.

Месяцев стал есть. Теща внимательно на него смотрела.

— Так вышло, — сказал он.

— Это пройдет, — спокойно пообещала теща.

— Что вы, не дай Бог, если это пройдет!..

В глазах Игоря стоял настоящий страх.

— Не ты первый, не ты последний. Но будь осторожен.

— В каком смысле? — Месяцев поднял глаза.

— Затопчут.

— Кто?

— Жизнь.

В дом вошла Ирина. В прихожей на полу, как льдина, лежал рояль. Такелажники переносили ножки к лифту. Все было понятно и одновременно не понятно ничего. Рояль стоял двадцать пять лет. Почему его надо выносить? Разве недостаточно того, что он вынес себя?

Ирина торопливо прошла на кухню, прямо к холодильнику, достала бутылку вина, стала пить из горлышка, как будто жаждала. Месяцев смотрел на нее во все глаза. Это было новое. Раньше она никогда не пила. Но ведь и он в качестве гостя тоже никогда не приходил.

— Хотя бы нашел себе скрипачку. Человека нашего круга! — прокричала Ирина. — А кого ты выбрал? У нее даже имени нет!

— Как это нет? — растерялся Месяцев. — Есть.

— Люля — это не имя. Это понятие.

— Откуда ты знаешь?

— Это знают все, кроме тебя. Все приходили и уходили. А ты остался. Дурак.

— Дурак, — подтвердил Месяцев.

— Она тебя отловила, потому что ты известный пианист. А я любила тебя, когда ты был никто и ничто!

— Я всегда был одинаковый, — хмуро сказал Месяцев.

Повисла тишина.

В этой тишине Ирина проговорила:

— Я не могу покончить с собой, потому что я не могу бросить Алика. И я не могу жить без тебя. Я не могу жить и не могу умереть. Пожалей меня...

Она вдруг закрыла лицо руками и тихо зарыдала. Лидия Георгиевна вышла из кухни, чтобы не видеть.

Месяцев подошел и прижал ее к себе. Они стояли и вместе плакали, и казалось, что сейчас кончатся слезы и решение будет найдено.

— Я тебя не тороплю, — сказала Ирина. — Сколько тебе надо времени?

— На что? — не понял Месяцев. Потом понял. Жена все решила за него. И казалось так естественно: привинтить к роялю ножки, поставить на место и все забыть. Все забыть.

— Я не буду тебя упрекать, — пообещала Ирина. — В конце концов порядочными бывают только импотенты. Я тоже виновата, я была слишком самоуверенна...

Месяцев вытер ладонью ее щеки.

— Ты не виновата, — сказал он. — Никто не виноват.

В кухню вошли такелажники.

— Нести? — спросил один.

— Несите, — разрешил Месяцев.

— Нет... — тихо не поверила Ирина.

Она метнулась в прихожую. Упала на рояль, как на гроб. Обхватила руками.

— Нет! Нет! — кричала она и перекатывала голову по лакированной поверхности.

Такелажники застыли, потрясенные. Из комнаты выбежала Лидия Георгиевна и стала отдирать Ирину от рояля. Она цеплялась, мотала головой.

Месяцев не выдержал и вышел. Стал в грузовой лифт. Через некоторое время мелкими шажками вдвинулись такелажники с телом рояля. Месяцев нажал кнопку первого этажа. Лифт поехал вниз. Крик вперемежку с воем плыл по всему дому. И становилось очевидным, что человек — тоже зверь.

Капли стучали о жестяной подоконник. С неба капала всякая сволочь. У кого это он читал? У Корнея Чуковского, вот у кого.

— Люля, — позвал он.

— А... — Она выплыла из полудремы.

— У тебя было много мужчин?

— Что?

— Я спрашиваю: у тебя было много мужчин до меня?

— Кажется, да. А что?

— Сколько?

— Я не считала.

— А ты посчитай.

— Сейчас?

— Да. Сейчас. Я тебе помогу: первый муж, второй муж, я... А еще?

Люля окончательно вынырнула из сна.

— Первый муж был не первый. И второй не второй.

— Значит, ты им изменяла?

— Кому?

— И первому, и второму.

311

— Я не изменяла. Я искала. Тебя. И нашла.

— А теперь ты будешь изменять мне?

— Нет. Я хочу красивую семью. Все в одном месте.

— Что это значит?

— То, что раньше мне нравилось с одним спать, с другим разговаривать, с третьим тратить деньги. А с тобой — все в одном месте: спать, и разговаривать, и тратить деньги. Мне больше никто не нужен.

Месяцев поверил.

— Ты меня любишь? — спросил он.

— Люблю. Но нам будут мешать.

— Кто?

— Твой круг.

— Мой круг... — усмехнулся Месяцев. — Мой отец был алкаш, а мама — уборщица в магазине. Ей давали еду. Жалели.

— А я администратор в гостинице. Было время, когда койка стоила три рубля, со мной десять.

— Не понял, — отозвался Месяцев.

— Надо было есть, одеваться, выглядеть. Что ж тут непонятного?

Месяцев долго молчал.

— Почему ты молчишь? — встревожилась Люля.

— Вспоминаю: «ворами, блядями, авантюристами, но только вместе». Откуда это?

— Не помню, — задумчиво отозвалась Люля.

С неба продолжало сыпать. Но оттого, что где-то сыро и холодно, а у тебя в доме сухо и тепло...

Он обнял Люлю.

— Поиграй на мне, — сказала она. — Я так люблю твои руки...

Он стал нажимать на ее клавиши. Она звучала, как дорогой рояль.

А композитор кто? Любовь, страсть, тишина. И снежная крупа, которая сыпала, сыпала, сыпала с неба.

Алика выписали из больницы.

Врач Тимофеев разговаривал с Месяцевым в своем кабинете. Он сидел за столом в высоком колпаке, как булочник.

— Ваш сын освобождается от армии, — сказал Тимофеев.

— Спасибо, — поблагодарил Месяцев. — Очень хорошо.

— Нет. Не очень хорошо. У него психическое заболевание.

— Это моя жена перестаралась, — объяснил Месяцев.

— Ваша жена здесь ни при чем. Военно-психиатрическая экспертиза определила диагноз: шизофрения, гебоидная симптоматика.

— И что дальше? — растерялся Месяцев.

— Ничего. Поставим на учет в ПНД.

— А что это такое?

— Психоневрологический диспансер. Таких больных ставят на учет.

Месяцев вспомнил, что, когда он выезжал за границу, у него требовали справку из психоневрологического диспансера. И когда получал водительские права — то же самое. Он ходил в диспансер, и ему выдавали справку, что он НЕ СОСТОИТ на учете. Психически неполноценные люди не водят машину и не ездят за границу. Клеймо. Как на прокаженном.

— А можно не ставить на учет? — спросил Месяцев.

— Тогда армия.

Или диспансер, или армия. Ловушка.

Тимофеев считал разговор законченным. Но Месяцев так не считал. Ему хотелось как-то развернуть события или хотя бы смягчить. Хотелось поторговаться с судьбой.

— Шизофрения — это болезнь яркого воображения. Вы думаете, вы нормальный? Или я? Почти все гении были шизофрениками.

— Наверное, есть больные гении, а есть здоровые. — Тимофеев дипломатично уходил от спора.

— Гений — уже не норма. Норма — это заурядность.

— У вас по мужской линии были душевнобольные? — спросил Тимофеев.

Месяцев понял, что торговаться бессмысленно.

Хмуро ответил:

— Сумасшедших не было. А алкоголик был.

— Ну вот. Алкоголизм — тоже душевное заболевание.

Месяцев тяжело замолчал. Потом спросил:

— Это лечится?

— Малые нейролептики. Корректируют поведение. Но вообще это не лечится.

— Почему?

— Метафизическая интоксикация.

Месяцев тронул машину. Увидел себя возле своего старого дома. Сработал стереотип. Он слишком долго возвращался к этому дому из любой точки земного шара.

У подъезда стояла Аня.

— Ты пришла или уходишь? — спросил Месяцев.

— Ухожу. Я привозила им картошку.

Раньше картошка была на Месяцеве. Он привозил с базы мешок и ставил на балконе. Хватало на два месяца.

— А почему ты? — удивился Месяцев.

— Потому что больше некому.

— А Юра на что?

Аня не ответила. Наступило тяжелое молчание.

— Ты плохо выглядишь, — заметила Аня. — А должен выглядеть хорошо.

— Почему? — не понял Месяцев.

— Потому что Алик болен. Мы все должны жить долго, чтобы быть с ним.

— Это не болезнь, — упрямо сказал Месяцев. — Просто плескивается яркая личность.

Если признать, что Алик болен, значит, он не имеет права на личное счастье. Нельзя быть лично счастливым, когда твоему сыну на лоб ставят клеймо. Но он любил. И был любим. В чем его вина?

Месяцев молчал и смотрел в землю. Аня тоже молчала.

— Никто не хочет понять, — горько сказал Месяцев.

— Не хочет, — подтвердила дочь.

— У тебя вся жизнь впереди...

— Но какая жизнь у меня впереди? — Аня подняла голову, и он увидел ее глаза, хрустальные от подступивших слез. Какая жизнь у меня? У мамы? У бабушки? У Алика? Какой пример ты подаешь Юре? И что скажут Юрины родители? подумал?

— О Юриных родителях? — удивился Месяцев.

Аня повернулась и пошла.

Под ногами лежал бежевый снег с грязью. На Ане были модные, но легкие ботинки, непригодные к этому времени года. А он ничего ей не привез, хотя видел в обувном магазине. Видел, но торопился. Аня шла, слегка клонясь в сторону. У нее была такая походка. Она клонилась от походки, от погоды и от ветра, который гулял внутри ее.

Месяцев не мог себе представить, что придется платить такую цену за близость с Люлей. Он наивно полагал: все останется как есть, только прибавится Люля. Но вдруг стало рушиться пространство, как от взрывной волны... Волна вырвала стену дома, и он существовал в комнате на шестнадцатом этаже, где стоит рояль и нет стены. Вместо стены — небо, пустота, ужас.

Месяцев лежал на диване и смотрел в потолок.

— Значит, так: или Достоевский, или Ницше, — спокойно сказала Люля.

Месяцев ничего не понял.

— Достоевский носился со слезой ребенка, а Ницше считал, что в борьбе побеждает сильнейший. Как в спорте. А проигравший должен отойти в сторону.

Месяцев вспомнил выражение Петры: «на мусор». Значит, на мусор должны пойти Ирина, Аня и Алик.

— Если ты будешь ходить к ним, сочувствовать, то принесешь им большее зло. Ты дашь им надежду, которая никогда не сбудется. Надо крепко хлопнуть дверью.

— А если в двери рука, нога?

— Значит, по ноге и по руке.

— И по Алику, — добавил Месяцев.

— Я ни на чем не настаиваю. Можешь хлопнуть моей дверью. По мне.

— А ты?

— Я приму твой выбор.

— И ты готова меня отпустить?

— Конечно. Мы встретились в середине жизни. Приходится считаться.

— Ты найдешь себе другого? Ты опять поедешь в санаторий и отдашься на снегу?

— Как получится, — сказала Люля. — Можно в парадном. На батарее.

Она подошла к окну и легко уселась на подоконник.

Ревность ожгла Месяцева. Он поднялся и пошел к Люле, не понимая зачем.

— Не выдави стекло, — сказала Люля. — Выпадем.

Он мог выпасть и лететь, держа ее в объятиях. И даже ахнуться об землю он согласен, но только вместе, чтобы в последнее мгновение ощутить ее тепло.

Муза Савельева решила сменить тактику ожидания на тактику психологического давления. Друзья и знакомые должны открыто выражать свой протест. При встрече — не здороваться и не подавать руки. А по возможности — устремлять гневный негодующий взор. Как в опере. Человек-укор. Игорь должен понять, что его круг восстал против измены. Ему станет стыдно, и он вернется.

— Он не вернется, — обреченно сказала Ирина. — Он меня любил тридцать лет. Теперь там будет любить тридцать лет. Он так устроен. Это его цикл.

— У тебя пораженческие настроения, — пугалась Муза. — Ни в коем случае нельзя сдаваться. Надо сопротивляться.

Но в схеме сопротивления возникли трудности. Никто не захотел выражать Месяцеву протест. Поговорить за глаза — сколько угодно, но устремлять гневный взор... Идеи Музы казались архаичными, как арфа. Инструмент богов.

Еле удалось уговорить Льва Борисовича. Он согласился встать возле памятника Чайковскому перед началом концерта.

Погода была плохая. Лев Борисович натянул поглубже ушанку, поднял воротник и не заметил, как подъехала машина Месяцева.

— Лева! — окликнул Месяцев.

Никакого укора не получилось. Лев Борисович смущенно приблизился и увидел женщину. Лицо — в мехах. Над мехами — глаза. Гордая красавица, как шахиня Сорейя, которая потрясла мир в шестидесятые годы. Льву Борисовичу тогда было тридцать лет. А сейчас шестьдесят три. «Шахиня» смотрела на него, и он вдруг увидел себя ее глазами — замерзшего, жалкого, бедного никчемушника.

— Ты что здесь делаешь? — спросил Месяцев.

— Соня послала, — сознался Лев Борисович.

— Зачем?

— Ее Ирина попросила, — выдал Лев Борисович.

— Зачем?

— Я не знаю. Просто чтобы ты меня увидел.

У Месяцева стало мутно на душе.

— На концерт пойдешь?

— Нет, — отказался Лев Борисович. — У меня бронхит.

— Передай Соне привет.

— Спасибо, — поблагодарил Лев Борисович.

Дирижер руководил руками, глазами, пальцами, даже ушами. Жесты у него были региональные. Еврейская пластика. Состав оркестра — сильный, и дирижер доставал те звуки, которые хотел слышать.

Муть в душе не проходила, стояла у горла. Надо было как-то забыть обо всем, погрузиться в то, особое состояние, которое выводило его на космос. Но ничего не забывалось. И не погружалось.

...Аня с промокшими ногами. Теща с обуглившимся взглядом. И та, другая старуха в валенках положила голову на плечо сумасшедшего сына. Или наоборот. Он положил ей голову...

Месяцев давно не жил в перестроечной действительности. У него была своя страна: большая квартира, дорогой рояль, дорогая женщина, качественная еда, машина, концертный зал, банкеты в посольствах, заграничные поездки. А была еще Россия девяностых годов с нищими в переходах, со смутой на площадях, с холодом и бардаком переходного периода. И сейчас он остался в прежней жизни, а свою семью выкинул на холод и бардак. И она ничего не может противопоставить. Только выслать старого Льва Борисовича как парламентера.

Зал хлопает. Дирижер с плитами румянца на щеках пожимает руку. Никто ничего не заметил.

За кулисами собрался народ. Несли цветы. Цветов было много. Дорогие букеты складывали, как веники.

* * *

Муза Савельева выдвинула новую тактику замещения. Вместо Игоря подобрать другого мужчину. Игорь узнает, взревнует и вернется обратно, чтобы охранять свое гнездо и свою женщину.

Мужчина был найден. Назывался Рустам. Чей-то брат. Или дальний родственник. Ирина не запомнила. Обратила внимание, что когда он расплачивался в ресторане, то достал пачку долларов толщиной в палец. Ирина подумала: может, он террорист, иначе откуда такие деньги?

Рустам был ровесник Ирины, но выглядел молодо, на десять лет моложе. И приглашал танцевать молодых девочек в коротких юбках. Их ноги в колготках казались лакированными. Девчонки перебирали твердыми лакированными ногами, а Рустам обпрыгивал их вокруг, как козел.

Ирина сидела за столиком в черно-белом одеянии: дорогая блуза с венецианскими кружевами, длинная юбка из тяжелого шелка. Величественная и возрастная, как царица Екатерина, только без парика и без власти. Или как Эдит Пиаф со своим греком. Но то была Эдит Пиаф, а не преподаватель по классу рояля.

«Шла бы домой носки вязать», — сказала она себе. И глубокая грусть стояла в глазах. Этот поход только обнажил ее катастрофу. Она рухнула с большой высоты, разбилась и обгорела и теперь видит свои останки со стороны. Все можно поправить, но нельзя повернуть время вспять. Нельзя вернуть молодость и любовь Игоря.

Возраст — это единство формы и содержания. Молодые наполнены молодостью, у них молодые формы и радостное содержание.

Ирина тоже могла бы выйти в середину круга и задергаться в современном ритме включенного робота. Но на что это было бы похоже?

Нет. Не надо ни за кого прятаться, тем более за чужих посторонних мужчин. Надо как-то с достоинством выплывать из этой реки страданий. Или тонуть.

Ирина вернулась домой. Вошла в комнату матери. Ясно, спокойно сказала:

— Мама, я не могу жить. И не буду.

— Можешь, — сказала Лидия Георгиевна. — Будешь.

Изо всех Христовых заповедей самой трудной оказалась «смири гордыню».

«Не укради» — легко. Гораздо труднее — украсть. «Не убий» — и того легче. Ирина не могла убить даже гусеницу. «Не лжесвидетельствуй» — тоже доступно. А вот «смири гордыню», пригни голову своему «я», выпусти в форточку свою женскую суть... И при этом — не возненавидь... Ненависть сушит душу до песка, а на песке ничего не растет... Даже репей...

Ирина перестала ходить в общественные места: на концерты, в театры. Раньше входила в зал под руку с Месяцевым — и тим все сказано. А сейчас — входит в зал, видит полный партер народу, где она никому не нужна. И никто не нужен ей.

Однажды в подземном переходе встретила Музу Савельевну. Прошла мимо. Муза позвала. Ирина не обернулась. Прошлая жизнь осталась где-то на другом берегу, и не хотелось ступать на тот берег даже ненадолго. Даже в полноги.

Недавно зашла в универмаг и увидела себя в большом зеркале с головы до ног. В длинной дорогой шубе она походила на медведя-шатуна, которого потревожили в спячке. И теперь он ходит по лесу обалделый, не понимающий: как жить? Чем питаться? И вообще — что происходит?

Алик летел высоко над землей. Жуть и восторг. Впереди гора. Надвигается. Сейчас врежется... Но обогнул. Пролетел мимо. Очень близко увидел бок горы — как гигантская корка хлеба.

— Хорошо было? — спросил Андрей издалека.

Алик увидел себя в бабкиной комнате.

— Надо где-то баксы достать, — сказал Андрей.

Они вышли из дома и куда-то поехали. Алик больше не летал, но был непривычно легким, расслабленным. Они без труда перемещались по Москве, покрывали большие расстояния. Оказывались то тут, то там. В том числе оказались на Таганке, возле новой квартиры отца. Дверь открыла Люля.

— Отец дома? — спросил Алик.

— Игорь Николаевич? — уточнила Люля. — Проходи.

Алик прошел, а Андрей остался на лестнице. Спустился н полмарша вниз и стал ждать.

— Слушай, а ты чего за старика вышла? — доверительно спросил Алик. — Хочешь, я тебя трахну?

— Не хочу, — спокойно сказала Люля.

— Почему?

— Ты мне не нравишься. Поэтому.

Вышел отец и сказал одно слово:

— Вон...

Алик попятился и ударился о косяк двери. Поморщился Почесал плечо.

— Вон, кому говорят, — повторил отец.

— Уйду, уйду, — не обиделся Алик. — Дай мне денег. Послед ний раз.

— Ничего я тебе не дам, — сказал Месяцев и добавил: - Скотина.

— На день рождения позвали, — объяснил Алик. — Над подарок купить.

— Иди работать, будут деньги, — сказал отец. — Ступай вон

Алик стоял на месте.

— Ты не расслышал? — спросила Люля.

— Уйду, черт с вами, — беззлобно сказал Алик. — Где б денег взять? Дай в долг. Я отдам.

— Научишься себя вести, тогда приходи, — сказала Люля.

Алик ушел озадаченный.

— Ну как? — спросил Андрей.

— Никак, — ответил Алик. — Не понимаю, зачем старом человеку деньги? Деньги нужны молодым.

Алик и Андрей пешком пошли до Красной площади. Вс площадь была до краев набита людьми. Выступала какая-т крутая группа. Музыка, усиленная динамиками, наполнял пространство до самого неба. Ритм соединял людей и простран ство в одно целое. Все скакали, выкидывая над головой кулак двумя выдвинутыми вперед пальцами. Получался сатанински знак. Вся площадь в основном состояла из молодежи, котора скакала, как на шабаше.

Алик и Андрей тоже выкинули над головой сатанинский знак и стали скакать. Алику казалось, что он зависает. И если подпрыгнуть повыше, то полетит. Жуть и восторг. Они заряжались от толпы и сами заряжали. Как в совместной молитве, но наоборот. В молитве человек просит, а здесь берет, не спрашивая. Здесь все можно, здесь ты хозяин, а не раб. Можешь брать у жизни все что хочешь и пробовать ее на зуб, эту жизнь.

Денег хватило на бутылку водки и триста граммов колбасы. «Колеса» были.

Андрей размешал «колеса» в стакане.

— Это что? — спросил Алик.

— Циклодол. При Паркинсоне прописывают. Я у дяди Левы украл.

Алику было плевать на дядю Леву с Паркинсоном. Он спросил:

— А что будет?

— Ничего. Он еще себе купит. У него рецепт есть, а у меня нет.

— Я не про дядю Леву. Я про нас.

— Глюки. Посмотрим.

Андрей размешал еще раз. Они хлебнули. Стали ждать.

Появились какие-то блоки из пенопласта. Из них составлялся космический корабль. Как в детском конструкторе.

— Ну как? — спросил Андрей.

— Скучно. Давай водки добавим.

Налили водки. Сделали по глотку.

Космический корабль стронулся с места и мерзко задребезжал. Скорость нарастала, дребезг усиливался. Потом взрыв. Треск и пламя. Загорелась голова.

Алик дошел до телефона. Снял трубку. Набрал номер. Позвал:

— Мама...

И упал.

Трубка раскачивалась над остановившимися глазами. И оттуда, как позывные, доносился голос матери:

— Алё... Алё...

Хоронили через два дня. Похоронами занималась Люля, потому что больше оказалось некому. Ирина лежала, как неодушевленный предмет. От нее не отходил врач. Лидия Геор гиевна продолжала смотреть в свою точку. Ани не было в Мос кве. Они с Юрой уехали на Кипр. Сейчас все ездили на Кипр.

У Люли оказался знакомый священник. Алика отпевали по русскому обычаю.

В изголовье стояли Месяцев и Ирина. Месяцев видел лицо своего сына, лежащего в гробу, но не верил, что он мертвый. Ему казалось, что это какое-то недоразумение, которое должно кон читься. Бывают ведь необъяснимые вещи, вроде непорочного зачатия. Где-то, самым верхним слоем мозга, Месяцев понимал, что его сын умер. Его хоронят. Но это не проникало в его созна ние. Месяцев стоял спокойный, даже величественный. Ирина почему-то меняла головные уборы: то надевала кружевную чер ную косынку, то новую шапку из лисы. Шапка увеличивала голову, она была похожа в ней на татарина.

Народу набралось очень много. Месяцев не понимал: отку да столько людей? Была почти вся консерватория, школьны друзья Алика, Люля и ее знакомые. И даже мелькнуло лиц театрального администратора. Может быть, он участвовал организации похорон.

Месяцев увидел Льва Борисовича, своего старинного дру га, — жалкого и заплаканного. Месяцев дружески подмигну ему, чтобы поддержать. Глаза Льва Борисовича наполнилис ужасом. Он решил, что Месяцев сошел с ума.

Люля скромно стояла в дверях в своей шубе из черной нор ки. Ее сумочка была набита лекарствами. На всякий случай.

Неподалеку от Люли стояла ее подруга Инна в лисьем жа кете. К Инне подошла Муза Савельева и сказала:

— А вы зачем пришли? Какая бестактность! Дайте матер сына похоронить.

Подруга поняла, что эти слова относятся к Люле, но промол чала. В глубине души она осуждала Люлю. Могла бы дома по сидеть. Но Люля как бы показывала общественности, что Ме сяцев — с горем или без — это ее Месяцев. И она сторожила свo добычу.

Священник произнес над гробом какие-то простые и важ ные слова. Он сказал, что на все воля Божия. Значит, никто н виноват. Так распорядились свыше. И что когда-нибудь вс встретятся в царствии Божием и снова будут вместе. Месяцев зацепился за это слово: ВСТРЕТЯТСЯ... И все, что происходило вокруг, он воспринимал как временное. Люди пришли, потом уйдут. А он будет ждать встречи с Аликом.

Дома были раскинуты столы для гостей. Люля все организовала. А у Ирины в доме — стол для ее гостей. Пришлось делить знакомых и друзей. Некоторые отошли к Ирине и разделили ее горе. Большая часть отошла к Игорю и села за его стол.

Месяцев присутствовал и одновременно отсутствовал. Его не было среди гостей. Иногда выныривал, как из глубины, и вместе с ним выплывало одно слово: затоптали.

Когда все ушли, он лег лицом к стене и стал ждать.

Дни набегали один на другой. Месяцев не замечал разницы между днем и ночью. Как за Полярным кругом. Ему было все равно.

Люля требовала, чтобы он поехал к знакомому психоаналитику. Но Месяцев знал, что скажет психоаналитик. Он выбрал день и отправился к священнику.

— Я устал переживать смерть своего сына, — сказал Месяцев. — Я хочу к нему.

— Это бессмысленно, — спокойно сказал священник. — Вас не примут раньше положенного вам срока.

— Это как? — не понял Месяцев.

— Ну, на мирском языке: будете ждать в приемной.

— А там нельзя курить... — мрачно пошутил Месяцев.

— Что-то в этом роде. Ваша душа будет маяться так же, как здесь.

Месяцев помолчал.

— А ему было больно?

— Я думаю, нет. Я думаю, он не заметил, что умер.

Месяцев поверил священнику. У него было приятное широкое лицо и никакой фальши в голосе. Месяцев не мог выносить фальши и все время боялся, что с ним начнут говорить о его горе.

— Значит, что? Ждать? — спросил Месяцев.

— Жить, — сказал священник.

Прошел год.

Всего один год, а сколько времени!..

Люля подолгу жила в Америке. Ее подруга Инна вышла замуж за американца, и они сляпали какое-то совместное предприятие. Не то пекарню, не то магазин. Месяцев не вникал.

У Люли оказалась бездна способностей, ей стало скучно сидеть возле погасшего Месяцева. Надоело. Мертвый сын мешал больше, чем живой.

Первое время Люля пыталась как-то разделить участь мужа. Но есть участь, которую разделить невозможно.

— Не ты первый, не ты последний, — утешала Люля. — Весь Запад в наркоманах.

— Ты так говоришь, потому что твоя дочь жива и здорова. А если бы твоя дочь умерла и ее зарыли в землю, я бы на тебя посмотрел...

Люля пыталась зайти с другого конца.

— Бог посылает тебе испытания, — рассуждала Люля. — Бог испытывает тех, кого любит...

Месяцев холодно смотрел и говорил:

— Оставь Бога в покое. Ты даже не знаешь, как его зовут.

Люля терялась и думала: а в самом деле, как его зовут? Иисус. Но это сын Божий. А самого Бога — как зовут?

Они как будто оказались на разных берегах, и Месяцев не хотел никаких мостов. Люля чувствовала: время вокруг них остановилось и загустело, как янтарь. А она сама — как муха в янтаре. Все кончилось тем, что она купила финскую морозильную камеру на сорок килограммов и, уезжая за океан, полностью забивала ее продуктами: мясо, рыба, птица, грибы, мороженые овощи, фрукты и ягоды. Все витамины. Этой морозилки хватало на несколько месяцев. Можно жить, не выходя из дома. И даже небольшую гражданскую войну можно пережить с такой морозилкой.

Месяцев постепенно отошел от исполнительской деятельности. Пятьдесят лет — хороший возраст. Но он уже сказал свое слово и теперь мог только еще раз повторить то, что сказал. Выросли новые, тридцатилетние, и шумно рассаживались на пиршестве жизни. У них был свой стол.

Месяцева все чаще приглашали в жюри. Он больше представительствовал, чем играл. Когда приходилось давать концерты, он вспахивал пальцами клавиатуру, но думал о своем. Шел, как самолет на автопилоте. Программа задана, долетит и без твоего участия. И бывал рад, когда возвращался домой в пустую квартиру.

Он научился жить один и привык к своему одиночеству. И даже полюбил его. Люди мешали.

Однажды среди бумаг нашел листок со стихами Алика.

«Пусть руки плетьми повисли и сердце полно печали...»

Месяцев не понимал поэзии и не мог определить: что это? Бред сумасшедшего? Или выплеск таланта? Алик трудно рос, трудно становился. Надо было ему помочь. Удержать. Жена этого не умела. Она умела только любить. А Месяцев хотел только играть. Алик наркоманил и кололся. А Месяцев в это время сотрясался в оргазмах. И ничего не хотел видеть. Он только хотел, чтобы ему не мешали. И Алик шагнул в сторону. Он шагнул слишком широко и выломился из жизни.

Когда? Где? В какую секунду? На каком трижды проклятом месте была совершена роковая ошибка? Если бы можно было туда вернуться...

Когда становилось невмоготу, Месяцев покупал коньяк и шел к Льву Борисовичу.

Лев Борисович в последнее время увлекся фотографией, и на его стенах висели храмы, церквушки, старики, собаки, деревья.

Пили коньяк. Все начинало медленно кружиться по кругу.

— Я сломан, Лева, — сознавался Месяцев. — У меня как будто перебита спина.

— Почему? — Лев Борисович поднимал брови.

— Меня покинули сын, талант и любовь.

— У меня никогда не было ни детей, ни таланта. И ничего — живу, — комментировал Лев Борисович.

— Если бы я не прятал его от армии, если бы он пошел в армию, то остался бы жив...

— Или да, или нет...

— В тот день он сказал: дай денег. Если бы я дал ему деньги, он пошел бы на день рождения. И все бы обошлось...

Дальше Лев Борисович знал: Месяцев расскажет о том, как он выгнал Алика, как Алик попятился и ударился плечом о косяк и как ему было больно.

— Сейчас уже не больно. — Лев Борисович покачал головой.

— Он сказал: «Уйду, уйду...» И ушел навсегда.

Месяцева жгли воспоминания. Он говорил, говорил, чтобы не так жгло. Облегчал душу. Но зато нагружал душу Льва Борисовича. Лев Борисович искренне сострадал другу, но в конце концов научился противостоять нагрузке. Он как бы слушал вполуха, но думал о своем. Уезжать ему в Израиль или нет?

С одной стороны, туда переехали уже все родственники и на пенсию можно прожить безбедно. Овощи и фрукты круглый год. Апельсины стоят копейки. Вообще ничего не стоят. А с другой стороны, Израиль — провинция, как город Сухуми с пальмами. Все говорят только про деньги. И дует хамсин, какой-то мерзкий суховей. И вообще — он русский человек, хоть и еврей.

— А как ты думаешь? — спросил Месяцев. — Могла лавина придавить Алика?

Лев Борисович очнулся от своих мыслей.

Глаза у Месяцева были ждущие, острые, мученические. Надо было что-то ответить, но Лев Борисович не слышал вопроса. Отвлекся на свой хамсин.

— Что? — переспросил он.

Месяцев понял, что его не слышат. Он помолчал и сказал:

— Ничего. Так...

Я ЕСТЬ. ТЫ ЕСТЬ. ОН ЕСТЬ

нна ждала домой взрослого сына.

Шел уже третий час ночи. Анна перебирала в голове все возможные варианты. Первое: сын в общежитии с искусственной блондинкой, носительницей СПИДа. Вирус уже ввинчивается в капилляр. Еще секунда — и СПИД в кровеносной системе. Плывет себе, отдыхает. Теперь ее сын умрет от иммунодефицита. Сначала похудеет, станет прозрачным и растает как свеча. И она будет его хоронить и скрывать причину смерти. О Господи! Лучше бы он тогда женился. Зачем, зачем отговорила его два года назад? Но как не отговорить: девица из Мариуполя, на шесть лет старше. И это еще не все. Имеет ребенка, но она его не имеет. Сдала государству до трех лет. Сдала на чужие руки — а сама на поиски мужа в Москву. А этот дурак разбежался, запутался в собственном благородстве, как в соплях. Собрался в загс. Анна спрятала паспорт. Чего только не выслушала. Чего сама не наговорила. В церковь ходила. Богу молилась на коленях. Но отбила. Победа. Теперь вот сиди и жди.

Нервы расходились. Надо взять себя в руки. Надо поговорить с собой.

«Перестань, — сказала себе Анна. — Что за фантазии? Почему в общежитии? Почему СПИД? Может, он не у женщины, а с друзьями. Пьют у кого-нибудь на кухне. Потом разойдутся».

А вдруг пьяная драка? Он ударит, его ударят, и он валяется, истекает кровью. А может, его выбросили в окно и он лежит с отсутствующим лицом и отбитыми внутренностями. Господи... Если бы он был жив, позвонил бы. Он всегда звонит. Значит — не жив. Не жив — это мертв.

Анна подошла к телефону, набрала 09. Спросила бюро несчастных случаев. Ей продиктовали.

— Але... — отозвался сонный голос в бюро.

— Простите, к вам не поступал молодой мужчина? — спросила Анна.

— Сколько лет?

— Двадцать семь.

— Во что одет?

Анна стала вспоминать.

— Валь, — сказал недовольный голос в трубке, — ну что ты заварила? Я, по-твоему, это пойло пить должна?

«У людей несчастье, а они про чай», — подумала Анна. И в этот момент раздался звонок в дверь.

Анна бросила трубку. Метнулась к двери. Открыла.

Сбылось и первое, и второе. И женщина, и пьяный. Правда, живой. Улыбается. Рядом — блондинка. Красивая. Анне было не до нее, глянула краем глаза, но даже краем заметила — красавица. Можно запускать на конкурс красоты.

— Мамочка, знакомься, это Ирочка. — Олег еле собирал для слов пьяные губы.

— Очень приятно, — сказала Анна.

При Ирочке неудобно было дать сыну затрещину, но очень хотелось. Прямо рука чесалась.

— А можно Ирочка у нас переночует? А то ей в общежитие не попасть. У них двери запирают.

«Так. Общежитие, — отметила Анна. — Еще одна лимитчица».

— А из какого вы города? — спросила Анна.

— Из Ставрополя, — ответил за нее Олег.

Та из Мариуполя, эта из Ставрополя. Греческие поселения.

Анна посторонилась, пропуская молодую пару. От обоих пахло спиртным.

Они просочились в комнату Олега. Оттуда раздался выстрел. Это рухнул диванный матрас, Анна знала этот звук. Потом раздался хохот, как в русалочьем пруду. Шабаш какой-то.

Тяжело иметь взрослого сына. Маленький — боялась, что выпадет из окна, поменялась на первый этаж. Теперь в случае чего — не разменять. В армию пошел — боялась, что дедовщина покалечит. Теперь вырос — и все равно.

Анна не могла заснуть. Вертелась. Зачем-то считала количество букв в городах: Мариуполь — девять букв, Ставрополь — десять. Ну и что? Было бы двое детей — не так бы сходила с ума. Но второго ребенка не хотела: с мужем жили ровно, все завидовали: «Какая семья». И только он... И только она знала, как все это хрупко. Анна хотела новой любви. Не искала, но ждала. Второй ребенок лишал бы маневренности.

Анна ходила и смотрела куда-то вдаль, поверх головы своего мужа, как будто высматривала настоящее счастье.

Все кончилось в одночасье. Муж умер в проходной своего научно-исследовательского института. Ушел на работу, а через час позвонили. Нету человека.

Анна сопровождала его в морг. Ехали на «скорой». Муж лежал, будто спал. Наверное, он не заметил, что умер. Анна не отрываясь вглядывалась в лицо, пытаясь прочитать его последние ощущения. Смотрела на живот, на то место, которое всегда было таким живым. И если там умерло, значит, его действительно нет.

Однажды приснился сон: муж сидит перед ней, улыбается.

— Ты же умер, — удивилась Анна.

— Я влюбился, в этом дело, — объяснил муж. — Встретил женщину. Не мог оторваться. Но мне было жаль тебя. Я притворился, что умер. А вообще я живой.

Анна проснулась тогда и плакала. Она, конечно, знала, что мужа нет. Но сон показался правдой. Муж, наверное, кого-то любил, но не посмел переступить через семью. Рвался и умер. Лучше бы ушел.

После смерти мужа Анна осталась одна. Сорок два года. Выглядела на тридцать пять. Многие претенденты распускали слюни, как вожжи. Однако семьи не получалось. У каждого дома была своя семья. Норовили записаться в сынки, чтобы их накормили, напоили, спать уложили и за них бы все и проделали.

Была, конечно, и любовь, что там говорить... Чудной был человек, похожий на чеховского Вершинина: чистый, несчастный и жена сумасшедшая. И нищий, конечно. Это до перестройки. А в последнее время вступил в кооператив, стал зарабатывать две тысячи в месяц. Нули замаячили. Не человек — гончая собака. И уже ни томления, ни страдания — завален делами выше головы. Некогда? Сиди работай. Устал? Иди домой. Он обижался, как будто ему говорили что-то обидное. Он хотел еще и любви в придачу к нулям.

В один прекрасный день Анна поняла: у нее все было. В прошедшем времени. Плюсквамперфект. И то, что казалось временным, и было настоящим: муж, дом, общий ребенок. Семья. Но мужа нет. И дальше — тишина. Самый честный союз — это союз с одиночеством.

Женщина не может без душевного пристанища. Пристанище — сын. Умница. Красавец. Перетекла в сына.

А сын за стеной перетекает в Ирочку. Из Ставрополя. Десять букв. Мариуполь — девять. А что еще остается? Только буквы считать.

Ирочка проснулась в час дня.

За это время Олег встал, сделал завтрак, позавтракал, ушел на работу и сделал плановую операцию.

Анна за это время сходила в магазин, приготовила обед — курицу с овощами — и села за работу.

В учебной программе шли большие перемены. Историю СССР практически переписывали заново. Дети не сдавали экзамен.

У Анны — французский язык. В этом отсеке все как было: je suis, tu est, il est. Я есть. Ты есть. Он есть.

Возникали учителя-новаторы: ускоренный метод, изучение во сне. Анна относилась к этому скептически, как к диете. Быстро худеешь, быстро набираешь. Ускоренно обретенные знания так же скоро улетучиваются. Лучше всего по старинке: обрел знание — закрепил. Еще обрел — еще закрепил.

Анна сидела за столом. Работа шла плохо, потому что в доме находился посторонний человек.

Наконец задвигалось, зашлепало босыми ногами, зажурчало душем.

«Надо накормить, — подумала Анна. — Молодые, они прожорливые». Вышла на кухню, поставила кофе.

Из ванной явилась Ирочка в пижаме Олега. Утром она была такая же красивая, как вечером. Даже красивее. Безмятежный чистый лоб, прямые волосы Офелии, промытые молодостью синие глаза. Интересно, если бы Офелия переночевала у Гамлета и утром явилась его мамаше, королеве...

Анна не помнила точно, почему Офелия утопилась. Эта не утопится. Всех вокруг перетопит, а сама сядет пить кофе с сигаретой.

— Доброе утро, — поздоровалась Ирочка.

— Добрый день, — уточнила Анна.

Ирочка села к столу и стала есть молча, не глядя на Анну. Как в купе поезда.

— А вы учитесь или работаете? — осторожно спросила Анна.

— Я учусь в университете, на биофаке.

«Значит, общежитие университетское», — поняла Анна.

— На каком курсе?

— На первом.

«Значит, лет восемнадцать-девятнадцать», — посчитала Анна. Олегу двадцать семь.

— А родители у вас есть?

— В принципе есть.

— В принципе — это как? — не поняла Анна.

— Люди ведь не размножаются отводками и черенками. Значит, у каждого человека есть два родителя.

— Они в разводе? — догадалась Анна.

Ирочка не ответила. Закурила, стряхивая пепел в блюдце. «Курит, — подумала Анна. — А может, и пьет».

— А вы не опоздаете в университет? — деликатно спросила Анна.

— У нас каникулы.

Анна вспомнила, что студенческие каникулы в конце января — начале февраля. Да, действительно каникулы. Не собирается ли Ирочка провести у них две недели?

— А почему вы не поехали в Ставрополь? — осторожно поинтересовалась Анна. — Разве вы не соскучились по дому?

— Олег не может. У него работа.

— А у вас с Олегом что? — Анна замерла с ложкой.

— У нас с Олегом все.

Зазвонил телефон. Аппарат стоял на столе. Анна хотела привычным движением снять трубку, но Ирочка оказалась проворнее. Ее тонкая рука змеиным броском метнулась в воздухе. И с добычей-трубкой обратно к уху.

— Да... — проговорила Ирочка низко и длинно.

В этом «да» были все впечатления прошедшей ночи и предвкушения будущей.

После «да» было «я» — такое же длинное, как выдох.

Это звонил Олег. Ирочка произносила только два слова — «да» и «я». Но это были такие «да» и «я», что Анне стыдно было при этом присутствовать. Наконец Ирочка замолчала и посмотрела на Анну умоляюще-выталкивающим взглядом.

Анна вышла из кухни. Подумала при этом: «Интересно, кто у кого в гостях...»

Каждая семья имеет свои традиции, ибо человек без традиций голый. Равно как и общество. Общество, порвавшее с традициями, обрубает якорную цепь, и его корабль болтается по воле волн или еще по чьей-то воле.

В традиции Олега и Анны входило звонить друг другу на работу, отмечаться во времени и пространстве: «Ты есть, я есть.

И ничего не страшно: ни социальные катаклизмы, ни личные враги. Ты есть, я есть. Мы есть».

В традиции входило открывать друг другу дверь, встречать у порога, как преданная собака. Выражать радость, махать хвостом. Потом вести на кухню и ставить под нос миску с божественными запахами.

И сегодня Олег позвонил в обычное время. Анна заторопилась, но на пути возникла Ирочка.

— Он попросил, чтобы я открыла.

Анна растерялась, сделала шаг назад. Привилегии отбираются, как во время перестройки. В семье шла перестройка.

Ирочка тем временем распахнула дверь и повисла на Олеге в прямом смысле слова. Уцепилась руками за шею и подогнула ноги. Обычно Олег целовал мать в щеку, но сегодня между ними висело пятьдесят килограмм Ирочки.

Олега, похоже, не огорчало препятствие. Он обхватил Ирочку за спину, чтобы удобнее виселось, они загородили всю прихожую и из прихожей вывалились в комнату Олега и пропали.

Курица стыла. Устои дома рушились. Еще час такой жизни — и упадет потолок, подставив всем ветрам жилище.

Вечером Анна подстерегла момент и тихо спросила:

— А Ирочка, что, не собирается в общежитие?

— Видишь ли... — Олег замялся. Потом вскинул голову, как партизан перед расстрелом. — Мы поженились, мама.

— В каком смысле? — не поверила Анна.

— Ну в каком смысле женятся?

— И расписались?

— Естественно.

— И свадьба была?

— Была.

— В общежитии?

— Нет. В ресторане.

— На какие деньги?

Анна задавала побочные, несущественные вопросы. Ей было страшно добраться до существенного.

— На мои. Откуда у нее деньги? Она сирота.

— У нее есть родители.

— Это не считается.

— А где ты взял деньги?

— Одолжил. У Вальки Щетинина.

Валька — друг детства, юности и молодости. Вместе учились. Вместе работают.

— А почему ты не взял у меня? — спросила Анна.

— Ты бы все узнала.

— А я не должна знать? — Это был главный, генеральный вопрос. — Почему ты мне не сказал?

— Ты бы все испортила.

Наступила пауза.

— Ты бы не пустила, — добавил Олег. — Я этого боялся.

Анна молчала. Было больно. Как дверью по лицу.

— Прости, — попросил Олег.

— Не могу, — ответила Анна. — И еще знаешь что?

— Что?

— Ты мерзавец.

— Я так не считаю.

— А как ты считаешь?

— Я боролся за свою любовь.

Олег счел разговор оконченным. Бывают моменты в жизни мужчины, когда он должен бороться за свою любовь. Это его правда. Но есть правда Анны: вырастила сына, пустила в жизнь, и теперь ее можно задвинуть под диван, как пыльный тапок.

Да. Стареть надо на Востоке. Там уважают старость. Там такого не бывает.

Дима... Вот когда нужен близкий человек. Когда тебя предают в твоем же собственном доме.

Анна снова не спала ночь. Мучил вопрос «ЗА ЧТО?».

Может быть, за то, что их поколение — шестидесятники — проморгало хрущевскую перестройку и двадцать лет просидело по уши в дерьме. А может быть, все началось раньше и сейчас завершилось. Выросли внуки Павлика Морозова. Их научили отрекаться от родителей, затаптывать корни, нарушать заповедь: «Почитай отца и мать своих».

Ночь сгустила все зло в плотный мрак и накрыла с головой.

— Да просто ты ревнуешь, — растолковала Беладонна.

— Классическая свекровь, и все дела, — дополнила Лида Грановская. — Не ты первая, не ты последняя.

У Анны — две подруги со студенческих лет. Лида Гранов-ская и Беладонна.

Лида — жена Грановского и сама по себе Лида. Грановский в последнее время в связи с перестройкой выбился в недосяга-емые верха, а Анна осталась на прежнем месте. Это не помеша-ло дружбе. Дружили все равно по душевной привычке.

В жизни Лиды все определилось с пятнадцати лет, с восьмого класса, когда классная руководительница приставила отличницу Лиду к неуспевающему Стасику Грановскому. Все началось тог-да, тридцать лет назад, и продолжалось до сегодняшнего дня. Рас-становка сил ясна: Грановский — солнце, Лида — луна. Остальной космос существует где-то отдельно от их жизни.

Беладонна означает: прекрасная женщина и еще какое-то желудочное лекарство. Беладонна — то и другое. Она самая красивая из трех. Но ее жизнь, как молодая планета, никак не может образоваться, устояться. То ледники, то оползни.

Беладонна — человек компромисса. Вышла замуж — до луч-шего мужа.

Купила дачу — до лучшей дачи. И всю жизнь ждала эту луч-шую дачу и лучшего мужа.

Известно, что временные мосты оказываются самыми посто-янными. Беладонна ходила по временным мостам, неся в душе разъедающее чувство неудовлетворенности. Она жила как бы в обнимку с этим разъедающим чувством.

У Лиды жизнь стоячая, у Беладонны — текущая река. Анне необходимо было то и другое, в зависимости от того, чего про-сила душа: движения или благородного покоя.

Но сегодня были необходимы обе. Анна собрала подруг на совет. Сидели в кооперативном кафе. Пили кофе из автомата.

Анна полагала, что, выслушав ее, Лида и Беладонна схватят-ся за голову и громко закричат в знак протеста и солидарности. Но подруги отнеслись несерьезно. Задавали дурацкие вопросы.

— Ей сколько, сорок? — поинтересовалась Беладонна.

— Почему сорок? Девятнадцать, — ответила Анна.

— Проститутка?

— Что ты глупости говоришь? Учится в университете. На биофаке.

— Любит? Или по расчету, из-за прописки?

— На шею вешается, как кошка.

— Тогда что тебе не нравится? Объясни. Молодая, красавица, умница, любит...

Лида и Беладонна уставились на Анну. Анна напряженно молчала.

— Тебе ни одна не понравится, — заключила Лида.

— Почему это?

— Потому что тебе нравится Олег. Я даже удивляюсь, что ему удалось из-под тебя выскочить. Молодец. Мужик.

— Но ведь больно!

— Так он же хирург, — напомнила Лида. — Сейчас больно, потом будет хорошо.

— Не опошляй, — посоветовала Беладонна. — Первый брак — пробный брак. Через год разведутся. Сейчас все разводятся.

В груди Анны полыхнуло зарево надежды.

— А если не разойдутся? — осторожно проверила она.

— Значит, будут жить. Ты что, не хочешь счастья своему сыну?

Анна задумалась. А в самом деле... Должен же Олег когда-то жениться. Почему не Ирочка?

Тяжкая ночь как будто собралась в облачко и отлетела, рассеялась по небу. «За что?», «Почему?» — а нипочему. Полюбил — женился. Женился — привел в дом. Не в общежитие же им идти... Поживут — разведутся, сын достанется Анне. А уживутся — дай Бог счастья.

— А давайте выпьем шампанского, — решила Анна. — Все же событие.

Взяли бутылку.

Лица подруг стали еще роднее и прекраснее. И как бежит время. Недавно сами были в возрасте Ирочки, выходили замуж: Лида — за Стасика, Беладонна — за своего Ленчика, Анна — за Диму. Теперь, через тридцать лет, Димы нет. Ленчик есть, но его нет. Беладонна спровадила сына в армию, дочь замуж — и в новый брак. Захотелось свежего чувства.

— Ну как чувство? — полюбопытствовала Анна.

Беладонна вздохнула из глубины души. Любовь любовью, но полезли всякие побочные обстоятельства.

Дочка родила ребенка Павлика и уехала с мужем на Кубу. Там влажность. Павлик может пропасть, как растение, приспособленное для другого климата. Мальчика оставили Беладонне, и никуда не денешься, поскольку бабка. Внучок по ночам плачет, мешает всем спать. Беладонна его качает, прижимает к груди, затыкает рот ладошкой, как партизан на чердаке, когда внизу ходят немцы. И так жалко этого мальчика. И сама тоже плачет. А был бы за стеной собственный муж, родной дед Ленчик, — нравится, не нравится — терпи, да еще и люби. И сам вставай, и сам качай.

Новый мост, выстроенный в сорок пять лет, оказался неудобным для повседневной жизни. Вот ведь как бывает.

Анне стало жалко мальчика с маленькой желтоволосой головкой, которому зажимают рот ладонью, не дают плакать. И тоже захотелось маленького. Она будет его холить и лелеять и отвяжется от Олега и Ирочки. Пусть как хотят, так и живут. У нее будет свой собственный маленький Олег.

Потекла совместная жизнь. День нанизывался на другой день, как шашлык на шампур. Набирались месяцы.

Ни о каком ребенке не было речи, зато Олег купил видеомагнитофон. С рук. За бешеные деньги. Два года работы.

По вечерам дом превращался в караван-сарай. Гостиницу со скотом. Приходил курс Ирочки и ординаторская Олега. Сидели на всем, на чем можно сидеть, в том числе и на полу.

Анна вначале тоже пыталась приобщиться к мировому кинематографу, но хорошие фильмы случались редко. Зато бывали такие, которые запретил Ватикан, — столько там было безбожия и бесстыдства. Совестно смотреть, тем более рядом молодыми людьми.

Анна уходила в кухню. Через какое-то время вся кодла перекатывалась в кухню: ели, курили, балдели. Анна отступала свою комнату.

Она с удовольствием бы «побалдела» вместе с молодыми послушала, о чем они говорят, что за поколение выросло. Но она была им неинтересна. Отработанный биологический материал. И Анна сама чувствовала разницу. Ее биополе — бурое, как переваренный бульон. А их биополе — лазоревое, легкое, ясно

Эти биополя не смешивались. Анна уходила в свой угол, как старая собака, и слышала облегченный вздох за спиной.

В первом часу ночи расходились по домам, оставив гору грязной посуды, пустой холодильник и серую сопку окурков в пепельнице.

У Анны возникли две новые проблемы: проблема денег и проблема сумок. Ирочка не готовила и не ходила по магазинам. Она училась в университете на биологическом факультете, и училась очень хорошо. Ее выбрали старостой группы. Олег тоже не ходил за продуктами и не готовил, потому что у него каждый день было по две операции. Не будет же человек, простояв две операции, еще стоять в очереди за сосисками.

А у Анны в неделе два присутственных дня. Остальное время — работа дома. Ну разве ей сложно пойти в магазин и приготовить обед на трех человек? Какая разница: на двух или на трех?

Гости? Но сейчас же не война и не блокада. Как можно не напоить людей чаем?

— Олег, нам надо разъехаться, — сказала Анна.
— Как ты это себе представляешь?
— Разменяться. Двухкомнатная квартира меняется на одно-комнатную и комнату.
— Ты хочешь, чтобы мы жили в комнате?
— Можешь взять себе однокомнатную.
— А сама в коммуналку?

Анне не хотелось в коммуналку, но что делать?
— Мне трудно, Олег.

Анна прямо посмотрела сыну в глаза. В его глазах она уви-дела Ирочку. Сын счастлив. А от счастья человек становится герметичным. Чужая боль в него не проникает.

Ее, Анну, употребляют и не любят. Ею просто пользуются. Хотелось крикнуть, как Борис Годунов в опере Мусоргского:
— Я царь еще! Я женщина!

— Отстань от них, — посоветовала Беладонна. — Живи сво-ей жизнью.

Анна созвонилась с Вершининым и пошла в ресторан.

Вершинин заказал малосольную форель, икру. Он теперь был богат и широк, как купец, и торопился это продемонстрировать.

Анна незаметно спустила молнию на юбке. Противоречия последних месяцев так распирали Анну изнутри, что она расширилась. Растолстела. Вершинин ничего не замечал, поскольку был занят только собой. И тогда, и теперь. Но раньше он жаловался, а теперь хвастал. Его фирма хочет продавать финнам вторичное сырье, а на эти деньги построить гостиницу для иностранцев. Качать твердую валюту. Анна понимала и не понимала: финны, гостиница, валюта... Раньше встречались возле метро, заходили в булочную, покупали слойку за восемь копеек. Он рассказывал, чем она для него стала. А она слушала, заедая булкой. Чудесно.

А теперь белая скатерть. Малосольная форель. Про любовь ни слова. Только сказал: «У нас появилось новое качество. Мы теперь умеем ждать». Появилось новое — ждать, потому что исчезло старое — страсть. Раньше не могли дня жить друг без друга, теперь недели пролетают — и ничего. Ослабел магнит. Все очень просто.

Вершинин перешел от яви к мечтаниям. В мечтах он хотел взять кусок неосвоенной земли, скажем, Бурятию или Крайний Север, и произвести там экономический эксперимент. Страна внутри страны, с другим экономическим и даже политическим устройством. Как остров инженера Гарина. Блестели глаза. Лучились зубы. Никакого острова ему никто не даст, это понятно. Но какова мечта...

Вершинин похорошел. Однако раньше он был лучше. Он был ЕЕ, как Олег. А теперь Олег у Ирочки, Вершинин у бизнеса. А где же ЕЕ? Французский язык: je suis, tu est, il est. И это все.

— Значит, у тебя хорошее настроение? — подытожила Анна.

— Да нет, конечно...

Сейчас разговор съедет на сумасшедшую жену и двух дочек. Он ведь не может бросить сумасшедшего, а значит, беспомощного человека.

— А я не сумасшедшая? — спросила Анна.

— Ты нет. Ты умная. И сильная.

В этом все дело. Ее не жалко. Никому.

На горячее принесли осетрину с грибами. Анна ела редкую еду и думала о том, что дома — вчерашний суп. Мучили угрызения совести.

Домой вернулась с чувством вины, но квартира опять в народе, дым коромыслом и смех до потолка и выше — на другой этаж. Жарят в духовке картошку. Рады, что Анны нет дома.

— Я им не нужна, — сказала Анна Лиде Грановской.

— Ты им не нужна. Но ты им необходима.

Необходима... На этом можно жить дальше, какое-то время, до тех пор, пока не накалится температура до критического состояния и не рванет последним взрывом, от которого летишь и не знаешь — где опустишься.

— Ирочка, пусть ваши гости снимают обувь в прихожей.

— А может, у них носки дырявые, — заступилась Ирочка.

— Как это — дырявые?

— Ну нет у человека целых носков. На стипендию живут.

В самом деле, может быть и так: человеку предлагают снять ботинки, а он не может.

— Но у нас ковер, — напомнила Анна.

— Что вам, ковра жалко? — удивилась Ирочка. — Все равно он дольше нас с вами проживет.

«Нас с вами». Не сказала «вас», а взяла с собой в компанию.

— Ирочка, можно у тебя спросить?

Ирочка напряглась, как перед ударом.

— Вы скрыли от меня вашу свадьбу...

— Олег скрыл, — уточнила Ирочка.

— Но ты не должна была допустить.

— Это его отношения с матерью. Почему я должна вмешиваться?

— Ты тоже будешь мать. И представь себе: твой сын не позовет тебя на свадьбу.

— Почему? — спросила Ирочка.

— Ну... — Анна поискала слово. — Испугается...

— Вот именно. — Ирочка одобрила слово. — Надо, чтобы сын не пугался своей матери. Вы ведь любите его для себя. Чтобы ВАМ было хорошо, а не ему.

Это новость.

— И мне его очень жаль, — заключила Ирочка.

Новость номер два. Олег, оказывается, одинок и не понят в своем доме. Но она, Ирочка, протянула ему руки. Их двое, как в вальсе. Кружат по голой планете.

— Предположим, я плохая мать. Но почему ваших родителей не было на свадьбе?

Ирочка не ответила.

Существуют ли они, эти родители? Или только в принципе? Кто она? Из каких корней? Из какого сада-огорода?

— Я не слышу, — поторопила Анна.

— А я молчу.

Человек если не хочет — может не отвечать. Он же не на суде. Даже президенты на пресс-конференции могут промолчать, если им не нравится вопрос. Если он кажется им бестактным. Но здесь не суд. И не пресс-конференция.

— Почему ты молчишь?

Вместо ответа Ирочка вытащила из-под кровати дорожную сумку, молча побросала туда свои вещи и молча ушла. Захлопнула за собой дверь.

На все это понадобилось пятнадцать минут времени. Последнее, что видела Анна, — зад Ирочки, обтянутый джинсами, похожий на две фасолины.

Олег вернулся с работы. Достал с антресолей чемодан, положил туда четыре пары обуви, видеомагнитофон, кассеты. Все остальное было на нем. На его сборы ушло двадцать пять минут. И там пятнадцать. Всего сорок.

Сорок минут потребовалось на то, чтобы разрубить конструкцию: мать — сын.

Жизнь разделилась пополам: ДО и ПОСЛЕ.

Эти две жизни отличались друг от друга, как здоровая собака от парализованной. Все то же самое: голова, тело, лапы, только ток не проходит.

Анна была как будто выключена из сети. По утрам просыпалась, пила кофе. Кофе она варила замечательный, но не чувствовала аромата. Какая разница — что пить, можно и сырую воду. А можно вообще ничего не пить.

После завтрака по привычке включала кассету Высоцкого. Он заряжал ее на работу. Но сейчас Анну укачивали однообрные хрипловатые крики. В жизни ПОСЛЕ — повышался оценочный критерий. Ничего не нравилось, никому не доверялось.

Выключив магнитофон, Анна садилась за работу.

Подстрочный перевод — это полдела. Он передает содержание, а не автора. Надо услышать авторскую интонацию, общую тональность. В мозгу должен прозвучать звук — скажем, «ля» — камертон данной вещи. И если это услышишь — тогда есть все: и автор, и таинство творчества, и языковой код. Анна как бы перемещалась во французского писателя — слышала его голос, вбирала энергетику души. Счастливые люди — творцы. У них другое бессмертие. Они не зависят от детей так напрямую.

В жизни ПОСЛЕ Анна сидела за столом, как чурка с глазами. Пыталась вникнуть в интонацию, но мозги затянуло липким туманом.

Да и зачем нужен этот перевод? И почему именно Анна должна переводить? Без нее обойдутся. Этих переводчиков как собак нерезаных.

Язык, кстати, связан с ландшафтом. В Армении гористая местность и слова — тоже гористые. Может встретиться фамилия, где пять согласных подряд: МКРТЧЯН. А в Эстонии равнинная местность. Там такие слова: СААРЕМАА... Северные языки протяжные. К югу ускоряются. Французский язык набирает скорость, а испанский уже сыплет, как горох на блюдо.

Но при чем тут Мкртчян, горох? А ни при чем...

Просто работать не хочется, есть не хочется. Жить не хочется. Еще немножко — и превратится в призрак. Все видит, но ни в чем не участвует.

— Ты должна была ее полюбить. Взять на душу, — сказала Лида Грановская.

— С какой такой стати? — не поняла Анна.

— Если ты любишь сына, а сын Ирочку, ты должна любить то, что любит твой сын.

— Значит, Ирочку будут любить и я, и Олег. А меня никто. Меня только терпеть, зажав нос.

У Анны выступили на глазах злые самолюбивые слезы.

Еще полгода назад этой Ирочки не было в природе. То есть она где-то была — в Ставрополе или в Мариуполе, так далеко от их жизни. И вот явилась, проникла в дом, впилась, как энце-фалитный клещ, — отравила, убила, стащила сына.

Ненависть забила горло. Пришлось вдохнуть поглубже, что-бы пробить ненависть.

Сидели на даче у Лиды Грановской. В окно смотрели елки под тяжелым снегом. Как обидна, как оскорбительна ненависть, когда под небом такая красота...

Интересно, а у природы есть ненависть? Может быть, зем-летрясения? Извержения вулканов? Штормы на море?

Лида Грановская выкладывала в камине дрова.

— У тебя была свекровь? — спросила Беладонна.

— А что? — не поняла Анна.

— Интересно, ты как к ней относилась?

Анна добросовестно вспомнила свою свекровь. Димину маму. Когда они познакомились — Анне было девятнадцать, а свекрови сорок семь. Между ними — двадцать восемь лет. Це-лая сознательная жизнь. Добролюбов за это время успел состо-яться и умереть. Но при чем тут Добролюбов... Свекровь каза-лась Анне сильно пожилой: на теле лишние куски, на лице лиш-ние заломы, под глазами мято, будто пергаментную бумагу по-жулькали в кулаке, а потом разгладили ладонью. Анна прослышала: в молодости у свекрови был крутой роман с кем-то значительным, она любила, и ее любили. Но Анне трудно было это представить.

Первое время жили вместе. Свекровь мощно метала свое тело то туда, то сюда, из комнаты в кухню и обратно. Ставила тарелки, выносила тарелки. Выражала какие-то свои мысли, ко-торые вполне могла держать при себе. От этого ничего бы не изменилось. Анна слушала вполуха, никогда не возражала, не грубила, не приведи Господь... Была равнодушно-вежлива. И это все.

— Ты ее любила? — спросила Беладонна.

— Терпела.

— Ну вот, и тебя терпят. Закон бумеранга. Как ты, так и к тебе.

— Неужели передается? — с мистическим испугом спроси-ла Анна.

— А как бы ты думала...

342

Лида Грановская обложила дрова газетами.

— Просто вам не надо было жить вместе. С самого начала, — поставила диагноз Лида. — На Западе вместе не живут.

— А куда я их дену? У нас двадцать семь метров на троих. Норма. Нам никто ничего не даст.

— Этот развитой социализм кого хочешь заложит, — заключила Лида и поднесла спичку.

Огонь занялся сразу. В камине весело загудело.

Разлили по рюмкам яичный ликер. Лида сама приготовила из сгущенного молока, водки и яичных желтков. Лида придумывала не только еду, но и напитки.

Грановский отсутствовал в очередной загранице. Последнее время он разъездился. Капиталистический ученый мир просто вырывал его друг у друга. Друзья шутили, что в таможенной карточке в графе «профессия» он писал «вел. уч.» — что значило «великий ученый». Его так и звали. «Велуч».

Помимо основной науки, Велуч завел себе хобби: сочинять лозунги бастующим — армянам, молдаванам, шахтерам — в зависимости от исторического момента. Лозунги были эмоциональны, научно-корректны. Точно и упруго выражали основную мысль.

Лида выполняла роль фильтра, пропуская через себя воображение мужа. Ненужное и лишнее отбрасывалось. Это было своеобразное соавторство. Они любили друг друга с восьмого класса средней школы, в общей сложности тридцать лет. С любовью ничего не делалось, она не переживала кризисы, не хирела, не мелела. Наверное, так и должно быть. Проходит что-то другое, не любовь. А настоящая любовь проходит вместе с человеком.

Анна смотрела на огонь, и ей хотелось любви. Был бы рядом человек — не страшна никакая Ирочка. Он сидел бы сейчас рядом и смотрел вместе с ней на огонь.

— А где они паркуются? — спросила Беладонна.

— Снимают, наверное, — предположила Анна.

— Почему «наверное»? Ты что, не знаешь? Они не звонят?

Лида вглядывалась в Анну. Анне было стыдно сознаться в том, что сын бросил ее и не звонит, и если бы она заболела или даже умерла — он узнал бы об этом с опозданием и от третьих лиц.

Анна молчала.

— Все-таки дети сволочи! — подытожила Беладонна.

— А как мы к своим матерям? — спросила Лида.

Огонь был привязан к дровам и устремлялся вверх, как будто хотел оторваться от основания. Так и люди — привязаны к корням, а рвутся вверх и в стороны.

...Анна отдавала матери маленького Олега на три летних месяца. Выезжали на дачу. Мать батрачила, носила воду из колодца, готовила на керосинке. И в один из таких месяцев получила страшный диагноз. Анна приезжала каждую субботу и спрашивала:

— Ну как Олег?

— А ты не хочешь спросить: как я?

Мать скрывала диагноз. Видимо, не хотела огорчать и не рассчитывала на поддержку. Она прошла эту дорогу одна.

Родительская любовь не возвращается обратно. Движется в одну сторону. К детям.

Мать любила Анну больше всех на свете. Анна так же любила своего сына. Сын будет любить свою семью, Анне останутся какие-то ошметки. Родители — отработанный материал. Природа не заинтересована в том, что отжило и больше не плодоносит. И надо обладать повышенными душевными качествами, чтобы любить детей и родителей одинаково.

У Анны не было этих качеств. Значит, и у Олега нет.

За окном смеркалось. С елки упал снег, освобожденная ветка закачалась.

Жизнь справедлива, если подумать. И человек получает возмездие за свою вину. Анна получила за мать и за свекровь. От Олега и от Ирочки. Сработал закон бумеранга.

— У меня нет детей. Знаете почему? — вдруг спросила Лида. — Мой прадед был пастухом и изнасиловал дурочку.

— Какую дурочку?

— В деревне дурочка жила. Ее никто не трогал. А он посмел. Деревня его прокляла. На нашем роду проклятие.

— Значит, прадед виноват, а ты должна платить, — скептически заметила Беладонна.

— Должна, — серьезно сказала Лида. — Кто-то ведь должен. Почему не я?

— Ерунда! — отвергла Беладонна. — Некоторые всю жизнь насилуют дурочек. И ничего. Живут.

Дрова распались в крупные угли. Пламя неспешно писало свои огненные письмена. Три женщины смотрели на огонь, как будто пытались прочитать и расшифровать главную тайну жизни.

Так, наверное, сидел в поле у костра продрогший молодой пастух-прадед. А неподалеку бродила молодая спелая дурочка.

Олег Лукашин, хирург городской больницы, шел к своей матери после семимесячного перерыва. Семь месяцев. За это время может родиться ребенок. Живой, хоть и недоношенный. Говорят, что Наполеон был семимесячным.

Олег шел к матери пешком — до метро. Спускался в метро. Качался в вагоне. Плыл на эскалаторе. Выплывал на земную твердь возле Киевского вокзала. Ждал автобуса, автобус не шел. Такси в этом месте не останавливалось. У них за углом была официальная стоянка. К стоянке — очередь, как митинг неформалов. Проклятое какое-то место.

Черноволосые люди продавали гвоздики. Цветы стояли в стеклянном аквариуме, и там горели свечи. Видимо, так защищают от холода хрупкое временное цветение. Все очень просто. Но Лукашину вид свечей и цветов напомнил церковную службу. В подмосковной церкви. Батюшка был старый, неряшливый и грубый. Застойный батюшка. Поп-бюрократ. А старухи — настоящие. Но при чем тут это?

Думать связно Лукашин не мог ни о чем. Какие-то обрывки мыслей, ощущений. Он стоял на привокзальной площади, как голый нерв, а вокруг творилась грубая жизнь, которая цепляла этот нерв и закручивала.

Надо бы напиться, но не помогает. Когда напивался — кричал не про себя, а громко. Соседи прибегали, грозились милицией.

...Она сказала: хочу собаку.

Хочешь собаку — купим. Будет тебе собака. Если бы он тогда не согласился: «Ну вот еще, зачем нам собака? Что сторожить? У нас и дома-то нет».

Но он сказал: купим.

Утром выходили из квартиры. Ирочка зацепила плащом за острый угол мусоропровода. Плащ затрещал, порвался. Они остановились. Вместе рассматривали отвисший лоскут, похожий на собачье ухо. Ирочка расстроилась. Личико стало растерянное. Плащ фирменный, навороченный, с примочками — Ирочка им гордилась. После Олега плащ был самым престижным в ее жизни.

Ирочка — обыкновенная женщина. И за это Олег ее любил. Он так соскучился по естественности, обыкновенности. Все вокруг — личности, понимаешь... А вся эта личность — не что иное, как самоутверждение за счет других, и в том числе за его счет, Олега Лукашина. «Смотри, какая я вся из себя уникальная, а ты — совковый мэн». «Совки» — от слова «советы». Значит, советский мужчина. Ни денег от тебя, ни галантного обхождения, и в совках — бардак.

А Ирочка — как роса на листке. Как березовый сок из весенней березы. Он целовал ее в растерянное личико, утешал. Ирочка была безутешна. Потом отвлеклась от своего плаща, включилась в поцелуй. Они стояли возле мусоропровода и пили друг друга до изнеможения.

— Давай вернемся, — пересохшим голосом сказал Олег. Если бы они тогда вернулись, не поехали на Птичий рынок — все было бы иначе.

Но поехали. Купили. Ирочка взяла в руки теплый комочек и не смогла отказаться.

— Какая это порода? — спросила Ирочка у хозяина.

— Дворянин.

— Дворняжка, — перевел Лукашин. — Давай еще походим, посмотрим.

— Смотри, какой он дурак. — На лицо Ирочки легло выражение щенка. Они уже жили одной жизнью.

Такси искали долго. Сейчас таксисты вообще с ума сошли. Не возят население. Не нужны им трешки и пятерки. Договариваются с кооператорами на целый день и получают сразу круглую сумму. Что им народ? Для них люди — мусор.

Взяли частника. Милый такой парень. На свою маму похож, наверное. Мужская интерпретация женского лица. А может быть, если бы дождались такси, все бы обошлось. Таксисты опытные водители. Таксист бы увернулся. А частник не уве нулся. И «рафик» ударил его прямо в лоб. Лукашин увидел этот летящий на них «рафик» — сердце сжалось, душа сжалась, тело сжалось — до стальной твердости. Лукашин превратился в кусок металла.

Но что-то было до этого. Что-то очень важное. А... Ирочка сказала:

— Смотри, как сверкают купола.

Частник, милый парень, объяснил:

— Их недавно позолотили.

Ирочка сказала:

— Олег, давай поменяемся, мне отсюда не видно.

Ирочка с щенком на коленях сидела сзади. А он возле шофера. Она сказала: «Давай поменяемся».

Шофер остановил машину. Они поменялись местами. Ирочка села возле водителя, а Олег сзади.

«Рафик» ударил в лоб и убил шофера, милого парня, похожего на свою маму. Его вырезали автогеном. Иначе было не достать, так заклинило двери.

Ирочку он достал сам. Кровь свернулась, была густой и липкой. Белые шелковые волосы в ржавой и липкой субстанции. Люди столпились, разинули рты. Что, не видели, как человек умирает? Нате, смотрите... Лукашин тянул рыжие от крови руки.

Но что-то было перед тем... Что-то очень важное. А... он не должен был пересаживаться. Когда она сказала: «Давай поменяемся», — надо было ответить: «Да ладно, сиди, где сидишь». Они бы не остановились и проскочили тот поворот. Три минуты ушло на пересадку. А за три минуты они миновали бы поворот, за которым стояла смерть. За кем она охотилась? За шофером? За Олегом? За кем-то из них. За Олегом. А Ирочка подставилась. И прикрыла. Взяла на себя. Теперь он есть. И ее почти нет.

Олег рвался в операционную, говорил, что он хирург. Говорил нормальным голосом, но все вокруг его почему-то боялись. Не пустили. Потом он бежал по лестнице. Стоял у грузового лифта. Лифт открылся, выкатили носилки с Ирочкой. Голова в бинтах, глаза закрыты, личико оливковое, бледное до зелени. И какое-то жесткое, как будто вытащили из морозильной камеры. Не она. Но она.

Он шел к ней и не мог ухватить. И не удержал. И она разбилась. Вот в чем дело. Он ее не удержал. Она доверилась — на! А он не удержал.

...Свечи под стеклянным колпаком. Цветы и свечи.

Однажды в театре шли по лестнице. Кончился спектакль. Спускались в гардероб. Он впереди. Она сзади. Он спиной чувствовал, что она сзади. И вдруг стало холодно спине — холодно-знобко. Обернулся. Ирочка отстала, и кто-то другой прослоился, оказался за спиной. Ирочка шла через человека. Олег дождался, взял ее за руку. Только он и она. Одно целое. И никого в середине — ни матери, ни друга. Одно целое. Так было. Есть. И будет. Она взяла на себя его смерть. Он возьмет на себя всю ее дальнейшую жизнь, какой бы она ни была, эта жизнь. Мать поможет. Матери сорок семь. На тридцать лет ее еще хватит.

Мать... вечно чем-то недовольна, что-то доказывает. Навязывает. А каждый человек живет так, как ему нравится. Как он может, в конце концов...

Олег вспомнил несчастное лицо матери, как у овцы на заклание. Жалость и раздражение проскребли душу. Но ненадолго. Он не мог ни на что переключиться. В его организме, как в компьютере, были нажаты одновременно все кнопки: и пуск, и стоп, и запись, и память. Мигали лампочки тревоги: внимание, опасность. Но уже шел раскрут. Сейчас все взорвется.

Подошел троллейбус. Олег втиснул себя в человеческие спины. И сам для кого-то стал спиной. Как много людей. И почему судьба выбрала именно Ирочку — такую молодую и совершенную, созданную для любви? Какой смысл? Никакого. Судьба — скотина. Она тупо настаивает на своем. Но он, Олег, сам сделает свой выбор. Если Ирочка умрет, он не останется без нее ни минуты. Он уйдет с ней и за ней. Как тогда, на театральной лестнице. Вместе. За руку.

От этой мысли стало легче. Это все-таки был выбор. Какая-то альтернативная программа.

— Пробейте мне билет, пожалуйста, — попросили Олега.

Вокруг варилась жизнь, пустая, бессмысленная. В ней надо было участвовать.

Олег взял билет. Положил на компостер. Нажал.

Анна смотрела телевизор, когда в дверях повернулся ключ и вошел Олег.

Он вошел. Снял ботинки. Надел тапки, глядя вниз. Как будто не было семи месяцев разлуки, ведра слез и километра нервов, намотанных на кулак. Пришел домой. Раздевается. Устал. Глаза странные, будто в них кинули горсть песка. Не спал. Может, пил. А может, и то и другое. Пил и не спал. То и другое. И третье. Про третье говорить не будем. Дело молодое.

Анна приняла условие игры. Олег пришел, будто ничего не случилось. Значит, и у нее ничего не случилось.

— Тебя кормить? — спросила Анна.

Он не ответил. Правильно, что спрашивать...

Анна прошла на кухню. Налила тарелку борща. Борщ она варила потрясающий: овощи тушила отдельно. Потом заливала бульоном. Выжимала целый лимон и головку чеснока.

Олег взял ложку и стал есть. Ел, как в детстве, наклоняя голову то к одному плечу, то к другому. Его свитер был жесткий от грязи, и весь Олег был какой-то жесткий, грязный, небритый, как бомж.

Поднял глаза на мать и сказал:

— Хорошо горячее.

— А тебя что, дома не кормят? — спросила Анна как бы между прочим.

Олег так же между прочим промолчал. Конечно, он не питается. Он закусывает и перекусывает. И много работает. Никакого здоровья не хватит на такую жизнь.

— Вы где живете? — спросила Анна.

— Снимаем.

По телевизору шла передача со съезда. Доносился резкий, высоковатый голос депутата Собчака.

— Сколько стоит квартира? — спросила Анна.

— Сто рублей.

— Я могу платить, — сказала Анна.

— Не надо.

— Я возьму пару учеников. Мне это не трудно.

— Не надо, — повторил Олег.

Вот, значит, как обстоят дела. Не хотят пользоваться ее ус
лугами: ни кошельком, ни территорией. Ирочка не хочет. И
Олегу запретила.

— У меня к тебе дело, — сказал Олег.

Ах, все-таки дело. Все-таки не полная блокада.

— Я забираю Ирочку из больницы...

— Она в больнице? — удивилась Анна. Хотя что тут удив
ляться. Молодые женщины, которые хотят спать с мужчинами
но не хотят рожать детей, довольно часто попадают в больни
цу. По три раза в году.

— Какое-то время она поживет здесь. У тебя. Ее нельзя ос
тавлять одну. А я работаю.

Тысячи женщин делают аборты и на другой день выходя
на службу. Почему за Ирочкой нужен особый уход? Странно

— Но я тоже работаю, — напомнила Анна.

— Ты можешь работать дома. А я не могу. Я должен быть
операционной.

— А Ирочка согласна? — осторожно спросила Анна.

— Ирочка больна. Ей нужна помощь.

— Значит, вы используете меня как рабсилу?

— Я тебя не использую. Я тебя прошу.

— Почему бы тебе не нанять тетку? Дай объявление в «В
черку»: требуется женщина для ухода за больным.

— У меня нет денег на тетку. И на квартиру. И я не довер
Ирочку чужим рукам.

— Извини, Олег. Но мне твоя Ирочка не нужна ни больн
ни здоровая.

Олег поднял голову, смотрел на мать, как будто не пон
сказанного. Как будто она ему сказала по-французски, а он
может перевести.

— Я тебе не верю, — тихо сказал Олег. — Это не ты говори
Ты очень хороший человек. Я знаю. У меня никого нет, кро
тебя...

Анна заплакала, опустив голову. Стала видна непрокраш
ная седая макушка.

— Мы попали в автомобильную катастрофу, — бесцветн
голосом сказал Олег. — Шофера убило. Ира калека.

Анна перестала плакать. Подняла голову.

Мозг отказывался переработать информацию. Но на глаза, как казалось, надавили изнутри. Они вылезли наружу, и все лицо переместилось в глаза.

— А ты? — выдохнула Анна.

— И меня убило, мама, — просто сказал Олег. — Разве не заметно?

Ирочку привезли в среду.

Олег внес ее на руках в свою комнату и положил на диван.

Анна готовилась к встрече, преодолевая внутреннее напряжение. Ненависть все-таки существовала в ней — не остро, а как хроническая простуда. Надо было как-то замаскировать эту ненависть, забросать словами, улыбками, приветствиями.

Но ничего не понадобилось. Ирочка лежала на диване. Олег взбил под ней подушку, приспособил так, чтобы Ирочка полусидела.

Голова ее была обрита наголо, повязана косынкой, как у баб на сенокосе. Голубые большие глаза как пустые окна — не выражали ничего. Было неясно: осознает она происшедшее с ней или разум ее отлетел, присоединился к мировому разуму и существует отдельно от нее.

Анна застыла в дверях и впервые за все время их знакомства испытала человеческое чувство, освобожденное от ревности. Это чувство называлось СОстрадание. Сострадание съело ненависть, как солнце съедает снег. Осталась влажная пустота.

...Ирочка шла по незнакомой планете. На ней не было людей. Домов. Под ногами серо-черное и пористое, как пемза. Было больно ногам и неудобно дышать. От недостатка воздуха болела голова. Хотелось перестать идти. Лечь. Но ее кто-то ЖДАЛ. Очень важный. Очень ждал. И если она ляжет, то не поднимется. И не дойдет. А надо идти. Больно ногам. И голове. Шаг... Еще шаг... Еще...

Олег сидел возле дивана на полу и смотрел на жену. Не отводил глаз. Он был похож на горящий изнутри дом, когда стены еще целы, но из окон уже рвется пламя.

Еще секунда — и прямым факелом в небо. Надо было как-то спасать. Облить водой.

— Тебе сегодня надо на работу? — спокойно спросила Анна.

— Что? — Олег повернул к ней лицо.

— Я говорю: на работу надо?

— Я не пойду.

— Люди болеют, ждут. Нехорошо.

— У меня своя боль.

— А это никого не волнует.

— Да, — согласился Олег. — Это никого не волнует. Мы одиноки в нашем несчастье, мама.

— А люди всегда одиноки в несчастье, — сказала Анна. — Ты просто не знаешь.

Анна как будто поливала сына холодной водой. Охлаждала. Успокаивала.

— Иди, — сказала она. — Я справлюсь.

Олег поднялся, вышел из дома.

Вернулся с собакой: видимо, машина ждала его внизу.

Бросил собаку на пол.

— Я поеду... — Он поцеловал мать. Притиснулся лицом н секунду, на долю секунды. Но ведь больше и не надо. Сомкну лась порванная орбита. Они снова вместе: мать и сын. Ирочк развела. Ирочка соединила.

Собака ходила по комнате. Она была какая-то кургузая, когда двигалась, ее зад заносило в сторону.

Собака понюхала ковер, облюбовала себе место и присел по своим делам. Окончив начатое — отошла.

Анна тупо посмотрела на то, что оставила собака. Долго сто ять и размышлять не имело смысла. Надо было двигаться и дей ствовать и что-то делать.

Анна взяла метлу, совок и мокрую тряпку. Надо было дей ствовать. А значит, жить.

На другой день Олег привел травника. Это был человек л сорока — немножко толстый, немножко неопрятный, с больши процентом седины в волосах и бороде. Волосы и борода не пр чесаны, а просто приглажены. Встал человек утром и пригла ди руками волосы. Имеет право. Но все это мелочи. Главное в тра нике — то, что не брал денег. Значит, целитель, а не шабашни

Травник достал пузырек зеленоватого цвета с каким-то настоем, стал объяснять его состав и суть лечения. Анна не особенно понимала, она была туповата в химии и биологии, а заодно и в физике. Она, например, до сих пор не понимала, что такое электричество и как выглядит ток.

Травник изучил воздействие какого-то фермента живой природы на фермент внутри человека. При длительном, мягком, волнообразном воздействии восстанавливаются разрушенные рефлексы.

Принимать капли надо по сетке.

В шесть утра, с восходом солнца, надо дать первую каплю, разведенную в чайной ложке воды. Далее каждый час прибавлять по одной.

И так далее до полудня. До двенадцати часов дня, до седьмой капли. Начиная с тринадцати — капли убывают по одной.

В восемнадцать часов — последняя капля. И перерыв до следующих шести утра.

Каждый день — цикл. Вдох и выдох. Первая половина дня — вдох, вторая — выдох. И ни в коем случае нельзя пропустить хотя бы один прием или нарушить последовательность капель.

— А поможет? — спросил Олег.

— Хуже не будет. Либо нуль, либо плюс.

Олег жадно смотрел на травника, пытаясь вникнуть в его прогноз.

— Либо без изменений, либо положительная динамика, — повторил травник.

Он не давал гарантий.

Анна — сова. Для нее встать в шесть утра — равносильно... чему равносильно? Ничему. Просто катастрофа, и все.

Можно было бы спросонья дать первую каплю и рухнуть досыпать. Но в семь надо опять вскакивать. Как матрос на вахте.

Можно будить Олега. Пусть встает и капает. Но Олег в восемь уходит из дома. У него операционные дни. В руках жизни человеческие. Что же, обречь его на дрожащие руки?

— А сколько длится весь курс? — спросила Анна.

— Девять месяцев, — ответил травник. Девять — вообще мистическая цифра. За девять месяцев вызревает человек. На девятый день отлетает душа.

Девять месяцев... Анна окинула мыслью это временное расстояние. Двести семьдесят дней выкинуто из жизни. Так ли много у нее осталось, чтобы выкинуть двести семьдесят дней...

Анна вздохнула.

— Вы привыкнете, — ласково и спокойно сказал травник. — Это хороший режим. Поверьте. Человек должен рано ложиться и просыпаться с восходом солнца. Вместе с природой. Как растение.

— Но я же не растение, — воспротивилась Анна.

Олег вскочил со стула, как будто в нем развернулась тугая пружина.

— Учти, если она умрет, я тоже умру.

Анна понимала: правда. Они сейчас скованы одной цепью. И если Анна хочет вытащить сына, она должна тащить Ирочку.

— А что я такого сказала? — Анна наивно округлила глаза. — Я только сказала, что я не растение, и больше ничего.

Потекли капли: одна, две, три, четыре, пять, шесть, семь, шесть, пять, четыре, три, две, одна...

Часы и капли — вот что составляло ее жизнь.

Часы и капли — механическое, не интеллектуальное занятие. Отсутствие творчества и равноценного общения выматывало больше, чем бессонница.

Анна вставала на рассвете. Больше не ложилась, но и не просыпалась до конца. Пребывала в состоянии анабиоза, как муха в спячке. Вяло ползала по стенам. Она присутствовала в этой жизни и не присутствовала. И в чем-то приблизилась к Ирочке.

Три неприятеля шли на Анну, выкинув штыки.

Недосып — угнетенность тела. Недообщение — угнетенность духа. И отсутствие конечного результата: Ирочка лежала бревно бревном. Было непонятно: образуется у нее новая память или нет?

— Зачем тебе это надо? — искренне удивилась Беладонна. — Это же как с грудным.

— С грудным — понятно. Человека растишь. Сейчас уродуешься, потом человек получится. А это что? — Лида непонимающе смотрела на Анну.

— А что же делать? — спросила Анна.

— Сдай государству, — нашла выход Беладонна. — В интернат.

— Знаю я эти интернаты. Там можно с ума сойти.

— Так Ирочке же... извини, не с чего сходить. Она же не соображает, — напомнила Беладонна. — Какая ей разница — ГДЕ?

— А так и она не живет, и ты не живешь, и Олег, — поддержала Лида Грановская.

Разговор происходил на приеме в посольстве. Грановского приглашали к себе все послы, но он игнорировал приглашения. Ему были скучны эти необязательные общения, фланирования по залу, пустые разговоры. А Лида — напротив, тяготела к светской жизни, суете и тусовке и приобщала своих подруг. Подруги не ездили за границу, для них прием в посольстве — окошко в капитализм. Высунутся, посмотрят — и обратно. Все лучше, чем ничего.

Посол с женой встречали гостей. Возможно, они отмечали отсутствие господина Грановского. Вместо господина Грановского стояли три малосущественные женщины. Но посол одинаково любезно здоровался с Лидой, и с Беладонной, и с послами других государств. Тою же рукой, с тою же улыбкой.

Беладонна таращилась во все глаза. Мечтала сменить новый мост на еще более новый.

Анна незаметно перебирала глазами присутствующих.

Неподалеку стояла высокая элегантная женщина в смокинге. Такие смокинги носят швейцары в дорогих гостиницах и дирижеры оркестра. Но самое любопытное в женщине не смокинг, а возраст. То ли сорок, то ли девяносто шесть. Лицо перешито несколько раз, и кое-где образовались вытачки, как на ткани. Руки в крупных пигментных пятнах. Все-таки девяносто шесть. Но сколько шарма...

— Смотри... — Анна толкнула Беладонну.

— Где? — не поняла Беладонна, поскольку смотрела только на мужчин.

Официантки — все работники УПДК — носили на подносах еду: бутерброды величиной с юбилейный рубль и напитки — какие хочешь — виски, кампари, куантро... От одних слов опьянеешь. Анна перепробовала все подряд и опьянела.

Прием был совмещен с показом мод. Стулья расставили у стен, и по центру зала пошли манекенщицы, демонстрируя верхнюю одежду из кожи. Какой-то известный западный модельер привез свою коллекцию.

Анна всегда знала: зимняя одежда защищает от холода. Нет. Оказывается, одежда может быть произведением искусства, как, скажем, картина Пикассо. И ее можно надеть на себя и носить. Манекенщицы, молодые девки, роскошные, наглые, шли каким-то милитаризованным строем, как в наступление. Шли, выламывая бедра, синхронно ступая, неся тайны своего тела. А Ирочка — не хуже. Лучше. А вот лежит бревно бревном. И Олег мог бы морочить головы этим девкам. А вот сидит возле Ирочки, будто сам парализованный.

А она... Анна... У нее никогда не будет такого пальто, и таких ног, и маленькой задницы. И никто из этих мужчин не позовет ее в кино и не скажет в темноте: «Я люблю тебя, я умираю...»

Анна заплакала.

— Ты чего? — толкнула ее Лида.

— От зависти, — тихо объяснила Беладонна.

И это было правдой. Не столько от зависти, сколько от печального сознания: у нее никогда ничего не было. И уже не будет. Только одна капля, две капли, три капли...

Анна вернулась домой, не протрезвев. Олег был на дежурстве. Ирочка спала.

— А я пьяная, — доверчиво сообщила Анна собаке. Надо же было с кем-то разговаривать.

Собака сильно выросла и за два месяца превратилась в здоровенную лохматую дуру. Похоже, один из ее родителей — ньюфаундленд. Из тех, кто в горах спасает людей. Собаку выгоняли в коридор. Там было мало места, негде развернуться, и собака двигалась, как маневровый паровоз по рельсам: вперед — назад.

Анна села к телефону и набрала Вершинина. Позвонила прямо в сердце семьи, что против правил. Подошел он сам. Услышала его голос.

— Привет, — поздоровалась Анна. — А я сейчас посмотрела в зеркало. У меня такая морщина на лбу, что в нее вполне может залезть немец, как в траншею, и отсидеться. И его не будет видно.

— Пьяная, что ли? — догадался Вершинин.

— Ага... — созналась Анна.

— Я тебе позвоню, — тихо-заговорщически пообещал Вершинин. И вдруг бодрым голосом произнес: — Да, да...

Это значило — появилась жена.

Ирочка шла по незнакомой планете и вдруг оказалась в квадрате.

Стены квадрата были в клеточку. Посреди — что-то лохматое. А в углу — не лохматое и возвышающееся. Ирочка с удивлением всматривалась. Когда-то она это видела. Ирочка напряглась. Заболела голова. КОМНАТА, вспомнила она. СОБАКА. ЧЕЛОВЕК. И она тоже ЧЕЛОВЕК. Но в углу не она. Значит, кто?

Девять часов утра. Анна отсчитала четыре капли, подняла голову и вдруг увидела, что Ирочка смотрит на нее. Не вообще, а именно на нее. Рассматривает. Это было так неожиданно, что Анна вскрикнула.

Люди кричат от ужаса и от противоположного чувства, которое на другом конце ужаса. Как оно называется, это противоположное чувство? Счастье? Пожалуй, от укола счастья, от его мгновенного воздействия.

Анна вскрикнула. Собаке тут же передался ее ликующий заряд. Она вскочила и, обезумев от возбуждения, лизнула Анну горячим языком по лицу. Потом метнулась к Ирочке и лизнула Ирочку.

По пятнадцатиметровой комнате большим мохнатым шаром металось чистое ликование.

Анна схватила телефонную трубку. Надо было сообщить Олегу генеральную новость жизни.

Недосып, недообщение, часы и капли, ее труд и терпение — все сомкнулось в одно и теперь называется — ПОЛОЖИТЕЛЬНАЯ ДИНАМИКА.

К телефону не подходили. Потом голос Петраковой задушенно сказал:

— Перезвоните позже. У нас совещание.

Анна хотела крикнуть:

— Да не могу я позже, какое к черту совещание!..

Но Петракова бросила трубку.

— Проститутка, — сказала Анна. И это о заведующей отделением Юлии Александровне Петраковой.

Анна вдруг испугалась, что положительная динамика ей показалась. Она вернулась в комнату.

Ирочка спала. Видимо, новые впечатления оказались ей не по силам. Личико было бледным, как снятое молоко.

«Без воздуха, без движения», — подумала Анна и услышала в себе какое-то новое чувство. Раньше Ирочка существовала для Олега. А теперь — она сама по себе Ирочка. Несчастная молодая женщина. Почти девочка. Совсем беззащитна. Ее можно не накормить, и никто не узнает.

Как же она пойдет в жизнь? И что с ней будет, если Анна умрет?..

Олег сидел на диване у ног Ирочки и смотрел телевизор. Передача «600 секунд» сообщала, что один «мэн» по фамилии Прохоров нанял другого за пять тысяч убить человека. И тот убил. А передача «Добрый вечер, Москва» рассказывала, что морги переполнены, трупы негде хранить и их объедают крысы. Диктор сказал: грызуны.

Зачем ему, Олегу, это знать? Когда он умрет, ему все равно — объедят его грызуны или нет. А живым — страшно жить и умирать страшно.

Олег уже пресытился безобразиями нашей жизни и предпочитал смотреть видео. Но сегодня кассету достать не удалось. Не получилось.

У Петраковой дома целая видеотека.

Олег сказал:

— Дай что-нибудь посмотреть.

Она сказала:

— Поедем, выбери, что хочешь.

Из корпуса вышли вместе. Шел проливной дождь. На земле снег. А сверху — дождь.

— Кончилась зима, — сказала Петракова.

На ней было надето что-то черное с коричневым. Несочетаемо, а интересно.

Дождь лупил по плечам. Ее очки были в брызгах. Олег обратил внимание на номера машины: 17-40. «Без двадцати шесть», — подумал он. И еще подумал: через двадцать минут последняя капля. Он тоже существовал в орбите часов и капель.

Петракова никак не могла насадить дворники.

— Дай я, — предложил Олег.

Он забрал у нее дворники и легко надел их.

Петракова не двигалась. Смотрела зачарованно. Потом сказала:

— Какие у тебя руки...

— Какие? — не понял Олег.

— Красивые. Мужские. Это очень редкость — красивые руки. Знаешь?

— Ты говоришь как по подстрочнику, — заметил Олег.

— Ага, — согласилась Петракова. — Я часто думаю по-английски. Потом перевожу.

Петракова отсидела с мужем десять лет в англоязычной стране. У нее даже появился легкий акцент. В квартире шел ремонт. Пол был засыпан известкой и застлан газетами. Мебель и диван закрыты простынями. «Как в операционной, — подумал Олег. — Только там чисто, а тут грязь. Да и там грязь, если придираться».

Мужа не было дома, он работал в Женеве. Петракова вернулась в Москву — караулить сына, чтобы не сбился с пути. Не стал на плохую дорогу. У сына был переходный возраст. Четырнадцать лет.

В данную минуту времени сына тоже не было дома, и он не оставил записки — где находится. Возможно, именно в эту минуту он ступил на плохую дорогу и пошел по ней.

Петракова усадила Олега на диван, запустила кассету и вышла из комнаты.

Договорились: он посмотрит несколько фильмов — не до конца, минут по десять, — и потом выберет то, что интересно. За десять, даже за две минуты бывает ясно — с чем имеешь дело. Искусство или так... вторичное сырье.

На экране замелькали кадры. Потащился сюжет. Сюжет состоял в том, что не очень молодая, страшненькая, затюканная жизнью женщина содержит публичный дом. Ее сын, умственно неполноценный дебил, слоняется по дому и заглядывает в замочные скважины. Вот, собственно, и все. Обыкновенная порнуха. Художественной ценности не представляет.

Порнуху, конечно, можно посмотреть, но не в доме начальницы, заведующей отделением. И не в своем доме, где мать и больная жена.

Хорошо было бы сменить кассету, но у Петраковой другое видео, мультисистемное, другое расположение кнопок. Сломает еще...

Олег смотрел и не мог оторваться, и его будто тянуло в дурной омут. Фильм шел на английском языке.

Вошла Петракова. Спросила:

— Хочешь переведу? — И села к нему на колени. Он услышал сладковатый жасминовый запах ее духов. — Какие у тебя глаза...

Олег не стал уточнять какие. Не до того.

— Я переведу синхронно, — сказала Петракова и стала делать то же самое, что делалось на экране. Следовало вскочить, стряхнуть с себя бесцеремонную Петракову. Если бы он тогда вскочил — именно в ту минуту, когда она села, — ничего бы не было. Но он не сделал это сразу. Потом она заговорила про глаза. Время было упущено. Он услышал на своем теле ее руки. Это были руки... Они умели все. И держать скальпель. И ласкать... Петракова была хирург от Бога. И женщина от Бога... О... Как она умела ласкать.

Олег сидел в блаженном дурмане. Петракова затягивала его. Подтаскивала к обрыву. Сейчас полетит с мучительным предсмертным криком.

— Не надо...

— Почему? — Петракова сняла очки, и он увидел ее глаза — зеленые, безбожные...

Вот тут еще был шанс — приказать себе и ей: не надо! Но он схватил ее, смял — всеми своими молодыми мускулами, ущемленным самолюбием, зрелой страстью, жестоким, долгим воздержанием, всем своим горем и безысходностью, отчаяньем раненого оленя.

«Это не ты мне переводишь. Синхронно. Это я сам тебе все скажу. По-своему. На своем языке. Растопчу и возвышу».

Диван был кожаный. Простыни съехали. И Петракова съехала на пол. Она лежала в известке на газетах и смотрела безучастно, как Ирочка. Опять Ирочка.

В глубине квартиры раздались мужские голоса.

— Кто там?

— Рабочие, — безучастно ответила Петракова.

— Они были здесь все это время?

— Ну конечно. У нас же ремонт.

Олег онемел. Сидел с раскрытым ртом. Хорош у него был видок: с незастегнутыми штанами и раскрытым ртом. Петракова расхохоталась.

Ему захотелось ударить, но очень тонкое лицо. И не в его это правилах.

Олег поднялся и пошел из квартиры, ступая по газетам.

Дома дверь не заперта. Матери нет — видимо, у соседей. Хорошо. Не хотелось разговаривать.

Олег стал под горячий душ, смывал с себя ее прикосновения. Раздался телефонный звонок. Он заторопился, вышел из ванной голым. Текла вода.

— Я тебя искал, — сказал в телефон Валька Щетинин. — Где ты был?

Олегу не хотелось говорить, но и врать не хотелось.

— У Петраковой, — сказал он.

— А-а-а... — двусмысленно протянул Валька.

— Что «а»? — насторожился Олег. Ему уже казалось, что все всё знают.

— Она тебе говорила: какие глаза, какие руки?..

— А что?

— Она всем это говорит, — спокойно объяснил Валька.

— Подожди...

Олег вернулся в ванную. Надел махровый халат. Так было защищеннее.

— Она что, проститутка? — беспечно спросил Олег.

— Вовсе нет. Она блядь.

— А какая разница?

— Проститутка — профессия. За деньги. А это — хобби. От жажды жизни.

Значит, не он и она. А две жажды.

Вот они, сложные женщины. Личности. Его употребили, как девку. Олег стиснул зубы.

Прошел к Ирочке. Сел в ногах. Стал смотреть «Пятое колесо». Собака подвинулась, положила морду ему на колени. Дом.. Собака его боготворит. Мать ловит каждый взгляд. Жена просто умрет без него. Только в этом доме он — бог. Богочеловек. А там, за дверьми, в большом мире, сшибаются машины и самолюбия, шуруют крысы и убийцы. Мужчины теряют честь.

Олег взял руку Ирочки, стал тихо, покаянно ее целовать.

Ирочка смотрела перед собой, и непонятно, была эта самая положительная, динамика или нет.

В конце мая переехали на дачу. Лида Грановская отдала свое поместье, поскольку у них с Велучем все лето было распланировано. На дачу они не попадали. Июнь — Америка. Июль — Прибалтика. Август — Израиль.

— Сейчас не ездят только ленивые, — сказала Лида.

«Ленивые и я», — подумала Анна.

Было себя жаль, но не очень. В ее жизни тоже накапливалась положительная динамика. Из трех неприятелей Анны: отсутствие конечного результата, недосып и недообщение — первые два сдались, бросили свои знамена к ее ногам.

Стрелка конечного результата заметно пошла от нуля к плюсу. Ирочка все чаще осмысленно смотрела по сторонам. Значит, понимала. Значит, скоро заговорит. И встанет. И вспомнит.

Травник оказался прав. Жизнь прекрасна именно по утрам. Анна просыпалась с восходом солнца, выходила в огород. Из земли пробивалось и тянулось вверх все, что только могло произрасти: и полезные травы, и сорняки. Казалось, каждая травинка страстно устремлялась к солнцу: люби меня. Мудрые старые ели, кряхтя, потягивались: все позади, все суета сует, главное — пить воду Земли, свет Солнца и стоять, стоять как можно дольше — сто лет, двести... Всегда...

Ажурные тонкие березки трепетали листьями, лопотали, готовились к дню, к ошибкам — пусть к роковым просчетам, пусть к гибели. Можно сгинуть хоть завтра, но сегодня — любовь, любовь...

Солнце только проснулось, не устало, не пекло, нежно ласкало Землю. Птицы опрометью ныряли в воздух из своих гнезд. Вдалеке слышался звон колокольцев. Это старик Хабаров вел своих коз на выпас.

У старика было семь коз: коза-бабка, козел-дед, двое детей и трое внуков. Козочки-внучки были беленькие, крутолобые, с продольными зрачками в зеленых, как крыжовины, глазах.

Они входили всем выводком на участок. Это Хабаров приносил трехлитровую банку молока. Анна отдавала пустую банку с крышкой. И так каждый день.

Ирочка сидела под деревом в шезлонге. Козы окружали ее. Библейская картина. Старик Хабаров каждый раз внимательно вглядывался в Ирочку. Однажды сказал:

— Ангела убили...

— Почему убили? Просто несчастный случай, — поправила Анна.

— Нет... — Старик покачал головой. — Люди убили ангела.

Он забрал пустую чистую банку и пошел с участка, сильно и, как казалось, раздраженно придавливая землю резиновыми сапогами.

«Сумасшедший, — подумала Анна. — Крыша поехала».

Волосы у Ирочки отросли, глаза стояли на лице с неземным абстрактным выражением. Анна вспомнила, что у Ирочки неясно с родителями. Есть ли они?

А может быть, действительно она — ниоткуда. Ангел, взявший на себя зло мира.

В середине лета приехал травник. Привез бутылочку с новым настоем. И сетка тоже новая: три раза в день через каждые шесть часов. Десять утра, четыре часа дня, десять вечера. Все. Это уже легче. Это уже курорт.

Сидели на траве, ели клубнику со своей грядки. Пили козье молоко из тяжелых керамических кружек.

— Скажите, — осторожно спросила Анна. Она боялась показаться травнику сумасшедшей и замолчала.

— Ну... — Травник посмотрел, как позвал.

— А может быть так, что Ирочка взяла на себя чужое зло?

— Вообще, вы знаете... Земля сейчас, если смотреть из космоса, имеет нехорошую, бурую ауру. Много крови. Зла.

— И что?

— Надо чистить Землю.

— Каким образом?

— Не говорить плохих слов, не допускать плохих мыслей и не совершать дурных поступков.

— И все? — удивилась Анна.

— И все. Человек — это маленькая электростанция. Он может вырабатывать добро, а может зло. Если он выбрасывает зло, атмосфера засоряется бурыми испарениями. И человек сам тоже засоряется. Надо чистить каналы.

— Какие каналы?

— Есть кровеносные сосуды, по ним идет кровь. А есть каналы, которые связывают человека с космосом. Вы думаете, почему ребенок рождается с открытым темечком? Мы общаемся с Солнцем. Солнце проникает в нас. Мы в него.

— Значит, зло поднимается к Солнцу? — поразилась Анна.

— А куда оно девается, по-вашему?

Травник посмотрел на Анну, и она увидела, что глаза у него как у козы — зеленые, пронизанные солнцем, только не с продольными зрачками, а с круглыми.

Когда травник уходил, Анна спросила, смущаясь:

— Сколько я вам должна?

— Я в другом месте заработаю, — уклонился травник.

— В каком? — полюбопытствовала Анна.

— Мы открыли совместное предприятие. Компьютеризация школ.

Анна ахнула. Вот тебе и Божий человек. Нынче Божьи люди и те в кооперативах.

Потом поняла: он не Божий человек. Нормальный технарь. Просто не думает и не говорит плохо. От этого такое ясное лицо и глаза. Просто он чистит Землю.

Анна стояла над муравейником.

Она могла теперь уходить далеко в лес. Гулять подолгу. Из трех неприятелей остался один: недообщение. Олег приезжает раз в неделю. В основном его нет. Ирочки тоже как бы нет. Но зато есть книги. У Грановских прекрасная библиотека.

Выяснилось, что Анна — узкий специалист. Знает узко, только то, что касается профессии. А дальше — тишина... Серая, как валенок. Как рассветная мгла. Чехова не перечитывала со школьных времен. А что там было в школе? Человек в футляре? Борьба с пошлостью?

Какая борьба? Писатель не борется, он дышит временем. Анна открыла поразительное: Чеховых два. Один — до пятого тома. Другой — после. Пять томов разбега, потом взлет. Совершенно новая высота. Отчего так? Он знал, что скоро умрет. Туберкулез тогда не лечили. Жил в уединении, в Ялте. Вырос духовно до гениальности.

Уединение имеет свои преимущества. Может быть, остаться здесь навсегда? Купить избу. Завести коз.

Что город? Котел зла, из которого поднимаются в небо бурые испарения. А она сама, Анна, чем она жила? Какими установками? Выдирала Вершинина из семьи. А у него действительно две дочери, пятнадцать и семнадцать лет. Как они войдут в жизнь после предательства отца? А жена... Куда он ее? Пустит по ветру? Она наденет в волосы пластмассовый бантик и сквозь морщины будет улыбаться другим мужчинам? А Вершинин будет жить с усеченной совестью? Зачем он ей, усеченный...

Травник не прав. Зло, которое вырабатывает человек, опускается на его же собственную голову.

«Люди через сто лет будут жить лучше нас». Так говорили Астров, Вершинин, Мисаил Полознев, Тузенбах. Видимо, сам Чехов тоже так думал.

Через сто лет — это сейчас. Сегодня. Тогда были девяностые годы девятнадцатого века. Сейчас — двадцатого. И что же произошло за сто лет?

Сегодняшний Вершинин выходит в отставку. Армию сокращают. Тузенбахи вывелись как класс. Исчезло благородное образованное офицерство. Сталин ликвидировал. Соленый вступил в общество «Память». Ирина и Маша пошли работать. Они хотели трудиться до изнеможения? Пожалуйста. Этого сколько угодно.

В Москву не переехать — не прописывают. Только по лимиту.

А мы, сегодняшние, смотрим в конец девятнадцатого века и ностальгируем по той, прежней жизни, по барским усадьбам, белым длинным платьям, по вишневым садам, по утраченной вере...

От муравейника шел крепкий спиртовой дух. Сосна оплывала смолой. Земля отдавала тепло. Как давно Анна не жила так — с муравьями, с деревьями, с собой, с Чеховым. Интересный был человек. А почему был? И есть. Книги сохранили его мысли. Энергетику души. В сущности — саму душу. Значит, можно беседовать. Правда, беседа односторонняя — монолог. Но все равно односторонняя беседа с Чеховым — интереснее, чем двусторонняя с Беладонной: опять про внука, опять про Ленчика, ля-ля тополя...

Ирочка... Как перевернула всю жизнь. Как будто Анна переместилась на другую сторону планеты и плывет в другом полушарии, где свой климат и своя еда.

Вернувшись на дачу, Анна застала Беладонну.

Беладонна щелкала семечки и разговаривала с Ирочкой, как с равной. Ее совершенно не смущала Ирочкина отключенность. Беладонне главное было — сказать, выговориться.

— Представляешь... — громко закричала Беладонна через весь участок. — Эта сволочь Ленчик, говно на лопате, я ему говорю: возьми ребенка на выходные, это все-таки и твой внук. А он мне...

— Не надо, — тихо, испуганно попросила Анна, подходя.

— Что «не надо»? — сбилась Беладонна.

— Не говори слова «говно».

— Почему? — еще больше удивилась Беладонна.

— Нет такого слова.

— Как это... Говно есть, а слова нет?

Оперировал Олег. Петракова — на подхвате, всевидящим оком, как инструктор-ас при вождении машины.

Операция — сложнейшая. Разъединяли сиамских близнецов. Срослись в позвоночнике, было общих четыре сантиметра. Сначала подумывали одного отбраковать, чтобы второй шел — с гарантией. Но Петракова постановила: поровну. Как можно отбраковать живого человека? На ком остановить выбор?

Операция удалась. Оба мальчика живы. Их повезли в реанимацию на двух разных каталках.

— В тебе есть крупицы гениальности величиной с клопов, — небрежно оценила Петракова.

Называется похвалила. Почему с клопов? Надо обязательно обидеть. Сочетать несочетаемое: восхищение и презрение.

Олег не ответил. Снял маску.

— Поехали ко мне, — между прочим, позвала Петракова.

— Зачем? — холодно спросил Олег.

— Угадай с трех раз.

Он молчал. Стягивал перчатки. Она смотрела на его руки.

— Как мы... — вспомнила она и сморщилась, будто от ожога. Ее жгли воспоминания.

Олег испугался, что она назовет вещи своими именами. Но она не назвала.

— С крупицами гениальности? — насмешливо подсказал Олег.

— Ты весь гениальный. От начала до конца. Ты себе цены не знаешь, да тебе и нет цены. Твоя мать — счастливая женщина. Хорошего сына вырастила. Я бы мечтала, чтобы у меня был такой...

Немецкий философ считал, что женщины бывают двух видов: матери и проститутки. Это совершенно разные психологические структуры с разным набором ценностей. Петракова каким-то образом смешивала в себе одно с другим. Вернее, одну с другой. И Олега тоже видела в двух ипостасях: и сыном, и любовником.

— Пойдем ко мне в кабинет, — позвала Петракова.

— Нет-нет... — торопливо отказался Олег.

— Боишься?

— Чего мне бояться?

— А если не боишься, пошли, — подловила она.

Пришлось идти за ней в кабинет.

В кабинете она достала из холодильника бутылку виски. Стаканы. Разлила.

— За Мишу и Сашу.

Так звали близнецов.

Олег почувствовал, как устал. Четыре часа на ногах. Высочайшее нервное напряжение. Он гудел, как высоковольтный столб.

Выпил. Послушал себя. Напряжение не проходило.

Петракова села рядом. Хорошо, что не на колени.

— Поедем ко мне, — спокойно позвала она.

— Я не поеду. — Олег твердо посмотрел ей в лицо. — Не надо.

— Почему? — Она сняла очки, обнажая большие удивленные глаза. — Тебе же не надо на мне жениться. Я замужем. Тебе не надо тратить на меня время. Я занятой человек. Не надо тратить деньги. Они у меня есть.

— Что же остается? — спросил Олег.

— Ну... немножко тела. Немножко души. Чуть-чуть...

— Я так не могу. Немножко тут, немножко там... Смотреть на часы, торопиться, врать. Ты же первая меня возненавидишь. И я себя возненавижу.

— Хочешь, я брошу мужа?

Олег внимательно посмотрел в ее глаза. Там стояло детское бесстрашие. С этим же детским бесстрашием он прыгал на спор с крыши сарая.

— Нет. Не хочу, — ответил Олег. — Я не могу изменить свою жизнь.

— ПОЧЕМУ?

В ее вопросе было непонимание до самого дна. Им так хорошо вместе: общее дело, полноценная страсть. Как можно этого не хотеть?

— Моя жена больна. Она парализована.

— Но ты-то не парализован. Ты что, собираешься теперь на бантик завязать?

Олег не сразу понял, что она имеет в виду. Потом понял. Налил виски.

— Она подставила за меня свою жизнь. Она ангел...

— Что за мистика? — Петракова пожала плечами. — В Москве каждый день восемнадцать несчастных дорожных случаев. Один из восемнадцати, и больше ничего.

Олег смотрел в пол, вспомнил тот недалекий, теперь уже далекий день. «Рафик» шел по прямой. У него было преимущество. Шофер — их шофер, милый парень — не пропустил. Нарушил правила движения. Создал аварийную ситуацию. Вот и все. И больше ничего.

— Я не буду, Юля. — Он впервые назвал ее по имени. — Я не могу и не буду.

— Просто я старая для тебя. Тебе двадцать восемь, а мне тридцать восемь. В этом дело.

Петракова опустила голову. Он увидел, что она плачет — победная Петракова — хирург от Бога, женщина от Бога — плачет. Из-за кого...

Олег растерялся.

— Это не так. Ты же знаешь, — в нем все заметалось от противоположных чувств, — ты мне... нравишься. Я просто боюсь в тебе завязнуть. Я не могу...

Петракова вытерла лицо рукой, будто умылась. Посидела какое-то время, возвращаясь в себя. Вернулась. Сказала спокойно и трезво:

— Ладно. Пусть будет так, как ты хочешь. Не будем начинать.

Между ними пролегла заполненная до краев тишина.

— Если бы ты пошел за мной... — она споткнулась, подыскивая слова, — пошел за мной в страну любви... Это такая вспышка счастья, потом такая чернота невозможности. Так вот, если эту вспышку наложить на эту черноту — получится в среднем серый цвет. А сейчас... Посмотри за окно: серый день. То на то и выходит. Остаемся при своих. Выпьем за это.

За окном действительно стелился серый день.

Они расстались при своих. Олег поехал на дачу.

На веранде сидели Грановские и Беладонна.

Олег знал, что Грановские вернулись из Америки.

— Ну как там, в Америке? — вежливо спросил Олег, подсаживаясь. На самом деле ему это было совершенно неинтересно. На самом деле он думал о Петраковой. Хотелось не забывать, а помнить. Каждое слово, каждый взгляд, каждый звук — и между звуками. И между словами. Когда с ней общаешься — все имеет значение. Совершенно другое общение. Как будто действительно попадаешь в другую страну. Что ему Америка. Можно поехать в Америку и никуда не попасть.

— Там скучно. Здесь — противно, — ответил Грановский.

— Они едут в Израиль, — похвасталась Анна.

— А вы там не останетесь? — впрямую спросил Олег.

— Меня не возьмут. Я для них русский. У меня русская мать. Евреи определяют национальность по матери.

— Там русский, а здесь еврей, — заметила Лида. — Тоже не подходит.

— Да. Сейчас взлет национального самосознания, — подтвердила Беладонна.

— Гордиться тем, что ты русский, это все равно как гордиться тем, что ты родился во вторник, — сказал Олег. — Какая твоя личная в этом заслуга?

Все на него посмотрели.

— Вот вы работаете в русской науке, продвигаете ее, значит, вы русский. А некто Прохоров нанял за пять тысяч убить человека. Он не русский. И никто. И вообще не человек.

— Не надо все валить в одну кучу, — остановила Беладонна. — Русские — великая нация.

— А китайцы — не великая?

Олег поднялся из-за стола и ушел.

— Что это с ним? — спросил Грановский.

— Устал человек, — сказала Лида.

Все замолчали. У Анны навернулись слезы на глаза. Ее сын устал. И в самом деле: что у него за жизнь...

Молчали минуту, а может, две. Каждый думал о своем. Грановский — о науке. Где ее двигать, эту самую русскую науку.

Может, в Америке? В Америке сейчас спокойнее и деньги другие. Но здесь он — Велуч, великий ученый. А там — один из... Там он затеряется, как пуговица в коробке. Грановский мог существовать только вместе со своими амбициями.

Лида думала о том, что если Грановскому дадут в Америке место — она не поедет. И ему придется выбирать между наукой и женой. И неизвестно, что он выберет. Если дадут очень высокую цену, то и она войдет в эту стоимость...

Беладонна прикидывала: как бы Ленчика вернуть обратно в семью. Пока ничего не получается. Глотнув свободы, Ленчик воспарил, и теперь его не приземлишь обратно.

Анна вдруг подумала, что не говорить и не делать плохо — это, в сущности, Христовы заповеди, те самые: не убий, не пожелай жены ближнего... Интересное дело. Все уже было. И опять вернулось. Значит, все было. ВСЕ.

Олег сел возле Ирочки на пол.

Собака покосилась и не подползла. Что-то чувствовала.

Он все сделал правильно. Не пошел за Петраковой в страну любви. Сохранил чистоту и определенность своей жизни. Но в мире чего-то не случилось: не образовалось на небе перламутровое облачко. Не родился еще один ребенок. Не упало вывороченное с корнем дерево. Не дохнуло горячим дыханием жизни.

Ирочка лежала за его спиной, как прямая между двумя точками: А и Б. Она всегда была ОБЫКНОВЕННАЯ. Он за это ее любил. Девочка из Ставрополя, им увиденная и открытая. Но сейчас ее обычность дошла до абсолюта и графически выражалась как прямая между двумя точками. И больше ничего.

Петракова — многогранник с бесчисленными пересечениями. Она была сложна. Он любил ее за сложность. Она позвала его в страну любви. Разве это не награда — любовь ТАКОЙ женщины? А он не принял. Ущербный человек.

Олег поднялся, взял куртку и сумку.

Вышел из дома.

— Ты куда? — крикнула Анна.

— Мне завтра рано в больницу! — отозвался Олег.

— Мы тебя захватим! — с готовностью предложила Лида.

— Нет. Я хочу пройтись.

Олег вышел за калитку. Чуть в стороне стояла серебристая «девятка», номера 17-40.

«Без двадцати шесть», — подумал Олег и замер как соляной столб. Это была машина Петраковой.

Олег подошел. Она открыла дверь. Он сел рядом. Все это молча, мрачно, не говоря ни слова. Они куда-то ехали, сворачивали по бездорожью, машину качало. Уткнулись в сосны.

Юлия бросила руль. Он ее обнял. Она вздрагивала под его руками, как будто ее прошили очередью из автомата.

В конце ноября выпал первый снег.

Ирочка уже ходила по квартире, но еще не разговаривала, и казалось, видит вокруг себя другое, чем все.

Олег приходил домой все реже. Много работал. Ночные дежурства. А когда бывал дома — звонила заведующая отделением Петракова и вызывала на работу. Как будто нет других сотрудников.

Однажды Анна не выдержала и сказала:

— А вы поставьте себя на место его жены.

На что Петракова удивилась и ответила:

— Зачем? Я не хочу ни на чье место. Мне и на своем хорошо.

Вот и поговори с такой. Глубоководная акула. Если она заглотнет Олега, Анна увидит только его каблуки.

Однажды, в один прекрасный день, именно прекрасный, сухой и солнечный, Анна решила вывести Ирочку на улицу. С собакой.

Она одела Ирочку, застегнула все пуговицы. Вывела на улицу. Дала в руки поводок. А сама вернулась в дом.

Смотрела в окно.

Собака была большая, Ирочка слабая. И неясно, кто у кого на поводке. Собака заметила что-то чрезвычайно ее заинтересовавшее, резко рванулась, отчего Ирочка вынуждена была пробежать несколько шагов.

— Дик! — испуганно крикнула Анна, распахнула окно и сильно высунулась.

Собака подняла морду, выискивая среди окон нужное окно.

Анна погрозила ей пальцем. Собака внимательно вглядывалась в угрожающий жест.

Ирочка тоже подняла лицо. Значит, услышала.

Анна видела два обращенных к ней, приподнятых лица — человеческое и собачье. И вдруг поняла: вот ее семья. И больше у нее нет никого и ничего. Олега заглотнули вместе с каблуками. Остались эти двое. Они без нее пропадут. И она тоже без них пропадет. Невозможно ведь быть никому не нужной.

Дик слушал, но не боялся. Собаки воспринимают не слова человека, а состояние. Состояние было теплым и ясным, как день.

Ирочка стояла на знакомой планете. Земля. Она узнала. Вот деревья. Дома. Люди.

А повыше, среди отблескивающих квадратов окон, ЧЕЛОВЕК — ТОТ, КТО ЕЕ ЖДАЛ. Трясет пальцем и улыбается.

Над ним синее, чисто постиранное небо. И очень легко дышать.

ХЭППИ ЭНД

сю субботу пекли пироги, а все воскресенье их ели. Пироги были с мясом, с капустой, с яблоками, с вишнями, с картошкой. И вот эти, с картошкой, пока горячие, — были особенно вкусными. Эля съедала четыре штуки, желудок растягивался до того, что болела диафрагма, и вся она казалась себе переполненной, неповоротливой, как беременная бегемотиха.

Эля с ужасом и каким-то этнографическим интересом смотрела на стариков — родителей мужа. Они втягивали еду, как пылесосы. Потом, отвалившись, в прямом смысле слова, — откинувшись на стульях, начинали кричать песню. Пели три поколения: старые Кислюки, сын и внук Кирюшка. И были окончательно счастливы. Особенно старуха. Да и как не радоваться? Время досталось лихое, попробовали и холодного, и горячего. Когда выходила замуж в тридцатом году, у нее не было нижнего белья. Рубаху и трусы сшила из плаката. На трусах — белые буквы масляной краской. Потом краска смылась, а буквы все равно остались. Что-то там «да здравствовало». Нищета, голод, только и радости, что молодые. Но молодость никак не чувствуешь, а голод подпирает до зелени в глазах. В тридцатые годы Украина голодала. В войну тоже голодали. И после войны, в сорок шестом, пришла большая засуха. Научились есть впрок: а вдруг завтра не будет.

Время для жизни выпало крутое, но чем труднее живется, тем ярче мечтается. И когда мечтали о светлом будущем, то мечта выглядела в виде стола, заваленного пирогами.

И вот они пришли, эти самые светлые дни, и вот пироги — с мясом, с вишнями, с картошкой. Сын Толик вырос, получил высшее образование и теперь на шахте — юрист, сидит наверху, дышит свежим воздухом, не то что старый Кислюк — всю жизнь под землей, как крот, все легкие угольной пылью забиты. Внучок Кирюшка — красавчик и умник, ни у кого нет таких детей. Правда, на невестку похож, тощенький, как беговой кролик. Ну да все равно на кого похож, хоть на Гитлера. Главное, чтобы не отобрали. С появлением внучонка дом помолодел, живи себе и умирать не надо. Так-то старости вроде и не чувствуешь, но времени впереди осталось мало. Раньше, бывало, время торопили, чтобы скорей прошло. А теперь дни летят один за другим и за хвост не схватишь. Только что была зима, а уже лето. Раньше было: понедельник, вторник, среда, четверг, а теперь: весна, лето, осень, зима. Ложишься спать и не знаешь, проснешься или нет. Однако две жизни не проживешь, выше себя не прыгнешь. Живое думает о живом. У Кислюков свой сад и огород — живые витамины круглый год. Откармливали свинью, держали индюков. Целый день забит с утра до вечера, успевай поворачиваться. Как потопаешь, так и полопаешь. Покрутился — взрастил. Взрастил — продал. Продал — заработал. Заработал — трать. Потратил — радуйся. И все сначала. И все в жизни понятно. Сам живешь и детям помощь, слава Богу, в карман к сыну не заглядывают.

Невестка все равно недовольна, сидит, будто репей в заднем месте. А чего недовольна, спрашивается? Из каких таких господ? Лучше бы еще тройку детей родила, пока не выстарилась. Но Кислючиха не вмешивается, с советами не лезет. Сын сам выбрал, сам пусть живет. А то еще разведутся, ребенка отберут, не приведи Господи. Пусть все как есть, не было бы хуже.

Эля закурила.

— Не кури, — приказала Кислючиха. — Здесь ребенок, для него это пассивное курение.

— Да ладно, — вступился Толик.

Толик изо всех сил старался, чтобы Эле было хорошо у стариков, но у них был разный гонор. Мать все время упирала на слово «даром». Эле не нужны были ни пироги, ни старики, ни упреки. А Толику необходимы были и Эля, и родители, и он крутился между ними, вибрировал душой и уставал от вибрации.

— Что значит «ладно»! Ты отец или не отец?

Эля поднялась, вышла из избы.

Смеркалось. Во дворе стоял стол. В столе — большая дыра для ствола старого дуба, и дуб как будто прорастал сквозь стол, раскинув над ним свою богатую крону. Возле стола, как холм из сала, дыбилась свинья. Эле казалось, что еще немного и она превратится в такую же хрюкающую субстанцию с глазами, повернутыми внутрь чрева.

Все началось с того, что мать вышла замуж за Илью и привела его в дом. Эля была уже студенткой второго курса текстильного института и привыкла быть у матери главной. А теперь стало двое главных — двоевластие и, соответственно, борьба за власть. Эта борьба не выражалась открыто, но существовала как фон. Повышенная радиация. На этом фоне Илья передвигался по квартире, ел, пил, спал. У него была манера ходить голым по пояс в пижамных штанах. Из-под мышек торчали жесткие кусты ржавых волос. А на груди и животе волосы были с проседью и курчавились. Илья шумно скреб живот ногтями, и если не смотреть, а только слушать, то можно подумать: корова чешется о забор. При этом Илья громко вопрошал:

— Жена, ты меня любишь?

Мать всхохатывала и двигалась по квартире с неуклюжей грацией, как цирковая лошадь, и при этом норовила случиться на пути Ильи, попасть ему под руку. Илья снисходительно брал двумя пальцами ее щеку и тряс. Это была ласка. Двадцатилетняя Эля считала, что любовь существует только для двадцатилетних, в крайнем случае для тридцатилетних. Но в пятьдесят... В пятьдесят это противоестественно и очень стыдно, и если уж такое случается, надо прятать, скрывать, ходить опустив глаза долу, а не ржать победно, как лошади-ветераны.

Эля в знак протеста стала покупать себе отдельную еду. Илья простодушно у нее подворовывал, а когда Эля заставала — шастал из кухни, как крыса, жуя на ходу.

И это в пятьдесят-то лет. В первый юбилей. Эля разговаривать с ним не желала, писала ему записки. Он тоже отвечал ей письменно. Мать разрывалась между своими двумя любовями. Кончилось тем, что Эля ушла жить в студенческое общежитие.

В общежитии койки стояли тесно, как в больнице. Учились вяло, через отвращение. Думали и разговаривали только об одном. А Милка Никашина, кровать которой стояла у стены, — купила в комиссионном японскую ширму и практически вышла замуж. И всем было мучительно неловко, когда за ширмой воцарялась напряженная живая тишина. Эля уходила из комнаты. Домой идти не хотелось. Податься было некуда, и она без

375

цели бродила по улицам, заходила в кинотеатр «Аре». В кино тоже показывали про любовь, и Эле казалось, что все живое только и норовит притиснуться друг к дружке, и даже мухи, которые чертили в воздухе фашистские знаки, и те успевали совокупиться, не переставая при этом чертить. Мир сошел с ума.

Однажды в кинотеатре Эля познакомилась с Толиком Кислюком. Он продал ей лишний билет. Толик оказался иногородним студентом с юридического и тоже жил в общежитии. Внешне он был похож на несчастного немца: белесенький, голубоглазый, голова яичком, ничего особенного. Замечательным в Толике было то, что он не лез. Приходил как братик. Смирно сидел. Потом вместе отправлялись гулять. Эля любила прогулки, у нее была потребность в движении. Особенно не разговаривали, больше помалкивали, но возле Толика было тепло и надежно, как дома до прихода Ильи. Однажды они поцеловались, и Толик заплакал от невыносимости чувств. Потом стали целоваться постоянно, и, поскольку не было ничего лучшего, Эля его полюбила. Любовь имела снисходительный оттенок, но все же это была любовь. Толик был совсем ее. Сидел в Эле по самую макушку и не хотел вылезать. А свое отдавать жалко в чужие руки, и Эля вышла за него замуж.

Сначала сняли комнату, потом угол. Нищета замучила. А тут еще Кирюшка родился. Мать звала к себе, рисковала личным счастьем. Но Кирюшка был такой тощий и синий, что Бог с ним, со счастьем, лишь бы выжил. Эля жертвы не приняла, и все кончилось тем, что бросила институт и укатила в город Летичев. Одно название, что город. Его, наверное, и на военных картах не обозначают. Куры ходят по дороге. Один универмаг, один кинотеатр. Это была родина Толика. Здесь жили его старики. А Толик — человек стабильный, все имел в одном экземпляре: одна любовь, одна родина, одна жизнь...

Эля выбросила сигарету. Сигарета попала на свинью. Свинья колыхнула груду жира и хрюкнула. Воскресенье было на исходе.

Завтра понедельник. Потом вторник. Среда — середина недели, и скоро пронесутся четверг и пятница. В субботу печь пироги, в воскресенье их есть. И это все. И больше ничего не покажут... Вышел Толик, остановился за спиной.

— Хочешь, Кирюшку к себе заберем, а то мальчик от нас отвыкнет? — виновато спросил Толик.

— Отвыкнет, потом привыкнет, опять отвыкнет. У него вся жизнь впереди...

Эля стояла чужая, жесткая. Толик испугался, прижал ее двумя руками, чтобы приблизить. Он прижимал ее и трясся, как цуцик на морозе. Эле стало его жалко. Она его любила. Правда, любовь постепенно принимала крен ненависти, но все же это была любовь.

Свинью накрыло сумерками. Воздух был напоен близким лесом и рекой. В мире покой и нежность, и хорошо знать, что так будет завтра, и невыносимо знать, что так будет завтра. Сердце рвалось на части. А все Илья. Не было бы Ильи — не случилось бы ни Толика, ни Летичева.

В понедельник Эля отправлялась на работу. Она шла по единственной в городе, а потому главной, улице и знала, что во всех окнах прилипли носами к стеклам, рассматривают, во что она одета, и подсчитывают, сколько стоит каждая вещь.

А если по улице шла разведенная тридцатилетняя Верка, ту оглядывали с гораздо большим пристрастием, разыскивая на Верке место, куда можно поставить клеймо. И выходило, что некуда. По мнению летичевцев, на Верке негде клейма ставить. Эля знала Веркину жизнь: никого у Верки не было, молодость уходила, как дым в трубу. Просто: раз разведенная, значит, вне крепости и по закону стаи — можно пинать.

Универмаг — единственное в городе двухэтажное здание. Кабинет Эли находился на втором этаже. Она работала товароведом. Весь дефицит оседал у нее.

К двадцати пяти годам Эля расцвела: кудряшки, глазки, талия. Красота двадцатипятилетней женщины — еще одна, дополнительная власть, такая же мощная, как дефицит. Стало быть, у Эли две власти. А толку чуть. Вот если бы попасть в Москву. «В Москву, в Москву...» — как чеховские три сестры. Москва отсекла бы ее от пирогов, и от сплетен, и от свекрови. В Москве можно встретить знаменитость или миллионера и уехать в Америку. Сфотографироваться на фоне небоскребов и прислать фотокарточку Илье. «Вот смотри: где ты и где я». Как пели в детстве: «Я на эроплане. Ты в помойной яме».

Из окна Элиного кабинета — вид на почту. Возле почт[ы] молодые парни. К основанию брюк пришиты кольца от занаве[сок]. Ковбои.

Постучал в дверь, а потом вошел директор школы Никола[й] Анисимович — смешной мужик, некрасивый, как будто сдела[н]ный из собаки. Протянул конверт с благодарностью в глаза[х]. Благодарность так и искрится. Эля помогла достать его жен[е] плащ на искусственном меху: и тепло, и непромокаемо по вы[зо]зовам бегать. Эти плащи давно из моды вышли, а им мода н[е] указчица.

Эля дождалась, пока он отыскрился и вышел из кабинет[а]. Заглянула в конверт. Там лежали два билета на концерт п[о] рубль восемьдесят каждый. На другой стороне билетов был[о] написано «Товарищ кино». Это значило: в Летичев приехал[и] киноартисты — не очень знаменитые. Знаменитые — те по за[границам].

Эля вздохнула. Она еще не знала, что Николай Анисимови[ч] вручил ей судьбу в конвертике. Так это и бывает. В один пре[красный] день приходит совершенно посторонний человек, вру[ча]чает конверт, как будто переводит стрелку на путях. И с это[й] минуты твой поезд катится уже по новым рельсам и ничего [от] тебя не зависит.

Вышел крепкий жизнерадостный старик, бодро прокрича[л] приветствие в стихах. Все захлопали и даже засвистели от во[с]торга. Зал на пятьдесят процентов состоял из молодежи, и [их] души были готовы к счастью и доверию, что ни покажи. Све[т] потушили. На экране выпрыгнул из окна и побежал по кры[ше] соседнего дома молодой чекист. Вот он покатился, но зацепи[л]ся за трубу и тут же, использовав трубу как прикрытие, ста[л] отстреливаться, глаза сумасшедше-веселые от отваги. Эл[я] вспомнила, что видела этот фильм в третьем классе, когда еш[е] не было Ильи и они жили с мамой.

Свет зажегся, и на сцену вышел артист живьем. Между те[м] и этим лежали пятнадцать лет жизни. Казалось, что того, моло[до]дого, взяли за ноги и провезли по асфальту лицом вниз и в[се] лицо стерли. А потом перевернули лицом вверх, провезли [по] спине и стерли на затылке все волосы. Жизнь повозила челов[ека] ка. Однако зал встретил его с восторженной благодарностью, прощая ему вытертость и проецируя на него того, прежнего.

Эля заглянула в программку, чтобы познакомиться с фамилией. Прочитала: Мишаткин. Разве можно выбиться с такой фамилией? Вот раньше актеры звучали: Остужев, Качалов, Станиславский. А тут какая-то мультипликационная фамилия: Мишаткин. Поменял бы на Медведева, и то лучше. Мишаткин подошел к микрофону, взялся за него рукой, качнулся и чуть не упал в оркестровую яму. Но устоял. Посмотрел в зал простодушным, каким-то мишаткинским взглядом и сказал:

— Выхожу один я на дорогу; сквозь туман кремнистый путь блестит. Ночь тиха. Пустыня внемлет Богу, и звезда с звездою говорит.

Эля вспомнила, что это стихи Лермонтова, но Мишаткин читал их как свои, даже не читал, проговаривал, как будто он только что их сочинил и пробует на слух. Все остальные артисты, которых Эля слышала в своей жизни, читали классику торжественно, будто на цыпочках, делая царственный голос, вибрируя голосом и бровями. А этот вбирал Лермонтова в себя, и получалось, что он и Лермонтов — одно и то же.

> В небесах торжественно и чудно!
> Спит земля в сиянье голубом...

У Эли замерзла кожа на голове. Как точно. Как собираются простые слова в единственно возможное сочетание. И какой космический размах. Голубое сияние вокруг Земли увидели космонавты в середине двадцатого века, а Лермонтов за сто лет до того увидел его своим прозрением. Что значит гений. Эля тоже вчера стояла одна, пусть не на дороге, на крыльце. В небесах тоже было торжественно и чудно, но она даже головы не подняла. Что она увидела? Свинью под деревом и больше ничего.

— Что же мне так больно и так трудно? — еще тише, чем прежде, спросил Мишаткин. — Жду ль чего? Жалею ли о чем?

Эля заплакала. Толик взял ее за руку. Но что Толик...

— Уж не жду от жизни ничего я, — просто сказал Мишаткин, без сочувствия к себе, — и не жаль мне прошлого ничуть.

Мишаткину было себя не жаль, но ковбоям в зале стало за него обидно. Притихли.

Эля вдруг отчетливо ощутила свою причастность к великим. Она тоже вместе с Лермонтовым и Мишаткиным — тоже хочет забыться и заснуть, но не тем холодным сном могилы, а до лучших времен. До Москвы. До Америки.

Мишаткин проснулся от отвращения к жизни. Обвел глазами комнату. В ней было много коек. В Мишаткине метнулся ужас: не в сумасшедшем ли он доме? Но возле зеркала стоял коллега, артист Минаев, — тридцатилетний красавец, разглаживал лицо массажным утюжком. Может, и Минаев сошел с ума, рехнулся на своей красоте, но маловероятно. Минаев — это маленькая фабрика, работающая на себя. По утрам пьет теплую воду и бежит десять километров, в какой бы части света он ни находился. Даже в Париже, проснувшись поутру в отеле, — стакан теплой воды из термоса и пять кругов по Елисейским полям. Что бы ни происходило в жизни, даже если, не дай Бог, конечно, объявили бы войну, Минаев опрокинет стакан воды, смоет шлаки с пищевода — и в путь за силой, здоровьем и красотой. Что ж, его можно понять: снимается голый по пояс, вся страна видит его накачанную грудь, его зубы один к одному, его волосы — упругие и блестящие, как шерсть у здоровой собаки, какой он весь Бельмондо «а-ля рюсс», и жена красавица, и ребенок красавчик, а к ребенку теща бесплатная, машина «Жигули» последней модели, родители подарили, квартира государственная. Все у него есть, и все бесплатно.

У Мишаткина жгло в груди от отвращения и обиды. Как он начинал пятнадцать лет назад. Второй курс института — и главная роль. В автобус было не войти, все узнавали. Приходилось на такси ездить, таксисты денег не брали. А потом — как обрезало. Выпал из воза. И все казалось, что это ошибка. Вот возница натянет вожжи, и повернет воз обратно, и подберет лежащего в пыли Мишаткина. И все пойдет, как прежде. Но никто не спохватился. Мишаткин мгновенно взошел и мгновенно погас, как огонек, пущенный из ракетницы. Теперь приходится ездить «по огородам», в поте лица зарабатывать хлеб насущный. Минаев ездит из жадности, а Мишаткин из нужды. Уходит его время. Да что там говорить, ушло. Мать внуков просит, хочет кого-нибудь любить, заботиться. Надоело ходить за сорокалетним сыном, переживать один и тот же страх, что пьяного заберут в милицию, а там побьют. Был такой случай, гнули его в милиции, это называется у них «делать салазки», чуть спину не сломали. Не сказать, чтобы ни за что, распустил язык до плеча, а может, и руки, но ведь не спину же ломать. И вот всю жизнь так: провинился на копейку, а отвечай на рубль. Мать с тех пор боится, как его нет поздно — всех обзванивает. Сначала стеснялась, а потом уж и перестала. От такой жизни все притупляется, и совесть в том числе. Жалко мать. У Мишаткина на глазах выступили слезы. У матери своя жизнь не сложилась, все надежды на сына. А сын... Какую старость он ей уготовил, ни одного спокойного дня у человека. А какая натура, сколько детского простодушия, доверия к жизни, любви к людям. Каждого умеет понять, каждый ей интересен, все-то у нее гении и красавцы, не то что мамаша Минаева — две задницы вместо одной. Одна там, где у всех, другая там, где рот. Только откроет — и потекло рекой, сыночка встречает и провожает на собственной машине, всю жизнь любовника имеет в придачу к высокооплачиваемому мужу, сын положительный, не пьет. Ну почему так? Одним все, а другим ничего? И те, кому ничего, нисколько не хуже, а лучше тех, кому все. Мишаткин талантливее, чем Минаев, даже смешно сравнивать, а тем не менее Минаева во все фильмы суют, правда, на эпизоды, но все равно намелькался, и денег — как у дурака махорки. Мишаткин застонал от несправедливости. Слабо позвал:

— Валера...

Минаев услышал, но не обернулся. Промолчал, разглаживая щеку.

— Валер, сходи, а?.. Будь человеком...

Мишаткин был убежден, если уж так случилось в жизни, что Минаеву все, а ему ничего, то пусть он за это хотя бы сходит в магазин и принесет хотя бы самого дешевого портвейна.

Мишаткин-то был убежден, но тон все равно вылез просительный, зависимый. А когда один ощущает зависимость другого, то обязательно кочевряжится.

— И не подумаю, — отрезал косым ртом Минаев. — Я тебе не мальчик на побегушках. И вообще... Всю ночь шастал, пил, гремел, блевал. Я не выспался, а мне целый день работать. Три концерта.

— Так и у меня три концерта. Странный ты человек, — подивился Мишаткин. — Только о себе думаешь.

— Скажу Большаковой, пусть нас расселит. Я после гастролей как с войны возвращаюсь. Никаких денег не захочешь...

— Сходи... — простонал Мишаткин.

Минаев не ответил. Они были разными людьми, взаимоисключающими друг друга. Минаев считал, что Мишаткин — нормальный эгоист, довольно распространенный в современных условиях тип сорокалетних сироток. Можно разложить свои жизненные обязательства на всех вокруг: на родных, на друзей, на первого встречного, а самому сидеть сложив ручки и идти ко дну. Тело запущено, душа запущена, и всем вокруг жалко: ах, непонятый талант, хрупкая душа... Нормальный халявщик. Жить на халяву, пить на халяву... Отстреливать таких и зарывать на десять метров в глубину. Каждый раз, вернувшись с гастролей, Минаев отмывался в ванной от этих Домов колхозника, от Мишаткина, отмахивался от воспоминаний, как лошадь от слепней. Но, оказавшись через какое-то время на гастролях, — искренне радовался встрече и селился вместе. Он его по-своему любил. За что? Может быть, за выгодный фон. Ни с кем и никогда он не чувствовал себя таким полноценным. Минаев знал все его безобразия, понимал, что им движет, и не боялся. А Мишаткин, в свою очередь, тоже знал, что хоть Минаев и скотина бесчувственная, но в трудную минуту не бросит, надо только проявить настойчивость.

— Валера... — слабо позвал Мишаткин, полностью отказавшись от амбиций правого человека.

В дверь постучали. Минаев торопливо сунул утюжок под подушку и открыл дверь. На пороге стояла молодая блондинка под Мэрилин Монро. «Материал хороший, но работы много», — определил про себя Минаев. Он привык, что провинциалки падают на него пачками. Иногда это бывает кстати, а иногда нет, как сейчас. Блондинка вежливо поздоровалась и спросила:

— А можно Игоря Мишаткина?

Мишаткин поднял одеяло к самым глазам.

— К вам можно, Игорь Всеволодович? — хорошо поставленным голосом спросил Минаев.

Мишаткин обомлел. Блондинка не стала дожидаться, пока он разомлеет, вошла и села возле кровати, как врач возле больного.

— Меня зовут Элеонора Александровна, — представилась она.

Ее имя показалось обоим артистам длинным, состоящим из гласных, мягких «л» и ярких «р». Как музыка.

— Очень приятно, — хором сказали Минаев и Мишаткин, и это было правдой.

— Я вчера подошла к вам после концерта поблагодарить, но вы спешили и попросили меня прийти сюда, — напомнила Элеонора Александровна. — Я понимаю: вы пригласили из вежливости. Но мне это надо. А может быть, и вам.

Мишаткин ничего не понял: кому надо, кто подходил, куда торопился. Он напряг память, но тут же заболела голова, застучало в затылке и еще мучительнее захотелось выпить.

«Может, ее послать за бутылкой», — подумал он, и в глазах обозначилась надежда.

— Я пришла сказать вам «спасибо». Вы вчера заставили меня пережить незабываемые минуты.

Слова были жалкие, не то что у Лермонтова. Но Эля заметила, что большие, глубокие чувства выражаются такими вот затертыми словами.

— Я пришла сказать: вы нужны людям. Вы несете культуру в массы...

«Сейчас попрошу», — приготовился Мишаткин и стал ждать, когда Элеонора Александровна закроет рот.

Но она все перебирала губами — розовыми и поблескивающими, как леденцы.

— Я хотела принести цветы. Но цветы дарят женщинам. Я принесла вам суровый мужской подарок.

Эля отдернула на сумке молнию и достала пузатую бутылку с обширной бархатно-черной этикеткой, где золотыми латинскими буквами было написано «Наполеон».

Мишаткин почувствовал, что сердце его на мгновение остановилось, потом заскакало в два раза быстрее. Он мог просто умереть от радости. В конце концов, неожиданная, неподготовленная радость — это тоже сильный стресс.

— А давайте прямо сейчас и выпьем, — внес предложение Мишаткин и сел на кровати.

— Ты хоть оденься, — напомнил Минаев.

— А... да... — Мишаткин засуетился руками под одеялом. Блондинка деликатно отвернулась.

— А у вас тут что, французские коньяки в свободной продаже? — спросил Минаев.

— Это мне подарили, — бесхитростно созналась Эля. — Мне все время бутылки дарят, а я не пью. У меня на работе целый бар скопился. Я держу для подарков, с рабочими рассчитываюсь, когда надо...

— А где вы работаете?

— В торговле.

Минаев глубокомысленно покачал головой. Это был его контингент. Он пользовался успехом у продавщиц, официанток и проводниц. Но Элеонора Александровна смотрела спокойно, незаинтересованно. Обидно даже.

Мишаткин тем временем искал рубаху, но так и не нашел. Надел пиджак на майку.

— Ты что, в таком виде собираешься пить французский коньяк? — осудил Минаев. Он подошел к другу и включился в поиски рубашки. Наконец рубашка была найдена, — завалилась за тумбочку, — но непригодна к употреблению. На груди — какая-то засохшая субстанция, величиной с обеденную тарелку. То ли сам облился, то ли его облили. Трудно вспомнить. Мишаткин озадаченно смотрел на обесчещенный фасад своей выходной вещи.

— А как же ты будешь выступать? — поинтересовался Минаев.

— Дай мне рубашку, Валера, — попросил Мишаткин.

— У меня всего две.

— Вот и хорошо. Одна мне. Другая тебе.

— Какой ты щедрый...

— Постесняйся, — благородным тембром урезонил Мишаткин. — Что Элеонора Александровна подумает об артистах? Подумает, что артисты жлобы.

384

Минаев мог бы ответить, что его не интересует постороннее и совершенно неавторитетное для него мнение, но в этот момент Элеонора Александровна промолвила:

— Одну минуточку... — наклонилась над своей сумкой и вытащила оттуда новую рубашку в целлофановой упаковке. — Это Индия. Стопроцентный хлопок, — прокомментировала она. — Тридцать девятый размер воротничка.

Размер был мишаткинский. И воротничок самый модный.

— Они недорогие, но редко бывают, — пояснила Эля. — Я стеснялась вам это отдать. Очень бытовой подарок. А вы человек необыкновенный...

Эля протянула ему рубашку. Мишаткину на секунду показалось, что у него белая горячка. Потому что в реальности так не бывает. В реальности все женщины, которые случались на его пути, предпочитали взять, а не отдать. Им казалось, что весь мир у них в долгу. А его первая жена, самая красивая девочка на курсе, даже отказалась ходить за хлебом. Она считала: раз она такая красивая — нечего ей в булочную ходить. И вдруг... пришла своими ногами, приплыла, как золотая рыбка. Мишаткин даже забыл на какое-то время о реальной возможности выпить, о чем он никогда не забывал.

— Послушайте, — прочувствованно и трезво сказал он. — Какое счастье встретить такую женщину, как вы.

— А таких больше нет, — ответила Эля, незаметно наводя порядок на столе. — Каждый человек в одном экземпляре.

— Значит, какое счастье встретить вас, — поправил друга Минаев.

— Да, — серьезно подтвердил Мишаткин. — Какое счастье встретить вас.

Вечером Эля снова сидела на концерте, уже без Толика и в кулисах. Гастрольная бригада «Товарищ кино» привыкла к тому, что в разных городах в кулисах то и дело появляются молодые девушки, как их называли — «карамельки». Эля испытывала некую неловкость от своего «амплуа», от скрыто-насмешливых, любопытных взглядов, но ничего не могла сделать. От нее мало что зависело. Поезд судьбы уже шел и набирал скорость.

После концерта Минаев гулял по свежему воздуху, создавая тем самым другу условия. Эля, оставшись с Мишаткиным вдвоем, пыталась сначала на словах, а потом и на жестах объяснить, что она «не такая». Еле ноги унесла и ушла, возмущенная до глубины души. А еще Лермонтова читает, «пустыня внемлет Богу». Никто никому не внемлет. Пустыня — в душах и в сердцах.

Три дня Эля не появлялась на мишаткинском горизонте. А поезд все равно стучал колесами, куда денешься. В конце третьего дня Эля пришла на концерт, сидела в партере. Знакомая завклубом принесла ей стул, так как все места были заняты. Половина города пришла по второму и третьему разу.

Мишаткин на сцене не появился. Эля нашла Минаева за кулисами. Тот сказал, что Игоря Всеволодовича разбил радикулит. Так и сказал: разбил.

Эля не стала дожидаться конца представления, пошла в Дом колхозника.

Мишаткин лежал один, затерянный в кроватях, как в муниципальной больнице для бедных. Он был похож на революционера, умирающего от чахотки: запавшие щеки, большие глаза с блеском благородной идеи. В Эле шевельнулось неведомое ей прежде чувство сподвижницы. Мишаткин не отрываясь смотрел на ее сумку. Эля отдернула молнию и достала свекровины пироги: с мясом, с капустой и с яблоками. Положила на салфетку, которая тоже была в сумке. Мишаткин тут же стал есть, держа кусок двумя руками, и был в этот момент похож на мальчика с картины «На побывку к сыну». Эля смотрела, как он широко кусает, жует с опущенными глазами, и вдруг осознала, что он без нее пропадет.

В том, что произошло между ними чуть позже, Эля ничего не поняла. Она поправляла перед зеркалом прическу и чувствовала себя курицей, попавшей под поезд. Но то, в чем она не разобралась, не имело в данном случае никакого значения. Она уважала в Мишаткине его божественный талант, а все остальное не важно. Уходя, оставила банку индийского апельсинового сока.

Минаев, вернувшийся с концерта, заявил, что состав консервированного сока — цедра, пульпа, сахар, кислота, консерванты, вредные для желудка. В них есть все, кроме самого сока. Но

Минаев циник, это у них семейное. Он все может принизить, даже обычную жестяную банку сока, прибывшую из далекой и жаркой Индии.

Толик смотрел по телевизору футбол, когда Эля сказала ему, что хочет развестись и уехать в Москву. Толик не пошевелился, продолжал смотреть еще напряженнее. Эля удивилась, понаблюдала за мячом, который гоняли по полю две конкурирующие команды, но не заметила ничего такого, что было бы важнее, чем крах семейной жизни.

Эля внимательно всмотрелась в мужа и увидела, что его лицо поменяло цвет. Оно стало серым, как лист, пролежавший всю зиму под снегом. Эля поняла: его неподвижность — это драматический шок, реакция на ожог, травму, несовместимую с дальнейшей жизнью.

— Фиктивный! — громко крикнула Эля, пробиваясь через шок. — Фик-тив-ный... — по слогам повторила она, чтобы по порциям влить смысл в его парализованное сознание.

Толик по-прежнему смотрел в телевизор, но Эля видела: он доступен пониманию. Горячо, искренне, убежденно стала объяснять смысл слова «фикция»: она пропишется в Москве, а прописавшись, разведется, отсудит площадь и вытащит его, Толика, с сыном в столицу.

Эля так убеждала Толика, что поверила сама. А в самом деле? Почему одни могут жить в столице, а другие по огородам. Почему нельзя жить там, где хочешь. И если закон ставит препятствия, то можно найти способы эти препятствия обойти или через них перелезть.

Толик по-прежнему смотрел на футбольное поле, но в его лицо стали возвращаться краски. Он верил жене, потому что никогда не врал сам, и еще потому, что верить легче. Если верить — то можно жить дальше. А если не верить — то нельзя.

— А зачем нам Москва? — спросил Толик. — Нам что, здесь плохо?

— Мне плохо, — сказала Эля и заплакала.

Толик понимал, что в Москве ему делать совершенно нечего. Здесь оставались его родители и друзья, то, что называется родные и близкие, охота и рыбалка, работа и вечера, люди и земля, кусок земли. Вне этого он — ничто. Но Толик внутренне согласился быть ничем. Пусть лучше будет плохо ему, чем ей.

— Ладно, — сказал Толик. — Делай как хочешь. Я на все согласен.

Эля заплакала еще сильнее. В Толике все заметалось от невыносимости чувств. Он пошел на кухню и стал мыть посуду, чтобы как-то переключиться. Эля подошла к нему и молча стала вытирать тарелки. Они все делали в четыре руки, и казалось, что даже воздух между ними напоен прощальной нежностью.

На другой день сидели у стариков. Кирюша весь оброс белыми волосами, как пастушок. Глаза большие, ноздри круглые. Характер спокойный, весь в Толика. Кислюковское семя.

Толик сообщил родителям их жизненные планы, напирал на слово «фиктивный» и так же, как Эля, вытаращивал от искренности глаза. Старый Кислюк, однако, не мог взять в толк: зачем куда-то уезжать, зачем обманывать государство, да еще на таком святом участке жизни, как семья. А ушлая Кислючиха сразу все усекла, но убиваться не стала. Для нее было главным в этом вопросе, чтобы невестка не забрала внука. Но об этом даже не было речи. Стало быть, Кирюшка не нужен своей мамочке-вертихвостке. И слава Богу. И пусть едет. Ее сын-красавец не засидится при таком мужском дефиците в поселке. Вон Верка-разводушка первая отхватит, а чем она хуже этой. Ничем. Даже лучше. Зад как телевизор «Рекорд». Пятерых нарожает. Намучилась в прежней жизни, теперь будет семью ценить, а не вихриться по столицам, по фиктивным замужествам.

Эля посмотрела на свекровин рот, сомкнутый курьей гузкой. Поднялась. Вышла на крыльцо. Лето стояло в самом расцвете, как ее жизнь. Пахло яблоками. У свекрови летние сорта — бело-розовые, отборные, хоть рисуй. Еще неизвестно, что ждет ее там. Но главное — не ТУДА, а ОТСЮДА. Вышел Толик и сказал:

— Я буду ждать.

Свадьбу справляли в Доме кино. Гостями были только Минаев с женой Катей. Ничего не подарили, потому что Минаев оплатил столик. Это и был его свадебный подарок.

Катя Минаева поражала необычайностью красоты: рост как у баскетболистки, плоская — ни спереди ни сзади, нос на семерых рос, а глаз не оторвать. Женщина из будущего. А Эля со своими пакляными волосами казалась себе женщиной из вчера и даже из позавчера, с тех послевоенных открыточек, где два целующихся голубка. Эля переживала. На ее темную юбку налип пух от кофточки. Вид был неопрятный, как будто ночевала на мельнице, на мешках с мукой.

Казалось бы: радуйся. Сбылась мечта. Но радости не было. С одной стороны: она в Москве. Квартира — на Патриарших прудах, замужем за Игорем Мишаткиным, в дипломе которого написано: артист кино.

С другой стороны: квартира хоть и в центре, но коммуналка. Помимо них еще семья — пожилые брат и сестра. У брата в недавнем прошлом был инсульт, мозги попортились. Ходит, ногу тащит, на лице недоуменное выражение. Время от времени сестра выгоняет его в коридор, он прогуливается, набирается впечатлений. Слева кухня, ванная комната, туалет. Справа у стены стоит сундук, накрытый старым ковром. Над сундуком телефон, к телефону на ниточке привязан карандашик. Брат прогуливается, смотрит по сторонам. Это его Елисейские поля. Иногда из него исторгается звуковой взрыв, этот взрыв толкает его вперед, и он, как реактивный самолет, пробегает несколько шагов. Потом останавливается и продолжает смотреть по сторонам с еще более недоуменным выражением.

Новая свекровь, Нина Александровна, любит этого реактивного братца, называет его «голубчик». Нина Александровна родилась в 1910 году и вынесла из тех предреволюционных времен выражения: душенька, голубчик, «на все воля Божия».

У нее на все воля Божия. Живут на пенсию из расчета сорок три копейки в день. Как в тюрьме. И ничего. «Не мы первые, не мы последние». Отрезали три четверти желудка — «ну что ж, пожила». Мужа убили на войне — «как у людей, так и у нас». Сын спивается — «ему нужна разрядка». Покорность судьбе. Не то что Кислючиха. Она в этих условиях развела бы кроликов на балконе, мясо — на базар, шкуры — государству. Нина Александровна человек непрактичный, птичка Божия. До полночи сидит на кухне газеты читает, боится в комнату войти. Молодые ложатся спать, а комната одна. Могла бы смело входить. Молодые невинно спали, лежа на боку, в одну сторону, как ложки в подарочной коробке.

Эля подозревала, что поезд судьбы завез ее куда-то в тупик.

За соседним столом сидел народный и заслуженный, толстый, как беременная баба, волосы сальные. Однако сидел королем, все для него и всё для него. Он скучным взглядом обвел Элю, как покупал. Но не купил. Отвел глаза в сторону.

В чем его козыри? Талант. Но талант есть и у Игоря, только об этом никто не знает. Надо, чтобы узнали. Игорь сидел и крепился изо всех сил, чтобы не напиться, но в конце концов напился все равно.

Эля положила его руку себе на плечо, повела из зала, как раненого бойца с поля битвы. На выходе из зала Игорь выпал из-под ее руки и свалился на стол, за которым сидели иностранцы. Пожилая американка посмотрела на Элю повышенно доброжелательно, и Эле показалось, что ее муж где-нибудь в штате Огайо тоже надирается до чертиков. Половина планеты в свиньях, половина в алкашах. А где живут?

Минаевы уехали на первом попавшемся такси. Эля осталась одна, если не считать Игоря. Но Игоря можно не считать. Он не стоял на ногах, вместо опеки стал нагрузкой.

Эля посадила его на ступеньки какого-то учреждения. Голова не держалась, падала вперед и вбок. Эля собрала пальцы в кулечек и подставила таким образом, чтобы нос утопал в кулечке. Голова оказалась зафиксирована в одном положении. Игорь клевал носом в прямом и переносном смысле этого слова. Дремал.

Потом очнулся на морозе. Увидел Элю рядом. Сказал ей просто и трезво:

— Если бы ты знала, как тяжело быть никому не нужным.

— Ты мне нужен, — возразила Эля. — Я у тебя есть.

— При чем тут ты? — горько возразил Игорь. — Меня нет у меня.

— Как это при чем... — растерялась Эля. — Я ехала... Я...

— Зря ты ехала. Я тебя обманул. Я тобой спасался.

— Я помогу тебе.

— Бесполезно. Я уже не талантливый. Я ничего не хочу. И вообще ничего не надо. Тебя не надо. И жить не хочется. Маму жалко...

390

* * *

Фамилия режиссера — Сидоров. На киностудии работали двое Сидоровых. Две творческие единицы под одной фамилией. Чтобы не путаться, одному оставили — как было, а другому дали прозвище Анчар. Тот самый, пушкинский. «К нему и птица не летит, и тигр нейдет». У Анчара был тяжелый, скорпионий характер. Он мучил всех и себя в первую очередь. На прошлой картине отказался отпустить актера в роддом, навестить жену с ребенком. Потом все же смилостивился и выделил полтора часа. К роддому подъехал немецкий «опель», оттуда вышел офицер в форме СС с автоматом и партизан в ватнике. Вошли в роддом. Партизан поцеловал жену, заглянул в красное резиновое личико ребенка. Его тут же забрали в машину и увезли.

Женщины, глядевшие в окна, подумали, что у них послеродовой психоз. Иначе откуда в восьмидесятых годах немцы и партизаны.

В данную минуту времени Анчар сидел в своем кабинете за столом, пил чай и грел руки о стакан. Он готовился снимать новый фильм, современную «Золушку». Золушка — лимитчица. Принц — эфиоп. На роль принца взяли студента из университета Лумумбы, который действительно оказался принцем. Его папаша-король отправил сына учиться в Россию. Принц был богат, красив и скромен — как все люди, долго живущие в достатке. Они гармонично развиваются. В них не вырабатывается хваткости и хамства. Эти качества им не нужны.

Принц совпадал с образом на сто один процент. А вот Золушка... Анчар только что просмотрел пробы: актриса талантливая, но уже известная, засмотренная. Играет наивность, а в каждом глазу по пятаку. Золушки нет и, как казалось, никогда не будет. У Анчара было чувство, что он стоит на подоконнике сто второго этажа. Подоконник качается, ползет под ногой. Как в страшном сне.

В кабинете сидели друзья и соратники: второй режиссер и монтажница, с которыми он шел из картины в картину.

Второй — сальный, вариантный, состоящий из множества комбинаций, как замусоленная колода карт. Анчар знал ему цену, но держал за преданность. Преданность была стопроцентной. А это — главное: хоть плохонькое, да мое.

Монтажница смотрела на Анчара и мучилась его мукой. В какую-то минуту отвлеклась на домашние дела: в доме нет картошки. В магазине плохая, начинаешь чистить — вся в синяках. Видимо, сбрасывают с большой высоты, не умеют хранить. Надо покупать на базаре, килограмм десять — пятнадцать, чтобы подольше хватило. А как дотащить пятнадцать килограмм? Пуп развяжется. Придатки болят, постоянное воспаление после первого аборта.

Анчар строго глянул на монтажницу, и она увидела, что он засек ее придатки. Надо думать о работе. Монтажница преданно сморгнула и переключила мысли с личного на общественное.

В эту смутную минуту отворилась дверь и в комнату вошла Эля. Минаев заказал ей пропуск на киностудию.

— Здравствуйте, — сказала Эля. — Моя фамилия Мишаткина. Я жена артиста Игоря Мишаткина.

— Есть такой, — вспомнил Второй, глядя на Элю, как перекормленный кот на очередную мышь.

Монтажница приставила к Эле свои острые глазки и сверлила в ней дырку. Она ненавидела молодых женщин, всех без исключения. Ее бы воля — погрузила бы всех на плот непомерной длины и ширины, свезла в море и ссыпала в морскую пучину. Так делали в Китае во времена Мао, когда освобождали город от проституток.

— Дайте ему работу. Он пропадает. Пожалуйста...

Анчар смотрел в ее глаза, но думал о своем. Он думал: есть люди, которые умеют жить. Просто жить и радоваться. А есть — творцы. Они умеют отображать жизнь, а сами не живут. Сейчас, в эту минуту Анчар твердо знал, что не умеет ни жить, ни отражать. Каждый час, как фальшивый рубль, не обеспечен золотым запасом.

Монтажница презрительно дернула губой. В кино не просят, а тем более не посылают жен. В кино гордо ждут.

Второй засалился еще больше, нос заблестел от выступившего жира, хоть яичницу жарь.

Эля обвела их глазами. Слепые. Глухие. Не видят. Не слышат. Сидят, как рыбы в аквариуме, смотрят сквозь толщу воды.

Эля поняла, что ничего не получится, и успокоилась. Трезво посмотрела на эту троицу. Разве это люди? Недочеловеки. Рабы.

392

— Оставьте ваш телефон. Мы позвоним, — пообещал Второй.

— Вы не позвоните, — спокойно сказала Эля. — Все вы тут горнолыжники.

— Почему горнолыжники? — удивился Анчар.

— Когда один ломает шею, другому некогда остановиться. Он на скорости, — объяснила Эля. — Но ничего. Когда-нибудь вы тоже сломаете себе шею и к вам тоже никто не подойдет.

Эля повернулась и вышла из комнаты. Все трое молчали — минуту, а может, две. За это время поезд Элиной судьбы подошел к развилке. Отсюда, от развилки, было три пути: прямо, влево и вправо. Поезд остановился, как Илья Муромец. Но у Ильи на стрелках было ясно указано, где что найдешь, а где что потеряешь. Здесь не было написано ничего. Судьба ни о чем не сообщает заранее, а может, и сама не знает.

— Кто это Мишаткин? — спросил Анчар.

— Дохлый номер, — отозвался Второй. — Десять лет не снимается. Спился, по-моему.

Монтажница при слове «десять» снова вспомнила о картошке: десять или пятнадцать килограмм.

— А как же он живет? — спросил Анчар.

Второй пожал плечами.

— А профсоюз у нас есть?

— Есть, — подтвердил Второй. — И что с того? Профсоюз не может заставить вас снимать Мишаткиных, если вы не хотите.

Анчар посмотрел на Второго, осмысливая сказанное.

— Может быть, дать ему шофера грузовика? — вслух подумал Анчар.

— Это же почти массовка, — напомнила монтажница. — Десять лет не сниматься, и в массовку.

— Сделаем две-три реплики, будет эпизод.

Стрелка судьбы щелкнула. Поезд пошел прямо. Рельсы благодарно и преданно стелились под колеса.

Игоря Мишаткина пригласили на роль шофера грузовика, который потом стал кучером кареты-тыквы.

Игорь сидел в гримерной и волновался, что гримерша Валя недостаточно скрывает его потертость. Игорю хотелось быть красивым. Потом он сообразил: чем хуже, тем лучше. Густой тон покрыл лицо неинтеллигентным, жлобским загаром. Не скрыл, а наоборот — проявил морщины. Линия глаза в окружении морщин напоминала рисунок голубя мира Пикассо. Овал глаза — очертания голубя, птичье тело. А веер морщин в углу — хвост. В довершение на передний зуб надели серебряную фиксу, на голову — плоскую кепочку.

Получился типичный люмпен. Казалось, что это не артист Театра киноактера, а настоящий ханурик, которого задержали на дороге и попросили сняться в кино.

Кучер тыквы был с тем же серебряным зубом, но в широких коротких штанах, похожих на арбузы, и в белых чулках.

Эти два Мишаткина, особенно первый, вызвали на съемочной площадке смех. Смешно, когда узнаваемо. Узнаваемо — когда правда.

Из восьмидесяти минут экранного времени Игорь прожил на экране четыре минуты и сказал одну фразу: «Никогда хорошо не жили, нечего и начинать». Но запомнились и он, и фраза. Игоря узнавали в метро. И когда он ехал на эскалаторе вверх — замечал: на него смотрят те, что едут вниз, — и он возносился, возносился. Казалось, что эскалатор донесет его до облаков.

Эля решила воспользоваться просверкнувшей удачей и пошла в районный отдел распределения жилплощади. Отдел находился на первом этаже. Раскрыв дверь, Эля увидела человеческий муравейник. Но в муравейнике — дисциплина, а здесь — хаос. Значит, потревоженный муравейник. Краснолицый инспектор громко отчитывал женщину:

— Как вы себя ведете? Вот возьму и вызову сейчас милицию.

— А что я сделала? — оправдывалась женщина.

— Как что сделали? Побежали в туалет вешаться.

— Да ничего не вешаться. Просто в туалет, и все.

— Вы сказали: «Если не дадите квартиру, пойду в туалет и повешусь». Вот люди слышали.

— А что нам остается делать?

Очередь заурчала. Назревал бунт.

— Товарищи! — растерялся инспектор. — Ну что я могу сделать? Я — исполнитель. И если в районе нет жилья, я вам его не рожу.

Эля поняла: с исполнителем разговаривать бессмысленно. Когда подошла ее очередь, спросила:

— Кто у вас тут самый главный?

— В каком смысле? — обиделся инспектор.

— Ну кто решает, — объяснила Эля.

— Малинин, — назвал инспектор. — Но вас к нему не пропустят. Вас много, а он один.

Малинин сидел без пиджака, смотрел домашними глазами. Он узнал Игоря, с удовольствием рассказал ему, что сам из военных, служил на подводной лодке. Подлодка — хуже, чем заключение. В заключении — лесоповал, тайга, много свежего воздуха. А на подлодке замкнутое пространство, кислорода не хватает, можно сойти с ума. Некоторые и сходили, и даже пытались разгерметизировать лодку, чтобы разом все покончить. Но подлодку один человек не может вывести из строя. Надо нажать сразу две кнопки в разных концах. А двое одновременно, как правило, с ума не сходят.

Игорь сочувственно слушал, кивал головой. Ему тоже хотелось рассказать, как он десять лет не снимался и эти десять лет осели в нем копотью на сосудах, на душе. Пасмурно жить. Но жаловаться было нельзя. В сложившейся расстановке сил Игорь не имел права выглядеть жалким. Он должен был глядеться хозяином жизни, который почему-то живет в коммуналке.

Разговор окончился тем, что реактивного братца с сестрой отселили в отдельную однокомнатную квартиру в Ясенево, на край леса. А Мишаткиным досталась вторая комната. Отдельная квартира на Патриарших прудах. И все по закону. Сейчас Москва освобождается от коммуналок.

Мама Игоря предложила Эле привезти в Москву Кирюшу. Она соглашалась быть ему бабушкой и учить уроки. Кирюша уже пошел в первый класс.

Толик жил в Летичево с Веркой-разводушкой. Свой новый брак он не регистрировал, но Верка тем не менее родила ему дочку и снова ходила беременная. Получалось, что у Толика трое детей, а у Эли ни одного.

Эля написала Толику письмо и попросила привезти Кирюшу. Сама не поехала, чтобы не встречаться с Кислючихой, с беременной Веркой. Верка была ей омерзительна, как кошка, укравшая со стола чужой кусок. Эля забыла, что сама бросила Толика, обманула, предала. Но ей можно, а Верке нельзя.

Толик привез сына. В дом войти отказался. Ему было невыносимо видеть Элю чужой женой. Он стоял во дворе и смотрел в землю. Эля поняла: боится ее видеть. Боится новых страданий.

— Ты же обещал ждать, — усмехнулась Эля.

— А я жду, — серьезно ответил Толик, продолжая смотреть в землю.

— С Веркой?

— Нет. Один. Верка не ждет.

За прошедшие годы Толик не изменился. Он вообще мало менялся. Вечный мальчик. И возле него так легко стоять, как в лесу. А возле Игоря стоять тяжело. От него исходило хроническое неудовольствие, как радиация от Чернобыльской АЭС.

Но здесь, на Патриарших, надо было постоянно что-то завоевывать и преодолевать. А там, возле свиньи, — все спокойно, как на пенсии.

— Ну как там у вас? — спросила Эля неопределенно.

Толик рассказал, что в шахте случилась авария по вине вечно пьяного, расхристанного Мослаченко. Сам Мослаченко погиб. Ведется расследование, но и без расследования ясно: преступная халатность. Толик как юрист должен дать заключение. Но семья Мослаченко просит свалить все на шахту. Тогда другая пенсия детям. Дети ведь не виноваты в халатности папаши. Им надо расти, вставать на ноги.

— Государство у нас не бедное, — подсказала Эля. — Пусть платит.

Толик не ответил. Он понимал: Мослаченко виноват и наказан. Он умер. Значит, добро и зло уравновешены. Зачем прибавлять зла, наказывать детей?

Но Толик Кислюк не мог писать неправду. Ему соврать — все равно что съесть дохлую мышь. Умрет от отравления.

Толик стоял и мучился от невыносимости чувств.

— А Верка что говорит? — спросила Эля.

— Не помню, — сказал Толик.

То ли Верка, замученная хозяйством, ничего не говорила, то ли он не прислушивался к Веркиной душе.

* * *

Кирюшка поселился в комнате вместе с чужой бабкой. Своя бабка была толстая и уютная, так весело было ползать по ее животу, вдоль и поперек, а эта узкая и жесткая. Прежняя бабка то тискала его, то орала как резаная, а эта говорит ровно и правильно, как по радио. Кирюшка привык из дома выходить сразу в сад. А здесь он из дверей выходил на лестницу с мусоропроводом. И дышать ему нечем. И безобразничать неудобно. И отец чужой. И даже мама какая-то другая.

По ночам его тоска особенно сгущалась, становилась невыносимой. Он кричал на всю квартиру, а может даже, и на весь этаж. И плевать ему, что новый папа спит и что завтра ему на работу. Раз никто не считается с ним, то и он, в свою очередь, не будет ни с кем считаться.

Эля ложилась рядом, утешала, увещевала. Слышала, как под руками вздрагивает его хрупкое тельце. Как раненый заяц. Потом он засыпал. Эля всматривалась в спящего сына. Он был копия Толика, но как бы омыт ее красотой. Изысканный хрупкий мальчик, похожий на жениха Дюймовочки — принца эльфов.

Эля любила сына, но могла вкладывать в него только ЧАСТЬ жизни. А Кислючиха — ВСЮ жизнь. Значит, там ему было лучше.

За Кирюшкой снова приехал Толик. Теперь они расставались надолго.

— Я сама виновата, — сказала Эля. — Я отучила его от себя.

— Ты не виновата. Ты счастье искала.

Великодушие Толика ударило Элю как пощечина.

Она заплакала.

— Мы никуда не денемся, — сказал Толик и бесстрашно посмотрел в Элины глаза. — Мы у тебя есть и будем.

Кирюшка вытащил свою руку из руки отца и побежал к берегу смотреть лебедей. Лебеди скользили по воде. Посреди пруда стоял их деревянный домик.

После «Золушки» Игорь пошел нарасхват. Стал мелькать то тут, то там в одном и том же образе. Плоская кепочка как будто прилипла к его голове.

Однажды кому-то пришло в голову снять Мишаткина в маленькой роли белого офицера. Та же гримерша Валя клала на

397

лицо тон посветлее, сообщая благородную бледность. Игорь сидел и смотрел на себя в большое зеркало: умное лицо с аскетически запавшими щеками, легкая надменность дворянина и страдание за поруганную Родину. Валя легко касалась лица гримерной губкой. От губки пахло псиной.

Фильм о первых годах революции вышел на экран — и у артиста Мишаткина пошла «офицерская» серия.

Далее, из восемнадцатого года Игорь шагнул в сорок первый, в образ немецкого офицера. Безукоризненная опрятность, пенсне, жестокость в глазах. Враг.

Покатилась «немецкая» серия. Его лицо клишировалось на потоке фильмов, как одноразовая зажигалка на конвейере. Игорь понимал это, но не мог отказаться от следующего клише. Многолетний простой сломал его. Он соглашался, но при этом чувствовал себя как девка, которую употребляют за деньги. Игорь пил, чтобы притушить лермонтовский комплекс: разлад мечты с действительностью.

Пока артист Мишаткин мыслил и страдал, Эля вязала комплекты: шапочки и шарфики. Она покупала в магазине английский мохер и делала в день по комплекту. На шапочках той же шерстью вышивала цветы из четырех лепестков. Получалось очень красиво.

Катя Минаева сбывала комплекты среди своих по пятьдесят рублей. Часть брала себе. Остальное — Эле. На эти деньги жили.

Мама Игоря смотрела на Элю, как Золушка на фею. Взмахнет хрустальной палочкой — и из воздуха возникает все, о чем мечталось.

«Р-раз» — и работа! Игорь снимается. У него есть дело.

«Р-раз» — и квартира. А ведь это так удобно — не жить с молодыми в одной комнате.

«Р-раз» — индюшачьи котлеты на обед. Можно, конечно, насытиться чем угодно, желудок не обидится. Но провернутое белое мясо...

— Эля! Вы великий человек, — с убеждением говорила мама Игоря. — Вы можете приспособиться в любых условиях.

— Как ленточный глист, — добавлял Игорь, убивая пафос.

Ленточный глист живет в человеке, и, если его выгнать и зарыть в землю, он живет в земле.

Игорь не любил эти разговоры. Да, квартира. Да, работа. Но при чем тут Эля? Он снимается потому, что талантлив. А квартиру ему дали потому, что он в ней родился и жил сорок лет. И две комнаты на трех человек нормально. И даже мало. При чем тут жена? Ах, она бегает, встает на уши. Но он же не виноват, что ему досталось такое время и такая страна, где за норму надо вставать на уши. Она умеет, а он не умеет. Он, Игорь Мишаткин, — художник и не должен тратить на ЭТО свою жизнь.

Мама Игоря считала: Эля тоже художник, просто у нее другие подручные средства. У Игоря литература. Игорь произносит чужие тексты и лепит образ. А Эля лепит саму жизнь. Берет одну жизнь и лепит из нее другую.

Что касается Эли, она не рассуждала столь абстрактно: надо было подтягивать жизнь к мечте. Не получалось. Мешала водка. Водка — это такой конь, который перетопчет любое поле: хоть сей, хоть не сей.

Эля решила взять фактор пьянства под контроль. В каждой группе у нее были свои люди. И если Игорь, находясь на съемках, опрокидывал рюмку, в доме Эли тут же раздавался телефонный звонок.

Игорь в неведенье счастливом возвращался домой, звонил в дверь. На всякий случай старался не дышать вперед и выстраивал на лице значительное выражение. Дверь открывалась, и навстречу Игорю летел кулак, прямо в значительное выражение. Резкая боль в носовую кость. Искры из глаз. Так повторялось каждый раз. Сначала — кулак. Потом разборка: с кем, почему, по какой причине. Причина всякий раз была уважительная.

Игорь стал элементарно бояться, срабатывала сигнальная система, как у подопытной собаки. Водка связывалась в одну прямую с искрами из глаз. Игорь резко сократил свое пьянство.

Мама Игоря начала серьезно пересматривать жизненные позиции. Как можно бить человека по лицу? Но если во благо, значит, можно? Значит, надо?

Может быть, трагедия их поколения в неумении постоять за себя? В излишней деликатности?

В Москве Игорь почти не пил. Он стал лучше себя чувствовать и понял, почему бездарности завоевали мир. Они с самого утра хорошо себя чувствуют и тут же принимаются за карьеру. Но как только Игорь выезжал с группой в другой город — там он, что называется, дорывался. И однажды, вернувшись домой, попросился в темную комнату.

Эля ничего не поняла и отвела его в ванную.

Игорь напряженно смотрел на дверь и вдруг сказал:

— Проходите.

Дверь в ванную была прикрыта. У Игоря возбужденно блестели глаза.

— Никого же нету, — сказала Эля.

— Потуши свет, а то нас найдут.

Он сидел на краешке ванны и чего-то боялся. Эля поняла: кулаками не поможешь. Его надо лечить.

Врач районного психоневрологического диспансера Иван Алибеков сидел в своем кабинете и тупо смотрел на телефонный аппарат. Он только что позвонил дочери, шестилетней Марише, и она сообщила, что мама поменяла замок в двери. Это значило, что он не сможет попасть в квартиру и ему негде ночевать.

Родственников в Москве не было. К общим друзьям идти не хотелось. Негоже выносить сор из избы, хотя избы не было, остался один сор. Куда уходит любовь? А может, ее и не было? Была. Они каждую минуту ощущали свое счастье. Какое становилось у Таньки лицо, когда он шел к ней навстречу. Сколько сумасшедшей радости в глазах. Никогда не ссорились. С ней нельзя было поссориться. Сделаешь замечание — виновато моргает. Лицо такое несчастное, что сразу жалко. А как слушала... Глаза выдвигались вперед, будто на столбиках, сейчас — выскочат от напряженного внимания.

Эти ее лица — радостное, несчастное, внимательное — как зеркало, в которое он смотрелся и видел в нем себя, невероятно преображенного, прекрасного. Вот чем была Танька. А последний год — что он видел в этом зеркале? Жалкого никчемушника. Гвоздя в доме и то не может вбить.

И как изменилось Танькино лицо. Она стала похожа на провинциальную учительницу в очечках, с аккуратненьким вторым подбородком, которая учит детей строго по учебнику. Своих мыслей нет.

Куда все делось? Москва сожрала.

Не надо было переезжать в Москву. Отец устроил прописку, в год Олимпиады. Москва была закрыта, но свои люди сделали прописку. Отец был хозяин края. У него друзья во всех хозяйствах, в том числе и на Московии. Чистоплюйка Танька морщила нос, однако благами пользовалась. И отцовскими деньгами пользовалась. При этом поднимала бровки, спрашивала: откуда? Иван отвечал: «От верблюда». На Востоке дары входят в традицию. На верблюдах привозили драгоценные ковры, кувшины с золотом. Но это в давние времена. Сейчас романтика ушла. Никаких верблюдов. Просто несут деньги в коробках из-под туфель и из-под сапог. Сколько рублей может уместиться в такой коробке? Иван не знает. Не считал. Мать считала. Потом делила деньги на части. Часть прятала в ванной комнате, за кафелем был тайничок. Часть посылала Ивану. Но Танька хотела, чтобы Иван сам зарабатывал. И оказалась права. Отец умер за год до перестройки. Умер рано и глупо. В шестьдесят лет. Лечили зуб, внесли инфекцию через иглу. Заражение крови. Чушь какая-то.

Через год после смерти у матери отобрали дачу, сказали: «На нетрудовые доходы». А отца объявили вором. Так и сказали: «Ваш муж был вор». Хорошо, что не дожил отец до этих слов. Умер как хозяин. Хоронили с почестями.

Иван ничего не мог понять. Отец, сколько он его помнил, работал с утра до ночи. Ходил пешком. Не барствовал. Брал деньги. Но он же не требовал. Не вымогал. Несли и оставляли. Все тогда брали, и он как все. А почему он должен быть другим?

Ивану было его бесконечно жаль. Жизнь отца, хоть и после смерти, была поругана. Где ты, отец? Где честь? Жена из дома выгнала. Спать негде.

Отворилась дверь. Вошла блондинка, похожая на Аникееву. Спросила:

— К вам можно?

— Проходите, — тускло сказал Иван.

Аникеева... Тварь. Это она сказала Таньке: свет не сошелся клином на твоем Иване. Учти, он хуже восьмидесяти процентов всех остальных мужчин. Раскрыла ей глаза. И Танька увидела мужа новыми глазами. И в самом деле: все песни он ей перепел. Ритмы отстучал. Слова отговорил. До потолка допрыгнул. Низок, низок оказался его потолок: двести рублей без вычетов.

Блондинка сидела и смотрела на Ивана. Он подвинул к себе телефон. Снова подошла дочь.

— Мариша, а давай встретимся на улице, — беспечным голосом предложил он. — Мне ведь не обязательно к вам заходить.

— Я у мамы спрошу, — сказала Мариша.

— Спроси. Я подожду.

— А ее сейчас нет. Она уехала на теннис.

«С Аникеевой, — подумал Иван и бросил трубку. — Аристократки».

— Я жена артиста Игоря Мишаткина. Знаете такого? — поинтересовалась блондинка. Тоже аристократка.

Иван не ответил. Он думал, где ему ночевать. Позвонил старому другу Коле.

До перестройки Коля назывался фарцовщик, теперь бизнесмен. Открыл обувной кооператив, пригласил армян, тачают модную обувь. На счету кооператива — три миллиона. Вот это потолок.

Коля подошел к телефону.

— Можно я у тебя переночую? — спросил Иван.

— Из дома выгнали? — догадался Коля.

— Примерно, — нехотя сказал Иван.

— Денег мало приносил? — догадался Коля.

— Примерно.

— Приходи. Только я сегодня в театре. Вернусь в одиннадцать.

— Договорились. — Иван положил трубку. Задумался: где он будет околачиваться до одиннадцати часов.

Эля смотрела на врача. Он и не собирался ею заниматься.

— Послушайте, — с интересом спросила она. — Вы зачем здесь сидите?

— Что? — Врач поднял на нее глаза. Глаза были странной, грушевидной формы: они долго шли узкими, а потом расширялись к вискам.

Иван Алибеков был полукровка, хотя правильнее говорить — двукровка. В нем текли две крови: славянская и мусульманская. Форма глаз как бы отражала борьбу двух начал и победу славян.

Эля споткнулась о его глаза и потеряла напор.

— Я жена артиста Игоря Мишаткина, — мягко напомнила Эля. — У него плохо с нервами. Если его поставят на учет, он будет невыездной. Я бы хотела частно.

Иван выслушал с отсутствующим видом, потом подвинул к себе телефон и стал цеплять пальцем диск.

Эля встала, подошла к розетке и вырвала из нее телефонный шнур вместе с розеткой и куском стены.

Врач, будто проснувшись, посмотрел на Элю и сказал:

— Я не знаю, что с нервами у вашего мужа. Но ваши никуда не годятся. Сядьте.

Он выдвинул стул на середину комнаты.

— Зачем? — не поняла Эля.

— Сядьте. — Его грушевидные глаза стали определяющими на лице.

Эля села. Иван простер над ней руку, как Медный всадник. Голове стало тепло. Немножко захотелось спать. Голос врача, как голос самого Господа, был добрым и бесстрастным.

— Представьте себе, вы маленькая. Вам восемь лет. Вы в пионерском лагере. Родительский день. Ко всем приехали, а к вам нет. У всех радость, а вы плачете...

Из глубины памяти всплыл тот давний, а оказалось — недавний день.

...Самодеятельная сцена под открытым небом. На сцене хор — девочки и мальчики, поют «Пионер, не теряй ни минуты». А на лавках сидят родители и со слезами умиления смотрят на своих чад. На Элю никто не смотрит, она никому не нужна. Мама не приехала.

Эля спела и ушла со сцены — сначала в лес, потом в поле, которое стелилось за лесом. Ее никто не хватился. Люди в счастье забывают о других.

Началась гроза. Эля стояла среди поля одна, она была самым высоким предметом, как громоотвод на крыше. И если бы молния ударила, то ударила именно в нее. «Пусть убьет, — мстительно подумала Эля. — Тогда они по мне заплачут. Вспомнят, как мучили». Эля заплакала по себе. И вдруг увидела еще один предмет, двигающийся по полю от электрички. Мама... В руках у нее тяжелая сумка. В ней — вкусное. Мама... Мамочка...

— А теперь представьте себе: родительский день окончен. Вечер. У всех уезжают. Все плачут. А у вас — счастье. К вам приехала мама.

Эля поднялась со стула. По щекам текли слезы, оставляя за собой холодящие дорожки.

— А откуда вы знаете? — тихо, потрясенно спросила Эля.

— Это легко. Закон компенсации.

— Но откуда вы знаете про лагерь?

У Ивана была способность предвидеть и подвидеть. Видеть то, что было и будет. Это свойство он открыл в себе в четвертом классе, когда не успевал решить контрольную, а учитель уже тянул листок из-под его рук. Иван напрягся до нечеловеческого предела и вдруг увидел мамино кольцо глубоко под шкафом. Это кольцо пропало год назад. Подозревали домработницу Зою. Иван пришел домой, полез под шкаф и достал кольцо в коконе затвердевшей пыли. Потом ЭТО не повторялось. Ушло. Так, наверное, уходит талант, если им не пользоваться.

Сейчас Иван увидел вдруг Элю — маленькую и плачущую среди поля. Видимость была нечеткая, как проекция на экране старой затертой пленки. Но все же видел. Значит, ЭТО вернулось.

— Вы гений... — поняла Эля.

Иван сделал неопределенное движение бровями и ртом.

Иван знал, что мысль материальна. Это не мистика, а реальность. Но пусть темные Аникеевы считают его гением. Тогда он попадет не в последние двадцать процентов, а в первые восемьдесят.

Эля смотрела на Ивана во все глаза. Гении — те же люди. У них не две головы и не четыре глаза. Нормальные человеки, иногда даже в плохих ботинках. Чаще в плохих, потому что для них, гениев, это мелочь.

Иван Алибеков стал бывать на Патриарших прудах.

Он лечил Игоря гипнозом. Метод его был Эле неведом. Суть метода состояла в том, что блокировался участок мозга, который заведует волей. Оказывается, алкоголизм — это болезнь воли, и, значит, волю надо держать под кнутом, как скота, а не уговаривать ее, как капризного ребенка. При этом методе категорически запрещалось пить, иначе помрешь в одночасье.

Желание жить оказалось в Игоре сильнее желания пить. Инстинкт жизни победил все прочие инстинкты.

Мама Игоря не могла поверить в такое преображение. Игорь был трезв, здоров, много работал. А еще совсем недавно ей казалось — она его теряет. Она боялась, что сын умрет раньше ее — это был самый главный, верховный страх, который леденил душу, к нему нельзя было привыкнуть.

А сейчас — какая перемена в жизни. Мама смотрела на Элю молитвенным взором и спрашивала:

— Деточка, за что мне такое счастье?

— За прошлые страдания, — отвечала Эля. — Закон компенсации.

— Я так боюсь, что все кончится, — говорила мама и сжимала кулачки, чтобы удержать это время.

Все были счастливы, кроме Игоря. На его лице остановилось брезгливое выражение, будто он преодолевает дурной запах. Игорь был постоянно угнетен без видимых причин. Будто сглазили человека.

— Ему тяжело не пить, — объяснял Иван.

— Но что же делать? — терялась Эля.

— Ничего не делать, из двух зол надо выбирать меньшее.

И в самом деле: пусть Игорь будет хмурый трезвый, чем хмурый пьяный.

Эля поставила на Игоре точку. Она сделала для него все, что могла. Дала ему работу, жилье, здоровье. Что еще? Она отдала бы ему и душу, но Игоря любить было неинтересно. Он умел слышать только себя, а на всех остальных за что-то обижаться. И чем больше ему делаешь, тем больше он обижается.

Игоря она вспахала, засеяла, на нем взросли репьи. Иван Алибеков лежал у ног бесхозным, невозделанным участком. На нем еще пахать и пахать. Земля благодатна.

Люди несчастны по разным поводам. «Одни плачут, что хлеб жесткий, другие — что жемчуг мелкий». Но плачут все. И все хотят участия.

Эля посоветовала Ивану открыть частный кабинет психоанализа, как на гнилом Западе. Но Иван боялся, что его посадят: скажут, отец был вор и сын вор.

Ивану было привычнее и спокойнее сидеть в государственном учреждении. В каком-то смысле он был противник перестройки. Его вполне устраивал застойный период, в котором протекали его безоблачное детство и столь же безоблачная юность. Он сформировался тогда. Застыл, как гипс. Его было не перелепить. Если только сломать.

Эля ломала. Но не кулаками, а клиентурой.

Первой частной клиенткой явилась мамаша Валеры Минаева — женщина с возрастным обострением.

В жизни человека бывают два периода: из начала в середину и из середины в конец. Девочка — женщина — старуха. Из первого во второй все стремятся попасть как можно скорее. И никто не хочет в третий возраст. Но как говорят восточные мудрецы, серьезная жизнь начинается после пятидесяти.

Иван назначал диету, режим дня, нагрузки. Он как бы организовывал время, загонял его в строй. Подчинял. И уже не время командовало человеком, а человек временем.

В сущности, Иван объединял работу врача и священника.

Минаева ушла, торопясь к новому режиму и диете, радуясь еще одной возможности поработать на себя. Оставила на краешке стола конверт.

Иван вздрогнул, как от оскорбления, помчался следом. Но не догнал. Позвонил Эле и прокричал, что он целитель, а не шабашник, и не собирается наживаться на несчастьях, и так далее, очень возбужденно. Эля выслушала и ответила, что медицина ДОЛЖНА быть платной. Лечиться даром — это даром лечиться.

Ивану захотелось в это поверить, и он поверил. На следующий день он купил Марише фломастеры и осенние резиновые сапожки. В другой раз он купил Эле розы — тугие бутоны на сильных высоких ножках. И почувствовал себя мужчиной. Оказывается, одаривать других гораздо радостнее, чем получать самому. Но для того чтобы одаривать других, надо получать самому, и Иван смирился с «конвертируемыми рублями».

* * *

Минаева нагнала Ивану своих подруг. Пошла серия вянущих красавиц с неувядающими душами. Душа говорит одно, а время сует под нос паспорт: смотри. И земля уходит из-под ног. За что держаться? За кого?

После третьего возраста пошла серия сорокалетних мужчин. Почти у всех склонность к томлению и желание изменить свою жизнь: работу, жену, страну, политическое устройство. В сорок лет, когда понятно, что прошла половина жизни, и притом — лучшая половина, вырастает вопрос: и ЭТО ВСЕ? И они бегут к Ивану, чтобы не сойти с ума.

После сорокалетних начались престижные алкоголики — это уже контингент Игоря Мишаткина.

Иван тщательно копался в душах, как в испорченном моторе. Особенно внимательно разбирал и раскладывал ДЕТСТВО, потому что все начинается ТАМ.

Счастливые люди к Ивану не приходили, и ему казалось, что весь мир тяготится жизнью и боится умереть.

Он простирал над головами руку. От руки шло тепло. Хотелось спать. Забыться и заснуть.

С женой не помирился и по-прежнему ночевал у Коли. Коля разрешил находиться Ивану только в общем с ним куске пространства. Если Иван вставал ночью по нужде или по жажде, Коля поднимался и сопровождал его, будто конвоировал. Ивана это раздражало, пока не понял: у Коли где-то спрятаны деньги. Он боится, что Иван с его способностью просечет тайник и заберет.

Эля искала Ивану квартиру в центре Москвы, но квартиры предлагали в новых районах, на выезде из Москвы. Ближе к Ленинграду, чем к Патриаршим прудам.

Приходилось мириться с бездомностью, с Колей. Выглядел Коля довольно противно: лицо как после пчелиного налета. Один сплошной волдырь. Но это, в конце концов, — не важно. Важно — Эля и Мариша. Однако Эля — чужая жена. А Маришу он получает раз в неделю у подъезда.

Через полгода Иван открыл собственный кабинет психоаналитика. Как в Швеции. Для этого понадобились четыре фактора: желание, деньги, медицинский диплом и Эля.

Эля сразу пошла к Тому, кто решает. Тот, кто решает, пребывал в отвратительном настроении, и этому были веские причины. Врачи определили у него опухоль, надо было ложиться на обследование.

Эля привела Того, кто решает, к Ивану, вернее — наоборот. Ивана привела в просторный кабинет.

Иван сосредоточился, выдвинул вперед руки и как миноискателем поводил руками вокруг обширного тела.

Опустил руки и сказал:

— Жировик в средостении.

— А что это? — не понял Тот.

— Жир, — просто объяснил Иван. — Вы много едите. У вас восемьдесят процентов лишнего веса. Лечение — голод.

— И все? — не поверил Тот, кто решает. Он полагал, что его лечением будет — тот свет. — А откуда вы знаете, рак это или жир? — усомнился Тот.

— Слышу, — объяснил Иван. — От плохой опухоли идет холод, а от доброкачественной тепло. Своя ткань.

Тот, кто решает, не поверил окончательно, но настроение у него заметно улучшилось.

Через месяц диагноз Ивана подтвердился врачами. Тот, кто решает, дал помещение Ивану в центре Москвы, в семи минутах от Кремля.

Кабинет — в старом купеческом двухэтажном доме. Комната прислуги. Восемь метров. А больше и не надо.

Окна выходили в деревья. На окошке горшок с геранью. Ситцевые занавесочки.

У Ивана установилась постоянная клиентура. Расписание. На человека — шестьдесят минут. А раньше, в государственном секторе, на человека — восемь минут. Восемь минут смотреть, семь — писать. Итого пятнадцать минут. Что можно понять за это время? И зачем так подробно записывать? Кто это читает?

У Ивана появились деньги, как при отце, но сейчас это были его собственные деньги, что не одно и то же.

Финансовый успех завершился покупкой машины. Это тебе не фломастеры и не розы. Машина. Эля помогала выбрать цвет. Выбрала красный. Цвет не нравился Ивану, но он подчинился беспрекословно. Иногда казалось, что это отец сверху послал к нему ангела-спасителя — Элю. Хотя отец был мусульманин и его ангел, посланец Аллаха, выглядел бы по-другому.

Иван работал четыре часа в день. За четыре часа энергия вытекала полностью. Надо было заряжаться. Заряжался от Эли и от природы. Вместе ездили за город.

Однажды остановили машину на краю зеленого луга. Трава только что вылезла из земли, была молодой, в первом своем переходном возрасте. Каждая травинка сверкала на солнце. Над лугом стояло изумрудное свечение. Бежевая корова с непомерно набухшим выменем лениво щипала траву.

Иван задумчиво смотрел на луг, потом сказал:

— Она все время от меня что-то хотела и дергала, как корову за вымя. Но я был пустой. Она могла оторвать сосцы, я только мычал.

Эля поняла, что «она» — это жена. И еще поняла, что он думает о семье постоянно.

— А ты вывела меня на луг. Молча, спокойно. Погладила меня по шее, и мое молоко течет струями.

— Странное сравнение с коровой.

Но Эля понимала: это благодарность.

Иван смотрел на нее. Эля была красивее Аникеевой. Женский тип тот же, но в Эле доброта. Доброта — это тоже внешность. А у Аникеевой зубы в два ряда, как у акулы.

Иван взял ее руку, понес к лицу, чтобы поцеловать ладошку. Но, не донеся до губ, остановился. Линии судьбы пересекались посреди ладони, образуя крест.

— Ты болела? — спросил Иван.

— Нет, — удивилась Эля.

— Кончала с собой?

— Ты что, с ума сошел?

— Странно. — Иван пожал плечами. — Линия жизни, а рядом еще одна. Дублирующая.

Иван поцеловал обе линии. Спрятал свое лицо в ее ладонь.

Красивая корова благородной оленьей окраски все ела и ела изумрудную траву.

— Знаешь что? — раздумчиво спросил Иван.

— Что?

— Я без тебя сдохну.

***

Покатился новый этап Элиной жизни. Он назывался «Иван». Что бы ни делала: варила, вязала, вытирала пыль, — Иван существовал в ней и вокруг, как воздух.

Иногда воздуха не хватало. Начинало подсасывать. Эля чувствовала недостаточность. Нервы напрягались. В такие моменты все падало из рук: ложка, тарелка, железный лист, на котором жарилась курица. Грохот листа — как взрыв, удар по нервам — наотмашь, всей пятерней. Эле хотелось закричать — на весь белый свет. До неба. И внутри себя она кричала: а-а-а... Иногда это прорывалось наружу длинным стоном.

Мама Игоря внимательно взглядывала на Элю и, казалось, слышала весь крик. Она покачивала головой, соглашаясь с какими-то своими мыслями.

К двум часам Эля торопилась к купеческому дому. Подходила к красной машине и ладошкой вытирала ветровое стекло — медленным нежным движением. Ей казалось, она гладит Ивана по лицу. Здесь, возле машины, она успокаивалась, как будто пришла домой.

Иван выбегал, одеваясь на ходу. Он теперь все время бегал.

С двух до шести — это было их время. А в шесть Эля должна была вернуться, как Золушка с бала. Могла бы и не спешить, но жаль старуху. Старуха такая, что не ударишь. Сидели в кафе, в кино, как десятиклассники. Иногда просто гуляли по Арбату. Говорил об одном и том же: хорошо бы не расставаться. И не надоедало ему говорить, а ей слушать. Люди, дома, фонари — все приобретало какой-то дополнительный смысл. А если бы Эля шла одна — все бессмысленно — и люди, и фонари, и ее жертвы, и вся жизнь.

Шли, взявшись за руки, переплетя пальцы. Через пальцы текла энергия молодых тел. Эля чувствовала себя коровой, которая ест молодую траву — и в нее входят соки земли и солнечные лучи. Она была переполнена. Счастье стояло у горла. Иван время от времени наклонялся, целовал Элю, отпивал несколько глотков счастья.

Четыре часа длились бесконечно, а пролетали в краткий миг. Иван отвозил Элю домой. Долго сидели в машине, переживая надвигающуюся разлуку. Успокаивались тем, что завтра в де сять пятнадцать Эля позвонит. Вот эти минуты разлуки были самыми беспощадными. Дальше — легче. Эля входила в дом, надев на лицо деловитое выражение. Грамотно, спокойно врала. Дом уравновешивал Элю. Но ненадолго. Перед сном опять начинало подсасывать, внутри выла сирена. С трудом доживала до утра, до десяти пятнадцати, когда можно было набрать семь заветных цифр. Услышать его голос. Иван произносил всегда одну и ту же фразу:

— Ну как ты поживаешь? — Не живешь, а именно поживаешь. Эля вслушивалась в его глубокий голос, впитывала его в себя. Неизменно переспрашивала:

— А ты? Что у тебя в душе?

Иван замолкал и прислушивался. В душе у него была любовь и боль. Он чувствовал себя виноватым перед женой, перед Игорем, перед больными.

Много чего было в его душе.

— Скажи что-нибудь, — просил Иван.

— Скажу, — обещала Эля, и это «скажу» как веревка, брошенная утопающему.

День открывало серое пасмурное утро. Казалось, что небо, дома и деревья — все выкрашено в один и тот же серый цвет.

Иван стал отпирать кабинет. Услышал звонок и удивился. Было только десять утра. А десять и десять пятнадцать — не одно и то же.

Иван снял трубку. Голос дочери спросил:

— Это кто?

— Это я, — сказал Иван. — Здравствуй, Мариша.

— А ты когда ко мне придешь?

— Когда ты хочешь? — спросил Иван.

— Мама сказала, чтобы ты пришел сегодня обедать. У нас будет лимонный пирог.

«Мама сказала...» Иван догадался. Восемьдесят процентов лучших мужчин — один за другим растворились во времени. А Иван в это время укрепился материально, имеет собственный офис — пусть даже в виде восьмиметровой комнаты, собственную машину — самую дефицитную модель. И гуляет по Арбату с собственной Аникеевой, для которой он лучше ста процентов всего мужского населения. Их, наверное, видели. И передали.

— Я перезвоню. — Иван положил трубку.

Десять пятнадцать. Телефон зазвонил. Иван снял трубку. Спросил:

— Как ты поживаешь?

— Хорошо, — сказала жена. — Ты придешь?

— Я занят.

— Ты что, не хочешь видеть ребенка? — беззлобно удивилась жена.

— Ребенка хочу, а тебя — нет.

— Пожалуйста, приходи к подъезду, — не обиделась Танька. Ее устраивал любой вариант.

Двор не был приспособлен для гулянья: ни детской площадки, ни зелени. Сразу против дома — дорога, по которой выезжали и подъезжали машины, гоняли на велосипедах подростки. Казалось, кто-то кого-то обязательно сшибет: велосипедисты — пеших, машины — велосипедистов.

Иван обратил внимание, что дети во дворе похожи друг на друга, как братья и сестры: смуглые, курчавые, большеглазые. Председатель кооператива был южный человек и принимал в пайщики преимущественно своих. Взаимопомощь малой нации.

Время от времени на балкон выходила толстая женщина и кричала:

— Альбер-тик!

Русские кричат иначе, у них второй звук на два тона ниже. А у южан, в том числе у итальянцев, — второй звук на той же ноте.

— Альбер-тик...

На стоянке против подъезда — «вольво» и «мерседес». В доме жили внешторговцы. Ивану на минуту показалось, что он где-то в Сицилии: смуглые глазастые дети, иностранные машины, толстая женщина на балконе среди развешанного белья.

Иван ждал Маришу. Сейчас она появится — остренькая, вьющаяся, вреднющая, как детеныш Кикиморы. Скакнет на него, обнимет руками и ногами, тут же спросит: «Что ты мне принес?»

412

Иван ждал Маришу, но спустилась жена и сказала:

— Что ты стоишь, как беженец? У тебя что, дома нет? Пойдем домой.

Она сказала это просто, как само собой разумеющееся, и смотрела незамутненно, будто не было ни его бездомности, ни его Арбата.

Танька ждала. Иван весь сжался, как в тот далекий день во время контрольной. И перед ним всплыло видение: старик и старуха сидят перед телевизором. Старуха толстая, а старик худой. Усохший дедок. Видение было неотчетливое, как будто размыто водой. Иван вгляделся и узнал в стариках себя и Таньку.

Эля крутила диск. Телефон не отвечал. Эля позвонила на телефонную станцию, ей объяснили, что номер исправен. Ночью Эля позвонила Коле. Коля сказал, что Иван вернулся к жене и больше не будет здесь бывать.

Эля сказала: «Спасибо». Коля ответил: «Пожалуйста». Поинтересовался, не надо ли чего передать. Эля ответила, что не надо.

Все было ясно. И вместе с тем не ясно ничего. Хотя, конечно, все ясно. Поступок говорил сам за себя. Зачем слова? И все же нужны слова. Люди отличаются от зверей тем, что у них есть слова. А может, это какое-то особое восточное коварство, неведомое простодушному человеку средней полосы.

Эля решила выждать, выдержать паузу. Она вымотает его своим молчанием.

Потекла неделя. Эля умерла, но продолжала при этом есть, разговаривать, куда-то уходить и возвращаться, спрашивать свекровь: никто не звонил?

Свекровь перечисляла. Ивана среди них не было.

— Иван не звонил? — как бы между прочим уточняла Эля.

— Нет, — уверенно подтверждала свекровь, и Эля проваливалась еще глубже в свою смерть.

Человек считается мертвым, когда останавливается сердце. А когда останавливается душа?

В конце недели Эля подошла к купеческому дому. Машина — на месте. За день ее запорошило сухим снегом. Эля, не снимая варежки, стала вытирать ветровое стекло.

Иван видел из окна, как Эля вытирает машину. Это было ужасно. Лучше бы она взяла кирпич и ударила по крыше и по капоту. Но она все вытирала, будто прощала.

Прием окончился. Иван сидел. Эля ждала.

Заглянула уборщица, спросила:

— Вы сами запрете или как?

Иван взял пальто и вышел на улицу.

— Как ты поживаешь? — спросил Иван, подходя.

— Ты же говорил, что сдохнешь без меня, — тихо, бесцветно поинтересовалась Эля.

Иван сделал неопределенное движение лицом, как тогда, когда она сказала: «Вы гений».

— Ладно, уезжай, — отпустила она.

Иван стоял.

— Садись. Включи музыку, чтобы веселее было ехать.

Она издевалась. Он обиделся.

— А вот это уже не твое дело, — сказал он. — Как хочу, так и поеду.

Иван сел в машину. Повернул ключ. Машина тронулась.

Эля стояла и смотрела вслед. Она не верила, что он уедет. Ждала: он сейчас сделает круг и вернется. Куда он от нее денется? Это даже смешно. Он появится вон из-за того угла, из-за вывески «Ремонт часов». Она пойдет ему навстречу, обнимет машину. Пусть он не успеет затормозить и задавит ее немножко.

Эля стояла четыре часа. С двух до шести. Это было их время. Сухой снег запорошил брови и волосы. В отдалении возвышался бронзовый Гоголь, ему намело на голову целую шапку. Большая ворона села на Гоголя, утопив лапы в снегу. Эля подумала, что сейчас ворона перелетит на нее. Решит, что еще один памятник.

Длинная черная машина остановилась против Эли. Из нее высунулся «папашка» с наполовину лысой головой и спросил на почти русском языке:

— Подвезти? — Видимо, это слово он выучил.

Эля не сразу поняла, чего он хочет.

— Подвезти? — повторил Папашка.

Эля сняла с головы шапку, которую она сама себе связала в прошлой жизни, резким движением стряхнула с нее снег. Сказала:

— Подвезти.

Папашка оказался представителем западной фирмы.

Работал в Москве по контракту.

Папашка — бизнесмен. Но не такой, как Коля. У Коли все шатко-валко, как дом из соломы у поросенка Нуф-Нуфа. Папашкин дом — на крепком фундаменте.

Фирмач в Москве имеет жизненные преимущества: еда в продуктовых «Березках», одежда в долларовых магазинах, машина иностранной марки, Большой театр и красивые женщины.

Папашка — вдовец. Его жена Паола умерла десять лет назад. Эля как две капли воды оказалась похожа на Паолу, только моложе и красивее.

Папашкина квартира находилась на Кутузовском проспекте, занимала половину этажа. Стены белые, крытые водоэмульсионной краской, а на стенах картины — русский авангард тридцатых годов. Папашка понимал толк в живописи.

Эля провалилась из развитого социализма прямо в капитализм. Это произвело на нее большое впечатление. Единственное, все время мерзло правое колено с правой стороны. Им она прислонялась к колену Ивана. А теперь было пусто. Потому и холодно.

Уходя на работу, Папашка оставлял список продуктов и кошелек с твердой валютой. Эля отправлялась в продуктовую «Березку». В магазине — вся еда, какая бывает в мире. И не в праздничных заказах, а так. Бери не хочу. Эти магазины среди Москвы как острова капитализма. Поражали метровые осетры, каких она видела только в исторических фильмах на пирах Ивана Грозного. Банки с икрой лежали штабелями. Иностранцы не торопились их покупать. Поговаривали, что из-за экологии — в икре ртуть, а осетры болеют рыбьим СПИДом.

Папашка любил сам накрывать на стол. Тонко резал на доске сыры, потом украшал зеленью, вырезал из перца звездочку, из апельсина хризантему. Будучи голодным, он тратил на эти приготовления по полчаса, но иначе он не ел. И так же относился к любви: долго, подробно, обстоятельно.

Эля обнимала Папашку, но мысли ее были далеко. В долларовой «Березке».

Она искала себе плащ. И нашла. И он ударил ее в сердце. И она его купила. А когда принесла домой — выяснилось: не идет. Оливковый цвет убивает. Понесла и поменяла. На светлый и длинный. Вернулась домой и посмотрела внимательнее — оказалось, что слишком светлый и слишком длинный. Подкоротила. Испортила. Все. Плащ пропал. На другой денег не дадут.

Эля не спала две ночи, просыпалась в кошмаре. Пыталась себя утешить: ну что такое плащ? Мануфактура. Не более. Но тут же находила прямую аналогию между мануфактурой и жизнью: нашла Толика, поменяла на Игоря, хотела обменять на Ивана. Укоротила. Теперь сидит в квартире с белыми стенами, как в сумасшедшем доме.

Игорь отнесся к Элиному зигзагу неожиданно легко. Оказывается, у него в группе была любовница — художник по костюмам. Она его не била. Она его понимала.

Прошлый Мишаткин — нищий запьянцовец, почти бомж — не мог бы внушить хоть сколько-нибудь стоящего чувства. Эля его отмыла, выпрямила, поставила на стержень и дала ему новую любовь. И Ивана вернула в семью, хоть у нее и не было таких задач. Но об этом лучше не думать, особенно по ночам. Не думать. Забыть.

Эля подарила плащ маме Игоря.

— Деточка, а я не старая для такой вещи? — усомнилась мама.

— Старых женщин не бывает, — объяснила Эля. — Бывают продвинутые в возрасте.

— А куда я это надену?

— А куда вы ходите?

— В магазин.

— Ну, значит, в магазин.

Мама Игоря гладила плащ, будто он был живой.

— У меня никогда не было такой красивой вещи, — сознавалась она. — А как его зовут?

Последний вопрос относился к Папашке.

— Норберт, — вспоминала Эля.

— Какое замечательное имя. Вы его любите?

— Что значит «любите»? — притворно не понимала Эля. — Хочу любить и люблю.

416

Эля хотела полюбить Папашку, но мешала «персияна». Персияна — это манто из бежевато-розового каракуля, должно быть, крашеного, ибо розовых овец не бывает даже в капитализме. Перламутровый туман мечты поднимался в Элиной душе: пройти бы в такой шубе мимо Ильи, мимо Верки-разводушки, мимо Ивана Алибекова...

Эля намекнула Папашке о персияне. Папашка тут же резонно заметил, что буржуазность не модна. Сейчас в моду вошли русские ватники, которые продаются в магазине «Рабочая одежда» и стоят одиннадцать рублей русскими деньгами. Они, правда, тяжеловаты, поскольку на вате, но без синтетики. Чистый хлопок.

Эля выслушала Папашку и сказала:

— Жмот.

Папашка согласился и объяснил причины своей жадности: он живет на проценты с капитала, а основной капитал не трогает.

Эля заметила, что для Папашки деньги — это занятие и хобби. Больше, чем деньги, он любил только свою дочь Карлу, двадцатилетнюю телку. И как догадывалась Эля, именно для нее он и приберегал основной капитал.

Папашка был вдовец. Значит, Карла — сиротка. Эта сиротка, судя по фотографиям, была ростом под два метра, волосы коротко стрижены и зачесаны назад, как у Сталина. Занималась медитацией и умела летать — в смысле «висеть над полом».

Жили, слава Богу, врозь. Папашка в Москве. А Карла — на Западе, в загородной вилле вместе со своим любовником-наркоманом. И сама наркоманила за милую душу. Видимо, в эти моменты она и летала.

В день рождения Папашка купил Эле кофточку — черная ангора, шитая золотом. Катя Минаева замерла от шока. Но Эля знала: ей кофточку, а Карле — маленький «фольксваген» с автоматическим управлением. Русские мужья дарили ерунду: коробку мармелада, букет цветов — но дарили на последние деньги. А Папашка на проценты с капитала. У него даже пальцы жадные, и он все время их нюхает: во время работы, во время еды. Невроз навязчивой привычки.

В Эле копилась духота.

И однажды сверкнула молния и грянул гром.

Эля потребовала от Папашки путешествия по Союзу. Она нигде не была, кроме города своего детства Летичева и Москвы. А существуют еще Азия с Хивой и Бухарой, Грузия с горой Мтацминда, где захоронен Грибоедов, Армения с Эчмиадзином, где лежит кусочек Ноева ковчега. Да мало ли чего существует...

Папашка легко согласился, видно, ему и самому хотелось попутешествовать. Но в сюжет неожиданно вмешался любовник Карлы.

Там, у себя на Западе, на своей улице он зашел в кафе, напился до чертей и метнул бутылкой в витрину бара, и теперь придется оплатить хозяину нанесенный ущерб.

Папашка горько посожалел о незапланированной трате. Он собирался вложить эти деньги в путешествие, а теперь все отменяется. Вот, оказывается, от чего зависит Эля: от того, как поведет себя в баре любовник Карлы, что взбредет в его наркоманскую голову. Эля затряслась и заорала на Папашку по-русски и даже по-татарски, поскольку утверждают, что русские нецензурные слова имеют татарское происхождение. Папашка ничего не понял, но это и не обязательно, ибо все было ясно из выражения Элиного лица. Такого лица никогда не было у его жены Паолы. Папашка вдруг понял, что прошлая жизнь, счастье ушли навсегда. Русская женщина с волосами светлыми, как луна, не стала ему близкой. А Паола умерла. И можно отдать не только проценты, но и основной капитал, — Паолу не вернуть. А он бы отдал. Босой и бездомный вышел бы на площадь, но с Паолой. Она не была так молода и так красива, как русская. Но она была ЕГО. А эта — чужая. Не считается ни с чем, что дорого: ни с его деньгами, ни с дочерью, ни с ее сложной жизнью. Не понимает и не хочет понять.

Папашка заплакал. Эля замолчала. Ее вдруг пронзила мысль, что он и она — люди на разных концах земли — потерпели кораблекрушение. И из двух обломков хотят составить один корабль, чтобы продержаться на волнах. А обломки не стыкуются. У них разные края. Они плачут.

Эля обняла Папашку и заплакала сама. И в этот момент в них обоих проснулось человеческое.

Эля вышла за него замуж. Регистрировались в загсе специально для иностранцев — красивом старинном особняке. Это тоже входило в жизненные преимущества.

Тетка с широкой лентой вокруг обширного тела изображала из себя фею с хрустальной палочкой. Она держала в руках пластмассовую указку и говорила торжественное. Папашка неожиданно рассмеялся. Тетка сбилась и замолчала. Эля испугалась, что все расстроится. Но обошлось.

Всю субботу пекли пироги, а все воскресенье их ели. Пироги были с яблоками, с вишнями, и вот эти, с вишнями, — были особенно вкусными.

Верка растолстела после двух родов, стала какая-то сырая, как непропеченный хлеб. Подарки приняла с благодарностью, но в глазах Эля уловила разочарование: «Миллионерка, могла бы и больше привезть».

В глазах Кислючихи Эля читала: «Вот ты не схотела, а Толик себе еще лучше нашел. Сиди теперь со своим барахлом, а мы будем с дитями».

Эля привезла Кислюкам прибор для измерения давления, поскольку оба были склонны к гипертонии. Прибор — вещь дорогая и незаменимая. Утром смеришь давление и знаешь, на каком ты свете — на этом или ближе к тому. Если что не так — принимаешь таблетку и живи дальше.

Кислюк обрадовался как ребенок, а Кислючиха вроде и не заметила.

Толику Эля привезла кожаную куртку, а Кирюшке по мелочи — доехать до нового дома. Однако Кирюшка сразу наотрез заявил, что никуда не поедет, потому что дружит с Гошей.

У Кислючихи настроение повысилось, а у Эли упало.

— Что же делать? — растерянно спросила она и посмотрела на Толика.

— Пусть вырастет, потом выберет, — сказал Толик.

— Нечего гонять по свету, как сухой лист, — строго осадил Кислюк. — Человек должен жить, где родился.

— Это почему? — спросил Толик.

— Потому что здесь дом. Земля.

— Научили вас... — заметил Толик.

— А вас чему научили? — встряла Кислючиха.

Эля поднялась. Вышла на крыльцо. В темноте лежала та же самая свинья, а может, другая. В небе — та же звезда.

Эля закурила.

Ночь тиха. Пустыня внемлет Богу. Эля вспомнила Игоря, его зависимость. И что же? Игорь ждет ребенка. И Толик живет, не умер. А что бы она хотела? Чтобы они голову пеплом посыпали?

Где-то недавно читала, что военный летчик на большой высоте потерял сознание. Самолет летел без руля и без ветрил, как Летучий голландец. Мог врезаться в другой самолет, мог упасть на землю. Но он блуждал, качаясь в воздушных потоках. Потом летчик пришел в себя и посадил машину на военный аэродром.

Так и ее жизнь, как неуправляемый самолет. Что-то с ней будет? Куда ее занесет?

Толик вышел. Остановился за спиной.

— Может, твоя мать права? — спросила Эля. — Надо было нарожать детей и поднимать их для жизни. Как Верка.

— Ты же не Верка, — ответил Толик.

Помолчали.

— Ты когда отваливаешь? — небрежно спросил Толик, скрывая за небрежностью большую печаль большой разлуки.

— Через месяц. У него кончается контракт.

— А ТАМ как, вообще? — поинтересовался Толик, имея в виду западную жизнь.

— Там работать надо, — ответила Эля. — И всем на всех плевать.

— Здесь тоже плевать, — грустно сказал Толик.

Вышла Верка, держа ребенка на выпученном животе.

— Засыпает, — сказала она и передала Толику сонную девочку.

Толик принял ребенка на грудь. Верка заботливо поправила ручки, ножки, как будто налаживала на Толике пуленепробиваемый жилет.

Улетали из Шереметьево-2.

Аэропорт был похож на раскинувшийся цыганский табор. Раскладушки, чемоданы, узлы и ожидающие сгорбленные спины, похожие на узлы. Не хватало только шатра и костра.

Эля заметила: в условиях вынужденного ожидания люди стараются жить, организовать свой досуг. Мужчина и мальчик играли в шахматы. Старуха в шерстяных носках лежала на раскладушке с покорным лицом. Казалось, ей безразлично — где ждать смерти: дома, в аэропорту или там, куда ее везут. А везут ее потому, что нельзя бросить и некуда деть.

Папашка привычно заполнял декларации. Эля озиралась по сторонам: все это напоминало массовый исход. Среди отъезжающих много прибалтов и армян. Она почему-то считала, что уезжают только евреи. В Израиль и в Америку. Израиль — историческая родина, а Америка — вселенское общежитие.

Эля не выдержала и спросила у блондинистого парня в летней кепке из нейлоновой соломки:

— Ребята, а вы чего едете?

Тот хмуро посмотрел глазами в воспаленных веках и не ответил.

Эля и Папашка прошли за стеклянную перегородку, которая отделяла провожающих.

Папашка сдал багаж.

Молодой парень в пограничной форме сидел в большой коробке за стеклом, как флакон в футляре. Строго изучал паспорта. Изучив, проверив визу, он дерзко взглядывал на обладателя паспорта, рассчитывая смутить человека в том случае, если у него нечиста совесть: если он провозит наркотики или оружие. Такой человек чувствует себя неуверенно и от взгляда начнет нервничать и выдаст себя с головой.

Люди бесстрашно встречали всевидящий взгляд, показывая, что им нечего бояться. И шли дальше, за дверцу, где уже начиналось другое бытие, которое определяло другое сознание.

Перед Элей стоял армянин. Чуть в стороне на узле сидела крошечная старушонка, похожая на черный ссохшийся корень. Она мелко тряслась — не то от холода, не то от ветхости — и могла только сидеть. Или лежать.

— Старуху покажите, — велел пограничник.

— А чего ее показывать? — удивился армянин.

— Мы должны видеть лицо.

Армянин шагнул к старухе. Приподнял ее под мышки, как ребенка.

Пограничник глянул в лицо — не лицо живого существа — и быстро опустил глаза.

— Идите, — разрешил пограничник.

— Ануш! — раздраженно позвал армянин.

Ануш — молодая женщина — стояла в стороне и смотрела, — за стеклянной чертой стояла половина ее улицы — друзья и родственники. Они сбились в табунок, смотрели на Ануш молча и мрачно, как будто прощались с покойником. Только покойник был живой.

Ануш впечатывала их лица в свою память.

Армянская семья задерживала очередь. Но их никто не торопил. Очередь подавленно молчала. Ждала.

— Ануш! — снова позвал армянин, опустив старуху. Она тут же села на пол.

У Эли на глаза навернулись слезы.

«Илья», — подумала она. Все плохое и несправедливое в жизни она связывала с Ильей. Хотя видит Бог, к карабахскому вопросу Илья никакого отношения не имел.

Папашка довез Элю от памятника Гоголю до маленького европейского городка.

Весь городок можно объехать за полчаса. В центре ратуша и публичный дом.

Три девушки, работающие в нем, висели в окнах, для удобства подложив под грудь подушки. Четвертая прогуливалась внизу и мерзла от худосочия.

Эля привыкла их часто встречать и здоровалась. Они отвечали. Девицы были не шикарные, как в кино, а весьма обычные деревенские девахи, похожие на Верку-разводушку в молодости.

Папашка много работал, уставал и мало разговаривал. А когда говорил — только о деньгах, а Эля о тряпках.

Раз в неделю заявлялась Карла, должно быть, за деньгами. Она открывала холодильник и зло спрашивала:

— Ты что отца вчерашними яйцами травишь?

На яйцах было проставлено вчерашнее число.

Каждую субботу и воскресенье ездили на уик-энд к родителям Папашки. Они жили в провинции в собственном доме.

Старику было восемьдесят лет, а старухе восемьдесят два. Из ума не выжили, да это и не важно. Эля все равно плохо знала язык и не понимала, о чем они говорят.

Старуха к приезду сына и невестки шла в соседнюю кондитерскую и покупала готовые пирожные с живыми ягодами: ежевикой, малиной, клубникой. Внизу узкий слой слоеного теста, сверху взбитые пресные сливки в три пальца высотой, а на них живые ягоды. И все это в тончайшей пленке желе, чтобы не разъезжалось.

Эля не могла удержаться и съедала четыре куска. Живот растягивался, подпирал диафрагму, было трудно дышать.

Эля вылезала из-за стола, прямо из комнаты выходила в сад покурить.

Участок перед домом был крошечный, куриный, но со стриженой травкой. На травке полосатые шезлонги. Столик. На столике фарфоровая свинья в широкой юбке и шляпке.

Когда-то уже было все это: та же тяжесть в теле, та же тоска, та же свинья. Только та была настоящая, а эта глиняная. И Карла вместо Кирюшки.

Стоило ехать так долго и многоступенчато, чтобы прибыть в ту же самую точку.

Муж курил за спиной, держа сигарету у лица, и казалось, нюхал пальцы.

ТЕЛОХРАНИТЕЛЬ

Татьяна и Валентина дружили всю сознательную жизнь. От десяти лет до пятидесяти. При этом Татьяна всегда снисходила до Валентины, а Валентина покорно соглашалась с такой расстановкой сил.

Валентина красивой никогда не была. С возрастом как-то выровнялась, а в ранней молодости — ни кожи ни рожи, ни рыба ни мясо. Глаза мелкие, как семечки, прорезаны косо. И такой же косой короткий рот. А в середине — кое-какой нос. Такое впечатление, что Создатель сделал это лицо, посмотрел и откинул в сторону. Не получилось.

Ее выдали замуж поздно и по сватовству. Нашли тихого, бледного, вяло-гормонального Толю и поженили. С тех пор прошло пятнадцать лет. Пришел Горбачев, и ушел Горбачев. Накатило новое время. Из тихого Толи получился воротила-бизнесмен, денежный мешок. Валентина обвешала себя иностранными шмотками, набила рот новыми зубами. И вот тебе новая улыбка, блеск в глазах. Глаза, конечно, как семечки, но блеск!..

Валентина в сорок лет родила сына Юрку — наследника миллионов. И все у нее, как у людей. И даже лучше, чем у людей. Купили загородный дом. Потом передумали и купили другой. Дома меняют, как обувь. А Татьяна живет в старой, скрюченной развалюшке. Но все равно — загород, все равно воздух.

У Валентины десятилетний сын. У Татьяны — десятилетний внук. Валентина отстала на двадцать лет. На целый сезон. Ну и что? А куда спешить? Зачем торопиться? Молодость Татьяны протекала совершенно в другом ритме и качестве. В молодости — кинозвезда, красавица. Мужья, любовники — все в кучу. А к пятидесяти годам все схлынуло. Прежде всего схлынула молодость. Режиссеры предлагают играть мамаш и бабушек, да и то если принесешь деньги на кино. Любовники постарели и осели возле своих жен. Муж остался, но на два дня в неделю: понедельник и четверг. А во вторник и пятницу он уходит в неизвестном направлении. У него это называется «библиотечные дни». Якобы он занимается в библиотеке, совершенствует свои знания.

Люди делятся на две категории. Одним удается первая половина жизни, другим — вторая: с сорока до глубокой старости. А в старости тоже хочется счастья. Старость — тоже хорошее время. Тем более что нет выбора. Человек может быть либо старым, либо мертвым.

Татьяне удалась первая половина. Было весело, много любви, азарта, радостного труда. Но к своим пятидесяти она подошла без единого козыря. Впереди — полный проигрыш, длинная дорога в отсутствие любви и смерти.

К счастью, подоспел внук Сережа. Сын женился и родил своего сына. И вот этот сын стал всем. ВСЕМ: и творчеством, и любовью, и поздним осознанным материнством. Татьяна ездила с ним на дачу на субботу и воскресенье, как теперь говорят, на уик-энд. И они мирно поживали эти два дня в неделю, ссорились, мирились, спали в одной комнате, и она по ночам слушала его тихое дыхание, и у нее в груди расцветали розы.

Когда-то, двадцать лет назад, она так же любила одного хмыря болотного, так же слушала в ночи его дыхание, и так же расцветали розы. Но эта любовь к ребенку была идеальной, потому что бескорыстной. А любовь к мужчине состоит из просьб и претензий. Татьяна хотела очень много, гораздо больше, чем он мог ей дать. Поэтому они ругались и разошлись в конце концов.

Сейчас, из глубины лет, Татьяна понимала причины, по которым не состоялась их большая любовь.

Первая причина — мамсик. Он любил свою маму и держался за ее юбку до седых волос. А вторая причина — деньги. Татьяна была бедная, как и все артисты в семидесятых годах. И, женившись на ней, он ничего не приобретал, кроме ее синих глаз и ее сына.

Сегодня, в свои пятьдесят лет, Татьяне было жаль, что она столько времени потратила на этого хмыря, правильнее, хмыренка, потому что он был невысокого роста. От этого ходил с прямой спиной и гордо поднятой головой. Комплекс маленького мужчины. А она думала тогда: вот какой он прямой и гордый, ни на кого не похожий. Бриллиант чистой воды. А бриллианты большими не бывают. Большие — только булыжники. Дура! Лучше бы сидела, как Валентина — тихо, в уголочке, дожидалась своего счастья.

За окном темень. Накануне все растаяло, потом подморозило. Дорога превратилась в каток.

Сережа сидел в гостях у Юрки. Они вместе играли в компьютерные игры. Валентина их покормит и приведет Сережу домой. И все будет хорошо, но Татьяне все равно неспокойно. В доме у Валентины с Сережей все время что-то случается: то заразился от Юрки скарлатиной, то прищемил дверью палец, сломал ногтевое ложе. Сережа покрывался холодным потом от боли, у Татьяны тогда чуть сердце не разорвалось. Однако сам прищемил. Никто не виноват. Никто никогда не виноват, а ее ребенок терпит ущерб.

Татьяна ждала Сережу из гостей и одновременно с этим смотрела телевизор. По телевизору заседала Государственная дума и решала судьбу страны. Женщины сидели с важными лицами. Лучше бы шли домой, варили суп.

Раздался телефонный звонок.

— Сережа не ест гречневую кашу с молоком, — нервно сообщила Валентина.

— Позови его, — попросила Татьяна.

— Але... — отозвался Сережа изнемогающим голосом.

— Ты устал? — догадалась Татьяна.

— Да...

— Я сейчас за тобой приду, — самоотверженно решила Татьяна. — Ты одевайся...

Сережа, по-видимому, стал одеваться, а Татьяна кинулась в темную скользкую мартовскую ночь.

Колеса машин продавили по бокам дороги глубокие канавки, и дорога напоминала перевернутое корыто. Следовало бежать точно посередине, но было темно и неспокойно на душе.

Валентина знает, что Сережа не любит гречневую кашу с молоком. Он любит колбасу. Каша — полезная еда. А колбаса — нет. Но Сережа любит то, что не полезно. У Валентины есть колбаса из дорогого магазина, хорошая дорогая колбаса. Но она жалеет для чужого мальчика. А гречку не жалеет. Жадная, как все богатые... Татьяна сейчас заберет Сережу домой, накормит, переоденет в пижамку, уложит в кровать. А Сережа будет лежать щекой на подушке и слабо улыбаться. Видимо, он бывает счастлив перед тем, как заснуть. Он бывает счастлив от близкого присутствия безграничной любви, любви без примесей. Одна только очищенная любовь, которая не уйдет, не предаст, не снизит градуса и не полиняет от времени.

Сейчас она его заберет, и они проведут вместе остаток вечера. Еще один счастливый вечер его детства. Потом он станет подростком, юношей. Начнется пора другой любви. Бабка со своей любовью как бы уходит в архив жизни, но эта бабушкина любовь остается на дне души и греет всю жизнь. Сережа бессознательно будет искать такую же любовь. И найдет. Или не найдет...

Вот этот поиск и составляет смысл жизни. Человек ищет счастья, гоняется за ним по кругу, как собака за собственным хвостом. Пока не устанет и не остановится. Пока не прозреет и не увидит, что бриллиант превратился в булыжник. Да он никогда и не был бриллиантом. Что розы в груди — это только физиология и больше ничего.

Татьяна уже не верит в любовь. Для нее смысл жизни — сама жизнь, солнце и книги, общение с себе подобными и просто печеная картошка — тоже счастье. Татьяну посетила угрюмая разумность, но в глазах поселилась неконтролируемая глубинная грусть. Если поверить в Бога, то грусти не будет. Придут смирение и покой. Но это если поверить.

Татьяна не видит себя со стороны и не контролирует свое лицо. А Сережа видит. Он любит свою бабушку и поэтому все чувствует. Он спрашивает: «Ну почему ты такая грустная?»

Потому, что превратилась из дуры в умную. Поэтому. Но ведь невозможно быть всегда дурой. Или всегда умной.

«Бабушка, ну почему ты такая грустная?» Нога Татьяны попадает на сгиб дороги, туда, где дорога скатывается в колею. Неординарная боль. Она на земле. Что произошло? Подвернула ногу. Упала. Полежала. Надо вставать.

Татьяна поднялась. Попробовала опереться на ногу, а ноги нет. Как будто вместо стопы — вата. Снова легла на дорогу. Подвигала стопой. Стопа сказала: «клок-клок...» «Сломала, — поняла Татьяна. — Плохо». Если бы накануне ей сообщили, что она сломает ногу, — такая перспектива показалась бы ей катастрофой. Судьба — катастрофа. Но сейчас, лежа на снегу, она восприняла случившееся как факт. Достаточно спокойно. Видимо, ЧЕЛОВЕК — невероятно умная машина. В случае большой психической нагрузки отключается блок паники. А может быть, это свойство характера: когда дело сделано и ничего нельзя изменить, надо смотреть только вперед и выходить поэтапно. Шаг за шагом. Медленно и неумолимо.

Она отползла с дороги на обочину, чтобы освободить от себя проезжую часть. Не хватало еще, чтобы по ней проехала машина. На обочине сохранился снег. Татьяна легла на снег и стала смотреть в небо. А куда еще смотреть в ее ситуации?

Плыла луна. Жизнь входила в новое качество. Там, в прежней жизни, все было не так плохо, как оказалось. Там были легкая походка, природа, длинные прогулки, движение. А движение — это жизнь.

Нога болела терпимо. Позже выяснилось, что вместе со связками и костями порвались внутренние ткани, кровь затопила нервные окончания, и они не передавали в полную меру сигнала боли. Так что вполне можно было терпеть, смотреть на луну и думать. О чем? Например, о том, что, если бы рядом с ней был муж, он пошел бы за Сережей и привел его домой. А она лежит в ночи на снегу. Пустая улица. Дома — за железными воротами, закрытые на тяжелые висячие замки. Дачники уткнулись в телевизоры. Кричи — не докричишься. А и услышат — не выйдут. Человек человеку друг, товарищ и волк.

Сережа, должно быть, уже оделся. Натянул даже варежки и шапку. Сидит, потеет. А Татьяна все не идет.

Валентина будет ходить из угла в угол, как тигрица в клетке. Потом они с мужем натянут на себя турецкие дубленки, возьмут Юрку, чтобы не оставлять его одного, и поведут Сережу домой. Следом увяжутся собаки — Бим и Шарф.

Значит, надо лежать и ждать, когда послышатся голоса и собачий лай... Но вдруг они пойдут другой дорогой? Что тогда? Тогда придется ползти. Перспектива ползти с переломанной ногой — катастрофа номер два. Но если понадобится — она поползет. А пока — ждать.

Луна плыла в своем космическом свечении. Иногда на нее набегали облака. Как могло случиться, что она сломала ногу? Дорога, как корыто, или Бог наказал. За что? За то, что ходила в последнее время с затравленными глазами. Не ценила свою жизнь, в которой было все: яркое прошлое, две руки, две ноги, голова, профессия, муж. Пусть он куда-то уходил, но ведь он возвращался. Был загородный дом с теплым светом в окошке. И Сережа, который разрешал себя любить и сам любил в ответ, хотя и пил соки. Пил соки и любил. Это, как правило, бывает одновременно.

Татьяна пребывала в унынии и тем самым гневила Бога. И он ее наказал. Может быть, так. А может, просто гололедица, когда сталкивались машины и ломались люди, и в травматологические больницы поступало каждый день по сорок человек.

Послышался лай собак. Детские голоса. Это были звуки из прежней жизни.

Первым на нее набежал Юрка. Он увидел Татьяну, лежащую на снегу, остановился. Замер, как столбик.

Юрка был нервный мальчик, почти псих. Дружба с ним неполезна Сереже. Рядом с Юркой он тоже становился нервным и неуправляемым. Но дружили они глубоко и искренне. И Татьяна предпочитала не вмешиваться. Зачем портить дружбу во имя какой-то абстрактной идеи воспитания. Способность дружить воспитает его гораздо глубже.

Юрка стоял и смотрел. Тут же подошли Валентина и Анатолий.

— Татьяна! Что с тобой? — громко и встревоженно вскрикнула Валентина.

— Я сломала ногу, — спокойно сообщила Татьяна.

Сережа нахмурился и отошел в сторону. Татьяна заметила, что он испугался и расстроился.

— Какой ужас... — оторопела Валентина. — Что же теперь делать?

— Пусть дети сбегают за санками, — распорядилась Татьяна. — Отвезите меня в дом.

Юрка обрадовался поручению и с гиком помчался за санками, которые стояли возле дома. Сережа задумчиво двинулся следом.

Валентина и Анатолий остались возле нее в некотором замешательстве. С одной стороны — человек с поломанной ногой, не бросишь и не уйдешь. А с другой стороны — уже двенадцатый час ночи. Анатолий должен через десять минут начать сон. У него завтра тяжелый день, на утро назначена встреча с поставщиками леса. Анатолий должен быть в форме, для этого необходимы восемь часов непрерывного сна.

Валентина смотрела в сторону и шумно дышала через нос. Думала о том, что на ее мужа облокачивается огромное количество людей, все думают, что он богат, и сосут, как пылесосы. А Анатолий не может отказать. И вот сейчас... Надо же было оказаться возле Татьяны в такую минуту. Теперь придется транспортировать ее в дом, как мешок с мукой. Потом куда-то звонить, вызванивать, сидеть рядом, ждать...

Татьяна сидела на снегу. Возле нее стояли равнодушные люди. И это тяготило не меньше, чем перелом.

Прибежали дети с санками.

Татьяна сама, опираясь на руки, стала перемещать себя с земли на санки и в этот момент ощутила ту боль, которая сообщила о большой поломке. Она громко охнула. Валентина в темноте поджала свой короткий косой рот. Видимо, воспринимала «ох» как давление.

Татьяна ехала ссутулившись и страдала от боли и от страха перед неопределенностью. Плакать не хотелось. Но если бы и захотелось, она не могла себе этого позволить. Сережа тоже стал бы плакать. А Валентина восприняла бы ее слезы как дополнительное давление.

На санках подъехали к дому. Впереди ступеньки. Татьяна поползла на коленях вверх по ступенькам. Боль стреляла в мозги.

Наконец она оказалась в комнате и на стуле, а ногу положила на диван. Сняла носок. Ступня смотрела вбок — как потом выяснилось, разорвалась связка и не держала стопу. Нога отекала на глазах, синела, как грозовая туча.

— Вот видишь, — поучительно проговорила Валентина, обращаясь к Анатолию. — И так тоже бывает в жизни. Ты должен наблюдать и набираться опыта.

Валентина чувствовала себя виноватой перед мужем и таким образом оправдывалась перед ним: твой режим сорван, но зато впечатления... Шоу. Все же лучше, чем ничего.

Татьяна была материалом, который разнообразил жизненные впечатления Анатолия. А сама по себе и ее страдания как бы ни при чем.

Анатолию стало стыдно за жену, и он сказал своим глуховатым голосом:

— Ну, ей-богу, Валя, ну что ты глупости говоришь...

Татьяна подумала краем сознания: с кем же она дружила? С кем-то другим. С другой. Раньше Валентина была некрасивая, но милая, с неповторимыми душевными качествами, вроде собаки-дворняжки: незатейливая, но умная, преданная до слез. У нее не было своей личной жизни, и она жила жизнью Татьяны, переживая ее зигзаги как свои.

А потом власть переменилась. Кто был никем, тот стал всем. И наоборот. В Валентине проснулись все инстинкты сразу: и продолжение рода, и забота о потомстве, и собственнический. Эгоизм

430

семьи. Семья — это все. А остальное человечество может переломать себе ноги и руки, выродиться от болезней и провалиться в тартарары. Анатолий иногда стеснялся своей жены, но в глубине души его это устраивало.

У Анатолия был талант «делать деньги». И он любил сына.

Анатолий откинулся на стуле. Его лицо было бледным и неподвижным, будто он его отсидел. Глаза оловянные, рот приоткрыт — можно было подумать, что он спит с открытыми глазами.

Нога расширялась и становилась как ведро.

— Тебе надо вызвать сына, — подсказала Валентина. — Пусть он отвезет тебя в больницу.

Татьяна представила себе, как ее сын поедет ночью по обледенелому корыту, разобьет машину, покалечится сам и они вдвоем окажутся в разных больницах.

— Я вызову «скорую помощь», — сказала Татьяна. — Это быстрее.

Сережа свалился и спал на диване.

— Хочешь, мы возьмем его к себе? — с готовностью спросила Валентина.

Это предложение означало: сейчас они возьмут Сережу, встанут, уйдут домой и лягут спать, и Анатолий получит свои восемь часов непрерывного сна.

Сережу растолкали. Он сидел с бессмысленными глазами.

— Поди возьми свою пижаму, — велела Татьяна.

Сережа ушел и вернулся с пижамой, держа ее как-то бесхозяйственно, в кулаке.

Валентина взяла из его руки пижамку, и они пошли.

«Ну, хоть так...» — подумала Татьяна. Крикнула вслед:

— Ты его не обижай!

Валентина могла дать мальчикам тарелки, в которых лежало бы разное, в пользу своего сына, разумеется. И Сережа обязательно бы заметил. И почувствовал себя непривычно.

— Не говори ерунды, — отозвалась Валентина из-за двери.

Татьяна осталась одна. Теперь можно заплакать. Но что это даст? Как говорит Сережа, «какого смысла»?

Татьяна позвонила в «Скорую». Отозвались довольно быстро. У дежурной был плоский жестяной голос.

Татьяна назвала причину вызова, адрес и свое имя.

— Вы та самая Татьяна Соколова? — удивилась дежурная, и ее голос перестал быть жестяным.

— Та самая, — подтвердила Татьяна.

— Сейчас приедем, — пообещала дежурная. — Ждите.

Вестибюль больницы оказался просторным, с мраморными полами, высокими потолками. Похоже, больницу строили в прошлом веке. Сейчас так не строят. Современное строительство — минимум затрат.

Одновременно с Татьяной в вестибюль ввезли на железной коляске подломанного бродягу. Он где-то упал и сломал ключицу. Бродяга был в грязной куртке, с волосами, слипшимися от грязи, и казалось, что по его лицу ползут вши.

На Татьяне тоже была довольно грязная куртка — дачная рабочая одежда. Она убирала в ней территорию и жгла костер. На первый поверхностный взгляд они с бродяжкой не особенно отличались друг от друга. Этакая опустившаяся парочка.

У бродяги была хрустальная мечта: остаться в больнице хотя бы на неделю, поспать на простынях, поесть по утрам горячую кашку. У Татьяны была противоположная мечта: наложить гипс и уехать из больницы как можно быстрее, в эту же ночь.

Вышла женщина-врач — сонная и раздраженная.

— Поспать не дают, — с легкой ненавистью сообщила она. — Везите на рентген...

Последние слова относились к медсестре.

Рентгеновский кабинет оказался закрыт. В него долго стучали, как в амбар, поскольку дверь была обита железом. Но так и не достучались. Кто-то куда-то ушел. Пришлось ехать в другой рентгеновский кабинет, в конец длинного коридора. Медсестра везла Татьяну, глядя перед собой светло-голубыми прозрачными глазами. Медсестра обладала внешностью фотомодели, но почему-то работала в травматологии. Имела место явная несправедливость, и Татьяна чувствовала себя виноватой.

Врач стала делать рентген. Уложила ногу. Татьяна чувствовала себя виноватой перед врачом за то, что не дала ей спать. Она была виновата во всем, и выражение лица у нее сформировалось зависимое, как у нищенки.

Врач сделала снимок, увидела перелом, и смещение, и разрыв связки, и все, что нужно. Вернее, не нужно, но было.

Врач стояла и раздумывала: смещение не особенно большое — и так срастется. В крайнем случае будет хромать.

— Сколько вам лет? — спросила врач.

— Пятьдесят, — ответила Татьяна.

Средняя продолжительность жизни — семьдесят пять лет. Значит, еще двадцать пять лет.

— Ваша профессия? — спросила врач.

— Актриса.

«Так... — подумала врач. — Актеры — народ эмоциональный. Лучше не связываться. Бабка из деревни — другое дело: уедет себе и будет там хромать покорно».

Врач решила отодвинуть себя от греха подальше, оставить Татьяну в больнице. Она села и стала писать историю болезни.

Татьяна достала деньги. У нее были только крупные купюры. Сдачи ведь не попросишь. Она протянула сонной и злобной врачихе убедительную хрустящую бумажку. Врачиха тут же проснулась и с удивлением посмотрела на денежный знак.

— Зачем? — удивилась она человеческим голосом.

— Иначе не заживет, — объяснила Татьяна.

Врачиха смотрела и моргала. Стеснялась. Боролась с искушением.

— Берите... — подбодрила Татьяна.

— Спасибо, — растерянно проговорила врач. — Как много...

Татьяна вздохнула и снова почувствовала себя виноватой за свое государство, которое держит врачей в нищете. Государство хамит и не стесняется. Татьяна успела заметить за свои пятьдесят лет, что государству стыдно не бывает. Оно потопит на теплоходе, завалит в шахте и не покраснеет. Не извинится. А даже если извинится, что изменится?

— Сейчас вас положат в бокс, — сказала врач. — А завтра переведут в отделение.

Татьяна проснулась рано, непонятно во сколько. За окном колыхалась серо-фиолетовая мгла. Окно было разбито, заделано фанерой. Оттуда тянуло холодом. Татьяна надела лыжную шапку. Она лежала на простынях под одеялом — в куртке, лыжных штанах, а теперь еще и в шапке. В чем приехала, в том и легла.

В боксе стояли еще две кровати. На них спали еще две подломанные женщины.

Татьяна заплакала — первый раз, через шесть часов после случившегося. Должно быть, в первые минуты природа отключает блок паники. А через шесть часов включает, чтобы человек все осознал и включился в борьбу.

Нога болела умеренно. Татьяна плакала не от боли, а от чего-то другого. Скорее всего от несправедливости со стороны судьбы. Мало того, что ушла молодость, яркость и любовь. Мало того, что впереди трагедия старости. Так еще и нога, резкое ухудшение качества жизни и неопределенное будущее.

За какие грехи? Грехи, конечно, были... Но другие грешат серьезнее и ничего за это не платят.

Татьяна лежала на спине. Слезы шли к ушам. И так продолжалось долго, до тех пор, пока в палату не вошла пожилая женщина-врач. Скорее всего она давно уже была на пенсии и подрабатывала на полставки.

Врач подошла к кровати, крайней от двери. На кровати лежала старуха с несросшимся переломом. Два месяца назад она сломала ногу с сильным смещением. Врачи не совместили отломки (наверное, тоже хотели спать), просто взяли ногу в гипс и отпустили домой. А после снятия гипса выяснилось, что отломки не срослись и стопа не работала.

— Как же так? — громко возмутилась врач.

— А я знаю? — спокойно удивилась старуха.

— Где вам накладывали гипс?

— В Градской.

— Вот туда и идите, — сказала врач. — Они напортачат, а м[ы] исправляй...

Старуха пожала плечом. Она ела яблочко, аккуратно откусывала, а врачебные разборки ее не интересовали.

Дежурный врач подошла к другой кровати. На ней лежала нестарая, но очень полная женщина с переломом шейки бедр[а]

— У вас вколоченный перелом, — сообщила врач. Женщи[на] решила сесть и стала приподниматься.

434

— А!.. — в ужасе вскрикнула врач. — Не двигайтесь! Вам нельзя шевелиться!

Женщина стала обратно опускаться на подушки.

— А!.. — опять вскрикнула врач. — Что вы делаете...

Ей нельзя было ни опускаться, ни подниматься. Нельзя ничего.

Врач присела на край кровати и осторожно стала спрашивать: есть ли близкие? Знает ли она, что такое пролежни? Их надо сушить кварцевой лампой. Женщина ответила, что близких нет, что живет она одна в однокомнатной квартире. Значит, кварцевой лампы не будет.

Татьяна слышала, что таких больных отправляют домой на долеживание. Есть такой термин: «долеживание».

Врач подошла к Татьяне. Спросила:

— И вы сюда попали?

Значит, узнала.

Татьяна не ответила, поскольку плакала. Слезы текли к ушам.

— Вас сейчас поднимут в отделение, — сообщила врач.

— А долго я буду лежать? — спросила Татьяна.

— Четыре дня, пока не спадет отек. Потом репозиция... В общем неделю.

Татьяна не могла перестать плакать. Но это никого не смущало.

Пришла нянечка — явно нездоровый, душевнобольной человек. Это было заметно по ее лицу и поведению. Она неестественно громко разговаривала, преимущественно нецензурными словами. Было невыносимо слушать мат от пожилого человека. Видимо, заработная плата на этой должности была столь низкой, что за такие деньги мог работать только сумасшедший.

Татьяна стала пересаживаться с кровати на каталку. Слезы изменили направление и потекли по щекам и подбородку. Татьяна положила в карман нянечки деньги. Нянечка заметила, и ее мат принял более благородный и благодарный оттенок. Она ввезла Татьяну в лифт и выкатила на четвертом этаже.

К ней подошел врач лет сорока, толстый, с большим ртом, как у младенца.

— Вас положат в двенадцатую палату, — сказал он. — Я лично буду вами заниматься.

Он смотрел ей прямо в лицо, рассматривал. Татьяна молчала. Слезы тянулись к подбородку. Врач тоже молчал какое-то время. Она ждала, что он скажет: «Не плачьте. У вас обыкновенный тривиальный перелом. Не вы первая, не вы последняя. Надо просто подождать. Потерпеть. И все кончится. А я вам помогу». И вытереть ей слезы со щеки. И заставить улыбнуться сквозь слезы.

Но врач подождал с полминуты и отошел с деловитым лицом. Ему было некогда вытирать слезы. Каждому не навытираешься.

В двенадцатой палате лежали еще двое. Седую старуху, похожую на Моцарта, навещала дочь, которая работала в администрации президента. Приносила передачи: красивые коробочки из супермаркета. От них веяло благополучием.

Возле окна размещалась молодая Рита — лет тридцати пяти. У нее был не перелом, а болезнь тазобедренного сустава — какая-то жестокая, хамская, непреодолимая болезнь. Она лежала в больнице каждый год по многу месяцев и всех знала. А все знали ее.

Рита, как выяснилось позже, имела мужа — тяжелого алкоголика, ребенка с врожденным пороком сердца и собственную инвалидность второй группы. Все это было погружено в глубокую нищету и полную беспросветность. Несчастья окружали Риту, как стая волков. И единственным местом, где она отдыхала и расцветала, была больница. Здесь ее кормили, жалели, лечили, любили. Здесь у нее был свой клуб.

В соседней мужской палате Рита нашла себе кавалера с переломом колена и возвращалась в палату на рассвете. И всякий раз ей мешали костыли Татьяны, которые стояли на ходу. Они падали и грохотали, будили старуху-Моцарта. Старуха зажигала свет, смотрела на часы, и все тайное становилось явным.

Старуха выражала сдержанный гнев, Рита накидывалась на Татьяну. В ее упреках сквозила классовая ненависть: актриса, дача, перелом самого мелкого сустава. Татьяна, как всегда, чувствовала себя виноватой и не защищалась.

Чеховская Маша из «Трех сестер» говорила: когда счастье получаешь не полностью, а по кускам, становишься злой и мелочной, как кухарка. Рита была злая и мелочная. При этом у нее было хорошенькое гладкое личико и глаза — живые, как у белки. Она быстро перемещалась, легко перекидывая на костылях свое маленькое тело. Когда она входила в соседнюю мужскую палату, там становилось весело, доносился дружный мужской гогот. Татьяна заметила, что подломанные люди — не ущербны. Личность не страдает. Страдают только кости.

Татьяна любила своего сына больше, чем себя, поэтому не сообщила ему о случившемся, не хотела дергать, отвлекать от жизни. Сын зарабатывал физическим трудом и очень уставал.

В десятом классе его стали интересовать две категории: пространство и время. Он поступил на физфак, параллельно посещал философский факультет. Но грянула перестройка, философы никого не интересовали. В это же самое время грянула любовь, семья, приходилось зарабатывать деньги. Сын пошел в строительный бизнес, клал дубовый паркет новым русским. Когда Татьяна спросила: «Почему именно паркет?» Он ответил: «Голова свободна. Можно думать».

У мужа, наоборот, кривая его жизни пошла резко вверх. Он возглавил акционерное общество и ездил по всему миру. В данную минуту времени он находился в Финляндии, в длительной командировке.

Рядом с ней — никого. И это Татьяну устраивало. Чем они могли помочь? Только сочувствовать и сокрушаться.

Сочувствовать нужно при душевной травме, а физическую травму лечат хирург и время.

Татьяна решила тихо отсидеться в больнице, но сын появился в первый же день. Взял стул, сел возле матери. Снял очки, Татьяна увидела его встревоженный взгляд. Она приняла этот взгляд спокойно и даже вызывающе.

И через минуту они уже покатывались от хохота. Так они общались, был у них такой прикол: все через шутку, ничего трагического. А что в самом деле трагического? В крайнем случае будет хромать. А могла бы сломать бедро и отправиться на долеживание, как Лиля Брик, любимая женщина Маяковского. Ее отправили на долеживание, и она покончила с собой. А Татьяну оставили в больнице и будут делать репозицию. Что такое репозиция? Возвращение на прежнюю позицию. Приставка «ре» — это хорошо. Ре-волюция. Ре-генерация. Де-генерация. Значит, приставка «де» — плохо. А «ре» — хорошо.

У сына был развит тонкий юмор. Он прятал за юмором свой страх и тревогу. Он рассказывал, как среди ночи ему позвонила Валентина, жутким голосом, и он в первый момент подумал, что Татьяна померла.

Они снова принялись смеяться, но среди смеха Татьяне вдруг стало пронзительно жаль себя, и она вытаращила глаза, чтобы не заплакать, и опять это было смешно — вытаращенные глаза.

Татьяна стала рассказывать, как она час лежала на дороге и смотрела на луну, а куда же еще смотреть? Не будешь ведь разглядывать дачные заборы? Вверху все-таки интереснее... Космос...

Сын спросил, когда ее выпишут. И задумался: как ее транспортировать.

— В «Ниву» ты не залезешь, — подумал он вслух.

— Давай отцовский «Москвич».

— Отец в Финляндии, — напомнил сын.

— Придется взять «жигуленок» твоей жены.

Рита лежала на своей кровати и слушала, как они листают машины: «Нива», «Москвич», «Жигули»... Брезжила другая жизнь, так непохожая на ее. Ее жизнь: муж, валяющийся в наркотической отключке, густой запах перегара — запах беды. И ребенок с синими губами сердечника.

Сын засобирался уходить. Надел черные очки. Странная мода. Некоторые телевизионные ведущие появляются в черных очках. Лица не разобрать. Без глаз — какое лицо... Зато видны сильные молодые плечи... И подразумевается все остальное, тоже молодое.

Сын вышел в серый больничный коридор. Пошел, легко перекатывая свое тело на здоровых коленях, здоровых лодыжках. А мимо него бредут калеки на костылях. Калеки не видят здоровых. А здоровые не видят калек. Как живые и мертвые. Параллельные миры.

Среда — операционный день. У Риты операция. У Татьяны — репозиция.

Риту отвезли в операционную. Татьяну — в перевязочную. Ее лечащий врач по имени Иван Францевич и его помощник — рыжий малый лет двадцати шести — посмотрели на свет рентгеновский снимок, определили на глазок — где и куда надо подтянуть. Потом вырубили Татьяну уколом, как ударом, и стали крутить стопу — на глаз. Примерно. Зафиксировали гипсовой повязкой и повезли на рентген.

Посветили. Посмотрели. Вроде бы сложили. А вроде нет.

Но если опять начать крутить — как бы не сделать хуже. Пусть будет все как есть.

Татьяна пришла в себя. Увидела толстые щеки и рот Ивана Францевича. Спросила:

— Вы из Прибалтики?

— Нет. Я немец. Вернее, мой отец немец.

— Этнический?

— Нет. Современный. Из Мюнхена.

— А сейчас он где?

— В Мюнхене.

«Немцы — хорошие специалисты, — подумала Татьяна. — Наверное, он все сделал хорошо...»

И заснула. Во сне нога болела, как будто ее грызли крысы. И было непонятно, почему стопа начала болеть после того, как ее поставили в правильную позицию.

Рита тоже спала после операции и стонала во сне. В этот момент жизни у них все совпало: больничная койка, боль, страдание на людях и тоскливое сознание, что так будет всегда. И уже никогда не будет по-другому.

Татьяна открыла глаза, смотрела в потолок. У нее была одна мечта: чтобы боль ушла, отпустила. Больше ничего не надо: ни любви, ни славы, ни молодости, ни богатства. Ничего.

«Любовь — мура. Главное, чтобы ничего не болело». Так сказала жена любимого человека. Жена уже что-то подозревала. И защищалась таким образом: любовь — мура. И то, что между вами начинается, — тоже мура. Главное, чтобы ничего не болело.

Тогда Татьяна подумала: какая глупость... Разве есть что-то важнее, чем любовь?

Оказывается, есть. Две целые лодыжки.

Но это сейчас. А тогда она согласилась бы отдать все имеющиеся суставы, только бы видеть, слышать, чувствовать любимого человека. Какая она была тогда красивая, туманная, нежная. Любовь поднималась в ней, как заря.

Через три дня был обход главного врача больницы. Он выглядел как патриарх — седоволосый, значительный, с большими и теплыми южными глазами. За ним двигалась свита врачей. И Францевич среди них.

Остановились возле Риты. У Риты двое суток держалась температура сорок. Послеоперационное осложнение. Рита привыкла к несчастьям. Пусть будет еще одно. Она не понимала в медицине и недооценивала опасности нагноения в суставе. А врачи понимали. Молчали.

— На кого грешите? — осторожно спросил седовласый профессор. Он хотел уяснить степень опасности для себя лично. Что будет делать больная? Какие предпримет контрмеры? Подаст в суд? Потребует денежную компенсацию за физический и моральный ущерб? Обратится в газету и опозорит на весь свет? Или и то и другое?

— Грешите? — удивилась Рита. Ее поразило само слово. — Я ни на кого не грешу.

Профессор успокоился. Больная — обычная темная дурочка с совковой покорностью. Ей и в голову не приходило с кого-то спросить. Она была благодарна за то, что ее лечат бесплатно. На Западе такая операция стоила бы тысячи долларов.

Несколько поколений, включая Ритино, воспитывалось на примере Павки Корчагина. Революция отняла у него здоровье. И в двадцать шесть лет, будучи калекой, он лежал и прославлял эту революцию. И Рита с инфекцией в суставе лежала, исполненная благодарности к врачам. И ее глаза светились от высокого чувства и высокой температуры.

Главный врач величественно кивнул. Отошел. Следующая была Татьяна.

— А где снимок? — спросил профессор.

Францевич неопределенно повел рукой, дескать, где-то там, но случай тривиальный, закрытый перелом, ручная репозиция, ничего особенного, заслуживающего профессорского внимания.

На фоне Ритиного осложнения ее случай действительно выглядел почти симуляцией. Но тем не менее...

Почему Францевич не показал снимок? Татьяне это не понравилось. Что-то царапнуло внутри. Может быть, он скрывал свою медицинскую ошибку?

Татьяна постаралась подавить в себе подозрительность. В конце концов она — в специализированной больнице. Францевич — немец. Почему надо думать худшее?

Впоследствии Татьяна часто возвращалась в эту точку своей жизни. Надо было ПОТРЕБОВАТЬ снимок. Попросить дать письменное заключение. Надо, чтобы они БОЯЛИСЬ.

Последняя в палате — старуха-Моцарт. Профессор был особенно внимателен, потому что ему звонили из администрации президента. Он уважал два фактора: ВЛАСТЬ и ДЕНЬГИ.

В остальных случаях — как получится. Повезло — твоя удача. Не повезло — се ля ви.

Туалет находился в конце длинного коридора. Татьяне было запрещено наступать на ногу, и она скакала на костылях по скользкому кафелю. И пока добиралась в одну сторону, а потом в другую, три раза обливалась потом и отчаянием.

Скорее бы домой...

Наконец настал день выписки.

Забирать пришли сын и невестка Даша. Даша — стюардесса, они и познакомились в самолете. Она показалась ему заоблачным ангелом. У ангела — тяжелая жизнь. Прежде всего не полезна сама высота. Во-вторых, приходится бросать семью. С ее красотой и знанием языка вполне можно было найти наземную службу. Но деньги... Даша летает. Сын ползает. Кладет паркет, тридцать долларов за метр. Если дубовый — пятьдесят.

Татьяна сначала стеснялась: непрестижно быть паркетчиком. Но сын объяснил: непрестижно быть бедным и сидеть на шее у жены.

Даше и сыну дали кресло-каталку, и они торжественно и весело выкатили Татьяну из больницы.

Возле своего дома Татьяна вылезла из машины и кое-как доскакала до лифта, от лифта — до двери. И наконец опустилась в свое кресло. ВСЕ! Вот где счастье: опуститься в кресло и почувствовать, что ты дома. Что будет дальше — это дальше. А пока что ты — дома.

Потянулись дни, похожие один на другой. Татьяна сидела в кресле с загипсованной ногой, выставив ее вперед, как ружье.

Это была репетиция большой старости: неподвижность и зависимость от других.

По ночам не спала от боли. Днем боль притихала, как будто боялась света. А ночью выходила из засады — наглая, как крыса, уверенная в своей силе.

Молодая семья: сын, Даша и Сережа — временно обитала в ее доме, поскольку делала у себя ремонт. Подвернулась дешевая бригада молдаван: они брали в десять раз дешевле, чем московские шабашники, и в двадцать раз дешевле, чем югославы и турки.

Сын воспользовался моментом и перестроил свою квартиру на современный лад: сломал стены, объединил одно с другим. Квартира обещала быть белой и просторной, как в западных каталогах.

Татьяна поначалу обрадовалась совместному проживанию. Дети будут ухаживать за ней, холить и лелеять. А перед глазами прекрасное видение — внук Сережа, что само по себе лучше всяких лекарств. Они будут подавать стакан воды. Приносить книгу и очки. Даша будет готовить и приносить тарелку. И уносить тарелку.

Все так и было. Пока не надоело. ИМ не надоело. Сострадать долго — невозможно. Вот что она поняла. Сострадать можно недолго. А когда тянется изо дня в день, из недели в неделю и не видно конца — надоедает.

— Даша...

— Ой... ну что?

— Лекарство...

— Ну положите рядом. Поставьте термос с водой...

Звонит телефон.

— Сережа, сними трубку, — просит Татьяна.

— А почему я? — И идет мимо.

— Между прочим, я из-за тебя сломала ногу, — напоминает Татьяна.

442

— Ну что ты такое говоришь? — вмешивается сын. — Что ты на него вешаешь?

Сын прав. Но, в конце концов, имеет она право на сострадание?

Муж сочувствовал в первые минуты, когда узнал. Он мотал головой, как лошадь, на которую сел слепень. Возможно, он сострадает и дальше, но при этом ходит в бассейн, на теннис, читает газеты и смотрит по телевизору новости по всем программам.

Подруги по телефону ахают и охают. Одна принесла костыли, другая сварила холодец, говорят, это полезно при переломах. Третья притащила мумие. Прибежали — убежали. Поохали, отвлеклись. Собственная жизнь подпирает, толкает в зад, бьет в лоб, задает неразрешимые вопросы. Страна с лязгом переводит стрелки с социализма на капитализм. Поезда сталкиваются и летят под откос. Теплоходы тонут в черной ночной пучине. Земля разверзается и поглощает дома, улицы. Поглотила и сомкнулась. Как будто и не было ничего. Конец света. Апокалипсис. На этом фоне — двусторонний перелом лодыжки одной стареющей актрисы...

Татьяна скачет на кухню и по дороге натыкается на свое отражение в зеркале. Голова с растрепанными волосами, как кокосовый орех. Глаза затравленного зверя. Кого? Собаки? Медведя?

У поэта Семена Гудзенко есть слова: «Не жалейте о нас, ведь и мы б никого не жалели». Это единственная жестокая и честная правда. И она себя тоже не будет жалеть. Просто передвигаться метр за метром — медленно и тяжело: скок... опора на костыли и снова скок...

Вот и все.

Через десять недель сняли гипс.

Иван Францевич разрезал специальными ножницами и раздодрал руками тяжелые оковы. Татьяна наступила на ногу, и в ее глазах вспыхнула паника. Она наступила на острую боль.

Сделали контрольный снимок. Татьяна ждала. Францевич вышел и сказал, что все в порядке, но снимок должен высохнуть. Современная аппаратура снимает, проявляет и сушит одновременно. Но их больница не располагает такой техникой. Нужно подождать, пока пленка высохнет.

У Татьяны что-то царапнуло внутри. Почему он не отдает ей снимок... Однако выражать недоверие вслух — это все равно что уличить в воровстве или мошенничестве. Она полезла в сумку и протянула ему конверт с деньгами. Францевич взял деньги спокойно и с достоинством. И это успокоило. Если человек берет деньги, значит, считает свою работу сделанной и качественной.

Они стояли и беседовали на светские темы. Не как врач и больная, а как врач и актриса. Как мужчина и женщина. Францевич поделился, что хочет построить дачу. Татьяна заметила, что на врачебные гонорары дачи не выстроишь. Францевич намекнул на папашу из Мюнхена. Он с ними не жил, но материально поддерживал. Оплачивал свое отсутствие.

Татьяна не кокетничала, но видела, что Францевич хочет ей нравиться. Мужчины тоже хотят нравиться, как и женщины.

Раздался телефонный звонок, и хриплый, прокуренный женский голос назвал свое имя: Люся. И предложил принять участие в кинофестивале, который состоится в курортном городе.

— В каком качестве? — удивилась Татьяна.

— В качестве Татьяны Соколовой.

Голос незнакомой Люси показался теплым, красивым, с оттенком богемности.

— Я сломала ногу, — доверчиво сообщила Татьяна.

— Вы в гипсе?

— Нет. Гипс сняли.

— А что вам мешает?

— У меня болит нога.

— Вот там и полечите. Это же море. Солнце. Виноград.

Боже мой... Где-то есть море, солнце и виноград. И фестиваль.

— А когда? — спросила Татьяна.

— Через два месяца. Сентябрь. Бархатный сезон.

Вот теперь можно сидеть и ждать, ходить и ждать, жить и ждать. Потому что впереди есть сентябрь. Бархатный сезон.

Первый раз Татьяна увидела ЕГО на открытии.

Собираясь на открытие, замотала лодыжку эластичным бинтом и, чтобы скрыть потраву, надела выходные черные шелковые брюки и шелковый пиджак цвета горчицы.

Выражение затравленности сошло с лица, но не до конца. Оно смывалось только улыбкой. Но тоже не до конца.

Волосы лежали так, как надо. Перед отъездом Татьяна посетила самую дорогую парикмахерскую. Среди зеркал, белой мебели, искусственных деревьев и цветущей юности молоденьких парикмахерш она чувствовала себя как куча хлама. Ей вымыли голову, замотали полотенцем, и из глубины зеркала глянула старая медведица, которая почему-то захотела сделать прическу.

Но вот прическа сделана. Волосы летят и ложатся. Волосы — что надо. И костюм — что надо. Дорогая существенная женщина.

— Познакомься, это молодой режиссер из Акмаллы. Алеша Горчаков.

«Что такое Акмалла? Город? Штат? Это у нас или в Америке?»

Позже выяснилось, что это провинция в провинции. Так что Алеша Горчаков провинциален в квадрате.

Он поворачивает голову очень медленным и плавным движением. Светлые волосы зачесаны назад и забраны в хвостик.

Красивый, но скорее странный. Светлые волосы, светлое лицо, от него идет какое-то лунное свечение. И особый взгляд — всасывающий, вбирающий — вот отсюда, наверное, и странность. От взгляда. Позже она ему скажет:

— Ты так смотришь, как будто зовешь на Гаити. Но у тебя только сын, жена-татарка и долги. И больше у тебя нет ничего.

— Это правда, — отзовется он. — Но не говори так. Это раздевает меня. Это очень страшно слышать.

А она будет смотреть в его лунное лицо и думать: «Не надо Гаити. Возьми меня в свою коммуналку, я буду жить в одной комнате с татаркой, не спать с тобой, водить твоего ребенка в детский сад...»

Это неправда. Она не хочет в коммуналку. Она хочет только его. Но для этого надо быть молодой. Или в крайнем случае ровесницей. На десять лет меньше, чем есть. А вот этого добиться невозможно. Можно сыграть роль сатанинской силы и божественной нежности, можно заработать все деньги мира (непонятно зачем). Но нельзя стать живой, если ты умерла. И нельзя стать молодой, если ты стара. Время движется только в одну сторону, к сожалению...

— Познакомься, это молодой режиссер из Акмаллы.

Светлые волосы забраны в хвостик. Лицо — кадр из Лукино Висконти. Всасывающий взгляд. Черная пара. Бабочка.

— Татьяна Соколова. — Она протягивает руку.

— Я знаю. Ваш портрет у меня над кроватью.

Ее портреты продавались двадцать лет назад. Прическа под Брижит Бардо. Мода двадцатилетней давности.

Он склоняется, целует руку. Нет, кажется, не целует. Просто смотрит. Забыла...

Тогда она отошла. Ее отвлекли. Вокруг так много людей, так много знакомых, много вина, оживления, ожидания счастья.

Татьяна не видела многих по десять, двадцать лет. Страна развалилась, и все разбежались по углам. Но живут как-то. А вот как?

Татьяна переходила от одной группы к другой.

Ее поколение постарело. Как все изменилось! Боже... Неужели это он? Или она? Но после первого шока, который надо скрыть, наступает быстрое привыкание. И уже после тридцати секунд возвращается прежний облик, и уже не видишь разницы. Вернее, так: видишь, но прощаешь.

К Татьяне подходит режиссер, с которым когда-то работала. Он был всегда холостой и всегда голодный.

— Ну, как ты? — спросила Татьяна.

— Торты развожу.

— Как это? — удивляется Татьяна.

— Очень просто. Купил прицеп. И развожу. А что тебя удивляет?

Раньше он снимал кино. Теперь его кино никому не нужно. Оно осталось в прежнем времени, а если честно, то и там не осталось. Снимать кино было его времяпрепровождением. Образом жизни. Он утром вставал и шел снимать кино. А теперь встает и едет за тортами. Потом развозит их по адресам. А почему нет?

Справа от Татьяны с бокалом шампанского — молодая актриса. На ней женский смокинг. Белая полотняная рубаха. Черное и белое. Косметика такова, что создается впечатление полного ее отсутствия. Чистое лицо. Молодое монашеское лицо с чистым помыслом в глазах. Вот так: с чистым помыслом и бокалом шампанского. Красиво.

— Как вы живете? — спрашивает Татьяна. Нейтрально. Обтекаемо. Не захочет — не ответит.

— Работаю в поликлинике. Я же врач. Физиотерапевт.

Она имеет медицинское образование и четыре приза за лучшую женскую роль. Приходит человек в поликлинику, входит в кабинет, а его обслуживает кинозвезда. Интересно.

Грохочет музыка. Люди пляшут, как умеют. Татьяна обожает смотреть на танцующих. Для нее это шоу. Пластика говорит о человеке очень многое. Из какой он подгруппы: собака, или кошка, или парнокопытное. Кто его предок: славянин, татарин или еврей. Как он умеет любить: грубо или изысканно. Все это проступает через танец.

Вот отплясывает старый знаменитый писатель. Он знает про то, что знаменит. А про то, что стар, — не знает и даже не догадывается. Ему кажется, что он молод. Недавно он перенес какую-то мощную операцию, потерял половину внутренних органов. Но ожил. И теперь делает кренделя руками и ногами. Он вспотел, лицо сосредоточенное, трудится вокруг роскошной женщины, представителя банка. Банкирша возбуждена музыкой, высшим обществом и своей властью. Властью денег. Пришло ее время. Раньше она была помрежкой, девочкой на побегушках: подай-принеси, а теперь у нее свой частный банк. Кто был никем, тот стал всем.

Писатель обтанцовывает банкиршу со всех сторон. Татьяна смотрит на него с нежностью. Танцуй, живи. Всякое страдание должно быть оплачено радостью.

Вокруг стола едят и пьют ее ровесники: от пятидесяти до шестидесяти. В основном это лысые мужчины с животами. Жир имеет манеру откладываться в животе. Там у него депо. Складское помещение. Губы лоснятся от еды. Выражение лиц сытое и сонное. Все, что они замыслили в молодые годы, — выполнено. Жизнь состоялась. Они это осознают. Удовлетворенно и сонно смотрят перед собой.

Татьяне не хочется возле них останавливаться. Можно, конечно, остановиться, и перекинуться парой слов, и пошутить. Только зачем? Гораздо интереснее тот, из Акмаллы, который чего-то хочет и карабкается, ломая ногти, и плачет от досады и втягивает взглядом, непонятно зачем. Так, на всякий случай.

Он подходит и приглашает танцевать.

— Я не могу, — виновато улыбается Татьяна. — У меня сломана нога.

— Где? — не верит он.

— Где надо.

— А мы медленно.

Он обнимает ее у всех на глазах. Если бы один на один — тогда стыдно. А у всех на глазах можно. И они входят в человеческие волны. Он что-то спрашивает. Она не слышит. Музыка. Он близко подвигает губы к ее уху. Касается губами. Татьяна отодвигает ухо, и его губы движутся по ее щеке. Зачем все это? Что он хочет? Наверное, московскую прописку? Он хочет жить в столице. Снимать кино. Хочет, чтобы о нем заговорили. Он уже видит себя на обложке журнала: черный глянцевый фон, лунное лицо — бесстрастное, как мираж.

Они танцуют лицо в лицо. Его дыхание восхитительно. Это запах английского табака, хотя откуда табак? Да еще английский. И еще это запах дорогого коньяка. А вот это возможно. Фестиваль раскручен на полную катушку. Устроители ходят, как хозяева жизни. По углам, стараясь не выделяться, стоят телохранители, молодые, кудрявые, комсомолообразные. Отдаленно, каким-то чутьем, Татьяна понимает, что фестиваль — крыша для чего-то еще. Что-то под этой крышей варится, отмываются бешеные суммы. А киношники, наивные люди, — маленькие фигурки, пешки на шахматном поле большой перестройки. Пейте, ребята, ешьте. Поздоровайтесь друг с другом, спляшите. Обнимитесь, в конце концов.

Да. Мы спляшем, и поприветствуем друг друга, и обнимемся. У нас — наша безденежная компания. Мы ходим другими кругами. Но зато нас не убьют на собственной лестничной клетке. С нас нечего взять.

...Все стоят. Сидит только старая актриса. Она — из девятнадцатого века. Ее приглашают на кинофестивали как знак сталинской эпохи. И она ездит. Она говорит: «Пока ходишь, надо ездить».

Все стоят, а она сидит. У нее гордые глаза. Она боится снисходительного тона. Боится, что кто-то подойдет и начнет разговаривать громче, чем надо, как со слабоумной, выжившей из ума. Старая актриса спускает с поводка гордый взгляд. Охраняет свою территорию. Не сунешься.

Между столами ходит одинокий гениальный мальчик. Критик. Он влюблен в другого мальчика. Но другой мальчик влюблен в девочку, актрису. Критик ходит, наполненный нежностью, не знает, куда ее девать, свою нежность. Она его душит, зажимает нос и рот, берет за горло.

Он подходит к старой актрисе и садится рядом. Они без слов чокаются. Все ясно и так. Праздник вокруг, как дождь. А они в шалаше своего одиночества. Ее одиночество — это ее возраст. Отсутствие будущего. А у него перепутан пол. Вернее, он вобрал в себя всю красоту и всю нежность обоих полов. Куда ее деть?

Татьяна в середине жизни качается с полуночным ковбоем из Акмаллы.

Режиссер, развозящий торты, берет со стола бутылку водки и прячет в свой портфель. Утром захочется опохмелиться, и он это сделает за счет фестиваля. Лицо у него целеустремленное. Цель — не грандиозна. Мелковата цель — выпить на халяву.

Девушка-врач вздыхает прерывисто. Ах, как много стало таких вот мужчин, стремящихся к халяве. Что же делать... От жадности нет рецепта.

Жадность, любовь, надежда, одиночество — все это сплелось и кружится над головами, как роза ветров. И нога работает. Болит, но работает. На нее можно опереться. Спасибо, нога.

Татьяна отходит от полуночного ковбоя и забывает его. Зачем он нужен? И он тоже забывает Татьяну. Зачем она ему?

Впереди фестиваль. Солнце. Море. И виноград. Все, как обещали. И никаких обязательств ни перед кем. Счастье в чистом виде.

Старая актриса стеснялась раздеваться при людях и уходила далеко по песку, туда, где кончались люди. Гениальный мальчик, критик по имени Антон (его почему-то зовут Антуан), тоже стеснялся своего тела. У него лишний вес, и он не любит обнажаться. Он уходил далеко вдоль моря. Садился на песок и бросал камешки в воду. Камешки подскакивали на волнах.

Старуха при виде Антуана накидывала на себя махровое полотенце. Но потом заметила, что Антуан ее не видит, как если бы она была пень или камень. Ее это устраивало. И она тоже не видела его лишнего веса — просто грустный мальчик, молчаливый и умный. И очень хорошо воспитан.

Камешки должны быть небольшие. Но и не совсем маленькие. Определенный размер. Старая актриса ищет ему камешки, он их берет из ее руки. Кидает. Думает о мальчике, который думает о девочке. Все смотрят друг другу в затылок. А вдруг все разом повернулись бы друг к другу лицом? Тогда девочка полюбила бы другого мальчика. А другой мальчик — Антуана и пошел бы с ним на край света. И они оба сейчас вместе кидали бы камешки.

— У вас есть семья? — спрашивает Антуан.

— Мой сын в Америке... — Актриса замолкает. Потом добавляет: — А с мужем мы разошлись.

Антуан метнул очередной камешек.

— Я сама его бросила, — уточняет актриса. — Хотела быть честной. Дура.

— Вы полюбили другого? — догадался Антуан.

— Я пришла к нему и сказала: я люблю тебя, и я свободна.

— К кому? — не понял Антуан.

— К другому. А он ответил: «Ты самая необыкновенная женщина. Я тоже тебя люблю. Но еще больше я люблю свободу».

Старую актрису перетряхнули воспоминания. Она никогда и никому не рассказывала о главной ошибке своей жизни. О том, как села между двух стульев. И осталась одна.

— Когда это было? — спросил Антуан.

— Перед войной.

— Его убили? — спросил Антуан.

— Представьте себе, нет. Не убили и не посадили. Он жив. У него прекрасные дети.

Антуан поднялся и пошел в воду. И поплыл. Волны омывали его большое тело. Антуан лег на спину и стал думать о мальчике. Нежность тянула ко дну. «Во мне столько нежности, что пора ее утопить», — подумал он.

Антуан вспомнил, как три дня назад они разожгли на берегу костер и просидели всю ночь. Мальчик лег на песок и заснул. Антуан услышал запах паленой резины. Он понял, что в угли попал его каблук, надо было отодвинуть ногу. Но он боялся пошевелиться, чтобы не разбудить мальчика. Антуан замер, смотрел на огонь, вдыхал каучуковый смрад. Это была самая счастливая минута за всю его двадцатичетырехлетнюю жизнь.

Антуан мечтал постареть, чтобы груз нежности истаял, истлел, не был таким тяжелым, как колесо наехавшего поезда.

Актриса старая, из эпохи мезозоя. Но если не смотреть на нее, а только слушать, то кажется, будто сидит женщина лет сорока. Не больше.

Антуан вышел на берег. Надел черную майку с большими красными буквами, вельветовые штаны. И пошел по берегу. Старуха смотрела ему вслед, на его походку, на руки, висящие вдоль тела. И в ее душе рождалось что-то хорошее, теплое, родственное. Это чувство нельзя было оформить ни словом, ни поступком, и она улыбалась — чуть-чуть, легким движением губ. И смотрела долго, до тех пор, пока его голова не затерялась среди других голов. «Прощай, мое сокровище». Это у кого-то уже написано. И если разобраться, жизнь только из этого и состоит, из коротких и долгих прощаний. «Прощай, мое сокровище».

Старуха вошла в море и поплыла.

Соленая вода и плавание укрепляют позвоночник.

Столовая, в которой их кормили, была огромная, как вокзал. Татьяна сидела за столом с Антуаном и журналисткой Катей, работающей на американское радио. Кате было тридцать семь лет. Она разошлась с мужем и гуляла в свое удовольствие. По вечерам она сидела в баре, пила и угощала других, и эти другие были мужчины.

Татьяне было жаль Катиных денег, которые она тратила на ничтожных людей. Хотелось какой-то защиты для нее. Защиты и контроля.

— А замуж ты не собираешься? — спрашивала Татьяна.

— Мне и так хорошо, — отмахивалась Катя.

— Но так будет не всегда.

— А что изменится?

— Тебе будет сорок семь, потом пятьдесят семь, не говоря уже о шестидесяти семи.

— Я не заглядываю так далеко. Я живу одним днем. Завтра мне может кирпич на голову упасть.

— Моему знакомому упала на голову банка с солеными огурцами, — вставил Антуан. — Очень хороший был человек. Не везет, как правило, хорошим людям. А сволочи живут.

У Антуана взгляд стал напряженным, видимо, он мысленно скинул банку с огурцами на голову другого человека.

Ковбой из Акмаллы сидел где-то сзади. У него была своя компания, тоже из Акмаллы, и среди них девушка с чистеньким пробором, совсем юная, лет двадцати.

Ковбой был одет в голубую фланелевую курточку с капюшоном, похожую на распашонку. Свои жидкие светлые волосы он распустил по плечам. Это его простило. Он походил на детдомовского ребенка, от которого отказалась непутевая мамаша.

Девушка с чистеньким проборчиком тем не менее смотрела на него не отрываясь. Просто забыла свои глаза на его лице.

Потом он скажет, что она работала от какой-то цветочной фирмы, оформляла фестиваль цветами, составляла букеты. Она жила за городом и часто не успевала на поезд, так как фестиваль вел ночную жизнь. Девушка ночевала у него в номере на соседней кровати.

— Но между нами ничего не было, — говорил он. — Ты мне не веришь?

— А я тут при чем?..

Прошла неделя.

Татьяна общалась, тусовалась, вбирала в себя общий гул, как сухая земля вбирает дождь. За неделю земля напитывается и больше не принимает влаги. Образуются лужи.

Татьяна устала. Концентрированное общение — это тоже стресс. Захотелось покоя. Она перестала посещать все тусовки, только некоторые. Конкурс красоты, например.

Навезли молодых телок. Они ходили по сцене в купальниках. Потом на сцену поднимались бизнесмены и дарили норковые шубы, деньги, телевизоры, заграничные поездки.

Актрисы, приехавшие на фестиваль, сидели притихшие и униженные. Почему дают деньги за сиськи и попки? А не за талант, например... Но твой талант — это твое личное дело. А тело — товар. Его оценивали. Охраняли. По залу ходили мощные быкообразные мальчики, смотрели безо всякого выражения, жевали жвачку, как быки. Охраняли товар. Большое количество молодятины.

Среди девушек-конкурсанток была только одна, которая не ведала, что творила. Ей исполнилось пятнадцать лет. На нее надели прозрачную греческую тунику, через которую просвечивало ее чистое полудетское тело. Она улыбалась наивно и ясно — сама весна. «А где ее мальчик? — подумала Татьяна. — Или папа?» Возле другой стены — Алеша Горчаков в голубой распашонке. У него, видимо, только одна смена одежды. И больше ничего. А ничего и не надо. И так сойдет. Возле него молоденькая девочка. Не та, с проборчиком, а другая — смешливая, легкая, почти подросток. Пацанка. Откуда она взялась? Просто заскочила, а он быстро втянул ее в паутину своих глаз.

«Бабник, — подумала Татьяна. — Ни одной не пропускает».

Но ей-то что? Мало ли бабников на белом свете? Они — не худшие люди. Ценят красоту.

Татьяна выпила бокал шампанского. Подумала: «А дальше?»

Последнее время ее преследовали два вопроса: «А дальше?» и «Зачем?»

Появилась девушка с проборчиком. Цветочница. На ее лице была приклеена фальшивая мученическая улыбка.

Мальчик из Акмаллы быстро приблизился к Татьяне.

— Разговаривайте со мной, — попросил он.

— Зачем? — удивилась Татьяна.

— Она меня преследует. Не отпускает от себя.

Кто «она»? Цветочница или пацанка? И при чем тут Татьяна?

— Я вам не диспетчер, — сказала Татьяна. — И не регулировщик. Улаживайте свои отношения сами.

Он не отходил.

— Сегодня я нашел в своей рубашке булавку, — сказал он. — Жена приколола.

— Зачем?

— Приколола к себе...

— Вас ждут, — сказала Татьяна.

Девочка с проборчиком ждет. И пацанка ждет. И жена в Акмалле ждет. Каждая по-своему. Девочка ждет трудно. Пацанка — играючи. Татарка — тревожно. Не хватает еще Татьяне встать в эту очередь.

Он повернулся и пошел к дверям. Татьяна видела, что он уходит. Интересно, куда? К себе в номер, куда же еще. С кем? А это уже не важно. С девочкой. Той или этой. Он ее разденет, разденется сам и подарит ей себя со всей своей неутоленной тоской хулигана из пригорода.

Позже он расскажет Татьяне, что отца у него не было вообще. Мать пила и была ему как дочка. Больной ребенок. Он ее отбивал и выручал. И очень любил. И дрался из-за нее. Он умел драться и даже любил драки. Любил первый порыв решимости, как ступить с самолета в пустоту. Парашют, конечно, раскроется в нужную минуту. Но ведь может и не раскрыться... То ли выскочишь из драки, то ли останешься. Застрянешь на ноже...

Он ушел, и Татьяне сразу стало скучно. Вышла на улицу.

После прокуренного зала воздух казался особенно свежим. Пахло йодом и водорослями. Чувствовалась близость моря.

Алеша Горчаков стоял на углу и курил. Он смотрел перед собой и думал о том, что все круги очерчены. И его не возьмут в чужой круг. Он может облить себя бензином и поджечь. И пылать адским факелом. А она, Татьяна Соколова, будет стоять рядом и щуриться от большого огня. А потом уедет в Москву и забудет обо всем. Забудет. В этом дело.

Он увидел ее, бросил сигарету.

Пошли рядом.

Надо о чем-то говорить. Но он не знает — о чем.

— Как зовут твою жену? — спросила Татьяна.

— Румия.

— У тебя есть для нее ласкательное имя?

— Нет. Только Румия.

— Ты ее любил? — Она почему-то спросила в прошедшем времени.

— Да. Я отбивал ее у женихов. Они ходили к ней в комнату в барак. А я в это время на кухне варил борщ.

— Сколько тебе было лет?

— Двадцать.

— А ей?

— Двадцать семь.

454

Татьяна подумала, что он сейчас в свои сорок выглядит на двадцать пять. А тогда казался, наверное, подростком лет пятнадцати.

Мальчик-подросток упрямо режет свеклу, капусту, лук и засыпает в кипяток. И плачет.

Женихи уходят. Румия их выпроваживает. И они вместе садятся и едят борщ. А потом она разрешает ему лечь возле себя. И он плачет от страсти, ревности и невозможности счастья. А смуглая зеленоглазая Румия доверчиво засыпает рядом.

— Я ее отбил.

Он отбил ее у всех. Она вышла замуж за его любовь. Она думала, что будет владеть этим всегда. Но мальчик вырос. Стал снимать кино. Ездить по фестивалям.

О! Мир велик. Мир гораздо больше Акмаллы. И женщин много, и разных, одна лучше другой, как цветы. И он хочет вдыхать аромат каждого цветка. Недолго. Десять дней фестиваля — как один час, а потом снова в глухое подполье, к Румие.

А при чем здесь Татьяна?

На всякий случай. Она — столичная штучка. Знает всех. И ее знают все. Она введет его в свой круг, скажет: «Познакомьтесь. Вот Алеша Горчаков». И все заметят, заволнуются.

«А что ты умеешь, Алеша Горчаков?»

«Я умею снимать кино».

«Да? Очень интересно».

Все посмотрят его кино и ахнут. «Да вот же он. Мы все тебя ждем. А ты где-то прячешься в Акмалле. Не прячься больше, Алеша Горчаков. Что ты хочешь? Денег? Славы? Женщин?»

«Я хочу ВСЕ», — скажет Алеша Горчаков. Татьяна — извозчик, который привезет его из Акмаллы в Москву. А дальше он скажет «спасибо» и уйдет. Или не скажет «спасибо». Просто уйдет. А она будет смотреть ему вслед. Все так и будет. А если не хочешь — не вези. Не разрешай залезать в твою повозку. «Но-но, мальчик. У меня занято. Ищи себе другого извозчика».

Они вышли к морю. Сели на скамейку. Стали слушать вечный гул. Море — это параллельный мир. В нем тоже живут и дышат, но по-другому. Как инопланетяне.

Они сидели на лавочке и слушали дыхание другого мира. Он нашел ее опущенную руку и стал ласкать, легко скользя пальцами, почти не касаясь.

Татьяна смотрела на горизонт. Солнце давно село и переместилось в Америку. Небо сливалось с морем.

— Дорогая моя, — сказал он хрипло. — Ты даже не представляешь себе, как я тебя люблю.

Надо что-то ответить. Она сказала:

— Как?

— Пойдем к тебе. Я тебя раздену. Поцелую. Я покажу тебе, КАК я люблю тебя.

Для него любить — значит желать. Тоже не мало, хотя и не много.

— Нет, — сказала Татьяна. — Я не пойду.

— Почему?

— Я тебя не знаю.

— Узнаешь...

— Я тебе не верю.

— А разве это обязательно?

— Для меня обязательно.

Он придвинул свое лицо, свои губы, объединил губами ее и себя в одно целое. Татьяна закрыла глаза. А когда открыла — полоска горизонта была розовой. Солнце сделало круг и возвращалось. Светало.

— Пойдем к тебе, — сказал он.

— Нет.

— Просто ляжем вместе и уснем, как брат и сестра. Я не буду приставать к тебе. Только останься рядом. Дорогая моя...

— Это невозможно.

— Но почему?

Он не понимал, почему сидеть всю ночь на лавке — возможно, а лечь в постель и заснуть — невозможно. Они же не пионеры, в конце концов. Они взрослые люди, хозяева своей жизни.

— Потому что для меня это иначе, чем для тебя, — объяснила Татьяна.

— Что иначе? Что? Я тебя не трону.

— Я начну думать о тебе. Страдать. А у меня нет на это сил.

Он ничего не мог понять. Татьяна Соколова — сексуальный символ своего времени. Открытки с ее изображением висели над койками солдат и студентов. Откуда такая щепетильность, такое целомудрие, тем более в ее годы...

Но именно в ее годы невозможно мириться с чем-то приблизительным. Что допустимо в тридцать — совершенно недостойно в пятьдесят. Вот, оказывается, что такое ВРЕМЯ. Есть жизненный опыт, который ничего не дает, кроме ржавчины на суставах и накипи на душе. И нет безумства храбрых, и никто не захочет варить тебе борщ. Зато есть ДОСТОИНСТВО. Она не будет стоять с приклеенной улыбкой, как цветочница, пришпиливать булавкой, как Румия. Она свободна. Захочет — одарит собой, захочет — встанет и уйдет, ее тылы обеспечены. Татьяна встала и ушла.

Вернулась в номер, легла щекой на подушку и вошла в сон, как в море.

Проснулась в час дня. Долго лежала, думала о том, что надвигается другая — молодая жизнь. Работает нога, работает душа. Она по-прежнему желанна, и все — как было. Нет больше тяжелого гипса и тяжелых мыслей надвигающейся старости.

Захотелось красиво одеться. Она оделась в бежево-розовой гамме, надушилась изысканными духами и вышла — розовая и благоухающая, как ветка сакуры. И сразу увидела ЕГО. Он стоял с цветочницей и слушал ее, глядя в землю. А она что-то говорила ему с напряжением. Девушка жила в его номере. Она ждала его всю ночь, а он пришел на рассвете... И сейчас она спрашивала его, где он был. А он ничего не мог объяснить. Не мог же он сказать, что всю ночь просидел на лавочке возле Татьяны Соколовой, которая годится ей в мамаши. Цветочница просто не поймет.

Татьяна смотрела и думала, какой был бы ужас, если бы она доверилась ему, провела ночь в его криках и шепотах и участвовала в них. А сейчас стояла бы и смотрела. Что бы она чувствовала сейчас?

Татьяна повернулась и пошла в столовую. Было время обеда. Есть не хотелось. Жить тоже не хотелось. Не хотелось ничего. «Может быть, уехать? Сегодня. Сейчас». Можно поменять билет, но неудобно напрягать администратора Сашу. Саша и так перегружен до ноздрей. У него сто пятьдесят человек. А тут еще Татьяна Соколова со своей истерикой...

Она стала есть. Что-то невразумительное лежало на тарелке. В столовую вошел полуночный ковбой, мальчик из Акмаллы. Сел напротив.

— Мне только первое, — сказал он официанту. — Супчику хочется...

Официант отошел.

— Я отравился, — сказал он.

Татьяна не ответила. Он смотрел своими странными глазами.

— Татьяна... — Его голос был слабым, как будто имел слабый напор. Она невольно посмотрела на его губы.

— Ты хочешь что-то спросить? — напомнила Татьяна.

— Нет. Это ты хочешь что-то спросить.

— Хорошо. Я спрошу. Вчера мне показалось, что у нас что-то было. Я ошиблась?

— Мне тоже показалось. Когда я положил голову на подушку, мне было не страшно умереть.

— А сейчас уже страшно?

— Да. Сейчас мне не хочется умирать.

— Просто ты был пьяный.

— Нет. Это я сейчас пьяный. Я пьянею наутро. Алкоголь очень медленно всасывается. Несколько часов.

— Тогда иди и ложись спать.

— Нет. Мы решили поехать в город. Поедем с нами.

Татьяна задумалась. Отношения выяснены. Она ему не нужна. Он ей тоже. Никто никому ничего не должен.

Можно просто по-приятельски взять и поехать в город и побродить по улицам. Это ведь так интересно: бродить по незнакомому городу.

— Я только возьму фотоаппарат, — сказала Татьяна.

Автобус внизу уже уходил.

— Подождите, — попросил Алеша Горчаков.

— А кого ждем?

— Татьяну Соколову. Она сейчас придет.

— Да что она, не уедет? — удивилась журналистка Катя. — Ей что, машину не дадут? Поехали!

Алеша Горчаков побледнел, и его лицо стало каменным.

— Ну ладно, — согласилась Катя и потрясла Алешу за плечо.

Лицо Алеши оставалось предобморочно-бледным и каменным.

— Ну все, все... — успокоила Катя. — Вот она...

Татьяна вышла из подъезда. Ей подали руку, она довольно легко вошла в автобус.

— Ну что, едем? — уточнил шофер и тронул свою машину.

Татьяна уселась возле Алеши Горчакова. Он сидел молчаливый и подавленный. Нервы никуда. Никакой нервной системы, потому что никакого детства. И будущего, похоже, тоже никакого. Алеша привез фильм, который все похвалили, но никто не купил. Его кино никому не нужно, кроме него самого. И женщины тут ни при чем. Какие женщины, когда жизнь валится...

Автобус остановился в центре города. Все шумно вылезли. Разделились на группы.

Татьяна и Алеша пошли вместе. Рассматривали архитектуру. Забредали в старые дворики. Все было обшарпанным, как после атомного взрыва. Хотя после атомного взрыва вообще ничего не остается. Значит, просто после взрыва.

— Неужели можно так жить? — удивилась Татьяна.

— Коммунисты оставили, — сказал Алеша. — Им было плевать на все. На настоящее и на будущее. Временщики.

— Ненавижу, — сказала Татьяна.

— Что?

— Машину подавления. Государство.

Вошли в очередной дворик. Татьяна достала из сумки фотоаппарат, скадрировала кусок высокой лестницы, старуху в халате и кошку. Щелкнула.

Старуха выглядела заброшенно, но ее лицо было спокойным. Похоже, она очень давно жила очень плохо. И привыкла.

— А почему демократы все это не отремонтируют? — спросила Татьяна.

— Денег нет, — ответил Алеша, как будто знал.

— Значит, у тех не было совести, у этих — денег, а результат один, — подытожила Татьяна.

Алеша не ответил. При коммунистах был четко налажен кинопрокат. Если кино выходило на экраны в понедельник, то в пятницу ты уже становился знаменит. Фильм, как пожар, охватывал все экраны, потом постепенно откатывался и затихал. Но все успевали его посмотреть, пресса успевала отреагировать, а режиссер мог купить себе машину.

Сейчас прокат разрушен. Прокатчикам выгоднее купить дешевое американское кино, прокрутить его, получить прибыль и купить новое американское кино. Молодые кинорежиссеры оказались в ловушке, и эта ловушка называется рынок. Рыночные отношения.

Татьяна нашла еще один интересный кадр. Прицелилась глазом, и в этот момент он обнял ее, проговорил хрустнувшим голосом:

— Дорогая моя...

Она была дорога ему вместе с этим фотоаппаратом у лица, с концом лета, с девочкой-цветочницей, тянущей руки, со своими неудачами — все вместе. Все в куче. Вся жизнь, со всеми ее противоречиями.

Татьяна не отстранялась. Она готова — все в кучу. Пусть все так, как есть. Только бы — вот этот его голос, его губы, взмыв счастья в груди.

Раньше, в прежней жизни, у нее было два требования к любимому: талант и надежность. А сейчас — ничего не надо. Талант и надежность — это условие. А раз условие — значит, торговля. А сейчас имеет значение только одно: ТЯНЕТ. Пусть не того, но тянет — так, что не отойти. Не отодвинуться ни на один сантиметр.

— Давай не будем сегодня расставаться, — предложил Алеша. — Проведем вместе день и ночь.

Вечером закрытие. Вручение призов. Банкет. Они будут сидеть рядом. И стоять рядом. Потом вместе уйдут. Столько общих секунд. И каждая секунда — вечность.

Выбрались из дворика. Отправились на базар.

Шли вдоль рядов, рассматривали красивые фрукты — хоть бери и рисуй. Весело торговались, весело покупали. Татьяна испытывала небывалую легкость и ясность, как будто видела в четыре глаза и дышала в четыре легких.

— Я хочу когда-нибудь сварить тебе борщ, — сказал он.

Через два часа вернулись к автобусу. Шофер ждал. Сели на прежнее место.

Алеша вытер лицо рукой, будто стирал с лица усталость.

— Пойди поспи, — предложила Татьяна. — Встретимся на закрытии.

Она вычтет два-три часа из их общей жизни, но зато оставшееся время будет более полноценным.

Алеша закрыл глаза, отрешаясь от всего.

Татьяна смотрела на него, как та цветочница. Воспользовалась тем, что он не видит, и смотрела, смотрела, будто забыла на нем свои глаза.

Вечером состоялось закрытие фестиваля.

Алеша Горчаков не появился.

— Он спит, — сказал его друг, тележурналист из Акмаллы. — Он совсем больной.

Татьяна в одиночестве просидела всю процедуру закрытия. Она надела легкий шелковый костюм и кольцо с браслетом, доставшиеся от прабабки, — натуральные бриллианты голубой воды. Но все это не понадобилось. Татьяна просто мерзла. Шелк не сохранял тепло, не говоря уже о бриллиантах.

Закрытие продолжалось два часа. Призы раздавались справедливо. Алеша Горчаков не получил ничего. Его не упоминали, как будто его не было.

После закрытия все перешли в банкетный зал.

Татьяна выпила водки, чтобы согреться. И вдруг увидела Алешу. Рядом с другой. Со смешливой пацанкой.

«А ту куда дел? — подумала Татьяна сквозь водочную туманность. — Та была лучше. И та его любила. А эта — нет. Этой все смешно».

Татьяна усмехнулась: борщ, четыре глаза... Обычный подонок. Брачный аферист. Полуночный ковбой. С ним рядом стоять стыдно. И это всем ясно, кроме нее.

Все-таки главное в человеке — талант и надежность. А все остальное — просто физиология.

Татьяна вспомнила свою главную любовь. Его жена была старше его на десять лет. Татьяне тогда казалось это унизительным — быть старше. А теперь она сама в этой роли. Ну, не в этой, конечно. Она — не жена. Она не вышла замуж за мальчика из Акмаллы. Да он и не звал. Он пришел с пацанкой лет семнадцати. Ей достанутся его нежность, надтреснутый слабый голос.

Главный приз получил режиссер Машкин. Его не было на фестивале. Не поехал. Просто послал фильм — и все. Ему не нужна эта сопутствующая колготня, поверхностное общение. И все же Машкин — главный. Хоть его и нет. А Горчаков есть, но его нет.

Татьяна повернулась и пошла в другой зал. Оттуда — к выходу. Она захотела уйти к себе в номер, захлопнуть дверь, повернуть ключ — и никого не видеть. Сейчас она ляжет спать, а утром соберет чемодан и днем уже будет в Москве. Муж спросит: «Как съездила?» «Ничего, — скажет она. — Смешно». Днем из школы придет Сережа со своим ясным личиком — вот ее любовь до конца дней. Эта любовь логична. А то, что было к Алеше Горчакову, — последний взрыв чувственности. А дальше — третий возраст. Осмысление.

Вдруг Татьяна увидела летящую Катю. Катя с бокалом в руке летела по косой и упала на бок, всем вытянутым телом. Татьяна остолбенела.

К Кате подскочили люди, подняли, посадили на стул. Катя при всех подняла юбку, обнажила прекрасную породистую ногу, проверила колготки. Все в порядке. Колготки целы. И кости целы. И даже бокал не разбился.

Татьяна приблизилась к Кате, спросила потрясенно:

— Что это?

— Меня телохранитель толкнул.

Татьяна обернулась. В дверях стояли мрачные парни в черных костюмах и белых рубашках. Это была служба охраны фестиваля. Их набирали из «афганцев» — тех, кто воевал в Афганистане. Они вернулись, и им скучно не убивать.

— Где он? — спросила Татьяна.

— Прошел.

— Он тебя не видел?

— Видел.

— Он нарочно?

— Нет. Не нарочно. Просто я оказалась на его пути.

— А нельзя было обойти?

— Они не обходят. Они прямо идут.

Татьяна ничего не понимала. Телохранитель — мужчина. На его дороге — женщина. Неужели нельзя ее обойти? Или попросить, чтобы она стала правее, левее... Нет. Они не обходят, не просят. Они идут. И если ты на пути, они тебя сшибают.

— Я ему что-нибудь скажу, — проговорила Татьяна. Ее начало трясти.

— Ты что, с ума сошла? — испугалась Катя. — Молчи. Это телохранитель Берегового.

Кто такой Береговой? Кажется, банкир. Главный спонсор фестиваля.

Телохранителю платят вот за это, чтобы падали по сторонам. И боялись.

«Ничего не изменилось», — подумала вдруг Татьяна. И еще подумала: телохранитель — жестокая неумолимая сила. Как перелом. Как старость. Старость тоже не обходит, не просит. Идет напропалую и сшибает.

— Я хочу домой, — сказала Катя. — Я боюсь.

— Пойдем вместе, — предложила Татьяна. — Я тебя провожу.

Они шли вместе по темному двору, потом по коридорам гостиницы. Они уходили, как будто спасались.

Татьяна довела Катю до ее номера. Катя ушла молчаливая, одинокая, как будто случилось несчастье.

Татьяна поднялась к себе на этаж. Захлопнула дверь. Закрыла на ключ. Разделась и легла. Ее продрал озноб — всю сверху донизу, по позвоночному столбу. Татьяна поняла, что простудилась. Она была человеком реальным, не мистическим и поэтому всему находила свое объяснение: раз озноб — значит, простыла. Реакция организма на температуру. Может быть, нервная перегрузка, положенная на алкоголь. А еще может быть — разлука с лунным мальчиком, нежным и хрупким. Никакой нервной системы. Неустойчивый, несчастный мальчик. И она его бросила, убрала свою руку. Ищи другую опору. Я тебя забуду. Я тебя забуду...

Татьяна спала неспокойным болезненным сном, смешанным с явью. Ей снилось, что она спит, а за дверью кто-то ходит. Ей снилось, что она просыпается и прислушивается. Следовало бы встать и посмотреть. Но было холодно, не хотелось вылезать. Да и зачем?

Вдруг раздался стук — осторожный и явственный. Стучали осторожно, но стучали.

Она открыла глаза. Была ночь. Или утро. Или все-таки ночь... Татьяна подошла к двери и спросила:

— Кто?

— Это я, Алеша.

Она открыла. Он стоял. Один, без пацанки. А ее куда дел? Оставил у себя в номере? Сказал: подожди, я сейчас...

— Что? — спросила Татьяна.

— Я пришел попрощаться. Я уезжаю.

— А сколько времени?

— Пять. У меня самолет в семь.

— Зачем ты разбудил меня?

— Попрощаться. Я приеду к тебе через месяц.

— Зачем? — не поняла Татьяна. В самом деле не поняла.

— Ну, по делам...

— Так и говори. — Теперь поняла.

— Я пойду, — сказал он.

— Иди.

— Поспи за меня...

Он устал. Отравился. Запутался. Он хотел только одного — спать. И больше ничего. Но надо идти. Автобусы ждут. Через два часа самолет. А дальше — маленький город Акмалла. Татарка Румия. Другая жизнь. Вот там и отоспится.

Он ушел. Татьяна легла. Озноб продрал сверху донизу. Под ложечкой гудело, как ветер в трубе.

Татьяна привыкла встречать его внизу, мальчика из Акмаллы. Она просыпалась и знала, что спустится — и увидит его. Пусть не одного, с девчонками, но увидит. А теперь не увидит. Спустится — а его нет. Под ложечкой гудела разлука. Татьяна знала, что надо как-то взять себя в руки. Поднялась и вышла на балкон. Разомкнула пространство.

Увидела горизонт. Солнце собиралось всходить. Макушка еще не высунулась, но полоска горизонта была розовая. Татьяна подумала, что через сто лет будет такая же полоска в это же время суток. Что-то меняется: мода, привычки, государственные устройства — то, что создано человеком. А что-то остается неизменным — то, что создано Богом: море, солнце, страдания...

Дом вздыхал, как большой медведь.

Антуан вышел на балкон и смотрел на розовую полоску горизонта. Он не мог спать. Ему мешала нежность. Стоял и думал: «Во мне скопилось столько нежности, что пора разбить ее об асфальт...»

Старуха-актриса сидела перед зеркалом и накладывала грим. Она рано легла — в семь часов вечера — и проснулась до рассвета. Она причесала свои волосы, медные от хны. Положила темные румяна цвета терракоты. «Как в Египте», — подумала она. Медный тон волос и лица, кирпичный румянец. Старуха пристально и высокомерно оглядывала себя в зеркало. Фараонка. Хотя нет такого слова. Есть — жена фараона. А фараонка — нет. Значит: царица.

Старуха провела черную полоску над глазом. Резко. Но эффектно. Глаза выступили на древнем бессмертном лице.

Старуха собиралась жить вечно.

ПОСТСКРИПТУМ

Валентина и Анатолий разошлись. Правильнее сказать, Анатолий бросил Валентину. Недаром она нервничала, бедная. Чего боялась, то случилось.

Иногда будущее как-то дает о себе знать. Предупреждает во снах. Нервные натуры ловят сигналы.

Страшненькая Валентина заняла подобающее место в нише судеб. Никому не обидно. Более того, окружение согласилось, что она не такая уж и страшненькая. Сочувствие — более плодотворное чувство, чем зависть.

Татьяна, вернувшись после фестиваля, сделала в поликлинике рентгеновский снимок, и на свет вылезло то, что так тщательно скрывал Францевич. Неправильно сросшийся перелом.

— Через полгода вы потеряете сустав, — предупредил районный травматолог.

— Почему? — оторопела Татьяна.

— Потому что смещение. Неправильная нагрузка. Стирается хрящ.

— Но я же хожу...

— До поры до времени...

— А что делать?

— Операцию. Что же еще.

— А гарантии есть?

— Гарантий нет. Кто же вам даст гарантии.

Татьяна молчала.

— К нам недавно милиционера привезли, подстрелили на рынке. Ну, я ему ногу собрал. Бедро. Мне звонят из милиции, спрашивают: хорошо собрал? Правильно? Я им отвечаю: анатомически — правильно. А хорошо или нет — будет ясно, когда он под елкой срать сядет.

Татьяна вышла из поликлиники. Муж ждал в машине.

— Ну что? — спросил он.

— Надо переделать. Но нет гарантий.

— Как же так? — не понял муж.

— А вот так. И оставлять нельзя. И переделывать опасно.

Татьяна почувствовала себя в ловушке. В эту ловушку загнала ее советская медицина. Можно прийти к Францевичу и сказать:

— Ну, что с тобой делать?

— Я не нарочно, — ответит он.

— Еще бы не хватало, чтобы нарочно. Нарочно увечат уголовники. Но результат один. Ты меня искалечил. Ты лишил меня будущего. Будь ты проклят.

Они ехали по сумеречной дороге. Муж свернул не в ту сторону, и машина двинулась по направлению из Москвы. Кончились дома, начались леса и поля.

— Мы не туда едем, — заподозрила Татьяна.

— А куда надо?

— Выйди и спроси.

— Не хочу.

Татьяна решила не вмешиваться. Будь что будет... Муж упорно гнал машину в туман. И все это походило на ее жизнь, которая катилась куда-то в безнадежность. Куда она заедет в конце концов? Куда завезет ее судьба.

Все кончилось маленьким немецким городком. Деньги на операцию выделило Министерство культуры. Министр, оказывается, был влюблен в нее в молодости, и над его кроватью висел ее портрет.

Все кончилось маленьким городком и большим профессором по имени Тильман.

Татьяна лежала в госпитале на краю города. За госпиталем стелилось поле золотой ржи. А под окнами лежали три барана и разговаривали: бе-бе... бе-е...

Ночью Татьяна слышала: а-а... а-а... Интонация была хриплой. Татьяна решила, что это бараны сменили тему. Что-то им не нравится.

Утром пришла медсестра Эрика. Татьяна спросила на плохом немецком:

— Ночью кричали. Это животные?

— Нет, — ответила Эрика. — Это старый человек.

— Боль? — спросила Татьяна.

— Нет. Пессимист. Он не любит людей.

Как надо не любить людей, чтобы кричать от ненависти.

Нет мира под оливами. Человек одинаково страдает и в запущенной больнице с тараканами, и в отлаженном госпитале с медициной двадцать первого века.

— Он вам надоел? — спросила Татьяна.

— Нет, нет... Совсем нет.

Эрика была рыженькая, со светлыми ресницами, совсем молодая. Татьяна протянула ей матрешку. Эрика первый раз видела, как одна деревянная фигурка выпадает из другой. Это привело ее в восторг. Она смеялась.

Приходила Эльза — этническая немка. Она прежде жила в Казахстане, потом эмигрировала на историческую родину. Получила место уборщицы в больнице и была счастлива. В России она была учительницей.

Эльза меняла простыни, вытирала пыль особыми составами и громко рассуждала о том, что, если бы русский врач получал зарплату Тильмана, он не только бы правильно совместил кость, он пришил бы Татьяне новую ногу за такие деньги.

Татьяна снималась у разных режиссеров. Но она никогда не играла специально плохо или специально хорошо. Она играла, КАК УМЕЛА. Человек умеет или нет. Францевич НЕ УМЕЛ. И деньги здесь ни при чем. Другое дело — больницы. Если бы в нашу больницу вложить миллион долларов, получилось бы не хуже этого госпиталя.

— Не получилось бы, — сказала Эльза.

— Почему?

— Потому что из миллиона половину украдут. И вторую половину тоже украдут.

— Ты рада, что уехала из России? — спросила Татьяна.

Эльза мрачно замолчала. Потом сказала:

— А наши старики очень быстро умирают здесь.

— Почему?

— Без России не могут жить. Кто Россию вдохнул, без нее уже не может.

Эльза ушла и увезла на тележке свои моющие средства.

Татьяна лежала и смотрела за окно. За окном — холмы, покрытые зеленью всех оттенков: от серого до темно-малахитового. В отрыве от холмов, на крупном плане — молодая елка. Ее ветки растут почему-то вверх.

Фестиваль, море, Алеша Горчаков — все ушло, отдалилось. Татьяна смотрела на прошедшие дни как из окошка самолета, когда земля стремительно удаляется и скрывается за облаками.

Однажды раздался долгий звонок. И она услышала слабый голос Алеши Горчакова:

— Дорогая моя...

— Ты что, — испугалась Татьяна. — Такие деньги...

— Это не мои. Я со студии звоню.

— А что ты звонишь?

— У меня остановились часы. Это ты их остановила?

— Нет. Не я. Кто-то другой.

— Ты мучаешь мое подсознанье. Я не могу спать.

— Что ты хочешь? — прямо спросила Татьяна. — Ты хочешь, чтобы я кому-то позвонила? Похлопотала за тебя?

Он молчал.

— Я тебе помогу, — сказала Татьяна. — Не надо играть в роковые страсти. Я просто тебе помогу, и все.

Он молчал.

— Кому звонить? — спросила Татьяна.

— Никому. Мне.

— Я больная. И старая.

— Возраст — это цифры, — сказал он. — А ты — это ты.

«...Не жалейте о нас, ведь и мы б никого не жалели». Это неправда. Это — гордыня. И поэт, создавший эти строки, был горд. И защищался. За этими строчками все кричит: жалейте нас, сострадайте... Плачьте с нами, не отпускайте... Держите нас на поверхности своей жалостью...

За окном, в отрыве от других деревьев, стояла елка с поднятыми ветками и походила на девушку, которая стаскивает платье через голову.

РАССКАЗЫ

КАЗИНО

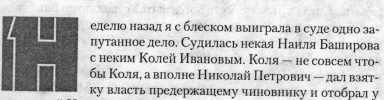еделю назад я с блеском выиграла в суде одно запутанное дело. Судилась некая Наиля Баширова с неким Колей Ивановым. Коля — не совсем чтобы Коля, а вполне Николай Петрович — дал взятку власть предержащему чиновнику и отобрал у тоненькой Наили ее пошивочную мастерскую, находящуюся на территории монастыря — памятника старины.

Эта мастерская была приобретена законно. По законам девяносто первого года. Но сейчас считается, что в девяносто первом году, пользуясь стрельбой и суматохой, все всё наворовали, нахватали задарма. Придут новые хозяева, сунут кому следует — и всё перераспределят без крови и без гражданской войны. И все довольны: и Коля, и тот, власть предержащий, — такой аккуратный типчик и торчит иногда в телевизоре с душеспасительными речами. Я заметила: носители нравственности, как правило, порочные типы. Как Фрейд, например.

Закон есть закон и обратной силы не имеет. Сначала дали, потом отняли — это не пройдет. Обратную силу может иметь только смертный приговор: сначала приговорили, потом подали апелляцию и помиловали.

В случае с Наилей — мне все было ясно. А то, что пошивочная мастерская находилась на территории монастыря, — очень хорошо. Монахини ведь тоже шили. У них была поши-

473

вочная и трапезная, и прачечная. Все логично. Продолжение традиций.

Коля звонил и туманно намекал: то ли на взятку, то ли на большие неприятности. Но я знала, что и он, и те, кто за ним, не захотят со мной связываться. Я ведь могу и во «Времечко» позвонить, и мировую общественность задействовать. Дело не в моей суперпринципиальности. Просто, когда я завожусь, я иду до конца. Для меня принцип становится важнее жизни. Как у бандитов.

На суде я испытывала давление со стороны судьи, но мое сопротивление было прочным: как молотом по наковальне. Чем сильнее ударишь, тем дальше отскочит.

Помещение осталось за Наилей. Наиля светилась глазами, вскидывала тонкие ручки, лепетала: я даже не знаю, как вас благодарить... С тех пор как существуют деньги, а существуют они двадцать веков, этой проблемы — как благодарить — не существует. Но в случае с Наилей принцип был важнее денег. Я не взяла бы их ни при каких обстоятельствах. Иначе я плюнула бы себе в душу, что неудобно физически.

Где располагается душа? Под горлом, в ямке? Или в районе солнечного сплетения, под ложечкой? Плевать самой неудобно и даже невозможно.

Наиля почувствовала меня и сшила мне сумасшедший пиджак: сочетание шелка, холста и замши. Это называется: в огороде бузина — в Киеве дядька. Казалось бы, несовместимые вещи: где огород, а где Киев? Но еще хуже, когда в огороде бузина — и в Киеве бузина. Именно так — скучно и одномерно — выглядели пиджаки из западных универмагов, даже самых дорогих.

Наиля взрывала привычное представление. В ее творчестве было вдохновение, и оно ощущалось материально.

Я надела пиджак и поняла, что это — моя вещь. В ней можно и в пир, и в мир, тем более что сейчас все перепуталось.

Я забыла сказать: Наиля работала в модельном бизнесе. Создала свою коллекцию, как Коко Шанель. Несколько девчонок-сподвижниц за копейки шили, вылизывали каждую модель, каждый шов. Что посеешь, то пожнешь. Наилю номинировали на светскую львицу. Модный журнал провел опрос, получил ответ: Наиля Баширова.

Номинация должна происходить в большом казино. Казино в целях рекламы сдавало свое помещение под престижные акции.

Наиля пожелала, чтобы я была свидетелем ее триумфа, и пригласила меня на номинацию.

Я согласилась. Как говорят в Одессе: а почему нет? Записала день и час и адрес казино. Это был вторник, двадцать часов вечера.

Я никогда не была в казино и никогда не была на номинации. Мне было интересно. Но... Вмешалось печальное обстоятельство. Мне позвонили и сообщили, что во вторник я должна быть на похоронах тогда-то и там-то... Я записала адрес морга. О том, кто умер и почему, я рассказывать не стану, это совершенно другая история. Как говорила одна старушка: дело житейское. Значит, смерть входит в жизнь как составляющая.

Настал вторник. Я надела мун-буты, обувь для лыж. Мне предстояло простоять несколько часов на кладбище, и я боялась простудиться. После похорон обычно бывают поминки. Я надела пиджак Наили. Он был из натуральных тканей, я в нем не уставала.

На кладбище я вспомнила, что надо позвонить Наиле и предупредить о своем отсутствии. Я поотстала, достала мобильный телефон и набрала знакомый номер.

— А когда начало? — спросила Наиля.

— Чего? — не поняла я.

— Когда начнутся похороны?

— Они уже идут.

— Ну, так вы успеете, — простодушно отозвалась Наиля. — Сейчас только два часа.

— Неудобно... — сказала я.

Действительно, как можно совмещать в одном дне такие несовместимые вещи, как похороны и праздник?

— Ну почему? — мило удивилась Наиля.

Она считала, что совмещать можно все и со всем. В этом принцип ее мышления: шелк с холстом и замшей и с куском голого тела.

После кладбища все отправились на поминки.

Квартира была в доме, который назывался «лужковка». Это лучше, чем «хрущевка», больше места. Но все равно — бетон, бетон, тоска...

Я прикинула на глаз: количество гостей вдвое превышает количество посадочных мест. Ввалился полный автобус голодных людей. Как их будут кормить? В две смены?

Чем я могла помочь? Только тем, что уйти.

Я выбрала момент и тихо смылась.

Наиля стояла возле казино и ждала. Она была похожа на фотомодель Наоми Кэмпбелл, только светлокожая и меньше ростом. Так что, в сущности, от Наоми, чернокожей звезды, ничего не осталось. И тем не менее — то же плоское молодое личико и выпуклые губы, как будто вылепленные отдельно.

Раньше, в моей молодости — не такой уж далекой, но все-таки ушедшей, — так вот, раньше ко мне прибивало людей как волной. Что притягивало? Бешеная энергия и такое же бешеное любопытство. Сейчас притягивает моя профессия. Точнее — профессионализм. Я — судья высшей категории. Как швейцарский сыр.

Мы разделись в гардеробе. На мне был легкий пиджак Наили и грубые мун-буты. На мою обувь никто не обратил внимания, кроме гардеробщика. Гардеробщик, молодой парень, кинул глаза вниз и чуть приподнял брови. Его не устраивал снег, который набился в рифленую подошву и теперь останется на ковре. Все остальные просто не заметили. А если и заметили, то решили, что это новая фенька: грубая обувь и изящный верх.

Мы поднялись по лестнице в зал. Он уже наполнился и гудел, как настраиваемый оркестр. Приглашенные сидели за своими столиками и активно пировали, не дожидаясь официального открытия. Люди, как собаки, больше всего любят поесть. Точнее, выпить и закусить. Собакам алкоголь не нужен. Им и так хорошо. Даже бездомным.

Наиля протащила меня к нашему столику возле сцены. Все видно и слышно.

Ведущая начала церемонию. Прическа у нее была, как у ежа. Волосы смочены гелем и торчат во все стороны. Голос мяукающий на одной ноте. Если бы у нее был нормальный голос и нормальная прическа — было бы скучно. Никак.

Зал наполнился стрельбой вылетаемых пробок. На тарелках лежала суперъеда. Я не ела с утра, и мой аппетит не просто проснулся, а вскочил и радостно завопил. Я стала вдохновенно пить и есть, при этом успевая следить за сценой.

Меня никто не знал, и я никого не знала, и это сообщало полную свободу. Сиди в мун-бутах, ешь сколько хочешь, а когда надоест — можешь встать и уйти. По-английски.

На сцену тем временем вышел номинированный модельер с кукольным девичьим личиком, в странном костюме. Вместо брюк — длинная юбка с косым разрезом.

— Он голубой? — тихо спросила я.

— В нашем бизнесе почти все голубые, — ответила Наиля.

— Почему?

— Они острее чувствуют природу прекрасного.

Я огляделась по сторонам. Немыслимой красоты люди фланировали по залу. Казалось, что они вобрали в себя красоту обоих полов.

Природа — лаборатория. Она вывела человека — гомо сапиенс, но не значит — раз и навсегда. Нет. Она варьирует. Пробует так и по-другому, совершенствует. Иногда опыт получается, иногда — нет. Интересно.

Следующая номинантка — деловая женщина, владеющая конным бизнесом. Я ждала, что сейчас выйдет мощная быкообразная баба, но на сцену выпорхнула фарфоровая статуэтка с японским личиком, с откровенно еврейской фамилией. У нее был тот уровень красоты и богатства, когда можно ВСЁ. Очень может быть, что фамилия принадлежала мужу, но она носила ее как корону. Ее энергии и ума хватало на то, чтобы держать в железном кулачке взвод конюхов и коней, крутить рулетку жизни, ворочать миллионами. Бывает же такое.

Ей вручили фарфорового льва с золотой гривой. Приз назывался «Светская львица».

Следующий приз предназначался лучшему банкиру года.

В середине зала за столиком сидели молодые банкиры — одинаково стриженные и одинаково одетые. Как братки. Как будто все они стриглись в одной парикмахерской. А может, так оно и есть.

Вышел молодой, коренастый, без юмора. Я заметила, что деловые редко улыбаются. Они наверняка владеют юмором, но им некогда его применять. Плотная занятость. Не до смеха.

Экономические таланты — я имею в виду способность найти под ногами деньги, а потом заставить их работать — стали расцветать в нашей стране последние пятнадцать лет. Во время советской власти этот талант не был востребован и атрофировался за ненадобностью. В банковском бизнесе тоже есть свои Феллини и Моцарты, просто их никто не знает. После Феллини остаются образы, после Моцарта — звуки, которые служат ВСЕМ. А после денег остаются деньги, которые служат ограниченному числу людей. А может, я ошибаюсь. Юрист тоже имеет право на ошибку.

Молча, мрачно банкир взял статуэтку и вернулся на свое место. Не поблагодарил и ничего не сказал. Такое впечатление, что ничего не почувствовал.

Скорее всего чувствовал, но стеснялся. Его бесстрастность — от зажатости. Богатые тоже плачут и тоже стесняются.

Зато певица с голой спиной и вся в перьях благодарила долго и подробно: родителей, учителей, устроителей, как на вручении американского «Оскара». Именно так она себя и ощущала: светская львица большой державы.

Номинация — игра. Но певица не играла. Она все воспринимала всерьез, включая свои перья.

Глупость не есть отсутствие ума. Это другой ум. Однако зал был настроен доброжелательно и прощал ей другой ум, и даже поощрял аплодисментами.

В углу сидела актриса, которую все помнили со своих школьных лет. Стройная. Ни одной морщины. Морщин нет, но и молодости нет. И старости нет. Человек — над временем. Макропулос.

Нетрудно догадаться, что с возрастом морщины образуются не только на лице человека, но и внутри. Душа в шрамах. Сердце в рубцах. Суставы ржавеют.

Косметическая хирургия может ликвидировать морщины на лице, но внутри... Они остаются и проступают через глаза. В глазах усталость и равнодушие. Ну пришла. Ну села. И чего?

Схватку со временем выиграть невозможно. Это — как птица в небе попытается сразиться с самолетом. Силы не равны. Он ее сшибет и не заметит. Но мужественная актриса сидит в углу зала — прямая, гордая, без единой морщины, и барабанит пальцами по столу.

Бедные люди. Как стремительно утекает время. Как мало отпущено женщине для цветения. Двадцать лет? Это же копейки. Хорошо бы жить свой срок в одной 25-летней форме. Дожил до 25 лет и остановился. И дальше, до конца, — юная, сверкающая, вызывающая любовь.

Так нет же... Природа тебя унизит, состарит, потом убьет. Но сначала изуродует, как бог черепаху, и тянешь черепахой последние двадцать лет в отсутствие любви и смерти.

Актрису приглашают на сцену. Она поднимается и идет. И зал тоже поднимается, все встают и хлопают — не вразнобой, а дружно и сильно. Овация.

Ее любят. Ее боготворят — любую, какая бы ни была. Хоть в инвалидной коляске. За что? За настоящий талант и настоящую отдачу. Она отдает себя людям — всю, без остатка, и сражение с самолетом — тоже для людей. Себя она узнала бы любой. Но на нее смотрят — и она должна соответствовать. Лицо — рабочий инструмент. А он должен быть в порядке.

Актриса идет в такт овации — молодая, победная, вечная. Овация — это ее оценка за контрольную. А контрольная — сама жизнь.

Я тоже хлопаю. И преклоняюсь. Актриса — больше чем человек. Человек плюс что-то еще...

У всего зала особые лица. Они тоже чувствуют «что-то еще»...

Актрисе вручают львицу с золотой гривой. Она делает легкий книксен. Участвует в игре. Играет саму себя. Она понимает, что все это пустяк. Но ничто не украшает жизнь так, как пустяки.

Моя Наоми не получила ничего. Но зато она вручила приз лучшему политику года. А вручать — тоже честь. Дело не только в том — кому, но и КТО вручает.

Наоми поднялась на сцену. Объявила политика.

Политик вышел на сцену и сообщил, что сегодня день рождения композитора Исаака Дунаевского, а точнее — сто лет со дня рождения, и он хочет спеть песню этого гениального композитора.

Политик умел петь. И не просто умел, а делал это лучше всех в стране. Но видимо, вмешался социальный темперамент. Ему стало тесно в одной профессии, захотелось вершить судьбы многих. Захотелось стать немножко богом.

В углу сцены стоял рояль. К роялю подсел личный аккомпаниатор певца. Сыграл вступление.

Пока аккомпаниатор играл вступление — спокойно и технично, будто его пальцы двигались без его ведома, — на сцену вылез еще один политик. Аккомпаниатор дал дыхание, и оба запели. Образовался дуэт, весьма неравноценный. Как если бы к соловью пристроилась утка-кряква. Основного певца это не смутило. Он положил свою царственную руку на плечо коллеги и пел в полный голос, редчайшего, благородного тембра. Пристроившийся политик вякал невпопад и одной рукой подтягивал штаны, отчего его плечо поднималось.

Зал покровительственно хохотал. Я подумала, что этот безголосый, мощный и опасный, как кабан, тоже когда-то был маленький и его любила мама. Детскость проступала сквозь клыки.

Песня кончилась. Кабан соскочил со сцены, вернулся на место. А певец остался и стал петь еще. Не мог остановиться.

Зал подпевал — тоже не мог не петь, так знакомы, прекрасны и утоляющи были мелодии, — в ритме марша, потом в ритме вальса.

Над залом кружились музыка, молодость, богатство, власть — все это сплеталось в тугую розу ветров. Я слышала ее дуновение на своем лице. Вот она — жизнь. Ее эпицентр.

Вспомнила лицо усопшей. Мне стало неловко перед ней: где она и где я? Но ей, должно быть, все равно. Оттуда, где она сейчас, совершенно не важно все, что здесь. Да и есть ли это «оттуда»... Лучше не знать.

Придет время — покажут. И все окажется просто, так просто, что мы удивимся и захотим рассказать оставшимся. А уже не рассказать...

Наоми лучилась глазами и зубами, ее молодой лоб блестел, как мытая тарелка. Ее жизнь стояла на программе цветения.

Певица в перьях кокетничала с кабаном. Она любила силу и власть, а он любил певиц в перьях.

Актриса Макропулос пела вместе со всеми. Песня стерла грани между номинантами и зеваками, между молодыми и старыми. Все объединились, как в храме.

Банкиры пили под музыку. Они не пели, но музыка звучала у них внутри.

Голубые юноши внимали звукам, глядя в пространство. Они особенно остро чувствовали природу прекрасного и боялись помешать или спугнуть.

Жизнь, как большая круглая пластинка, поставленная на патефонный диск, — кружится, убывая с каждым витком. Но пока она кружится и звучит — кажется бесконечной. А может, и бесконечна. Если бы знать...

ЩЕЛЧОК

поехал с мамой в дом отдыха. В это лето я поступил в институт и мама взяла меня отдохнуть. А вместе с мамой поехала ее подруга с дочкой. Дочку звали Людка. Людке было шестнадцать лет, но она вела себя как ребенок, притом избалованный. У нее было какое-то запоздалое развитие. В шестнадцать лет она вела себя как в десять. Мама мне объяснила, что она болела, училась дома, в школу не ходила, с ровесниками не общалась, ее баловали. Ее болезнь называлась ревмокардит. Инфекция жрет сердечный клапан, жуткая вещь...

— Да... — сказала я. — Знаю.

— Откуда ты знаешь?

— У меня тоже был ревмокардит.

— Ну вот... Наши мамы уезжали на работу, а нас оставляли одних. Мне говорили: Митя, следи за Людой.

— Ты и следил, — подсказала я.

— Да нет. Она мне не нравилась. Дура какая-то... Сзади подкрадется и крикнет над ухом. От неожиданности кишки обрываются. Или вырвет что-нибудь из рук и удирает: отними, отними... Раздражала ужасно. Просто дуры кусок.

— А почему кусок, а не целая дура?

— Она, в общем, была очень способная. Я с ней занимался математикой. На ходу хватала.

— И однажды вы пошли купаться, — напомнила я.

— Ты знаешь? Я тебе рассказывал? — догадался Митя.

Он действительно рассказывал мне эту историю, но ему хотелось еще раз восстановить в памяти тот день сорокалетней давности. И я великодушно соврала:

— Может, рассказывал, но я забыла.

— Да. Пошли мы купаться. Она разделась, я на нее, естественно, не глядел. Только обратил внимание, что ее купальник сшит из простыни. Наши мамы были бедные, денег не было на готовый купальник. А может, их тогда у нас не продавали. Пятидесятые годы, послевоенная разруха. Холодная война. Импорта не завозят, не то что теперь... Короче, вошла она в воду. Плавает, визжит, барахтается, как пацанка. А потом вышла — я обомлел... Белый батист намок, облепил ее, и Людка вышла голая. Шестнадцать лет... Груди как фарфоровые чашки, темные соски... Бедра и талия — как ваза... И темный треугольник впереди. А я до этого никогда не видел голую женщину. Никогда. Стою как соляной столб. Не могу глаз отвести. Ты меня понимаешь?

— А чего тут непонятного? Конечно, понимаю. А дальше?

— Ну, она что-то сообразила, смутилась. Быстро оделась, натянула юбку. И стала под юбкой снимать мокрые трусы. Они не снимались. Она прыгала на одной ноге. В конце концов сняла. А я не мог отделаться от мысли, что под юбкой она голая и прохладная.

Лифчик снимать не стала, надела кофту. И кофта сразу намокла, впереди круги, величиной с блюдце.

Мы молча пошли в столовую. Она впереди, я сзади. Оба пришибленные, как Адам и Ева, которые откусили от яблока и что-то поняли.

Дмитрий замолчал, как будто нырнул в тот давний летний день.

— А потом... — поторопила я, хотя знала, что потом...

— Приехали родители. Впереди были выходные, конец пятницы, суббота и воскресенье. Мы еле дождались, чтобы настало утро понедельника и они бы укатили на работу.

Вот настало утро понедельника. Потом полдень. Солнце буквально палило. Как в Африке. Мы снова отправились купаться. Она снова разделась. Тот же самый купальник. Все по схеме. Она вошла в воду, вышла из воды... И тут я упал на траву от смеха... У нее в трусах, напротив треугольника, — сложенный вчетверо квадратик носового платка. Это она прикрылась, чтобы не просвечивало... Я валялся по траве и смеялся довольно долго, зажмурив глаза от радостного напряжения. А когда открыл глаза, увидел, что она сидит на земле и плачет. Подняла колени, лицо — в колени, и так горько, как плачут только дети.

Мне стало неудобно за свою жеребячью бестактность, я сел возле нее и стал утешать, гладить по волосам, по плечам. Я говорил слова, вроде того, что она лучше всех и что смеялся я не над ней, а так... Просто хорошее настроение.

Она постепенно перестала плакать, именно постепенно, и в конце концов подняла лицо, посмотрела перед собой каким-то долгим взглядом и проговорила:

— Надо идти, пожалуй...

И поднялась не спеша. Встряхнула головой, освободила волосы. Потом накинула халат и медленно, гибко, как кошка, пошла по тропинке. Я с удивлением смотрел ей в спину. Шла юная женщина, исполненная тайн и предчувствий. Перерождение произошло на моих глазах. Как будто треснула почка и выбился бутон. И я увидел это как в мультипликации. Только что одно, и вдруг — другое...

Митя замолчал, как будто увидел идущую по тропинке шестнадцатилетнюю Людку — таинственную и прохладную...

— А потом? — спросила я.

— А потом она пришла ко мне вечером. Сама. Я бы не посмел. Мне ее доверили, и я бы не решился преступить. Но она пришла сама...

— И чего?

— С тех пор мы не расставались.

Митя задумался. Долго смотрел перед собой.

— А дальше... — подтолкнула я.

— Дальше мы поженились. Я окончил аспирантуру. Открыл рибосому.

Митя замолчал.

— А что это? — поинтересовалась я.

— Синтез белка. Я сначала вычислил его в голове, а потом сделал эксперимент и подтвердил свое открытие экспериментально.

— Так Шлиман открыл свою Трою, — вспомнила я. — Он ее сначала вычислил в мозгах. Додумался. А потом поехал на место и убедился, что она именно там.

— Ну да, — задумчиво согласился Митя. — Я работал Шлиманом.

Я не стала спрашивать, что дальше. Я знала, что Люда умерла. Все это знали. От сердца умирают в одночасье.

— Мы пили чай, я пошел за почтой, — негромко рассказывал Митя. Его голос был слегка механическим. Он просто шел за своими воспоминаниями. Настоящее горе всегда выражается просто, без оперной преувеличенности.

— Я взял газеты, вернулся, а ее нет. То есть она сидит за столом, но ее нет. Я сразу это понял. Мертвый человек — как брошенный дом с заколоченными ставнями. Жизнь ушла, и это ни с чем не перепутать. Только что — одно, и вдруг — другое...

Только что ребенок — щелчок — и женщина. Только что живая — щелчок — и мертвая. И этому невозможно противостоять. Время идет только в одну сторону.

— В этот год мне присвоили звание ОВУРа, — сказал Митя и расшифровал: — Особо Выдающийся Ученый России. Людка была счастлива.

— Она же умерла... — не поняла я.

— Ну и что? Мы все равно не расстаемся...

Я задумалась: Митя и Люда — по разные стороны времени, а все равно вместе. Половина населения страны, если не три четверти, живут в одно время и даже на одной жилплощади — и все равно врозь. Как я, например.

— ОВУР похоже на ОВИР, — сказала я, чтобы что-нибудь сказать.

— А это что?

— Отдел виз и регистраций.

— Когда-нибудь и я получу свою основную визу и отправлюсь к Людке. И мы снова с ней пойдем купаться. Там ведь есть река.

— Лета, — подтвердила я. — В ней вода теплая, как на Кубе.

— Откуда ты знаешь?

— Я так думаю. И песок белый, как мука.

— А крокодилы там есть? — спросил Митя.

— Есть. Но они никого не жрут. Просто плавают, и все. Люди, львы, крокодилы.

— Хорошо... — отозвался Митя. — И купальников не нужно.

УИК-ЭНД

 о утрам она делала гимнастику. Махала руками и ногами. Гнула спину вперед и назад.

— А ты не боишься упасть и сломать шею? — пугалась я.

— Я чувствую, когда граница, — отвечала Нинон.

— А как ты чувствуешь?

— Центром тяжести. Он в позвоночнике. Я чувствую грань между «да» и «нет».

После зарядки Нинон направляется в душ. Плещется долго. Я вхожу следом и замечаю, что колонка течет. Распаялась.

Наша хозяйка, у которой мы снимаем дачу, умоляет только об одном: не смешивать воду в колонке. Отечественные колонки рассчитаны на один режим: холодная или горячая. Нинон это знает. Но для здоровья и удобства ей нужно смешать воду, и значит, все остальное не идет в расчет: хозяйка, ремонт колонки, деньги водопроводчику. Все эти мелочи Нинон не учитывает.

Я вошла в кухню и сказала:

— Нинон! Какая же ты сволочь!

Нинон пьет кофе — свежая, благоухающая, с маникюром и педикюром. Она кивает головой в знак согласия: дескать — сволочь, что ж поделаешь...

Ничего не поделаешь. Я вызываю по телефону водопроводчика и сажусь пить кофе. Уже за столом я вспоминаю, что забыла свой кофе в Москве.

— Дай мне ложку, — прошу я. — Иначе я не проснусь.

— Не могу. Я привезла только в расчете на себя.

Я вздыхаю, но делать нечего. Нинон — это Нинон. От нее надо либо отказываться, либо принимать такую, как есть.

Я ее люблю, а значит, понимаю. Любят не только хороших, любят всяких.

Нинон эгоистичная и жадная до судорог. Однако жадность — это инстинкт самосохранения, поэтому дети и старики, как правило, жадные. Я застала Нинон в среднем возрасте — между ребенком и старухой. Нам обеим под сорок. Мы на середине жизненного пути. Вторая половина идет быстрее. Но сейчас не об этом.

Наша дружба с Нинон имеет дачный фундамент. Мы вместе снимаем дачу — одну на двоих. Аренда на зимние месяцы стоит недорого, даже для меня, учительницы русского языка в общеобразовательной школе.

Нинон — переводчица. Она знает немецкий, французский, испанский, португальский, а заодно и все славянские: польский, югославский, болгарский. Нинон — полиглот. Она невероятно чувствует природу языка и может подолгу разглагольствовать на эту тему. Меня интересует одно: кто дал народам их язык? Откуда он взялся: испанский, французский и так далее? Это результат эволюции?

Нинон не знает. И никто не знает. Значит, язык — спущен Богом. Так же, как и сам человек.

Нинон любит профессию и владеет ею в совершенстве. Ее приглашают переводить на международные выставки. Она и сама похожа на иностранку: большеротая, большеглазая, тип Софи Лорен, но нежнее. Ее красота не такая агрессивная.

Что касается меня, то я — белая, несмелая ромашка полевая. У меня золотые кудряшки и лишний вес. Мечта офицера, коим и является мой муж. У меня муж — полковник. Нинон снисходительно называет его «красноармеец».

Мы с Нинон совершенно разные — внешне и внутренне. Она худая, я толстая. Она светская, я домашняя. Она жадная, я равнодушна к собственности. Она атеистка, я верующая. Но при этом мы дружим. Нам вместе интересно. Она меня опекает, критикует, ей нравится быть сильной. Она самоутверждается за мой счет, а я не против.

Мы вместе уезжаем на дачу, проводим субботу и воскресенье — Нинон называет это уик-энд. Мы гуляем на большие расстояния, смотрим телевизор, обмениваемся впечатлениями, отдыхаем от Москвы, от семьи.

У каждой из нас неполная семья. У меня муж без детей. У нее — дети без мужа. Неизвестно, что хуже.

Мы обе страдаем — каждая по-своему. Я страдаю от пустоты, а она от неблагодарности.

Ее муж, Всеволод, в повседневности Севка, достался ей иногородним студентом. Она его прописала в Москве, выучила, содержала до тех пор, пока он не встал на ноги. Он встал и ушел к другой, оставив ей двоих маленьких детей. Теперь детям пятнадцать и шестнадцать — сын и дочь. Соня и Сева. В выходные дни, пользуясь отсутствием матери, дети собирают в доме ровесников. Эти ровесники портят мебель. Недавно оторвали колесико от кресла и потеряли. Колесико не купить, поскольку кресло с выставки. В одном экземпляре. Надо заказывать колесико, потом вызывать плотника — все это время, деньги, усилия...

Я слушаю и киваю головой.

— Какие свиньи, — комментирую я.

Я — единственный человек, который понимает Нинон. Всем остальным это надоело. Ну сколько можно про кресло и про колесико и про неблагодарность. Уши вянут...

Пока мы завтракаем, я звоню в контору и вызываю водопроводчика. Водопроводчик Семен появляется довольно быстро, чинит — меняет какую-то трубку. Называет цену. Нинон вздыхает и говорит, что она внесет свою половину. Значит, вторую половину должна платить я, хотя испортила колонку Нинон. Но я счастлива, что мне досталась половина, а не целая сумма. Могло быть и так.

Мы уходим на прогулку, в этом смысл уик-энда: двигаешься, дышишь, покрываешь большие расстояния, проветриваешься кислородом.

Как хороша природа Подмосковья. Всякая природа красива, и джунгли в том числе. Но джунгли — это чужое. А Подмосковье — свое. Лес... березовая роща... заброшенная почти деревушка. Грубая бедность прикрыта снегом. Все смотрится романтично.

Нинон шагает рядом на крепких страусиных ногах, шапочка над глазами, черные пряди вдоль лица. Чистый снег пахнет арбузными корками, а может быть, это парфюм Нинон. Она душится японскими духами, которые имеют запах арбуза.

Нинон идет размеренно, как верблюд. Я задыхаюсь, а она нет. Я прошу:

487

— Давай передохнем...

Нинон не соглашается:

— Останавливаться нельзя. Нельзя терять ритм.

Я чертыхаюсь, но все-таки иду. И вдруг через какое-то время ощущаю, что у меня открылось второе дыхание. Действительно стало легче.

Нинон усложняет задачу. Она выбирает наиболее трудные тропинки, а еще лучше бездорожье, чтобы проваливаться по колено. Трудно поверить, что с ней ЭТО было. Может быть, она выдумывает... Но нет. Такое не выдумывают.

Дело в том, что несколько лет назад Нинон пережила тяжелую болезнь. Она не любит это вспоминать. Это тайна, которую она поведала только мне. И я приняла тайну на сердце.

Была болезнь в стадии 2-б. Всего четыре стадии. Была операция. После операции навалилась депрессия, хотела покончить с собой, но нельзя. Дети маленькие. Их надо поднять, хотя бы до совершеннолетия. Кроме нее, поднимать некому. Мать старая, муж у другой. Нинон поняла, что у нее — только один выход: выстоять и выжить. И она выживала. Буквально вытаскивала себя за волосы из болота, как барон Мюнхгаузен. Не лекарствами — образом жизни. Закаливание, ограничение и нагрузка — вот три кита, на которых держится ее существование.

Закаливание — это обливать себя холодной водой. Ограничение — мало есть, только чтобы не умереть с голоду. Вес должен быть минимальным. Сердцу легче обслужить легкое тело.

Нагрузки — ходьба. В Москве она забыла про транспорт, везде ходила пешком, покрывала в день по тридцать километров. На субботу и воскресенье выезжала за город — и эти же расстояния на свежем воздухе.

Когда Нинон видела, что пора возвращаться, а не хватает километров, она специально сбивалась в пути. Мы кружили и блуждали, как партизаны. Выбившись из сил, садились на сваленную березу.

Нинон может разговаривать только на одну тему: о своем муже Севке. С ее слов — это сексуальный гигант, она была с ним счастлива как ни с кем, и если изменяла — только в отместку. Их отношения с Севкой — это чередование бешеных ссор и бешеных совокуплений. Середины не было. По гороскопу Нинон змея, а Севка тигр. Это абсолютно несовместное сочетание. Змея норовит ужалить исподтишка, а тигр сожрать в открытую. Вот они и разошлись. Но после Севки Нинон выпала на холод. Треснула душа, как если бы раскаленное окунуть в ледяное. Поэтому Нинон заболела. Но она не умрет. Выживет ему назло.

Мы с Нинон поднимаемся и идем дальше, Севке назло. Тигр думает, что он уничтожил змею, наступил на нее лапой. Нет. Она выскользнула и вперед, вперед...

И я следом за Нинон, а куда деваться? Я в основном молчу, в диалог не вступаю. Мне и рассказывать нечего. Мой муж — мой первый и единственный мужчина. А я у него — единственная женщина. Бывает и так.

— Ты ему никогда не изменяла? — поражается Нинон.

— Я верующая. Нам это нельзя, — оправдываюсь я.

— Ерунда. Православие разрешает грешить и каяться.

— Значит, русским можно, а татарам нельзя? — уточняю я.

— Можно всем. Без страстей жизнь скучна.

Я подумала: «А со страстями получается стадия 2-б». Но промолчала.

В брежневские времена не было казино, ночных клубов. Никаких развлечений. Левые романы — это единственное, что было доступно советским гражданам. Многие ныряли в левые романы от скуки, от невостребованности. Это как бы часть социума.

Мы движемся совершенно одни по снежному полю. Если посмотреть сверху — две черные точки на белом.

Я не ропщу. Мы скованы одной цепью — дружбой.

К двум часам мы возвращаемся на дачу — морозные, проветренные и голодные. Хочется есть, есть, есть...

Нинон разрешает себе лепесток мяса, кучку капусты и кусочек черного хлеба, который я называю «сто двадцать пять блокадных грамм».

Я в это время ем кусок жареной печенки величиной с мужскую галошу.

— Ужас... — пугается Нинон. — Печень вырабатывает холестерин. Ты ешь сплошной холестерин.

Звонит телефон. Ей звонят, она звонит. Ей все нужны, и она нужна всем. Нинон — как волнорез, о который разбиваются многие волны. Ее приглашают в гости, в театр, на выставку. Ее хотят видеть, слышать и вдыхать. Нинон пользуется успехом. Успех — это насыщенная гордость. Нинон полна гордостью до краев и забывает о своих неприятностях и даже о болезни. Таково защитное свойство человеческой психики.

После еды вырабатывается гормон покоя. Мы ложимся и засыпаем. В Испании это называется сиеста.

За три года такой жизни я похудела, окрепла и помолодела. Все это замечают. Даже мои ученики.

Наступила перестройка и принесла свой сюжет и свои декорации.

Дети Нинон выросли. Им двадцать и двадцать один. Сын влюбился в немку и уехал в Германию. Дочь завела себе друга по имени Олег, и они стали жить вместе в центре Москвы.

У меня все по-старому, кроме учеников. Ученики сдают выпускные экзамены и исчезают во времени. Ученики текут, как вода, как река, как сама жизнь.

Мы по-прежнему ездим с Нинон на уик-энды. Дача прежняя, прогулки те же самые, но не по снегу, а по изумрудной траве.

Лето. Шагается легко. Нинон жалуется по обыкновению, а я слушаю. «Кому повем печаль мою...»

Нинон живет одна. Это хорошо, поскольку никто не мучает. Но и плохо, потому что все — не по ее.

Друг Сони занимается бизнесом: купи-продай... Что он продает, что покупает — непонятно. Единственная мечта Нинон, чтобы этого Олега не было в помине. Пусть бросит Соню или в крайнем случае — пусть его отстрелят.

Так и случилось. Нинон накаркала. Приманила несчастье. Однажды Олег вошел в лифт. В лифте стоял невысокий мужичок и улыбался.

— Вам на какой? — спросил Олег.

— На последний, — отозвался мужичок.

Олег нажал свою кнопку с цифрой «пять». Лифт начал подниматься. Мужичок выстрелил, не переставая улыбаться. Пуля попала в середину тела, между грудью и животом.

Лифт остановился на пятом этаже. Мужичок вышел и, насвистывая, побежал вниз. А Олег выполз на площадку и успел позвонить в дверь. Соня открыла, и ей на руки осел любимый, окровавленный, теряющий сознание. Как в кино.

Соня позвонила матери, а уж потом в «Скорую». Нинон ринулась в спасение ненавистного ей Олега. Она доставала по своим каналам редчайшие лекарства, платила бешеные деньги, при ее-то жадности.

Олег выжил. Они с Соней уехали в Швейцарию отдыхать. Значит, было на что. Настроение у Олега было жуткое. Он буквально заглянул смерти в лицо и боялся, что это повторится. Видно, что-то не то продавал. Но все обошлось. Ему позвонили и сказали: выжил — твоя удача. Живи. Но больше дорогу нам не переходи. Мы это не любим. Олег поклялся, что больше дорогу не перейдет, будет держаться подальше.

Жизнь вошла в свое русло. Нинон снова стала ненавидеть Олега.

— Это человек не нашего круга, — возмущается Нинон.

— Сейчас круги перемешались, — говорю я. И это правда.

— Моя мать из глухомани вышла замуж за городского. Это был путь наверх. Я поднялась еще выше. Я знаю пять языков. Моя дочь должна была подняться выше меня. Или хотя бы на уровне. А она... Пала ниже, чем мать. Та хоть трудом зарабатывала, а этот ворует. Зачем я его спасала? Думаешь, он мне благодарен?

— Думаю, да. Без всякого сомнения.

— Хоть бы деньги за лекарство отдал. Я говорю: Соня, скажи Олегу, пусть отдаст тысячу долларов за лекарство. А она: «Мама, как тебе не стыдно...» Представляешь?

— Скажи сама, — советую я.

— Неудобно... Получается, что я совершила благородный поступок, а теперь требую за это деньги.

— Тогда не требуй...

— Они сами должны понимать. А они не хотят понимать. Трахаются, и все.

— А ты что делала в их возрасте? — напоминаю я. — То же самое...

Нинон замолкает. Уходит в себя. Она сделала для своих детей все, что могла, и больше, чем могла. Она выжила. А они — неблагодарные. Один уехал, и с концами. Как будто его нет. А другая продолжает доить мать, как дойную корову.

— Ну почему все только в одну сторону? — вопрошает Нинон. — Почему я должна все время давать?

— Так это же хорошо. Значит, ты сильная. Рука дающего да не оскудеет.

Перед нами широкая протока. Это уже не ручей, но еще не речка.

Нинон скидывает с себя одежду, и голая, как нимфа, погружает себя в воду. Вода ее омывает. Лицо светлеет и становится детским. Она не плывет, а ходит на руках по дну, как земноводное. Нинон меня зовет, но я боюсь застудиться. Я еще надеюсь когда-нибудь родить.

— Холод лечит, — успокаивает Нинон. — Не бойся...

Я осторожно захожу в воду и сажусь на дно. Тело мгновенно привыкает к разности температур. Какое блаженство... Вода уносит мои печали и разъедающие думы Нинон. Кажется, что в природе нет никого и ничего, как в первый день творения: только синее небо, хрустальная вода и голый человек.

Вечером мы идем в гости.

В дачном поселке много общих знакомых. На соседней улице живут Брики. Я их так зову. Вообще, у них другая фамилия. Общее с Бриками — треугольник. Женщина и двое мужчин. Она — немолода, с жидкими волосами и очень близорука. Очки, как бинокли, от этого глаза за очками кажутся мелкими, как точки. Ее зовут Рита. Говорят, у нее золотые мозги и душа тоже вполне золотая.

У них постоянно бывают гости. Я замечаю, что Нинон метет еду, как пылесос. В гостях она не столь привередлива. И когда на общем блюде остается еда, типа сациви или салата, Нинон подвигает к себе блюдо и сметает могучим ураганом своего аппетита, который приходится постоянно сдерживать.

Все это замечают, но легко прощают. Ей можно больше, чем остальным. Почему? Потому что она ТАКАЯ.

Я смотрю на Бриков. Они мне нравятся: все вместе и каждый в отдельности. Мужчины породистые и самодостаточные. Нинон красивее и моложе, чем Рита. Но у Риты — двое. А у Нинон — ни одного. Несправедливо. Однако я догадываюсь, в чем дело. Нинон эгоистична, ничем не делится, ни деньгами, ни душой. А Рита делится всем.

Мужчины за столом — физики и лирики, смотрят на меня с большим одобрением. Я к этому привыкла. Я нравлюсь всем слоям и прослойкам. Но я свято соблюдаю заповедь: не прелюбодействуй. Я твердо знаю, что мой брак держится на моей верности. Если верности не будет — все рухнет, и очень быстро. Поэтому я — устойчива и спокойна, и это добавляет мне козырей.

В конце вечеринки мы поем песни Юрия Визбора.

«Милая моя, солнышко лесное...» Вообще, это не грамотно. Солнышко не бывает лесное или речное. Оно — одно. Но в этой ошибке столько очарования и нежности: солнышко лесное...

Я смотрю на Нинон. Улыбка перебегает от уголков ее губ к глазам. Наконец-то она сыта и счастлива. Она забыла про Севку, про болезни, про неблагодарность... Счастлива, и все. В мире столько нежности на самом деле.

Время шло. В стране установился непонятный строй: капитализм по-русски.

Дача накрылась медным тазом, как говорят мои ученики. Наша дачная хозяйка продолжает сдавать, но за доллары. В стране все всё сдают, иначе не выжить.

Нинон оформила документы и укатила в Германию, поближе к сыну. Прежде чем уехать, она сдала свою квартиру американцу за бешеные деньги. Квартира у Нинон большая, элегантная, в хорошем районе. За американца платила фирма, так что все довольны — и американец, и Нинон. А фирме все равно, она будет переводить деньги в русский банк Нинон, на валютный счет.

Я в очередной раз попыталась забеременеть, и это случилось, но ненадолго. Должно быть, Бог отменил мою ветку. Ему видней. Это очень жаль, потому что я создана для материнства. У меня просторные бедра, чтобы родить, грудь, чтобы кормить, и лицо, чтобы склониться над ребенком. Все это не понадобилось. Странно...

У меня не очень хорошо с нервами, и я вышиваю крестом. Это успокаивает. Когда мы с мужем идем в театр, я кладу рукоделие в сумочку и вышиваю в антракте. На меня все смотрят с удивлением: зачем вышивать в театре? Сиди дома и вышивай. Но муж не делает мне замечаний. Ему все равно, лишь бы я была рядом. Мы — идеальная пара. Может быть, за это Бог не дает нам детей.

У Нинон есть поговорка: «Кругом шестнадцать не бывает». Почему шестнадцать — я не понимаю. Но смысл в том, что человек не получает все сразу. Или идеальная пара без детей, или тигр со змеей, но с детьми.

Я вышиваю крестом и утешаю себя как могу. Я скучаю без дачи и без Нинон. От меня как будто что-то ушло.

Нинон звонит мне по ночам, поскольку ночью льготный тариф. В Германии ее жадность обострилась. Тем не менее я в курсе ее жизни.

Первым делом Нинон воспользовалась немецкой медициной и проверила свое здоровье. Стадия 2-б — это как мина с часовым механизмом, не знаешь, когда рванет. Но здоровье оказалось в полном порядке. Никакой стадии, никаких отклонений от нормы. Печень чиста, как у ребенка. Кровь, как утренняя роса. Больше не надо выживать. Просто жить и наслаждаться жизнью.

Нинон позвонила мне ночью.

— Я совсем в порядке, — сообщила она. — Представляешь?

Я отметила, что ее русский похож на подстрочник. Значит, она думает по-немецки.

— Я победила, — сказала Нинон, — потому что я боролась.

Я испытала честное, искреннее счастье, но выразить не успела.

— Пока, — попрощалась Нинон и бросила трубку. Экономила.

Я долго не могла заснуть от радостного возбуждения. У меня, как оказалось, прочная подруга, ее хватит на всю мою жизнь и еще останется.

* * *

Жизнь — это смертельная болезнь, которая передается половым путем. Мы все умрем когда-нибудь. Но когда? Вот этого лучше не знать. Тогда жизнь кажется вечной.

Убедившись в своей вечности, Нинон отправилась к сыну в Кельн. Их дом стоял неподалеку от знаменитого собора.

Жена сына спросила у сына: «На сколько приехала твоя мама?» Сын не знал и спросил у Нинон: «На сколько ты приехала?» Нинон тоже не знала и сказала:

— Давай на неделю. — Она поняла, что больше недели для них будет много.

— Ну хорошо, — сказал сын.

— Ну хорошо, — вежливо согласилась жена сына.

Нинон поняла, что неделя — тоже много. У немцев есть поговорка: «Гость на второй день плохо пахнет». Сын любил свою маму, но он уже давно жил без нее и отвык. К тому же на Западе разные поколения не живут вместе. Запад — это не Восток.

Нинон сняла маленькую квартирку под крышей в дешевом районе. Там было много русских и турок, что для немцев одно и то же: беженцы, переселенцы, второй сорт. Немцы не любят пришлых. Они налаживали веками свою жизнь и экономику, а другие пришли на готовое и пользуются, занимают рабочие места...

В России Нинон была как волнорез, о который разбивались многие волны. Все текло, двигалось, как живая вода. А здесь — вакуум. Потеря статуса. Нинон никому не нужна за то, что она ТАКАЯ... Никому даже не интересно, какая она.

Нинон решила устроить свою личную жизнь и написала объявление в газету. Там это принято. Дескать, такая-то хочет того-то...

Сразу откликнулись четыре кандидата. Нинон получила письма и фотокарточки.

Один был запечатлен на фоне озера прислоненным к скамейке. И было неясно, сможет ли он удержаться, если скамейку отодвинуть, или рухнет от старости.

Другой — бодрый, но мерзкий.

Третий — примитивный, как овощ на грядке. А чего бы она хотела? Чтобы по объявлению явился Арнольд Шварценеггер?

495

Четвертый — красивый. Югослав. Тоже беженец, и альфонс скорее всего. Но Нинон на мужчин деньги не тратит. У нее тенденция к наоборот.

Нинон остыла к затее личного счастья. Через службу знакомств счастье не приходит. У него свои дороги.

Нинон заподозрила, что она слишком много хочет: и здоровья, и счастья, и богатства. Она хочет кругом шестнадцать, а так не бывает.

Нинон долго не звонила. Однажды я позвонила ей сама. Спросила:

— Ты в порядке? — Эту фразу я почерпнула из мексиканских сериалов.

— Знаешь, кого я встретила? — глухо спросила Нинон.

Откуда же мне знать...

— Севку, — сказала Нинон.

В один прекрасный день Нинон забрела в универмаг, где шла распродажа. Стала рыться в большой пластмассовой корзине с барахлом и вдруг ощутила, что рядом тоже кто-то роется и толкается. Она подняла глаза и увидела Севку. Тот же самый плюс тридцать лет. Что он здесь делает? В командировке или на постоянном жительстве? И вот дальше — самое поразительное. Нинон НИЧЕГО не почувствовала. Ее душа не сдвинулась ни на один миллиметр. Пустыня. Песок. То, что раньше ворочалось, как тяжелые глыбы, перетерлось до песка. То, что горело, — остыло до серого пепла. Пепел и песок.

Севка рылся в барахле и ничего не видел вокруг. Нинон хотела его окликнуть, но передумала. Ушла.

— У меня ностальгия, — сообщила Нинон.

— По родине? — уточнила я.

— По себе прежней. Мне себя не хватает. Я просто задыхаюсь без себя...

Через неделю Нинон собрала свои вещи, покидала их в два чемодана и вернулась в Россию.

Вернулась, но куда? В ее квартире жил американец, и большие деньги оседали на ее валютном счету. А деньги — это все. Нинон на них молилась.

Решила снять дешевую квартиру и жить на разницу. Нинон сняла крошечную однокомнатную квартиру в круглом доме. Архитекторы придумали новшество: круглый дом, а в середине круглый двор. Как в тюрьме. Все серое, бетонное, безрадостное. Вокруг — нищета, горьковское «дно». По вечерам откуда-то сверху доносятся пьяные вопли и вопли дерущихся. Кажется, что кто-то кого-то убивает. А может, и убивает.

Со мной Нинон не хочет встречаться, потому что стесняется квартиры — крошечной, с помоечной мебелью. И стесняется себя. Всех трех китов — воздержание, нагрузку и закаливание — Нинон отпихнула ногой в сторону. Зачем голодать и накручивать километры, если со здоровьем все в порядке. Нинон предпочитает лежать на диване, есть мучное и сладкое. Она растолстела на двадцать килограмм, перестала красить волосы. Стала седая и толстая — опустившаяся Софи Лорен.

Основное общение — соседка Фрося. У Фроси лицо сиреневое от водки, а во рту — единственный золотой зуб. Фрося — широкая натура, готова отдать все, включая последнюю рюмку. Беспечный человек. Нинон никогда не могла позволить себе такой вот безоглядной щедрости. Она всегда за кого-то отвечала: сначала за Севку, потом за детей. Она даже умереть не могла. А теперь может.

Нинон стала погружаться в депрессию. Она перестала выходить на улицу. Было неприятно видеть серые бетонные стены с черными швами между плитами. Неприятно видеть вертких детей и их родителей — тоже серых, как бетонные плиты.

Однажды я позвонила и сказала:

— Пойдем в церковь.

— Зачем?

— Бог поможет, — объяснила я.

— Бог поможет тому, кто это ждет. А я не жду.

— Тогда давай напьемся.

— А дальше что?

— Протрезвеем.

— Вот именно. Какой смысл напиваться...

Я положила трубку. Вспомнила Высоцкого: «И ни церковь, ни кабак — ничего не свято. Нет, ребята — все не так...» Действительно, все не так.

* * *

Пришло семнадцатое августа, и грянул кризис как гром среди ясного неба. Нинон всегда боялась, что ее обворуют. Чего боишься, то и случается. В роли грабителя выступило государство. Лопнул банк вместе с валютным счетом. Денежки сказали: «До свидания, Нинон». Никто не извинился, поскольку государство не бывает виновато перед гражданами. Только граждане виноваты перед государством.

Американец уехал, его фирма вернулась в Америку.

Нинон тоже вернулась в свою квартиру, в свою прежнюю жизнь. Квартира большая, элегантная, в хорошем районе — это тебе не круглый дом. Однако почва выбита из-под ног. На что жить — непонятно. Да и не хочется. В душе что-то треснуло и раздвинулось, как льдина в океане. И обратно не сдвинуть.

Раньше Нинон нравилось ставить задачу и преодолевать. А сейчас все это казалось бессмысленным. Дети выросли, тема неблагодарности снята. Образ Севки развеялся по ветру. Что остается? Ничего. Оказывается, выживание и неотмщенность — это и был ее бензин, которым она заправляла свой мотор. А теперь бензин кончился. Мотор заглох. Можно еще поприсутствовать на празднике жизни, а можно уйти, тихо, по-английски. Ни с кем не прощаясь.

Как-то утром Нинон вышла на балкон, посмотрела вниз. Высоты было достаточно, девятый этаж. Свою жизнь, которую годами восстанавливала, собирала по капле, Нинон готова была кинуть с высоты, выбросить, разбить вдребезги.

Рерих говорил, что физический конец — это начало нового пути, неизмеримо более прекрасного.

Нинон перегнулась, как во время зарядки, но не назад, а вперед. Осталось совсем мало, чтобы сместить центр тяжести...

В это время раздался звонок в дверь. Кто-то шел весьма некстати или, наоборот, — кстати.

Это была я. Обычно я все чувствую и предчувствую, я буквально слышу, как трава растет. Но в данном случае я не чувствовала ничего. Просто у меня появилась суперновость: моя соседка уезжала за границу и попросила последить за ее дачей. Бывать там хотя бы раз в неделю. Дача — классная, в тридцати километрах от Москвы, с собственным куском реки. Река проходит по ее территории и огорожена забором. Эта новость появилась вечером, а рано утром я уже ехала к Нинон. Она стояла передо мной со странным выражением. Я не понимала, рада она мне или нет.

— Есть дача, — сказала я с ходу. — Давай ездить на уик-энды.

Нинон молчала. Возвращалась издалека. С того света на этот.

— Природа сохраняет человека, — добавила я.

— Сколько? — мрачно спросила Нинон. Жадность первой вернулась в нее. Это хорошо. Жадность — инстинкт самосохранения.

— Нисколько, — ответила я. — Бог послал.

РОЗОВЫЕ РОЗЫ

на была маленького роста. Карманная женщина. Маленькая, худенькая и довольно страшненькая. Но красота — дело относительное. В ее подвижном личике было столько ума, искренности, непреходящего детства, что это мирило с неправильными чертами. Да и что такое правильные? Кто мерил? Кто устанавливал?

Ее всю жизнь звали Лилек. В детстве и отрочестве быть Лильком нормально. Но вот уже зрелость и перезрелость, и пора документы на пенсию собирать, — а она все Лилек. Так сложилось. Маленькая собачка до старости щенок.

Лильку казалось, что она никогда не постареет. Все постареют, а она нет. Но... Отдельного закона природа не придумала. У природы нет исключений из правила. Как у всех, так и у нее. Постарела Лилек, как все люди, к пятидесяти пяти годам. Она не стала толстой, и морщины не особенно бороздили лицо, однако возраст все равно проступал.

Человек живет по заданной программе: столько лет на молодость, столько на зрелость, столько на старость. В определенный срок включаются часы смерти. Природа изымает данный экземпляр и запускает новый. Вот и все.

Пятьдесят пять лет — это юность старости. Лилек — юная старуха. Ее день рождения приходился на двадцатое ноября. Скорпион на излете. Но он и на излете — скорпион. Лилек всю жизнь была очень гордой. Могла сделать себе назло, только бы не унизиться. Но сделать себе назло — это и есть скорпион.

Двадцатого ноября, в свой день рождения, Лилек проснулась, как всегда, в девять утра и, едва раскрыв глаза, включила телевизор. В девять часов показывали новости. Надо было узнать: кого сняли, кого назначили, кого убили и какой нынче курс доллара. Все менялось каждый день. Каждый день снимали и убивали и показывали лужу крови рядом с трупом. Средний возраст убитых — тридцать пять лет. Причина всегда одна — деньги. Было совершенно не понятно, как можно из-за денег терять жизнь. Разве жизнь меньше денег?

Лилек догадывалась, что деньги — это не только бумажки, это — азарт, цель. А цель иногда бывает дороже жизни. Но все равно глупо. Цель можно изменить, а жизнь — не повторишь.

Лилек смотрела телевизор. Муж шуршал за стеной. Он сам готовил себе завтрак, ел и уходил на работу.

Муж был юрист, и в последние десять лет его специальность оказалась востребованной. А двадцать пять советских лет, четверть века, он просидел в юридической консультации на зарплате в сто двадцать рублей и почти выродился как личность и как мужчина. Лилек привыкла его не замечать.

Сейчас она бы его заметила, но уже он не хотел ее замечать. Отвык. Можно жить и без любви, но иногда накатывала такая тоска — тяжелая, как волна из невыплаканных слез, и казалось: лучше не жить. Но Лилек — не сумасшедшая. Это только сумасшедшие или фанатики вроде курдов сжигают себя, облив бензином. Фанатизм и бескультурье рядом. Чем культурнее нация, тем выше цена человеческой жизни.

Лилек — вполне культурный человек. Врач в престижной клинике. Но престижность не отражалась на зарплате. Платили мало, даже стыдно сказать сколько. На еду хватало, все остальное — мимо. Где-то она слышала выражение: «Пролетела, как фанера над Парижем». Почему фанера и почему над Парижем? Куда она летела? Но тем не менее ее жизнь пролетела, как фанера над Парижем. Никакого здоровья, никакой любви. Только работа и книги. Тоже немало, между прочим. У других и этого нет.

Из классики больше всего любила Чехова — его творчество и его жизнь, но женщины Чехова Лильку не нравились: Лика глупая, Книппер умная, но неприятная. Возможно, она ревновала. Лильку казалось, что она больше бы подошла Антону Чехову. С ней он бы не умер. Ах, какой бы женой была Лилек... Но они не совпали во времени. Чехов умер в 1904 году, а Лилек родилась в сорок четвертом. Сорок лет их разделяло, плюс двадцать на взрастание, итого шестьдесят лет. Это много или мало?

Муж ушел на работу. Не поздравил, забыл. Ну и пусть. Она и сама забыла. Да и что за радость — 55 лет — пенсионный возраст.

Лилек пока еще работает, но молодые подпирают. Среди молодых есть талантливые, продвинутые. Но их мало. Единицы.

Российская медицина существует на уровне отдельных имен. Западная медицина — на уровне клиник. У нас — рулетка: то ли повезет, то ли нет. У них гарантия. В этом разница.

Сегодня у Лилька отгул после дежурства. Отгул и день рождения. Можно никуда не торопиться, послушать, как время шелестит секундами.

Посмотрела «Новости», утренний выпуск. Потом кино — мексиканский сериал. Действие двигалось медленно — практически не двигалось, поскольку авторам надо было растянуть бодягу на двести серий.

Серия подходила к концу, когда раздался звонок в дверь. «Кто бы это?» — подумала Лилек и пошла открывать — как была, в ночной рубашке. В конце концов, рубашка длинная, скромная. В конце концов — она дома.

Лилек открыла дверь и увидела на уровне глаз розовые розы, большой роскошный букет сильных и красивых цветов. Тугие бутоны на длинных толстых стеблях — должно быть, болгарские. Такие у нас не растут. За букетом стоял невысокий блондин с плитами молодого румянца на щеках. Лицо простодушное, дураковатое, как у скомороха.

— Это вам, — сказал скоморох и протянул букет.

— А вы кто? — не поняла Лилек.

У нее мелькнула мысль, что цветы от благодарного пациента... Но откуда пациенту известен адрес и повод: день рождения. К тому же пациенты — как их называют, «контингент», партийная элита на пенсии — народ не сентиментальный и цветов не дарят.

— Я посыльный из магазина, — объяснил скоморох.

— А от кого?

— В букете должна быть визитка.

Лилек осмотрела цветы, никакой визитки не было. От букета исходил непередаваемый розовый аромат. Запах богов. Так пахнет счастье.

— Нет ничего, — поделилась Лилек. — Вы, наверное, перепутали...

Скоморох достал одной рукой маленький блокнот, прочитал фамилию и адрес. Все совпадало.

Лильку ничего не оставалось, как принять букет.

— А от кого? — переспросила она.

— Значит, сюрприз, — ответил посыльный и улыбнулся.

Улыбка у него была хорошая, рубашка голубая и свежая, и весь он был ясный, незамысловатый, молодой, как утро.

— Проходите, — пригласила Лилек.

Парень ступил в прихожую. Лилек прошла на кухню, освободила руки от цветов. Стала искать кошелек, чтобы поблагодарить посыльного. Но кошелька не оказалось на положенном месте. Она пошарила по карманам и нашла пристойную купюру: не много и не мало.

Посыльный ждал, озираясь по сторонам. Должно быть, смущался.

Получив чаевые, он попрощался и ушел. А Лилек вернулась к цветам. Стала обрабатывать стебли, чтобы цветы дольше стояли. Налила воду, бросила туда таблетку аспирина. Совместила банку, воду и розы.

Боже мой... Вот так среди осенней хляби и предчувствия зимы — маленький салют, букет роз. Но кто? Кто выбирал этот цвет? Кто платил такие деньги? И кому это вообще пришло в голову? Кто оказался способен на такой жест?

Контингент — не в счет. Бывшие политики, как стареющие звезды, никак не могут поверить в то, что они — бывшие. И все розы — им.

Кто еще? Антон Павлович Чехов? Но он умер в 1904 году.

Может быть, Женька Чижик? Первая любовь, которая не ржавеет...

Все-таки ржавеет. Более того, ничто так не ржавеет, как первая любовь.

Лилек и Женька вместе учились в медицинском. Но Лилек — терапевт, а Женька — ухо, горло, нос. Он был красивый и сексуально активный. Его звали: «в ухо, в горло, в нос»...

Они сошлись на почве активности и духовности. Лилек была влюблена в Чехова, а Женька в Достоевского. Он все-все-все знал про Достоевского: что он ел, чем болел, почему любил Аполлинарию Суслову, а женился на скромной Анне... Потому что одних любят, а на других женятся.

На Лильке он женился по этому же принципу. Любил высокую, независимую Лидку Братееву, которая переспала с половиной студенческого и профессорского состава. А может, и со всеми. При этом инициатива принадлежала Лидке. Она приходила и брала. Те, кто послабей, — убегали и прятались. Но Лидка находила и выволакивала на свет. Такой был характер. Она жила по принципу: бей сороку, бей ворону, руку набьешь — сокола убьешь.

Так и вышло. Ей достался вполне сокол, она вышла за него замуж и на какое-то время притихла. Но потом принялась за старое. Распущенность, возведенная в привычку, — это ее стиль. Ей нравился риск, состояние полета. А за кем летать — за вороном или соколом — какая разница.

Женька женился назло и долгое время путал их имена. Лиля и Лида — рядом.

Лилек ненавидела Лидку — в принципе и в мелочах. Ей был ненавистен принцип ее жизни, нарушение восьми заповедей из десяти. И ненавистно лицо: лоб в два пальца, как у обезьяны гиббон, и манера хохотать — победная и непристойная. Как будто Лидка громко пукнула, огляделась по сторонам и расхохоталась.

Но основная причина ненависти — Женька. Он без конца говорил о ней, кляня. Он был несвободен от нее, как Достоевский от Аполлинарии Сусловой. И оба спасались женами. Женька погружался в Лилька, зажмуривался и представлял себе ТУ. Мстил Лидке. Лилек была инструментом мести.

Но время работало на Лилька. Та плохая, а Лилек хорошая и рядом.

Они вместе учились, вместе ели и спали, вместе ездили на юг — тогда еще у России был юг. И все бы ничего, но... Женькина мамаша.

Мамаша считала брак сына мезальянсом. Женька — почти красавец, умница, из хорошей семьи. Лилек — провинциалка, почти уродка. Мамаша просто кипела от такой жизненной несправедливости и была похожа на кипящий чайник — страшно подойти.

Жили у Женьки. Лилек привезла с собой кошку, тоже не из красавиц. У кошки, видимо, была родовая травма, рот съехал набок, как у инсультников. Она криво мяукала и криво ела.

И вот эта пара страшненьких — девушка и кошка — обожали друг друга нечеловеческой любовью, а может, как раз человеческой — идеальной и бескорыстной. Иногда у Лилька случался радикулит, кошка разбегалась и вскакивала ей на поясницу, обнимала лапами. Повисала. Грела поясницу своим теплым животом. И проходило. От живого существа шли мощные токи любви — получалась своеобразная физиотерапия.

Лилек волновалась, что кошка выпадет из окна, — мамаша постоянно раскрывала окно настежь. Лилек навесила специальный крючок, который ограничивал щель до десяти сантиметров. Воздуха хватало, и никакого риска. Кошка скучала по воле. Она вскакивала на подоконник, втискивала в щель свой бок с откинутой лапой и так гуляла. Однажды в ее лапу залетела птица. Так что можно сказать, кошка охотилась, а значит, жила полноценной жизнью. Лилек не охотилась, но тоже жила вполне полноценно.

Она любила своего Женьку, ей нравилось быть с ним наедине и на людях. Она им гордилась и любила показывать окружа-

504

ющим. Почти в каждых глазах она читала легкое удивление: Лилек — недомерок, а Женя — америкэн бой... Многие молодые женщины кокетничали с ним на глазах у Лилька, так как Женька казался легкой добычей. Каждая думала: если он польстился на такую каракатицу, то уж за мной побежит, писая от счастья горячим кипятком. Но это было большое заблуждение. Единственный человек, за которым он бежал бы, — Лидка Братеева.

Однажды Лилек и Женька отправились в театр и встретили там Братееву со своим соколом. Поздоровались. Лидка оглядела принаряженного Лилька, усмехнулась. В ее ухмылке было много граней, и все эти грани процарапали Женькино сердце.

Женька весь спектакль просидел бледный и подавленный. Молчал всю дорогу домой. А Лильку и вовсе тошнило. Она была беременной на третьем месяце.

Беременность протекала тяжело, токсикоз, мутило от запахов. Ей казалось, что от Женьки пахнет моченым горохом. Она постоянно отворачивалась, чтобы не попасть в струю его дыхания. В этот же период поднялась неприязнь к Достоевскому — эпилептик, больной и нервный. Волосы вечно гладкие, блестящие, будто намазаны подсолнечным маслом. Непонятно, что в нем нашла Аполлинария Суслова...

Чехов — совсем другое дело. Чехов — как Иисус — учил, терпел, был распят туберкулезом, его не понимали современники, критика упрекала за «мелкотемье». Но Иисус Христос никогда не улыбался, мрачный был парень. А Антон Чехов — шутил, и его юмор был тонкий, мягкий, еле слышный, погруженный глубоко, но слышный для посвященных. Для тех, кто с ним на одной волне.

Неприятие Достоевского явилось началом неприятия Женьки.

Женькина мамаша не советовала рожать, приводила убедительные аргументы. Лилек послушалась и сделала аборт, хотя все сроки прошли.

Почему Лилек послушалась? Где была ее голова? В молодости не хватает опыта, требуется совет старших. Совет был дан неправильный.

Вопрос: а где были родители Лилька? В другом городе, маленьком и провинциальном. Лильку казалось тогда, что ее родители тоже маленькие и провинциальные. Ничего не понимают.

И еще одна причина — гордость — знак скорпиона. Чтобы не унизиться, готова укусить сама себя. Так оно и вышло. Лилек ужалила сама себя. Ребенок мог бы развернуть всю ситуацию на 180 градусов. Женькина мамаша непременно бы влюбилась во внука или внучку и из чайника ненависти превратилась бы в чайник любви. Этот новый человек всех бы объединил, включая кошку. И настала бы всеобщая гармония, когда все нужны всем. А так — никто не нужен никому.

Женька стал реагировать на кокетство чужих женщин. У него стали формироваться левые романы в присутствии Лилька.

Лилек боролась за свое счастье как могла — купила шляпку. Лильку шли маленькие беретики, а эта шляпа только подчеркнула ее внешнюю несостоятельность.

— Ну как? — неосмотрительно спросила Лилек.

Женька ничего не сказал. Усмехнулся, как Братеева. Это было прямое предательство.

Сработал скорпион. Лилек взяла книжку, кошку и ушла. Куда? А никуда. Сначала к подруге. Потом сняла комнату. А потом...

Об этом «потом» следует поговорить подробнее.

Потом Лилек обратилась к юристу и отсудила у Женьки с мамашей площадь. Им пришлось разменивать свою квартиру на меньшую плюс комната. Вот так. Это был ее ответ. Из жертвы Лилек превратилась в народного мстителя, и весь суд был на ее стороне. Скорпион жалил не себя, а врага. Лилек мстила за поруганную веру, надежду и любовь.

Когда женщина мстит — здравый смысл умолкает. Самое правильное, что может сделать мужчина, — это уносить ноги не раздумывая.

Женька Чижик не ожидал такого развития событий. Он считал, что все зависит от него, и даже пытался помириться. Но Лилек уже спала с юристом Леней Блохиным, в той самой комнате, которую они вместе отсудили. Лилек пошла на эту связь Женьке НАЗЛО. А Леня просто подчинился. Потом он втянулся в Лилька, как в черное кофе. Вроде невкусно, но если привыкнешь — ничем не заменишь. Малая наркомания.

Лилек взяла своего юриста — нагло, как Братеева. И оказалось, что Леня этому очень рад. Лилек сообразила, что мужчины на самом деле — слабый пол. И бывают довольны, когда женщины проявляют инициативу и сами все решают.

Леня — москвич, тоже с мамашей и прочими родственниками. Но на его территорию Лилек не ступала и с мамашей не знакомилась. Хватит с нее мамаш.

Они познакомились на свадьбе. Мамашу звали Ванда, хоть и не полька. Явно не полька.

Ванда доброжелательна и терпима — это и есть интеллигентность. Воспитать эти качества невозможно, с ними надо родиться, получить с генами.

Ванда отметила, конечно, что Лилек — не из красавиц, но это и хорошо. Спокойно. Меньше соблазна, а значит, крепче семья. А крепкая семья — это самая большая человеческая ценность.

На свадьбе Леня напился и в конце — заснул прямо за столом. Лилек везла его на стуле до кровати, а потом снимала ботинки и в этот момент любила пронзительно, до холодка под ложечкой.

Первое время они старались не разлучаться и даже спали, взявшись за руки. Так длилось долго, несколько лет. Но...

У Лилька было одно неудобное качество: желание объять необъятное. То, что шло в руки, — было уже в руках. Это уже неинтересно. Интересно, а что там... за поворотом. Хотелось заглянуть за поворот. И она заглядывала.

Лилек пошла лицом в отца. Мать говорила: не удалась. А первая свекровь произносила: «не красива́», с ударением на последнем «а». Аристократка сраная.

Лилек всю дальнейшую жизнь пыталась доказать: удалась и красива. Она доказывала это другим и себе. Имея весьма скромные внешние данные, она существовала как красавица. Ну, пусть не красавица... Но эмоций — полноводная река. Выбор — большой: врачи, пациенты, родственники пациентов. Привилегированная среда. А если выражаться языком орнитологов — элитарные самцы.

Лилек была открыта для любви и сама влюблялась на разрыв аорты. Начинался сумасшедший дом, душа рвалась на части.

Леня тем временем жил свою жизнь: уходил на работу и возвращался с работы. Кого-то защищал, выигрывал процессы, копался в юридических кадастрах — она в этом ничего не понимала. Основные его дела — раздел имущества, и Леня не переставал удивляться человеческой низости. Люди готовы были убить друг друга из-за клочка земли. Инстинкт «мое» оказывался доминирующим.

Несколько раз Леня являлся с синяком на губе, кто-то высасывал его из семьи. Но Леня держался. Почему? Непонятно. Лилек для всех была ангел-спаситель, кроме собственного мужа.

Иногда в доме раздавались немые звонки. Звонили и молчали. Лилек догадывалась, что это — претендентки на Леню. Где он их брал? Наверное, в юридической консультации. Лилек злилась, но молчала, поскольку претендентки вели себя прилично, не грубили по телефону и не приходили на дом. А потом и вовсе куда-то исчезали. Растворялись в пространстве.

Леня неизменно возвращался с работы. Совал ноги в тапки. Ужинал — как правило, это было мясо с жареной картошкой. Потом садился в кресло и просматривал газеты. Затем включал телевизор и ревниво смотрел — что творится в мире. В мире творилось такое, что интереснее любого детектива.

Детей не было, но Леня и не хотел. Он умел любить только себя, свой покой и свои привычки. А дети выжирают жизнь, хоть и являются ее смыслом. Какой-то странный смысл получается: жить ради другого. А ты сам? Разве не логичнее жить свою жизнь для себя...

Лилек хотела ребенка, готова была родить от кого угодно, но... как говорит пословица: «Бодливой корове бог рогов не дает».

Лилек во всем винила свою первую свекровь и ненавидела ее со всей яростью скорпиона. Со временем первая свекровь умерла, но Лилек ненавидела ее за гробом. Бедная старуха Чижик, должно быть, переворачивалась в гробу.

Женька Чижик, как она слышала, несколько раз женился и разводился. У него не складывалось. Видимо, его браки совершались на земле. В районных загсах. А брак Лилька и Лени — стоял и даже не качался. Значит, был заключен на небесах.

Жизнь манила и звала. Было интересно заглянуть за поворот. За поворотом, как правило, оказывалось либо чужое, не твое, либо негодное к употреблению, как поддельная водка. Чужое — значит красть. Поддельное — значит отравиться.

Лилек, случалось, крала и блевала. А потом все вставало на свои места. Чужое — на место. Порченое — забыть. Сама — в работу.

В работе Лилек избавлялась от комплекса неполноценности.

Если разобраться, то мужчины в ее жизни тоже возникали от комплекса неполноценности. Комплексы есть даже у красавиц. Людьми вообще движут комплексы. И президенты скорее всего имеют комплексы и поэтому становятся президентами. Либо их жены имеют комплексы и делают своих мужей президентами. Комплексы — это те дрожжи, которые движут миром.

Существует власть талантом, власть красотой, просто власть. Но если нет таланта, красоты и власти, то есть маленькая личная власть над одним человеком.

Именно поэтому Лилек хваталась за чужое и порченое. Она хотела иметь маленькую личную власть.

Но основная ее свобода — в работе.

Когда она погружалась в историю болезни, то начинала видеть больного изнутри, как будто сама плыла по кровеносному руслу и заплывала в жизненно важные органы. И вот тогда приходила власть над жизнью человека, и можно почувствовать себя немножко богом.

Лилек давно поняла, что человек роет себе могилу зубами. Неправильно питается.

Человек — машина. Главное — бензин и профилактика. Не надо запускать внутрь вредное горючее, иначе забиваются трубки — сосуды, и мотор выходит из строя. И еще — иммунная система. Если укрепить иммунитет, он сам справится со своими врагами. Сам победит любую инфекцию. Даже рак. Раковые клетки представлялись Лильку одинокими бомжами, которые бродят по организму в поисках жилья, стучатся во все двери. В организме существуют механизмы-замки. Здоровая клетка как бы заглядывает в дверной замок: кто пришел? Свой, чужой? Видит чужого — и не отпирает. Пошел вон. И клетка-бомж снова слоняется в поисках удачи. Но вот у человека стресс, старость, плохая еда, южное солнце — все это сажает иммунную систему. Она садится, как аккумулятор. Механизм-замок не срабатывает, и бомжик — р-раз! И проник. И впустил другого. А дальше — все как в бандитской группировке. Основная опухоль контролирует кислород. Она питается кислородом. Чтобы победить болезнь, надо блокировать подачу кислорода. Бомжам будет нечего жрать, и опухоль скукожится, завянет.

Лилек была уверена, что лечение рака должно быть очень простым — как все гениальное. Победа близка, стоит только руку протянуть. Лилек протягивала руку к генетикам, даже к колдунам, пытаясь вычленить в их методе рациональное зерно. Очень часто рациональное кроется в иррациональном.

Лилек увлекалась очередной идеей вместе с носителем идеи. Ей начинало казаться, что это ОДНО: идея и ее носитель. А колдуны, между прочим, — тоже мужчины, и современный колдун — это не шаман с бубном и не Гришка Распутин с неряшливой бородой. Это — неординарная личность, владеющая гипнозом, философией и многими знаниями. Эту личность звали Максим.

Лилек тогда совсем сошла с резьбы. Не приходила домой ночевать, объясняя это дежурствами.

Леня пожаловался Ванде. Ванда сказала:

— Значит, она не может по-другому.

Ванда уважала Лилька, ее жизнь и даже ее поиск. Лилек, свою очередь, чтила Ванду: только благородный человек видит благородство в другом.

На склоне лет Ванда жестоко заболела. Лилек кинулась в борьбу за ее жизнь со всей яростью скорпиона. Буквально отбила от рук смерти, жадной до всего живого. Смерть и Лилек вцепились в Ванду с двух сторон. Лилек не отдала. Смерти в конце концов это надоело, и она ушла.

Ванда объявила, что родилась дважды, и отпраздновала второй день рождения. Говорила о Лильке высокие слова. Все прослезились. Но все-таки главное — не Ванда. Ванда — сопутствующая линия. А основная линия в то время — Максим.

Максим работал в районной больнице, сочетал традиционную медицину с нетрадиционной. Он считал: люди заболевают от разлада души с телом. Человека надо настроить, как гитару. Максим подтягивал струны души. Человек начинал звучать чисто. И выздоравливал.

Теория Максима во многом совпадала с теорией Лилька. Она называлась «остановиться, оглянуться»...

Люди больших городов бегут, бегут, протянув руку за ложной целью. Что-то в них рвется, развинчивается, а они все равно бегут, пока не падают. Надо остановиться, оглянуться.

Лилек и Максим познакомились на курсах повышения квалификации. Он был страшненький, но красивый. Лилек что-то почувствовала. Они несколько раз переглянулись, почуяли друг друга, как два волка среди собак. Потом Лилек стала посылать к нему своих больных. А потом...

Почти у каждого человека бывает в жизни главная любовь и несколько не главных. Не главные — забываются. А главная — остается, но не в чувственной памяти, а в душевной. Память души — не проходит. Может быть, и у Максима не прошло. Может быть, эти розы — от него...

Есть выражение: нахлынули воспоминания... На Лилька они не нахлынули. Они всегда были в ней и звучали, как музыка из репродуктора: иногда тише, иногда громче, но всегда...

Максим — вдовец. Жена умерла рано и неожиданно, ни с того ни с сего. Оказывается, у нее была аневризма в мозгу, о которой никто не подозревал. В один прекрасный день аневризма лопнула и убила. Среди бела дня. Жена вела машину, и вдруг милиционер увидел, что машина, как пьяная, движется куда-то вбок. Милиционер засвистел, и это было последнее, что услышала тридцатипятилетняя женщина.

Дети — маленькие, семь и одиннадцать лет. Никакой родни. Хоть бери и бросай работу. Но работу не оставить. Приходилось оставлять мальчиков. Пару раз они попали в комнату милиции, и женщина-милиционер терпеливо с ними возилась, ожидая прихода отца. Когда Максим являлся в великом смущении, мальчики не хотели уходить от тети-милиционера. Кончилось тем, что Максим стал скидывать на нее детей, и она — ее звали Зина — перебралась к ним жить.

Зина — лимитчица, приехала в Москву из Читы. Для нее выйти замуж с пропиской — большая удача. Она вышла и прописалась.

В глубине души Зина считала, что сделала Максиму большое одолжение. Он был невидный, маленького росточка, с лысиной в середине головы. Красоты никакой. А у Зины были плечистые кавалеры — сыщики и оперативники. Красавцы, но что толку... Тоже лимитчики без площади и пьющие.

Максим — без вредных привычек, культурный в обхождении. А мальчиков она просто полюбила. Как можно не полюбить маленьких детей-сирот?

Работу Зина бросила. Быт оказался налажен. У нее были вкусные руки. Даже самая простая еда типа жареной картошки выходила из-под ее рук как кулинарный шедевр. Она знала, как порезать, сколько масла, сколько времени без крышки и под крышкой. И еще она знала секрет: порезав картошку, она ее сушила в полотенце, лишала влаги, и только после этого — на раскаленную сковороду. Оказывается, на все нужен талант. Даже на картошку.

Максим возвращался в теплый, ухоженный дом. Мальчики были спокойны и счастливы.

Иногда выходили в гости, но Зине было скучно с друзьями Максима. Говорили о чем-то непонятном, женщины — в брюках, как мужики, и стриженые. У Зины — своя эстетика: волос должно быть много — коса. И грудей много, и зада. Вот тогда это женщина. Зинаиде тоже хотелось принять участие в разговоре, и она рассказывала жуткие истории, как кто-то напился до чертей и повесился в углу, а остальные не заметили и продолжали застолье. Друзья Максима замолкали и не знали, что сказать, как комментировать. Максиму было неловко. Он перестал брать Зину, да и она не стремилась. Ей было гораздо интереснее остаться дома и посмотреть мексиканский сериал.

Первое время Максим с Лильком прятались под покровом ночи, целовались в парадных, как школьники. Лильку в ту пору было за тридцать, большая девочка. Но страсть горела, как факел, загоняла в подъезды. В это время Максим купил машину, стали ездить за город. Гуляли, разговаривали.

Максим рассказал, как однажды привезли рабочего, который упал с восьмого этажа. Было понятно, что его не собрать, но Максим все-таки взялся за операцию, что называется, для очистки совести. Он подшивал на место оторвавшиеся органы, совмещал кости и был готов к тому, что больной умрет на столе. Но не умер. И вдруг через неделю. О Боже... Максим увидел, как он ковылял по коридору, опираясь на костыли. И в этот момент Максим осознал: Бог есть. Он стоит за спиной, как хирургическая сестра.

— А что такое Бог? — спросила Лилек.

— Это любовь.

— А что такое любовь?

— Это резонанс.

— Не поняла.

— Ну... Когда люди вместе молятся, они входят в резонанс и посылают в космос усиленное желание, и оно ловится космосом.

— Значит, Бог — это приемник? — уточнила Лилек.

— Это мировой разум, — поправил Максим.

— А как он выглядит?

— Разве это важно? — отозвался Максим. — В любви человек ближе всего к Богу. Когда человек любит — он в резонансе с Богом.

Лилек подняла голову, увидела верхушки берез. Они качали ветками, как будто тоже входили в резонанс друг с другом и с ней, Лильком. «Я никогда это не забуду», — подумала Лилек. И в самом деле не забыла: ажурные зеленые ветки, плывущие под ветром, на фоне синего, как кобальт, неба.

Лилек и Максим практически не расставались, вместе ездили в отпуск и ходили в гости. Лилек совершенно не походила на любовницу — маленькая, неяркая, ее никто за любовницу и не принимал. Лилек смотрелась как жена, как соратница, как его ЧАСТЬ. Их уже невозможно было представить отдельно друг от друга.

Юрист Леня существовал где-то за чертой. Его как бы не было, хотя он был.

Лилек стала подумывать о разводе и о новом браке. Хотелось быть вместе всегда, всегда, всегда...

Однажды Максим позвонил и отменил свидание. Он заболел, у него двухстороннее воспаление легких.

Лилек терпела разлуку два дня, а потом не выдержала, взяла с работы белый халат и шапочку и явилась к Максиму на квартиру. Вроде как врач из поликлиники.

Ей открыла Зина. Лилек ступила в сердце семьи.

Квартира была блочная, типовая, с полированной мебелью на тонких ножках. Висел запах тушеного мяса. Клубились двое мальчишек. Младший был похож на принца Чарльза. Лилек вдруг поняла, что Максим тоже похож на принца Чарльза, только меньше ростом и лысый.

Зина — большая, уютная. Две большие груди и большой живот походили на три засаленные подушки. От нее пахло тушеным луком. Она не хотела нравиться и не хотела казаться лучше чем есть. И именно поэтому нравилась.

Зина провела Лилька к больному. Максим засветился лицом и глазами. Зина ничего не заметила, потому что в эту секунду в комнату влетели мальчишки. Один выдирал у другого что-то изо рта.

— Он схватил мою жвачку! — вопил принц Чарльз.

Зина быстро щелкнула им подзатыльники, мальчишки выкатились, шум переместился за стенку. Зина поторопилась к ним, чтобы разобраться и восстановить справедливость. Чувствовалось, что она здесь главная и все держится на ней. Максим — только материально несущая балка.

Лилек молча раскрыла свой чемоданчик, достала горчичники, растирки. Стала, как медсестра, растирать ему спину, чтобы не было застоя. Потом укутала в пуховый платок, который тоже принесла с собой. Укрыла одеялом под горло. И села рядом.

Надо было о чем-то говорить. Максим стал пересказывать интересное исследование о раке, которое он недавно прочел в американском журнале. Статья американского профессора по имени Иуда Форман.

Тема была интересна Лильку, но она слушала невнимательно. Думала о другом. О чем? О том, что она протянула руку к чужому. Воровка. На кого замахнулась? На детей? На Зину, которая батрачит с утра до вечера... Лилек хотела только Максима. Ей казалось: изъять Максима, а все остальное пусть останется по-прежнему. В том-то и дело, что по-прежнему ничего не останется. Все рухнет, потому что они с двух сторон — Максим и Зина — равноценно поддерживают эту конструкцию: семья.

— О чем ты думаешь? — заметил Максим.

— О том, что профессора зовут Иуда, — сказала Лилек. — Я думала, что этим именем никто не пользуется. Оно настолько скомпрометировано...

Заглянула Зина и пригласила Лилька поесть. Максим настаивал. Пришлось согласиться.

И вот они втроем сидят на кухне и едят бефстроганов. Блюдо приготовлено классически, в сметане. Боже, как давно Лилек не ела бефстроганов. Все больше сосиски.

Зина рассказывала жуткую историю о том, как в их районе бандиты приковали к батарее беременную женщину, а сами стали искать ценности и валюту. А потом сообразили, что не туда пришли. Перепутали квартиру.

— И дальше что? — спросила Лилек.

— Ничего. Ушли, — ответила Зина.

История имела счастливый конец. Наручники отстегнули и ушли.

Хэппи энд. Вкусная еда. Прочность бытия. Так сложилось у Зины и Максима. Хорошо ли, плохо ли, но сложилось и летит, как самодельный летательный аппарат.

Лилек поблагодарила и стала прощаться.

— Заходите, — попросила Зина. — Просто так. В гости.

Она ничего не заподозрила, чистая душа.

Начались страдания. Их любовь стала походить на те самые клетки, которые пожирают кислород из организма. Все это вело к полному краху. И Лилек решила не ждать. Порвать без объяснений. Как будто нырнула на большую глубину. Задыхалась. Всплывала на мгновение — и опять на глубину.

Максим понял. Согласился. Потянулись мучительные дни без него. Потом дни переросли в месяц и в год.

Больше ничего значительного в жизни Лилька так и не случилось. Кроме самой жизни. Постепенно она привыкла к тому, что ничего не происходит. Меняются только больные и времена года. А все остальное остается по-прежнему, и это очень хорошо. Ей нравилось просыпаться и встречать день утром. И провожать его вечером. Она научилась делать бефстроганов по правилам, в сметане. Сверху посыпала травкой, мелко рубила.

Леня приходил с работы, молча ел. Потом садился, читал газету.

Лилек иногда задумывалась: чем жить дальше? Как разнообразить свое существование? Она знала как врач, что старость — это болезнь. Старость надо преодолевать. На это уйдет время. Новая цель — продление жизни. Это ложная цель. Но если разобраться — все цели ложные: любовь, которая все равно кончается. Успех, который — не что иное, как самоутверждение.

Лилек решила сделать в квартире ремонт. Друзья порекомендовали армянскую бригаду. Пришли три брата-армянина, в джинсах, худые и смуглые. Не особенно молодые, старшему — пятьдесят, но все-таки молодые, с сединой в густых волосах.

Лилек расцвела, руководила, командовала. Армяне охотно подчинялись, склонив головы, притушив южный блеск глаз. Блеск оказался не столько южный, сколько алчный. Они приехали заработать деньги «на семю» — так они произносили слово «семья». А страшненькая русская интересовала их только как источник дохода. Они быстро поняли, что ее можно раскрутить — то есть взять в два раза больше.

Армяне обманывали Лилька налево и направо. Младший по имени Ашот постоянно что-нибудь выпрашивал: то раскладушку, то одеяло.

Лилек любила быть сильной и благородной. Она все отдавала и любовалась собой.

Ашот рассказывал, что живет в маленьком городе. Единственный культурный центр — базар. Армяне там собираются и проводят время. Работы нет. Страна разрушена. Взрослые мужчины разбрелись кто куда, лишь бы найти работу. Живут бесправно, как рабы. Милиция их отлавливает и штрафует, по сути, грабит. Дома у него жена и трое детей. Жену зовут Изольда. Армяне любят давать экзотические имена. С женой они спят в разных комнатах — так решила жена, потому что он постоянно к ней пристает. Изольда не может заниматься любовью так часто и так много, как он этого хочет. Она слишком устает днем и должна отдохнуть ночью. Но Ашот — натура любвеобильная, его ничего больше в жизни не интересует. Он каждую ночь пытается проникнуть к Изольде, но она ставит в дверях кого-то из детей, чтобы задержать Ашота. Дети дежурят каждую ночь по очереди.

— Ты любишь жену или ты любишь любовь? — спросила Лилек.

— А какая разница? — не понял Ашот.

Он был прост, как молоток, которым забивал гвозди. И Лильку на какое-то время показалось: он прав. Вся эта культура, которую придумало человечество, — надстройка. А базис — сам человек, его биология и инстинкты. Инстинкты вложены в программу и составляют саму жизнь.

Инстинкт продолжения рода — любовь, инстинкт сохранения потомства — чадолюбие. Инстинкт самосохранения — страх смерти. И все, в сущности. А люди выдумывают всякие кружева: культура, архитектура, литература, Чехов, Достоевский, Иуда Форман.

Ашот нравился Лильку за молодость и неравнодушие. Он был на десять лет моложе, но как бы не замечал разницы или притворялся.

Мужчины Лилька — филолог, юрист, хирург — интеллигенция. Но они были в те времена, когда у Лилька была полная колода козырей: молодость, энергия, жизненная жажда. В сущности, полной колоды не было никогда — так, один-два козыря. Но сегодня нет ни одного. Значит, надо понизить критерий. Пусть будет молодой, серый, любвеобильный Ашот.

Он улыбался лучезарно, его светло-карие глаза лучились, и белые зубы тоже лучились. Лилек не сомневалась, что он влюблен. Она была самоуверенна на свой счет.

Все кончилось очень быстро. Армяне ее обокрали и смылись. Они были даже не особенно виноваты. Лилек никогда не прятала деньги. Кошелек с деньгами всегда лежал в прихожей под зеркалом. И не захочешь, да прихватишь.

Лилек предполагала, что украл средний брат — самый красивый и подлый. Подлость заключалась в том, что он выдавал себя за другого. Был мелкий жулик, а изображал из себя Гамлета.

Украсть мог и старший брат, рукастый и пьющий. Он единственный из троих умел работать.

Лилек не успела понизить критерий, слава Богу. Какой это был бы ужас... Она поняла: культура держит человека на поверхности, не дает ему опуститься до воровства. Если бы братья-армяне читали книги, слушали музыку и ходили в театр, то прошли бы мимо чужого кошелька.

Лилек была рада, что Ашот оказался таким ничтожеством, от слова «ничто». Она с легкостью помахала рукой станции по имени «Любовь» и поехала к следующей станции по имени «Старость». Без сожаления, не оборачиваясь.

Она понимала — ничего нельзя повторить. На место Максима могут прийти только Ашоты. Лучше пусть не приходит никто.

По теории относительности время во второй половине жизни течет быстрее. И это правда. Только что было 45, уже 55. Только что было лето, уже зима. А осень где? Проскочила.

Лилек углубилась в свою работу. Потребность в интеллектуальной деятельности была для нее такой же сильной, как потребность в еде. И даже больше. Или на равных. Вернее, так: когда хочешь есть, думаешь только о еде. Но когда сыт — первая потребность в интеллектуальной деятельности.

Розы пришли из ТОЙ жизни, как воспоминание о мазурке — есть такое музыкальное произведение.

Но все-таки кто же их прислал? Женька? Простил и прислал. С возрастом многое прощаешь.

«Что пройдет, то будет мило...» И может быть, ему сейчас милы воспоминания их одухотворенной жизни, Чехов — Достоевский, походы в театры, на поэтические вечера. А развод-размен — это всего-навсего гроза. Гроза — это тоже красиво, тем более что она проходит.

Лилек порылась в ящике и нашла старую записную книжку тридцатилетней давности. Там был телефон Женьки от новой квартиры, куда он переехал после размена. Откуда телефон? Лилек что-то у него отбирала, кажется, книги, и преследовала звонками до тех пор, пока он не отдал. Ему было легче отдать, чем противостоять. Лильку эти книги были не нужны, просто ею правило НАЗЛО. Чем хуже, тем лучше.

Лилек набрала номер. Трубку сняла БРАТЕЕВА. Этот голос она узнала бы через тысячу лет из тысячи голосов.

— Да-а-а, — пропела Братеева с длинным сексуальным «а». «Старая блядь, — подумала Лилек. — Под шестьдесят, а туда же...»

— Позови Женю, — жестко приказала Лилек.

Ненависть была свежа, как будто вчера расстались. Братеева тут же ее узнала и почувствовала.

— А зачем? — спросила она.

С ее точки зрения, Лилек не была нужна Женьке и в двадцать лет, а уж теперь и подавно.

— Это я ему скажу...

Братеева громко позвала:

— Женя! Тебя твоя жена за номером один...

Значит, были номер два и три. Но в результате они воссоединились. Женя и Лида. Лида бросила сокола, или всю стаю, и пришла к Женьке. Значит, это ЛЮБОВЬ — та самая, прошедшая через испытания...

— Я слушаю, — настороженно отозвался Женька.

Он, наверное, решил, что Лилек хочет еще что-то у него отобрать.

— Мне цветы прислали, — деловито произнесла Лилек. — Розовые розы.

Она замолчала.

— И что? — не понял Женька.

— Это не ты прислал? — прямо спросила Лилек.

— Я?? Тебе??

Чувствовалось, что Женька очень удивился. Он относился к человечеству по Достоевскому, то есть не верил ни во что хорошее.

— Ну ладно, пока, — попрощалась Лилек.

Она положила трубку и почему-то не огорчилась. Если Женька счастлив со своей Аполлинарией Сусловой — то пусть. Чем больше счастливых людей, тем благополучнее страна. А стране так не хватает благополучия...

Откуда в Лильке это смирение? А где же скорпион? Значит, и скорпион тоже постарел и перестал быть таким ядовитым.

Откуда же розы? Не Ашот же прислал их на краденые деньги. Он украл на «семью», а не на посторонних женщин, тем более немолодых и некрасивых.

Значит, Максим...

Лилек набрала воздух, как перед погружением на глубину. И позвонила. Этот телефон она помнила наизусть. Эти семь цифр — шифр от главного сейфа, в котором лежала ее любовь.

Трубку взяла Зина. Это был ее голос. Значит, ничего не изменилось. Время плыло над их головами не задевая.

— Здравствуйте, — вежливо поздоровалась Лилек. — А можно Максима?

— Его нет, — ответила Зина.

— Нет дома или нет в Москве? — уточнила Лилек.

— Нет нигде.

— Он умер? — оторопела Лилек.

— Он женился, — просто сказала Зина.

Лилек молчала. Зина ждала. Потом крикнула:

— Але! — проверила, не сломался ли телефон.

— Давно? — спросила Лилек из пустоты.

— В 85-м году. А это кто?

— Да так. Никто.

Лилек снова замолчала. Значит, она не посмела. А кто-то посмел. И получилось. Лилек тогда кинула себя в жертву. Ушла. Освободила место в его душе. А свято место пусто не бывает.

Женщины могут жить прошлым, а мужчины устроены по-другому. Им надо сегодня и сейчас.

— А дети? — спросила Лилек.

— Старший в Америке. А младший со мной.

Значит, Зина не одинока. И Максим не одинок. Все как-то устроились и живут.

А что бы она хотела? Чтобы все страдали по ней, такой неповторимой, рвали на себе волосы, заламывали руки...

Да, хотела бы...

Лилек молчала. Зина терпеливо ждала.

— А вы чего хотите? — проверила Зина.

«Чтобы меня любили», — это был бы правильный ответ. Но Лилек сказала:

— Мне сегодня розы прислали. С посыльным. А визитки нет. Я всех знакомых обзваниваю на всякий случай...

— Меняйте замок, — энергично отозвалась Зина. — Это наводчик приходил. Сейчас у воров новая фенька: они сначала наводчика посылают, с цветами. Тот все обсматривает, а на другой день приходят и чистят. Хорошо, если по голове не дадут...

Лилек вспомнила, что Зина любила жуткие истории, и чем жутчее, тем интереснее. Но нехорошее чувство шевельнулось в груди. Она действительно потеряла кошелек, может, вытащили или забыла в магазине. Она вообще все забывает: вещи, имена людей. Память стерлась. В кошельке денег было мало, ерунда какая-то, но лежал ключ и квитанция из прачечной. На квитанции адрес. Если есть ключ и адрес, почему бы наводчику не прийти и не посмотреть, что и как.

— А откуда вы это знаете? — уточнила Лилек.

— Так я ж в милиции работаю, у нас в месяц по девять краж. Значит, Зина вернулась на работу.

— Ну ладно, — проговорила Лилек. — До свидания...

Зина не хотела ее отпускать так быстро и кинулась торопливо рассказывать, что появился новый вид ограбления: в машине. Один жулик вежливо спрашивает, как проехать. И пока ему объясняют, другой в это время тырит сумку. Тот, кто спрашивает, — одет прилично и красивый. Они специально держат для этой цели культурных, в голову не придет, что вор. Внешность — отвлекающий маневр.

Лилек положила трубку. Все!

Тот парень с плитами румянца — наводчик. Лилек вспомнила, как он шил глазами.

И стало так противно, так беспросветно и оскорбительно, как будто в душу наплевали.

Измена и обман! Вот на чем стоит жизнь. Достоевский прав. Чехов говорил, что люди через сто лет будут жить лучше и чище. Прошло сто лет. И что? Хорошо, что Чехов умер в 1904 году и не видел ничего, что стало потом.

Потом пришли бесы. Достоевский оказался пророком. А сейчас или завтра в ее дом явится Раскольников и ударит по голове. Прихлопнет, как муху. Ей много не надо.

Физический страх вполз в душу, как холодная змея, и шевелился там.

А собственно, чего она так боится? Что у нее впереди? Одинокая больная старость. Стоит ли держаться за эту жизнь? Но быть прихлопнутой, как муха... Пасть от руки подонка без морали...

Лилек вспомнила наводчика и подумала: как же ему не стыдно? Но с другой стороны, он — вор. У него профессия такая.

Надо не задаваться интеллигентскими вопросами, а сменить замок.

На войне как на войне.

Возле телефона лежала записная книжка. Лилек раскрыла на букве «ю», против пометки «юридическая консультация». Набрала номер, подумав при этом, что почти никогда не звонила мужу на работу.

Леня отозвался сразу, как будто ждал. Услышал голос жены.

— Поздравляю, — сказал он вместо «здравствуй».

— С чем? — Страх вытеснил из Лилька все остальные реалии.

— С днем рождения, — напомнил Леня.

— А... Лучше скажи — соболезную.

— Вовсе нет. Поздравляю. Желаю. Ты цветы получила?

Лилек споткнулась мыслями.

— Какие цветы? — проверила она.

— Розовые розы.

— Это ты?..

— Здрасьте, — поздоровался Леня. — Проходите...

Видимо, к нему в кабинет вошли.

Лилек положила трубку. Мысли громоздились друг на друга, как вагоны поезда, сошедшего с рельсов.

Леня... Прислал цветы через магазин. Как в кино. А что она дала ему в этой жизни? Себя — страшненькую и неверную. Все, кого она любила, — мучили ее, мызгали и тратили. А Леня собирал. Как? Просто был. И ждал. И ей всегда было куда вернуться.

Почему он выносил эту жизнь без тепла? Потому что их брак оказался заключенным на небесах. И какие бы страсти ни раздирали их союз — ничего не получалось, потому что на земле нельзя разрушить брак, заключенный на небесах.

А возможно, все проще. *Леня — верный человек. И Лилек — верный человек, несмотря ни на что. А верность — это тоже талант, и довольно редкий.*

Лилек захотела есть и пошла на кухню. Открыла холодильник. Кошелек с деньгами лежал на полке, в том отделе, где хранят яйца. Как он там оказался? Он же не сам туда вскочил? Скорее всего она выгружала продукты из сумки и заодно выгрузила кошелек.

Вечером пришли гости — друзья их молодости и среднего периода. Стол был обильный, хоть и без затей. Еды и выпивки навалом. Лилек опьянела и стала счастливой. Для этого были причины. Во-первых, посыльный — не жулик, и это счастье. Как тяжело разочаровываться в людях и как сладостно восстанавливать доверие.

Во-вторых, на ее столе в стеклянной банке стояли розовые розы неправдоподобной красоты. Сильные перекрещенные стебли просвечивали сквозь стекло. Сверху красота и цветение, а внизу — аскетизм и сила, фундамент красоты. Букет-модерн.

Гости поднимали тост за вечную весну. Лилек усмехалась. Не надо утешений и красивых слов. Она — юная старуха. Впереди у нее юность старости, зрелость старости, а что там дальше — знают только в небесной канцелярии.

Леня напился и стал слабый. Когда все разошлись, он не мог встать с места. Лилек везла его на стуле до кровати, а потом снимала ботинки.

БАНКЕТНЫЙ ЗАЛ

осол Швеции заканчивал свой срок в России и устраивал прощальный прием. Я получила приглашение и решила пойти по двум причинам:

1. Мне были приятны посол и его жена, в них просматривалась гармония богатства и любви.

2. Посольство расположено в ста метрах от моего дома. Перейти дорогу — и ты в чужой стране.

В банкетном зале собрались журналисты, писатели, ученые, политики. Приглашают, как правило, одних и тех же. Выражаясь современным языком — своя тусовка. У западных людей тусовка — чинная, немножко скучная, но все же приятная от красивых интерьеров, изысканной еды, элегантных женщин. Я заметила, что богатство имеет свою энергию. Бедность не имеет энергии, и поэтому человек в бедности быстро устает. Истощается.

Я оказалась за одним столом с политиком Икс.

Любой политик хочет стать президентом, так же как солдат хочет стать генералом. А почему бы и нет? Господин Икс — молод, умен, честолюбив, агрессивен. В нем все нацелено, напряжено и плещет в одну сторону. В политику.

— Скажите, а как вы допустили в свои ряды господина Игрек? — спрашиваю я.

Я называю имя человека, набравшего на последних выборах большинство голосов. Честно сказать, я тогда впервые усомнилась в своем народе, сделавшем такой выбор. А где народный ум? Где народная мудрость, о которой твердили народники и большевики?

— Это вы допустили Игрек, — отвечает Икс.

— Я?!

— Вы. И такие, как вы. Интеллигенция.

Я делаю круглые глаза. Вернее, я ничего не делаю, они сами становятся круглыми.

— Вы не создали нормальной оппозиции президенту, — растолковывает Икс. — А там, где нет нормальной оппозиции, там возникает Игрек.

Я раздумываю. Эта мысль никогда не приходила мне в голову. Интеллигенция действительно любила президента, но ведь «от любви беды не ждешь», как пел Окуджава.

— И все-таки Игрек не должно быть, — говорю я. — Его надо перевести на другую работу.

— На какую?

— В зависимости от того, что он умеет делать.

— Предположим, он уйдет. Но что изменится? Ведь дело не в нем... Представьте себе, что у вас потекла на кухне вода. Набралась полная мойка. А потом вода пошла через край. На пол. Понятно?

— Понятно.

— Так вот, убрать Игрек — это все равно что вытирать воду на полу. А вода все равно прибывает. Значит, что надо делать?

— Завернуть кран, — говорю я.

— Правильно, — соглашается Икс. — Надо завернуть кран.

— А что есть кран? — спросила я.

В это время к Икс подошел единомышленник, что-то сказал на ухо. Они отошли. Мне показалось, они пошли сколачивать оппозицию президенту.

Но ведь оппозиция есть. Они орут в телевизоре. И, пользуясь выражением Юрия Карякина, у них «такие рожи». У них на рожах все написано. Чем такая оппозиция, лучше никакой.

Напротив меня сидит известный писатель. Ест. Его тарелка, вернее, содержимое тарелки, напоминает миниатюрный стог сена. Одно навалено на другое. И много. Рядом сидит посол иностранной державы. На его тарелке изящный натюрморт: веточка петрушки, звездочка морковки, в середине — листик мяса. Может, рыба. Но это отдельная тема.

— Послушай, — спросила я у писателя. — Что есть кран?

— Какой кран?

Я пересказала разговор с Икс. Писатель выслушал.

— А зачем это тебе? — спросил он. — Пишешь и пиши. Писатель должен писать, независимо от времени, от географии и всей этой ерунды.

— Это не ерунда, — сказала я. — Это наша жизнь.

— Нельзя долго болеть. Надо или умирать, или выздоравливать.

— Ты о чем? — не поняла я.

— Обо всем этом. Об Иксах, Игреках и Зетах. Пусть делают что хотят. Надоело.

Писатель посмотрел на меня глазами свежемороженой рыбы. Они не выражали ничего.

Я поднялась и вышла в сад. Из сада был виден мой дом. Но мой дом находился в России, а здесь я была за границей. В

Швеции. Это ощущалось во всем, даже в зеленой травке под ногами. Она росла не кое-как, она была густо посеяна, потом подстрижена и напоминала зеленый ковер.

Ко мне приблизился Журналист с бокалом. Он работает по совместительству светским львом. Куда бы я ни пришла, везде он с бокалом и шейным платком вместо галстука.

— Хочешь, я сознаюсь тебе в одной тайне?

Я ждала.

— Ненавижу журналистов и жидов, — открыл он свою тайну.

— Но по-моему, ты и первое, и второе, — удивилась я.

— Ничего подобного. Я крещеный.

— А что это меняет?

— Национальность — это язык, культура и воспитание. Мой язык и моя культура — русские. Значит, я русский человек. А химический состав крови у всех одинаковый.

Он был возбужден. От него пахло третьим днем запоя.

Я подумала: иудейский Вседержитель строг до аскетизма, ничего лишнего не позволяет. А православие разрешает грешить и каяться. Журналист активно грешит и кается в своих статьях. Он пишет о себе: я плохой, очень плохой, отвратительный. Но за этим просматривается: я хороший, я очень хороший. Я просто замечательный...

Я приготовилась спросить у него: что есть кран, и даже начала пересказывать свою беседу с Икс. Но в это время в конце зала появилась официантка с подносом. На подносе, играя всеми цветами, стояли напитки: золотистое виски, рубиновое куантро, чистая голубоватая водка. Журналист устремил свой взгляд на все это великолепие и пошел по направлению взгляда. Остальные темы его волновали много меньше.

Подошел известный Скульптор. Он был высокий, что немаловажно.

Так приятно разговаривать с мужчиной, глядя снизу вверх. Так надоело разговаривать на равных. Я — антифеминистка.

Скульптор стал рассказывать, что собирается создать памятник крупному полководцу.

— А какой он был? — спросила я.

— А вы не знаете?

— Знаю. Но мне интересно ваше видение.

— Русский мужик.

— А еще? — спросила я.

— А что может быть еще? — удивился Скульптор.

— Понятно... — сказала я.

— Что вам понятно? — Скульптор напрягся, как зонтик.

Подошла официантка, предложила спиртное. Я выпила кампари, после чего мир стал прекрасен и располагал к откровенности.

— Что вам понятно? — переспросил Скульптор.

— То, что вы трехнуты на русской идее.

Трехнуты — значит сдвинуты и ушиблены одновременно.

— А вы на чем трехнуты? — настороженно поинтересовался Скульптор.

— На качестве труда, — сказала я и простодушно поглядела на Скульптора снизу вверх. Он был хоть и трехнутый, но красивый.

Скульптор почему-то обиделся и отошел.

Прием подходил к концу. Гости прощались с послом и его женой. Она выслушивала теплые слова и широко улыбалась. А посол не улыбался широко. Чуть-чуть... У него характер такой. Народу было много, человек сто. И каждому досталось от ее широкой улыбки и от его чуть-чуть.

Я подошла к Режиссеру.

— Ты на машине? — спросил он.

— Нет. Я рядом живу.

Мы вышли из посольства. Перед домом на площадке стояли длинные черные машины. По громкоговорителю объявляли: «Послу Голландии — машину!» И одна из длинных машин, как корабль, плавно причаливала к самому подъезду.

— А ты пешком идешь... — сказала я Режиссеру.

Я знала Режиссера давно. Он руководил студенческим театром, был худой и влюбчивый. Теперь у него свой театр. Он не худой и влюбчивый. Что-то изменилось, что-то осталось по-прежнему. Он по-прежнему много и хорошо работает. У него по-прежнему нет денег. Только слава.

— Это верно, — подтвердил Режиссер. — Пешком иду.

— А ты бы хотел машину с шофером?

Я имела в виду положение, дающее машину с шофером и громкоговорителем.

— А зачем? — искренне удивился Режиссер. — Пройтись пешком, на ходу придумать сцену. Потом поставить. Разве это не самое интересное?

Что есть кран? У каждого свой. У Режиссера — театр. У господина Икс — власть. У Журналиста — водка. У Скульптора — идея. У Писателя — никакой идеи. Его накрыло одеялом равнодушия.

А дальше приходит вечность и перекрывает главный кран.

Мы прощаемся. Я иду к дому. Перед домом разрыли траншею, оттуда идет пар. Чинят трубу с горячей водой. Хорошо бы зарыли обратно...

Это было год назад. Траншею зарыли. По ней много воды утекло. Сейчас — другая жизнь. Другие проблемы. И посол другой. Я его не знаю.

МАША И ФЕЛИКС

еликс был очень веселый, как молодой пес. В нем жила постоянная готовность к смеху, к авантюрам, к греховному поступку, к подлости и подвигу одновременно. В зависимости от того — кто позовет. Позовет идея — пойдет на баррикады. Позовут деньги — пойдет на базар перепродавать женские колготки. Сейчас это называется бизнес. А раньше — фарцовка. Раньше за это могли посадить.

Мы познакомились на семинаре, который назывался «Молодые таланты». Я считалась талантом в сценарном деле, а он — в режиссуре. Начинающий режиссер из Одессы.

Феликс подошел ко мне в первый день и предложил свои услуги, а именно: сходить на базар, снять кино по моему сценарию, жениться, сделать ребенка. Однако — не все сразу. Надо с чего-то начинать. И Феликс начал с главного.

Семинар размещался в большом доме отдыха. Вечером, когда я вернулась с просмотра в номер, — увидела в своей кровати тело. Я зажгла свет и обнаружила Феликса. Его одежда валялась на полу. Одеяло было натянуто до подбородка. В глазах стояло ожидание с примесью страха: что будет?

У меня было два варианта поведения:

1. Поднять крик типа «да как ты смел»...

2. Выключить свет, раздеться и юркнуть в объятия Феликса — веселого и красивого. Нам было по двадцать пять лет. Оба — любопытны к жизни, оба не свободны, но в какую-то минуту об этом можно и забыть. Просто выпить вина любви. Опьянеть, а потом протрезветь и жить дальше с хмельным воспоминанием. Или без него.

Я выбрала третий вариант.

Я сказала:

— Значит, так. Я сейчас выйду из номера, а через десять минут вернусь. И чтобы тебя здесь не было. Понял? Иначе я приведу Резника.

Резник — руководитель семинара. И запоминаться в таком качестве Феликсу было бы невыгодно. Феликс должен был просверкнуть как молодое дарование, а не провинциальный Казанова.

Я гордо удалилась из номера. Вышла на улицу.

Ко мне подошла киновед Валя Нестерова — тоже молодое дарование. Она приехала из Одессы, как и Феликс. Они хорошо знали друг друга.

— Что ты тут делаешь? — удивилась Валя.

— Ко мне в номер залезли, — поделилась я.

— Воры? — испугалась Валя.

— Да нет. Феликс.

— Зачем? — не поняла Валя.

— За счастьем.

— Вот жопа...

Валя считала Феликса проходимцем, одесской фарцой. И влезть в мой номер — полное нарушение табели о рангах, как если бы конюх влез в спальню королевы. Дело конюха — сидеть на конюшне.

Постояв для верности двадцать минут, я вернулась в номер и легла спать. От подушки крепко пахло табаком. Я любила этот запах, он не помешал мне заснуть.

В середине ночи я услышала: кто-то скребется. Я мистически боюсь крыс, и меня буквально подбросило от страха, смешанного с брезгливостью.

В окне торчала голова Феликса. Я вздохнула с облегчением. Все-таки Феликс — не крыса. Лучше.

Я подошла к окну. Открыла раму. Феликс смотрел молча. У него было очень хорошее выражение — умное и мужское.

— Иди спать, — посоветовала я.

— Но почему? — спокойно спросил он. — Ты не пожалеешь. Я такой потрясающий...

— Пусть достанется другим.

— Кому? — не понял он.

— Кому этого захочется...

Мы говорили в таком тоне, как будто речь шла о гусином паштете.

Он ни разу не сказал мне, что я ему нравлюсь. Видимо, это разумелось само собой.

— Иди, иди... — Я закрыла раму, легла спать.

Феликс исчез и больше не возникал. Видимо, тоже устал.

На другой день мы встретились как ни в чем не бывало. Он не извинился. Я не напоминала. Как поется в песне: «Вот и все, что было»...

Семь дней семинара прогрохотали, как железнодорожный состав. В этом поезде было все: движение, ожидание, вагон-ресторан и приближение к цели. Наша цель — жизнь в искусстве, а уже к этому прилагалось все остальное.

После семинара все разъехались по домам. Я в Москву, в семью. Феликс — в Одессу. Наши жизни — как мелодии в специфическом оркестре, каждая звучала самостоятельно. Но иногда пересекались ненадолго. Он не влиял на меня. Но он — БЫЛ. Существовал во времени и пространстве.

* * *

Сейчас он в Германии, в белых штанах. А родился в Одессе, сразу после войны. Может быть, не сразу, году в пятидесятом, у одной очень красивой артисточки. Красоты в ней было больше, чем ума. И много больше, чем таланта. Если честно — таланта ни на грош, просто белые кудряшки, высокая грудь, тонкая талия и синие глазки, доверчиво распахнутые всему миру.

Есть такое выражение: пошлость молодости. Душа заключена в совершенную форму, как в красивую коробочку, и обладательница такой коробочки постоянно этому рада. Улыбка не сходит с лица. Если что не так — капризничает, машет ручками. Если так — хохочет и тоже машет ручками. Постоянно играет. В молодости так легко быть счастливой. И она счастлива. В нее влюбляется молодой еврей. В Одессе их много, но этот — широкоплечий и радостный — лучше всех.

Сталин когда-то выделил евреям Биробиджан. Может быть, это был Ленин. Но дело не в том — КТО, а в том — ГДЕ. Биробиджан — у черта на рогах, там холодно, темно и неуютно. Евреи — народ южный, теплолюбивый. Они расселились в основном в Киеве и Одессе — жемчужине у моря. Можно понять.

Принято считать, что евреи — хорошие семьянины. В основном это так. Но наш еврей оказался исключением из правила. Он родил мальчика Феликса и смылся довольно быстро. Куда? К кому? История об этом умалчивает. Скрылся — и все.

Актриса — ее звали Валя — и маленький Феликс остались вдвоем. Без средств к существованию. Единственное, что было у Вали, — сыночек. А у Феликса — мама. И это все. Не мало. Но если больше ничего — ни денег, ни профессии...

С Вали быстро сошла пошлость молодости, а потом и молодость сошла, и тоже быстро. Есть женщины, которые умеют выживать, умеют бороться — как та лягушка, которая упала в сметану и сбила масло. Не утонула. Валя была из тех, которые тонут. Идут на дно. Она умела быть милой, нежной и любящей. Не мало. Но мало.

Они с Феликсом жили в шестиметровой комнате, научились голодать. Когда очень хотелось есть — ложились спать.

У Вали время от времени появлялась работа — сопровождать лекции. Например, если тема лекции: «Чехов и борьба с пошлостью» — она читала монолог Нины Заречной или монолог Сони «Ах, как жаль, что я некрасива». Однако Валя не забывала про свои глазки и кудряшки, и Соня в ее исполнении получалась довольно жеманная. Но поскольку на лекции приходило не больше десяти старух, то все это не имело никакого значения: ни Чехов, ни его борьба с пошлостью, ни актриса в старе́ньком штапельном платье.

Валя получала за эту работу очень маленькие деньги. Их хватало на три дня в неделю. Остальные дни полагались на волю Божию. Бог даст день, даст пищу.

Один трудный день сменял другой. Жизнь двигалась медленно и мучительно, но каким-то образом проскочила быстро.

Все кончилось для Вали инсультом. Феликсу тогда шел двадцать первый год. Он досрочно вернулся из армии и сидел возле парализованной матери. Она стала его ребенком. Феликс ее мыл, кормил и любил безмерно. Валя была молода для смерти, ей было жаль себя, но еще больше жаль Феликса, и она хотела умереть, чтобы освободить его для жизни. Но Феликс не хотел ничего для себя — только бы она жила, дышала и смотрела. Даже такая она была ему дороже всех мирских радостей.

Они смотрели друг на друга — глаза в глаза. Валя отмечала, что Феликс вырос очень красивым, две крови смешались в нем в нужных пропорциях. Он был черноволосым — в отца и синеглазым — в мать. Он был способным — в отца и добрым — в мать. И не важно, что его отец когда-то сбежал. Главное он все-таки сделал — оставил сына.

Этот незримый отец постоянно присутствовал в жизни Феликса. Бросив его физически, он оставил в наследство отчество «Израйлевич», и это отчество сильно осложняло Феликсу жизнь. Почему бы папаше не сбежать вместе с отчеством. Феликс ненавидел отца — не за отчество, конечно. А за свою маму. Она должна была прожить другую жизнь.

Маше исполнилось семнадцать лет. Она жила в доме напротив на первом этаже и постоянно торчала в окне, следила за Феликсом своими глазами, темными, как переспелая вишня. Ждала, когда он появится. И Феликс появлялся, и шел под ее взглядом красуясь, особой походкой хищника. Он знал, что она смотрит, коротко кидал свой взгляд в ее окно. Они натыкались глазами друг на друга, Маша цепенела, будто получала разряд тока, и в панике бросала занавеску. Занавеска отсекала ее от Феликса.

Этих нескольких секунд хватало Маше на целый день. Она ходила под напряжением. И чтобы как-то разрядиться, доставала контрабас и играла.

Маша училась на первом курсе музыкального училища. Она хотела поступать на отделение фортепьяно или в крайнем случае скрипки, но все места оказались заняты. Был высокий конкурс, много блатных. Маша оставалась за бортом музыки. Чтобы не терять времени, поступила в класс контрабаса — там был недобор. Маша надеялась, что со временем перейдет на скрипку. Но потом передумала. Контрабас ей понравился — устойчивостью и мощностью звука. Одно дело упереть инструмент в землю, другое дело держать вздернутым на весу. Маша была человеком основательным. Она полюбила контрабас, делала успехи и участвовала во всех городских конкурсах.

Феликс и Маша были из одного сословия. Машины родители — из простых, — так это называется. И мама Феликса, хоть и актриса, — тоже не из сложных, полудеревенская девушка. И не полети она, как бабочка, на желтый свет актерской жизни — все бы сложилось более логично.

Умирать в сорок с небольшим — неестественно, душа не готова к уходу. Это было так мучительно. Настоящий ад. Душа и плоть сцепились воедино, кричали: «Нет!»

Среди ада Феликс подошел к Маше. Спросил:

— Ты что сегодня делаешь?

— Иду на день рождения, — растерялась Маша.

— Когда?

— В семь. А что?

— Возьми меня с собой.

Маша раскрыла рот для ответа, но Феликс ее опередил:

— Я зайду за тобой в полседьмого.

Феликсу надо было выжить. Он ухватился за Машу. Они не были знакомы. Вернее, они не были представлены друг другу. Но они были друг другу даны.

В половине седьмого Феликс зашел за Машей. В квартире, кроме нее, никого не было. Феликс решил воспользоваться этим обстоятельством — он никогда не был застенчивым. Он стал целовать Машу, она растерялась, обомлела. Не встретив отпора, Феликс пошел до конца — зачем останавливаться на полпути, и он овладел ею — на ходу, стоя в проеме между дверей.

У Маши не было никакого опыта. Она решила: может, так и надо? Она не постояла за себя, она ему доверилась.

Когда все закончилось, Феликс застегнул свои брюки, одернул на ней платье, и они отправились на день рождения.

На праздничном столе было много винегрета, холодца, фаршированных перцев, рыбы под маринадом. Блюда — дешевые, но очень вкусные. На них шло мало денег, но много труда.

Феликс ел и пил самогон, который все называли «рудяковка» по имени хозяина дома. Феликс хмелел и поглядывал на Машу, которая сидела возле него с веточкой акации в волосах. Эту веточку он сам сорвал с дерева — как бы отметил событие: потерю невинности.

Маша ничего не ела и не пила. Она сидела бледная, растерянная, с цветком в волосах. А Феликс смотрел на нее и понимал, что эта ее покорность и жертвенность не могут быть использованы им. Поматросил и бросил — не пройдет, хоть он и служил во флоте и именно так и поступал в подобных случаях.

Если бы Маша сопротивлялась, заманивала его в свою паутину, уточняла бы перспективы, требовала клятв и уверений — он меньше бы отвечал за нее. Это была бы война равных хищников. А так — черноглазая лань с веточкой в волосах. И все.

Мама умирала долго. Ад все продолжался.

Маша делала все, что было нужно. И ей не жаль было ни одной минуты, потраченной на маму Феликса. Маша любила Феликса и готова была заплатить за свое счастье чем угодно: бессонными ночами, физической работой. И никогда, даже наедине с собой, она не желала Вале скорейшего ухода. Наоборот. Хоть на день, но продлить эту мучительную, уже никому не нужную жизнь.

Валя умерла. И Феликс умер вместе с ней. Окаменел.

Жизнь и смерть — это два конца одной палки. В Маше зародилась новая жизнь. Она оказалась беременна. Ребенок — от Феликса, а значит, и от Вали. Но Феликсу это виделось так некстати. Впереди — институт, студенческая пора, никаких денег, да еще и орущий ребенок в придачу.

Но что же делать, если ребенок уже в ней. Он же не сам туда запрыгнул.

— Если ты сделаешь аборт, я на тебе женюсь, — пообещал Феликс.

Ребенка было жалко, но Маша подчинилась. Она привыкла подчиняться беспрекословно.

Феликс женился, как обещал. Сделал одолжение. Услуга за услугу. Ее услуга — аборт. Его услуга — законный брак, потеря свободы в молодые годы.

Но Маша не заостряла внимания на таких мелочах, как свое здоровье. Для нее главное — Феликс. Вот он рядом, можно на него смотреть сколько угодно, до рези в глазах. Можно его понюхать, вдыхать, только что не откусывать по кусочку. Можно спать в обнимку и даже во сне, в подсознании быть счастливой до краев, когда больше ничего не хочешь. И ничего не надо, он был ей дан, и она приняла его с благодарностью.

Когда кто-то один так сильно любит, то другому только остается подчиниться. И Феликс подчинился. С большим удовольствием, между прочим...

Через год Феликс поступил в Московский институт кинематографии, и они переехали жить в Москву. Маша перевелась в училище имени Гнесиных, и ее, как это ни странно, — приняли.

Сняли комнату в центре Москвы, на Арбате. До института кинематографии далеко, а до училища близко. С ними в квартире поселился еще один студент — Миша, художник по костюмам. Совершенно сумасшедший. У него была мания преследования, и он постоянно уходил из дома. Возвращаясь, спрашивал: приходили за ним или нет?

Стипендии не хватало. Машины родители присылали поездом из Одессы домашнюю колбасу, лук и перцы.

Жили впроголодь, но Феликс привык голодать. Когда очень хотелось есть, он выпивал пол-литровую банку воды и голод как-то размывался.

Художник Миша — Божий человек. Рисовал в основном костюмы начала века. Особенно ему нравились шинели. Когда

Маша видела на его листах удлиненных красноармейцев в удлиненных шинелях — понимала, что это в самом деле красиво, но не имеет ничего общего с реальной жизнью. В жизни — приземистые пыльные солдаты, плохо кормленные и во вшах.

Миша — эстет. Он был нежен, женственно красив, имел какие-то претензии к своему носу. Пошел и сделал пластическую операцию. Нос стал короче, но кончик носа не приживался, грозил отвалиться. Миша объяснил, что ему сделали трансплантацию бараньего хряща, а нужно было взять хрящ от свиньи, потому что у свиньи много общего с человеком.

Маша и Феликс посоветовали Мише полечиться в нервной клинике и даже договорились с главным врачом.

Миша поехал в больницу на автобусе, но посреди дороги ему показалось, что пол автобуса сейчас провалится и он упадет под колеса. Миша заметался, стал кричать. Автобус остановился.

Миша куда-то пропал. Его не было два месяца. Потом он появился — тихий и толстый. С одутловатым лицом. Его чемто накололи. Миша выздоровел и стал неинтересен. Из него как будто что-то ушло. Тот, сумасшедший и тонкий, — он был тревожный и талантливый. И невероятно красивый, даже с усеченным носом. Но этого, адекватного, — они тоже любили. Миша был слабый, требовал заботы. Маша и Феликс чувствовали за него ответственность, как за ребенка, которого они не родили.

Мысль о загубленном ребенке стала посещать их все чаще. Конечно, это был не ребенок, даже не эмбрион, — всего лишь клетка. Но через какие-то девять месяцев это был бы целый человек, их сын или дочка. А они в здравом уме согласились на убийство и еще были рады, когда все удачно прошло.

— Давай сделаем ребеночка, — произнес однажды Феликс.

С одной стороны, ребеночек был некстати, а с другой стороны — ребенок кстати всегда. Женщины рожали на войне и в окопах. А тут все-таки не война и собственный угол. Пусть не собственный, но все равно — целая комната в коммуналке.

В эту ночь они впервые за долгое время отдавались друг другу без всяких предосторожностей и опасений, с веселыми прибамбасами. Пусть ребенок будет веселый, как Феликс. Над ними сияли любовь, нежность и свобода. И благодарность за полное доверие. Маша и Феликс ощущали свою парность, как пара ног — левая и правая. Можно, конечно, жить и с одной ногой, но очень неудобно. Друг без друга они — калеки.

Маше очень нравилось училище. У нее был восхитительный педагог — пожилой еврей. Он ставил ей руку, развивал технику. Маша бегло читала с листа, приносила к уроку половину партитуры, на что другим требовался месяц.

Педагог часто заболевал — у него была гипертоническая болезнь, и тогда Маша ездила к нему домой.

Педагог и его жена Соня жили в пыли, как две черепашки в песке. Они не замечали пыли и грязи, поскольку у них были другие жизненные приоритеты. Для них не важно, что вокруг, а важно — что в них: их ценности и идеалы.

Маша — девушка с хохлацкой кровью, была чистоплотна, как все хохлушки. Она физически не могла существовать в такой запущенной берлоге. Первые дни она терпела, но когда освоилась, — набросилась на уборку засучив рукава. Она отодвигала кровати и шкафы, доставала оттуда шары пыли, как перекати-поле. Мыла окна, ножом отскабливала затвердевшую грязь с полов и подоконников.

Соня и Яша — так звали педагога — не замечали беспорядка. Но когда оказались в чистоте, то с восторгом заметили, что так гораздо лучше. Оказывается, чистота — это не то, что вокруг и вне тебя. Оказывается, это взаимодействие человека и окружающего пространства. И если улучшается пространство, то меняется и взаимодействие, и сам человек.

— Маша, когда вы появляетесь в доме — как будто солнышко пришло, — сознавалась Соня.

Яша и Соня — бездетная пара. Они переносили свою родительскую любовь на кота и на Машу. Помимо любви, Соня дарила Маше свои вещи, которые ей надоели, как она говорила. Но это были новые дорогие платья и обувь. Просто они берегли Машино самолюбие. Кое-что перепадало и Феликсу: вельветовая рубашка с погончиками.

Феликс надевал вельветовую рубашку и шел в институт. Их режиссерский курс объединяли с актерским для курсовых работ. Режиссеры ставили, актеры играли.

В актрисы шли самые красивые девушки страны. Принимали самых талантливых. Так что перед Феликсом возникли самые красивые и талантливые. Он даже не знал, что бывают такие. Просто не представлял. Особенно Дина. Рядом с ней все остальные девушки казались жалкой поделкой. Она была высокая, белая, высокомерная, с кошачьим разрезом зеленых глаз. К Дине было страшно подойти. Феликсу казалось, что она его лягнет, как копытом.

Репетировали пьесу Артура Миллера. Дина играла героиню — наркоманку, прообраз Мэрилин Монро. Видимо, любовь Миллера к Монро была самым сильным потрясением его жизни. Пьеса — странная, как будто стоишь на оголенных проводах.

Феликс работал с полной отдачей. Сводил счеты с прошлым. Когда-то он был хуже всех — нищая безотцовщина. Теперь — лучше всех. Он еще покажет, на что он способен. Он доставал из Дины Мэрилин Монро. Они понимали друг друга: Дина — Феликса, и Дина — Мэрилин. В них срабатывал один и тот же механизм: порок и чистота, и тяга к разрушению. Добро и зло. Бог и Дьявол — в одном человеке.

Феликс сам одуревал, как от наркотика. Ему хотелось беспрестанно репетировать, искать... В какую-то минуту он обнял Дину, прижал. Он рисковал быть убитым ее копытом, но она, как ни странно, не ударила и не оттолкнула. Все произошло мгновенно, страстно, на полу, на жестких досках, к тому же еще могли войти. Страх и опасность обостряли чувства.

За первым разом последовал второй, потом третий — и разразился роман. Феликс и Дина ходили взявшись за руки. Вместе ели в столовой, не разлучались. Феликсу казалось, что Маше нет места в его жизни. Какая Маша...

Но он приходил домой. Маша его вкусно кормила и гуляла перед сном. Привычно молчали или беседовали, проговаривая свой день. Им была интересна каждая деталь, каждая подробность жизни другого. Например, Феликс пугался, когда узнавал, что Маша попала под дождь, а потом полдня провела в мокрых туфлях. Какая еще Дина? Бред какой-то...

По ночам они зачинали своего ребенка. А утром Феликс уходил в институт и видел Дину — такую сильную, самодостаточную. Начиналась другая жизнь, в которой он любил Дину.

Феликс хотел, чтобы Дина всегда была рядом, но не ВМЕСТО Маши, а ВМЕСТЕ с Машей. Он любил обеих. Такой он был гаремный человек, как петух в куриной стае. Он — самый пестрый и наглый. А они — вокруг него. Он бы их любил, каждую по-своему, и за каждую отвечал: добывал червяка и мял, чтобы несли яйца. Все, как положено.

Откуда в Феликсе была эта гаремность? Может быть, таким петухом был его отец Илья Израйлевич? А может быть, отец ни при чем. Он сам такой, Феликс. В этом его самоутверждение и самореализация.

Дина ждала от Феликса поступков типа развода с женой, официального предложения руки и сердца. Но Феликс тянул, медлил, ни на что не решался. Дина стала нервничать, в ход пошли спиртные напитки и скандалы. Это стало утомительно и не по карману. Феликс переместил свои интересы с Дины на Зину. А пока Зина разобралась, что к чему, Феликс окончил институт и защитил диплом. С отличием.

Он мог бы остаться в Москве, но захотел вернуться в Одессу. Там — море. А здесь его нет.

Когда Феликс ходил по центру Одессы, он знал, что можно сесть на любой вид транспорта, и тот за полчаса привезет к морю. Можно встать у кромки и смотреть, как дышит море — параллельный мир, со своей жизнью внутри, зависимостью от Луны. Может быть, море влюблено в Луну, в этом причина приливов и отливов.

А здесь, в Москве, среди каменных домов, он спохватывался иногда: а где же море?.. Потом вспоминал, что его нет. И становилось так грустно...

Феликс и Маша вернулись в Одессу. Началась новая взрослая жизнь.

Феликс искал и не мог найти нужный материал для своего первого фильма. То, что ему нравилось, — не принимали. А то, что предлагали, — фальшиво, неинтересно, воротило с души. Но надо было жить, есть, на что-то опираться. Феликс опирался на Машу.

Маша пошла работать в музыкальную школу, преподавала сольфеджио.

Контрабас стоял в углу, в чехле. Как-то не пригодился. В симфонический оркестр не просунуться, евреи брали только своих. Был еще один путь — стать любовницей дирижера.

Но Маша этот путь даже не рассматривала.

Кроме симфонического оркестра, оставалась эстрада, вокально-инструментальные ансамбли. Но Маша и эстрада — две вещи несовместные. К тому же туда тоже брали только молодых мужчин.

Маша в результате преподавала сольфеджио в музыкальной школе и делала это тщательно и хорошо. За что она ни принималась — все у нее выходило хорошо. По-другому Маше было не интересно. Когда халтуришь, время идет медленно. А когда выкладываешься, время бежит весело и быстро. И в результате — хорошее настроение.

Но вот детей не получалось. Не получалось — и все. Что-то замкнуло после первого аборта.

Феликс стал задумываться о своем сиротстве. И принял решение: он разделит судьбу Маши. Если она не родит, они будут бездетной парой. Жить друг для друга. Других детей, рожденных не от Маши, он не хотел.

Кончилось тем, что Феликс и Маша завели собаку и назвали ее Дуня. Людей делили на две категории: тех, кто любит собак, и тех, кто к ним равнодушен.

Жизнь катилась по накатанной дороге.

Валя Нестерова вышла замуж за алкоголика и переехала в Москву. В период, свободный от запоев, алкоголик писал дивную музыку. Он был композитор. Так что Валя вышла замуж за музыку и за Москву.

Маша ходила на работу, преподавала музыкальную грамоту, содержала семью. Приносила из магазина сумки с продуктами, готовила еду мужу и собаке. Была занята с утра до вечера. Уставала.

Феликс страдал от отсутствия детей и работы. На страдания уходил весь день.

У меня ничего не менялось. Я писала и печаталась. И чего-то ждала. В толстом журнале вышла моя повесть. Журнал попал в руки Феликса. Он прочитал и тут же решил — это именно тот материал, который ему нужен. Феликс сосредоточился для борьбы и пробил мою повесть. Тогда было в ходу именно это слово: пробил. Как кулак пробивает стену: усилие, риск, синяки, возможны даже переломы. Но иначе не получалось. Такое было время.

Феликс пробил мою повесть, и я прилетела в Одессу для заключения договора на сценарий.

Феликс встретил меня, отвез в гостиницу. Оглядел номер и тут же сообразил: хорошо бы с автором прокрутить блицроман. Это может пойти на пользу делу. Зная привычки Феликса, я объяснила, что никакой пользы от блицромана быть не может. Только вред. К тому же я приехала за делом, а не за его прыгучестью.

Я не люблю никакого хлама ни в доме, ни в душе, ни в отношениях, ни в своих страницах. Я вычеркиваю лишние слова, выкидываю лишние вещи. И тем более не вступаю в лишние отношения.

Феликс перестал приставать. Сел в угол. Почему-то расстроился. Меланхолия шла ему больше, чем напор.

Синеглазый и темноволосый, он походил на Алена Делона.

— Знаешь, чем отличаются умные от дураков? — спросила я.

— Чем? — Феликс поднял голову.

— Умные умеют отличать главное от второстепенного. А дураки нет. Для дураков все главное. Или все второстепенное.

Феликс стал соображать: какое это имеет к нему отношение.

— Главное — снять хороший фильм, — объяснила я.

— А любовь, ты считаешь, — не главное? — с презрением спросил он. — Все вы, писатели, одинаковые. От вас чернилами пахнет.

На том и порешили: отодвинуть любовь ради дела... Но если быть точной: никакой любви не было. Иначе ее так просто не отодвинешь.

Я относилась к Феликсу снисходительно и никогда не забывала, что он «жопа», — по определению Вали Нестеровой. Сам Феликс тоже имел низкую самооценку. Он говорил о себе: «Я — одесская фарца». Он иногда скупал у моряков партию женских колготок, потом продавал втридорога. Тогда это называлось «фарца» и спекуляция. Сейчас — бизнес. Тогда за это сажали, сейчас — все государство на разных уровнях скупает и продает.

Забегая вперед, хочу сказать, что я недооценивала Феликса. И он сам себя тоже недооценивал. Он снял очень хороший дебют по моей повести. И это стало началом его восхождения.

А тогда... Стояло лето. Феликс пригласил меня домой на ужин. К моему приходу Маша надела сарафанчик на лямочках. Накрыла стол. Я запомнила краски: зеленое, фиолетовое, красное. Перцы, помидоры, баклажаны. Золотистая корочка поросенка. Все это было так красиво, что жалко разрушать.

Маша в сарафанчике — милая, большеглазая, трогательная, как теленок. Красота всегда несет в себе агрессию. А Маша — на другом конце агрессии: сама скромность, покорность и чистота. И Феликс возле нее становился совсем другим. И было невозможно себе представить, что он может шуровать за ее спиной. Что ТОТ — гаремный, и этот — моногамный, — один и тот же человек.

В тот вечер были приглашены гости. Феликс и Маша угощали меня не только едой, но и своими друзьями. Я их не запомнила. Только помню, что мы танцевали, топоча, как стадо, и смеялись без видимых причин. Было весело от вина, от молодости и от того, что все впереди. Здоровые организмы, как хорошие моторы, несли нас вперед без поломок.

К ночи гости разошлись. Маша послала Феликса прогулять собаку. Мы вышли втроем: Феликс, я и собака.

— Она тебя так любит, — сказала я со светлой завистью.

— Ну и что? — спокойно возразил Феликс. — С тобой хоть поругаться можно. А эта только любит — и все. Скучно.

Собака вырвалась и исчезла во тьме.

— Дуня! — кричал Феликс в темноту и метался. — Дуня! — Потом подошел ко мне, проговорил в панике: — Машка меня отравит...

Через полчаса Дуня откуда-то вынырнула. Феликс ухватил ее за ошейник, и мы вернулись в дом.

— Феликс боялся, что вы его отравите, — сообщила я Маше.

Маша подняла свои глаза-вишни и ответила безо всякой иронии:

— Нет, я бы его, конечно, не отравила. Но если бы Дуня пропала — это несчастье.

Я почему-то смутилась. Я поняла каким-то образом: то, что происходит вне их дома, надо оставлять за дверью, как грязную обувь. Не вносить в дом. Здесь — герметичное пространство, как в самолете. Или стерильная чистота, как в операционной.

Настал день моего отъезда.

Феликс и Маша пришли меня проводить. Феликс извинился, что не сможет поехать в аэропорт. У них с Машей назначен прием к врачу.

— А что случилось? — спросила я.

— Внематочная беременность, — легко объяснил Феликс.

— Как это? — поразилась я.

Маша смотрела перед собой в никуда. Вид у нее был потусторонний. Внематочная беременность — это почти гарантированное бесплодие плюс операция, боль и неизвестность.

— Районный врач определил, — сказал Феликс. — Но мы записались к хорошему специалисту.

— А когда он определил? — не поняла я.

— Вчера.

— О Господи... — выдохнула я.

Еще два дня назад мы танцевали, топотали. А на другой день жизнь Маши перевернулась на 180 градусов, в сторону ночи и черноты. Вот уж действительно: все под Богом ходим...

Феликс заносил мои вещи в такси, давал напутствия по сценарию. Особенно его волновал конец, потому что конец — делу венец. История к концу должна набирать обороты. Может быть, есть смысл убить главного героя, поскольку исторически его миссия как бы кончилась. В новом послеперестроечном времени ему нет места. А с другой стороны, американцы всегда избегают плохих концов. Должен быть свет в конце тоннеля. Хэппи энд. Зритель должен уйти с чувством надежды и справедливости.

Маша стояла чуть поодаль — такая грустная и одинокая. Поведение Феликса на фоне ее трагедии выглядело как предательство. Какой финал, какое кино, когда жизнь рушится. Придуманный герой его волновал больше, чем живая, страдающая Маша.

— Мы опаздываем... — тихо напомнила Маша.

— Ничего, успеем, — отмахнулся Феликс.

Они успели. Феликс оказался прав.

Более того, их жизнь снова повернулась на 180 градусов, лицом к солнцу и счастью. Беременность оказалась нормальной. И даже определялись сроки: шесть недель. Это значило, что через семь с половиной месяцев у них должен появиться ребенок. Первый. А через какое-то время — второй.

Какое счастье... Боже мой, какое счастье... Бог погрозил Маше пальцем, но не наказал. Бог добрый. И жизнь тоже — с хэппи эндом, как американское кино.

Маша и Феликс возвращались от врача с чувством надежды и справедливости. А главное — тишина в душе. Они шли тихим шагом, чтобы не расплескать тишину и глубокую удовлетворенность. По дороге купили молодую морковь и антоновку. Для витаминов. Теперь они ничего не делали просто так: все для ребенка. Маша была вместилищем главного сокровища. Иногда Феликсу казалось, что она рискует: поднимает тяжелую сумку или стирает, перегнувшись. Тогда он цепенел от ужаса и искренне жалел, что не может сам выносить своего ребенка.

Через семь с половиной месяцев родился здоровый мальчик. Назвали Валентин, в честь мамы, сокращенно Валик.

У мальчика были глаза-вишни и белые волосы. Он походил на пастушонка. В нем текла одна четверть еврейской крови. Феликс был далек от человеческой селекции. Люди — не фрукты, и он — не Мичурин. Но присутствие другой, контрастной крови — всегда хорошо. Феликс любил разглагольствовать на эту тему.

Маша отмахивалась, не слушала его измышления. Она очень уставала.

Тем временем Феликс закончил нашу с ним короткометражку. Ему дали снимать большое кино.

Жизнь, как корабль, — выходила в большие воды.

Феликсу в ту пору было тридцать пять лет. Маше — двадцать восемь. Впереди — долгая счастливая жизнь.

Прошлое Феликса опустилось в глубину его памяти. Но не забылось. Феликс знал, что никогда и ни при каких обстоятельствах он не бросит своего сына. Он не желал никому, а тем более сыну пережить то, что когда-то пережил сам: отсутствие мужчины в доме, постоянное ощущение своей неполноценности, нищету, комплексы бедности, боль за маму, ее зрелые страдания, женское унижение и то, как эта боль отдавалась в душе мальчика. В результате всего — низкая самооценка. Они с мамой — неполная семья, как кастрюля без крышки, как дверь без ручки. И для того чтобы поднять самооценку, Феликс барахтался, цеплялся, и в результате к тридцати пяти годам выплыл в большие воды. Его жизнь — как большой корабль, на котором играет музыка и слышен детский смех.

Все случилось через пять лет, когда Феликсу исполнилось сорок, а Маше — тридцать три. Грянул гром с ясного неба.

Этот гром назывался Нина. Редактор его последнего фильма.

Они постоянно разговаривали. Феликс не приставал к Нине — не до того. Были дела поважнее: сценарий. Нина считала, что сценарий не готов. Его надо выстраивать. Главное — это причинно-следственные связи. Что происходит на экране и ПОЧЕМУ?

Феликса тянуло на поиск новых форм, на авангард. А Нина считала, что все это мура и провинция. Должна быть чеховская простота. Сюжет: проститутка встречает офицера. Он переворачивает ее представления о жизни. А она сеет сомнения в его идеи и устои.

Почему он с ней пошел? Совершенно непонятно. Он не тот человек, который пойдет с проституткой. Значит — надо придумать. Сценарий — это фундамент и каркас. Если не сцеплено — все повалится.

Феликс и Нина все время разговаривали, проговаривали, мяли, разминали. Они встречались утром на работе. Время летело незаметно. Вместе обедали в буфете — и не замечали, что ели. После работы расходились по домам, и Феликс звонил из дома. Феликсу казалось, что без Нины он беспомощен, как ребенок без матери. Если она его бросит — он не сможет двинуться вперед ни на сантиметр. Он вообще не понимал: а где она была раньше? Оказывается, была... Странно.

Наконец сценарий готов. Все ясно, почему героиня занимается проституцией. Почему офицер с ней пошел. И за всем этим — разрушенная страна и трагедия маленького человека, потерявшего почву под ногами.

После сценария — актерские пробы. Феликс и Нина делали это вместе. Репетировали, просматривали материал. Феликс чувствовал себя увереннее, когда Нина находилась рядом — невысокая, строгая, как учительница. Феликс мучился, метался, сомневался. А Нина — все знала и понимала, как истина в последней инстанции. Они были, как лед и пламень. Один только пламень все сожжет. Лед — все заморозит. А вместе они пробирались вперед, связанные одной цепью.

Наступил Новый год. Решили встретить в ресторане. Феликс пришел с Машей, а Нина — с другом, капитаном дальнего плавания. Феликс с удивлением смотрел на капитана. Ему было странно, что у Нины существует какая-то своя личная жизнь. Он воспринял это как предательство.

На Нине было вечернее платье с открытыми плечами и бриллиантовое колье, которое, как выяснилось, подарил ей отец — главный прокурор города. Этот папаша держал многие ниточки в своих руках и многих мог заставить прыгать, как марионетки.

Феликс был подавлен и раздавлен. Он увидел Нину совершенно в другом качестве: не скромную подвижницу, а хозяйку жизни с любовником-суперменом и папашей — всесильным мафиозо. А Феликс думал, что Нина — его личный блокнот, который можно в любую минуту достать и почерпнуть нужную информацию.

Феликс почувствовал себя жалким мытарем, а Машу — женой жалкого мытаря — унылой и монотонной. Вспомнились стихи Корнея Чуковского: «А в животе у крокодила темно и пусто и уныло, и в животе у крокодила рыдает бедный Бармалей».

Со дна души всколыхнулись привычные комплексы. Он хуже всех. Рожден ползать. А рожденный ползать, как известно, летать не может.

Феликс молчал весь вечер, а потом взял и напился мертвецки. Капитан на плечах отнес его в машину, как мешок с картошкой.

Дома Феликс описался. И это был логический финал: вот он в моче, как в собственном соку. И это все.

Маша стащила с Феликса всю одежду и оставила спать на полу. Ночью он проснулся — совершенно голый, на жесткой основе, и не мог сообразить: где он? В морге? Он умер? Феликс стал искать глазами маму, но все было, как на земле: комната, детские игрушки. И Маша, которая цедила ему из банки рассол от соленых огурцов.

Рассол втекал в него спасительной влагой. Феликс поднялся и пошел в душ. Вода омывала тело, возвращала к жизни. К жизни без Нины. Феликс стоял, зажмурившись, и плакал.

Этап РАЗГОВАРИВАТЬ окончился. Начался новый этап: СМОТРЕТЬ. Он смотрел на Нину и смотрел, как будто позабыл на ней свои глаза. Он вбирал в себя ее лицо во всех ракурсах: в профиль, фас, три четверти. Маленькое изящное ухо, привычный изгиб волос, столб шеи, на которую крепилась маленькая, как тыковка, головка. А сколько в этой головке ума, юмора. Феликс смотрел на Нину и бредил наяву, шевелил губами.

Нина замечала, но никак не реагировала. Каждый человек вправе смотреть, если ему нравится. Это было поведение самоуверенной женщины, привыкшей к тому, что на нее смотрят, желают, мечтают.

Когда Феликс вспоминал о капитане, и более того — представлял в подробностях, — он наполнялся темным ветром ярости и торопился уйти, чтобы не нагрубить Нине, не сказать что-то оскорбительное.

Фильм тем временем перешел в монтажно-тонировочный период. Феликс сидел в монтажной комнате, приходилось задерживаться допоздна. Маша давала ему с собой бутерброды и бульон в термосе. Не задавала вопросы и не возникала. Она верила Феликсу безгранично. И сама была предана безгранично. У нее не было других интересов, кроме семьи. И времени тоже не было. После работы забирала ребенка из детского сада и как рыба билась в сетях большого хозяйства: убрать, постирать, приготовить. Работала в две смены: утром на работе, вечером дома. У нее был свой сюжет и свое кино.

Феликс и Нина тем временем сидели в монтажной. Они, как четки, перебирали каждый сантиметр пленки. Урезали длинноты. Потом им казалось, что они сократили слишком много — исчез воздух. Возвращались обратно.

Когда выходили на улицу покурить, с удивлением смотрели на поток людей, совершенно равнодушных к кинопроизводству и монтажу. Оказывается, существовала другая, параллельная жизнь, как у рыб.

Однажды вечером Нина пришла в монтажную. Феликсу показалось, что от нее пахнет капитаном. Он тут же замкнулся и сказал:

— Ты мне мешаешь...

— Я на минуту, — спокойно ответила Нина, глядя на изображение.

«Почему на минуту? — насторожился Феликс. — Куда она торопится?»

— Вот тут у тебя затянуто. Это надо выбросить, — предложила Нина.

— Где?

— Начни прямо с реплики: «У тебя есть револьвер?»

Феликс отмотал пленку, стал смотреть эпизод.

«— У тебя есть револьвер? — спросила проститутка.

— Есть, а что?

— Застрелись.

— Почему?

— Чем так жить, лучше застрелиться.

— Но я люблю свою жизнь.

— Потому что ты не знаешь, как плохо ты живешь...»

Шел текст сценария, но Феликсу казалось, что это про него. Он повернулся к Нине и сказал:

— Если ты не уйдешь, то ты пожалеешь.

— Не пожалею.

Нина смотрела прямо и бесстрашно.

Он ее обнял. И умер. И долго приходил в себя после отсутствия.

Нина тоже молчала.

548

— О чем ты думаешь? — спросил Феликс. Он ожидал каких-то главных слов. Но Нина сказала:

— Ты меня убьешь.

— Не убью. Говори.

— Я придумала, чем надо закончить сцену. Они должны отдаться друг другу. У нас он уходит. А это неправда.

— Но офицер другой человек, — возразил Феликс.

— Так в этом все и дело.

Феликс поднялся и отошел к монтажному столу. Нина тоже поднялась, они начали отматывать пленку. Включились в работу, не замечая того, что они голые.

Работа была впереди любви. Вернее, так: работа входила в любовь. Это было состояние наполненности до краев, когда больше не умещается ничего.

— Надо переснять сцену, — подсказала Нина.

— Вызываем на завтра артистов, — распорядился Феликс, вправляя рубашку в джинсы.

Он одевался и понимал: они спасли фильм. Во всяком случае, сильно улучшили. Какое счастье...

Настало лето. Нина ушла в отпуск и уехала с отцом на дачу. У них была своя дача на морском побережье.

Фильм входил в заключительную стадию. Шла перезапись.

Феликс устал. Ему хотелось отдохнуть от Нины, от студии, от тяжелого груза раздвоенности. Ему хотелось вернуть душу в семью, уделить время сыну.

Он рано приходил домой, ложился спать. Потом шел гулять с сыном и собакой. Все было замечательно. Но не хватало кислорода, как на большой высоте. Покой и красота, но дышать нечем.

Однажды утром Феликс встал и начал собирать рюкзак.

— Ты куда? — спросила Маша.

— К Нине, — ответил Феликс. — На дачу.

— Надолго?

— Не знаю.

— Тогда возьми деньги.

Маша вынесла ему весь семейный бюджет. Она не хотела, чтобы Феликс ел прокурорские обеды.

— А вы? — растерялся Феликс.

— Я выкручусь, — пообещала Маша.

Ей в голову не приходило, что у Феликса могут быть иные задачи, кроме творческих.

Феликс ехал на электричке, потом шел пешком и оказался в поселке, где жила Нина. Номера дома и улицу он не знал. И как чеховский герой из «Дамы с собачкой» — выяснял: где тут дача главного прокурора. Ему показали высокий сплошной забор. Он стоял перед забором. Залаяла собака, но не шпиц, как у Чехова, а бультерьер, собака-людоед.

Вышла Нина — загорелая, в шортах. Не удивилась, как будто ждала. Потом пошла к отцу и сказала, что Феликс будет жить у них в доме, в гостевой комнате.

— Кого ты из меня делаешь? — спросил прокурор.

— Я его люблю, — коротко объяснила Нина.

Отец разрешил.

Феликс поселился как жених. Было очевидно, что без серьезных намерений он не посмел бы поселиться в сердце семьи хозяина края.

Феликс вставал рано, уходил на рыбалку. Приносил большой улов.

В летней кухне качался пол. Феликс переменил лаги и перестелил пол.

Ночью они с Ниной купались под низкими южными звездами. Какое это было счастье...

Однажды утром Нина сказала:

— Отец хочет с тобой поговорить. Поднимись к нему в кабинет.

Феликс испугался. Он понял, что его вызывают на ковер. Это тебе не Дина и Зина в проеме между дверьми. Придется отвечать. Но возможен и другой вариант: ему покажут свое место и отберут Нину. Кто он? Нищий творец. И кто она? Принцесса, захотевшая поиграть в простую девчонку. Как в итальянском фильме.

Прокурор сидел в просторном кабинете, за просторным столом и сам был просторный, очень русский, мужиковатый. Смотрел профессионально-пристально. Феликсу показалось, что еще пять минут, и на него наденут наручники.

— Я знаю, что вы женаты и у вас сын, — коротко и ясно проговорил прокурор.

Феликс молчал. Все было правдой.

— Я не хочу, чтобы моя дочь путалась с женатым человеком.

Феликс молчал. Он бы тоже не хотел, будь он на месте прокурора.

— Я не возражаю, если вы войдете в нашу семью. Я вам помогу. У вас будет зеленая улица.

Феликс не понял, что такое зеленая улица. Поднял глаза.

— Я вас не покупаю, — объяснил прокурор. — Просто я больше всего в жизни люблю мою дочь.

— Я тоже люблю вашу дочь, — отозвался Феликс. И это было единственное, что он сказал.

Его любовь к Нине была совершенно другой, чем к Маше. Машу он любил сверху вниз, снисходя. А Нину — снизу вверх, возвышаясь.

Вечером они сидели у моря. Феликс сказал:

— Опомнись. Я — одесская фарца.

— Нет... — тихо ответила Нина.

— Если хочешь, я разведусь и мы поженимся...

Нина заплакала, от счастья и от стыда за свое счастье. Феликс тоже заплакал от торжественности минуты. Но вдруг вспомнил про капитана.

— А где капитан? — спросил он.

— В дальнем плаванье.

— В каком смысле?

— В прямом. Он же капитан.

— А он вернется?

— А нам-то что?

— Пусть возвращается. Или тонет. Это уже его судьба, которая не имеет к нам никакого отношения. Все прошлое должно быть отринуто. Начинается новая жизнь, как новое кино со своим сценарием.

Феликс приехал в Одессу и, прежде чем явиться домой, завернул на базар, купил разной еды. Все же он ехал домой.

Когда открыл дверь и вошел — увидел Машу, лежащую посреди комнаты, совершенно пьяную.

Его не было десять дней, и все эти десять дней она пила и не ходила на работу. Ребенок топтался вокруг матери и не знал, что ему делать. Все это время он питался хлебом и водой. Как в тюрьме.

Феликс застыл. Как она узнала? Ей сказали? Или она почувствовала?

Феликс увидел фотографии киногруппы, разбросанные по столу. Фотограф, работавший на картине, снимал рабочие моменты, жанровые сцены из жизни группы и даже заключительный банкет. На всех фотографиях Феликс смотрел на Нину, а Нина на Феликса и между ними протянут невидимый провод под напряжением. Даже посторонний глаз видел это напряжение, именуемое СТРАСТЬ.

Маша все поняла. И вот реакция. Она глушит себя до полного бесчувствия, потому что если что-то почувствует, умрет от боли. Водка вместо наркоза. А Феликс — хирург. Он приехал, чтобы вырезать ее душу. И при этом хочет, чтобы операция прошла без последствий.

Валик подошел к отцу и поднял к нему бледное личико.

— Папа! — тихо воскликнул он. — Ну сделай что-нибудь. Я больше не могу...

Феликс оттащил Машу в ванную с холодной водой. Потом накормил Валика. Он ел, глядя вниз. В его маленьком мозгу крутились какие-то тяжелые мысли.

Маша очнулась, но есть не стала. Феликс уложил ее спать. Впервые за десять дней она спала на кровати. Маша ни о чем не спрашивала. У нее не было сил, чтобы думать и чувствовать.

Ночью Феликс почувствовал, что умирает. У него млело сердце и казалось: сейчас остановится. Холодели руки и ноги.

Он вызвал «скорую помощь». Его отвезли в больницу, и он таким образом скрылся от обеих женщин.

Феликс попросил врача, чтобы к нему никого не пускали. Врач тоже предпочитал покой для своего пациента. У Феликса была плохая электрокардиограмма: предынфарктное состояние.

В эти дни ко мне позвонила Валя Нестерова. Она дружила со многими одесситами, и с Ниной в том числе. Я поняла, что это звонок-разведка.

Нина хотела что-то понять и засылала разведчиков.

— Привет, — поздоровалась Валя. — Ну как ты поживаешь?

— Тебя ведь не я интересую, — отозвалась я.

Валя замолчала. Напряглась.

— Он соскочит, — сказала я.

— Откуда ты знаешь?

— Я знаю Феликса.

— Он сделал предложение. Поехал разводиться. И пропал с концами.

— Это называется: сбежал через клозет, — подытожила я.

Валя тяжело замолчала. Она понимала: ей придется нести плохую весть в дом прокурора.

— А ты как поживаешь? — спросила Валя. Ей было неудобно сразу прощаться.

— Как всегда, — ответила я.

Я всегда жила примерно одинаково. Работала. И чего-то ждала.

Феликс вышел из больницы и через полгода уехал в Германию. По программе Коля. Гельмут Коль — рослый и корпулентный человек, оказался крупным во всех отношениях. Он решил хотя бы частично искупить вину немцев перед евреями.

Вот тут сгодился папаша Феликса — Илья Израйлевич. Сгодились его отчество и национальность. Хоть какая-то польза от человека. И как оказалось — не малая.

Феликс и его семья поселились в красивейшем городе Мюнхен — столице Баварии, неподалеку от пивной, где Гитлер начинал свою карьеру.

Правительство предоставило льготы, по которым можно было не просто существовать, а жить, вкусно есть и даже лечиться. После пустых прилавков перестроечной Одессы немецкие супермаркеты казались страной чудес.

Маша первым делом пошла на курсы немецкого языка. Параллельно подрабатывала, убирала у богатых немцев. Такая работа стоила десять марок в час. Чтобы получить сто марок, Маша трудилась десять часов подряд. Как в спортзале. Без отдыха и с нагрузкой.

Феликс в это время был занят тем, что страдал. Он тоже страдал без отдыха и с алкогольной нагрузкой. Маша его не дергала. Она согласилась бы работать и ночью, только бы Феликс был рядом, даже такой — депрессивный, небритый, постоянно курящий.

Главная радость — Валик. Он пошел в школу и делал успехи. Быстро заговорил по-немецки и даже внешне стал походить на немца. Вписался.

Однажды Маша раскрыла газету и прочитала, что в симфонический оркестр требуется контрабас. Открыт конкурс.

Маша пошла и записалась на конкурс. А чем черт не шутит...

Но черт с его шутками не пригодился. Маша переиграла всех претендентов. В ее руках была сила, а в звуке — гибкость. И все эти показатели никак не вязались с ее обликом робкого теленка.

Дирижер Норберт Бауман провел собеседование и отметил с удовлетворением, что русская — точна, как немка. В ней есть талант и качество, как говорят немцы — квалитет. От нее шла хорошая энергетика.

Машу взяли в оркестр.

Это был симфонический оркестр на радио. Государственный канал. Были еще частные каналы и частные оркестры, но государственный считался престижнее и стабильнее. Человек, который получал такое место, мог считать себя обеспеченным до пенсии.

Маша стала зарабатывать большие деньги. Может быть, для немцев это были не очень большие, но для Маши — астрономические. Этих денег хватало на все: на медицинскую страховку, на обучение Валика, на оплату жилья. И еще оставалось. Стали подумывать о собственном доме. Маша хотела дом с бассейном.

Боже мой, могла ли она, полудеревенская девчонка, мечтать о собственном доме с бассейном и гаражом! А ведь все это, если подумать, дал Феликс: семью, сына, а теперь и Германию — красивую, налаженную страну.

Постепенно образовались друзья. Но дружила Маша не с немцами, а с русскими. Русских в Баварии было пруд пруди. После перестройки русские распространились по Европе, несли сюда свои таланты и криминальные наклонности. Говорили даже, что русская мафия оказалась круче, чем итальянская. Русские привыкли идти впереди планеты всей.

Однако для дружбы времени не оставалось. Машин день был расписан буквально по минутам. Утром — репетиция. Днем она готовила обед своим мужчинам и отдыхала перед концертом. Вечером — запись. После работы — ванна и сон. Маша дорожила своей работой и следила за тем, чтобы быть в форме: есть в одно время и засыпать — в одно время. Но у Феликса была манера — приходить к Маше перед сном и рассуждать о вечном. Маша слушала его недолго. Вернее, даже не слушала. Не вникала в слова, чтобы не забивать себе голову ненужной информацией... Потом объявляла:

— Все. Я сплю.

И тушила свет.

Феликс завис во времени, как муха в глицерине.

Он ностальгировал по Нине, по Родине, по русскому языку, по работе, по себе, по всей своей прежней жизни. Он был как дерево, у которого перерубили корни. Однако сердце выдержало. Не разорвалось. Для того чтобы не повторить ошибку отца, он буквально зачеркнул свою жизнь. Единственное оправдание такой жертвы — Валик. Сын. Он получил иную жизнь, иную участь. И в будущем ему не придется выбирать: Россия или Германия. Валик будет гражданином мира, где захочет, там и будет жить.

В двадцать первом веке земной шар станет всеобщей коммуналкой: комната справа — Азия, комната слева — Европа.

Маше исполнилось тридцать девять лет. Был день ее рождения. Феликс забыл, а Норберт помнил. И пригласил в ресторан.

Маша собиралась в ресторан. У нее были очень красивые вещи. Феликс появился в дверях и стал рассуждать о том, что немцы дали миру: музыку и философию, Бетховена и Ницше. Но у них нет и никогда не будет русского иррационализма, а значит, русской души, воспетой Достоевским.

Маша никак не могла взять в толк, зачем немцам русская душа. Она торопилась и слушала вполуха. Ее ждал Норберт.

Если разобраться, то с Норбертом у нее гораздо больше будущего. Феликс висел, как гиря на ногах. Стряхнуть эту гирю Маша не решалась. Но терпеть было утомительно.

Она подняла голову и попросила:

— Отстань, а?

ЭПИЛОГ

Нина вышла замуж за капитана.

Феликс приехал в Москву, чтобы найти работу. Снять кино. В Германии его талант не пригодился. А больше он ничего не умел. Просто сидеть и философствовать — лучше застрелиться.

Москва изменилась. Здесь тоже появились продюсеры, как на Западе. И как на Западе, все упиралось в деньги. Преодолеть идеологический барьер было проще, чем сегодняшний — рублевый. Но Феликс понимал, что нужно преодолеть. Собрать волю в кулак — и пробить.

Феликс приехал в Москву и зашел ко мне. Просто поздороваться.

Я открыла ему дверь, держа на руках трехмесячную внучку. У внучки выкатывались старые волосики, а на темени выросли новые и стояли дыбом.

— Волосы, — растроганно проговорил Феликс.

Я хотела дать ему девочку в руки, подержать. Но передумала. От Феликса плотно пахло табаком. Феликс тоже дернулся взять ее у меня, но решил, что он недостаточно стерилен. Остался стоять, глядя на ребенка нежно и со слезами.

Феликс больше не был веселым. Все, что случилось, — подломило его. Но не сломало. Он стоял как дерево, которое пустило дополнительные корни.

Мы молчали, понимая друг друга без слов. От той минуты, когда он торчал в моем окне, до этой минуты — прошла целая жизнь.

— Ну, как ты? — спросила я.

— Не знаю. А ты?

— Как всегда.

В моей жизни, кроме детей и замыслов, не менялось ничего.

ПЕРЕЛОМ

атьяна Нечаева, тренер по фигурному катанию, сломала ногу. Как это получилось: она бежала за десятилетней дочерью, чтобы взять ее из гостей... Но начнем сначала. Сначала она поругалась с мужем. Муж завел любовницу. Ему — сорок пять, ей — восемнадцать. Но не в возрасте дело. Дело в том, что... Однако придется начать совсем с начала, с ее восемнадцати лет.

Таня занимается фигурным катанием у лучшего тренера страны. Тренер, с немецкой фамилией Бах, был настроен скептически. У Тани не хватало росту. Фигура на троечку: талия коротковата, шея коротковата, нет гибких линий. Этакий крепко сбитый ящичек, с детским мальчишечьим лицом и большими круглыми глазами. Глаза — темно-карие, почти черные, как переспелые вишни. И челочка над глазами. И желание победить. Вот это желание победить оказалось больше, чем все линии, вместе взятые.

Тренер называл Таню про себя «летающий ящик». Но именно в этот летающий ящик безумно влюбился Миша Полянский, фигурист первого разряда. Они стали кататься вместе, образовали пару. Никогда не расставались: на льду по десять часов, все время в обнимку. Потом эти объятия переходили в те.

Миша — красив, как лилия, изысканный блондин. У него немного женственная красота. Когда он скользил по льду, как в полусне, покачиваясь, как лилия в воде, — это было завораживающее зрелище. И больше ничего не надо: ни скорости, ни оборотов, ни прыжков.

У Татьяны — наоборот: скорость, обороты и прыжки. Она несла активное начало. Это была сильная пара.

Таня была молода и ликующе счастлива. Она даже как будто немножко выросла, так она тянулась к Мише во всех отношениях, во всех смыслах. Она крутилась в воздухе, как веретено. И в этом кружении были не видны недостатки ее линий.

Таню и Мишу послали на соревнования в другую страну. Победа светила им прямо в лицо, надо было только добежать до победы, доскользить на коньках в своих черно-белых костюмах. Но... Миша влюбился в фигуристку из города Приштина. Черт знает, где этот город... В какой-то социалистической стране. Фигуристка была высокая и обтекаемая, как русалка. И волосы — прямые и белые, как у русалки. Они были даже похожи друг на друга, как брат и сестра. И влюбились с первого взгляда. Таня поймала этот его взгляд. У Миши глаза стали расширяться, как от ужаса, как будто он увидел свою смерть.

Дальше все пошло прахом — и соревнования, и жизнь. Таня тогда впервые упала в обморок. А потом эти предобморочные состояния стали повторяться. Она почти привыкла к резко подступающей слабости. Ее как будто куда-то тянуло и утягивало. Таня поняла: она не выдержит. Она потеряет все: и форму, и спорт, и жизнь в конце концов. Надо что-то делать.

Клин вышибают клином. Любовь вышибают другой любовью.

Таня пристально огляделась вокруг и вытащила из своего окружения Димку Боброва — длинного, смешного, как кукла Петрушка. Димка был простоват, и это отражалось на танце. Танец его тоже был простоват. Он как бы все умел, но в его движении не было наполнения. Одни голые скольжения и пируэты.

Фигурное катание — это мастерство плюс личность. Мастерство у Димки было, а личности — нет.

Татьяна стала думать: что из него тянуть. Внешне он был похож на куклу Петрушку с прямыми волосами, торчащим носом, мелкими круглыми глазами. Значит, Петрушку и тянуть. Фольклор. Эксцентрика. Характерный танец. Для такого танца требуется такое супермастерство, чтобы его не было заметно вообще. Чтобы не видны были швы тренировок. Как будто танец рождается из воздуха, по мановению палочки. Из воздуха, а не из пота.

Таня предложила свою концепцию тренеру. Тренер поразился: летающий ящик оказался с золотыми мозгами. И пошло-поехало...

Татьяна продолжала падать в обмороки, но от усталости. Зато крепко спала.

Димка Бобров оказался хорошим материалом. Податливым. Его можно было вести за собой в любую сторону. Он шел, потел, как козел, но в обмороки не падал. И даже, кажется, не уставал. Петрушка — деревянная кукла. А дерево — оно дерево и есть.

Главная цель Татьяны — перетанцевать Мишу с русалкой. Завоевать первое место в мире и этим отомстить.

Татьяна так тренировала тело, кидала его, гнула, крутила, что просто невозможно было представить себе, что у человека такие возможности. Она УМЕЛА хотеть. А это второй талант.

На следующее первенство Таня и Миша Полянский приехали уже из разных городов. Когда Таня увидела их вместе — Мишу и русалку, ей показалось, что весь этот год они не вылезали из кровати: глаза с поволокой, ходят как во сне, его рука постоянно на ее жопе. Танцуют кое-как. Казалось, думают только об одном: хорошо бы трахнуться, прямо на льду, не ждать, когда все кончится. У них была своя цель — любовь. Тогда зачем приезжать на первенство мира по фигурному катанию? И сидели бы в Приштине.

Татьяна победила. Они заняли с Димкой первое место. Стали чемпионы мира этого года. На нее надели красную ленту. Зал рукоплескал. Как сияли ее глаза, из них просто летели звезды. А Димка Бобров, несчастный Петрушка, стоял рядом и потел от радости. От него пахло молодым козлом.

Татьяна поискала глазами Мишу, но не нашла. Должно быть, они не пришли на закрытие. Остались в номере, чтобы потрахаться лишний раз.

У них — свои ценности, а у Тани — свои. Об их ценностях никто не знает, а Тане рукоплещет весь стадион.

Таня и Димка вернулись с победой и поженились на радостях. Детей не рожали, чтобы не выходить из формы. Фигурное катание — искусство молодых.

О Мише Полянском она больше ничего не слышала. Он ушел в профессиональный балет на льду и в соревнованиях не появлялся. Она ничего не знала о его жизни. Да и зачем?

В тридцать пять Таня родила дочь и перешла на тренерскую работу.

Димка несколько лет болтался без дела, сидел дома и смотрел телевизор. Потом купил абонемент в бассейн и стал плавать.

Татьяна должна была работать, зарабатывать, растить дочь. А Димка — только ходил в бассейн. Потом возвращался и ложился спать. А вечером смотрел телевизор.

Татьяна снова, как когда-то, сосредоточилась: куда направить Димкину энергию. И нашла. Она порекомендовала его Баху.

Тренер Бах старел, ему нужны были помощники для разминки. Димка для этой работы — просто создан. Разминка — как гаммы для пианиста. На гаммы Димка годился. А на следующем, основном этапе, подключался великий Бах.

Димка стал работать и тут же завел себе любовницу. Татьяна поняла это потому, что он стал воровать ее цветы. У Татьяны в доме все время были цветы: дарили ученики и поклонники, а после соревнований — просто море цветов. Ставили даже в туалет, погружали в воду сливного бачка. Не хватало ваз и ведер.

Стали пропадать цветы. Потом стал пропадать сам Димка, говорил, что пошел в библиотеку. Какая библиотека, он и книг-то не читал никогда. Только в школе.

Таня не ревновала Димку, ей было все равно. Она только удивлялась, что кто-то соглашается вдыхать его козлиный пот. Она не ревновала, но отвратительно было пребывать во лжи. Ей казалось, что она провалилась в выгребную яму с говном и говно у самого лица. Еще немного, и она начнет его хлебать.

Разразился грандиозный скандал. Татьяна забрала дочь и уехала на дачу. Был конец апреля — неделя детских каникул. Все сошлось — и скандал, и каникулы.

В данную минуту времени, о которой пойдет речь, Татьяна бежала по скользкой дороге дачного поселка. Дочь Саша была в гостях, надо было ее забрать, чтобы не возвращалась одна в потемках.

Саша была беленькая, большеглазая, очень пластичная. Занималась теннисом. Татьяна не хотела делать из нее фигуристку. Профессия должна быть на сорок лет как минимум. А не на десять, как у нее с Димкой. Вообще спорт должен быть не профессией, а хобби. Что касается тенниса, он пригодится всегда. При любой профессии.

Дочь, ее здоровье, становление личности — все было на Татьяне. Димка участвовал только в процессе зачатия. И это все.

Татьяна бежала по дороге, задыхаясь от злости. Мысленно выговаривала Димке: «Мало я тебя, козла, тянула всю жизнь, родила дочь, чуть не умерла...»

Роды были ужасные. На горле до сих пор вмятина, как след от пули. В трахею вставляли трубку, чтобы воздух проходил. Лучше не вспоминать, не погружаться в этот мрак.

В пять лет Саша чуть не умерла на ровном месте. Грязно сделали операцию аппендицита. И опять все на Татьяне, находить новых врачей, собирать консилиум, бегать, сходить с ума. Она победила и в этот раз.

Димкиных родственников лечила, хоронила. И вот благодарность...

Мише Полянскому она прощала другую любовь. Миша был создан для обожания. А этот — козел — туда же... Куда конь с копытом, туда и рак с клешней.

Но почему, почему у Татьяны такая участь? Она — верна, ее предают. Может быть, в ней чего-то не хватает? Красоты, женственности? Может, она не умеет трахаться? Хотя чего там уметь, тоже мне высшая математика... Надо просто любить это занятие. Древняя профессия — та область, в которой любители превосходят профессионалов. Вот стать чемпионом мира, получить лавровый венок — это попробуй... Хотят все, а получается у одного. У нее получилось. Значит, она — леди удачи. Тогда почему бежит и плачет в ночи? Почему задыхается от обиды...

Татьяна поскользнулась и грохнулась. Она умела балансировать, у нее были тренированные мускулы и связки. Она бы устояла, если бы не была такой жесткой, стремительной, напряженной от злости.

Попробовала встать, не получилось. Стопа была ватная. «Сломала, — поняла Татьяна. — Плохо». Эти слова «сломала» и «плохо» прозвучали в ней как бы изнутри. Организм сказал. Видимо, именно так люди общаются с гуманоидами: вслух не произнесено, но все понятно.

Татьяна села на снег. Осознала: надвигается другая жизнь. Нога — это профессия. Профессия — занятость и деньги. Надеяться не на кого. Димки практически нет. Да она и не привыкла рассчитывать на других. Всю жизнь только на себя. Но вот она сломалась. Что теперь? Леди удачи хренова. Удача отвернулась и ушла в другую сторону, равно как и Димка.

В конце улицы появилась Саша. Она шла домой, не дождавшись мамы, и помпон подрагивал на ее шапке. Приблизилась. С удивлением посмотрела на мать:

— Ты чего сидишь?

— Я ногу сломала, — спокойно сказала Татьяна. — Иди домой и позвони в «Скорую помощь». Дверь не заперта. Позвони 01.

— 01 — это пожар, — поправила Саша тихим голосом.

— Тогда 02.

— 02 — это милиция.

— Значит, 03, — сообразила Татьяна. — Позвони 03.

Саша смотрела в землю. Скрывала лицо.

— А потом позвони папе, пусть он приедет и тебя заберет. Поняла?

Саша молчала. Она тихо плакала.

— Не плачь. Мне совсем не больно. И это скоро пройдет.

Саша заплакала громче.

— Ты уже большая и умная девочка, — ласково сказала Татьяна. — Иди и делай, что я сказала.

— Я не могу тебя бросить... Как я уйду, а ты останешься. Я с тобой постою...

— Тогда кто позовет «скорую помощь»? Мы не можем сидеть здесь всю ночь. Да? Иди...

Саша кивнула и пошла, наклонив голову. Татьяна посмотрела в ее удаляющуюся спину и заплакала от любви и жалости. Наверняка Саша получила стресс и теперь на всю жизнь запомнит: ночь, луна, сидящая на снегу мама, которая не может встать и пойти вместе с ней. Но Саша — ее дочь. Она умела собраться и действовать в нужную минуту.

«Скорая помощь» приехала довольно быстро, раньше Димки. Это была перевозка не из Москвы, а из Подольска, поскольку дачное место относилось к Подольску.

Татьяну отвезли, можно сказать, в другой город.

Молчаливый сосредоточенный хирург производил хорошее впечатление. Он без лишних слов поставил стопу на место и наложил гипс. Предложил остаться в больнице на три дня, пока не спадет отек.

— Вы спортом занимались? — спросил врач. Видимо, заметил каменные мускулы и жилы, как веревки.

— Занималась, — сдержанно ответила Татьяна.

Врач ее не узнал. Правильнее сказать: не застал. Татьяна стала чемпионкой 25 лет назад, а врачу — примерно тридцать. В год ее триумфа ему было пять лет.

В жизнь входило новое поколение, у которого — своя музыка и свои чемпионы мира. «Пришли другие времена, взошли другие семена». Откуда это... Хотя какая разница.

Татьяну положили в палату, где лежали старухи с переломом шейки бедра. Выходил из строя самый крупный, генеральный сустав, который крепит туловище к ногам. У старых людей кости хрупкие, легко ломаются и плохо срастаются. А иногда не срастаются вообще, и тогда впереди — неподвижность до конца дней.

Старухи узнали бывшую чемпионку мира. Татьяна мало изменилась за двадцать пять лет: тот же сбитый ящичек и челочка над большими круглыми глазами. Только затравленное лицо и жилистые ноги.

Старуха возле окна преподнесла Татьяне подарок: банку с широким горлом и крышкой.

— А зачем? — не поняла Татьяна.

— Какать, — объяснила старуха. — Оправишься. Крышкой закроешь...

— Как же это возможно? — удивилась Татьяна. — Я не попаду.

— Жизнь заставит, попадешь, — ласково объяснила старуха.

«Жизнь заставит»... В свои семьдесят пять лет она хорошо выучила этот урок. На ее поколение пришлись война, бедность, тяжелый рабский труд — она работала в прачечной. Последние десять лет — перестройка и уже не бедность, а нищета. А месяц назад ее сбил велосипедист. Впереди — неподвижность и все, что с этим связано. И надо к этому привыкать. Но старуха думала не о том, как плохо, а о том, как хорошо. Велосипедист мог ее убить, и она сейчас лежала бы в сырой земле и ее ели черви. А она тем не менее лежит на этом свете, в окошко светит солнышко, а рядом — бывшая чемпионка мира. Пусть бывшая, но ведь была...

— У моего деверя рак нашли, — поведала старуха. — Ему в больнице сказали: операция — десять миллионов. Он решил: поедет домой, вырастит поросенка до десяти пудов и продаст. И тогда у него будут деньги.

— А сколько времени надо растить свинью? — спросила Татьяна.

— Год.

— Так он за год умрет.

— Что ж поделаешь... — вздохнула старуха. — На все воля Божия.

Легче жить, когда за все отвечает Бог. Даже не отвечает — велит. Это ЕГО воля. Он ТАК решил: отнять у Татьяны профессию, а Димке дать новое чувство. Почему такая несправедливость — у нее отобрать, а ему дать... А может быть, справедливость. Татьяна всегда была сильной. Она подчинила мужа. Задавила. А он от этого устал. Он хотел свободы, хотел САМ быть сильным. С этой новой, восемнадцатилетней, — он сильный, как отец, и всемогущий, как Господь Бог. Вот кем он захотел стать: папой и Богом, а не козлом вонючим, куклой деревянной.

Каждая монета имеет две стороны. Одна сторона Татьяны — умение хотеть и фанатизм в достижении цели. Другая — давление и подчинение. Она тяжелая, как чугунная плита. А Димке этого НЕ НАДО. Ему бы сидеть, расслабившись, перед телевизором, потом плыть в хлорированных водах бассейна и погружать свою плоть в цветущую нежную молодость. А не в жилистое тело рабочей лошади.

Но что же делать? Она — такая, как есть, и другой быть не может. Пусть чугунная плита, но зато ответственный человек. За всех отвечает, за близких и дальних. За первенство мира. Она и сейчас — лучший тренер. Все ее ученики занимают призовые места. Она — рабочая лошадь.

А Димка — наездник. Сел на шею и едет. Почему? Потому что она везет. В этом дело. Она везет — он едет и при этом ее не замечает. Просто едет и едет.

Татьяна лежала с приподнятой ногой. Мысли наплывали, как тучи.

Вспомнилось, как заболела Димкина мать, никто не мог поставить диагноз, пока за это не взялась Татьяна.

Диагноз-приговор был объявлен, но операцию сделали вовремя и мать прожила еще двадцать лет. Татьяна подарила ей двадцать лет.

А когда мать умерла, Татьяна пробила престижное кладбище в центре города. В могилу вкопали колумбарий из восьми урн.

Димка спросил:

— А зачем так много?

— Вовсе не много, — возразила Татьяна. — Твои родители, мои родители — уже четверо. И нас трое.

— Дура, — откомментировал Димка.

Эти мысли казались ему кощунственными. А человек должен думать о смерти, потому что жизнь и смерть — это ОДНО. Как сутки: день и ночь.

И пока день — она пашет борозду. А Димка едет и покусывает травинку...

— Что же делать? — вслух подумала Татьяна и обернула лицо к старухе.

— Ты про что? — не поняла старуха.

— Про все.

— А что ты можешь делать? Ничего не можешь, — спокойно и беззлобно сказала старуха.

Ну что ж... Так даже лучше. Лежи себе и жди, что будет. От тебя ничего не зависит. На все воля Божия.

Значит, на пьедестал чемпионата мира ее тоже поставила чужая воля. И Мишу Полянского отобрала. Теперь Димку — отбирает. И ногу отбирает. За что? За то, что влезла на пьедестал выше всех? Постояла — и хватит. Бог много дал, много взял. Мог бы дать и забыть. Но не забыл, спохватился...

Возле противоположной стены на кровати сидела женщина и терла колено по часовой стрелке. Она делала это часами, не отрываясь. Боролась за колено. Разрабатывала. Значит, не надеялась на волю Божию, а включала и свою волю.

Через четыре дня лечащий врач сделал повторный снимок. Он довольно долго рассматривал его, потом сказал:

— Можно переделать, а можно так оставить.

— Не поняла, — отозвалась Татьяна. — Что переделать?

— Есть небольшое смещение. Но организм сам все откорректирует. Организм умнее ножа.

Значит, надо положиться на волю Божию. На ум организма.

— А вы сами как считаете? — уточнила Татьяна. — Не вмешиваться?

— Я бы не стал...

Татьяна вернулась домой. Нужно было два месяца просидеть в гипсе. Она не представляла себе: как это возможно — два месяца неподвижности. Но человеческий организм оказался невероятно умной машиной. В мозг как будто заложили дискету с новой программой, и Татьяна зажила по новой программе. Не испытывала никакого драматизма.

Добиралась на костылях до телефона, усаживалась в кресло. Она звонила, ей звонили, телефон, казалось, раскалялся докрасна. За два месяца провернула кучу дел: перевела Сашу из одной школы в другую, достала спонсоров для летних соревнований. Страна в экономическом кризисе, но это дело страны. А дело Татьяны Нечаевой — не выпускать из рук фигурное катание, спорт-искусство. Дети должны кататься и соревноваться. И так будет.

Татьяна дозвонилась нужным людям, выбила новое помещение для спортивного комплекса. Вернее, не помещение, а землю. Хорошая земля в центре города. Звонила в банки. Банкиры — ребята молодые, умные, жадные. Но деньги дали. Как отказать Татьяне Нечаевой. И не захочешь, а дашь...

Димка помогал: готовил еду, мыл посуду, ходил в магазин. Но в положенные часы исчезал исправно. Он хорошо относился к своей жене, но и к себе тоже хорошо относился и не хотел лишать себя радости, более того — счастья.

Через два месяца гипс сняли. Татьяна вышла на работу. Работа тренера — слово и показ. Она должна объяснить и показать.

Татьяна привычно скользила по льду. Высокие конькобежные ботинки фиксировали сустав. Какое счастье от движения, от скольжения. От того, что тело тебе послушно. Однако после рабочего дня нога синела, как грозовая туча, и отекала.

По ночам Татьяна долго не могла заснуть. В место перелома как будто насыпали горячий песок.

Димка сочувствовал. Смотрел встревоженными глазами, но из дома убегал. В нем прекрасно уживались привязанность к семье и к любовнице. И это логично. Каждая привносила свое, и для гармонии ему были нужны обе. На одной ехал, а с другой чувствовал. Ехал и чувствовал. Что еще надо...

Татьяна долго не хотела идти к врачу, надеялась на ум организма. Но организм не справлялся. Значит, была какая-то ошибка.

В конце концов Татьяна пошла к врачу, не к подольскому, а к московскому.

Московский врач осмотрел ногу, потом поставил рентгеновский снимок на светящийся экран.

— Вилка разъехалась, — сказал он.

— А что это такое? — не поняла Татьяна.

Перелом со смещением. Надо было сразу делать операцию, скрепить болтом. А сейчас уже поздно. Время упущено.

Слова «операция» и «болт» пугали. Но оказывается, операция и болт — это не самое плохое. Самое плохое то, что время упущено.

— Что же делать? — тихо спросила Татьяна.

— Надо лечь в диспансер, пройти курс реабилитации. Это займет шесть недель. У вас есть шесть недель?

— Найду, — отозвалась Татьяна.

Да, она найдет время и сделает все, чтобы поставить себя на ноги. Она умеет ходить и умеет дойти до конца.

Она сделает все, что зависит от нее. Но не все зависит от нее. Судьба не любит, когда ОЧЕНЬ хотят. Когда слишком настаивают. Тогда она сопротивляется. У судьбы — свой характер. А у Татьяны — свой. Значит, кто кого...

День в диспансере был расписан по секундам.

Утром массаж, потом магнит, спортивный зал, бассейн, уколы, иголки, процедуры — для того, для этого, для суставов, для сосудов... Татьяна выматывалась, как на тренировках. Смысл жизни сводился к одному: никуда не опоздать, ничего не пропустить. Молодые методистки сбегались посмотреть, как Татьяна работает на спортивных снарядах. Им, методисткам, надоели больные — неповоротливые тетки и дядьки, сырые и неспортивные, как мешки с мукой.

Бассейн — небольшой. В нем могли плавать одновременно три человека, и расписание составляли так, чтобы больше трех не было.

Одновременно с Татьяной плавали еще двое: Партийный и студент. Партийный был крупный, с красивыми густыми волосами. Татьяне такие не нравились. Она их, Партийных, за людей не держала. Ей нравились хрупкие лилии, как Миша Полянский. Татьяна — сильная, и ее тянуло к своей противоположности.

Партийный зависал в воде, ухватившись за поручень, и делал круговые упражнения ногой. У него была болезнь тазобедренного сустава. Оказывается, и такое бывает. Раз в год он ложился в больницу и активно противостоял своей болезни. Потом выходил из больницы и так же активно делал деньги. Не зарабатывал, а именно делал.

— Вы раньше где работали? — поинтересовалась Татьяна.

— Номенклатура, — коротко отвечал Партийный.

— А теперь?

— В коммерческой структуре.

— Значит, эту песню не задушишь, не убьешь...

Партийный неопределенно посмеивался, сверкая крепкими зубами, и казался здоровым и качественным, как белый гриб.

— Это вы хотели видеть нас дураками. А мы не дураки...

«Вы» — значит интеллигенция. А «Мы» — партийная элита. Интеллигенция всегда находится в оппозиции к власти, тем более к ТОЙ, партийной власти. Но сейчас, глядя на его сильные плечи, блестящие от воды, Татьяна вдруг подумала, что не туда смотрела всю жизнь. Надо было смотреть не на спортсменов, влюбленных в себя, а на этих вот, хозяев жизни. С такими ногу не сломаешь...

Партийный часто рассказывал про свою собаку по имени Дуня. Собака так любила хозяина, что выучилась петь и говорить. Говорила она только одно слово — ма-ма. А пела под музыку. Без слов. Выла, короче.

Татьяна заметила, что Партийный смотрит в самые ее зрачки тревожащим взглядом. Казалось, что он говорит одно, а думает другое. Рассказывает о своей собаке, а видит себя и Таню в постели.

Студент командовал: наперегонки!

Все трое отходили к стенке бассейна и по свистку — у студента был свисток — плыли к противоположному концу. Три пары рук мелькали, как мельничные крылья, брызги летели во все стороны. Но еще никто и никогда не выигрывал у Татьяны. Она первая касалась рукой кафельной стены.

Студент неизменно радовался чужой победе. Он был веселый и красивый, но слишком худой. Он упал с дельтапланом с шестиметровой высоты, раздробил позвонок. После операции стал ходить, но не прямо, а заваливаясь назад, неестественно выгнув спину.

Татьяна не задавала лишних вопросов, а сам студент о своей болезни не распространялся. Казалось, он о ней не помнил. И только худоба намекала о чем-то непоправимом.

Рядом с ним Татьяне всякий раз было стыдно за себя. Подумаешь, вилка разошлась на полсантиметра. У людей не такое, и то ничего... Хотя почему «ничего». Студенту еще как «чего».

На субботу и воскресенье Татьяна уезжала домой. Во время ее отсутствия пол посыпали порошком от тараканов. Когда Татьяна возвращалась в свою палату, погибшие тараканы плотным слоем лежали на полу, как махровый ковер. Татьяна ступала прямо по ним, тараканы хрустели и щелкали под ногами.

Больница находилась на государственном обеспечении, а это значит — прямая, грубая бедность. Телевизор в холле старый, таких уже не выпускали. Стулья с продранной обивкой. Врачи — хорошие, но от них ничего не зависело. Сюда в основном попадали из других больниц. Приходилось реабилитировать то, что испорчено другими.

Преимущество Татьяны состояло в том, что у нее была палата на одного человека с телефоном и телевизором.

Она каждый день звонила домой, проверяла, что и как, и даже делала с Сашей уроки по телефону.

Димка неизменно оказывался дома. Значит, не бросал Сашу, не менял на любовницу. Это хорошо. Бывает, мужчина устремляется на зов страсти, как дикий лось, сметая все, что по дороге. И детей в том числе. Димка не такой. А может, ТА не такая.

После обеда заходила звонить Наташа-челнок с порванными связками. Связки ей порвали в Варшаве. Она грузила в такси свои узлы, потом вышла из-за машины и угодила под другую. Ее отвезли в больницу.

Врач-поляк определил, что кости целы, а связки порваны.

— Русская Наташа? — спросил лысый врач.

— Любите русских Наташ? — игриво поинтересовалась Наташа.

Она была рада, что целы кости. Она еще не знала, что кости — это проще, чем связки.

— Не-на-ви-жу! — раздельно произнес врач.

Наташа оторопела. Она поняла, что ненависть относится не к женщинам, а к понятию «русский». Ненависть была не шуточной, а серьезной и осознанной. За что? За Катынь? За 50 лет социализма? А она тут при чем?

— Будете подавать судебный иск? — официально спросил врач.

— На кого? — не поняла Наташа.

— На того, кто вас сбил.

— Нет, нет, — торопливо отказалась Наташа.

Она хотела поскорее отделаться от врача с его ненавистью.

— Отправьте меня в Москву, и все.

Наташа хотела домой, и как можно скорее. Дома ей сшили связки. Врач попался уникальный, наподобие собаки Дуни. Дуня умела делать все, что полагается собаке, плюс петь и говорить. Так и врач. Он сделал все возможное и невозможное, но сустав продолжал выезжать в сторону. Предстояла повторная операция.

Наташа приходила на костылях, садилась на кровать и решала по телефону свои челночные дела: почем продать колготки, почем косметику, сколько платить продавцу, сколько отдавать рэкетирам.

Наташа рассказывала Татьяне, что на милицию сейчас рассчитывать нельзя. Только на бандитов. Они гораздо справедливее. У бандитов есть своя мораль, а у милиции — никакой.

Татьяна слушала и понимала, что бандиты стали равноправной прослойкой общества. Более того — престижной. У них сосредоточены самые большие деньги. У них самые красивые девушки.

Новые хозяева жизни. Правда, их отстреливают рано или поздно. Пожил хозяином и поймал ртом пулю. Или грудью. Но чаще лбом. Бандиты стреляют в голову. Такая у них привычка.

Основная тема Наташи — неподанный иск. Оказывается, она могла получить огромную денежную компенсацию за физический ущерб. Она не знала этого закона. Утрата денег мучила ее, не давала жить. Она так трудно их зарабатывает. А тут взяла и отдала сама. Подарила, можно сказать.

— Представляешь? — Наташа простирала руки к самому лицу Татьяны. — Взяла и подарила этой польской сволочи...

У нее навертывались на глаза злые слезы.

— Брось, — отвечала Татьяна. — Что упало, то пропало.

Наташа тяжело дышала ноздрями, мысленно возвращаясь в ту точку своей жизни, когда она сказала «нет, нет». Она хотела вернуться в ту роковую точку и все переиграть на «да, да»...

У Татьяны тоже была такая точка. У каждого человека есть такая роковая точка, когда жизнь могла пойти по другому пути.

Можно смириться, а можно бунтовать. Но какой смысл в бунте?

Татьяна вспомнила старуху из подольской больницы и сказала:

— Радуйся, что тебя не убило насмерть.

Наташа вдруг задумалась и проговорила:

— Это да...

Смирение гасит душевное воспаление.

Наташа вспомнила рыло наезжающей машины. Ее передернуло и тут же переключило на другую жизненную волну.

— Заходи вечером, — пригласила Наташа. — Выпьем, в карты поиграем. А то ты все одна...

Наташа была таборным человеком, любила кучковаться. С самой собой ей было скучно, и она не понимала, как можно лежать в одноместной палате.

Татьяна воспринимала одиночество как свободу, а Наташа — как наказание.

В столовой Татьяна, как правило, сидела с ученым-физиком. У него была смешная фамилия: Картошко.

Они вместе ели и вместе ходили гулять.

Картошко лежал в больнице потому, что у него умерла мама. Он лечился от тоски. Крутил велотренажер, плавал в бассейне, делал специальную гимнастику, выгонял тоску физическим трудом.

Семьи у него не было. Вернее, так: она была, но осталась в Израиле. Картошко поначалу тоже уехал, но потом вернулся обратно к своей работе и к своей маме. А мама умерла. И работа накрылась медным тазом. Наука не финансировалась государством.

Татьяна и Картошко выходили за территорию больницы, шли по городу. И им казалось, что они здоровые, свободные люди. Идут себе, беседуют о том о сем.

Картошко рассказывал, что в эмиграции он работал шофером у мерзкой бабы из Кишинева, вульгарной барышницы. В Москве он не сказал бы с ней и двух слов. Они бы просто не встретились в Москве. А там приходилось терпеть из-за денег. Картошко мучительно остро переживал потерю статуса. Для него смысл жизни — наука и мама. А в Израиле — ни того, ни другого. А теперь и здесь — ни того, ни другого. В Израиль он не вернется, потому что никогда не сможет выучить этот искусственный язык. А без языка человек теряет восемьдесят процентов своей индивидуальности. Тогда что же остается?

— А вы еврей? — спросила Татьяна.

— Наполовину. У меня русский отец.

— Это хорошо или плохо?

— Что именно? — не понял Картошко.

— Быть половиной. Как вы себя ощущаете?

— Как русей. Русский еврей. Я, например, люблю только русские песни. Иудейскую музыку не понимаю. Она мне ничего не дает. Я не могу жить без русского языка и русской культуры. А привязанность к матери — это восток.

— Вы хотите сказать, что русские меньше любят своих матерей?

— Я хочу сказать, что в московских богадельнях вы никогда не встретите еврейских старух. Евреи не сдают своих матерей. И своих детей. Ни при каких условиях. Восток не бросает старых. Он бережет корни и ветки.

— Может быть, дело не в национальности, а в нищете?

Картошко шел молча. Потом сказал:

— Если бы я точно знал, что существует загробная жизнь, я ушел бы за мамой. Но я боюсь, что я ее там не встречу. Просто провалюсь в черный мешок.

Татьяна посмотрела на него и вдруг увидела, что Картошко чем-то неуловимо похож на постаревшего Мишу Полянского. Это был Миша в состоянии дождя. Он хотел выйти из дождя, но ему не удавалось. Вывести его могли только работа и другой человек. Мужчины бывают еще более одинокими, чем женщины.

Однажды зашли в часовую мастерскую. У Картошко остановились часы. Часовщик склонился над часами. Татьяна отошла к стене и села на стул. Картошко ждал и оборачивался, смотрел на нее. Татьяна отметила: ему необходимо оборачиваться и видеть, что его ждут. Татьяне стало его хорошо жаль. Бывает, когда плохо жаль, через презрение. А ее жалость просачивалась через уважение и понимание.

Когда вышли из мастерской, Татьяна спросила:

— Как вы можете верить или не верить в загробную жизнь? Вы же ученый. Вы должны знать.

— Должны, но не знаем. Мы многое можем объяснить с научной точки зрения. Но в конце концов упираемся во что-то, чего объяснить нельзя. Эйнштейн в конце жизни верил в Бога.

— А он мог бы его открыть? Теоретически обосновать?

— Кого? — не понял Картошко.

— Бога.

— Это Бог мог открыть Эйнштейна, и никогда наоборот. Человеку дано только верить.

Неожиданно хлынул сильный майский дождь.

— Я скорпион, — сказала Татьяна. — Я люблю воду.

Вокруг бежали, суетились, прятались. А они шли себе — медленно и с удовольствием. И почему-то стало легко и беспечно, как в молодости, и даже раньше, в детстве, когда все живы и вечны, и никто не умирал.

В девять часов вечера Картошко неизменно заходил смотреть программу «Время».

Палата узкая, сесть не на что. Татьяна поджимала ноги. Картошко присаживался на краешек постели. Спина оставалась без опоры, долго не просидишь. Он стал приносить с собой свою подушку, кидал ее к стене и вдвигал себя глубоко и удобно. Они существовали с Татьяной под прямым углом. Татьяна — вдоль кровати, Картошко — поперек. Грызли соленые орешки. Смотрели телевизор. Обменивались впечатлениями.

Однажды был вечерний обход. Дежурный врач строго оглядел их композицию под прямым углом и так же строго скомандовал:

— А ну расходитесь...

Татьяне стало смешно. Как будто они старшие школьники в пионерском лагере.

— Мы телевизор смотрим, — объяснила Татьяна.

— Ничего, ничего... — Дежурный врач сделал в воздухе зачеркивающее движение.

Картошко взял свою подушку и послушно пошел прочь.

Врач проводил глазами подушку. Потом выразительно посмотрел на Татьяну. Значит, принял ее за прелюбодейку. Это хорошо. Хуже, если бы такое ему не приходило в голову. Много хуже.

Татьяна заснула с хорошим настроением. В крайнем случае можно зачеркнуть двадцать пять лет с Димкой и начать сначала. Выйти замуж за Картошко. Уйти с тренерской работы. Сделать из Картошки хозяина жизни. Варить ему супчики, как мама...

По телевизору пела певица — тоже не молодая, но пела хорошо.

Как когда-то Татьяна хотела перетанцевать Мишу Полянского, так сейчас она хотела перетанцевать свою судьбу. Ее судьба называлась «посттравматический артроз».

— Что такое артроз? — спросила Татьяна у своего лечащего врача.

Врач — немолодая, высокая женщина, производила впечатление фронтового хирурга. Хотя откуда фронт? Война кончилась пятьдесят лет назад. Другое дело: болезнь всегда фронт, и врач всегда на передовой.

— Артроз — это отложение солей, — ответила врач.

— А откуда соли?

— При переломе организм посылает в место аварии много солей, для формирования костной ткани. Лишняя соль откладывается.

Татьяна догадалась: если соль лишняя, ее надо выгонять. Чистить организм. Как? Пить воду. И не есть. Только овощи и фрукты. А хорошо бы и без них.

Татьяна перестала ходить в столовую. Покупала минеральную воду и пила по два литра в день.

Первые три дня было тяжело. Хотелось есть. А потом уже не хотелось. Тело стало легким. Глаза горели фантастическим блеском борьбы. Есть такие характеры, которые расцветают только в борьбе. Татьяна вся устремилась в борьбу с лишней солью, которая как ржавчина оседала на костях.

Картошко стал голодать вместе с Татьяной. Проявил солидарность. Они гуляли по вечерам, держась за руки, как блокадные дети.

В теле растекалась легкость, она тянула их вверх. И казалось, что если они подпрыгнут, то не опустятся на землю, а будут парить, как в парном катании, скользя над землей.

— Вас Миша зовут? — спросила Татьяна.

— Да. Михаил Евгеньевич. А что?

— Ничего. Так.

Они стали искать аналоги имени в другом языке: Мишель, Мигель, Майкл, Михай, Микола, Микеле...

Потом стали искать аналоги имени Татьяна, и оказалось, что аналогов нет. Чисто русское имя. На другом языке могут только изменить ударение, если захотят.

Миша никогда не говорил о своей семье. А ведь она была. В Израиле остались жена и дочь. Жену можно разлюбить. Но дочь... Должно быть, это был ребенок жены от первого брака. Миша женился на женщине с ребенком.

— У вас приемная дочь? — проверила Татьяна.

— А вы, случайно, не ведьма?

— Случайно, нет.

— А откуда вы все знаете?

— От голода.

Голод промывает каналы, открывает ясновидение.

Через две недели врач заметила заострившийся нос и голубую бледность своей пациентки Нечаевой.

Татьяна созналась, или, как говорят на воровском языке: раскололась.

— Вы протянете ноги, а я из-за вас в тюрьму, — испугалась врач.

Это шло в комплексе: Татьяна — в свой семейный склеп, а врач-фронтовичка в тюрьму.

Татьяне назначили капельницу. Оказывается, из голода выходить гораздо сложнее, чем входить в него.

Миша Картошко выздоровел от депрессии. Метод голодания оказался эффективным методом, потому что встряхнул нервную систему. Голод действительно съел тоску.

Перед выпиской Миша зашел к Татьяне с бутылкой испанского вина. Вино было со смолой. Во рту отдавало лесом.

— Вы меня вылечили. Но мне не хочется домой, — сознался Миша.

— Оставайтесь.

— На это место завтра кладут другого. Здесь конвейер.

— Как везде, — отозвалась Татьяна. — Один умирает, другой рождается. Свято место пусто не бывает.

— Бывает, — серьезно сказал Миша. Посмотрел на Татьяну.

Она испугалась, что он сделает ей предложение. Но Миша поднялся.

— Вы куда?

— Я боюсь еще одной депрессии. Я должен окрепнуть. Во мне должно сформироваться состояние покоя.

Миша ушел, как сбежал.

От вина у Татьяны кружилась голова. По стене напротив полз таракан, уцелевший от порошка. Он еле волочил ноги, но полз.

«Как я», — подумала Татьяна.

* * *

В соседней палате лежали две Гали: большая и маленькая. Обе пьющие. Галя-маленькая умирала от рака. К суставам эта болезнь отношения не имела, но Галя когда-то работала в диспансере, и главный врач взял ее из сострадания. Здесь она получала препараты, снимающие боль.

Галя-маленькая много спала и лежала лицом к стене. Но когда оживлялась, неизменно хотела выпить.

Галя-большая ходила на двух костылях. У нее не работали колени. Рентген показывал, что хрящи спаялись и ничего сделать нельзя. Но Галя-большая была уверена, что если дать ей наркоз, а потом силой согнуть и силой разогнуть, то можно поправить ситуацию. Это не бред. Есть такая методика: силой сломать спаявшийся конгломерат. Но врачи не решались.

Галя-большая была преувеличенно вежливой. Это — вежливость инвалида, зависимого человека. Иногда она уставала от вежливости и становилась хамкой. Увидев Татьяну впервые, Галя искренне удивилась:

— А ты что тут делаешь?

Гале казалось, что чемпионы, даже бывшие, — это особые люди и ног не ломают. Потом сообразила, что чемпионы — богатые люди.

— Есть выпить? — деловито спросила Галя-большая.

— Откуда? — удивилась Татьяна.

— От верблюда. Возле метро продают. Сбегай купи.

Был вечер. Татьяне обмотали ногу спиртовым компрессом, и выходить на улицу было нельзя.

— Я не могу, — сказала Татьяна.

— Ты зажралась! — объявила Галя-большая. — Не понимаешь наших страданий. Сходи!

— Сходи! — подхватила со своего места Галя-маленькая. — Хочешь, я пойду с тобой?

Она вскочила с кровати — растрепанная, худенькая. Рубашка сползла с плеча, обнажилась грудь, и Татьяна увидела рак. Это была шишка величиной с картофелину, обтянутая нежной розовой кожей.

— Я пойду с тобой, а ты меня подержи. Хорошо?

Истовое желание перехлестывало возможности.

Татьяна вышла из палаты. Возле двери стоял солдат Рома — безумно молодой, почти подросток.

Татьяна не понимала, зачем здесь нужна охрана, но охрана была.

— Рома, будь добр, сбегай за бутылкой, — попросила Татьяна.

— Не имею права. Я при исполнении, — отказался Рома.

Татьяна протянула деньги.

— Купи две бутылки. Одну мне, другую себе. Сдача твоя.

Рома быстро сообразил и исчез. Как ветром сдуло. И так же быстро появился. Ноги у него были длинные, сердце восемнадцатилетнее. Вся операция заняла десять минут. Не больше.

Татьяна с бутылкой вошла к Галям. Она ожидала, что Гали обрадуются, но обе отреагировали по-деловому. Подставили чашки.

Татьяна понимала, что она нарушает больничные правила. Но правила годятся не каждому. У этих Галь нет другой радости, кроме водки. И не будет. А радость нужна. Татьяна наливала, держа бутылку вертикально, чтобы жидкость падала скорее.

Когда чашки были наполнены, Галя-большая подставила чайник для заварки, приказала:

— Лей сюда!

Татьяна налила в чайник.

— Бутылку выбрось! — руководила Галя-большая.

— Хорошо, — согласилась Татьяна.

— А себе? — встревожилась Галя-маленькая.

— Я не пью.

— Нет. Мы так не согласны.

Они хотели праздника, а не попойки.

Татьяна принесла из своей палаты свою чашку. Ей плесну-ли из чайника.

— Будем, — сказала Галя-большая.

— Будем, — поддержала Галя-маленькая.

И они тут же начали пить — жадно, как будто жаждали.

«Бедные люди... — подумала Татьяна. — Живьем горят в аду...»

Считается, что ад — ТАМ, на том свете. А там ничего нет скорее всего. Все здесь, на земле. Они втроем сидят в аду и пьют водку.

* * *

Перед выпиской Татьяне сделали контрольный снимок. Ей казалось, что шесть недель нечеловеческих усилий могут сдвинуть горы, не то что кости. Но кости остались равнодушны к усилиям. Как срослись, так и стояли.

— Что же теперь делать? — Татьяна беспомощно посмотрела на врача.

Врач медлила с ответом. У врачей развита солидарность, и они друг друга не закладывают. Каждый человек может ошибиться, но ошибка художника оборачивается плохой картиной, а ошибка врача — испорченной жизнью.

Татьяна ждала.

— Надо было сразу делать операцию, — сказала врач. — А сейчас время упущено.

— И что теперь?

— Болезненность и тугоподвижность.

— Хромота? — расшифровала Татьяна.

— Не только. Когда из строя выходит сустав, за ним следует другой. Меняется нагрузка на позвоночник. В организме все взаимосвязано.

Татьяна вдруг вспомнила, как в детстве они дразнили хромого соседа: «Руп, пять, где взять, надо заработать»... Ритм дразнилки имитировал ритм хромой походки.

Татьяна вернулась в палату и позвонила подольскому врачу. Спросила, не здороваясь:

— Вы видели, что у меня вилка разошлась?

— Видел, — ответил врач, как будто ждал звонка.

— Я подам на вас в суд. Вы ответите.

— Я отвечу, что у нас нет медицинского оборудования. Знаете, где мы заказываем болты-стяжки? На заводе. После такой операции у вас был бы остеомиелит.

— Что это? — хмуро спросила Татьяна.

— Инфекция. Гной. Сустав бы спаялся, и привет. А так вы хотя бы ходите.

— А почему нет болтов? — не поняла Татьяна.

— Ничего нет. Экономика рухнула. А медицина — часть экономики. Все взаимосвязано...

579

Теперь понятно. Страна стояла 70 лет и рухнула, как гнилое строение. Поднялся столб пыли. Татьяна — одна из пылинок. Пылинка перестройки.

— А что делать? — растерялась Татьяна.

— Ничего не делать, — просто сказал врач. — У каждого человека что-то болит. У одних печень, у других мочевой пузырь, а у вас нога.

Судьба стояла в стороне и улыбалась нагло.

Судьба была похожа на кишиневскую барышницу с накрашенным ртом. Зубы — розовые от помады, как в крови.

Вечером Татьяна купила три бутылки водки и пошла к Галям.

Выпили и закусили. Жизнь просветлела. Гали запели песню «Куда бежишь, тропинка милая...».

Татьяна задумалась: немец никогда не скажет «тропинка милая»... Ему это просто в голову не придет. А русский скажет.

Гали пели хорошо, на два голоса, будто отрепетировали. В какой-то момент показалось, что все образуется и уже начало образовываться: ее кости сдвигаются, она слышит нежный скрип... Колени Гали-большой работают, хотя и с трудом. А рак с тихим шорохом покидает Галю-маленькую и уводит с собой колонну метастазов...

«Ах ты, печаль моя безмерная, кому пожалуюсь пойду...» — вдохновенно пели-орали Гали. Они устали от безнадежности, отдались музыке и словам.

В палату заглянула медсестра, сделала замечание.

Татьяна вышла на улицу.

По небу бежали быстрые перистые облака, но казалось, что это едет луна, подпрыгивая на ухабах.

В больничном дворе появился человек.

«Миша» — сказало внутри. Она пошла ему навстречу. Обнялись молча. Стояли, держа друг друга. Потом Татьяна подняла лицо, стали целоваться. Водка обнажила и обострила все чувства. Стояли долго, не могли оторваться друг от друга. Набирали воздух и снова смешивали губы и дыхание.

Мимо них прошел дежурный врач. Узнал Татьяну. Обернулся. Покачал головой, дескать: так я и думал.

— Поедем ко мне, — сказал Миша бездыханным голосом. — Я не могу быть один в пустом доме. Я опять схожу с ума. Поедем...

— На вечер или на ночь? — усмехнулась Татьяна.

— Навсегда.

— Ты делаешь мне предложение?

— Считай как хочешь. Только будь рядом.

— Я не поеду, — отказалась Татьяна. — Я не могу спать не дома.

— А больница что, дом?

— Временно, да.

— Тогда я у тебя останусь.

Они пошли в палату мимо Ромы. Рома и ухом не повел. Сторож, называется... Хотя он охранял имущество, а не нравственность.

Войдя в палату, Татьяна повернула ключ. Они остались вдвоем, отрезанные от всего мира.

Артроз ничему не мешал. Татьяна как будто провалилась в двадцать пять лет назад. Она так же остро чувствовала, как двадцать пять лет назад. Этот Миша был лучше того, он не тащил за собой груза предательства, был чист, талантлив и одинок.

Татьяна как будто вошла в серебряную воду. Святая вода — это вода с серебром. Значит, в святую воду.

Потом, когда они смогли говорить, Татьяна сказала:

— Как хорошо, что я сломала ногу...

— У меня ЭТОГО так давно не было... — отозвался Миша.

В дверь постучали хамски-требовательно.

«Дежурный», — догадалась Татьяна. Она мягко, как кошка, спрыгнула с кровати, открыла окно.

Миша подхватил свои вещи и вышел в три приема: шаг на табуретку, с табуретки на подоконник, с подоконника — на землю. Это был первый этаж.

— Сейчас, — бесстрастным академическим голосом отозвалась Татьяна.

Миша стоял на земле — голый, как в первый день творения. Снизу вверх смотрел на Татьяну.

— А вот этого у меня не было никогда, — сообщил он, имея в виду эвакуацию через окно.

— Пожилые люди, а как школьники...

— Я пойду домой.

— А ничего? — обеспокоенно спросила Татьяна, имея в виду пустой дом и призрак мамы.

— Теперь ничего. Теперь я буду ждать...

Миша замерз и заметно дрожал, то ли от холода, то ли от волнения.

В дверь нетерпеливо стучали.

Татьяна повернула ключ. Перед ней стояла Галя-большая.

— У тебя есть пожрать? — громко и пьяно потребовала Галя. Ей надоели инвалидность и вежливость.

На другой день Татьяна вернулась домой. За ней приехал Димка. Выносил вещи. Врачи и медсестры смотрели в окошко. На поглядь все выглядело гармонично: слаженная пара экс-чемпионов. Еще немного, и затанцуют.

Дома ждала Саша.

— Ты скучала по мне? — спросила Татьяна.

— Средне. Папа водил меня в цирк и в кафе.

Такой ответ устраивал Татьяну. Она не хотела, чтобы дочь страдала и перемогалась в ее отсутствие.

Димка ходил по дому с сочувствующим лицом, и то хорошо. Лучше, чем ничего. Но сочувствие в данной ситуации — это ничего. Кости от сочувствия не сдвигаются.

Тренер Бах прислал лучшую спортивную массажистку. Ее звали Люда. Люда, милая, неяркая, как ромашка, мастерски управлялась с ногой.

— Кто вас научил делать массаж? — спросила Татьяна.

— Мой муж.

— Он массажист?

— Он — особый массажист. У него руки сильные, как у обезьяны. Он вообще как Тулуз Лотрек.

— Художник? — уточнила Татьяна.

— Урод, — поправила Люда. — Развитое туловище на непомерно коротких ногах.

— А почему вы за него вышли? — вырвалось у Татьяны.

— Все так спрашивают.

— И что вы отвечаете?

— Я его люблю. Никто не верит.

— А нормального нельзя любить?

— Он нормальный. Просто не такой, как все.

— Вы стесняетесь с ним на людях?

— А какая мне разница, что подумают люди, которых я даже не знаю... Мне с ним хорошо. Он для меня все. И учитель, и отец, и сын, и любовник. А на остальных мне наплевать.

«Детдомовская», — догадалась Татьяна. Но спрашивать не стала. Задумалась: она всю жизнь старалась привлечь к себе внимание, добиться восхищения всей планеты. А оказывается, на это можно наплевать.

— А кости ваш муж может сдвинуть? — с надеждой спросила Татьяна.

— Нет. Здесь нужен заговор. У меня есть подруга, которая заговаривает по телефону.

— Тоже урод?

— Нет.

— А почему по телефону?

— Нужно, чтобы никого не было рядом. Чужое биополе мешает.

— Разве слова могут сдвинуть кости? — засомневалась Татьяна.

— Слово — это первооснова всего. Помните в Библии: сначала было слово...

Значит, слово — впереди Бога? А кто же его произнес?

Татьяна позвонила Людиной подруге в полдень, когда никого не было в доме. Тихий женский голос спрашивал, задавал вопросы типа: «Что вы сейчас чувствуете? А сейчас? Так-так... Это хорошо...»

Потом голос пропал. Шло таинство заговора. Невидимая женщина, сосредоточившись и прикрыв глаза, призывала небо сдвинуть кости хоть на чуть-чуть, на миллиметр. Этого бы хватило для начала.

И Татьяна снова прикрывала глаза и мысленно сдвигала свои кости. А потом слышала тихий вопрос:

— Ну как? Вы что-нибудь чувствуете?

— Чувствую. Как будто мурашки в ноге.

— Правильно, — отвечала тихая женщина. — Так и должно быть.

Через месяц Татьяне сделали рентген. Все оставалось по-прежнему. Чуда не случилось. Слово не помогло.

Реабилитация, голодание, заговоры — все мимо. Судьбу не перетанцевать.

Татьяна вдруг расслабилась и успокоилась.

Вспомнилась подольская старуха: могло быть и хуже. Да. Она могла сломать позвоночник и всю оставшуюся жизнь провести в инвалидной коляске с парализованным низом. Такие больные называются «спинальники». Они живут и не чуют половины своего тела.

А она — на своих ногах. В сущности, счастье. Самый мелкий сустав разъехался на 0,7 сантиметра. Ну и что? У каждого человека к сорока пяти годам что-то ломается: у одних здоровье, у других любовь, у третьих то и другое. Мало ли чего не бывает в жизни... Надо перестать думать о своем суставе. Сломать доминанту в мозгу. Жить дальше. Полюбить свою ущербную ногу, как Люда полюбила Тулуз Лотрека.

Судьба победила, но Татьяне плевать на судьбу. Она устала от бесплодной борьбы, и если бунтовать дальше — сойдешь с ума. Взбесишься. И тоже без толку. Будешь хромая и сумасшедшая.

Татьяна впервые за много месяцев уснула спокойно. Ей приснился Миша Картошко. Он протягивал к ней руки и звал:

— Прыгай...

А она стояла на подоконнике и боялась.

Из сна ее вытащил телефонный звонок. И проснувшись, Татьяна знала, что звонит Миша.

Она сняла трубку и спросила:

— Который час?

— Восемь, — сказал Миша. — Возьми ручку и запиши телефон. Миша продиктовал телефон. Татьяна записала на листочке.

— Спросишь Веру, — руководил Миша.

— Какую Веру?

— Это совместная медицинская фирма. Тебя отправят в Израиль и сделают операцию. Там медицина двадцать первого века.

Внутри что-то сказало: «сделают». Произнесено не было, но понятно и так.

— Спасибо, — тускло отозвалась Татьяна.

— Ты не рада?

— Рада, — мрачно ответила Татьяна.

Ей не хотелось опять затевать «корриду», выходить против быка. Но судьба помогает и дает тогда, когда ты от нее уже ничего не ждешь. Вот когда тебе становится все равно, она говорит: «На!»

Для того чтобы чего-то добиться, надо не особенно хотеть. Быть почти равнодушной. Тогда все получишь.

— Я забыл тебя спросить... — спохватился Миша.

— Ты забыл спросить: пойду ли я за тебя замуж?

— Пойдешь? — Миша замолчал, как провалился.

— Запросто.

— На самом деле? — не поверил Миша.

— А что здесь особенного? Ты свободный, талантливый, с жилплощадью.

— Я старый, больной и одинокий.

— Я тоже больная и одинокая.

— Значит, мы пара...

Миша помолчал, потом сказал:

— Как хорошо, что ты сломала ногу. Иначе я не встретил бы тебя...

— Иначе я не встретила бы тебя...

Они молчали, но это было наполненное молчание. Чем? Всем: острой надеждой и сомнением. Страстью на пять минут и вечной страстью. Молчание — диалог.

В комнату вошла Саша. Что-то спросила. Потом вошел Димка, что-то не мог найти. Какой может быть диалог при посторонних.

Свои в данную минуту выступали как посторонние.

Через две недели Татьяна уезжала в Израиль. Ее должен был принять госпиталь в Хайфе. Предстояла операция: реконструкция стопы. За все заплатил спорткомитет.

Провожал Димка.

— Что тебе привезти? — спросила Татьяна.

— Себя, — серьезно сказал Димка. — Больше ничего.

Татьяна посмотрела на мужа: он, конечно, козел. Но это ЕЕ козел. Она так много в него вложила. Он помог ей перетанцевать Мишу Полянского, и они продолжают вместе кружить по жизни, как по ледяному полю. У них общее поле. Димка бегает, как козел на длинном поводке, но колышек вбит крепко, и он не может убежать совсем. И не хочет. А если и забежит в чужой огород — ну что же... Много ли ему осталось быть молодым? Какие-нибудь двадцать лет. Жизнь так быстротечна... Еще совсем недавно они гоняли по ледяному полю, наматывая на коньки сотни километров...

Татьяна заплакала, и вместе со слезами из нее вытекала обида и ненависть. Душа становилась легче, не такой тяжелой. Слезы облегчали душу.

Как мучительно ненавидеть. И какое счастье — прощать.

— Не бойся. — Димка обнял ее. Прижал к груди.

Он думал, что она боится операции.

Татьяна вернулась через неделю.

Каждый день в госпитале стоил дорого, и она не стала задерживаться. Да ее и не задерживали. Сломали, сложили, как надо, ввинтили нужный болт — и привет.

Железо в ноге — не праздник. Но раз надо, значит, так тому и быть.

Два здоровых марроканца подняли Татьяну в самолет на железном стуле. А в Москве двое русских работяг на таком же стуле стали спускать вниз. Трап был крутой. От работяг несло водкой.

— Вы же пьяные, — ужаснулась Татьяна.

— Так День моряка, — объяснил тот, что справа, по имени Коля.

Татьяна испытала настоящий ужас. Самым страшным оказалась не операция, а вот этот спуск на качающемся стуле. Было ясно: если уронят, костей не соберешь.

Но не уронили. Коля энергично довез Татьяну до зеленого коридора. Нигде не задержали. Таможня пропустила без очереди.

За стеклянной стеной Татьяна увидела кучу народа, минитолпу. Ее встречали все, кто сопровождал ее в этой жизни: ученики, родители учеников, тренер Бах, даже массажистка с Ту-луз Лотреком и подольский врач. Переживал, значит.

Миша и Димка стояли в общей толпе.

Татьяну это не смутило. Это, конечно, важно: кто будет ря-дом — тот или этот. Но еще важнее то, что она сама есть у себя.

Увидев Татьяну, все зааплодировали. Она скользила к ним, как будто возвращалась с самых главных своих соревнований.

ИЗ ЖИЗНИ МИЛЛИОНЕРОВ

 летела в Париж по приглашению издательства. Рядом со мной сидела переводчица Настя, по-французски ее имя звучит Анестези. Вообще она была русская, но вышла замуж за француза и теперь жила в Париже. В Москве остались ее родители и подруги, по которым она скуча-ла, и в Москве обитали русские писатели, на которых после пе-рестройки открылась большая мода. Настя приезжала и копа-лась в русских писателях, как в сундуке, выбирая лучший то-вар. Это был ее бизнес.

Поскольку писатели в большинстве своем мужчины, а моя переводчица — женщина тридцати семи лет, в периоде гормо-нальной бури, то поиск и отбор был всегда захватывающе весе-лым и авантюрным.

Настя наводила у меня справки, спрашивала таинственно: «А Иванов женат?» Я отвечала: «Женат». — «А Сидоров же-нат?» Я снова отвечала: «Женат». Все московские писатели почему-то были женаты. Но ведь и Анестези была замужем. Я думаю, она подсознательно искала любви с продолжением и перспективой. Женщина любит перспективу, даже если она ей совершенно не нужна.

У Анестези были ореховые волосы, бежевые одежды, она вся была стильно-блеклая, с высокой грудью и тонкой талией. Оде-валась дорого, у нее были вещи из самых дорогих магазинов, но обязательно с пятном на груди и потерянной пуговицей. Неряшливость тоже каким-то образом составляла ее шарм. Она безумно нравилась мужчинам.

Именно безумно, они теряли голову и становились неуправляемы, и делали все, что она хотела. Это тоже входило в бизнес. Настя скупала русских писателей за копейки, и они были этому очень рады.

Самолет взлетел. Я видела, как человек, сидящий впереди, осенил себя крестом, а потом отвел руку чуть вперед и вверх — и перекрестил самолет. Мне стало грустно, непонятно почему. Самолет — это всегда грань. Интересно, когда люди гибнут скопом — это что-то меняет? Это не так обидно, как в одиночку? Или все равно?..

— Я люблю своего мужа, — сказала вдруг Анестези. Видимо, у нее тоже появилось тревожное чувство.

Самолет взлетел и взял курс на Париж. В это же самое время где-то в Гренландии поднялся в небо ураган, в дальнейшем ему дали имя «Оскар», и тоже направился в сторону Парижа. Оскар и самолет с разных концов летели в столицу Франции.

— Я его люблю страстно, — добавила переводчица глухим голосом.

— Тогда почему ты все время уезжаешь из дома? — удивилась я.

— У него секретарша. Полетт. Только ты никому не говори.

— Откуда ты знаешь?

— Они проводят на работе по восемь часов. И всегда вместе.

— Ну и что? Это его работа.

— Когда люди все время вместе, они становятся ОДНО. Он ходит домой только ночевать.

— Это тоже много, — сказала я. — Где бы ни летал, а приземляется на свой аэродром.

— Не хочу быть аэродромом. Я хочу быть небом. Чтобы он летал во мне, а не приземлялся.

— А сколько вы женаты? — спросила я.

— Двадцать лет. Он мой первый мужчина, а я его первая женщина. Он захотел взять новый сексуальный опыт.

Последняя фраза звучала как подстрочник. И я поняла, что Настя, когда волнуется, начинает думать по-французски.

Я не предполагала в Анестези таких глубоких трещин. Я думала, у нее все легче, по-французски. Между ее высоких ног прятался маленький треугольник, наподобие Бермудского, куда все проваливались и исчезали без следа. Все, кроме одного. Ее мужа.

— Ты боишься, он уйдет? — спросила я.

— Нет. Не боюсь. Он любит нашу дочь.

— Значит, он останется с тобой...

— Но будет думать о другой.

— Пусть думает о чем хочет, но сидит в доме.

— Только русские так рассуждают.

— Но ведь ты тоже русская, — напомнила я.

— Держать в руках НИЧТО. Но держать. Лучше умереть, чем так жить!

— Нет, — сказала я. — Лучше так жить, чем умереть.

Я была воспитана таким образом, что главная ценность — семья. Нужно сохранять ее любой ценой, в том числе и ценой унижения. Кризис пройдет, а семья останется.

Анестези привыкла быть самой лучшей. И подмена ее треугольника другим воспринималась ею как смерть внутри жизни. Она бунтовала словом и делом. Но ничего не помогало.

— Я люблю его страстно, — снова повторила она.

На этих словах самолет и Оскар встретились друг с другом. Оскар обнял самолет и сжал его. Самолет затрепетал, как рыба, выброшенная на берег.

Погас свет. Кто-то закричал.

Переводчица заерзала на месте, стала шуровать рукой в своей сумке.

— У тебя есть карандаш? — спросила она.

— Зачем тебе?

— Я напишу мужу прощальное письмо. Чтобы он не женился на Полетт. Никогда.

— Очень эгоистично, — сказала я.

Мне стало плохо. Казалось, что печень идет к горлу. Это самолет резко терял высоту.

Я хотела спросить: а кто передаст письмо ее мужу, если самолет разобьется? Хотя листок бумаги не разбивается, и его можно будет найти среди пестрых кусков из тел и самолета.

Японцы молились и молчали. Я закрыла глаза и тоже стала молиться. Молитв я не знаю и просто просила Бога по-человечески: «Ну, миленький, ну пожалуйста...» Именно такими словами моя дочка просила не отводить ее в детский сад и складывала перед собой руки, как во время молитвы.

Японцы молчали, закрыв глаза. Орали европейцы. Но как выяснилось, напрасно орали. Командир корабля резко снизил высоту, опустил машину в другой воздушный коридор, вырвался из объятий Оскара. И благополучно сел. И вытер пот. И возможно, хлебнул коньяку.

Ему аплодировали японцы, и американцы, и африканцы. Белые, желтые и черные. А он в своей кабине слушал аплодисменты и не мог подняться на ватные ноги.

Оскар кружил над городом, сдирал с домов крыши и выдергивал из земли деревья.

Самолет не мог подкатить к вокзалу. Все стали спускаться по трапу на летное поле. Внизу стояла цепочка спасателей в оранжевых жилетах. Они передавали людей от одного к другому. Оскар пытался разметать людей по полю, но спасатели стояли плотно — через один метр. Один кинул меня в руки второго, как мяч в волейболе, другой — в руки третьего. И так — до здания аэропорта.

Наконец меня втолкнули в здание. Все — позади. Я засмеялась, но на глаза навернулись слезы. Все-таки не очень приятно, когда тебя кидают, как мяч.

Подошел спасатель и спросил меня:

— Вам плохо? Вы очень бледная.

— Нет, мне хорошо, — ответила я.

Мы пошли получать багаж. Анестези сняла с ленты свою объемистую сумку на колесах. Мы ждали мой чемодан, но он не появился.

Мы стояли и ждали. Уже три раза прокрутилась пустая лента. Моего чемодана не было и в помине.

— Стой здесь, — приказала Настя и отправилась выяснять.

Она вернулась через полчаса и сказала, что в связи с ураганом произошли поломки в компьютерах, и мой чемодан, по всей вероятности, отправился в Канаду.

— А что же делать? — испугалась я.

В чемодане лежали мои лучшие вещи. Практически все, что у меня было, находилось в чемодане.

— Скажи спасибо, что пропал только чемодан, — посоветовала Настя.

— Спасибо, — сказала я.

Мы куда-то пошли и стали заполнять какие-то формуляры, давали описание чемодана, цвет и форму. Француженка, которая нами занималась, была похожа на лошадь с длинным трудовым лицом.

Меня по-прежнему подташнивало. Видимо, организм не отошел от потрясения. Я забыла, а организм помнил.

И все-таки можно сказать, что все плохое позади. Впереди — четыре дня в Париже, выступление по телевизору, встречи с журналистами. Анестези должна меня «раскрутить», сделать рекламу. Впереди — Нотр-Дам, Эйфелева башня, луковый суп и прогулки по Галери Лафайет.

Я знала Францию по французским фильмам, песням Ива Монтана и Шарля Азнавура, по перламутровому облику Катрин Денев. Теперь мне предстояло совместить то, что я предполагала, с тем, что было на самом деле.

— А где я буду жить? — вдруг вспомнила я.

— У Мориски.

— Это отель?

— Нет, это имя. Мориска — мой друг.

— А разве мне не полагается отель? — холодно спросила я.

— Полагается. Но издательство экономит, — объяснила Настя.

Я поняла: на эту тему надо было говорить в Москве, договариваться на берегу. А сейчас — дело сделано. Я уже в Париже. Не возвращаться же назад. На это они и рассчитывали. Теперь я буду ночевать у Мориски на диване.

— Сколько ему лет? — спросила я.

— Шестьдесят, — ответила Настя. Подумала и уточнила: — Шестьдесят три.

Зачем пожилому человеку брать в дом незнакомую женщину?

— Он твой любовник? — догадалась я. Анестези не ответила, ее лицо было озабоченным.

— Самолет опоздал на два часа. Я боюсь, он не дождался и ушел.

Мориски нет. Гостиницы нет. Чемодана нет. Париж, называется...

Мы прошли таможенный контроль, вышли в зал ожидания.

Анестези поводила головой, как птица. Лицо ее стало напряженным от подступающих проблем. Куда меня девать? Селить в гостиницу, триста франков за сутки, или тащить к себе домой, в сердце семьи. Из подруги я превращаюсь в нагрузку.

— Вот он! — вдруг увидела Анестези. — Морис! — Она закричала так, будто ее уводили на смертную казнь. — Морис!

И побежала куда-то вправо. Морис — высокий, в длинном плаще и маленькой кепочке — встал ей навстречу. Они обнялись, и я увидела: конечно же, любовники. Или бывшие любовники. Именно поэтому Морис согласился взять меня на четыре дня. Вошел в положение.

Я не рассматривала Мориса, но увидела все и сразу. Самым удачным были рост и одежда. Все остальное никуда не годилось: круглые немигающие глаза, тяжелый нос, скошенный подбородок и пустая кожа под подбородком делали его похожим на индюка. Законченный индюк.

Анестези представила нас друг другу. Я назвала свое имя, он протянул большую теплую сухую руку, совсем не индюшачью.

Настя сообщила о пропаже чемодана, я поняла это из слова «багаж». Морис сделал обеспокоенное лицо, и они с Настей пошагали по моим делам.

Он мог бы не заниматься моим чемоданом, но у него была развита обратная связь. Он умел чувствовать другого человека.

Они быстро отошли и довольно быстро вернулись.

— Сегодня не найдут, — сказала Настя. — Но к твоему отъезду отыщут.

— А в чем я буду выступать по телевизору? — спросила я.

На мое лицо легла трагическая тень. Морис увидел эту тень и спросил, в чем проблема. Я узнала слово «проблем». Настя ответила. Я узнала слово «робе», что означает платье.

Морис торопливо заговорил, свободно помахивая в воздухе кистью типично французским жестом.

— Он сказал, что купит тебе платье у Сони Рикель.

Соня Рикель — одна из лучших кутюрье Франции. Всех моих денег не хватит на один карман такого платья. Я сказала:

— Не надо ничего. Я надену на плечи русский платок. Буду как матрешка.

Морис с детским вниманием всматривался в наши лица, как глухонемой. Он ничего не понимал по-русски. Я заметила: на Западе говорят на всех языках, кроме русского. Русский не считают нужным учить, как, например, японский или суахили.

Мы вышли из здания аэропорта. Анестези вышагивала оживленно, немножко подскакивая. Она была рада, что все складывалось: самолет сел, Морис встретил, сейчас мы пойдем ужинать в ресторан, пить много сухого вина. Несмотря на то что Анестези испытывала настоящие муки ревности, ей это не мешало жить полно и ярко: путешествовать, заниматься издательским бизнесом, художественным переводом, крутить роман с Мориской, использовать его. И у нее все получалось, включая переводы. Она была талантлива во всем.

Я шла рядом с ней, как некрасивая подруга. Вообще-то мне всегда хватало моей внешности, и я не привыкла быть на вторых ролях, но рядом с Анестези мне нечего делать. Ее внешность, помимо природных данных, была сделана гениальным стилистом, и этот стилист — ее жизнь. А мой стилист — Москва периода перестройки.

Анестези может позволить себе старого индюка, и молодого красавца, и женщину-лесбиянку, потому что она — хозяйка. Себе и своему треугольнику. Она — свободный человек. А я опутана совковой моралью типа: «Не давай поцелуя без любви», «Поцелуй без любви — это пошлость». Но ведь помимо любви на свете существуют: страсть, желание, влюбленность. Именно они наполняют жизнь и расцвечивают ее, как фейерверк в темном небе. Но такие мелочи, как желание и страсть, не брались в расчет нашей коммунистической моралью. И несмотря на то что прежняя идеология рухнула, совковые идеи въелись намертво, как пыль в легкие шахтера.

Я иду рядом с Анестези и все понимаю. В этом моя сила. Уметь оценить ситуацию и себя в ситуации — значит никогда не оказаться в смешном положении.

Морис подвел нас к длинной синей машине марки «Ягуар».

— Это его машина? — удивилась я.

— У него три машины, — сказала Настя.

— Он что, богатый? — заподозрила я.

— Миллионер. Он входит в десятку самых богатых людей Франции.

Мы забрались внутрь машины. Я — рядом с Морисом. Анестези — за моей спиной, самое безопасное место.

Мы тронулись. Красивые сильные руки Мориса касались руля. Я искоса поглядывала на него.

Если взять Пушкина в отрыве от его имени, что можно увидеть? Тщедушный, узкогрудый, маленький, с оливковым лицом и лиловыми губами. Обезьяна. Но когда понимаешь, что это Пушкин, уже не видишь ни роста, ни отдельных черт лица. Преклоняешься перед энергией гения и жалеешь, что он умер до того, как ты родилась. Хорошо бы такой человек жил всегда. Природа обязана делать исключения для таких людей.

Не буквально, но нечто похожее я испытывала в отношении Мориски. Его немигающие глаза показались мне пронзительно-умными, умеющими видеть проблему во все стороны, и в глубину прежде всего. Пустая кожа под подбородком ничему не мешала. Он мог бы сделать пластическую операцию. Но зачем? Он ведь не женщина, а мужчина. И не просто мужчина, а миллионер. Хозяин жизни.

Морис достал из-под сиденья две коробки шоколада. Одну протянул мне, другую Анестези. Я была голодна и тут же начала жевать.

— Перестань жрать, — сказала Анестези по-русски. — Мы едем ужинать.

— Что? — переспросил Морис.

— Ничего, — ответила Анестези, и я поняла, что она не предательница. Она не хочет хорошо выглядеть на моем фоне. Я закрыла коробку, потом подняла глаза и в этот момент увидела, как по воздуху плывет лист металлического шифера. Он бесшумно, медленно плыл навстречу машине, на уровне моих глаз. Я мгновенно поняла: это Оскар сорвал с ближайшего строения кусок крыши, и сейчас мы встретимся в одной точке.

Лист железа влетел в лобовое стекло. Я вскрикнула и закрыла лицо руками. Раздался глухой удар по стеклу, потом грохот от скатывающегося железа.

Морис негромко воскликнул: «Ах...» Остановил машину. Вышел и посмотрел. На стекле — царапина, на правом крыле — вмятина. И это все. Видимо, стекло у «ягуаров» имеет особую прочность, равно как и металл.

Если бы кусок железного шифера влетел в мою московскую машину, я осталась бы без носа или без глаз. А тут я отделалась легким «ах», и то не своим, а Мориса.

Морис вернулся в машину и что-то сказал Анестези.

— Он спрашивает, какую кухню ты предпочитаешь: японскую, китайскую, итальянскую или французскую.

Я задумалась. В японском ресторане надо есть палочками, я не справлюсь и начну есть руками, поскольку вилок там не дадут.

— Мне все равно, — сказала я и посмотрела на Настю, перекладывая на нее проблему выбора.

— Как обычно, — сказала Настя. Видимо, у них с Морисом было свое любимое место.

Мы сидим в маленьком китайском ресторане. К Морису выходит хозяин, неожиданно рослый для китайца. Скорее всего полукровка: китаец с французом. Но волосы и глаза — принадлежность желтой расы. Они говорят по-французски. Я улавливаю слово «пуассон», что означает рыба. Видимо, Морис с хозяином обсуждают: когда поймана рыба, сколько часов назад, и чем поймана — крючком или сетью. На крючке рыба долго мучается и в результате пахнет тиной. А рыба, пойманная сетью, не успевает ничего понять и пахнет только рекой, солнцем и рыбьим счастьем.

Китаец с удовольствием ведет беседу и не смотрит на нас. Мы ему неинтересны. Ему интересен постоянный клиент-миллионер.

Анестези вытащила зеркальце и проверяет грим. Ее ореховые волосы стоят облаком и блестят от физического здоровья. Декольте низкое, видна стекающая вниз дорожка между грудями, губы горят, как будто она долго целовалась. Таинственный треугольник тоже горит, и она сидит на нем, как на сковороде. При этом она ничего не делает, просто смотрит перед собой застывшими, чуть выпуклыми глазами.

Морис спокоен или просто держит себя в руках. Красивые руки спокойно лежат на белой скатерти. Сильные пальцы, ровные по всей длине. Мои мысли никто не может подслушать, и я втайне ото всех и от самой себя допускаю мысль, что таким же должен быть его основной палец: сильный и ровный по всей длине. Я где-то читала, что пальцы и детородный орган природа выкраивает по одному рисунку. Не будет же природа каждый раз придумывать и выдумывать. Внутри одного человека она работает по одному лекалу. Интересно: как по-французски член? Наверное, так же, как и по-русски.

Появляется официант, маленький и тонкий, как стрела. Над столом в красивом рисунке движутся его руки. Ни одного лишнего или неточного движения. Интересно, сколько Морис оставляет на чай? Я слышала: чем богаче человек, тем он жаднее. Если бы я была миллионерша, я бы занималась благотворительностью, потому что отдать гораздо плодотворнее, чем взять. Но я никогда не буду миллионерша. Я зарабатываю на жизнь честным красивым трудом. А честным трудом миллионов не заработать.

— Какой у него бизнес? — спросила я переводчицу.
— Тяжелые металлы, — ответила Настя.
— А что он с ними делает?
— Хер его знает. Во всяком случае, не грузит.

Настя была чем-то раздражена. Скорее всего тем, что Морис не входит в ее облако. Не дышит им. Не заражается влажным сексом. Сидит, как в противогазе. И как на него влиять — непонятно.

Официант поставил блюдо с уткой и большой салат. Салат имел все оттенки зеленого и сиреневого, при этом был не нарезан, а порван руками. Утка утопала в сладковатом соусе по-китайски. В ней почти не было жира, одна только утиная плоть. Я надкусила и закрыла глаза. Какое счастье — есть, когда хочется есть.

Однако надо поддержать беседу.
— Какое у Мориса образование? — спросила я Настю.

— Он самородок. Из очень простой семьи. Ему не дали образования.

Я снова посмотрела на руки Мориса — тяжелые, мужицкие. И глаза мужицкие. Пусть французского, но мужика.

Вот сидит человек, который сам себя сделал. Я сидела рядом и испытывала устойчивость, как будто держалась за что-то прочное. Как за перила, когда спускаешься по крутой лестнице вниз.

Я в основном спускаюсь и поднимаюсь без перил. В этом и состоит моя жизнь. Вверх — без перил. И вниз — без перил.

За что же я держусь? Это мой письменный стол со старой, почти антикварной машинкой. Груда рукописей и поющая точка в груди. Мы втроем: я, точка и машинка — долетели до самого Парижа. И теперь сидим в ресторане с миллионером, входящим в первую десятку.

Официант принес рыбу и стал разделывать ее на наших глазах, отделяя кости. Это был настоящий концертный номер. С ним надо было выступать в цирке. Или на эстраде.

Морис жил в собственном доме на маленькой, из шести домов, собственной улице.

Собственные дома я видела. У меня у самой есть собственный дом за городом. Не такой, как у Мориса, но все равно дом. А вот собственной улицы я не видела никогда. И даже не представляла, как это выглядит.

Морис подъехал к шлагбауму и открыл его своим ключом. Ключ был маленький, как от машины, и шлагбаум — легкий, полосатый, чистенький, как игрушка.

Шлагбаум легко поднялся. «Ягуар» проехал. Морис вышел из машины и закрыл за собой шлагбаум, как калитку.

Мы подъехали к дому. Это был трехэтажный дом. Внизу — кухня, столовая и каминный зал. Никаких дверей, никаких перегородок. Все — единое ломаное пространство.

На втором этаже — спальни. Третий этаж — гостевой.

— Он приглашал стилиста, чтобы ему создали стиль дома, — сообщила Настя. — За сто тысяч долларов.

Я глядела по сторонам.

— А жена у него есть? — спросила я.

— Мадленка, — ответила Настя. — Она на даче.

— Молодая?

— Полтинник.

— Красивая?

— На грузинку похожа.

Грузинки бывают разные: изысканные красавицы и носатые мымры. На маленьком антикварном столике я увидела фотографию в тяжелой рамке светлого металла: молодой Морис и молодая женщина не отрываясь смотрят друг на друга. Вросли глазами.

— Это она? — спросила я.

— Она, — с легким раздражением подтвердила Настя.

Я вгляделась в Мадлен. Освещенное чувством, ее лицо было одухотворенным, и каким-то образом было понятно, что она из хорошей семьи. Чувствовалось образование и воспитание.

Молодой Морис был похож на молодого индюка. Ну и что? И павлин похож на индюка. Я похожа на собаку. Настя — на кошку. Все на кого-то похожи.

— А дети у них есть? — спросила я.

— Сын, — сказала Настя. — Сорок лет.

— Как же — ей пятьдесят, а сыну — сорок? — не поняла я.

— Сын от первого брака, — объяснила Настя. — Известный визажист, делает лица звездам и фотомоделям.

— Богатый?

— Богатый и красавец. Гомосексуалист.

— Нормально, — сказала я.

Я заметила, что все известные модельеры и кинокритики — голубые. А женщины-манекенщицы — плоскогрудые и узкобедрые, как мальчики, потому что выражают гомосексуальную эстетику.

Большие груди и большие зады нравятся простому народу. Чем ниже культура, тем шире зад.

Морис предложил мне посмотреть гостевую комнату. Мы поднялись на третий этаж. Комната состояла из широкой кровати, рядом возле двери — душевая кабина из прозрачного стекла, с другой стороны, возле окна, — письменный стол, чуть поодаль — велотренажер. Спальня, кабинет и спортзал одновременно.

Это значит, утром можно встать, позаниматься гимнастикой, потом принять контрастный душ и сесть за работу. А за окном ветка каштана покачивается на ветру. Дышит.

Вот и все, что человеку надо на самом деле: спорт, труд и одиночество. Хорошо.

Было уже одиннадцать часов вечера, по-московски — час ночи. Морис пожелал мне «bon nuit» и ушел.

Я приняла душ и легла в постель. До меня доносилась энергичная разборка. Настя и Морис выясняли отношения, не стесняясь третьего человека. Слова сыпались, как град на крышу.

Морис говорил сдержанно. Я уловила слова: «Tu ne voulais pas prendre le risk». Ты не хотела брать риск.

Видимо, когда-то Морис уговаривал Настю уйти от мужа и тем самым взять риск. Но Настя не хотела уходить от мужа так просто, в никуда. Вот если бы Морис сделал ей предложение... Если бы он предложил ей не риск, а руку и сердце, тогда другое дело. Но у Мориски была Мадленка, а у Насти — муж. Страшно отплывать от привычного берега — вдруг утонешь, и Настя защищалась и нападала одновременно.

Наверняка она нравилась Мориске, иначе с какой стати он взял бы меня в свой дом, в гостевую комнату. Я существовала как часть их отношений, часть любовной сделки. И сейчас они наверняка пойдут в кровать и будут ругаться и мириться. И у Мориски все встанет, вздыбится, нальется жизнью, и он почувствует себя молодым. Вот что нужно миллионеру прежде всего: чтобы его солнце не клонилось к закату. Пусть оно задержится на месте. «Хоть немного еще постою на краю». Это важнее, чем деньги. Хотя вряд ли... Важно все.

Я всегда кичилась своей женской недоступностью, видя в этом большое достоинство, но сейчас я поняла: никто и не претендует. Как в анекдоте о неуловимом Джо. Неуловим, потому что его никто не ловит. Моя добродетель никому не нужна, как заветренный кусок сыра, и мои рукописи на письменном столе — просто куча хлама.

Вот я в Париже со своей поющей точкой в груди. И что? Лежу одна, как сиротка Хася. Лежать одной — это для могилы. А при жизни надо лежать вдвоем, изнывая от нежности, и засыпать на твердом горячем мужском плече.

***

Утром Морис поднялся ко мне в комнату, неся на подносе кекс и кофе. Оказывается, они пьют кофе в постели, а уж потом чистят зубы. Морис собственноручно принес мне кофе в постель. Видимо, они с переводчицей помирились на славу. Анестези постаралась, а я пожинала плоды. Морис опустил поднос на постель.

— Но, но... — запротестовала я, поскольку не умею есть в постели.

Морис не понял, почему «но». Он поставил поднос на стол. Его лицо стало растерянным, и в этот момент было легко представить его ребенком, когда он бродил босиком без присмотра матери-пейзанки и полоскал руки в бочке с дождевой водой.

Морис сказал, что у него до двенадцати дела, а в двенадцать мы садимся в машину и едем к его жене на дачу.

— А Настя? — спросила я.

— Парти а ля мэзон, — ответил Морис. Я догадалась: уехала домой.

— Когда?

— Вчера. (Иер.)

Значит, не мирились. А может, быстро помирились, и он отвез ее домой. А может, и не провожал. Как знать... Она не взяла риск. Он не стал тянуть резину. Иметь жену и любовницу — для этого нужно свободное время и здоровье. У Мориса время — деньги. Да и шестьдесят три года диктуют свой режим.

Но самое интересное не это, а наше общение. Я почти не знаю языка, но я понимаю все, о чем он говорит.

Я улавливала отдельные слова, а все остальное выстраивалось само собой. Я как будто слышала Мориса внутренним слухом. Так общаются гуманоиды. Языка не знают, но все ясно и так. Я думаю, мысль материальна, и ее можно уловить, если внутренний приемник настроен на волну собеседника.

Морис ушел. Я уселась на велотренажер, стала крутить педали. Компьютер возле руля показывал число оборотов, пульс, время. Можно было следить за показателями, а можно смотреть в окно. За окном лежал сентябрь, качалась ветка на фоне неба. Голубое и зеленое. Ветка была еще сильной и зеленой, но это ненадолго. Я тоже находилась в своей сентябрьской поре, но ощущала себя, как в апреле. «Трагедия человека не в том, что он стареет, а в том, что остается молодым». Кто это сказал? Не помню. Я — Золушка, которая так и не попала на бал. Мои написанные книги — это и есть мои горшки и сковородки. Однако мои ноги легки, суставы подвижны, сердце качает, кровь бежит под нужным давлением...

Появилась служанка. По виду — мексиканка. У нее смуглое грубое лицо. И хорошее настроение. Она все время напевает.

Мексиканка посмотрела на меня и спросила:

— Водка? Кавьяр?

Я поняла, что русские для нее — это икра и водка.

Я развела руками. У меня нет сувениров. У меня нет даже чемодана, и мне не во что переодеться.

Мексиканка понимает, но ее настроение не ухудшается. Она уходит в соседнюю комнату гладить и напевает о любви. Я улавливаю слово «карасон», что значит сердце.

Интересно, мексиканка — оптимистка по натуре или ее настроение входит в условия контракта? Прислуга должна оставлять свои проблемы за дверью, как уличную обувь.

Можно, конечно, спросить. Но я могу задать вопрос только по-русски. Я спрашиваю:

— Мексика? — И направляю в нее свой указательный палец.

— Но травахо, — отвечает служанка. — Травахо — Парис.

Я догадываюсь: нет работы, работа есть в Париже. И еще я отмечаю: Парис — настоящее название столицы Франции, в честь бога красоты Париса.

Дорога была прекрасной, как и все европейские дороги. Мы с Морисом сидели в белом «ягуаре», видимо, синий он отправил на ремонт.

Морис умело руководил сильной машиной. Казалось, ему это ничего не стоило. Машина успокаивает и уравновешивает.

Мы молчали, нас объединяла скорость. Молчание было общим.

Я подумала: как хорошо сидеть возле миллионера, ехать далеко и долго и ни о чем не думать.

Морис — хороший человек. В конце концов он вовсе не должен мной заниматься, а он несет кофе в постель, везет за город познакомить с женой. Зачем это ему? Но может быть, он хочет развлечь жену мной? Я все-таки писатель, штучный товар. В его ближайшем окружении таких нет. Все есть, а таких, как я, — нет. Морис купит жене цветы и привезет меня. Я опять присутствовала в его колоде некоторой разменной картой.

А может быть, все гораздо проще. Я его понимаю, и ему со мной интересно.

Я спросила:

— У тебя есть друзья?

— Два, — сказал Морис. — Один умер, а другой в Америке.

— Значит, ни одного, — поняла я.

— Два, — повторил он. — Тот, кто умер, — тоже считается.

Все ясно. Он одинок. Это одинокий миллионер. В его жизни нет дружеской поддержки. Тот, который в Америке, — далеко. А умерший — еще дальше. Морис греется о любовь.

— Ты любишь Анестези? — спросила я.

Морис что-то торопливо заговорил, занервничал, несколько раз повторил: «Этиопа, этиопа...»

— Что? — переспросила я.

Морис открыл в машине ящичек и достал цветные фотографии. На всех фотографиях была изображена черная девушка, как две капли воды похожая на Софи Лорен в ранней молодости. Рот от уха до уха, белые зубы, глаза как у пантеры.

— Этиопа, — повторил Морис.

— Это имя?

— Но. Жеографи...

Я вдруг поняла, что он хотел сказать. Эфиопия. Девушка была эфиопкой.

Я вгляделась еще раз. Я слышала, что эфиопы — черные семиты. Яркая семитская красота.

— А Настя знает? — спросила я.

— Но.

Настя не знает, но даже если бы и знала, уже ничего нельзя изменить.

— Этиопа — ля фамм пур муа. (Женщина для меня.)

Насте на этом фоне больше делать нечего. Поэтому она так нервничала. Но тогда зачем Морис взял меня в гостевую комнату? А просто так. Морис — добрый. Настя попросила, он согласился.

Я прерывисто вздохнула. Все-таки я была подруга Насти, а не Этиопы.

— А где вы познакомились? — спросила я.

— В небе, — сказал Морис. — Я увидел ее в самолете, а потом помог ей снять багаж с ленты.

Мое писательское воображение подсунуло мне такой сюжет. Он снял ей багаж и проводил домой. На такси. А потом они встретились вечером, и она показала ему класс. А потом Морис снял ей маленькую квартирку, которая в Париже называется «студио». Они купили широкую кровать, даже не кровать, а матрас от стены до стены, чтобы можно было на нем перекатываться, а если скатишься на пол, то небольно падать, потому что невысоко лететь.

В Эфиопии сейчас — эпидемия и голод, а в Париже — миллионеры и комфорт. Этиопа ухватила бедный член Мориски, кстати, по-французски член — зизи. Она зажала бедный зизи своей щелью, черной снаружи и розовой, как спелый плод, внутри. И каждый раз старается, как будто сдает экзамен. Показывает класс.

А может быть, все иначе. Но в общих чертах похоже.

— Чем она занимается?

— Манекенщица. Топ-модель.

Ага, значит, эпидемия и голод не подходят. Это — дорогая точеная деревяшка, немножко проститутка, которая сопровождает миллионеров в путешествиях. Сейчас особенно модны мулатки, их называют «кафе о лэ». Кофе с молоком.

А может быть, ни то и ни другое. Нормальная молодая девчонка, занятая по горло. Топ-модели получают громадные деньги, им не нужны чужие миллионы. Хотя чужие миллионы всегда нужны. Высокая мода — это очень тяжелый бизнес и тяжелый хлеб. Этиопа устает как лошадь. Какое еще студио? У нее своя вилла. Но тогда зачем ей Морис, шестидесяти трех лет?

Но ведь я не знаю, что такое Морис. «О, как на склоне наших лет нежней мы любим и суеверней...» Может, это Морис показывает класс, который неведом молодым. Может быть, он для нее ВСЕ: и папа, и любовник, и защитник. А она здесь — одна. От родных далеко.

— Сколько ей лет? — спросила я, возвращая фотографии.

— Двадцать пять.

— А вашей жене?

— Пятьдесят.

— Вы женились по любви?

— О да... Это была большая любовь. (Гранде амур.) Как Ниагара.

— А куда же эта Ниагара утекла?

— Я не знаю.

Любовь всегда куда-то утекает. Это трагедия номер два. Быстротечность жизни и утекание любви. А может быть — это нормально. Человек полигамен по своей природе. В животном мире только волки и лебеди образуют стойкие пары. Все остальные спариваются на брачный период для выведения потомства. А потом — ищи-свищи. И ничего. Нормально.

Я мысленно пересчитала увлечения Мориса: первая жена, вторая жена, Анестези, Этиопа. Для шестидесятилетнего человека — четыре любви, разве это много? Много, конечно. Но допустимо. У некоторых моих знакомых за один месяц больше, чем у Мориса за шестьдесят лет.

На дорогу вышел лось.

— Приехали, — сказал Морис.

Машина свернула на территорию дачи.

Дача стояла на земле величиной с Калужскую область. Видимо, Морис вкладывал деньги в недвижимость, в землю. У него был свой лес, река, старая мельница. Забора вокруг его участка не было, так как до противоположного конца надо было добираться вплавь и на перекладных.

Дом был простой, добротный — миллионерская простота, — оштукатуренный белой краской. Он стоял буквой «Г», каждое крыло метров тридцать. Стилизован под крестьянские постройки, должно быть, сработала ностальгия по прошлому, по своим корням.

Морис вышел из машины. К нему тут же подбежала крупная собака, высотой с теленка, белая в серых пятнах. Она поставила лапы Морису на плечи, Морис стал нежно трепать ее по щеке и что-то приговаривать. На них было приятно смотреть. Это была двусторонняя идеальная, очищенная любовь.

Мы вошли в дом. Нас встретила жена Мориса — маленькая, изящная, моложавая, со злым лицом. Она в самом деле была похожа на грузинскую аристократку, хотя и не черная. Шатенка.

Она протянула руку, назвала свое имя, я сделала то же самое. Мадлен сухо заметила, что она прочитала мою книгу. Эту книгу ей подарила Анестези. Книга ее удивила, произвела впечатление, и поэтому Мадлен очень хотела со мной познакомиться и поговорить.

Она излагала свою мысль вежливо, как на приеме. Я слушала, чуть склонив голову, напряженно угадывала слова и в общем понимала. Я понимала немножко больше, чем она бы хотела. А именно: Морис не хочет больше ее тела и тепла. Он ласкает черную, как телефонная трубка, эфиопку. Мадлен стареет потихоньку. Она еще не постарела, а уже не нужна.

Морис стоял рядом. Мадлен на него не смотрела. Демонстрировала равнодушие и отчужденность. Он делал вид, что ничего не замечает.

Мадлен повела меня показывать свою оранжерею. Она разводит цветы. У нее тридцать сортов флоксов и десять сортов роз.

Флоксы были лиловые и оранжевые, белые и черные, гладкие и лохматые. Мадлен останавливалась возле каждого, как возле живого человека.

Я равнодушна к цветам. Я люблю музыку и книги. Но я понимаю, что ни в коем случае нельзя обнаружить свое равнодушие, и я восхищенно таращу глаза. Но один раз при виде черной розы я действительно вытаращила глаза. Черная роза — эмблема печали. В этом цветке застыла торжественная грозная красота.

После цветочной галереи Мадлен показала мне бассейн. Его дно было выложено бирюзовой плиткой, и вода казалась бирюзовой, как изумруд.

Я представила себе, как утром она заходит в воду, собранная и маленькая, и плывет, плывет, вытесняя движением свою тоску. Потом срезает кремовые розы и ставит их в вазу. Или в серебряное ведро.

Я погружаю свою тоску в книги, она — в цветы. Очень важно, когда есть во что погружать. А может быть, не надо ни роз, ни книг. Вместо всего этого — лебединая верность... Было бы интересно спросить у Мадлен: хочешь бедность или любовь?

У нее было замкнутое лицо. Я думаю, она бы ответила: хочу богатство и любовь. Хлеб и розы.

Мы вернулись в дом. За время нашего отсутствия пришла подруга Мадлен со своим мужем Шарлем.

Все уселись за стол. Прислуги я не заметила. Может быть, прислуга все приготовила и ушла.

Подавали куропаток, подстреленных утром в собственном лесу.

Охотилась, естественно, не Мадлен, для этого в штате прислуги был специальный человек. Среди сопутствующих блюд я запомнила пюре из шпината и лук-порей. Должно быть, то и другое — очень полезно для здоровья.

Яблочный пирог принесла подруга по имени Франсуаза. У нее синие глаза с желтой серединой, как цветок фиалки. Она работает акушеркой в родильном доме, очень веселая, круглолицая и все время ждет, что ей скажут: «Ой, какие у вас интересные глаза». И ей все говорят.

Я думала, что миллионерши дружат только с миллионершами, а оказывается, они дружат с кем хотят.

Шарль говорил больше всех, я ничего у него не понимала. Я даже не могла установить темы его монолога. И это странно. У Мориса я понимала все, а у Шарля — ни слова. Значит, наши силовые линии шли в разных направлениях. Это был не мой человек.

Франсуаза хихикала, но присутствия или отсутствия ума я не заметила. Франсуаза одинаково могла оказаться и умной, и дурой. Такая внешность может обслуживать и первое, и второе.

Морис и Мадлен не смотрели друг на друга и не общались. Я догадалась: Морис не скрывает своей любви к Этиопе и не хочет притворяться. У Мадлен в этой связи есть две возможности: принять все как есть и смириться, сохранив статус жены миллионера. И делать вид, что ничего не происходит. И второе: бунтовать, протестовать, выяснять отношения, драться за свое счастье до крови.

Мадлен выбрала третье: покинула общую территорию, уехала на дачу и тихо возненавидела.

За обедом она иногда вскидывала свои ненавидящие глаза, бросала фразу, должно быть, хамскую. Морис также коротко огрызался. Не чувствовал себя виноватым. Он — хозяин своей жизни. И его чувства — это его чувства.

После пирога все подошли к камину. Камин был выложен из какого-то дикого камня, как будто высечен из горы.

Возле камина — маленькая дверь в стене, как в каморке у папы Карло. Морис открыл эту дверь, и я увидела высокий кованый стеллаж, на котором были сложены березовые поленья. Поленья сложены не как попало, а рисунком. Кто-то их выкладывал. Наверное, для этого существовал специальный человек.

Я посмотрела на аккуратные чурочки, и у меня потекли слезы.

В это время Морис перенес дрова в камин и поджег. Пламя быстро и рьяно охватило поленницу. Значит, дрова были сухие.

Я смотрела на огонь. Слезы текли независимо от меня. Может быть, мне стало жалко чемодана? А может быть, я оплакивала свою жизнь — жизнь Золушки, не попавшей на бал. Морис и Мадлен ругаются, выясняются, а за стеной, выложенные буквой «М», лежат и сохнут березовые чурки. Они даже пропадают на фоне бескрайней территории, бирюзового бассейна и кремовых роз. И пюре из шпината.

Я плакала весьма скромно, но мои слезы были восприняты как грубая бестактность. Меня пригласили, оказали честь, накормили изысканной едой, а я себе позволяю.

Плакать — невежливо. Если у тебя проблемы — иди к психоаналитику, плати семьдесят долларов, и пусть он занимается тобой за деньги.

Если бы я заплакала в русском доме, меня бы окружили, стали расспрашивать, сочувствовать, давать советы. Обрадовались бы возможности СО-участия. Все оказались бы при деле, и каждый нужен каждому.

А здесь — все по-другому. Морис нахмурился и отвернулся к огню. Мадлен отошла, ее как бы отозвали хлопоты гостеприимной хозяйки. Шарль и Франсуаза сделали вид, что ничего не произошло. Ну совсем ничего. Шарль разглагольствовал, Франсуаза поводила плечами, сияя фиалковым взором.

И я тоже сделала вид, что ничего не произошло. Я слизнула низкие слезы языком, а высокие вытерла ладошкой. И улыбалась огню. И Морису. И готова была ответить на все вопросы, связанные с моей страной. Да, перестройка. Революция, о которой так долго говорили большевики, отменяется. И теперь мы пойдем другим путем. Весь мир насилья мы разрушим до основанья, а затем мы наш, мы новый мир построим. И у нас будут свои миллионеры, свои камины, и мы будем смотреть на живой огонь. Но когда при нас кто-то заплачет, мы не отвернемся, а кинемся на чужую боль, как на амбразуру.

Морис стал поглядывать на часы. К Этиопе, Этиопе... Его тянуло к двадцатипятилетнему телу, страстным крикам и шепотам. На стороне Мадлен были тридцать лет семейной жизни. А на стороне Этиопы — отсутствие этих тридцати лет. Все сначала. Все внове, как будто только вчера родился на свет.

Мне передалось его нетерпение. Мне тоже захотелось уйти отсюда, где кругами витают над головой обида, гордость и ненависть Мадлен.

Мы садимся в «ягуар». И вот опять дорога. Общее молчание. Мы молчим примерно на одну и ту же тему.

— Мадлен хорошая, — говорю я.

— Да. Очень.

— Тебе ее жалко?

— Ужасно жалко. Но и себя тоже жалко.

— А нельзя обе?

— У меня нет времени на двойную жизнь. Я все время работаю. Ты спрашиваешь, кто мой друг? Работа.

Я думаю: что для меня работа? Практически я замужем за своей профессией. Она меня содержит, утешает, посылает в путешествия, дает людей, общение, и Мориса в том числе. Кто я без своего дела? Стареющая тетка. Но вот я опускаю голову над чистым листом, и нет мне равных.

— А если бы Анестези взяла риск, она состоялась бы в твоей жизни? — спросила я.

Морис различил вопросительную интонацию и слово «Анестези». Он помолчал, потом сказал:

— Возможно. Я бы отвечал за нее.

Кто не рискует, тот не выигрывает. Анестези осталась при своих. Морис прошел стороной, как косой дождь. Хотя правильнее сказать: это она прошла стороной. Ее взаимоотношения с мужчинами — это на самом деле только разборки с секретаршей мужа. Моя переводчица — подранок. Раненый человек. Она думает только о муже, от которого у нее почти взрослая дочь. Муж всегда был ее любовником, но в последнее время стал только добытчиком денег и близким родственником. Видимо, он разлюбил Настю как женщину, но продолжал любить как человека. А ее это не устраивало. Не устраивало, и все. И она изменяла ему для самоутверждения. Точила свои когти, как кошка о диван. Однако тревога не проходила. Рана не заживала. Она ничего не могла изменить в своей жизни. Ничего. Можно бросить мужа и остаться в свободном плавании. Но она и так в свободном плавании. Единственный выход — полюбить. Но вот именно этого она и не могла, потому что уже любила своего мужа.

Ситуация Мадлен похожа. Но сама Мадлен — другая. Она не скачет по мужским коленям. Мадлен — аристократка, но что это меняет? «Но знатная леди и Джуди О'Греди во всем остальном равны».

Мы уже въехали в Париж.

Морис остановил машину и распахнул заднюю дверь.

В «ягуар» впорхнула Этиопа, как черная бабочка. Значит, они договорились.

— Софи, — произнесла Этиопа и протянула обезьянью ручку, темную сверху, розовую изнутри.

Я назвала свое имя.

Мы проехали еще какое-то время и вышли у вокзала. Поднялись на второй этаж. Сели в маленьком кафе, где можно было выпить вина, виски и заесть солеными орешками.

Я не поняла, почему Морис выбрал эту вокзальную забегаловку. Потом мне объяснили: Морис женат, у него положение в обществе, и он не может появиться с черной любовницей в дорогом ресторане. Это вызов и эпатаж. Однако если бы он был богат, как Ротшильд, то мог бы наплевать на общественное мнение и позволить себе ВСЕ. Деньги — выше морали. Вернее, так:

609

деньги — вот главная мораль. Но это должны быть ОЧЕНЬ большие деньги.

Софи действительно походила на Софи Лорен, только помельче и понежнее. Красивая женщина не имеет национальности. И все же еврейская женщина точно знает, что она хочет, и идет напролом. Держись, Мориска.

Софи общалась со мной постольку-поскольку. Она вся была занята Морисом: держала его за руку, не сводила с него керамических глаз в желтоватых белках.

В ее маленьких черных ушках как капли росы переливались бриллианты. «Морис подарил», — подумала я.

На ней была надета накидка из серебряных лис. Мех располагался не вплотную, а через кожаную ленту. И когда Софи шла или поводила плечами, серебряные спины тоже двигались, играли, дышали. Сумасшедшая красота. Вот как одеваются любовницы миллионеров.

Морис сообщил Софи, что у меня пропал чемодан, а завтра мне выступать по телевизору, и надо быстро, до одиннадцати утра подобрать мне платье.

Я уловила слова «телевизьон», «багаж», «ля робе»... Этих трех слов было достаточно. Я хотела вмешаться и остановить Мориса, но поняла, что ему это надо больше, чем мне. Мне только платье. А ему — акция дружбы. Один друг умер, другой в Америке, а я — рядом. Пусть новый, свежеиспеченный, но все же друг. Он посвятил меня в свою жизнь. Я его понимала. У нас было общее молчание.

Я с благодарностью посмотрела на Мориса. Он как-то вдруг резко похорошел. А может быть, я увидела его глазами Софи, поскольку любовь — в глазах смотрящего.

Софи приехала за мной утром на маленькой красной машине и повезла меня в знаменитый салон.

Салон походил на ателье. Портные, преимущественно женщины, что-то шили в небольшом помещении. Возле стены на кронштейне тесно висели платья. Должно быть, Этиопа привела меня в служебное помещение.

Портнихи время от времени поднимали головы и взглядывали на меня — бегло, но внимательно. Им было интересно посмотреть: какие они, русские. Мне стало немножко стыдно за свою цветовую гамму: черная юбка, красный пиджак. Черное с красным — смерть коммуниста. Я пошутила на свой счет. Хозяйка не приняла шутки. Она сказала: «Все очень хорошо. Вы — это вы». Персоналитэ. Я догадалась, что персоналитэ — это личность.

Хозяйка и Софи о чем-то оживленно лопотали, я не понимала и не хотела понимать. Не то чтобы мне не нравилась Этиопа, но она была ДРУГАЯ. Как будто прилетела с Луны. И я для нее — что-то чуждое, незнакомое, несъедобное. У нас с ней разные ценности. Мои ценности ей скорее всего кажутся смехотворными. Я, например, хочу славы. Слава — это внимание и восхищение людей. Этиопе, я думаю, непонятно, зачем нужно внимание людей, которых ты даже не знаешь.

Ей нужно внимание одного человека, власть над ним и над его деньгами. Слава — эфемерна, сегодня есть, завтра нет. А деньги — это перила. Держись и никогда не упадешь.

При свете дня Этиопа казалась еще экзотичнее, как игрушка, и было странно, что она говорит на человеческом языке.

— Выберите себе, что вам нравится...

Вдоль стены теснились на вешалках разнообразные наряды.

Мне бросилось в глаза платье, похожее на халат, совсем без пуговиц, шелковое, яркое, как хвост павлина. На Этиопе это платье смотрелось бы сумасшедше прекрасно. Точеная черная красавица в ярких брызгах шелка. Совсем без пуговиц, только поясок, и при шаге выступает черная молодая нога, худая по всей длине. А я... Как после бани.

— Спасибо, — сказала я хозяйке. — Мне ничего не надо. Я — деловая женщина.

Это прозвучало: я — деловая женщина, как бы и не женщина.

Хозяйка улыбнулась чуть-чуть, только дрогнули уголки бледных губ. Она оценила мою скромность, услышала мои комплексы, но главное — все-таки оценила скромность. Редкий случай в ее практике, когда предлагают любую вещь из коллекции, а человек отказывается, говорит: не надо.

Хозяйка подошла к кронштейну и вытащила черное строгое платье. Очень простое. Украшение — брошь в виде ее автографа, из капелек горного хрусталя набрано ее имя. Издалека похоже на бриллиантовую молнию.

— Это будет хорошо, — сказала Хозяйка. Но я и сама видела: это будет хорошо.

И это в самом деле оказалось хорошо. Во всяком случае — влезло. И ничего лишнего. Красиво — это когда ничего лишнего.

Хозяйка села на стол, свесив ноги, смотрела зелеными глазами под густой рыжей челкой. Шестидесятилетняя женщина без косметики в стеганой черной курточке. Ее можно любить. Я поняла: талантливый человек старым не бывает. Она — не старая. Просто давно живет.

Телевизионщики приехали к назначенному часу. Анестези договорилась заранее, что снимать будут в доме Мориса, а потом на парижских улицах общие планы.

Ко мне подошел сын Мориса — сорокалетний человек, как две капли воды похожий на отца, только красивый. Те же глубокие глаза, крупный нос, легкий подбородок. Тип Ива Монтана, но лучше.

Он посмотрел на меня внимательно, достал из своего хозяйства губную помаду, подошел вплотную, поднял мое лицо и нарисовал мне губы.

— А глаза? — спросила Анестези.

— На лице — или глаза, или губы. Что-то одно, — ответил Ив Монтан, внимательно глядя на меня. Медленно кивнул, как бы утвердив.

Рядом посадили переводчицу.

— Я тоже хочу губы, — потребовала она.

Ив Монтан встал между ее колен, принялся пудрить лицо. Анестези прикрыла глаза, и ее ресницы стали светлые. Губы он стер рукой.

— Зачем? — растерялась Анестези.

— Я хочу, чтобы ты была вся бежевая. Палевая. Лунная. Как сквозь дымку.

Мы сидели рядом. Я — в черном, с ярким ртом, в стиле «вамп». И Анестези — вся стильно-блеклая, как бы вне секса. Хотя на самом деле — все наоборот.

Ведущий программы, по-французски обходительный, без шероховатостей, как обкатанный камешек гальки на морском пляже. Он передал мне вопросы.

Вопросы примерно одни и те же и у русских журналистов, и у западных. Первый вопрос — о женской литературе, как будто бывает еще мужская литература. У Бунина есть строчки: «Женщины подобны людям и живут около людей». Так и женская литература. Она подобна литературе и существует около литературы. Но я знаю, что в литературе имеет значение не пол, а степень искренности и таланта.

Что такое искренность — это понятно. А что такое талант... Я не знаю наверняка, но догадываюсь. Это когда во время работы тебя охватывает светлая и радостная энергия. Потом эта энергия передается тем, кто читает. Если писатель не талантлив, а просто трудолюбив, с его страниц ничего не передается, разве что головная боль.

Иногда у меня бывают особенно хорошие периоды, и тогда я поднимаюсь из-за стола и хожу с отрешенным лицом, счастливо-опустошенная, как после любви. Но эта любовь не уходит к другому объекту. В этом мое преимущество. Однако не следует отклоняться от вопроса. Я готова сказать: «Да». Существует женская литература. Мужчина в своем творчестве ориентируется на Бога. А женщина — на мужчину. Женщина восходит к Богу через мужчину, через любовь. Но как правило, объект любви не соответствует идеалу. И тогда женщина страдает и пишет об этом.

Основная тема женского творчества — ТОСКА ПО ИДЕАЛУ.

Но ведь такое французам не скажешь.

Второй вопрос — о феминизме. На Западе они все свихнулись на феминизме. Идея феминизма: женщина — такой же человек. А для меня это давно ясно.

Женщина должна участвовать в правительстве. Пусть участвует, если хочет.

Мужчина должен выполнять половину работы по дому. Мой муж давно выполняет три четверти работы по дому. Я не вижу проблемы.

Наиболее крайние феминистки уходят в лесбиянство. Значит, мужчина вообще не нужен. Ни для чего. А зачем Бог его создал? Ведь Бог что-то имел в виду... Мне иногда хотелось спросить у крайних: почему надо трахаться с женщиной? Мужчина умеет все то же самое, кроме того, у него есть зизи. По-французски это звучит именно так, зизи. Но такое не спросишь. Крайние — они обидчивы, как все фанаты.

— Что сказать? — советуюсь я с Настей.

— Главное, не будь совком, — предостерегает Настя.

— Но я совок.

— Ты в Париже, — напоминает Настя. — Главное, быть модной. Поразить. Эпатировать. Скажи, что ты бисексуал. Живешь с женщинами, мужчинами и собаками.

— Мне не поверят. Тебе поверят сразу. Ты и скажи.

Переводчица задумалась.

— Вообще можешь выдвинуть идею ортодоксальной семьи. Эпидемия СПИДа всех должна загнать в семью.

Я вспомнила круговорот женских частей тела вокруг бедного Мориса и вздохнула:

— Не загонит...

Ничто не оттянет человека от основного инстинкта. Ведь от любви беды не ждешь...

Я не хочу обсуждать эту тему. Я прошу Настю:

— Скажи ведущему, пусть спросит про перестройку.

— Перестройка надоела, — отмахивается Настя. — И русские тоже надоели. И времени нет. У нас только пять минут на все про все.

Настя заглянула в листок.

— Третий вопрос: отличительное качество француза. Как тебе показалось?

Я думаю. Французы никогда не говорят «нет». В отличие от немцев. У немцев все четко: да или нет. У француза — может быть. Пет-етре. Почему? Для комфорта. Если сказать «нет», можно вызвать у собеседника негатив. Собеседник злится, выбрасывает адреналин, и ты оказываешься в адреналиновом облаке. Дышишь им. А это вредно. И неприятно. Главное — избежать стресса, и своего и чужого. В капитализме — все во имя человека, все на благо человека.

Подошел ведущий, сказал:

— Аттансьон!

Переводчица облизнула губы, как кошка во время жары. Начиналась съемка.

На другой день с дачи приехала Мадлен, чтобы оказать мне внимание и попрощаться. Между прочим, могла бы и не приезжать, но у воспитанных людей свои привычки. А может быть, ее вызвал Морис, поскольку ему некогда было мной заниматься.

Платье от хозяйки салона обошлось мне в половину цены (подарок за скромность). Иногда выгодно быть хорошим человеком. Но только иногда. Как правило, это не учитывается.

У меня остались какие-то деньги, и Мадлен повезла меня в Галери Лафайет.

Мы бродили, мерили. Мадлен скучала, потому что она никогда не заходила в такие дешевые магазины. Только со мной.

Я тоже не люблю дешевые вещи и всегда покупаю что-то одно, на все деньги. Но это одно навевало на Мадлен тоску. Я видела это по ее лицу.

Я зашла в примерочную. Мадлен присела в ожидании на корточки, как у нас в России сидят восточные люди. Отдыхают на корточках. Мадлен положила подбородок на кулачок. И подбородок и кулачок были узкие. Во мне зародилось теплое чувство. Ее хотелось защитить. Мне стало тревожно, что кто-то пройдет мимо и толкнет, и она растянется на полу всеми своими узкими косточками. Я вышла и сказала:

— Поехали домой.

Мы вернулись в дом Мориса, вернее, в их общий дом. Мадлен предложила пообедать в ресторане. Это входило в распорядок дня. Но я не хотела ее напрягать. Я предложила поесть дома.

Мадлен открыла холодильник, достала нечто, стала разворачивать. Я увидела, что это тончайший кусок мяса, положенный на пергамент и закрученный в трубочку, как рогалик.

Мадлен раскрутила пергамент, сняла мясо, бросила на сковородку, потом поддела и перевернула. Процесс приготовления занял пять минут.

Мы сели за стол.

— Я утром была у врача, — сказала Мадлен.

Значит, она приехала для консультации с врачом.

— Все в порядке, — с удовлетворением добавила Мадлен.

— А что у вас? — спросила я, хотя не знаю: удобно ли об этом спрашивать.

— Рак. Чуть-чуть.

Я быстро опустила глаза в тарелку, чтобы скрыть замешательство. Рак — это приговор. Приговор не бывает чуть-чуть. Это смертная казнь, растянутая во времени.

— Была операция? — осторожно спросила я.

— Нет. Стадия нуль. Чуть-чуть.

Миллионеры следят за здоровьем и хватают свою смерть за хвост в стадии нуль. А все остальное население сталкивается с ней лоб в лоб, как с грузовиком, когда уже все поздно. Рак сожрал половину планеты, включая Миттерана.

Бедная Мадлен. Она познала двойное предательство: души и тела. Не от этой ли стадии нуль отшатнулся Мориска в мистическом страхе? На него повеяло холодом. Он захотел тепла. Жары. Отсюда — Эфиопия.

Я подняла на нее глаза. Захотелось сказать ей что-то приятное.

— Ты выглядишь, как дочь Мориса. Как тебе удается сохранить форму?

— Аттансьон, — мрачно ответила Мадлен. Я поняла: мало ест.

— У него другая, — вдруг сказала Мадлен. — Отре фамм.

Видимо, между нами возникла та степень близости, которая позволила ей открыться незнакомому человеку. А может быть, она знала, что я завтра уезжаю и увезу ее тайны с собой. И с концами.

— Но! — не поверила я и вытаращила глаза, как на флоксы.

— Да! — крикнула, как выстрелила, Мадлен. — Ей двадцать пять лет!

Она потрясла двумя руками с растопыренными пальцами. На одной руке она подогнула три пальца, осталось два: большой и указательный. А другая рука — полная пятерня. Это означало двадцать пять лет.

Я догадалась: речь идет об Этиопе. Мадлен произнесла гневный монолог, из которого я поняла полтора слова: но пардоне. Я догадалась: она не собирается прощать. Я покорно выслушала и сказала:

— Глупости. Ступидите. Ты все выдумываешь. Он тебя обожает. Я это видела своими глазами.

— Что ты видела? — не поняла Мадлен.

— Как он на тебя смотрит. Он тебя любит.

Мадлен посмотрела на меня долгим взглядом.

— Любит, — еще раз повторила я и добавила: — Страстно...

Меня никто не уполномочивал на эту ложь во спасение. Но я в этот момент искренне верила в свои слова и потому не врала.

Мадлен смотрела с пристальным вниманием. Моя вера проникала в нее. Так смотрит раковый больной на врача, который обещает ему вечную жизнь.

Вечером состоялся прощальный ужин. Мы сидели в ресторане — том же самом, что и в первый раз. Нас было трое: Морис, я и Анестези. Мадлен уехала на дачу. У нее заболел сиреневый флокс.

Мы сидели втроем — все, как в первый раз, и все по-другому. Я — вамп, Морис — постаревший Ив Монтан, Анестези — секс-бомба с часовым механизмом. В ней все щелкает от бешенства.

— Ты ее видела? — тихо, заговорщически спросила она.

— Кого? — притворяюсь я.

— Знаешь кого. Соньку.

Я молчу, тяну резину.

— Какая она?

— Ты лучше, — нахожусь я.

— Чем?

— Привычнее глазу.

— Молодая?

Я вспоминаю растопыренные пальцы Мадлен и говорю:

— Двадцать пять лет.

В двадцать пять лет солнце стоит в зените и светит в макушку. Морис тесно прижимается к Этиопе, и они оба оказываются под ее солнцем. Ее света хватает обоим.

— Червивый гриб! — с ненавистью прошипела Настя.

Я поняла, что ее раздирает ревность. Она не хотела приватизировать Мориса, но и не хотела его отдавать. Настя хотела щелкать хлыстом, как укротительница львов, и чтобы все звери сидели на тумбах. Каждый на своей.

Морис соскочил. Тумба пуста. Насте кажется, что эта тумба была самой главной. Вернее, этот лев.

— Я могу остаться у тебя ночевать? — спросила Настя.

Она хотела реванша. Она вступала с Этиопой в прямой бой.

Морис промолчал. Это означало, что время Анестези ушло. Подошел официант. То же кружение рук над столом.

— Когда у тебя самолет? — спросила Настя, глядя на меня невидящим взором.

Я — это единственное, что связывает ее с Морисом.

— Я ее провожу, — сказал Морис.

Анестези резко встала и подошла к гардеробу.

Морис отправился следом. Он считал себя обязанным подать ей пальто.

Потом вернулся. Молчал. Как поется в песне, «расставанье — маленькая смерть». Он немножко умер. В нем умерла та часть, которая называлась «Анестези».

Официант разлил вино. Мы выпили, молча.

— Я хочу поменять участь, — сказал Морис. — Я хочу успеть прожить еще одну жизнь. Но у нас с Софи большая разница в возрасте.

— У вас нет никакой разницы, — отозвалась я.

Морис смотрел на меня всасывающим взглядом.

— Я старше ее почти на сорок лет. Я уже старый.

— Ты не старый.

— Ты правда так думаешь?

— Не думаю, а так и есть, — убежденно сказала я. — Разве может быть старым влюбленный человек? Старый тот, кто ничего не хочет.

— Я тоже так чувствую, — сознался Морис. — Поэтому я хочу себе разрешить. Еще не поздно. А?

— В самый раз, — говорю я. — Раньше было бы рано. Раньше ты бы не оценил.

Его глаза загораются блеском правоты, СО-понимания.

Теперь я поняла, для чего приехала в Париж. Я приехала сказать Морису, что он молод, а Мадлен — что она любима.

Я это сказала, и теперь можно уезжать.

* * *

Мы покинули ресторан и медленно пошли пешком.

Вокруг нас на все четыре стороны простирался Париж. Светилась Эйфелева башня — легкая и прозрачная, как мираж. Толпа парижан устремлялась куда-то весело и беззаботно, без «да» и «нет». В обнимку с «может быть». Рядом шел Мориска, и мне казалось, что я знаю его всегда. Он сложил в меня свои тайны, как бросил в пруд.

Мы говорим на разных языках, а молчим на одном. И нам все ясно.

— Почему у меня никогда не было такой, как ты? — вдруг спросил он.

— Такой, как я, больше нет. Поэтому.

На другой день Морис отвез меня в аэропорт. На синем «ягуаре».

Чемодан мой так и не нашелся, но пообещали, что найдут обязательно. Я как-то уже примирилась с его отсутствием. В конце концов я обрела новое платье и новое лицо в стиле «вамп». Разве это не стоит одного чемодана?

Я ушла в пограничную зону, а Морис остался и грустно смотрел мне вслед.

Я обернулась, встретилась с ним глазами и подумала: какой-нибудь верующий старик из русской деревни в душных портках живет в большей гармонии с миром и с собой, чем Мориска в длинном бежевом плаще и клетчатой кепочке. Потому что даже за очень большие деньги нельзя объять необъятное.

До свидания, Мориска. Будь счастлив, если знаешь как... Я тебя забуду, как ураган Оскар. Я не забуду тебя никогда...

Прошло четыре месяца.

Мой чемодан нашелся. За это время он побывал в Варшаве и в Бомбее. Привезла чемодан Анестези. Волокла тяжесть, бедная...

Она появилась у меня в один прекрасный день, ближе к вечеру. На ней было норковое манто с капюшоном.

На уровне колена красовалась рваная дыра величиной с блюдце.

— Что это? — спросила я.

— Бобка выгрыз.

— Бобка — это любовник?

— Щенок. Голодный был, — объяснила Анестези.

— А где ты его взяла?

— На лестнице.

Анестези подобрала щенка, но забыла покормить, и он поужинал ее шубой. Анестези была рассеянной.

— Раздевайся, — предложила я. — Я тебя покормлю.

По моей квартире плавали запахи томленного в духовке мяса, разносились звуки семьи: обрывки телефонных переговоров, удары тяжелой струи воды в ванной комнате.

— Не могу, — отказалась Анестези. — Внизу ждет машина. Я на минуту.

Моя переводчица была далека от звуков и запахов чужой семьи. У нее были свои задачи и устремления.

— Как Морис? — спросила я.

— Мориска ушел к Соньке. Мадленка раздела его с головы до ног. Кто виноват, тот и платит.

Анестези что-то вспомнила и полезла в свою сумку на длинном ремне.

— Ужас... — проговорила она. — Я забыла свою записную книжку.

— А что теперь?

— Теперь у меня ни одного телефона.

— Я про Мориса...

— А... — спохватилась Анестези. — Он вернулся обратно. К Мадленке.

— Из-за денег?

— Из-за всего вместе. Он понял, что ему уже трудно все повторить: дом, дачу, капитал. Здоровье не то.

— Значит, из-за денег?

— Да нет. Все сначала уже не начнешь... Это только кажется...

— А ты откуда знаешь? — спросила я.

— Значит, знаю, раз говорю. — Анестези перестала рыться в своей сумке и посмотрела мне в глаза. — Надо долюбить старое. Долюбить то, что дано, а не начинать новое.

Я хотела спросить про мужа, но, в сущности, она мне все сказала.

— Можно от тебя позвонить? — спросила Анестези.

Я принесла ей телефон. Она стала набирать один номер за другим, спрашивать: не забыла ли она записную книжку — черную, толстую, в кожаном переплете.

Я представила себе Мориса и Мадлен за обеденным столом. Они едят и слегка переругиваются. И молча идут в свой закат, взявшись за руки и поддерживая друг друга.

А черная звезда Софи куда-то летит в самолете, и кто-то снимает ей багаж с движущейся ленты.

Содержание

Книги издательской группы АСТ вы сможете заказать и получить по почте в любом уголке России. Пишите:

107140, Москва, а/я 140

ВЫСЫЛАЕТСЯ БЕСПЛАТНЫЙ КАТАЛОГ

Вы также сможете приобрести книги группы АСТ по низким издательским ценам в наших **фирменных магазинах:**

Москва

- м. «Алтуфьево», Алтуфьевское шоссе, д. 86, к. 1
- м. «Алексеевская», Звездный б-р, д. 21, стр. 1, тел. 232-19-05
- м. «Варшавская», Чонгарский б-р, д. 18а, тел. 119-90-89
- м. «Кузьминки», Волгоградский пр., д. 132, тел. 172-18-97
- м. «Павелецкая», ул. Татарская, д. 14, тел. 959-20-95
- м. «Перово», ул. 2-я Владимирская, д. 52, тел. 306-18-91, 306-18-97
- м. «Пушкинская», «Маяковская», ул. Каретный ряд, д. 5/10, тел. 209-66-01, 299-65-84
- м. «Сокольники», ул. Стромынка, д. 14/1, тел. 268-14-55
- м. «Таганская», «Марксистская», Б. Факельный пер., д. 3, стр. 2, тел. 911-21-07
- м. «Царицыно», ул. Луганская, д. 7, корп. 1, тел. 322-28-22
- ТК «Крокус-Сити», 65—66-й км МКАД, тел. 942-94-25
- ТК «Твой Дом», 23-й км Каширского шоссе
- ТК «Метромаркет», м. «Сокол», 3 этаж
- м. «Крылатское», Осенний б-р, д. 18

Регионы

- г. Архангельск, 103-й квартал, ул. Садовая, д.18, тел. (8182) 65-44-26
- г. Белгород, пр. Б. Хмельницкого, д.132а, тел. (0722) 31-48-39
- г. Калининград, пл. Калинина, д.17-21, тел. (0112) 44-10-95
- г. Краснодар, ул. Красная, д. 29
- г. Рыбинск, ул. Ломоносова, д. 1/Волжская наб., д. 107
- г. Оренбург, ул. Туркестанская, д. 23, тел. (3532) 41-18-05
- г. Череповец, Советский пр., д. 88а, тел. (8202) 53-61-22
- г. Н. Новгород, пл. Горького, д. 1/61, тел. (8312) 33-79-80
- г. Воронеж, ул. Лизюкова, д. 38а, тел. (0732) 13-02-44
- г. Самара, пр. Кирова, д. 301, тел. (8462) 56-49-92
- г. Ростов-на-Дону, пр. Космонавтов, д. 15, тел. (8-86-32) 35-99-00
- г. Новороссийск, сквер Чайковского
- г. Орел, Московское ш., д. 17, тел. (08622) 4-48-67
- г. Тула, пр-т. Ленина, д. 18

Издательская группа АСТ

129085, Москва, Звездный бульвар, д. 21, 7-й этаж
Справки по телефону:
(095) 215-01-01, факс 215-51-10
E-mail: astpub@aha.ru   http://www.ast.ru

Литературно-художественное издание

Токарева Виктория Самойловна

Из жизни миллионеров

Сборник повестей и рассказов

Художественный редактор О.Н. Адаскина
Компьютерный дизайн: Н.В. Пашкова
Компьютерная верстка: Р.В. Рыдалин
Технический редактор Н.К. Белова
Младший редактор А.С. Рычкова

Общероссийский классификатор продукции
ОК-005-93, том 2; 953000 — книги, брошюры

Гигиеническое заключение
№ 77.99.02.953.Д.008286.12.02 от 09.12.2002 г.

ООО «Издательство АСТ»
368560, Республика Дагестан, Каякентский район,
с. Новокаякент, ул. Новая, д. 20
Наши электронные адреса:
WWW.AST.RU
E-mail: astpub@aha.ru

Отпечатано с готовых диапозитивов в типографии ФГУП
«Издательство «Самарский Дом печати»
443086, г. Самара, пр. К. Маркса, 201.
Качество печати соответствует качеству предоставленных диапозитивов.